LUCY SCORE es una autora best seller cuyos libros han estado entre los más vendidos de *The Wall Street Journal* y *The New York Times*. Se crio en una familia de amantes de la literatura y ahora se dedica a escribir a tiempo completo desde su casa en Pennsylvania, que comparte con el Señor Lucy y su gata, Cleo. Cuando no está pasando las horas inventando héroes rompecorazones y heroínas de armas tomar, se la puede encontrar en el sofá, en la cocina o en el gimnasio. Su sueño es poder escribir algún día desde un velero, una casa en primera línea de playa o una isla con una buena conexión a internet.

Papel certificado por el Forest Stewardship Council®

Penguin
Random House
Grupo Editorial

Título original: *Forever Never*

Primera edición en B de Bolsillo: junio de 2025
Primera reimpresión: octubre de 2025

© 2021, Lucy Score
Publicado por acuerdo con Bookcase Literary Agency
© 2024, 2025, Penguin Random House Grupo Editorial, S. A. U.,
Travessera de Gràcia, 47-49. 08021 Barcelona
© 2024, Eva Carballeira Díaz, por la traducción
Diseño de la cubierta: Penguin Random House Grupo Editorial / Lucía Garrido
Imagen de la cubierta: © Inés Pérez

Printed in Spain – Impreso en España

ISBN: 978-84-9070-954-2
Depósito legal: B-6.402-2025

Compuesto en Llibresimes
Impreso en Liber Digital, S. L.
Casarrubuelos (Madrid)

BB 0 9 5 4 A

Por nunca jamás

LUCY SCORE

Traducción de Eva Carballeira Díaz

A Linda, Clint y Cassandra,
por su hospitalidad en Michigan

1

Brick Callan ignoraba que se encontraba a un pasillo de super-mercado de su peor pesadilla.

Si se hubiera molestado en enderezar su gigantesco cuerpo de metro noventa y levantar la mirada de las latas de conservas, se habría fijado en el revelador fogonazo rojo, del color de los incendios forestales y de las tentaciones del infierno, pero estaba concentrado intentando decidirse entre el tomate triturado con o sin pimientos verdes mientras Bill House, el cajero, no paraba de quejarse.

—Tal y como te lo cuento, Brick. El hijo de los Rathbun se ha pasado media tarde corriendo como un loco con la moto de nieve por Market Street —gruñó Bill, cruzando sus brazos flacuchos sobre el pecho. Brick metió el tomate con pimientos en el carro, junto con una bolsa de cebollas amarillas, dos cartones de caldo de ternera y un paquete de pilas—. Ayer, durante el reparto, les dio un susto de muerte a los caballos —siguió diciendo Bill—. Y la semana pasada estuvo a puntito de empotrarse contra la Arctic Cat nueva de Mulvaney. Ya solo nos faltaba tener que aguantarlo a él también.

Brick contuvo un suspiro. Estaría bien poder hacer la compra sin que le dieran la turra, por una vez en la vida.

—Hablaré con él —prometió. Sabía, perfectamente y de primera mano, las tonterías que eran capaces de hacer los idiotas de los chavales para impresionar a las chicas.

Bill suspiró y se caló el gorro de Doud's Market que usaba para mantener la calva caliente de noviembre a abril.

—Te lo agradezco, Brick.

El equilibrio de la pequeña comunidad isleña era delicado y el trabajo de Brick consistía en ayudar a mantener dicho equilibrio incluso durante el crudo invierno de Michigan, cuando solo los habitantes más duros se quedaban en Mackinac. Esa era también la razón por la que le había prometido a la señora Sopp cambiar las pilas de los detectores de humo de la casa que tenía en alquiler cuando lo había llamado desde los últimos nueve hoyos de un campo de golf de Florida.

La puerta de Doud's se abrió y se oyó el tintineo de la campanilla.

Mira Rathbun —madre del susodicho «hijo de los Rathbun»— entró en la tienda acompañada por una ráfaga de viento helado del lago. Bill se calló de repente, como si le hubiera comido la lengua el gato. Aquel hombre no tenía ningún reparo en chismorrear sobre sus vecinos con policías fuera de servicio, pero prefería hacerlo a sus espaldas.

—¡Cerrad la puñetera puerta! —gritaron el cajero y los dos clientes que estaban más cerca de la entrada.

Cuando el último barco lleno de turistas abandonaba la isla Mackinac en octubre, se llevaba también la amabilidad y los buenos modales propios de un lugar de veraneo. Entonces, los cerca de quinientos habitantes que vivían en el pueblo durante todo el año se atrincheraban para pasar otra gélida temporada baja en medio del lago Hurón con una hosquedad entrañable.

—Vale, vale, perdón —dijo Mira, sacudiéndose con ímpetu la nieve recién caída del mono naranja fosforito. Aquella mujer era como un torbellino que siempre iba a mil por hora, lo cual estresaba a Brick. Para desgracia de los vecinos, había sido ella la que había enseñado a Travis a conducir su moto de nieve de tercera mano.

Aquel era el decimocuarto invierno de Brick en la isla. Curiosamente, él esperaba con impaciencia la llegada del frío polar y el cierre temporal de la mayoría de los negocios. El invierno era tranquilo. Sosegado. Previsible.

Bill echó un vistazo al carrito de Brick y levantó las cejas hasta el borde del gorro.

—¿Otra vez estofado de ternera? ¿Es que no conoces más

recetas? Seguro que hay más de una soltera en la isla dispuesta a prepararte un buen pastel.

—Me gusta el estofado de ternera. —Y también le gustaba el hecho de no verse obligado a socializar mientras se lo zampaba.

Brick preparaba estofado de ternera todas las semanas y lo comía durante cuatro o cinco días seguidos porque era fácil y cómodo. En cuanto a la parte social, la soledad que le ofrecía el invierno era algo que se ganaba a pulso y no le apetecía poner un segundo plato en la mesa.

—¿Os habéis enterado? —dijo Mira, acercándose a toda prisa e interrumpiendo la conversación.

Brick la miró con escepticismo. En Mackinac nunca pasaba nada relevante en invierno, lo que significaba que iba a contarles algún cotilleo. Algo que él prefería evitar, a pesar de que sus dos trabajos lo convertían constantemente en el receptor estrella.

—¿Tiene que ver con el avión que llegó anoche a última hora? —le preguntó Bill, olvidando temporalmente su problema con el hijo de Mira y la palanca del acelerador.

A ella se le iluminó el rostro de la emoción, algo poco habitual en una época en la que todos los días se parecían demasiado entre sí. De repente, Brick sintió la necesidad de salir a la calle helada para evitar la bomba que Mira estaba a punto de soltar. El instinto le decía que algo malo iba a suceder y se había dejado la pistola en casa.

—Pero no se lo contéis a nadie, porque al parecer su familia aún no lo sabe —susurró Mira, acercándose más.

Brick tenía un mal presentimiento.

—¿La familia de quién? —preguntó Bill, desconcertado—. No entiendo nada.

—Por Dios, solo intento darle un poco de emoción. Esta es la conversación más larga que he tenido en tres meses con alguien con quien no estoy casada o a quien no he parido. Déjame disfrutarlo —le espetó ella. Brick empujó un poco el carro, con la esperanza de poder ahorrarse las novedades, pero Mira lo agarró con firmeza, impidiéndole avanzar—. ¡Remi Ford! —anunció.

Brick apretó con fuerza el asa del carrito.

«Remington Honeysuckle Ford».

«Remi Honey» para los amigos. Para él, un peligro. «Mierda».

—¡Qué me dices! —exclamó Bill—. ¿Por qué habrá vuelto en pleno invierno y sin avisar a sus padres?

Sus voces ahogadas se fundieron con el zumbido que Brick había empezado a notar en los oídos. Hizo todo lo posible por fingir que no pasaba nada mientras explotaba por dentro. La puerta estaba a solo seis metros, pero tenía los pies clavados en el suelo y las piernas paralizadas. Con el latido ensordecedor de su corazón de fondo, se quedó mirando fijamente la boca de Mira mientras esta seguía chismorreando.

No podía presentarse allí así como así. Y menos sin avisar.

Brick había tardado semanas en prepararse mentalmente, en armarse de valor solo para poder saludarla en la mesa.

—¡Pst! —El cajero, que era sobrino de Bill, agitó los brazos detrás de la caja registradora y señaló en silencio el pasillo de al lado.

A Brick le dio un vuelco el corazón.

No. Eso no podía estar pasando, de ninguna manera.

Mira y Bill salieron disparados hacia el pasillo de los cereales. Brick corrió en dirección opuesta, hacia la caja, decidiendo que ese era tan buen momento como otro cualquiera para escapar antes de que...

De repente, su carrito chocó con otro que estaba doblando una esquina. Con la fuerza del impacto, los carros golpearon una torre de cajas de avena y la derribaron.

«Joder». Supo quién era antes de levantar la vista de la masacre de gachas de almendra con vainilla y de beicon con sirope de arce que se había liado en el suelo.

Efectivamente, allí estaba. Un hada malvada de metro y medio de estatura. Llevaba el cabello pelirrojo recogido en una trenza larga y floja sobre un hombro, por encima de la parka fucsia. Unos auriculares asomaban bajo el gorro de lana amarillo que llevaba encasquetado en la cabeza. Sus ojos eran verdes como los cristales desgastados que coleccionaba su abuela. Tenía la boca grande y los labios carnosos y, cuando sonreía, no podías evitar quedarte un poco embobado..., al menos hasta que la conocías. Las pecas que le salpicaban la nariz y las mejillas destacaban sobre su piel de marfil.

Se la veía diferente. Pálida, cansada, incluso frágil. La energía que solía irradiar y que caía crepitando como una lluvia de chispas sobre sus incautas víctimas no era más que un murmullo apagado. Brick, que se había pasado media vida analizando a Remi, se dio cuenta de que algo iba mal.

Se miraron fijamente durante un largo instante. Él no sabía si saludarla o salir corriendo para ponerse a salvo. Antes de que le diera tiempo a decidirse, Remi dejó el carrito y fue directamente hacia él.

Brick le dio un abrazo por puro instinto, aunque era lo último que quería hacer. Ella deslizó las manos bajo su abrigo y se pegó a él. Su olor seguía alterándolo. Siempre le recordaba a un prado... justo después de ser alcanzado por un rayo. Sin pensarlo, apoyó la barbilla en su cabeza, rozando con la barba el tejido suave del gorro. Notó que algo se le clavaba en el costado, pero antes de que pudiera identificarlo, Remi exhaló un suspiro largo y lento que lo distrajo. Era como si se sintiera aliviada. Aquella no era la mujer que él conocía, la que habría tenido la desfachatez de plantarle un beso en todos los morros para cabrearlo antes de volver a largarse y seguir sembrando el caos.

Brick la hizo retroceder, agarrándola por los brazos.

—¿Qué te pasa? —le preguntó en voz baja.

—¡Pero si es la pequeña Remi Ford! —exclamó Bill, deteniéndose en seco delante de ella con Mira a la zaga.

—¿Qué estás haciendo por aquí en febrero? —le preguntó esta.

Remi se zafó del agarre de Brick y se quitó los auriculares de los oídos. La sonrisa que les dedicó tenía menos voltaje del habitual, pero él fue el único que se dio cuenta.

—¡No he podido resistirme! Echaba de menos los inviernos de la isla —respondió alegremente.

Aquella voz ronca se le hizo tan familiar, aun después de tanto tiempo, que casi le resultó insoportable.

—¡Esa sí que es buena! —dijo Bill, riéndose.

Mira se abalanzó rápidamente sobre la hija pródiga para darle un abrazo.

—¿Querías sorprender a tus padres? —preguntó—. Sé que este año te han echado de menos en Navidad.

Remi evitó mirar directamente a Brick al responder.

—Me sentía mal por no haber estado durante las fiestas con ellos y se me ha ocurrido compensárselo pasando aquí una temporada.

Mentía. Brick estaba seguro. Aquellas ojeras no eran fruto de la culpabilidad por haberse perdido las navidades.

—Qué buena hija eres. ¿Qué tal la vida en la gran ciudad? —siguió indagando Mira. Aquella mujer sería capaz de sonsacarle hasta el más mínimo detalle como Remi se lo permitiera. Y luego se los serviría en bandeja alegremente al resto de los isleños mientras recogía a su hijo en el colegio o hacía algún recado.

—Bueno..., bien —respondió Remi.

Aquel titubeo hizo que Brick la mirara con recelo.

—¡Rápido! ¿De qué color tengo hoy el aura? —le preguntó Bill.

Remi se ruborizó.

—De un verde chillón precioso, como siempre —contestó.

Había muchas cosas que hacían que Remi fuera diferente al resto de las chicas. La sinestesia era una de ellas.

Decían que, de pequeña, Remi Ford había causado un gran revuelo en la guardería al pedir una cera de color rosa para escribir la letra e, porque todo el mundo sabía que las es eran rosas. Les costó varios años, pero sus padres al fin encontraron a un especialista que les dio la respuesta: el cerebro de su hija creaba conexiones adicionales que relacionaban los colores con cosas como letras, palabras y personas.

Sin embargo, lo que más le fascinaba a Brick era el hecho de que Remi pudiera ver la música. Antiguamente, antes de que las cosas se complicaran, le gustaba preguntarle los colores que veía en las canciones.

—¿Sigues en el museo? —le preguntó Mira.

—En realidad, ahora me dedico exclusivamente a pintar —respondió Remi.

Aquello sí que era una novedad. Le sorprendió que sus padres no lo hubieran mencionado.

Brick echó un vistazo a su carrito y vio tres cajas de cereales con nubes, café, leche condensada y un paquete de bollitos de miel. Ni rastro de ninguna proteína o verdura. Estaba comiendo por ansiedad.

—¿Casas o cuadros? —bromeó Bill.

—Principalmente, cuadros, pero a ti no me importaría pintarte la casa, Bill —dijo ella, guiñándole un ojo.

El hombre se puso rojo como un tomate, algo que Brick no había visto nunca. Así de potente era el encanto de Remi.

Esta se colocó un mechón de pelo suelto detrás de la oreja —un tic nervioso típico de ella— y Brick se fijó en un esparadrapo de color naranja clarito que tenía entre los dedos pulgar e índice. Llevaba el brazo derecho escayolado.

El corazón le dio un vuelco mientras las preguntas se arremolinaban en su mente.

Aquello no era asunto suyo. Y sabía lo que pasaría si se dejaba llevar por la curiosidad.

Lo que le ocurriera a Remi Ford ya no le incumbía.

—¿Estás saliendo con alguien? —le preguntó Mira—. ¿Te has traído a algún novio para San Valentín?

Brick apretó los dientes.

—Perdón, tengo que irme —dijo, agarrando con fuerza el asa del carro—. Bienvenida a casa, Remi.

—Gracias. Me alegro de verte, Brick —respondió ella, esbozando una sonrisa débil y triste.

Él asintió bruscamente con la cabeza. Haciendo un esfuerzo monumental, fue andando hacia la caja en lugar de corriendo mientras dejaba atrás a Remi, el resto de productos que le quedaban en la lista de la compra y un montón de preguntas sin respuesta.

2

«A ver, tampoco ha ido tan mal», pensó Remi mientras se colgaba las bolsas en el brazo bueno y volvía a salir a la calle bajo el frío atroz de la mañana.

Tras una larga noche en vela, había sobrevivido a un encuentro inesperado con Brick, aunque no había podido evitar aferrarse a él como una damisela en apuros. Pero al menos había conseguido que Bill, Mira y el resto de gente que había en la tienda le prometieran guardar el secreto para que pudiera darles una sorpresa a sus padres.

Eso le concedía, más o menos, una hora antes de que alguien llamara a su madre para soltárselo. Una hora para inventarse una versión oficial de la historia y disimular el cansancio de su cara. Una hora para intentar llamar de nuevo al hospital.

Caminó lo suficiente como para dejar atrás los escaparates del supermercado antes de apoyar las bolsas sobre la acera. Luego se quitó el guante con los dientes y volvió a marcar.

—Hospital Northwestern Memorial, ¿con quién quiere hablar?

—Hola, llamo para informarme sobre el estado de una paciente —dijo Remi.

—¿Cómo se llama? —A juzgar por su voz, a la persona que estaba al otro lado de la línea le gustaría estar haciendo muchas otras cosas en lugar de responder llamadas, pero al menos era una operadora diferente a la del día anterior.

—Camille Vorhees.

—¿Y usted?

Remi vaciló.

—Soy... su hermana.

—¿Nombre?

«Me cago en todo».

—¿Alessandra?

—No está en la lista.

—Es que soy la oveja negra de la familia —replicó, probando suerte.

—No está en la lista. Según las normas...

—Ya, gracias. Lo entiendo. —Remi colgó y le dio una patada a la columna que sostenía el tejado del porche del edificio de al lado—. Mierda —murmuró.

—Remi.

Casi se muere del susto al oír su voz. Aquella puñetera voz áspera, grave y ronca con la que aún seguía soñando.

—¡Joder, Brick!

Estaba cruzando la calle y avanzaba hacia ella como un tsunami. Implacable. Directo.

Le molestaba seguir sintiendo mariposas en el estómago cada vez que lo veía. Aunque no era de extrañar, teniendo en cuenta que Brick Callan era un pedazo de tío. Obviamente, lo primero que le había llamado la atención habían sido aquellos hombros anchísimos y aquel pecho gigantesco. Aunque no había tardado mucho en darse cuenta de que sus ojos azules y serios, ahora ribeteados por unas pequeñas patas de gallo, tenían unos superpoderes hipnóticos que hacían que se le cayeran las bragas.

El sombrero de vaquero que se empeñaba en llevar, a pesar de que existían alternativas mucho más cálidas para cubrirse la cabeza, aumentaba su rudo atractivo. Sobre todo en combinación con el abrigo grueso de invierno y los tejanos, que resaltaban su trasero musculoso.

Lo de la barba era una grata novedad. Lo de la intensidad venía de lejos y seguía resultándole igual de incómodo. Lo rodeaba una vibrante aura azul oscuro. «Estable. Fiable. Fuerte».

Hacía doce años, Brick le había partido el corazón en dos. Siete años después, se lo había hecho pedazos. Remi aún no le había perdonado ninguna de las dos cosas, pero eso no significaba que no pudiera alegrarse la vista con aquel monumento a la testosterona.

Se agachó para recoger las bolsas, pero él se le adelantó y las añadió a las que ya llevaba. Olía a cuero, a serrín y a caballos.

—No hace falta. Soy perfectamente capaz de llevarlas.

—¿Qué te ha pasado en el brazo? —le preguntó él bruscamente, como si le molestara necesitar una respuesta.

Cómo no, se había dado cuenta. A Brick Callan no se le escapaba un puñetero detalle…, salvo el más obvio de todos.

—No es nada, solo una pequeña fractura —dijo ella, extendiendo la mano para que le diera las bolsas. Él las levantó por encima de la cabeza en lo que Remi consideró una demostración de fuerza innecesaria. Y muy atractiva.

—¿Cómo te lo has hecho? —El tono familiar y áspero de su voz anidó en su vientre como un charquito de miel tibia.

Se preocupaba por ella. A lo mejor no tanto como en su día le habría gustado a una adolescente enamorada, pero sí lo suficiente como para consolar a una treintañera herida.

—En un accidente de coche —respondió—. En serio, dame la compra.

—¿Dónde fue? ¿Conducías tú? ¿Hubo más heridos?

Remi se encaró con él en la acera mientras el viento del lago intentaba meterle mano bajo la ropa con sus dedos gélidos.

—Sin ánimo de ofender, pero Chicago está fuera de su jurisdicción, sargento. Y, por si se te ha olvidado, mi vida no es asunto tuyo.

Brick le dirigió una de esas miradas largas y melancólicas cuyo significado ella nunca había conseguido descifrar.

Algo le vibró en el bolsillo, sobresaltándola. Remi se olvidó del armario empotrado que tenía delante y se puso a buscar el teléfono como una loca.

«Qué coñazo de tío».

«Mierda». La esperanza que había florecido en su pecho se esfumó. Ignoró aquella llamada, como había hecho las últimas cuatro veces, y volvió a guardar el móvil.

Brick la estaba mirando con el ceño fruncido. Al menos había cosas que nunca cambiaban.

—¿Dónde te quedas? —le preguntó él, finalmente—. Te acompaño.

No era un ofrecimiento. Brick era demasiado caballeroso como para dejarla renquear durante varias manzanas como una mula coja con aquel tiempo de hipotermia y ella sabía que, por muy terca que se pusiera, él iba a insistir.

—En Red Gate —contestó.

Brick bajó la vista y luego miró hacia el horizonte, donde el cielo se fundía con el agua. Suspiró.

—Venga ya, no te pongas en plan vaquero atormentado —le dijo ella, poniendo los ojos en blanco—. Tampoco vamos a vernos tanto.

Red Gate Cottage estaba en el extremo sur de la isla, a orillas del lago. Y, casualmente, justo enfrente de la casa de Brick. Remi aún no tenía muy claro si aquello había influido en su elección.

—¿Tú eres la culpable de que la señora Sopp quiera que cambie las pilas de los detectores de humo?

—No hace falta ser tan borde. Dámelas y ya lo hago yo.

—Ah, ¿sí? ¿Para que te caigas de una silla y te rompas el otro brazo? —Brick echó a andar por la acera sacudiendo la cabeza y farfullando.

Remi corrió para alcanzarlo mientras él iba dejando atrás los hostales y las tiendas de recuerdos, que en invierno estaban cerrados.

—¿Así convences a las chicas de que se bajen las bragas térmicas? ¿Con este rollo de vaquero gruñón?

—No me toques las narices, Remi.

Algo más animada por haber conseguido provocarlo, se puso a su lado y se guardó las manos en los bolsillos. Era una mañana soleada, de las de diez grados bajo cero. Sobre la fina capa de nieve que cubría la carretera había marcas de las motos de nieve, el principal medio de transporte en la isla durante el invierno. Eso, los caballos y los pies eran las únicas opciones de los residentes para atravesar los seis kilómetros de colinas y bosques.

Para algunas personas, Mackinac era un sitio raro. ¿Una isla sin un solo coche? ¿Una comunidad con una vida útil de unos cuatro meses antes de la llegada del crudo e interminable invierno? Pero, para Remi, era su hogar. Y volver al hogar significaba sanar heridas.

Recorrieron el resto del camino en silencio. Ella se adelantó para abrir la puerta del jardín, pintada de color rojo pasión. Unos setos altos protegían la casita de ladrillo blanco de las miradas indiscretas desde la acera, pero desde el edificio victoriano de dos plantas que había al otro lado de la calle se podía ver por encima de ellos.

—La has pintado —comentó Remi mientras Brick pasaba por delante de ella con la compra.

La vivienda había pertenecido a sus abuelos, que habían acogido en su casa a sus dos nietos en un momento en el que lo estaban pasando mal. Entonces era toda blanca. Ahora, tanto las tejas de cedro como el recubrimiento de madera eran de color azul marino oscuro y el amplio porche delantero se extendía a ambos lados de una puerta roja, una combinación de colores a la que Remi daba su aprobación. La valla baja que había al lado de la acera seguía siendo de un tono blanco perla.

Con el jardín delantero nevado y los setos de hoja perenne, era una imagen de postal.

Brick gruñó —porque tenía una asignación diaria de unas cincuenta palabras— y rodeó la casita por un lateral para ir hacia la puerta delantera. En lugar de porche, Red Gate tenía una tarima baja de cedro. En verano ponían una mesa con sillas y una sombrilla para poder sentarse y disfrutar de las vistas, que eran espectaculares. En invierno, en la tarima había varios montoncitos de leña perfectamente ordenados para la pequeña chimenea del dormitorio.

Remi abrió la puerta y estuvo a punto de poner los ojos en blanco cuando aquel hombre descomunal insistió en dejarla pasar primero. Aquella combinación de caballerosidad y mal humor no tenía demasiado encanto, la verdad.

No como la casita, que lo derrochaba a raudales.

Agnes Sopp —la mayor propietaria inmobiliaria de Mackinac— la había reformado con suelos de pino y paredes de estuco color crema. En el salón, delante de la chimenea de gas, había un sofá de un tono blanco roto con cojines mullidos. La cocina era diminuta, con armarios blancos y encimeras de madera barnizada, pero una pequeña isla de acero inoxidable con ruedas añadía espacio de almacenamiento extra y más superficie de trabajo. Habían cambiado todas las ventanas de la fachada para sacar el máximo provecho a las vistas.

Y menudas vistas.

Las oscuras aguas del lago Hurón se extendían hasta el infinito frente a la vivienda, fieles e imperturbables... Como el hombre que rondaba por la casa de Remi.

Brick entró bruscamente en la cocina, invadiendo todo el espacio con sus hombros de vaquero y su mala leche.

Y, mientras se quitaba las botas y el abrigo, Remi se dio cuenta de que esa era la razón por la que había vuelto. Para estar lo suficientemente cerca de él como para sentirse segura de nuevo. Por más que se quejara, Brick Callan se preocupaba por ella. No sabía por qué, pero él necesitaba que todas las personas que le importaban estuvieran a salvo. Se lo imaginaba corriendo como un perro pastor detrás de los habitantes de Mackinac, protegiéndolos a todos del peligro.

Suspiró. No tenía sentido fantasear con alguien inalcanzable. Además, tenía problemas mucho mayores y más peligrosos entre manos.

Brick sacó un paquete de pilas de una de las bolsas. Ella observó cómo retiraba con eficiencia la tapa del primer detector de humo sin necesidad de silla ni escalera y deseó poder acurrucarse en el sofá y dormir un poco mientras él estaba allí. Mientras estaba a salvo.

Remi se sentó en uno de los sillones giratorios de terciopelo azul que había frente a la ventana. Se puso de espaldas al lago, recogió las rodillas hasta poder apoyar la barbilla y lo miró mientras él se ocupaba de cuidar de ella a regañadientes.

Brick volvió a colocar las tapas en su sitio y tiró el embalaje y las pilas viejas a la papelera que había bajo el fregadero.

—¿Haces mucho de manitas para Agnes? —le preguntó Remi.

Él se giró para mirarla y, mientras avanzaba hacia ella con aquellas piernas tan largas, esta retrocedió en la silla. No sabía exactamente qué esperaba que hiciera, pero cogerla suavemente de la mano derecha y subirle la manga del jersey enorme que llevaba puesto no era una de las posibilidades que se le pasaron por la cabeza.

A lo largo de los años, Remi lo había abrazado, besado, manoseado y rozado unas mil veces. Cada vez que se tocaban sentía algo especial, saltaban chispas. Aquello le fascinaba. Le hacía sentirse bien. La confundía. Sin embargo, lo que le atraía de Brick era lo que parecía alejarlo de ella. Podía contar con los dedos de una mano las veces que aquel hombre la había tocado primero por iniciativa propia.

—¿Cómo coño te has hecho esto? —le preguntó. Su voz sonaba autoritaria, pero la forma en la que le estaba sujetando la mano para examinar el yeso era casi tierna.

—No fue culpa mía —replicó Remi, aunque no tenía muy claro que fuera cierto.

—¿Te duele?

—No, me da gustito. Pues claro que me duele. Es un brazo roto.

—¿Cómo te lo has hecho? —dijo Brick, muy serio.

Remi se tensó, incapaz de controlar la reacción visceral que le provocaba recordarlo. Las luces cegadoras. El metal retorciéndose. La caída al abismo.

—Ya te lo he dicho, en un accidente de coche —insistió ella, intentando apartar el brazo. Pero él siguió agarrándola con cuidado y firmeza mientras exploraba con los dedos la venda color mandarina de la escayola.

La atravesó con sus ojos azules, intentando descifrarla.

—¿Cómo fue? —volvió a preguntar. Su voz era áspera y grave, pero su tacto era cálido. Era como si el vibrante halo azul que lo rodeaba la envolviera a ella también. Remi se horrorizó al darse cuenta de que se le estaban llenando los ojos de lágrimas.

Por fin fue capaz de soltarse y se giró hacia las ventanas y el lago.

—No quiero hablar del tema.

—Pero si tú siempre quieres hablar de todo.

—Pues ya no —murmuró Remi.

—¿Te duele mucho? —le preguntó él bruscamente, como si él también lo estuviera sufriendo.

Ella apoyó la mejilla en la rodilla y se secó las lágrimas.

—Cada vez menos.

—Recuerda que sé cuándo mientes —dijo él, dándole la vuelta a la silla para obligarla a encararlo.

Su mirada se había oscurecido. En ese momento, sus ojos parecían más grises que azules. Remi se preguntó qué vería él en los suyos. ¿Sería capaz de ver más allá de su fanfarronería e intuir lo que ocultaba bajo la superficie? ¿Podría descubrir aquello que antes no existía? ¿Aquello que lo había cambiado todo?

—Eso era antes —le recordó ella en voz baja—. Ahora somos personas distintas.

Brick se levantó, estirando aquellas piernas kilométricas, y volvió a la cocina.

—Deberías hacer acopio de provisiones básicas —comentó Brick, cogiendo sus bolsas.

Se marchaba. Remi se sintió aliviada y triste a la vez. Por más que le molestara, su presencia ahuyentaba las sombras. Y eso la cabreaba.

—Sí, debería ponerme con ello —respondió, secándose rápidamente una lágrima cuando él no la veía.

Brick se detuvo con las bolsas en la mano y volvió a mirarla.

—Pareces agotada. Te vendría bien descansar.

—Adiós, Brick —dijo Remi, fulminándolo con la mirada. Él fue hacia la puerta y la abrió—. ¡Me gusta tu barba! —gritó ella mientras lo veía salir.

Él apretó la mandíbula, le echó un último vistazo abrasador y desapareció.

3

—¿Remi Honey?

No había muchas cosas que sorprendieran a la comisaria Darlene. Nacida y criada en Mackinac, hacía casi treinta años que era policía en la isla. Sin embargo, encontrarse en el porche de casa a su hija menor, que se suponía que estaba trabajando y viviendo en Chicago, logró sobresaltarla.

—¡Sorpresa! —Remi abrazó a su madre efusivamente, aferrándose a ella con todas sus fuerzas.

La insignia con su nombre que Darlene llevaba sujeta con un imperdible en la parte delantera de la sudadera del uniforme de invierno se le clavó en el hombro. Puede que hubiera heredado los ojos verdes de su progenitora, pero no su considerable estatura.

—¡Por el amor de Dios! —farfulló Darlene, estrechándola con fuerza—. ¿Por qué no me has llamado para decirme que venías? Podría haberte preparado la habitación. ¿Qué tal te encuentras? ¿Te estás tomando la medicación? ¿Ha pasado algo? ¿Cómo va la pintura? ¿Has vendido algún cuadro?

Remi la soltó, riéndose del interrogatorio maternal.

—Quería daros una sorpresa a papá y a ti. No necesito la habitación porque he convencido a Agnes Sopp para que me alquile una casa. Y todo lo demás está bien.

—¡Pues me hace muchísima ilusión! —Todavía agarrándola por los hombros, Darlene miró hacia atrás y pegó un grito—. ¡Gil, baja un momento!

—¿Qué pasa? ¡Hace demasiado frío para que haya arañas! —vociferó Gilbert Ford desde el piso de arriba.

—¡No es una araña! —respondió Darlene, a voz en grito.

Darlene Ford no le tenía miedo a nada... salvo a las arañas. Era el único caso en el que permitía que su sosegado marido, profesor de inglés, acudiera a rescatarla sin rechistar.

—Venga, pasa antes de que calentemos a todo el barrio. —Darlene hizo entrar a Remi en la casa de la que tantas veces esta se había escapado durante la adolescencia.

Habían cambiado algunos detalles. La alfombra que estaba pisando era nueva. Había un escritorio de madera maciza en el estudio abarrotado que se encontraba a su izquierda. El antiguo, que en realidad era una mesa de cartas destartalada, se había venido abajo el año anterior bajo el peso de las redacciones del instituto y las tazas de café medio vacías. Y al otro lado del pasillo, en el salón, había una televisión nueva más grande.

Pero seguía oliendo a su casa. Es decir, a café y a cera para muebles. El paisaje que Remi había pintado de la costa de Mackinac, uno de sus primeros cuadros, seguía colgado en el pasillo que conducía a la luminosa cocina y al comedor. Y sus padres seguían gritándose de una habitación a otra.

—¡Remi Honey!

Gilbert Ford era un par de centímetros más alto que su mujer y un poco menos atlético. Siempre llevaba el pelo, de color pelirrojo oscuro, ligeramente despeinado y la ropa un poco mal combinada, pero se le daba tan bien escuchar a la gente que su aspecto desaliñado pasaba a un segundo plano. Estaba tan emocionado que se saltó el último escalón y estuvo a punto de tirarlas a ambas al pie de la escalera. Esbozó una sonrisa tímida antes de darle a su hija un fuerte abrazo.

Ella cerró los ojos y se dejó querer.

—Hola, papá.

—Qué sorpresa tan maravillosa —dijo él, balanceándose con ella de lado a lado. Gilbert era un experto abrazador y la medicina perfecta para el mal que aquejaba a su hija en aquel momento.

Remi se preguntó cómo era posible sentir nostalgia estando

en la casa de su infancia, envuelta en los brazos del primer hombre que la había querido.

—¿No lo sabías? —le preguntó Darlene a su marido, mirándolo con desconfianza.

Él negó con la cabeza mientras la soltaba.

—No tenía ni idea —aseguró, estrechando las manos de su hija—. ¿Tú tampoco?

Sus padres estaban muy ocupados y muchas veces olvidaban transmitirse mensajes de diversa importancia.

—No le he dicho a nadie que venía. Quería daros una sorpresa —les aseguró Remi.

La sonrisa de Gilbert se apagó un poco mientras este entornaba los ojos tras las gafas de carey que llevaba desde hacía veinte años.

—¿Qué es esto? —preguntó, apretando suavemente la muñeca de Remi.

—Ah, una escayola —respondió ella.

—¿Una escayola? ¿Es que te has roto el brazo? —chilló Darlene.

—He tenido un pequeño accidente. Solo es una fracturilla de nada. Poca cosa.

Su padre frunció el ceño.

—¿Y puedes pintar con el yeso, cielo?

—La verdad es que todavía no lo he intentado.

Ya había soltado un montón de mentirijillas y ni siquiera había pasado del vestíbulo. Menudo récord.

—Venga, vamos. Puedes contárnoslo todo mientras nos tomamos un café —le propuso Darlene—. ¿Cuánto tiempo vas a estar por aquí?

—Pensaba quedarme un par de semanas y tomarme unas pequeñas vacaciones —respondió Remi, siguiendo a su madre hasta la cocina.

Era su estancia favorita de la casa. Después de haberse pasado dos semanas enteras discutiendo por culpa de unas manchas, sus padres se habían venido arriba y habían pintado los armarios en un tono verde botella. Las encimeras eran de azulejos brillantes de color azul. También había una isla de forma rara entre la zona de trabajo y el rincón para desayunar, compuesto por un par de bancos con respaldo y cojines y una mesa de arce macizo encajada en el mirador.

—¿Te han despedido? —le preguntó Darlene.

Remi resopló mientras abría el armario de las tazas que estaba encima de la cafetera y rebuscó entre el contenido hasta encontrar su favorita: una enorme de color amarillo pollito que ponía NO TE PREOCUPES, SÉ FELIZ.

—No, mamá. No me han despedido. Ahora me dedico exclusivamente a pintar.

—Ah, ¿sí? Caray, eso sí que… ¡Ay, la leche! ¿Ya es tan tarde? —exclamó Gilbert, mirando el reloj del microondas—. ¡Tengo que irme al instituto!

—Mierda, yo esta mañana tengo una reunión que no me puedo perder —dijo Darlene, siguiendo la dirección de la mirada de su marido.

Remi se apartó de un salto mientras sus padres se abalanzaban sobre la cafetera para llenar los termos.

—Cena familiar en honor a la artista muerta de hambre —decidió su madre, enroscando el tapón del termo.

Lo de «muerta de hambre» era algo que Remi no había conseguido eliminar de la ecuación hasta hacía poco, pero no podía darles la buena noticia sin contarles también la mala.

—¿Esta noche? —Gilbert devolvió la jarra vacía a la cafetera frunciendo el ceño—. ¿Tengo yo algo, o lo tienes tú?

—Doble marrón —se lamentó Darlene—. Esta noche tú tienes el partido de baloncesto para recaudar fondos y yo, una junta del ayuntamiento.

—No pasa nada —dijo Remi—. Voy a estar por aquí mucho tiempo.

—Mañana por la noche —propuso Gilbert, señalándola con ambos dedos índices—. Avisaré a tu hermana.

Darlene cogió el paquete de café en grano y se lo pasó a Remi.

—Prepara otra cafetera para ti y saca carne para asar del congelador, o algo. Ah, y ya que estás aquí, ¿te importaría meter la colada en la secadora?

Sus padres la abrazaron y le dieron unos besos rápidos y ruidosos en las mejillas antes de salir pitando. Remi oyó en la calle el ruido de la vieja moto de nieve Yamaha y, al mirar por la ventana delantera, vio a su padre subiéndose detrás de su madre. Normalmente, la comisaria Ford dejaba a su marido en el instituto antes de volver al centro del pueblo para empezar la jornada en la comisaría de Market Street.

A Remi le molestó un pelín que no tuvieran tiempo para tomarse un café con ella, pero eso le pasaba por aparecer un jueves sin avisar. La cocina se quedó demasiado en silencio, así que decidió encender la vieja radio por la que su padre escuchaba los partidos de los Wolverines.

Empezó a sonar un clásico relajante y unas nubes de color amarillo claro y dorado aparecieron flotando en la habitación, haciéndole compañía. ¿Quién iba a pensar que la niña de las heridas en las rodillas y las «e» de color rosa acabaría dedicándose a pintar cosas que solo ella podía ver?

—Primero el café —decidió Remi.

Preparó una cafetera nueva y entró en el lavadero diminuto que había entre la cocina y el comedor. Estaba casi igual, salvo por el orden. Como allí ya no vivían dos adolescentes, el espacio estaba más organizado. La cuerdita para tender que iba de pared a pared ya no se encontraba llena de sujetadores. Ahora, en ella había colgados calcetines desparejados sujetos con pinzas de madera.

Remi abrió la lavadora y empezó a meter la ropa húmeda en la secadora. Todo le llevaba el doble de tiempo, con un solo brazo. No le apetecía nada tirarse entre cuatro y seis semanas sin poder usar la mano derecha.

Una cosa roja de encaje le llamó la atención. La desenterró y sacó con cuidado un sofisticado tanga.

—Por favor. Pero ¿qué es esto?

Cogió el móvil y le sacó una foto.

KIMBER

Dime que esto es de mamá y no de papá.

Los tres puntitos aparecieron y desaparecieron. Su hermana tardó cinco minutos en contestar.

Qué haces hurgando en la ropa interior de
nuestros padres, pervertida?

He venido a daros una sorpresa
Por cierto, sorpresa!
Mamá y papá me han dejado
aquí tirada con
una lista de tareas.

Hay cosas que nunca cambian
Excepto la ropa interior de mamá, por lo visto

Estás en casa? Te apetece quedar?

Como su hermana no respondía, Remi acabó de llenar la secadora y pulsó el botón de encendido. Una vibración metálica sobre la máquina anunció un mensaje entrante.

MAMÁ

No te olvides de limpiar el filtro de las pelusas!
Podrían causar un incendio

Ya lo sé, mamá. No tengo diez años

Sintiéndose culpable, Remi paró la secadora y vació el filtro de las pelusas antes de volver a ponerla en marcha. Luego, por diversión, colgó el tanga en el tendedero, donde sus padres lo verían sí o sí.

Con la secadora en marcha, el incendio evitado y la taza llena de café recién hecho, Remi se dirigió al sótano.

Los escalones de madera estaban desgastados por décadas de subidas y bajadas. Las salpicaduras de pintura en los peldaños contaban la historia de sus primeros pasos como artista.

El sótano de los Ford no era el estudio ideal, con sus techos bajos y la ausencia de luz natural. Pero si cubría el arcón congelador con una lona antes de empezar a pintar «arbolitos felices» con Bob Ross, a nadie le importaba un pimiento que ensuciara el suelo de hormigón y las paredes de bloques.

Remi levantó la tapa del congelador, que se abrió con un chirrido de casa encantada, para asomarse a sus profundidades heladas.

Papá, hay una tonelada de carne para asar en
el congelador
Cuál descongelo?

Es una ocasión especial, saca la pechuga de
pavo!
Así volvemos a celebrar Acción de Gracias!
Venga, voy a tocarles las narices a mis
alumnos con un examen sorpresa!

Remi esbozó una sonrisa sincera por primera vez en una eternidad. Le gustaba volver a estar en casa.

Se llevó la pechuga de pavo al piso de arriba y la sumergió en agua fría en el fregadero.

Después de servirse otro café, decidió dar una vuelta de reconocimiento por la casa y subió las escaleras. El dormitorio de sus padres estaba en la parte de atrás. La puerta estaba cerrada para que no se escapara el calor, como cualquier otro invierno. La vida en Mackinac era cara, y los inviernos, fríos. La mayoría de la gente tenía más de un trabajo y sacrificaba una temperatura interior agradable para reducir la factura de la calefacción cuando era posible.

De niñas, Kimber y Remi tenían sus cuartos en la parte delantera de la casa.

Remi empujó la puerta de su habitación y suspiró. Allí sí que habían hecho cambios. La pintura morada y los pósteres de Usher, Alicia Keys y Zac Efron habían desaparecido. Sin embargo, habían conservado algunas de las reproducciones de cuadros que coleccionaba. Aquellas obras coloridas resaltaban sobre las paredes beige.

La cama era la misma, con el cabecero de hierro forjado, pero faltaba el caleidoscopio de pañuelos que había tejido entre los barrotes. La colcha de color marfil hacía que la habitación tuviera un aspecto sereno en lugar de lúgubre.

Remi no pudo evitar preguntarse si sus padres habrían preferido que ella fuera así. Tranquila y calmada, en lugar de «un huracán de color y caos».

No sería de extrañar. Sabía perfectamente que aguantar a Remington Honeysuckle Ford tenía tela.

Alessandra Ballard, en cambio, era excéntrica e interesante. O al menos esa era la idea. Pero ahora, al volver a su antigua habitación, Remi se preguntaba de qué le había servido dejar atrás el pasado y cargarse su futuro.

Aunque tampoco podía permitirse pensar en eso todavía. Tenía asuntos más urgentes que resolver.

Cogió el móvil y abrió el correo electrónico. Ignoró la bandeja de entrada desbordada y empezó a escribir un mensaje nuevo de forma lenta y dolorosa, porque no podía mover bien el pulgar derecho.

> C:
>
> Espero que estés bien. Por favor, dime que sí.
>
> No quieren contarme nada.
>
> Por favor, dime que te encuentras bien.
>
> R.

Remi observó la parte superior de la bandeja de entrada durante varios minutos, con la esperanza de que apareciera una respuesta. Al no recibirla, se tumbó en la cama mirando al techo, dejando aflorar los pensamientos y los recuerdos.

Estaba en casa. Estar en casa era seguro. Siempre y cuando nadie de su otra vida descubriera dónde encontrarla. Allí exorcizaría unos cuantos demonios, curaría unos cuantos huesos rotos e idearía un plan para solucionarlo todo antes de que fuera demasiado tarde.

Y, por favor, ojalá ya no fuera demasiado tarde.

4

—Venga, Brick. Solo me estaba divirtiendo un poco.

Puede que fuera por los escasos treinta minutos que había conseguido dormir la noche anterior, o tal vez por la voz quejumbrosa de Duncan Firth mientras contemplaban el chasis destrozado de la Polaris, que había empotrado contra una valla y una señal de stop; fuera cual fuera la causa, en ese momento no estaba para diversiones.

—«Sargento Callan». Llevo puesto el uniforme —replicó, entregándole la multa—. Y la próxima vez que se te ocurra subirte a ese trasto, intenta mantenerlo alejado de las vallas y las señales de tráfico.

—Sí, señor —dijo Duncan, guardándose el papelito en el bolsillo del mono de esquí.

Aquel tío tenía sesenta y pocos años y tres nietos y era un poco temerario. Todos los años era el primer isleño en probar el puente de hielo que unía la isla con el continente. Cuanto más se alargaba el invierno, más estúpidas eran sus decisiones.

—¡Abuelo! ¡Abuelo! ¿Has visto el vídeo? —El nieto de siete años de Duncan se acercó corriendo, levantando el móvil en el aire.

—Déjame echar un vistazo —dijo Duncan, sacando unas gafas para ver de cerca.

Brick negó con la cabeza y decidió que era mejor largarse antes de que tuviera que añadir más cargos a la sanción. Conociendo a Duncan, seguramente habría un pack de seis cervezas enterrado por allí cerca, bajo la nieve.

Su caballo, uno de los pocos que quedaban en la isla en invierno, golpeó impaciente la valla con una pezuña. Al igual que su dueño, Cleetus era pacífico, noble y más grande de lo normal. Medía un metro sesenta de altura y, ese viernes, su pelaje oscuro brillaba bajo el sol matutino. Brick guardó el equipo en la alforja y le dio al caballo una palmada en la grupa antes de subirse a la silla.

—Muy bien. Vamos a desayunar, amigo.

El enorme caballo negro asintió con la cabeza y juntos fueron hacia el pueblo.

Era una mañana espectacular. El sol se reflejaba en la nieve arrancándole miles de destellos de diamante de un brillo cegador, pero el viento del lago se colaba bajo la ropa, recordándole a cualquiera que se atreviera a salir bajo aquel sol radiante que todavía estaban en febrero y que aún faltaba mucho para las temperaturas primaverales de mayo.

A Brick le gustaba la belleza agreste del invierno. Las noches largas y oscuras. El silencio. El trabajo era más pausado, más fácil. Pasaba de controlar a miles de turistas a simplemente tener que echar un ojo a los pocos cientos de personas que vivían en Mackinac durante todo el año. Era una tarea tranquila.

O al menos lo había sido hasta el día anterior.

Las luces de Red Gate habían permanecido encendidas toda la noche. Lo sabía porque había estado yendo más o menos cada hora a su antigua habitación, que estaba en la parte delantera de la casa, para ver la casita del otro lado de la calle.

Remi siempre había sido un criatura nocturna, además de un poco despistada. Nunca había tenido que enfrentarse a las consecuencias de sus actos, porque siempre había tenido a alguien que fuera detrás de ella apagando las luces.

Sin embargo, a Brick el instinto le decía que esa vez el problema no era solo que Remi estuviera demasiado concentrada en sus cuadros y en sus aventuras como para prestar atención. Algo iba mal. Ella no estaba bien. Lo sabía por sus ojeras y por cómo se había sobresaltado cuando la había sorprendido al salir del supermercado.

La carretera nevada se extendía ante él, con el bosque a la derecha y algún atisbo de agua entre los árboles a la izquierda.

El pequeño centro del pueblo, donde había transcurrido la mayor parte de su vida adulta, estaba más adelante. Brick había convertido ese lugar en su hogar. Se había hecho un hueco.

No pensaba alterar el equilibrio acercándose demasiado a ella. No volvería a hacerlo. Entre otras razones, porque Remington Ford había nacido con alas en vez de con raíces.

Era mejor y más sencillo que siguieran estando solo Cleetus, Magnus (el gato callejero) y él. Tenía una casa. Un trabajo que le gustaba. Buenos amigos y un lugar en la mesa de aquella familia a la que tantas veces había deseado pertenecer. Querer más sería pura avaricia. Y sabía, por experiencia, que la avaricia rompía el saco.

Cleetus aceleró el paso cuando los establos blancos quedaron a la vista. Los pocos centímetros de nieve que había en Market Street amortiguaban el sonido de sus pesados cascos.

Brick hizo lo que mejor se le daba: centrarse en las tareas que tenía entre manos y olvidarse de lo que podría haber sido. Después de alimentar a su montura y guardar los arreos, se echó al hombro las alforjas —su versión personal de un maletín— y echó a andar calle arriba. Entró en la cafetería que estaba oportunamente situada a medio camino entre los establos y la comisaría y compró lo de siempre: una caja de bollería variada.

La conversación entre los camareros y los otros dos clientes le recordó que, fuera al lugar de la isla que fuera, no iba a poder evitar que le mencionaran a la pelirroja conflictiva.

Sí, se había enterado de que Remi Ford había vuelto.

No, no sabía cuánto tiempo se iba a quedar.

Sí, estaba tan guapa como la última vez que la habían visto.

Mientras Brick había tenido que hacerse un sitio en la isla, Remi había nacido con él. Todo el mundo esperaba con impaciencia sus visitas porque todo era un poco más alegre y divertido cuando Remington andaba cerca. Era de esas chicas que, cuando le ponían un apodo a un tío, todo el pueblo lo seguía usando más de una década después.

Brick encorvó los hombros para protegerse de las ráfagas de viento que se colaban entre los edificios y apuró los últimos cientos de metros hasta su destino. A él, aquel edificio blanco de dos plantas de Market Street siempre le había recordado a una iglesia. Sin embargo, en lugar de sermones dominicales, este albergaba la comisaría de policía de la isla Mackinac, el ayuntamiento y el juzgado municipal.

Se coló por la puerta lateral, se quitó el sombrero y el abrigo y los colgó en sus perchas correspondientes. Aquella mañana solo había otra parka en el perchero. En temporada alta, el personal de la pequeña comisaría aumentaba y decenas de policías patrullaban las calles de Mackinac a pie, en bicicleta y a caballo. Pero en temporada baja solo se quedaban unos cuantos para atender a los habitantes permanentes de la isla.

Llevó la bollería a la sala de personal, donde encontró a la comisaria sirviéndose un café recién hecho en una taza que ponía: SE LLAMA «NIEVE», VETE ACOSTUMBRANDO.

—Buenos días, Brick.

La comisaria Darlene Ford era una mujer excepcional. Había pasado toda la vida en la isla y la sensación térmica de quince grados bajo cero ni la inmutaba. Casi nada lo hacía. Era alta y de constitución atlética. Llevaba el pelo castaño canoso recogido en una práctica coleta corta, como era habitual. Tenía los ojos de un verde frío y penetrante. Su cuerpo fibroso era fruto de un estricto entrenamiento diario con pesas. Podía hacer más flexiones del tirón que la mayoría de los miembros del reducido cuerpo policial.

Excluyendo a Brick, claro, que se esforzaba por hacer su trabajo, conducir y disparar mejor que cualquier otro agente.

—Buenos días, jefa —respondió él, sirviéndose una taza de café.

—¿Qué ha hecho Duncan esta vez? —le preguntó Darlene, analizando detenidamente el surtido de bollería.

Eligió una garra de oso con beicon y le tendió la caja. Él negó con la cabeza y fue hacia la nevera, donde le esperaba el batido de proteínas.

—Estrellar la Polaris nueva contra una valla y cargarse la señal de stop de Huron Road.

—Un día de estos, ese idiota se va a partir la crisma.

—¿Alguna novedad desde ayer? —preguntó él antes de beber un sorbo de café.

—Remi ha vuelto a casa —respondió ella, sin molestarse en disimular un escalofrío mientras observaba su batido de proteínas.

—Ya me he enterado. ¿Está bien?

Darlene lo miró fijamente con sus ojos verdes.

—Eso parece. Se presentó ayer por la mañana. Se ha roto un brazo en un accidente. Parece cansada, pero ¿quién no lo está a estas alturas del invierno? —dijo ella. Brick gruñó, tragándose todas las preguntas que tenía—. Eso me recuerda que esta noche tenemos cena familiar. A las siete. No nos falles. —Darlene fue hacia la puerta—. Y no pierdas el tiempo diciéndome que estás muy ocupado o que no quieres molestar.

Mierda. Adiós a sus dos mejores excusas.

—Allí estaré —respondió.

—Bien. Trae bourbon, a Gil le ha dado por los manhattans —dijo Darlene, girando la cabeza hacia atrás—. Y cómete un puñetero bollo para bajar ese batido. Tanta disciplina no puede ser buena.

Brick se sentó detrás de su mesa, un viejo mamotreto de metal verde abollado al que le había acabado cogiendo cariño con los años. Mientras el ordenador se encendía, se bebió la mitad del batido y le envió un mensaje a Darius, aunque sabía perfectamente que su socio del bar aún tardaría varias horas en despertarse.

No cuentes conmigo esta noche.

No es que le tocara trabajar, pero le gustaba pasarse por allí. Cuanto más pendiente estaba del bar, menos sorpresas había.

Negándose a pensar en que por la noche iba a tener que compartir mesa con Remi, se puso manos a la obra. Miró con desagrado el recuadro correspondiente a las diez de la mañana de la agenda del departamento, registró el accidente de Duncan y, a continuación, echó un vistazo al programa de bienestar social de la tarde. En aquel pueblo, la policía dedicaba más tiempo a «llevar a los ancianos a la iglesia los domingos» que a perseguir delincuentes.

A Brick le gustaba la adrenalina de la temporada alta, con todos los retos que un millón de turistas traían consigo, pero prefería los inviernos porque era cuando tenía la sensación de estar aportando algo. No solo garantizaba la seguridad de la isla, sino que además se aseguraba de que todo el mundo tuviera lo que necesitaba.

Trazó una ruta para las visitas del programa de bienestar social y echó un vistazo a la bandeja de entrada del correo electrónico. No había nada urgente. Para cuando acabó el batido, ya se había quedado sin fuerza de voluntad.

Sin perder de vista el despacho de la comisaria, introdujo en la base de datos aquel nombre que llevaba toda su vida adulta intentando olvidar y se recostó en la silla mientras el motor de búsqueda le proporcionaba los resultados.

Remington Ford tenía cinco multas de tráfico. Menuda sorpresa.

Además, contaba con dos detenciones. Él estaba al tanto de la primera. De hecho, la había detenido él.

La segunda era más reciente. Hojeó el informe. Había sido en una manifestación en Filadelfia, hacía tres años. Se habían retirado los cargos, lo cual tampoco le sorprendía.

Lo que sí le sorprendió fue que no hubiera constancia de ningún accidente de tráfico. Siempre que había un accidente con heridos se redactaba un informe en el que se incluía el nombre de la víctima.

Volvió a mirar hacia el despacho de la comisaria. Darlene estaba al teléfono con los pies encima de la mesa, participando en una videollamada con unos cuantos miembros de la Cámara de Comercio.

Ya que estaba en ello y que la jefa seguía ocupada, decidió indagar un poco más. Amplió la búsqueda y echó un vistazo al resto de los resultados.

«Bingo».

Hacía cuatro días, Remington Honeysuckle Ford, de treinta años, había sido trasladada desde un piso de Chicago al servicio de Urgencias del hospital St. Luke por un «ataque de asma agudo». Brick se acercó un poco más a la pantalla y le dio un codazo a la botella vacía de batido, que se cayó al suelo. Miró avergonzado a Darlene mientras la recogía y volvió a concentrarse en el monitor.

El informe de urgencias no aportaba más datos. Sin una orden judicial, no le serviría de nada hablar con el departamento de Admisiones del hospital.

¿Se habría desmayado por el ataque de asma y se había roto el brazo al caer? De ser así, ¿quién estaba con ella para llamar a la ambulancia? ¿Y por qué había mentido diciendo que había tenido un accidente de coche?

La puerta lateral se abrió de golpe y Brick hizo que la botella volviera a salir volando.

Joder. Aquella mujer no llevaba ni dos días en la isla y él ya estaba con los nervios a flor de piel.

—Qué día tan bonito —canturreó Carlos Turk con los brazos en jarras, entrando en la comisaría.

Aquel agente estaba siempre tan contento que daba asco. Para él, todos los días eran maravillosos. Todos los turnos eran divertidos. Todas las hamburguesas eran las mejores del mundo. Era difícil odiar a un hombre por ser feliz todo el rato, pero Brick lo intentaba igualmente.

—Estamos a diez grados bajo cero —replicó.

—Qué maravilla. —Carlos se detuvo y le dio un repaso a Brick—. Estás hecho una mierda, tío.

—¿Una mierda guapa?

—No te pases. ¿Qué tal una mierda moderadamente atractiva?

—Me vale. Hay bollos en la sala de personal —dijo Brick, cerrando la pantalla de búsqueda. Ya se preocuparía por ese problema más tarde.

—¿Te has chutado suficiente cafeína esta mañana? —le preguntó Carlos, frotándose las palmas de las manos—. Creo que te toca hacer de malo.

Una cría le arreó en el muslo con un bate de poliestireno mientras pedía ayuda a gritos.

—Así se hace, Becky. ¡Dale otra vez! —la animó Carlos con energía, desde una esquina.

Brick ahogó un suspiro mientras caminaba como si fuera un monstruo hacia la pequeña de coletas torcidas. Ella chilló, cogió impulso y le atizó con el bate en todo el estómago.

Debería haberse comido aquella garra de oso.

—¡Mirad, chicos! ¡Se está cayendo! —exclamó Carlos, guiñándole un ojo a la risueña profesora de preescolar. Siguiendo las instrucciones, Brick se puso de rodillas y se desplomó en el suelo, gruñendo y gimiendo dramáticamente. Su compañero tocó el silbato mientras una docena de alumnos de preescolar y primero de primaria estallaban en vítores—. ¿Y ahora qué hacemos? —gritó Carlos por encima del griterío.

—¡Huir e ir a buscar ayuda! —berrearon como locos los niños.

—Muy bien, chicos —dijo la profesora—. Ahora que todos sabemos qué hacer cuando nos sentimos amenazados por un desconocido, ¿quién quiere picar algo?

Se produjo una pequeña pero pavorosa estampida hacia el fondo de la sala, donde esperaban las galletas y el zumo.

Carlos ayudó a Brick a levantarse.

—Esa muerte no ha estado nada mal. Has mejorado mucho.

—Gracias —replicó él con frialdad.

Becky se acercó a él y le ofreció una galletita envuelta en una servilleta.

—Gracias por dejarme pegarle tan fuerte, señor Brick —dijo la niña mientras se le formaban unos hoyuelos en sus rechonchas mejillas.

Él aceptó la galleta.

—Ha sido un placer —respondió—. Gracias por la galleta.

—¡De nada! —chilló la niña, sonriéndole antes de volver corriendo a donde estaban los tentempiés.

Brick decidió que se había ganado un poco de azúcar y le dio un mordisco a la galleta. El móvil le sonó en el bolsillo. Lo cogió y, al ver la pantalla, casi se le cayeron ambas cosas de la mano.

«Remi Ford».

—¿Sí? —respondió con brusquedad.

—Brick, soy Remi.

—Ya lo sé —replicó él, en un tono más hosco del pretendido—. ¿Qué quieres?

—Buenos días a ti también, alegría de la huerta —bromeó ella—. Quería saber si usabas para algo la habitación que tienes en la parte de atrás de la casa.

Antes era un espacio accesible para su abuelo, que estaba en silla de ruedas, pero ahora Brick lo utilizaba para guardar el equipo de pesca y las cosas de los caballos.

—Pues no, la verdad —respondió.

—¿Podría alquilártela, si no la estás usando? —Las palabras le salieron a borbotones, como las burbujas de una copa de champán. Aquella cadencia le resultaba tan familiar que Brick sintió una punzada de dolor en el medio del pecho.

—Ah.

Remi quería alquilarle un cuarto. ¿Cómo coño iba a mantenerse alejado de ella si estaban bajo el mismo techo?

—Necesito un espacio para lanzarle un poco de pintura a un lienzo y la casita es un poco pequeña. Además, está demasiado limpia.

Brick se la imaginó con un pincel en la mano y otro entre los dientes, la música a todo volumen y salpicando óleo y aguarrás por todas partes. El desastre estaba garantizado.

Debería decir que no. Era la única respuesta que tenía sentido.

—Vale. No hay problema —mintió. Había un problema enorme. Uno gigante. Lo último que necesitaba era tenerla en su propia casa. Distrayéndolo. Molestándolo. Preocupándolo.

—¿En serio? —preguntó ella con una voz más aguda de lo normal, como siempre que estaba emocionada—. Brick, eres mi héroe. Mi héroe particular. Gracias. Avísame cuando pueda ir a verla y hablamos del alquiler.

—No quiero dinero, Remi.

—Bueno, dinero o lo que sea. Haremos un trato que no te moleste —le prometió Remi alegremente.

Brick miró el reloj.

—De acuerdo. Nos vemos allí en una hora.

5

—La habitación no está en alquiler —dijo Brick—. La habitación no está en alquiler. La habitación no está en alquiler.

Era un hombre corpulento y prefería hacer las cosas de forma lenta y metódica. Sin embargo, a solo unos minutos de la visita de una mujer que no tenía ningún problema en husmear en las cosas de los demás, se puso a vaciar la habitación a toda velocidad.

No es que fuera una persona desordenada, ni mucho menos, pero tampoco le apetecía sentirse vulnerable ante Remi. Así que metió los platos del desayuno en el lavavajillas y el montón de cartas abiertas dentro de la panera. Los pantalones de chándal que dejaba al lado de la entrada por si alguien llamaba a la puerta inesperadamente fueron a parar al armario de los abrigos. La caja de pizza de la noche anterior acabó debajo del fregadero. Y escondió una *GQ* de hacía seis meses, en cuya portada salía una pelirroja que le recordaba un poco a Remi, bajo un cojín del sofá.

Encendió las luces de la habitación en cuestión y suspiró. Tenía ventanas en tres de las paredes, así que había mucha luz natural. Y también un cuarto de baño. Eso también estaba bien, porque así Remi no tendría que deambular por la casa mientras él estaba allí, tratando de fingir que no existía.

Magnus, el gato, se enredó en los pies de Brick.

—Ya has desayunado —dijo este con severidad, pero aun así

se agachó para coger al elegante minino callejero marrón y negro. Era un tocapelotas flacucho y estirado que había aparecido en el establo de Cleetus el invierno anterior sin un trozo de oreja y con un ojo hinchado.

El blandengue de Brick se había llevado a aquel bicho sarnoso a casa y lo había cuidado hasta que se había recuperado. La broma le había costado cuatrocientos dólares en facturas veterinarias, cinco juegos de cortinas de su abuela y media docena de arañazos enormes en el respaldo del sillón de cuero del estudio del piso de arriba.

Al final, habían firmado una tregua: Magnus salía por las noches a merodear y Brick le proporcionaba postes suficientes para arañar dentro de casa para evitar más destrozos en la propiedad.

Miró el reloj y dejó al gato sobre la encimera. Remi siempre llegaba tarde, lo que significaba que todavía tenía diez minutos más antes de que apareciera. Fue a la habitación a la que su abuela llamaba «el zaguán» y que él había transformado en una gran despensa con estanterías abiertas, un congelador vertical y un segundo frigorífico.

El abastecimiento de la isla en esa época del año estaba a merced del tiempo y las entregas. Los isleños llenaban las despensas y los congeladores de productos básicos de cara al largo invierno, algo que a Remi seguramente ni se le había pasado por la cabeza antes de subirse al avión.

Si por ella fuera, viviría a base de cereales con caramelo y nubes.

Brick se dijo a sí mismo que querer asegurarse de que estuviera bien alimentada no era extralimitarse. Metió unos cuantos kilos de pollo, carne picada y ternera al vacío para guisar en una bolsa de tela. Al levantar la vista, vio la hilera de cajas azules y amarillas de la estantería. Macarrones con queso Kraft. Cuando vivían sus abuelos los tenían siempre a mano para preparárselos a Remi cada vez que se pasaba por casa. Él había perpetuado la tradición, aunque ella no había vuelto a poner un pie allí desde el funeral de su abuela.

El timbre sonó y Magnus corrió a buscar un sitio para agazaparse. Brick también sintió el impulso de ponerse a cubierto, pero se recordó a sí mismo que era un hombre muy grande y muy fuerte. Esconderse de una pelirroja menuda no era una opción. Además, ella siempre lo encontraba. Suspirando, cogió dos cajas de pasta, las metió en la bolsa y fue a abrir la puerta.

—Hola —lo saludó Remi.

Estaba de espaldas a la luz y esta hacía que su larga melena brillara como si fuera de fuego y oro. Llevaba puesto otro gorro de lana —uno de color verde chillón que a Brick le sonaba del instituto—, unos leggins morados y unas estilosas botas con pelo sobresaliendo por la parte de arriba. Sostenía un termo entre las manos, que tenía enfundadas en unos guantes, y se las había arreglado para tener al mismo tiempo un aspecto cansado e irresistible.

—Hola —respondió él, al cabo de un buen rato.

Remi se había pintado los labios. Había elegido un tono carmín intenso. A lo mejor debería dejar de mirarle la boca. Y sin duda debería dejar de imaginarse aquellos labios rojos alrededor de su...

—¿Puedo entrar o te vas a quedar ahí, mirándome con el ceño fruncido?

No se había dado cuenta de que la estaba mirando así. ¿En qué momento había perdido el control de su cara? Ah, sí. En cuanto había oído su nombre el día anterior por la mañana.

—Adelante —dijo Brick inexpresivamente, retrocediendo más de lo necesario para dejarla pasar.

Remi entró, respiró hondo y exhaló.

—Huele diferente, pero está igual.

¿Qué coño se suponía que significaba eso? ¿Su casa olía? ¿Mejor o peor que cuando sus abuelos estaban vivos?

Magnus cruzó corriendo el pasillo por detrás de él.

—¿Eso era un gato? —preguntó ella.

—Es Magnus. Haz como si no lo hubieras visto. Se cree que es invisible —dijo Brick, recuperando por fin la voz.

Remi se encogió de hombros y se quitó la parka, quedándose con un jersey blanco ajustado de cuello alto que realzaba sus pechos. Aquella mujer iba tapada de la cabeza a los pies y aun así él seguía sintiéndose incómodamente atraído por ella.

No, no iba a tener una erección hablando con Remi, ni de

coña. Aquella era una prueba de autocontrol. No tenía ningún sentido que una conversación trivial con una mujer tan abrigada le hiciera izar la bandera. Era un hombre. Un adulto. Podía controlar sus instintos más básicos, por el amor de Dios.

Ella dejó el café en la mesa de la entrada y lo agarró del brazo. Brick no se esperaba que lo tocara y estaba a punto de apartarse cuando se dio cuenta de que Remi se estaba apoyando en él para mantener el equilibrio mientras se quitaba las botas. Llevaba puestos unos calcetines peludos con cerezas rojas. «Los calcetines no son una prenda de ropa erótica».

—Bueno, lo de la habitación... —empezó a decir.

—Enséñamela —le pidió ella, levantando la vista y sonriendo con dulzura. El pelo le caía sobre los hombros como una cortina y Brick se moría por acariciarlo y agarrárselo con fuerza. Aquello lo distrajo e impidió que le comunicara que había decidido no hacerle un hueco en su casa. «Ni los calcetines ni el pelo son cosas eróticas. Concéntrate», se recordó a sí mismo—. Vale, ya voy yo —dijo Remi, rodeándolo al ver que él se quedaba allí plantado.

Brick la siguió por el pasillo, lo cual resultó ser un error. El vaivén de sus caderas enfundadas en esos dichosos pantalones morados era hipnotizador. Su polla cobró vida dentro de la bragueta, distrayéndolo aún más de su propósito mientras Remi asomaba la cabeza en cada habitación a su paso.

—Qué decepción. Esperaba encontrarme más movidas de soltero —comentó, dando media vuelta para salir de la cocina.

—¿Movidas de soltero?

—Ya sabes, pantalones por ahí tirados, cajas de pizza, revistas con mujeres semidesnudas en la portada...

—Menudo cliché. Además, ¿cómo sabes que sigo soltero? Remi giró la cabeza para mirarlo.

—Me enteré de que tu divorcio era oficial a los diez minutos de que firmarais los papeles. En esta isla no hay secretos. Si tuvieras novia, todas las personas que han vivido en Mackinac en los últimos quince años habrían recibido un mensaje, un correo o una llamada al respecto.

Habían llegado a la puerta acristalada que daba a la habitación de atrás. Tenía que decírselo ya. No podía enseñarle la habitación y luego soltarle: «Lo siento, no está en alquiler. Coge ese culo prieto y ese pelo que me muero por agarrar y lárgate de mi casa».

—Oye... —empezó a decir.

Pero ya era demasiado tarde.

—Caray, Brick, es incluso mejor de lo que recordaba —dijo Remi, abriendo la puerta. Magnus esquivó sus pies y se coló dentro—. Mira cuánta luz.

No se fijó en todos los cachivaches para las actividades al aire libre, en el kayak que había en medio de la habitación, ni en las telarañas que colgaban de las vigas. Ella solo veía lo bueno. En tres de las paredes de la sala había ventanales que daban al patio trasero con jardín que Brick intentaba mantener como le habría gustado a su abuela. Los suelos de tablones de pino hacían juego con las vigas de madera del techo abovedado.

—No me acordaba de que habías hecho un baño —comentó ella, asomándose al aseo—. Es mejor que el estudio que tengo en Chicago. —Magnus salió de debajo de una mesa plegable llena de aparejos de pesca para olisquearle los calcetines y Remi se agachó. «Mierda»—. Hola, amiguito —dijo, dejando que el gato le olfateara los dedos.

Cómo no, aquella bestia estúpida y selectiva se había enamorado de ella. Como todo el mundo.

Brick no podía dejar de mirarle el culo. ¿Llevaba algo debajo de los leggins? Conteniendo a duras penas un gemido estrangulado, se giró y fingió estar mirando el kayak que había en el suelo.

«Contrólate, tío. Tu polla no es la que manda. Dile que no puede usar la habitación».

Respiró varias veces de forma lenta y tranquila mientras pensaba en agua fría y en cebo para peces.

Una vez recuperado el control, más o menos, se dio la vuelta y abrió la boca para decirle que no iba a dejarle aquel espacio, pero se quedó callado al verla.

Tenía los brazos cruzados sobre el pecho y los hombros encorvados, como si no fuera capaz de entrar en calor. Seguía habiendo algo que la agobiaba. En circunstancias normales, estaría hablando sin parar, diciendo lo primero que se le pasara por la cabeza. Estaría dando saltos, vueltas, o moviéndose como si bailara, en lugar de hacer algo tan aburrido como caminar. Esa versión apagada de ella era más tranquila, más contenida.

Le preocupaba.

—¿Puedes pintar? Con el brazo así, quiero decir —le preguntó, sintiendo la necesidad imperiosa de romper el silencio.

Remi abrió la boca y exhaló un pequeño suspiro.

—Aún no lo he intentado —reconoció, sin mirarlo a la cara.

Nuevamente, evitó dar más detalles. No hubo ningún anuncio entusiasta de a qué disciplina artística se entregaría hasta que pudiera volver a pintar. Ningún comentario optimista, ningún chiste gracioso.

—¿Cuánto tiempo tienes que estar con la escayola?

—Entre cuatro y seis semanas.

—A lo mejor mientras tanto puedes usar los dedos —sugirió él.

Esa vez Remi sí lo miró y Brick se sintió aliviado al ver cierto brillo en aquellos ojos verdes.

—A lo mejor —musitó ella.

—Puedo llevarme la mayoría del material deportivo para dejarte más espacio —dijo Brick al ver que volvía a quedarse callada.

Pero ¿qué coño le pasaba? Joder, cinco segundos con aquella mujer y todos los planes que había elaborado meticulosamente se derrumbaban como un castillo de naipes.

Lo mejor para los dos era que se mantuvieran lo más alejados posible. Pero él estaba preocupado por Remi y, hasta que averiguara qué le pasaba y cómo solucionarlo, tendría que hacer de tripas corazón y soportar su proximidad.

—No hace falta. Solo necesito un rinconcito con buena luz. Además, es de forma temporal, hasta que resuelva... algunas cosas.

—¿Estás bien? —El Brick con falta de sueño tenía el autocontrol de un niño de cuatro años.

Le entraron ganas de abofetearse por haber hecho aquella pregunta. Sin embargo, necesitaba seguir preguntando. Seguir presionándola hasta obtener respuestas de verdad. Algo iba mal y no le gustaba un pelo.

¿Por qué no aparecía en ningún parte de accidente? ¿Qué le había causado el ataque de asma? ¿Por qué se había presentado de repente en Mackinac? ¿Por qué dejaba las luces encendidas toda la noche? ¿Por qué mentía?

Había algo que no encajaba y empezaba a pensar que ella tenía problemas de verdad. Y si había algo más irresistible que la Remi alegre y provocadora, era la Remi en apuros.

Ella desvió la mirada.

—Claro que estoy bien —aseguró, encogiéndose un poco de hombros con despreocupación, antes de girarse para mirar por una de las ventanas.

Aquello era de todo menos convincente. Tal vez Remi fuera capaz de mirar a los ojos a cualquier persona del mundo y mentirle a la cara, pero eso con él no funcionaba.

—¿Si tuvieras algún problema, se lo contarías a alguien?

¿Se lo contaría a él?

Brick la observó mientras disimulaba el cansancio y la preocupación haciéndose la fuerte. Aunque su sonrisa seguía siendo como un puñetazo en el estómago, no era nada comparada con su mirada.

—¿De dónde has sacado tanta imaginación, Brick Callan? No me pasa nada. Estoy bien.

Remington Ford no había estado «bien» ni una sola vez en su vida. Había estado genial. Había estado hecha polvo. Había estado estupendamente. Había estado destrozada. Pero nunca había estado «bien» a secas. Eso era demasiado aburrido y normal para ella.

Si quería averiguar en qué lío se había metido y solucionarlo, tendría que vigilarla de cerca. O podía pasar de todo y dejar que se las arreglara sola.

«Mierda».

—Remi…

Ella lo interrumpió.

—Si al final puedo pintar —dijo, bajando la vista hacia la escayola—, que sepas que no me gusta que nadie vea mis cuadros antes de que estén terminados. Soy muy supersticiosa.

Brick estuvo a punto de prometerle que respetaría su intimidad, pero estaría mintiendo. Puede que no espiara su trabajo, pero si algo tenía claro era que pensaba averiguar lo que le estaba sucediendo. Así que se limitó a asentir.

—Puedo conseguir un par de lonas. Una para el suelo y otra para cubrir los cuadros.

—Eso sería estupendo.

—Si quieres, puedo echar la llave de la puerta que da a la casa —dijo Brick. A lo mejor, poner entre ellos una puerta cerrada le ayudaba a no volverse loco de remate.

—No digas tonterías. —Él nunca decía tonterías. De hecho, rara vez era gracioso—. Entonces, ¿eso es un sí? ¿Me alquilas la habitación? —le preguntó, juntando las palmas de las manos bajo la barbilla, como si le estuviera suplicando.

—Vale. Puedes usarla —respondió él sin demasiado entusiasmo.

Los hombros de Remi se relajaron un poco.

—Gracias, Brick. Una vez más, tienes justo lo que necesito. —Él llegó a la conclusión de que la mejor respuesta era un gruñido inexpresivo—. Ah. Otra cosa. Me gusta pintar desnuda. Espero que no te suponga ningún problema.

Brick se alejó de ella tan rápidamente que tropezó con la mesa que tenía detrás y tiró una caja de aparejos al suelo. Con un maullido de indignación, Magnus salió disparado hacia la puerta. «Joder». No había cebo de pescado suficiente en el que concentrarse para aliviar la tensión que notaba en la polla. Y, a no ser que se desabrochara la camisa del uniforme, era imposible ocultársela a Remi.

—Caray, sí que eres un público difícil. Era broma, grandullón. No pienso pasearme desnuda por tu casa —dijo ella, detrás de él.

«¡Por el amor de Dios, deja de decir "desnuda" de una vez!».

—Te daré una llave —dijo Brick mientras se concentraba en agacharse para recoger la caja de aparejos sin que se le cortara la circulación de aquella erección absurda y acuciante.

—¿Necesitas que te eche una mano? —le preguntó Remi.

«Una mano. Una boca. Un coño caliente y húmedo. Joder, joder, joder».

—No, ya está —respondió él bruscamente, poniéndose de pie y sosteniendo la caja delante de la entrepierna.

—Bueno, pues lo único que nos queda por hacer es...

Por un momento, su mente se volvió loca. Brick fantaseó con inclinarla sobre la mesa y bajarle los leggins por los muslos. Imaginó cómo se sentiría dejando la huella rosada de su mano sobre una de aquellas nalgas de marfil.

Remi lo miró expectante, como si hubiera dicho algo que requiriera una respuesta.

—Perdona, ¿qué decías?

—Que lo único que nos queda por hacer es acordar el alquiler.

—El alquiler —repitió Brick. El mero hecho de mirarla hacía que se le pusiera aún más dura.

—Sí. Sabes cómo funciona, ¿no? Tú me cedes un espacio, yo te doy dinero y esas cosas. —Su sonrisa, aunque discreta, fue un poco más cálida.

Él negó con la cabeza, canalizando parte de su irritación hacia ella.

—No pienso aceptar tu dinero.

—No seas anticuado. Pon un precio.

—Lo digo en serio —insistió Brick con firmeza mientras dejaba la caja de aparejos en el suelo y trataba de fingir que no tenía una erección que se le escapaba de los pantalones.

—Estás siendo un poquito...

Cómo no, ella miró hacia abajo. Clavó sus ojos verdes en la cremallera de Brick y sus labios rosados se entreabrieron, dibujando una o diminuta y distrayente.

—¿Un poquito qué? —preguntó Brick.

—Un poquito... ¿cascarrabias? —Remi seguía mirando y a él estaba empezando a gustarle.

—¿Me estás preguntando si estoy siendo un cascarrabias?

—¿Qué? —Ella sacudió un poco la cabeza y apartó la vista de sus pantalones—. ¡Cocinar! Puedo cocinar para ti. O más bien hacer postres. Se me dan bastante bien.

Remi miró hacia el techo con las mejillas sonrojadas y los ojos vidriosos. A Brick le entraron ganas de ordenarle que volviera a mirar hacia abajo, pero se dio cuenta de que estaba siendo un idiota masoquista.

—Vale. Postres. Te acompaño fuera.

Pensaba tocarse en cuanto Remi saliera por la puerta.

Aceleró el paso, deseando expulsarla de su casa y de su cabeza. Cuando llegaron a la entrada, vio la bolsa que estaba en el suelo y la cogió.

—Tienes cara de cansado —comentó ella—. ¿Estás bien? —preguntó, mirándole de nuevo la entrepierna. Solo que esa vez sacó la lengua y se lamió el labio inferior.

Su polla reaccionó con una sacudida. Remi ahogó un quejido. Aquello era una tortura excesiva para él.

—Sí. Genial. Estupendamente. Toma —le dijo, dándole la bolsa.

—¿Qué es? —preguntó ella, como si estuviera hablando de su erección.

—Carne. Quédatela. En esta época del año no traen mucha. He supuesto que no te habrá dado tiempo a comprar provisiones.

Brick le tendió las asas e intentó no apartarse de un salto cuando los dedos de Remi se enredaron en los suyos. La gente normal era capaz de rozar las manos de otras personas sin empalmarse. Sin entrar en combustión espontánea con los pantalones del uniforme puestos. Necesitaba ser normal.

—¿Macarrones con queso? Te has acordado. —Remi le dedicó una sonrisa de las de verdad, alcanzándolo de lleno en el pecho.

«Mierda». Aquello era un grave error.

—A todo el mundo le gustan —alegó con aspereza.

—Eres un amor, Brick.

—Vale. Ya te haré una copia de la llave —dijo él, abriendo bruscamente la puerta—. Hasta luego.

—¿Me dejas ponerme las botas primero?

«Joder».

—Claro. Bueno, ya sabes salir tú sola. Yo tengo que... —Brick señaló hacia atrás con el pulgar—. ... volver al trabajo. —Sí, eso era.

Sin decir una palabra más, dio media vuelta y fue a zancadas hacia la parte trasera de la casa, como si hubiera alguna emergencia. Cuando llegó a la puerta del baño de lo que ahora era el nuevo estudio de Remi, ya tenía la polla en la mano.

Y, antes de cerrar la puerta corredera, se la sacudió con violencia una primera vez.

Apenas le dio tiempo a apoyarse con la otra mano en el lavabo, a imaginarse a sí mismo bajándole los leggins e inclinándola hacia adelante, antes de correrse. Era una tortura constante estar tan cerca de ella y tener que acabar desahogándose con la puta mano. El primer chorro desgarrador le arrancó un gruñido gutural y eyaculó sobre la encimera, deseando que fuera el culo duro de Remi.

—Joder —jadeó mientras seguía tocándose.

A eso lo llevaba aquella mujer. Al punto de tener que hacerse una paja de emergencia en pleno día tras una simple conversación. ¿Iba a ser siempre así mientras estuviera allí?

Brick cogió la toalla de mano del colgador.

«"Toma, una bolsa de carne". Seré gilipollas».

6

Brick se detuvo en el porche, delante de la puerta con mosquitera que daba a la cocina de sus abuelos, para sacudirse el polvo y la suciedad de los vaqueros y quitarse las botas. Era una de las nuevas rutinas de su nueva vida, a la que no estaba seguro de estar adaptándose.

Había sido un buen día de trabajo duro. Al principio conseguía algunos trabajillos esporádicos como manitas, pero hacía poco le habían ofrecido un puesto a jornada completa en uno de los establos. Poder seguir trabajando con caballos había sido lo mejor de mudarse a la isla Mackinac con su hermano pequeño a cuestas. Todo lo demás era, básicamente, una mierda. Porque, por mucho que disfrutara trabajando en los establos, seguía teniendo que volver a la casa de otra persona. Con gente desconocida para él. Con un abuelo que, cuando lo miraba, solo veía el fiel reflejo de su padre.

Pero podía soportarlo. Lo soportaría el tiempo necesario para que Spencer se sintiera cómodo allí. Entonces él podría seguir con su vida. A sus veinticuatro años, estaba convencido de que, si conseguía alejarse lo suficiente de la sombra de su padre, todavía le esperaban cosas buenas.

Se estaba agachando para quitarse una bota cuando una voz alegre llegó a sus oídos.

Remi Ford. La reconoció sin necesidad de mirar a través de

la mosquitera. Aquella pelirroja rebelde que vivía a dos manzanas de distancia estaba en la cocina de sus abuelos. Se planteó entrar a hurtadillas por la puerta principal y escabullirse escaleras arriba. No sabía por qué, pero aquella chica hacía que le sudaran las manos. Lo miraba como si tuviera clarísimo lo que iba a hacer con él. Sin embargo, la oyó decir su nombre y se quedó inmóvil.

—Debe de estar muy orgulloso de Brick.

Este se aventuró a echar un vistazo dentro. Su abuelo, un anciano con poco pelo y en silla de ruedas, estaba delante de la mesa de la cocina, de espaldas a la puerta. Remi, que se encontraba sentada a su lado, cogió una cucharada de algo amarillo chillón y la acercó a los labios finos y agrietados del hombre.

Debería haberle parecido una imagen triste, incluso devastadora. Un anciano marchito, cuya vida se había visto reducida a unas cuantas habitaciones y que estaba confinado en una silla de ruedas, siendo alimentado por una adolescente llena de vida y energía. Pero Remi no era una persona corriente. Había algo casi bello en aquella escena. En ella.

—William —farfulló con voz ronca su abuelo, al que le costaba mucho hablar después de la apoplejía que había sufrido.

—Yo le llamo «Brick» —dijo Remi, cogiendo otra cucharada.

—Padre, cárcel. Mismo nombre. Misma sangre —replicó su abuelo.

Brick se alejó de la puerta y de la verdad de sus palabras. Al parecer, Mackinac no estaba lo bastante lejos como para escapar de los pecados de un padre.

—Venga ya, eso es una tontería —protestó Remi—. Brick no tiene ni un pelo de mala gente. No he conocido a nadie con un corazón más grande.

—Grande —resolló su abuelo.

—¿Puedo contarle un secreto? —continuó ella. Brick le notó en la voz que estaba sonriendo—. Todo el mundo cree que le llamo «Brick» por eso. Porque es muy grande y fuerte. Pero en realidad es porque es impenetrable. Indestructible.

Su abuelo se rio y abrió la boca para tomar otra cucharada. Brick negó con la cabeza. Su abuela no sabía qué hacer para que el testarudo de su marido comiera y lo único que necesitaba era una chica guapa que no le hiciera sentirse como un inválido. No era de extrañar.

—Hablando del tema, ¿qué hizo el padre de Brick y Spence para acabar en la cárcel?

Brick cerró los ojos y se apoyó en la pared, deseando que el miedo desapareciera. No debería importarle lo que ella pensara. Era una adolescente. Los ocho años que los separaban bien podrían haber sido toda una generación. Remi era la menor de una familia unida y cariñosa. Él era el mayor de un clan fragmentado y disperso que carecía de cosas como las tradiciones de las mañanas de Navidad o las comidas familiares al aire libre.

A su abuelo le estaba costando encontrar las palabras. Remi esperó con la cantidad justa de paciencia e interés, tratando de desactivar la frustración automática del anciano ante su estado.

—¡Ya sé! —Remi se iluminó como si acabara de tener la mejor idea del mundo—. ¿Por qué no lo escribe? Voy a por un papel.

Qué astuta y manipuladora era la pelirroja. La abuela le había comentado de pasada la semana anterior que no conseguían que el abuelo hiciera los ejercicios de rehabilitación, entre los que se encontraba la escritura.

—Aquí tiene. Le he traído un bolígrafo, un lápiz y un rotulador —dijo, poniendo los objetos delante de él, sobre la hoja de papel.

Brick observó divertido cómo su abuelo cogía el boli y luego lo dejaba para decantarse por el rotulador más grueso.

—Le quito la tapa —dijo Remi—. Tome.

Su abuelo cogió el rotulador y, con mano temblorosa, lo acercó al papel. Remi se inclinó sobre la mesa, con el pelo rojo cayéndole sobre la cara como una cortina de fuego.

—¡Ah! ¡Era un timador! —Al ver la indignación del abuelo, Remi puso los ojos en blanco—. Bueno, tampoco iba por ahí secuestrando y asesinando gente.

—Ya. Aun así. Vago —resolló mi abuelo.

—Bueno, sí. Quiero decir, obviamente, si se queda con el dinero de las personas en vez de ganarse el suyo propio. Pero Brick no se parece en nada a él. Mire lo feliz que es Spencer, y todo gracias a su hermano mayor. Seguro que usted sabe perfectamente que Brick no tenía por qué haber venido aquí. Es un adulto, pero siente la responsabilidad de cuidar a su hermano. Y está claro que lo ha hecho de maravilla. A mí Spencer me parece un chico feliz y con la cabeza sobre los hombros. Se lo digo yo, que he conocido a muchos adolescentes. Y eso solo podrían haberlo conseguido dos personas: su hermano mayor y su madre.

Su abuelo encorvó los hombros.

—Debería estar con ellos —murmuró lentamente. Aquellas palabras parecieron agotarlo y, por primera vez, Brick se dio cuenta de lo profundamente decepcionado que estaba su abuelo con su única hija.

Debería estar con ellos. Pero, al igual que William Callan segundo, su madre había elegido otra vida. Y, aunque su decisión no fuera ilegal o poco ética, seguía dejando el mismo regusto amargo. Ambos progenitores habían renunciado a ellos. A él. Y lo último que Brick quería era que eso fuera un lastre para Spencer.

Remi le dio una palmadita en el brazo al abuelo.

—Ya. Pero si hubiera sido así, a lo mejor ellos no estarían aquí. Usted y Dolores vivirían solos en esta casa tan grande y vieja, y Brick y Spence nunca habrían venido a nuestra islita. Les han dado lo que más necesitaban: un hogar. Un lugar donde poder echar raíces. Y gracias a ustedes encajan como si hubieran nacido aquí y llevaran toda la vida en la isla.

Definitivamente, la pelirroja era muy lista. Brick sonrió al darse cuenta de lo que estaba haciendo.

El abuelo intentó decir algo, esforzándose inútilmente por formar unas palabras que no querían salir. Cogió el rotulador y lo deslizó sobre el papel.

—«Bermudas ro…»

Remi se echó a reír.

—¡Las bermudas rosas de Spencer! ¿A que son horribles?

Para sorpresa de Brick, el testarudo de su abuelo soltó una carcajada débil. Nunca se había reído en su presencia.

—Vale, puede que no encaje tan bien como Brick. Pero ya saca mejores notas. —El anciano asintió una vez—. Vamos a hacer un trato —dijo Remi—. Si se come el resto de los macarrones con queso, prometo mancharle las bermudas rosas con algo asqueroso en cuanto tenga oportunidad.

Brick vio cómo su abuelo subía temblando la mano derecha y levantaba un pulgar trémulo.

—Trato hecho. Voy a calentar esto un poco para que no tenga que comérselo frío.

De camino al microondas, Remi echó disimuladamente otra cucharada de macarrones en el cuenco. Luego levantó la cabeza y vio a Brick en la puerta.

—¡Anda! Hola, Brick. ¿Qué tal estaban hoy los caballos?

Lo había pillado.

Él se quitó la otra bota, dejó el sombrero de vaquero en el banco del porche y entró con recelo en la cocina.

—Bien —respondió, metiendo las manos en los bolsillos de los tejanos.

—¿Quieres macarrones con queso? Hemos hecho una olla entera —dijo Remi alegremente.

Él miró a su abuelo, en busca de algún tipo de reacción. Este cogió el papel y arrastró el rotulador sobre él, trazando una forma conocida.

Brick se quedó mirando el signo de almohadilla gigante que había dibujado y el abuelo señaló la silla que ella había dejado libre.

Una invitación inesperada. Miró indeciso a Remi, que le guiñó un ojo.

—Debería ducharme antes —dijo, dudando, con la mano en el respaldo de la silla. Tenía la impresión de que al abuelo no le gustaba nada que sus nietos se acercaran a aquellos muebles tan antiguos cuando estaban sucios.

—Para disfrutar de la familia no hace falta jabón. Quédate con nosotros, ya te ducharás después. Además, me gusta el olor a caballo. ¿A ti no, abuelo?

El abuelo no contestó. En lugar de ello, dibujó una equis torcida en la parte superior derecha de la almohadilla y luego, lenta y trabajosamente, empujó el papel hacia él.

A Brick se le formó un nudo en la garganta. En aquel momento, le sobraban los motivos: los estragos del tiempo y la edad, la invitación inesperada, la absolución de los pecados de un padre, el reconocimiento de lo mucho que se había esforzado para que Spencer llevara una vida lo más normal posible... y la chica de cabello rojo intenso que iluminaba la habitación y que había hecho posible todo aquello.

Encogió los dedos de los pies dentro de los calcetines para aferrarse al suelo, pero hizo lo que le decían y se sentó.

Mientras él dibujaba con cuidado el primer círculo, Remi se inclinó y le puso delante un cuenco de macarrones de color amarillo fosforito. Olía a protector solar y a verano, y Brick tuvo claro que jamás olvidaría ese aroma. Ni el recuerdo que ella había creado para él aquel día.

Él y su abuelo iban por la tercera partida cuando Spencer irrumpió en la cocina con una camiseta de *V de Vendetta* y las tristemente célebres bermudas rosas. El sol de la isla le estaba aclarando el pelo. Mackinac parecía sentarle bien, para alivio de Brick.

—¡Hoy he pescado un pez enorme! —anunció.

Remi se giró desde la nevera con un bote de kétchup. Un arco rojo de salsa de tomate salió disparado ruidosamente y aterrizó sobre los pantalones del hermano de Brick.

—¡Mierda! ¡Mis bermudas! —se lamentó Spencer, bajando la vista para valorar los daños.

—¡Lo siento muchísimo! Iba a decirle al abuelo que probara los macarrones con queso y kétchup y de repente ha salido disparado —dijo Remi agobiadísima, con los ojos como platos.

—¿Quién come macarrones con queso y kétchup? ¡Eran mis favoritas! —se lamentó Spencer.

Brick cogió la bayeta del fregadero y empezó a limpiar las manchas de kétchup de los armarios y del suelo. Su abuelo soltó otra risita sibilante que disimuló con una tos. Remi se ganó otro tembloroso pulgar hacia arriba mientras Spencer se lamentaba del destino de sus pantalones.

—Me siento fatal —dijo Remi, fingiendo estar consternada—. Sube y quítatelas. Creo que las manchas de kétchup hay que dejarlas reposar unas horas antes de lavarlas. ¿Verdad, abuelo?

El abuelo asintió con entusiasmo, todavía sonriendo.

Spencer subió las escaleras cagándose en todos los condimentos a base de tomate.

—¿Se puede saber qué está pasando aquí? —preguntó desde la puerta Dolores, la abuela de Brick, con el cabello corto de color plata recién peinado—. Esto parece la escena de un crimen.

—Le prometo que no es sangre. Estamos todos de una pieza —le aseguró Remi, cogiendo el rollo de papel de cocina de la encimera para ayudar a Brick con el suelo—. Solo es kétchup.

—¿Y qué hace esparcido por toda la cocina? —preguntó la abuela.

—Ha sido un accidente —le explicó él.

Remi le sonrió con picardía.

—El abuelo y Brick estaban jugando al tres en raya mientras comíamos macarrones con queso. Les conté que a mi amiga Tammy Kim le gustaba tomarlos con kétchup y no me creyeron. Así que se me ocurrió hacer que los probaran y entonces entró Spencer y se me debió de escapar el bote ...

—¿Estaban jugando al tres en raya? —preguntó la abuela, interrumpiéndola.

—Y comiendo —añadió Brick.

La abuela los miró casi con lágrimas en los ojos mientras cruzaba la cocina para posar las manos sobre los frágiles hombros de su marido. Luego recogió los cuencos, el papel y el rotulador, y le dio un beso en la calva.

—Pelo... bonito —dijo este, formando las palabras lentamente.

—Viejo zalamero —susurró la abuela.

Brick tuvo la sensación de estar entrometiéndose en un momento de intimidad y decidió dejarles espacio. Remi debió de pensar lo mismo, porque señaló con la cabeza hacia el pasillo.

—Venga, te ayudo a tirar la basura —dijo con energía.

Esperó a que él sacara la bolsa del cubo y luego fue hacia la parte de atrás de la casa. Le abrió la puerta y salieron juntos al jardín trasero.

—Nunca he visto a nadie hacer tanto bien diciendo tantas mentiras —dijo Brick, cuando ya nadie podía oírlos.

—Me lo tomaré como un cumplido —respondió ella, encantada, levantando la tapa metálica del contenedor de la basura. Él tiró la bolsa dentro—. Todos para uno y uno para todos —añadió, cerrando la tapa y limpiándose las manos en la parte de atrás de los pantalones cortos.

—Gracias por lo que has hecho ahí dentro —dijo Brick—. Por todo. La abuela estaba preocupada por él.

—Si prácticamente no he hecho nada —replicó ella—. A veces la gente solo necesita recordar que le queda mucha vida por vivir.

Él agachó la cabeza para mirar al suelo.

—Bueno, pues gracias por recordárselo.

—¿Crees que Spence me perdonará por lo de las puñeteras bermudas? —le preguntó Remi, aunque no parecía que le preocupara lo más mínimo.

—Acabará haciéndolo. Probablemente.

—Es mejor que vuelva a casa. Tengo que escribir una redacción que le dije a mi padre que había acabado el viernes.

Brick se quedó en blanco. No era la primera vez que le ocurría con ella. Remington Ford era una fuente inagotable de problemas y alegría.

—Bueno, pues ya nos veremos —dijo finalmente.

Remi cruzó el jardín trasero para ir hacia la puerta de la cerca.

—Si cerrarais completamente el porche, sería un espacio genial para el abuelo —comentó. Él resopló—. En fin, creo que vamos a vernos muy a menudo. ¡Adiós!

Brick no dijo nada, pero se quedó allí hasta que Remi rodeó la casa y salió por la puerta del jardín.

7

A pesar de los cambios constantes del mundo exterior, con sus perversidades y sus encantadores de serpientes, Mackinac se mantenía sólida e inquebrantablemente inalterable. Seguía habiendo una silla para ella en la mesa de su familia, un tarro de *toffee* sobre la encimera y su padre seguía empeñándose en echarla de la cocina.

—¡Ay! —Remi se frotó el punto en el que este le había arreado con un trapo.

—Ni se te ocurra acercarte al horno, Remi Honey —le advirtió su padre, con las gafas empañadas mientras abría la puerta para echar un vistazo al pavo.

—Papá, creo que soy capaz de estar en una cocina con la puerta del horno abierta —replicó ella, sentándose en un taburete y desenvolviendo un caramelo.

—¿Tengo que recordarte la vez que te dije que el hornillo estaba caliente y aun así te lanzaste a por él como si fuera una patata frita tirada en el suelo? —la reprendió Gilbert, cerrando la puerta y limpiando el termómetro de la carne.

—Tenía dos años. No podéis echarme en cara las cosas que hacía a esa edad. Es como cuando mamá se queja de lo largo que fue conmigo el parto.

Su padre se apoyó sobre la encimera con la mano y le alborotó el pelo.

—¿Has dormido bien esta noche en tu casita de lujo frente al lago? Tienes cara de cansada. ¿De dónde sacas el dinero para el alquiler, por cierto?

Había unas cuantas cosas que ya iba siendo hora de que le contara a su familia. Unas noticias que, antes de lo del brazo roto, le habría hecho ilusión compartir con ellos. Pero luego todo se había ido a la mierda.

La oportuna llegada de su hermana la salvó de tener que responder, o de mentir.

—¡Ya estamos aquí! —gritó esta desde la entrada, en medio del ruido y el trajín de los abrigos y los niños.

Remi se levantó del taburete al oír su voz y salió corriendo hacia la puerta.

—Abrigos y botas, demonios.

Kimber Marigold Olson había nacido para ser madre. Remi se daba cuenta cada vez que veía a su hermana mayor con sus hijos. Kimber se las había apañado para heredar la calma inquebrantable de su madre y la alegría de vivir de su padre. Era una mezcla perfecta de los mejores genes de sus progenitores. Sin embargo, Remi no se parecía a nadie. De hecho, sus padres siempre bromeaban diciendo que un circo ambulante la había dejado en la puerta.

—¿Qué has hecho con Hadley e Ian? ¿Los has cambiado por dos niños más altos? —preguntó Remi, haciéndose la sorprendida mientras se apoyaba en la pared de color ocre y se cruzaba de brazos.

—¡Tía Remi! —Ian, de siete años, corrió hacia ella con una bota puesta y un pie descalzo. La rodeó con sus bracitos rechonchos y la estrujó tan fuerte que se le descolocaron las gafas.

—¡Hola, grandullón! Te he echado de menos —dijo ella, levantándolo hasta que sus pies dejaron de tocar el suelo. Cuando empezó a dolerle el brazo, volvió a posarlo. Le pasó una mano por la espesa mata de pelo castaño y observó su carita dulce y redonda.

—¡Y nosotros a ti! ¿Podemos pintar contigo? —le preguntó Ian—. Tengo una aplicación nueva que analiza los colores y te dice la composición exacta. —Su sobrino era un genio pequeñito y regordete. Hacía cuatro años que les programaba los mandos universales a sus padres.

—Por supuesto —le prometió Remi. Al menos eso sí podía hacerlo. ¿O no?

—Hola —murmuró Hadley, de diez años. Era patilarga y delgada como un fideo. A Remi le vino a la mente la palabra «etérea». Su sobrina tenía el cabello muy liso, entre rubio y castaño, una mezcla de los colores de pelo de sus padres, pero había heredado los ojos verde jade de los Ford. No tardaría en convertirse en una mujer impresionante.

Remi abrió los brazos y Hadley, tras vacilar un instante, fue hacia ellos.

—Hola —le susurró a su sobrina, que ya no olía a rotuladores y plastilina, sino a suavizante y a fijador de pelo.

Hadley fue la primera en querer apartarse y retrocedió, incómoda. Con un suspiro, Remi la dejó escapar. Tenía la esperanza de que pasaran algunos años más antes de que el entusiasmo infantil se convirtiera en apatía adolescente, pero el tiempo pasaba para todas las tías.

Esperó a que Kimber acabara de guardar meticulosamente los guantes en los bolsillos de los abrigos antes de exigirle un saludo como era debido.

—Hola —dijo su hermana, acercándose para abrazarla como si se le acabara de ocurrir—. Me alegro de verte.

Remi le devolvió el abrazo con firmeza.

—Te he echado de menos. ¿Qué tal estás? ¿Qué te cuentas? —le preguntó.

Kimber se apartó con una sonrisa forzada y Remi sintió una distancia inesperada entre ellas que empezaba a convertirse en un abismo.

—Nada, todo bien. Muy liada con los niños.

Con cara de agotamiento, su hermana cogió las dos ollas que había dejado sobre el escritorio de Gilbert. Remi la entendía perfectamente.

—¿Dónde está Kyle? —le preguntó, mirando hacia la puerta por encima del hombro de su hermana, preguntándose si se habían dejado a su cuñado en el porche.

—No va a venir. Ha trabajado hasta tarde y no se sentía con fuerzas para socializar. —Kimber soltó la explicación como si fuera un discurso que había memorizado hacía tiempo.

—¿Dónde están mis monstruitos? —gritó Darlene desde lo alto de la escalera.

Hadley le dedicó a su abuela una leve sonrisa e Ian empezó a gritar, fingiendo estar asustado, y salió corriendo hacia la cocina.

—Gracias, mamá —dijo Kimber, poniendo los ojos en blanco—. ¡No corras dentro de casa! —le gritó a su hijo.

Se reunieron todos en la cocina, donde los nietos pusieron al día a los abuelos de sus actividades escolares y sociales. A Remi le llamó la atención que sus padres no le preguntaran a Kimber por Kyle. También se fijó en que su padre no sentía la necesidad de decirle a su sobrino que los fogones estaban calientes.

—Aquí están los boniatos y el brócoli al horno —anunció Kimber, dejando la comida al lado del horno.

—Podríais haberme pedido que trajera una tarta, o algo —dijo Remi, sintiéndose un poco culpable por no haber aportado nada más que su frágil presencia a la comida.

—No seas tonta —dijo Gilbert—. Tú eres la invitada de honor.

—Eso. Además, queremos comida que sea «comedible» —dijo Ian, sonriendo con suficiencia.

—«Comestible», listillo —dijo Remi, mirando al niño con el ceño fruncido—. Pues que sepas que soy una gran repostera. —O al menos lo era cuando prestaba atención a la receta y al temporizador del horno.

Fuera de lugar. Así era como siempre se había sentido Remi en su propia familia. Sus padres y su hermana tenían cosas en común, pero nadie tenía demasiado que ver con la asmática sinestésica que siempre se metía en líos. Aunque, debido a las razones anteriormente citadas, siempre había sido el centro de atención. Ella no era parte del anillo, sino la fuerza gravitatoria alrededor de la cual todos habían tenido que orbitar. Citas con el médico. Quebraderos de cabeza. Reuniones de padres y profesores. Visitas a urgencias.

Remi era consciente de que criarla había debido de ser una batalla larga y agotadora. Los compadecía.

Además, ahora que eran todos adultos, la diferencia se notaba todavía más. Su vida cotidiana no tenía nada que ver con la de ellos. Kimber era madre. Sus padres eran abuelos y estaban ocupados con los asuntos de la isla. Era como si el círculo se hubiera cerrado sin ella, dejándola fuera. El hecho de que hubieran organizado aquella cena familiar en su honor no la hacía sentirse más parte de la familia.

—Voy a guardar el plato que sobra —dijo, señalando con el pulgar hacia el comedor, sintiendo de repente la necesidad de hacer algo.

—No sobra —dijo Darlene, levantando la vista de los fogones, donde le estaba enseñando a Hadley a remover la salsa—. Va a venir Brick. El pobre lleva meses sobreviviendo a base de estofado de ternera.

—Al menos es casero, mamá. Lo dices como si estuviera comiendo raviolis fríos sacados de una lata —se burló Kimber mientras preparaba una bandeja de verduras.

«Mierda».

—No sabía que iba a venir —dijo Remi.

Ahora sí que necesitaba hacer algo, quemar un poco de aquella energía nerviosa.

Después del momento incómodo de esa mañana, no era la persona con la que más le apetecía pasar la noche charlando, precisamente.

—Es una cena familiar —dijo Gilbert, como si fuera una explicación razonable para la invitación.

—Brick no es de la familia —replicó ella. Y si lo era, Remi iba a tener que hablar urgentemente con un terapeuta sobre un par de cosillas.

Cuando este le había abierto la puerta, Remi había creído que le iba a decir que no a lo del estudio. Luego él le había preguntado, con sinceridad, si estaba bien, algo que casi había derribado sus defensas tambaleantes. Y entonces... entonces, ella se había fijado en el bate de béisbol de madera maciza que llevaba dentro de los pantalones ajustados del uniforme. Santa Josephine Baker. No se habría quedado más hipnotizada por la obscena longitud de su miembro ni aunque se lo hubiera sacado y hubiera empezado a balancearlo de un lado a otro delante de sus narices.

Cuando, finalmente, Brick la dejó tirada en la entrada con una bolsa llena de carne, Remi se permitió tener una pequeña fantasía en la que este tomaba cartas en el asunto —y con «asunto» se refería a aquella erección monstruosa— y se daba placer pensando en ella.

Porque había tenido que ser por ella, ¿no? ¿Qué otra cosa podría haberle puesto cachondo, si estaban solos en su casa hablando de luz natural y de macarrones con queso?

Por fin aquel hombre había tenido un momento de debilidad. Por un lado, hacía mucho tiempo que Remi deseaba apuntarse ese tanto, pero por otro era una complicación innecesaria. Durante años había disfrutado llamando la atención de Brick y se lo había pasado pipa torturándolo. Sin embargo, ahora solo necesitaba que se ocupara de sus puñeteros asuntos para que ella pudiera resolver los suyos.

Y, hablando de ocuparse de sus asuntos, últimamente Remi también había descubierto lo frustrante que era fantasear con un antiguo amor sin poder usar la mano buena. Ya solo le faltaba sentirse sexualmente frustrada por pasar una velada con «Brick Man Mountain»* Callan.

—¿Por qué la tía cree que el tío Brick no es de la familia? —preguntó Ian desde la mesa de la cocina, donde se encontraba doblando las servilletas de tela como un profesional.

—La tía Remi y el tío Brick no se llevan bien —le explicó Kimber con indiferencia.

—¿Por qué? —quiso saber el niño.

—Sí que nos llevamos bien —protestó ella.

—Estás muy colorada —comentó su padre—. ¿Te encuentras bien?

Le ardía la cara.

—Pues le gritas mucho —dijo Hadley, que estaba delante del cazo de la salsa.

—Le grito mucho a todo el mundo —replicó Remi, poniéndose a la defensiva.

—Mamá también —dijo Ian.

—¡Ian! —chilló Kimber.

—¿Ves? —dijo él con suficiencia.

—Pues esta noche vamos a intentar gritar lo mínimo posi-

* Juego de palabras que hace referencia a la película *Brokeback Mountain*. (*N. de la T.*)

ble, ¿vale? —sugirió Gilbert, colocando meticulosamente toda la parafernalia para hacer cócteles sobre la encimera.

—Kimber, ¿puedes calentar el maíz? —pidió Darlene, toda una experta en cambiar de tema, lanzándole dos bolsas de verduras congeladas a su hija mayor.

—Bueno, ¿y qué vamos a beber esta noche? —le preguntó Remi a su padre mientras husmeaba entre los ingredientes que había sobre la encimera.

—Manhattans. Brick me ha dicho que puedo probar a hacer algún turno en el bar este verano.

—No me digas.

Genial. Su propia familia la había sustituido por el hombre que la había echado de la isla.

—Remi Honey, anoche por fin sacamos de la caja el altavoz Bluetooth que nos regalaste —anunció Darlene—. ¿Por qué no pones un poco de música?

8

Brick tocó el timbre como tantas otras veces, aunque sabía perfectamente que a la comisaria Ford le parecería mal que insistiera en ser tan protocolario. Pero él no era de los que entraban así como así en la casa de su jefa un viernes por la noche.

«Entrar y salir», se recordó a sí mismo, cambiando la bolsa de papel al otro brazo. «No hace falta que te quedes mucho rato. Y no te la imagines desnuda».

—¡Tío Brick! —Ian abrió la puerta de golpe y se abalanzó sobre la pierna derecha de este.

—Hola, colega —respondió él. De la cocina salía música *reggae*, seguramente por obra de Remi.

Oyó voces procedentes de la parte de atrás de la casa y le llegó el olor del pavo asado. Pero el canto de sirena que lo atrajo al interior fue la promesa de la presencia de esa mujer.

No es que pensara hacer nada al respecto. Después del desastre de esa mañana, había vuelto a proponerse no sentir nada por ella.

Le puso el sombrero a Ian en la cabeza, se quitó el abrigo y lo colgó perversamente sobre la parka de Remi.

—Hola, tío Brick —dijo Hadley, al pie de la escalera.

Muchos confundían su actitud tranquila con timidez, pero aquella niña era una observadora nata que acechaba por los rincones y memorizaba todo lo que veía y oía. Si alguna vez presenciaba un delito, Hadley Olson podría contarle a la policía si el autor era zurdo, cuántos tatuajes tenía y de qué color eran sus ojos.

—¡Ayúdame a esposarle las piernas, Had! —le pidió su hermano pequeño—. ¡Esta vez lo atraparemos!

Ian tenía la capacidad intelectual de un adulto, pero seguía jugando como cualquier niño de siete años.

—Va a hacer falta algo más que dos mosquitos escuálidos para detenerme —dijo Brick, que se sabía el papel de memoria. Desde que tenían uso de razón, había sido su juego favorito con él. Dentro de unos años más, seguramente ya no ganaría.

Con un gesto que a Brick le recordó demasiado a la apatía adolescente, Hadley puso los ojos en blanco, se acercó de mala gana y le agarró la pierna izquierda.

—¿Estoy oyendo a Brick? —gritó Gilbert desde el fondo de la casa—. ¡Venga usted aquí, camarero!

Con cuidado, Brick siguió las voces de los adultos con un niño aferrado a cada pierna.

—No está funcionando, Ian —observó Hadley.

—Intenta pesar más —dijo él.

Brick no pudo evitar esbozar una sonrisa al entrar en la espaciosa cocina de la familia Ford, un sitio que había considerado su hogar durante la última década y media. Mejor dicho «un hogar», no «su hogar». De niño, sus hogares habían sido un sinfín de casas de alquiler que cambiaban cada pocos meses dependiendo de cuál de sus padres estuviera en ese momento persiguiendo sus sueños o ejecutando sus planes. Habían ido saltando de lugares como Reno y Las Vegas a Oklahoma, Kansas, Montana e incluso habían pasado una temporada en Florida, una vez que a su padre le habían dado un chivatazo sobre un negocio relacionado con unos terrenos.

A veces tenía su propia habitación.

A veces él y Spencer ni siquiera tenían sus propias camas.

Envidiaba a los niños que volvían a la misma casa todos los días. A los niños cuyos padres volvían a casa todas las noches.

Las chicas Ford se habían criado con ambas cosas.

Darlene, todavía con la sudadera de la policía de Mackinac puesta, estaba inclinada sobre una cacerola delante de los fogones. Gil, con pantalón de pana y chaleco de punto, leía una hoja impresa en la que seguramente se encontraba la receta de un cóctel nuevo. Kimber se encontraba al lado de la mesa de la cocina, junto a la chimenea, colocando cuidadosamente en una bandeja las verduras cortadas en rodajas.

Brick no vio a Remi por ninguna parte, pero aun así pudo sentirla.

Se agachó, despegó a Ian de su tobillo y se lo echó al hombro.

—Una entrega para una tal Kimber Olson —dijo ceremoniosamente.

Kimber recibió a su hijo, que no paraba de retorcerse y de reírse, con un montón de besos ruidosos en la cara.

—Justo lo que siempre había querido —declaró.

—¡Ay! ¡Mamá!

Era una mujer con un atractivo indudable. Su espeso pelo cobrizo, más oscuro que el de su hermana, enmarcaba un rostro delgado, con los labios carnosos y la nariz recta. Había heredado la calma imperturbable y la estatura de su madre. Amaba de forma incondicional, con serenidad, y siempre se podía contar con ella.

Aunque nunca había expresado su opinión en voz alta, Brick creía que Kimber podría haber elegido a alguien mucho mejor que Kyle Olson. Un hombre que, al parecer, volvía a estar ausente.

Hadley le soltó la pierna y le llevó a su abuelo la contribución de Brick a la cena: una buena botella de bourbon.

Kimber dejó a su hijo, que no paraba de retorcerse, para saludar a Brick.

—Me alegro de verte, sargento Callan.

—¿Qué tal llevas el invierno? —le preguntó él. Era una pregunta normal para aquellos que pasaban aquella época en Mackinac. El aislamiento, la soledad, el aburrimiento o la depresión podían afectar a cualquiera en cualquier momento, independientemente de con quién estuviera casado.

—Como una campeona —respondió Kimber, esbozando una sonrisa cansada que no se reflejó en sus ojos.

—Este invierno, mamá está aprendiendo francés —dijo Ian—. ¡Di algo en francés, mamá!

Tras tantos años viviendo tan cerca de Canadá, Brick había conocido a suficientes quebequenses como para lograr traducir a grandes rasgos una parte de la frase subida de tono que pronunció Kimber.

—¿Qué significa eso? —preguntó Hadley, frunciendo el ceño.

—«¿Puede decirme dónde está la biblioteca?» —mintió Kimber, muy seria. Puede que las dos hermanas tuvieran más en común de lo que él pensaba.

—¿Qué vamos a preparar esta noche, Gil? —preguntó Brick.

Mientras su hija mayor pasaba los inviernos aprendiendo a soltar tacos en otros idiomas, Gilbert Ford aprovechaba para convertirse en un experto en cócteles.

En cuanto este se puso a hablar de la historia de las recetas del manhattan, el radar anti-Remi de Brick emitió una alerta. La energía que había en el aire y una leve sensación de peligro le hicieron empezar a sudar. Aunque habría preferido evitarla, era mejor tener controlada la amenaza que permitir que lo pillara por sorpresa.

—Brick, ¿puedes traer la salsera del comedor? —le pidió Darlene—. Le he dicho a Remi que vaya a buscarla, pero no hemos vuelto a verla.

Él fue hacia allí con el entusiasmo de un condenado a muerte. En su interior empezó a mezclarse el cóctel habitual de temor, emoción y adrenalina.

El comedor estaba escondido en la parte de atrás de la casa, al final del pasillo de la cocina, más allá del lavadero. Brick asomó la cabeza por la puerta y vio la interminable mesa de arce vestida de gala, como si fuera Acción de Gracias. En la larga pared interior había una pequeña chimenea eléctrica y unos robustos armarios empotrados. Una pelirroja menuda soltaba exabruptos (aunque no en francés) de puntillas sobre el tablón de madera que hacía las veces de encimera. Estaba palpando a ciegas el interior de uno de los armarios con el brazo malo mientras usaba la mano buena para sujetarse.

Aquella mujer era un puñetero peligro para sí misma.

Casi no le había dado tiempo a acabar de pensarlo, cuando a Remi se le resbalaron los dedos.

—Mierda. —Ni siquiera tuvo la decencia de sonar asustada mientras se precipitaba hacia atrás.

Brick prefería pensar que, por un momento, se había planteado dejarla caer para que sufriera las consecuencias de sus actos, pero no era cierto. Jamás podría hacer algo así. Y por eso Remi acabó aterrizando limpiamente en sus brazos, como si él hubiera sido creado con el único propósito de recogerla.

Aquellos ojos verdes, que brillaban como la luz del sol al colarse a través de unas botellas de cristal en el alféizar de una ventana, se le quedaron mirando, taladrándole el alma. Impidiéndole ver cualquier otra cosa que no fuera la mujer que tenía en brazos. ¿Cómo era posible que una de las hermanas le inspirara únicamente cariño fraternal, y la otra, de todo menos eso?

Le entraron ganas de tirarla al suelo.

Le entraron ganas de echársela al hombro, llevársela a casa y obligarla a ser un ser humano sensato.

Le entraron ganas de...

—Hola, Brick —susurró Remi.

Le rozó la nuca con los dedos de la mano buena, abrasándolo y torturándolo.

Sin mediar palabra, él la dejó en el suelo y abrió el armario inferior. Cogió la salsera con su bandeja del estante y se la puso delante como si fuera un escudo.

—Está aquí.

—Joder. ¿Desde cuándo la guardan ahí? —se quejó ella.

Llevaba el pelo recogido en la coronilla en un nudo de fuego. Los mechones sueltos se le escapaban como si hasta su melena se negara a ser domada. Iba vestida de manera informal, con otros leggins y una sudadera corta del color de la hierba fresca. Era bastante holgada y el dobladillo coqueteaba con la cintura alta de las mallas. Brick sabía que aquella noche perdería el sueño pensando en lo fácil que sería meterle mano por debajo.

Remi extendió el brazo para coger la fuente, acariciándole los dedos, y Brick deseó que las cosas volvieran a ser como antes. Como antes de que ella volviera a casa. Como antes de que cayera en sus brazos. Como antes de que él hubiera visto las sombras.

Como antes de haberse masturbado con tal fuerza que todavía sentía las puñeteras convulsiones.

Debería soltar la fuente. Debería retroceder unos cuantos pasos. Debería dejar de centrarse en el tacto de los dedos de Remi sobre los suyos.

Brick salió de su ensimismamiento y decidió quedarse con la salsera.

—Deja de caerte de todos los putos sitios —dijo.

—Y tú deja de decirme lo que tengo que hacer. —Remi miró hacia la puerta antes de girar de nuevo la cabeza hacia él—. Y no te pelees conmigo. Todo el mundo cree que nos odiamos.

—¿Y no es así?

No lo decía en serio. Por supuesto que no. Se odiaba a sí mismo por lo que sentía por ella, pero nunca podría odiarla.

La antigua Remi le habría dado un puñetazo en el hombro y le habría llamado idiota. Pero la nueva era una criatura completamente diferente. Ver el dolor reflejado en aquellos ojos verde musgo le hizo sentirse como un puto gilipollas.

—Remi, espera…

Ella negó con la cabeza y se dio media vuelta mientras Brick hacía malabares con la salsera.

—Estoy demasiado cansada para esta mierda del tira y afloja. Mejor lo dejamos así y pasamos el uno del otro.

—¿Qué tira y afloja? —preguntó él, intentando no levantar la voz. Sabía perfectamente a qué se refería, pero no quería dejarla salir del comedor hasta que volvieran a estar en aguas tranquilas.

—Ya sabes a qué me refiero, pedazo de imbécil —susurró ella—. Primero me llenas el congelador, con la polla tan dura como para cortarte la circulación de la parte inferior del cuerpo, y luego vas y me dices que me odias.

—No sé de qué estás hablando —mintió él.

—Vete a la mierda, Brick —replicó Remi, dedicándole una peineta mientras salía de la habitación.

Él maldijo en voz baja y la siguió. Iba a ser una noche complicada.

9

—¿De qué color es esta canción, tía Remi? —le preguntó Hadley desde el otro lado de la mesa.

Remi volvió a darle la espalda a Brick. Normalmente este se sentaba lo más lejos posible de ella pero, como estaba enfadada, las posibilidades de que tonteara con él eran nulas. Seguía siendo peligrosa, pero era un tipo de peligro más seguro.

Esta se aclaró la garganta mientras levantaba la vista del montón de puré de patatas en el que estaba hurgando con la cuchara.

—Amarillo chillón y naranja, con pequeñas explosiones de rojo —le dijo a su sobrina.

No se sentaba en las sillas como una adulta normal. Nunca adoptaba una postura erguida. Doblaba una rodilla contra el pecho y balanceaba el otro pie, como si no pudiera estarse quieta ni siquiera durante la comida.

—Bueno, Remi Honey. ¿Por cuánto tiempo has alquilado Red Gate? —preguntó Darlene, cambiando de tema.

Remi no levantó la vista del plato.

—Solo durante un par de semanas. Agnes no tiene reservas hasta primavera.

—¿Un par de semanas? —Kimber arqueó las cejas—. Eso no puede ser barato ni en pleno invierno. ¿De dónde has sacado tanto dinero?

Brick aguzó el oído mientras se llevaba el tenedor lleno de pavo a la boca.

Remi se encogió de hombros.

—Yo creo que me ha cobrado como si fuera casi de la familia. Había olvidado lo bonita que es la casa por dentro. Reformó la cocina hace un par de años y puso armarios y electrodomésticos nuevos. Y entre la caldera y la chimenea, es supercalentita.

Ya estaba jugando al despiste. Su estrategia siempre era la misma y consistía en aportar datos entusiastas que impresionaran al oyente y le hicieran olvidarse de la pregunta inicial.

—¿Podemos ir a ver la casita, tía? —le preguntó Hadley.

—Más te vale venir a visitarme, o me sentiré profundamente ofendida y te quedarás sin regalos durante dos navidades como mínimo —bromeó ella.

—¿Cómo llevas lo del asma? ¿Te estás tomando la medicación? —quiso saber Darlene.

Remi se revolvió en la silla, sin dejar de mirar fijamente el plato.

—Bien —contestó—. Creía que tendría más problemas la primavera pasada con el polen y las alertas sobre la calidad del aire, pero no, la verdad.

Había que ver la cantidad de mentiras que salían por la boca de aquella mujer.

A Brick le impresionaba la capacidad que tenía para inventarse cualquier historia sin pestañear. Si no hubiera visto el informe médico, puede que ni siquiera él se hubiera dado cuenta de que estaba mintiendo. Hacía tiempo que no sacaba el detector de Remingtrolas.

—Qué maravilla —dijo Gilbert—. Yo siempre he dicho que acabaría remitiendo.

—Crucemos los dedos —dijo Remi, sonriendo con inseguridad.

—Tía, ¿cómo te has hecho daño en el brazo? —le preguntó Ian, mirando la escayola mientras se le caía un trozo de pavo en el regazo.

Inmediatamente, Kimber le pasó una servilleta a su hijo.

Remi arrugó la nariz.

—En un accidente de coche pequeñito.

—¿Era un cochecito de juguete? —preguntó Ian.

—No, no. El accidente fue pequeño. El coche era de tamaño normal —le dijo a su sobrino.

—¿Era el tuyo? —le preguntó Darlene.

Remi tenía un Chevy Suburban y Brick todavía no tenía muy claro que fuera lo bastante grande como para mantenerla a salvo.

Ella negó con la cabeza.

—No. Conducía otra persona.

Remi extendió una mano temblorosa para coger la copa. A Brick le entraron ganas de levantarla, sacarla de la habitación e interrogarla.

—¿Una amiga o un amigo? —quiso saber Hadley. Brick apretó automáticamente el cuchillo que tenía en la mano.

—Una amiga —respondió ella, arreglándoselas para sonreírle a su sobrina. Pero él se fijó en que se encogía todavía más.

Por instinto, Brick abrió las piernas lo suficiente como para presionar con la rodilla izquierda la rodilla derecha de Remi. Ella no se apartó y se preguntó qué leches significaría aquello.

—¿Amiga o novia? —la presionó Hadley.

Remi se atragantó con el manhattan y soltó una risita forzada.

—¿Me estás preguntando si soy lesbiana?

—O bi.

—O pansexual —añadió Ian.

Kimber tosió en la servilleta.

—Les dejo ver *Schitt's Creek* —admitió.

—Ay, me encanta esa serie —declaró Gilbert, con un entusiasmo acentuado por el tercer manhattan.

—¿Lo eres o no? —insistió Hadley.

Esa vez, Remi sonrió con sinceridad.

—Yo diría que soy heterosexual. Por ahora, solo me van los chicos.

—¿Conoces a mi amiga Alicia? Pues su hermana mayor, Megan, es bisexual —comentó Hadley.

—Tío Brick, ¿a ti te gustan los chicos o las chicas? —le preguntó Ian, como si estuviera haciéndole una entrevista en horario de máxima audiencia.

Brick sintió que lo iluminaba un foco invisible.

—Pues... ¿las chicas?

—No pareces muy seguro —se burló Kimber.

—Las chicas —repitió él, con mayor rotundidad.

—Mamá y la abuela dicen que es una lástima que lleves desde el divorcio sin salir con nadie —dijo Hadley, poniendo al corriente a toda la mesa.

Remi resopló dentro de la copa y empezó a toser.

—Perdón. Creo que necesito otra.

—Recuérdame que no vuelva a decir nada delante de esas orejotas, traidora —dijo Kimber, lanzándole en broma una mirada asesina a su hija.

—Lo siento, tío Brick —se excusó Hadley, con una pequeña sonrisa.

—Nada, tranquila. Y tú, ¿qué? ¿Chicas o chicos? —le preguntó Brick.

Hadley se encogió de hombros con delicadeza.

—No lo sé. Todavía no he conocido a la persona adecuada.

—Tómatelo con calma —le aconsejó Darlene sabiamente, señalando con el tenedor a su nieta—. No hay prisa. A tu tía le volvían loca los chicos cuando era adolescente.

Remi reapareció en la puerta del comedor con una copa llena justo a tiempo para oír el comentario de su madre.

—Pues no, no es suficiente alcohol —farfulló, antes de volver a desaparecer.

Volvió al cabo de un momento con la copa llena y la coctelera, y le rozó sin querer la cadera a Brick con el brazo al sentarse. Este ignoró el chispazo que le produjo el contacto, pero no pudo ignorar el trocito de abdomen que se le veía por debajo de la sudadera. Se le secó la boca.

Ella levantó las rodillas hacia el pecho y le dio un buen trago a la copa nueva.

—Remi, por favor, ¿podrías comer por una vez con los dos pies en el suelo? —la regañó Darlene, exasperada—. Estás dando un mal ejemplo.

Ian, que estaba en calcetines, puso inmediatamente los pies sobre la mesa.

—Ian Gilbert —dijo Kimber, con su voz de madre más amenazante.

—Ha empezado la tía —replicó Ian, derrochando inocencia.

—Remington Honeysuckle —la reprendió Kimber con severidad.

Las hermanas intercambiaron una sonrisa fugaz y Remi apoyó los pies en el suelo, rozando la rodilla de Brick por debajo de la mesa.

Mientras Gilbert y Darlene interrogaban a Kimber sobre las últimas reformas que estaba haciendo en casa, Brick se acercó a Remi lo máximo que se atrevió.

—¿Cuál fue la causa del accidente? —le preguntó en voz baja.

Ella lo miró de reojo.

—Había hielo en la carretera. Un coche nos golpeó por detrás sin querer e hizo que nos empotráramos contra un guardarraíl. ¿Me pasas la salsa, por favor?

Brick le dio la salsera y observó cómo la cogía con torpeza con la mano izquierda. Se la quitó y le echó un poco de salsa sobre el pavo que apenas había tocado.

—Debíais de ir muy rápido, para romperte el brazo —comentó.

—En realidad me caí al salir del coche —explicó ella, mirándolo con inocencia—. Pero queda mejor decir que fue en el accidente.

Definitivamente, estaba mintiendo.

—¿Cómo se llama tu amiga? —le preguntó.

Vio pasar rápidamente varias emociones por su rostro, una detrás de otra, antes de que bajara la barbilla.

—Déjalo, Brick.

—¿Por qué?

—Tanto interés podría hacerme pensar que te importo —replicó.

«Directa a la yugular».

—¿Os estáis peleando? —preguntó Hadley, haciéndoles romper el contacto visual.

—Siempre se están peleando —resopló Kimber.

—Nunca nos peleamos —protestó Remi.

—Pues parece una pelea —señaló Hadley.

Ian negó con la cabeza.

—La tía aún no le ha dado un puñetazo. Entonces sí que se estarían peleando.

—La tía Remi y el tío Brick tienen una relación un poco tensa —explicó Gilbert, desde la cabecera de la mesa.

—¿Por qué? —preguntó Hadley.

—Eso. ¿Por qué? —preguntó Kimber, sumando su propia curiosidad a la de su hija.

Remi dejó de fingir que comía y cruzó los brazos sobre el pecho.

—Porque el tío Brick hirió mis sentimientos hace muchos años y nunca se disculpó y ahora ha pasado tanto tiempo que no hay disculpa lo suficientemente grande para que deje de estar enfadada con él.

Brick se puso tenso. Era la primera noticia que tenía de aquello.

—¿Y si te regala flores? —preguntó Ian—. Es lo que papá hacía con mamá.

Remi miró a su hermana al oír el «hacía».

—Mmm. No. Definitivamente, las flores no funcionarían.

—¿Y si te canta en público en un estadio de fútbol? —sugirió Hadley.

—También hemos visto *Diez razones para odiarte* —intervino su madre.

—Heath Ledger —dijo Remi, levantando la copa hacia su hermana. Kimber brindó con ella desde el otro lado de la mesa.

—Vuestra tía es muy rencorosa —explicó Darlene, guiñándoles un ojo a sus nietos.

—Eso es cierto —reconoció Remi, empezando a sacudir el pie por debajo de la mesa.

Brick se aclaró la garganta y todos lo miraron inmediatamente. Ese era el problema de no ser muy hablador. Que, cuando hablabas, la gente te prestaba demasiada atención.

—He estado pensando en nuestro programa de bienestar social —dijo, sacando un tema cualquiera, a la desesperada.

—¿Qué le pasa? —preguntó Darlene, antes de zamparse un bocado compuesto a partes iguales por pavo, maíz, relleno y patatas.

«Eso. ¿Qué le pasa, idiota?».

—¿Y si hiciéramos algo diferente? —Por eso no hablaba mucho. Porque cuando lo hacía, parecía tonto.

Darlene masticó pensativa otro bocado.

—¿Qué programa de bienestar social? —preguntó Kimber.

—El cuerpo de policía hace seguimiento de algunos residentes mayores. Le echamos un ojo a la gente que sabemos que vive sola, que ha estado enferma o que lo está pasando mal —explicó Darlene.

—Si fueran otros vecinos los que se encargaran de hacerlo, se parecería más a una visita normal —propuso Remi.

—Cierto. Estaba pensando en algo así —dijo Brick, agradecido por el cable que le había echado ella sin querer.

—Es muy buena idea, Brick. —Gil hizo un gesto con la copa, derramando buena parte del bourbon sobre el mantel.

A diferencia de sus dos hijas, Gilbert Ford se emborrachaba con facilidad.

—En realidad ha sido Remi la que...

—Así seguiríais vigilando a las personas más vulnerables, pero tendríais más tiempo para hacer otras cosas —opinó Kimber, interrumpiéndolo—. Y a lo mejor a la gente le cuesta menos abrirse con sus vecinos que con alguien de uniforme.

Darlene juntó las yemas de los dedos delante del plato y asintió lentamente.

—¿Por qué no lo organizáis vosotros tres? A ver qué se os ocurre con relación a los voluntarios y el horario.

—¿Qué tres? —preguntó Remi, atragantándose con la copa.

—Brick sería el líder y Kimber y tú, Remi, podríais ayudarle.

Él no tenía muy claro a cuál de ellos le horrorizaba más la sugerencia.

—Pues... —dijo Kimber.

—Ah —añadió su hermana, un poco aturdida.

Brick ni se molestó en intentar escaquearse. La comisaria Ford siempre se salía con la suya.

—Claro. Vale —respondió.

—Muy buena idea, Brick —dijo Gil, levantando la copa.

10

—Bueno, me voy —anunció Remi, apareciendo en la cocina ya con el abrigo puesto.

Brick se levantó tan de repente que estuvo a punto de tirar el taburete de la cocina en el que estaba sentado.

—Te acompaño —se ofreció.

Se negaba a dejar que la noche tocara a su fin sin pedirle disculpas primero.

—¡No! —graznó ella—. Quiero decir... No hace falta. Es mejor que te quedes.

—Ahora es cuando le pega el puñetazo —murmuró Ian.

—Brick, asegúrate de que nuestra hija llega a casa sana y salva, ¿vale? —le pidió Darlene, agachándose para abrazar a Remi con fuerza.

Él asintió bruscamente.

—De acuerdo.

—¡Mamá! Si no estoy ni a dos manzanas. Que acompañe a Kimber y a los niños.

—Es de noche y hace frío, y si alguien es capaz de desaparecer en dos manzanas, eres tú —dijo su madre, zanjando el tema.

Por encima del hombro de Darlene, Remi articuló un «No» en dirección a Brick. Su típica rebeldía y el hecho de que por fin se fuera a ver obligada a hablar directamente con él casi lo hicieron sonreír.

—Me toca —dijo Gilbert, abriéndose paso a codazos para abrazar a Remi—. Te echaba de menos —murmuró.

—Y yo a ti —reconoció ella, estrujándolo aún con más fuerza.

Brick seguía sintiéndose incómodo ante las muestras de cariño de la familia Ford. Los miembros del clan Callan no eran muy de abrazarse ni de decirse que se querían. Y cuando su madre se había largado por ahí en busca de protagonismo, toda muestra esporádica de afecto se había ido con ella.

Una vez finalizados los abrazos y las despedidas, Brick siguió a Remi hasta la entrada. Interpuso su enorme cuerpo entre ella y la puerta mientras se ponía el abrigo para que no pudiera irse sin él. Eso le hizo ganarse una mirada asesina por parte de ella.

—Prefiero volver sola a casa —declaró esta, con los dientes apretados.

—Ya, bueno, pues yo prefiero que hablemos.

—Me da igual lo que tú prefieras —le espetó Remi, esquivándolo para abalanzarse sobre el pomo de la puerta.

Esta se abrió diez centímetros escasos antes de chocar con la espalda de Brick. Él se ató con parsimonia los cordones de las botas y se subió la cremallera del abrigo mientras Remi echaba humo a su lado.

—Definitivamente, se están peleando —susurró Ian, oculto entre las sombras de la escalera.

Hadley le hizo callar.

—Adiós, chicos —dijo Brick, cogiendo el sombrero y guiñándoles un ojo a los fisgones.

Remi aprovechó el descuido para escabullirse por la entrada. No llegó muy lejos. Él la agarró por la capucha y le impidió seguir bajando las escaleras.

—Brick, te juro que te voy a… —murmuró ella mientras él cerraba la puerta.

El aire de la noche era tan frío que el mundo entero parecía un cubito de hielo gigantesco.

—En primer lugar, no huyas de mí —dijo él tranquilamente, agarrándola por la capucha con más fuerza, hasta hacerla caminar a su lado por la acera.

—¿O qué? —bufó ella.

—O no te gustarán las consecuencias. En segundo lugar, lo siento.

A ella se le enganchó la bota en un terrón de nieve de la acera y tropezó. Brick la sujetó antes de que se cayera.

—¿Qué has dicho? ¡Y deja de agarrarme! —exclamó, apartándolo de un manotazo.

—Pues deja de necesitar que te agarren. He dicho que lo siento. Lo que te dije antes no era verdad. Sabes que no te odio.

Estaban a dos manzanas de casa. No era tiempo suficiente para la conversación que necesitaban tener.

—Ah, ¿sí? ¿Y por qué iba a saber yo eso? —replicó Remi con altanería.

Brick le hizo detenerse y la giró hacia él.

—Sabes perfectamente que no te odio.

Se quedó callado y, al ver que ella no reaccionaba, la zarandeó ligeramente.

—¡Ay! Vale. Lo sientes. No me odias. Acepto tus disculpas. ¿Ya puedo irme sola a casa?

—Ni lo sueñes. En tercer lugar...

—¿Aún hay más? Que Alicia Keys me pille confesada. Pero ¿cuánto bourbon te has pimplado? —Remi se escabulló y echó a andar por la acera.

—Sé que estás mintiendo —dijo Brick, alcanzándola en un abrir y cerrar de ojos con sus largas zancadas.

Para obligarla a caminar más despacio y darse a sí mismo algo en lo que pensar esa noche, le rodeó los hombros con el brazo y dejó la mano colgando delante de ella.

—¿Sobre qué?

—Sobre el accidente. Sobre lo del asma. Sobre por qué has vuelto —aclaró. Ella se detuvo de repente, estremeciéndose. El instinto le dijo a Brick que no tenía nada que ver con el frío. Abrió la boca para decir algo, pero él se la tapó con una manaza enguantada—. Antes de que vuelvas a mentirme, Remi, piensa bien si te conviene —le susurró al oído.

Brick se la imaginó haciendo cálculos, preguntándose cuánto sabía él y hasta qué punto podría salirse con la suya. Remi esperó un momento antes de quitarse su mano de la boca.

—A lo mejor es a ti a quien no le conviene saberlo. A lo mejor es lo que más os conviene a todos.

—Eso ni te lo plantees —replicó Brick—. Ya puedes ir haciéndote a la idea. Cuando estés preparada para contármelo, aquí estaré. Pero como lo descubra antes de que tú me lo digas, me voy a cabrear mucho.

—Este rollo de hermano mayor que te traes no me gusta nada —se quejó Remi—. ¿Qué vas a hacer, empezar a acojonar a todos los tíos con los que salga con la placa y esa porra que llevas en los pantalones?

Qué boca tenía. Su capacidad para meter el dedo en la llaga de aquella forma hizo que Brick se planteara si conocía su secreto. Si sabía lo que él deseaba en realidad.

—Yo no soy tu hermano, Remington —le recordó.

Llegaron a la zona en la que se veía la casita y cruzaron la carretera. El lago apareció negro y brillante ante ellos.

Ella resopló.

—Menos mal, porque si no algunas de mis fantasías adolescentes serían asquerosísimas, además de incestuosas.

Otra vez metiendo el dedo en la llaga.

Pero él aún tenía algo más que añadir. Una pregunta más que hacer.

—Y en cuarto y último lugar...

—Venga ya, tío. Estoy cansada. —Remi intentó apartarle el brazo, pero Brick la sujetó pegada a él mientras pasaban por delante del seto de la casita.

—¿Por qué dices que herí tus sentimientos? —preguntó.

Remi suspiró.

—¿Qué más da?

—Oye. Lo de Audrey...

—Fue antes de eso —le espetó ella. Intentó escaparse hacia la puerta del jardín, pero él aún no había terminado y la agarró de la mano.

—¿Fue por lo que pasó aquel día... después de tu graduación? Aquello fue un error.

—Por Dios. ¿De verdad crees que soy capaz de guardarle rencor a un tío porque sea o bien demasiado duro de mollera como para sentirse atraído por mí o, peor aún, demasiado gallina como para actuar en consecuencia? Por favor, Brick.

—Entonces dime por qué lo has dicho, joder —le exigió él, optando por ignorar que le había llamado cobarde.

Necesitaba saberlo. ¿Cómo iba a solucionarlo, si no sabía de qué se trataba?

Remi bajó la vista y luego miró hacia el cielo nocturno donde, sobre el azul oscuro, se veían los fantasmales destellos verdes de la aurora boreal.

—Me dejaste tirada y ni siquiera te despediste. Me abandonaste sin más.

El frío se le metió en el pecho y anidó en él. Brick suspiró para intentar disipar aquella sensación tan gélida.

—Nunca he pretendido hacerte daño. Y mucho menos entonces.

Había tenido que marcharse. Era la única opción. Quedarse en la isla con una Remi seductora, receptiva y mayor de edad habría requerido una fuerza de voluntad que él no tenía.

Ella lo miró con los ojos en llamas, apretando su delicada mandíbula.

—No finjas que no te acuerdas, Brick. Había confianza entre nosotros. Teníamos una relación superestrecha. Claro que pretendías hacerme daño cuando te largaste. Ambos lo sabemos.

Remi abrió la puerta del jardín, pero él le impidió entrar. Le cerró el paso con su cuerpo, acorralándola contra el seto que susurraba con el viento. Ni siquiera se estaban tocando, salvo por las manos que ambos tenían sobre la valla, pero Brick se sentía desnudo al estar tan cerca de ella.

—Remi.

No se le ocurría nada más que decir, aparte de su nombre. Ella acababa de soltarle la verdad a la cara. En cierto modo, él sí había pretendido que ella sufriera como había sufrido él. Fue egoísta y cruel, y creyó que aquel patético desprecio ni siquiera la afectaría, como todo lo demás.

Pero ahora que sabía que le había hecho daño, se sentía como una mierda.

—Lo siento. —Dios. Se había disculpado más veces esa noche que en los últimos cinco años.

Remi cerró los ojos, como si de repente estuviera agotada.

—Oye, no he vuelto aquí para que nos convirtamos en amigos íntimos. Ambos sabemos que estamos mejor alejados el uno del otro. Así que vamos a olvidar lo que sea que pase o que haya pasado entre nosotros.

Pero él no estaba preparado para olvidar nada.

—Cuando me viste en Doud's... —empezó a decir. Remi lo había abrazado como si fuera lo más natural del mundo.

—Me pilló desprevenida. Fue un acto reflejo.

—No, viniste hacia mí así porque tienes miedo. Porque sabes que puedo ayudarte. Sé que algo va mal. Dejas las luces encendidas toda la noche. Antes comías como un camionero de larga distancia en un bar de carretera y ahora no haces más que darle vueltas a la comida en el plato. ¿Por qué estás tan nerviosa, Remi?

—Para. —Le puso una mano en el pecho y Brick no pudo evitar inclinarse hacia ella. Remi echó la cabeza hacia atrás para mirarlo y a él le fastidió que aquel gesto le gustara tanto.

—Cuéntamelo —insistió, con voz grave.

Ella bajó la vista hacia la mano que tenía sobre su pecho. Un punto de contacto que él estaba presionando, hasta que le levantó la barbilla, obligándola a mirarlo de nuevo.

Le brillaban los ojos bajo la luz tenue de las farolas y las estrellas.

—Perdiste el derecho a escuchar mis secretos hace mucho tiempo. Vamos a dejarlo así. Es más seguro para los dos.

—Sabes perfectamente que no voy a aceptarlo sin más —le advirtió él.

Remi sonrió con tristeza.

—Lo sé —reconoció—. Pero esto no puedes arreglarlo. Joder. Ni siquiera tengo claro que yo pueda hacerlo.

—Remi.

—Brick. —Parecía exasperada, pero la calidez de su sonrisa había aumentado unos cuantos grados—. Te has disculpado y yo he aceptado tus disculpas. Ahora los dos tenemos que pasar página.

—No. —Su respuesta fue breve pero firme. No pensaba ceder. No iba a salirse con la suya.

—Sigues siendo igual de desquiciante. Al menos hay cosas que nunca cambian —bromeó ella.

—Lo mismo digo, corazón —refunfuñó Brick, frustrado.

Aquellas palabras la aplacaron y él sintió que su actitud se volvía un poco menos reacia. De repente, le sonó el móvil en el bolsillo del abrigo. Ella empezó a buscarlo desesperadamente, hasta que por fin lo encontró. Su expresión se ensombreció al ver la pantalla, en la que ponía: «Grano en el culo».

Volvió a guardarse el teléfono en el bolsillo sin responder.

—¿No piensas contestar? —le preguntó Brick, que sentía curiosidad por saber quién era ese tal «grano en el culo» y por qué ella no quería hablar con él.

—Pues no. —Remi apretó los dientes y a él se le disparó la tensión.

Su hermetismo era una puta tortura.

—Mira hacia arriba —le pidió Remi en voz baja. Al ver que no obedecía, le agarró la barbilla con la mano buena y le obligó a hacerlo. La aurora boreal parpadeaba y brillaba sobre ellos—. ¿Ves la aurora?

—Sí.

—Una vez me preguntaste qué se sentía al ver música. Pues es un poco así.

Contemplaron el cielo nocturno en silencio.

—Es precioso —dijo él, finalmente.

—Lo es —asintió ella—. Venga, vete a casa antes de que doña Madrugadora nos pille aquí y alerte al Departamento de Cotilleos.

—Sabes que no me voy a ir hasta que entres.

Una nube de vaho acompañó el suspiro de Remi.

—Lo sé.

Ella lo rodeó, pero esa vez Brick no se lo impidió. Se quedó allí plantado hasta que la vio entrar y encender las luces. Y después continuó montando guardia, preguntándose qué acechaba en la oscuridad para que la chica más valiente que había conocido jamás estuviera tan asustada.

11

Remi no iba a perderse ni de coña la Fiesta Supersecreta de Eleanora Reedbottom en Round Island. No iba a faltar a la mayor juerga del verano solo por estar castigada por un problemilla que prácticamente se habían sacado de la manga.

Audrey y ella ya habían pensado qué iban a ponerse: shorts vaqueros ultracortos, camisetas de tirantes a juego y, para el paseo en barco, unas sudaderas con capucha monísimas.

Round Island era una isla deshabitada de más de ciento veinte hectáreas situada al sur del embarcadero del ferry de Mackinac. Formaba parte del parque natural de Hiawatha y estaba supervisada por el Servicio Forestal de los Estados Unidos. La playa que había al otro lado de la isla era ideal para hacer fiestas ilegales. Como la que Eleanora Reedbottom organizaba esa noche.

Lo único que Remi tenía que hacer era convencer a sus padres de que se iba a quedar en su habitación y de que no la molestaran. Así de simple.

Su madre estaba demasiado distraída con la logística de algún «asunto de trabajo» aquella tarde como para prestarle demasiada atención, así que Remi se había peleado con Kimber durante la cena, le había dicho a su padre que le dolían los ovarios y se había ido a su habitación con una tarrina grande de helado y una cuchara. Nadie se atrevería a acercarse a ella por miedo a su síndrome premenstrual.

Brick y Spencer Callan habían cenado con ellos. Spencer, su guapísimo y a menudo despistado novio ocasional, había aprobado su actuación levantando el pulgar. Brick, su musculoso y estoico hermano mayor, la había mirado con recelo. El tío tenía una habilidad sorprendente para detectar hasta la más mínima mentira.

Sinceramente, estaba desperdiciando su talento trabajando con los caballos de la isla. Sería un buen policía. Tendría que comentárselo a su madre algún día, quizá cuando no tuviera pensado escaparse de casa.

Aunque puede que esperara a irse a la universidad para sacar el tema. Lo más probable era que Brick usara sus superpoderes para hacer alguna estupidez, como detenerla por divertirse inofensivamente.

El despertador rosa marcó las nueve y Remi se echó el último toque de laca en el pelo. Satisfecha con las desenfadadas ondas californianas que se había pasado perfeccionando casi una hora, apagó la luz y quitó la bombilla. Las almohadas que había puesto bajo las sábanas no engañarían a nadie si les daba por encender la luz.

A oscuras, se metió en el bolsillo un botecito de repelente de mosquitos y un brillo de labios y salió por la ventana al tejado del porche. El aire veraniego estaba cargado de humedad y de emoción. La aventura, la música y la diversión la esperaban.

Se arañó las rodillas con las tejas al estirar la pierna hacia atrás y bajarla para apoyarse en el enrejado. Cualquier día, aquel armazón viejo y desvencijado se derrumbaría sobre ella. Pero no sería esa noche.

Bajó rápidamente. Maldijo en voz baja cuando el dobladillo de los pantalones cortos se le enganchó en una astilla de madera. Se preguntó si podría encontrar la manera de arreglar aquel puñetero armatoste sin que sus padres sospecharan. ¿Y si se lo cargaba con una bola de hockey, con la excusa de que estaba practicando? O podía fingir que le había dado por trepar por las enredaderas.

Orgullosa de su habilidad ninja para escapar, Remi salvó el último metro de un salto y aterrizó sobre el parterre, entre un arce japonés en miniatura y una mata de hierbas ornamentales. Entonces retrocedió y chocó contra algo cálido, duro y sin hojas.

Cuando dos manos se cerraron sobre sus brazos por detrás, Remi giró sobre sí misma y se puso en posición, dispuesta para defenderse con una patada directa a los huevos.

—Quieta, Peligro —dijo alguien, con una risita suave y familiar.

—¡Por el amor de Billie Holiday, Brick! —exclamó Remi, dando un pisotón—. Me has dado un susto de muerte. ¡Creía que le habían salido brazos al seto!

La silueta de su enorme cuerpo, delineada por la luz de las farolas, resultaba imponente.

—Muy bien —dijo—, ya puedes volver a subir.

—¿Me estás vacilando? ¡De eso nada! ¿Y qué se supone que estás haciendo aquí?

—Evitar que te metas en líos —respondió él, cruzando sus enormes brazos sobre el pecho y mirándola desde las alturas.

—¿Y qué tiene eso de divertido? —se burló ella, negándose a dejarse intimidar.

Apenas hacía un año que los conocía a él y a su hermano, pero Remi ya había descubierto su secreto. Puede que aquel tío tuviera la constitución de una secuoya y las dotes de conversación de un muro de ladrillos pero, en el fondo, Brick era un osito de peluche. De tamaño extragrande, eso sí.

—Lo digo en serio. Vuelve a tu habitación y quédate allí.

—Puede que estés a cargo de Spencer, pero aquí no tienes ninguna autoridad, Brick Callan —replicó Remi, clavándole un dedo en el pecho.

—Y tú no pintas nada en la fiesta de Round Island, Remi Ford.

Aunque estaba ocupada escupiendo fuego, le encantó oírle decir su nombre.

—Lo que yo haga o deje de hacer no es cosa tuya. Además, ¡Spencer también va! Me está esperando.

—Te equivocas. Lo he dejado de morros delante de la televisión porque está castigado. Y tú acabarás igual, como no vuelvas a tu habitación. Venga.

Había algo sumamente atractivo en la forma en la que le

daba órdenes, aunque, por supuesto, Remi no tenía intención de obedecerlas. Aun así, fue como si una parte desconocida de ella despertara por primera vez.

—¿O qué?

Puede que el gruñido que le pareció oír retumbar en su pecho fueran imaginaciones suyas.

—Eres lista, ¿no? —susurró Brick finalmente.

Remi entornó los ojos. Aquello le olía a chamusquina.

—Ve al grano.

—¿Qué «asunto de trabajo» crees que se trae entre manos tu madre esta noche? ¿Te parece una coincidencia que esté dirigiendo la logística de una operación secreta la misma noche que Eleanora Reedbottom decide invadir una propiedad federal para organizar una fiesta para menores en la que va a haber alcohol a raudales?

Remi dio un respingo.

—¿Cómo te has enterado tú de lo de la fiesta?

—Porque Eleanora Reedbottom es una puñetera bocazas. Como el idiota de mi hermano. Quien, por cierto, no miente tan bien como tú.

Remi hizo una pequeña reverencia.

—Gracias.

—No es un cumplido, Remi.

—Me da igual, me lo tomaré como tal —dijo ella, encogiéndose de hombros. Brick se pellizcó el puente de la nariz como si tuviera migraña—. ¿Nunca te han mirado la cabeza? Yo diría que tienes una cantidad excesiva de jaquecas.

—Solo me duele cuando hablo contigo —replicó él.

Remi arrugó la nariz.

—Qué borde. ¿Al menos me dejas estar un rato con Spence y contigo?

—Estás castigada. Y no pienso ayudar a la hija de la comisaria a escaparse de casa. Es ilegal, lo mires por donde lo mires.

—Eres un coñazo.

—Suelen decírmelo. Sobre todo tú. Constantemente.

Remi no quería volver a trepar todavía por el enrejado. Nunca había hablado tanto con Brick y no quería que la conversación terminara.

—Podrías haberme dejado salir para que me pillaran —dijo.

—Podría —asintió él.

Remi se dio unos golpecitos con el dedo en la barbilla mientras lo observaba en la oscuridad.

—Has venido al rescate para evitar que mi propia madre me detuviera.

—Compadezco al desgraciado que tenga que detenerte por primera vez.

—Ya estás otra vez con los cumplidos. Te caigo bien. No quieres que me detengan —canturreó. Brick hizo una mueca de desesperación en la oscuridad, antes de recuperar su expresión imperturbable—. Sabes que no lo digo por lo de tu padre. Cualquiera puede acabar en el calabozo. Seguro que en algún momento me tocará a mí. Y hay muchas personas que van a la cárcel, pero eso no significa que sean malas.

Brick volvió a pellizcarse el puente de la nariz.

—Eso es exactamente lo que significa.

—¿No es agotador verlo todo en blanco y negro? ¿No tienes sitio para otros colores?

—Lo que está bien está bien y lo que está mal está mal. No hagas que me arrepienta de haber evitado que tu madre te espose y te mande a la academia militar.

—No se atrevería. Organizaría una rebelión en las primeras cuarenta y ocho horas y la reduciría a cenizas. ¿Qué tal tu abuela?

—Deja de remolonear —dijo él, poniendo los brazos en jarras y bajando la vista hacia el suelo. Remi lo miró fijamente hasta hacerlo sucumbir—. Bien. La operación ha ido bien. La van a mandar a casa esta semana.

—Me alegro. A lo mejor le hago una tarta.

—Genial. Puedes dársela a tu hermana para que se la lleve, porque tú estás castigada.

—¡De verdad, no puedo contigo!

—Lo mismo digo, corazón. Venga, sube —dijo, señalando el tejado del porche—. O te haré entrar por la puerta principal y te entregaré a tu padre.

—No serías capaz.

—Claro que sí.

Dándose cuenta de que no iba a conseguir franquear el Muro Antidiversión, Remi aceptó la derrota de aquella batalla para tener opción a ganar la guerra.

—Vale, aguafiestas. —Se subió al borde del porche y trepó al enrejado.

—Buena chica —dijo él.

«Buena chica».

La forma en la que lo dijo, con aquella aspereza, le produjo un escalofrío de placer que le recorrió todo el cuerpo. Quería que lo dijera otra vez. Quería obligarle a repetirlo.

—Por cierto, Peligro. —Remi dejó de escalar y miró a aquella mole de hombre que esperaba entre las sombras para recogerla si se caía—. No vuelvas a ponerte esos pantalones cortos.

—¿Por qué?

—Lo sabes perfectamente. Y porque lo digo yo.

Aquel no era el motivo que a Remi le hubiera gustado oír. Refunfuñó y soltó una mano para hacerle una peineta.

La risita de Brick la acompañó mientras se subía al tejado y entraba por la ventana.

Esperó diez minutos enteros, prácticamente toda una vida, antes de hacer un segundo intento.

—Sigo aquí —susurró él en la oscuridad, con voz grave.

Remi se asomó por el borde del tejado.

—Joder, Brick.

Él se acercó un poco más al porche.

—Te vas a caer y te vas a romper la crisma, y entonces sí que me voy a cabrear.

—No voy a ir a la isla. He quedado con Audrey en el muelle. No quiero que se meta en un lío.

—Pues llámala —replicó Brick con indiferencia, antes de volver a cruzarse de brazos y quedarse tan inmóvil como un roble.

—No puedo. Hemos dicho de no llevar el móvil.

—¿Por qué?

—Qué cotilla eres. Pues porque así, si a algún padre o a algún hermano mayor pesado se le ocurría llamar, podíamos decir que nos lo habíamos dejado en casa.

Brick farfulló algo en voz baja, claramente nada impresionado por su ingenio. A Remi le pareció oír algo así como «... va a acabar conmigo», pero no estaba segura.

Se oyó un suspiro de exasperación y luego se hizo el silencio.

—Ya aviso yo a Audrey —dijo él, finalmente.

—No es que me parezca mal, pero si tú te vas a avisar a Audrey, yo voy a ir a tu casa a rescatar a Spencer para ver en qué lío nos podemos meter, aprovechando que toda la policía está fuera de la isla.

—Joder, Remi.

—No puedo creer que me hayas convencido —se lamentó Brick, cinco minutos después.

—Venga ya —dijo ella con suficiencia, dándole un golpecito con el hombro en su abultado bíceps—. Diviértete un poco. Si te animas, te compro un helado.

—¡Ataque sorpresa!

Spencer pasó corriendo junto a ellos, con una sonrisa malvada en la cara. Era igualito a su hermano, solo que más esbelto, bajito y alegre. Remi no sabía si Brick era consciente de ello, pero lo de la alegría se lo debía a él. Teniendo en cuenta que uno de sus progenitores estaba en el trullo y el otro dando tumbos por el mundo, estaba claro que el mérito de que se estuviera adaptando tan bien era de su hermano mayor.

Remi percibió el olor a queso rancio y se tapó la cara con una mano.

—¡Spence!

—¿Acabas de fumigar a tu novia? —le preguntó Brick.

—Y a mi hermano —anunció Spencer con orgullo, corriendo de espaldas delante de ellos.

Brick reaccionó a la velocidad del rayo, dejando los movimientos ninjas de Remi a la altura del betún. En medio segundo, atrapó a Spencer y le rodeó el cuello con un brazo.

—No puedo creer que ya casi te dejen votar. No eres más que un niñato alto y flacucho de cinco años —dijo, revolviéndole el pelo.

—¡Tío! ¿Sabes cuánta gomina he tenido que echarme para que me quedara bien? —se quejó Spencer.

—Perfectamente. Vas a necesitar otro trabajo solo para pagarte los productos capilares —le soltó Brick.

Spencer se quedó callado y levantó un dedo.

—Solo tengo una cosa que decir a eso. —Spencer se tiró otro pedo, esa vez de los ruidosos, y echó a correr.

Brick alejó caballerosamente a Remi de la nube tóxica.

—Podrías estar con alguien mucho mejor que el idiota de mi hermano, por si no lo sabías.

Ella se rio, disfrutando del contacto de su brazo con el suyo. Adoraba a Spencer. Se parecía al golden retriever excesivamente entusiasta de su tía: era una monada y siempre estaba encantado de verla. Pero su hermano mayor tenía algo que le aceleraba el pulso. Le gustaba estar cerca de él. Le gustaba hablar con él. Era un hombre de pocas palabras y aún menos sonrisas pero, de vez en cuando, cuando conseguía arrancarle alguna, Remi se sentía como en la primera bajada de una montaña rusa.

—Ya lo sé, pero es divertido. Además, ya no estamos juntos.

Brick trastabilló a media zancada.

—Ah, ¿no?

—Bueno, seguimos viéndonos. Pero ya no nos acostamos.

Esa vez, Brick se tropezó de verdad. Ella extendió la mano para sujetarlo.

—Joder, Remi.

—Yo creo que le gusta Audrey, pero no se lo digas a nadie. Harían buena pareja.

—¿Y a ti no te molesta? —Brick parecía confuso y preocupado. Qué mono.

—¿Por qué iba a molestarme? No se puede luchar contra el destino. Es una pérdida de tiempo y de energía, y hay muchas otras cosas divertidas que hacer. —Remi se encogió de hombros y se metió las manos en los bolsillos de la sudadera.

Brick la acompañó en silencio durante toda la manzana, caminando medio paso por detrás de ella. Aquella noche, el centro estaba repleto de turistas que regresaban a sus hoteles y casas de alquiler después de haber cenado fuera. Las tiendas estaban cerrando, y los bares y las heladerías que abrían hasta tarde los estaban echando ya a todos.

—¿Tú no estabas castigada, niña? —le gritó Agnes Sopp desde la esquina de la calle, todavía con las galas de golfista puestas y con un cucurucho enorme de tres bolas de helado de fresa.

—Hola, Agnes —respondió Remi tranquilamente—. Creo que era más una sugerencia que una orden. Pero te agradecería que no les contaras a mis padres que me has visto.

—Tu secreto está a salvo conmigo —le prometió Agnes, guiñándole un ojo.

—Se lo va a contar a todos los habitantes de la isla —predijo el malhumorado acompañante de Remi.

—A todos menos a mis padres —replicó ella.

—Eres agotadora —concluyó Brick.

Ella puso los ojos en blanco.

—Sé que soy difícil y que doy mucha guerra. Pero no es culpa mía que la gente no sea capaz de seguirme el ritmo.

—A ti no te hace falta alguien que te siga el ritmo, necesitas a alguien que te controle.

—No me opondría a ninguna de las dos cosas. Supongo que el hombre adecuado será capaz de hacer ambas —bromeó.

Se quedaron en silencio un buen rato, mientras la tensión que había entre ellos aumentaba. Remi quería que él hablara primero. Que iniciara una nueva conversación. Que hiciera un esfuerzo.

—Si no es Spence, ¿quién te gusta? —le preguntó Brick, finalmente.

Lo dijo con desinterés, como si le fastidiara. Pero no se lo habría preguntado si no quisiera saberlo. Remi se echó el pelo por detrás del hombro y le guiñó un ojo con picardía, o eso esperaba.

—No me cierro a nada.

Moviendo un poco más las caderas, aceleró el paso y se bajó de la acera para ir hacia el muelle. Spencer se había encontrado con un grupo de amigos delante de la turronería, pero no había ni rastro de Audrey.

Remi echó a correr por el muelle, encantada de oír los pasos de Brick detrás de ella. Seguramente pensaba que iba a subirse a un barco y largarse. Por un momento, se le pasó por la cabeza hacerlo en la elegante lancha de Duncan Firth. Todo el mundo sabía que dejaba la llave debajo del salvavidas. Pero descartó la idea cuando recordó que estaba allí para rescatar a su amiga, no para tocarle todavía más las narices a Brick.

—¡Pst! ¡Audrey! —susurró en la oscuridad.

Audrey asomó la cabeza por la esquina del viejo cobertizo. Estaba muy guapa y mosqueada. Llevaba unos pantalones cortos y una camiseta de tirantes de color amarillo chillón que le quedaba de muerte con aquella piel morena. Remi corrió a su encuentro, fascinada por su nuevo corte de pelo, más largo por los lados y muy rizado en la parte de arriba. Ella le dedicó una mirada asesina a través de las gafas de montura morada.

—¿Dónde estabas? Llevo esperándote... Ah..., hola..., Brick. Remi, ¿me has traído... los apuntes de cálculo, para que podamos estudiar para el examen? —Al igual que Spencer, Audrey también era pésima mintiendo.

—Tranquila, ya lo sabe —dijo Remi—. Está haciendo de poli malo para evitar que nos trinque la policía de verdad, que va a hacer una redada en la fiesta de Elle.

—De nada —refunfuñó él.

Audrey abrió los ojos marrones de par en par y agitó las gruesas pestañas.

—Caray. Gracias, Brick. Eres muy consider... amable.

Remi se mordió el labio para disimular una sonrisa. Brick Callan causaba ese efecto en mujeres de todas las edades.

Él respondió con un gruñido, las fulminó a ambas con la mirada y dio media vuelta para ir de nuevo hacia la calle.

—¿«Consideramable»? —se burló Remi.

—Cállate. Me ha mirado a los ojos. ¿Qué querías que hiciera? ¿Formar una frase de verdad? No todo el mundo es tan valiente como tú, ¿sabes? —murmuró Audrey.

—Venga, vamos a invitar a un helado al grandullón —dijo Remi, pasándole un brazo por la cintura a su amiga—. Y luego puedes ayudarme a pensar en modelitos para ponerme con estos pantalones.

Audrey echó un vistazo a las piernas de Remi.

—¿Por qué?

—Por nada. Es que no pienso quitármelos en todo el verano.

12

Remi se quedó paralizada mirando cómo aquel líquido denso y rojo goteaba sobre el plástico del suelo, salpicándole siniestramente el pie descalzo.

«No Surprises», de Radiohead, sonaba a todo volumen por un altavoz inalámbrico que había sobre la mesa. Unas ondas vibrantes de tonos anaranjados, azules y morados intensos inundaban por completo el interior de la casita. Pero en lugar de sentirse reconfortada, como de costumbre, Remi empezó a encontrarse mal, medio mareada, mientras el rojo rodaba como si fuera sangre sobre su piel. El lienzo que tenía delante la desafió con su cegadora perfección blanca.

«Rojo. Blanco. Sangre. Nieve. El brillo de los cristales rotos resplandeciendo bajo la luz de los faros. Oscuridad. Oscuridad. Oscuridad».

Aunque la luz del sol se reflejaba sobre la superficie infinita del lago al otro lado de las ventanas, se sentía como si hubiera vuelto a la sofocante negrura de aquella noche fría y terrible.

El pincel, aquella herramienta que antes era tan familiar para ella, le resultaba ajeno e inútil en la mano izquierda.

Se obligó a volver al presente.

—No seas llorica, coño —se dijo, levantando el pincel como si fuera una varita con la que hacer un hechizo para derrotar a la oscuridad. Para dar color al lienzo y, de paso, exorcizar el miedo y la impotencia.

El sudor le perlaba la frente y la nuca, donde el cabello lacio le colgaba como una cortina. Apenas sentía la respiración en el interior de los pulmones, señal de que necesitaba hacer una pausa para tomar aire. Acercó las cerdas un poco más al cuadro. Una pincelada y aquella superficie impoluta dejaría de ser perfecta. Había aprendido la lección pronto: el vacío no equivalía a la perfección. Dejar su impronta colorida y anárquica sobre un lienzo en blanco era lo que mejor se le daba. Al menos hasta entonces.

—Esto es una gilipollez —murmuró entre dientes mientras la canción volvía a empezar por novena vez—. Pon el dichoso pincel sobre el puñetero lienzo.

Habían pasado casi dos semanas desde la última vez que había esparcido con el pincel los óleos llenos de color para crear mundos donde antes no había nada. Parecía toda una vida. Pero la nada, el vacío, era algo seguro. Prístino. La opresión que sentía en el pecho se agudizó y el pincel se le resbaló entre los dedos rígidos.

—Hay que joderse —farfulló Remi, antes de respirar hondo.

Se agachó sobre la lona protectora vieja y polvorienta que había recuperado del sótano de sus padres y se limpió la pintura del pie con una esquina.

Aquella estupidez de «crisis nerviosa» estaba empezando a cabrearla de verdad.

Su respiración era débil y superficial.

«¿Cómo vas a tener una vida completa si no eres capaz ni de coger aire en condiciones?».

Una vieja pregunta que le había planteado una nueva amiga. Y, por una vez, Remi le había hecho caso.

«El yoga no es lo mío —había aducido, observando el colorido desfile de mallas, camisetas de tirantes y esterillas mientras alumnos de todas las formas, tamaños y colores entraban en el estudio—. Soy más de entrenamientos militares en los que acabas potando».

«Mmm. ¿Y qué tal te está yendo eso?», le había preguntado su amiga tranquilamente.

«Vale, pero como no me guste, la semana que viene me acompañas a una clase de boxeo».

Le había gustado. Había encontrado algo diferente y especial en aquellas clases de yoga en las que le enseñaban a aprovechar su energía y su aliento. A mover el cuerpo honrándolo, en lugar de torturándolo.

La respiración era un ancla y era evidente que ella había perdido la suya. Ahora estaba a la deriva. Y sola.

La canción se interrumpió y el sonido del móvil inundó el estudio. «Grano en el culo». Uf. Ignoró la llamada para que volviera a saltar el buzón de voz.

Con un gemido sibilante, cambió la lista de reproducción para poner un poco del empoderamiento femenino de Lizzo. Los rosas y los morados empezaron a flotar de inmediato a su alrededor, formando unas nubes preciosas y dinámicas mientras se obligaba a sentarse en una de las sillas giratorias que había frente a la ventana para respirar.

Observó la perfección de la naturaleza con el ceño fruncido.

Había sido demasiado precipitado y absurdo pedirle prestado un espacio para trabajar a Brick sin saber siquiera si iba a poder utilizarlo. Menos mal que no había puesto en práctica aquel pequeño experimento fallido en su casa. El mero hecho de pensar que pudiera sorprenderla en un momento tan patético y vulnerable hacía que le entraran ganas de vomitar, como si acabara de terminar una sesión de entrenamiento militar.

Como la pillara en medio de una crisis vital, no pararía hasta sonsacarle toda la historia. Y luego haría lo de siempre: correr a rescatarla.

Y, en esa ocasión, eso podría hacer que lo mataran.

No habría ningún rescate. Ningún héroe saldría corriendo para sacarle las castañas del fuego. Esa vez había ido demasiado lejos y solo ella debía afrontar las consecuencias.

«Acabaré con ella. Y sabrás que ha sido culpa tuya».

Mientras la amenaza resonaba en su cabeza, Remi hizo todo lo posible por respirar.

Solo necesitaba aguantar un poco más. Lo que daría por un saludo al sol sudoroso o una sesión maratoniana de pintura que le ayudara a despejar la mente. Necesitaba encontrar una forma de superar el miedo, de volver a ser la Remi que nunca se rendía y que jamás dejaría ganar a un monstruo.

La opresión en el pecho reclamó su atención.

Respiró hondo, retuvo un momento el aire y exhaló de forma controlada. «Inspira. Espira».

El aroma familiar de los óleos, el aguarrás y el pan que había horneado esa mañana la tranquilizaron y bloquearon los recuerdos del olor metálico de la sangre y el humo.

No pensaba quedarse allí plantada, autocompadeciéndose y provocándose un puñetero ataque de asma.

«Inspira. Espira».

Siguió sentada sin moverse y respirando hondo hasta que la opresión del pecho disminuyó. Su profesora de yoga de Chicago se habría sentido orgullosa.

Crisis evitada, de momento. Decidió sacar el inhalador y dejarlo a mano por si acaso. Pero, justo cuando empezaba a coger fuerzas para levantar el culo de la silla y rebuscar en el equipaje que había hecho a toda prisa, oyó en la calle un tintineo familiar que le llamó la atención.

Se puso el abrigo y las zapatillas y salió corriendo hacia la puerta del jardín, justo a tiempo para ver aparecer trotando a Mickey Mulvaney y a sus fieles corceles, Murphy y Rupert, con la carreta cargada de cajas y contenedores.

—Mickey Mulvaney, ¿aún no te has jubilado? —bromeó. Llevaba prácticamente toda la vida repartiendo paquetes y envíos por la isla.

El hombre que iba sentado detrás de los caballos de Clydesdale la miró desde las alturas, con los ojos marrones aprisionados entre un gorro de lana y una gruesa bufanda.

—¡Anda, la pequeña Remi Ford! —exclamó—. Ya me jubilaré cuando me muera. ¿Qué tal la vida en la gran ciudad?

—No tan bien como en la isla. Allí los paquetes llegan en unas cosas llamadas «camiones».

—Los del continente no saben lo que se pierden —bromeó Mickey, saltando a la carreta para rebuscar entre los sobres y los paquetes. Mickey y Murphy eran una institución en la isla, donde repartían el correo y los paquetes durante todo el año—. Tengo algo para ti —dijo, sacando triunfante un grueso sobre de una de las bolsas.

—¿Para mí?

Aquello sí que era una sorpresa. Los únicos que sabían que

estaba allí eran los habitantes de Mackinac, y a ellos les resultaría más fácil llamar a su puerta que enviarle un paquete.

Mickey se lo entregó. Su nombre estaba escrito en el sobre blanco con un garabato negro y hostil. El cerebro de Remi añadió un brillo rosado a las es. No tenía remitente.

—¿Piensas darle un poco de vidilla al tema del hockey mientras estás por aquí? He oído que los Red Wings han tenido un par de bajas esta temporada.

El entretenimiento principal de Mackinac en invierno era la liga de hockey callejero, compuesta por dos equipos. Cada miércoles y durante nueve semanas, en los meses más crudos del invierno, los Red Wings y los St. Ignace Storm de la isla Mackinac se enfrentaban en Lake Shore Drive, en pleno centro de la ciudad. No había patines, protecciones ni cascos. Solo unos cuantos lugareños chalados con ganas de zurrarle a una bola naranja —o de zurrarse entre ellos— con un palo de hockey.

En segundo de bachillerato, Remi había urdido un plan para que todos creyeran que el delantero estrella se había lesionado una pierna y no iba a poder competir en el campeonato de Bynoe. Había ganado trescientos dólares en las apuestas gracias a su «milagrosa recuperación». Pero su madre la había obligado a devolverlo todo.

—Esta vez no, pero espero ver algún partido mientras esté por aquí.

—Qué pena. Bueno, los chicos y yo tenemos unas cuantas entregas que hacer —dijo el hombre, soltando el freno de la carreta—. Me alegra que hayas vuelto.

—Y yo me alegro de haberlo hecho —respondió ella, aunque no tenía muy claro si era cierto o no—. Adiós, Mickey.

Este se despidió con un saludo militar, azuzó a los caballos y la carreta echó a rodar por el camino.

Remi cruzó la nieve de puntillas y regresó a la calidez de la casita con el pesado sobre en la mano. ¿Sería alguna invitación?

Dentro, Lizzo seguía cantando. La luz del sol seguía reflejándose en el agua del lago. La pintura roja seguía secándose en el suelo. Pero el ambiente era diferente, como más apagado.

Miró el sobre y algo se despertó en su interior. Una pequeña chispa de inquietud.

Al menos no lo había rasgado inmediatamente para abrirlo en cuanto Mickey se lo había entregado. ¿Eso no contaba?

Suspiró. En ese momento, ignorar sus impulsos no le estaba ayudando en absoluto a aliviar el estrés. En un arrebato de impaciencia, abrió el sobre y extrajo el contenido.

Se trataba de un montoncito de papeles. Parecían entradas de blogs y artículos impresos. Se fijó en el titular del primero y se quedó horrorizada. Tras echar una ojeada rápida al resto, confirmó que no eran mucho más halagadores.

La artista Alessandra Ballard desaparece en un accidente de coche
Se rumorea que la artista de Chicago está ingresada
en una clínica de desintoxicación
La amiga de la artista sigue hospitalizada con pronóstico reservado
La comunidad artística de la ciudad está consternada
por el escándalo de Ballard

La última página era un correo electrónico impreso.

Empezaron a temblarle las manos mientras lo leía rápidamente. Era el mensaje que ella había enviado hacía unos días.

C:
Espero que estés bien. Por favor, dime que sí.
No quieren contarme nada. Por favor, dime que
te encuentras bien.
R.

—No. No. No —susurró para sus adentros.

Debajo había una nota manuscrita con la misma caligrafía espeluznante de la dirección del sobre.

La distancia no hace más que avivar el fuego.
No voy a olvidarme de ti por muy lejos que te vayas.
Aunque parece que tú sí has olvidado nuestro acuerdo.

Dejó caer los papeles como si quemaran.

Eran unas palabras inocuas, pero la amenaza estaba allí, latente en la tinta de la hoja. Como un veneno.

Él sabía dónde estaba. No podía esconderse. Todo dependía de que aquel hombre decidiera si merecía la pena cargársela o no.

—Joder —murmuró, hojeando los artículos y leyendo por encima el contenido.

Las insinuaciones y los rumores estaban ahí, pero ninguna de las partes había hecho ningún comunicado oficial. Todo lo que había construido pendía de un hilo finísimo y él tenía las tijeras en la mano.

Sin embargo, estaba equivocado. El muy capullo creía que lo que más le preocupaba eran su carrera profesional y su reputación. Y aunque era cierto que le había costado llegar hasta la cima, aunque se había ganado a pulso cada triunfo y había construido algo de lo que estaba orgullosa, a Remi le importaba un bledo tirarlo todo por la borda para salvar a Camille.

Pero aquello tenía un lado positivo. El hecho de que le estuviera recordando su puñetero «acuerdo» significaba que Camille aún podía salvarse.

Soltó un suspiro, algo más tranquila.

A lo mejor había llegado el momento de que ella también empezara a amenazarlo.

Desempolvó el portátil, desplegó los artículos delante de ella y se puso manos a la obra.

Al cabo de varias horas, Remi se recostó en la silla para aliviar la tensión de los hombros con unas cuantas rotaciones y se dio cuenta de que ya había oscurecido. Llevaba todo el día diseccionando noticias, blogs de cotilleos, comunicados de prensa y hasta las bandejas de entrada desbordadas de sus cuentas de correo electrónico, con la esperanza de encontrar algo, cualquier cosa que la ayudara a salir de aquel lío. Pero había sido inútil. Era una batalla para la que no estaba preparada. El coste del fracaso era demasiado alto y no sobreviviría si lo pagaba.

Se estremeció mientras la oscuridad de la casa en penumbra la calaba hasta los huesos. Necesitaba luz. Y alcohol. Y gente. Necesitaba olvidar.

Se levantó de un salto de la mesa y marcó un número de teléfono mientras encendía las luces.

—Hola, soy yo. ¿Te apetece salir un poco de casa y…?

—Sí —dijo su hermana, sin dejarla acabar.

—Podemos hablar de lo del programa vecinal de bienestar social.

—Me la suda —le soltó Kimber—. Sácame de aquí.

—¿Quieres ir a algún sitio donde podamos llevar a los niños?

—Quiero ir a un sitio donde nadie me llame «mamá» o «cariño». Nos vemos en el Tiki Tavern a las siete. E intenta no llegar tarde, para variar.

«En el Tiki Tavern no. Cualquier sitio menos el Tiki Tavern».

—¿No hay ningún otro bar abierto?

—¿Un miércoles, en febrero? No. Además, tu némesis no trabaja los miércoles por la noche.

Joder. ¿Por qué no podía haber más de un bar abierto en la isla en invierno?

—Vale. Nos vemos allí —dijo Remi.

13

El Tiki Tavern era el típico bar temático que en teoría no debería funcionar, pero lo hacía. Se trataba de una especie de mezcla entre garito caribeño y cantina del oeste. Los camareros llevaban camisas hawaianas, vaqueros y cinturones con hebilla, y servían tanto carne a la barbacoa y bourbon como pollo a la jamaicana y cócteles tropicales con sombrillas.

Estaba ubicado en un edificio estrecho de dos plantas con revestimiento de tablones blancos de madera que se encontraba en una concurrida esquina del centro de la ciudad. En verano, la terraza de la azotea, que tenía unas vistas impresionantes sobre el lago, y las ofertas especiales de la hora feliz atraían a los turistas. Pero, a mediados de febrero, en Mackinac, los clientes locales solo disponían de un puñado de mesas frente a la barra y a la chimenea de gas.

Era el único bar que permanecía abierto durante todo el invierno, lo que lo convertía en un punto de encuentro para la gente que se sentía sola, o para aquellos a los que se les caía la casa encima.

Remi se felicitó a sí misma por haber llegado puntual mientras entraba por la puerta y se sacudía una fina capa de nieve recién caída de las botas.

Olía a carne ahumada, alcohol y protector solar. Un clásico de Jimmy Buffett que hablaba del paraíso y de las hamburguesas con queso bañaba la habitación con una explosión de color que le habría gustado poder plasmar. Pero suponía que tendría que conformarse con pedir carne roja.

Había unos cuantos isleños encorvados alrededor de las mesas y otro puñado de ellos sentados en los taburetes, bebiendo cervezas y piña coladas. Kimber aún no había llegado.

—¡No me lo puedo creer! ¡Menudo peligro acaba de entrar por la puerta!

Remi sonrió al oír aquella voz que venía de detrás de la barra.

Darius Milett era el «Tiki» del Tiki Tavern. Había nacido en Barbados y de niño se había mudado con su familia nada más y nada menos que a Michigan. Sus padres y la mayoría de sus hermanos habían emigrado hacía tiempo a Arizona y Florida, en busca de climas más cálidos, pero Darius se había enamorado inexplicablemente de los inviernos de la isla, que para él eran una rareza. Así que había estudiado Hostelería y, con la ayuda de un socio de lo más insólito, había abierto las puertas del Tiki Tavern.

Medía algo menos de metro ochenta, era ancho de hombros y musculoso, su piel era oscura y suave, y tenía una risa contagiosa. Llevaba la cabeza afeitada, pero lucía una barba impecablemente recortada.

—¿Peligro yo? Si soy la viva imagen del buen comportamiento —bromeó Remi, bajándose la cremallera del abrigo.

En aquel lugar tenía un papel que desempeñar y unas expectativas que cumplir. Nadie quería ver a una Remi Ford temblorosa y con miedo a la oscuridad. Querían a la versión adulta de la chica que una vez le había llenado la cama de estiércol de caballo a un empleado temporal de una turronería porque se había propasado con su amiga.

—¿Cuántas veces te han detenido, Remi? —gritó Duncan Firth, una vieja leyenda local, desde la diana de los dardos.

—Eso era cuando era joven y rebelde, Duncan —respondió ella, guiñándole un ojo—. Además, a diferencia de otros, yo no he destrozado ninguna moto de nieve este invierno.

El hombre soltó una carcajada.

Darius le entregó el margarita que acababa de preparar a un hombre con una sudadera del estado de Michigan y se coló por debajo de la barra. En tres pasos estuvo a su lado y la envolvió en un fuerte abrazo. Las mangas de su camisa de loros y flamencos amenazaron con rasgarse por la tensión de sus abultados bíceps.

Remi le devolvió el abrazo y le estampó un ruidoso beso en la mejilla.

—¡Cuánto me alegro de verte! —Lo decía de corazón. Daba igual lo que hubiera sucedido entre ella y la hermana pequeña de Darius, Audrey, que era a la vez su ex mejor amiga y la ex mujer de Brick Callan. El sonriente y corpulento camarero nunca había dejado de ser amable con ella.

Un sonoro estruendo procedente de la barra hizo que Darius volviera a dejarla en el suelo.

—Si lo rompes, lo pagas, tío —dijo, mirando a su socio.

La cara de malas pulgas de Brick Callan, que estaba sacando las copas limpias del lavavajillas, contrastaba cómicamente con su alegre camisa de loros y flamencos.

Remi le dedicó un breve saludo militar y luego le dio la espalda para concentrarse en Darius. De todas las coctelerías de la isla, tenía que haber entrado en la suya.

—Creía que no trabajaba esta noche.

Darius encogió los musculosos hombros. A Remi le pareció oír gemir la tela de su camisa.

—Ha dicho que necesitaba distraerse. Espero que no os pongáis a discutir y os carguéis mi buen rollo caribeño. ¿Cuándo pensáis dejar atrás esa dinámica de hermano mayor y hermana pequeña?

—¡Puaj! No hay ninguna dinámica de hermano mayor y hermana pequeña. —Aquella idea le hizo estremecerse. Por muy complicados que fueran sus sentimientos hacia aquel monumento a la virilidad avinagrado, no incluían nada ni remotamente relacionado con el ámbito fraternal.

—Nunca he visto a dos adultos tocarse tanto las narices durante tanto tiempo —declaró Darius.

Sería mejor que cambiaran de tema antes de que empezara a imaginarse a Brick tocándola de cualquier forma, manera o modo.

—Veo que has dejado el gimnasio y te has puesto fofo —dijo

Remi, clavándole un dedo en el abdomen, duro como una piedra.

—No te atrevas a pronunciar la palabra que empieza por «f» en mi presencia. Tengo una buena razón para cuidarme.

—¿Una buena razón masculina? —preguntó Remi, con curiosidad.

Marcus bajó la vista y sonrió.

—¿Te acuerdas de Ken?

—¿Ken, el de hace tres veranos? ¿Ken, el que estaba como un queso y con el que estuviste liado toda la temporada? ¿Ken, el que te dijo que lo llamaras si ibas a Colorado? Mmm, no. No me suena de nada.

—Qué graciosilla —dijo Darius, con cariño—. Pues desde la primavera pasada, Ken el de Colorado es Ken el de Mackinac. Compró la barbería y se fue a vivir con un camarero buenorro —añadió, antes de soplarse en los nudillos y frotárselos contra la camisa.

Remi le dio una palmada en el hombro.

—¡Venga ya! ¿En serio?

Darius parecía a la vez abochornado y emocionado.

—Seguimos en contacto. Fui a verlo en Fin de Año y el resto es historia.

—¡Qué fuerte! ¡Dare, me alegro muchísimo por los dos!

—Normal, los dos somos geniales y tienes que venir a cenar con nosotros para que podamos ponernos al día. Empezando por cómo te has hecho eso. —Darius extendió la mano y le tocó la escayola, que estaba a plena vista gracias a la cirugía de mangas que Remi le había practicado a la camiseta térmica en un arrebato de frustración.

—Invitación aceptada. Yo pongo el vino, el postre y un millón preguntas. No os vais a librar de mí —le advirtió.

Darius sonrió.

—Me alegro muchísimo de que hayas vuelto, pequeña.

—Y yo me alegro muchísimo de estar aquí. —Esa vez lo dijo en serio.

—Bueno, ¿qué te pongo?

—He quedado con mi hermana. ¿Puedes prepararme un «alcohol en vena»? Y para ella... ¿un merlot?

—Kimber sigue sin beber vino desde lo de las migrañas —la informó él, despidiéndose con la mano de una pareja que se encontraba al lado de la chimenea y que se estaba abrigando para salir.

«¿Migrañas?» Buscó en el disco duro y no encontró nada.

—Vale. Pues lo que suela beber.

—Hecho, pequeña.

Remi se quedó con la mesa que la pareja había dejado y se sentó de espaldas a la barra para no tener que ver a aquel grandullón mirándola toda la noche. Suspirando, se felicitó por no haber actuado como una mujer aterrorizada en pleno ataque de nervios, hasta que se dio cuenta de que estaba golpeando el suelo con el pie a un ritmo frenético.

Dio un respingo al oír una carcajada detrás de ella y cerró los ojos.

Desmoronarse no era una opción en ese momento. Además, si debía tener una minicrisis nerviosa, no sería delante del puñetero Brick Callan…, quien sin duda la estaba observando en ese preciso instante. No soportaba estar siempre tan pendiente de aquel hombre.

—Ya estás aquí. —Remi estuvo a punto de caerse de la silla antes de darse cuenta de que su hermana acababa de aparecer al lado de la mesa—. Creía que llegaría antes que tú —dijo Kimber, encogiéndose de hombros y quitándose la parka de color verde oscuro. Llevaba un gorro de color marfil y el pelo recogido en una trenza floja. No se había molestado en maquillarse, pero el viento invernal había teñido sus mejillas de un delicado tono rosado. Estaba cansada, guapa y enfadada.

A Remi le consoló que no fuera por nada que ella hubiera hecho, por una vez.

—He llegado a tiempo, para variar —dijo mientras Kimber se sentaba frente a ella.

—Señoritas. —Darius se presentó con sus bebidas, con una sincronización impecable.

—Mi héroe —exclamó Kimber, fingiendo que iba a desmayarse.

—Caray, qué maravilla ver a las hermanas Ford otra vez juntas.

—Sí, no está mal estar en el mismo sitio —coincidió Remi.

El móvil de Kimber vibró encima de la mesa, impidiéndole contestar. Remi pudo ver el nombre de Kyle en la pantalla antes de que su hermana ignorara la llamada y le diera la vuelta al teléfono.

—Si necesitáis algo, llamadme. Los especiales están en el tablón —dijo Darius, señalando una pizarra que parecía haber sido atacada con tiza por un alumno de tercero de primaria.

Era evidente que ninguno de los dos hombres tenía talento para la caligrafía. Las pizarras prácticamente ilegibles con los especiales ya formaban parte del encanto del lugar.

Cuando Darius se fue, Remi probó su «alcohol en vena». Aquel cóctel era como una versión tropical de un té helado de Long Island. Delicioso y mortal.

—Darius me ha dicho que tenías migrañas —comentó.

Kimber puso los ojos en blanco.

—¿Y qué?

Remi estaba desincronizada. Se sentía como si bailara de forma desacompasada y no fuera capaz de seguir el metrónomo de su hermana. Siempre habían ido un poco a destiempo, pero al menos de pequeña Kimber se esforzaba en ayudarla a seguir el ritmo.

—Nada —respondió ella, incómoda—. No sé, ¿cuándo empezaron?

—Hace un par de años y la culpa es del estrés, algo que parecen causarle las monótonas tareas domésticas y los pormenores cotidianos de criar a dos seres humanos a una madre y ama de casa aburrida. ¿A ti te gusta que la gente te pregunte todo el rato por tu asma? —le espetó Kimber, cogiendo el vodka con soda.

—Mmm... ¿no? —Remi removió la copa deseando haberse quedado en casa soportándose a sí misma.

—Y antes de que me preguntes por los niños, que sepas que, aunque no lo parezca, una mujer puede ser algo más que una persona que trae a otras al mundo. —Remi miró a su hermana por encima del borde de la copa.

—Vale. ¿Hay algún tema seguro que evite que me arranques la cabeza de un mordisco?

Kimber exhaló un pequeño suspiro.

—Perdona —dijo—. Todo está un poco... Paso, no me apetece hablar de eso. —A su hermana volvió a sonarle el teléfono, pero ella ni se molestó en mirarlo—. Podrías hablarme de lo maravillosa que es tu vida —sugirió Kimber—. Aunque seguramente me enfadaría contigo. Y luego, para compensar, bebería demasiado. Y las cosas se pondrían feas.

Remi nunca había visto a su hermana tan al límite. Kimber era responsable de nacimiento.

Todos los viernes iba directa a casa a hacer los deberes del fin de semana. Tenía archivadores llenos de etiquetas con instrucciones para cosas como la Navidad, las recetas de cocina y las reuniones sociales. Había planeado hasta el último detalle de su boda, incluido un kit de emergencias para ese día con quitamanchas, tiritas, caramelos de menta e imperdibles.

Remi, que había sido la dama de honor, había necesitado el quitamanchas y las tiritas.

«Cómo no». Aquel era solo otro ejemplo de la incapacidad de Remington Ford para cuidar de sí misma o de los demás.

—Mi vida es... Yo también paso. Tampoco me apetece hablar del tema —dijo finalmente.

—¿Demasiados *brunches* con alcohol y primeras citas con hombres que te encuentran tremendamente interesante? —Remi se atragantó con la copa y Kimber se quedó cortada—. Perdona. Ya me callo. Vamos a la barra. Así Brick hará de árbitro y podremos hablar de algo que no me haga sentir violenta.

—¿Alguna pista de qué podría ser? —Remi giró la cabeza para mirar al hombre en cuestión. Estaba de pie delante de las botellas de las futuras malas decisiones.

—La iniciativa que nos ha encasquetado mamá, por ejemplo. —Kimber cogió el abrigo y la copa y se levantó, sin dejar a Remi más opción que seguirla.

Esta recogió sus cosas tranquilamente antes de ir hacia la barra.

Por eso no era bueno actuar por impulso. Podría estar en casa, frente al fuego, con un cuenco de macarrones con queso en el regazo, viendo telebasura. Pero no. Le daba demasiado miedo estar sola, así que se había puesto unos puñeteros pantalones y se había enfrentado al gélido aire nocturno, todo para que su hermana la fastidiara y un camarero la mirara mal.

Necesitaba urgentemente empezar a tomar mejores decisiones vitales.

—Hemos pensado que podríamos hablar de la idea que tuviste ayer por la noche —le dijo Kimber a Brick.

Remi se entretuvo colgando el abrigo en el respaldo de la silla.

—No te pases con eso —dijo él, señalando su cóctel con la cabeza. Ella lo miró fijamente a los ojos y bebió varios tragos largos por la pajita. Darius empezó a reírse, hasta que Brick lo fulminó con la mirada—. Como se pase de la raya, la culpa será tuya —le advirtió.

—Es Remi. Se pasaría de la raya hasta con agua fría y patatas fritas —replicó Darius.

—Ni se te ocurra prepararle otro —lo amenazó Brick.

—No empieces con ese rollo protector y controlador —se quejó Remi. Ya estaba empezando a entrar en calor. Aunque no sabía muy bien si la culpa era del alcohol, o del arisco oso barbudo que tenía delante.

—Mientras vosotros dos discutís, yo me tomaré otra —dijo Kimber, agitando el vaso vacío.

—¡Caray, Kim! ¿Se ha evaporado? —le preguntó Remi.

—La iniciativa —les recordó Kimber, esa vez con mayor brusquedad.

Brick se cruzó de brazos al otro lado del mostrador de madera.

—¿Qué le pasa?

—Que tenemos que hablar de cómo organizarla para que sea lo más fácil posible —dijo Kimber.

Por llevar la contraria, Remi se bebió el resto de la copa de un trago mientras su hermana y su némesis hablaban de cosas como la forma de conseguir voluntarios y la frecuencia de las visitas. Brick tenía pinta de querer quitarle la bebida de un manotazo. Cuando se fue a entregar dos sándwiches en unos platos repletos de patatas fritas, Darius le puso otro vodka con soda delante a Kimber y empujó un vaso alto con un líquido rosado y espumoso hacia Remi, guiñándole un ojo.

—¿Qué es esto? —preguntó ella, olisqueándolo—. Huele a alcohol etílico.

—Yo lo llamo «flamenco rosa» —dijo Darius—. Eso sí, evita respirar al lado del fuego.

—Vas a conseguir que salga de aquí a cuatro patas —pronosticó Brick, lanzándole un trapo a Darius.

—Me has prohibido prepararle otro tiki té —señaló este.

—Disculpen, caballeros. Por llamarles de alguna forma, claro. Soy perfectamente capaz de volver sola a casa andando —protestó Remi.

—Ni de coña —respondió todo el bar.

—¿Podemos volver a lo de cómo reclutar voluntarios? —preguntó Kimber.

Remi los escuchó a medias mientras hablaban de métodos de selección y cuestiones operativas.

—¿Te estamos aburriendo? —le preguntó Brick con naturalidad, aunque algo estaba sucediendo detrás de aquellos ojos azules.

Remi los señaló a los dos con la pajita.

—Le estáis dando demasiadas vueltas.

—Muy bien, listilla —dijo Kimber—. ¿Y cómo sugieres tú que consigamos voluntarios para hacer las visitas?

Remi volvió a meter la pajita en el flamenco rosa. Estaba empezando a sentirse que te cagas.

—Como los consigue cualquier otra organización. Obligando a la gente.

—Explícate —le pidió Brick.

—Nos reunimos con un par de isleños. Con los más expertos en chantaje emocional: Mira Rathbun, papá, Bill House, el alcalde Early... —dijo, contando los nombres con los dedos—. Y les pedimos que nos ayuden a reclutar voluntarios. En una semana, tendremos tantos que no sabremos qué hacer con ellos.

—¿Y qué hacemos nosotros tres? —preguntó Kimber, pensativa, entornando los ojos.

Remi se encogió de hombros.

—No sé. ¿Llevarnos el mérito?

Brick tosió para intentar disimular la risa, pero no lo consiguió.

—No has cambiado nada, ¿verdad?

«Ay».

—Eso está por ver —replicó Remi con altivez.

El móvil de Kimber volvió a vibrar sobre la barra. Esa vez, su hermana miró la pantalla.

—Ya que lo tenéis todo resuelto, voy a contestar —dijo, bajándose del taburete para ir hacia el pasillo que daba a la cocina, la oficina y los baños—. ¿Qué es tan importante como para que no pueda tener diez minutos para mí, Kyle? —la oyó gritar Remi mientras desaparecía doblando la esquina.

Al parecer, no todo iba bien en la familia Olson.

Un plato de minihamburguesas con queso, patatas fritas y brócoli se materializó delante de ella. Dos manos grandes y con pinta de ser habilidosas aparecieron a ambos lados del plato.

—Come.

Aquel tío era incapaz de quedarse de brazos cruzados mientras ella se autodestruía.

—Yo no he pedido nada —dijo Remi, aunque el olor de la carne roja fresca hizo que le rugieran las tripas de forma audible.

Brick se inclinó hacia ella desde el otro lado de la barra.

—Te has tomado dos copas tan fuertes como para tumbar a un hombre adulto y anoche apenas tocaste el plato.

—Deja de fijarte en mi plato.

—Come de una vez.

Remi hizo como que se frotaba el rabillo del ojo con el dedo corazón.

—Portaos bien —murmuró Darius.

Ambos se callaron lo justo para fulminarlo con la mirada.

Kimber interrumpió el concurso de miradas asesinas.

—Tengo que irme —anunció, poniéndose el abrigo—. Al parecer, Kyle no se siente capacitado para dar de cenar a los niños.

—¿En serio? —exclamó Remi. Entonces vio que Brick negaba disimuladamente con la cabeza y cerró la boca—. Bueno..., vale. Mañana te llamo.

—¿Para qué? —Kimber frunció el ceño mientras se abrochaba la chaqueta.

—Porque somos hermanas y si Kyle necesita que le pongan las pilas, la menda se apunta —replicó Remi.

Kimber se quedó inmóvil y, por un instante, se quitó la máscara de la cara. Sus ojos adquirieron una expresión más dulce y triste.

—Gracias, Rem. —Su hermana se giró hacia los hombres que estaban detrás de la barra—. Chicos, un placer, como siempre.

Hizo ademán de coger la cartera, pero Remi la echó con un gesto de la mano.

—Invito yo. Tú corre a apagar el fuego.

Kimber la miró mientras se sacaba la trenza del abrigo.

—¿Seguro?

—Sí. Ve a hacer de super-Kimber.

—¿Llegarás bien a casa?

—Que sí, tranquila —insistió Remi.

—Pues te estás inclinando bastante hacia la derecha —observó su hermana.

Remi intentó ponerse recta, pero se pasó y empujó el plato contra la copa vacía.

—Yo me aseguraré de que llegue sana y salva —le prometió Brick.

—Gracias por hacer de canguro —dijo Kimber.

Remi estaba demasiado confusa como para ofenderse.

—¿Tú sabes de qué va todo esto? —le preguntó a Brick después de que su hermana saliera por la puerta. Él se encogió de hombros y se dio la vuelta para teclear algo en la pantalla de pedidos—. Un pozo de información, como de costumbre —se quejó Remi, cogiendo los restos del flamenco rosa para sorber el hielo.

Brick se giró y le arrancó el vaso de la mano.

—A lo mejor deberías haber estado más pendiente de tu familia.

—Una pregunta: ¿Le caigo mal a toda la gente de la isla, o mi hermana y tú sois los únicos miembros del club «Odio a Remi»?

Darius apartó a Brick de un codazo.

—A ver, artistilla, cuéntame. ¿Qué pintas? ¿Tíos buenos en pelotas? —le preguntó el camarero.

Remi sabía que solo quería hacerle cambiar de tema, pero había sido un detalle por su parte darle tanto alcohol del bueno. No pasaba nada por ser un poquito sincera, ¿no?

—Pinto música. Bueno, lo que veo cuando escucho música.

—¡Anda! ¡Qué guay!

—¿En serio? —Brick seguía de morros, pero sus cejas lo delataron, revelando su interés.

—Empecé a experimentar con eso en la facultad de Bellas Artes. Por lo visto, hay mercado ahí fuera para lo que ven los cerebros raros.

—¿Cuál es el sitio más molón en el que hay colgado un Remi Ford original? —quiso saber Darius, acercándose para robarle una patata frita del plato.

—Hay uno en el ayuntamiento.

—¿De Chicago o de Mackinac? Porque una opción es mucho más glamurosa que la otra.

Remi sonrió.

—De Chicago. La alcaldesa lo vio en una galería y le gustó. —En realidad, la mujer se había «enamorado de él», según el comisario. Pero repetir eso le parecía una fanfarronada.

—Siempre supe que la pequeña Remi Ford llegaría lejos —declaró Darius mientras se servía una pinta de cerveza de grifo.

Brick desapareció sin mediar palabra.

Cuando dejó de acosarla con su desaprobación, Remi le dio un mordisco a una de las hamburguesas. Estaba tan buena que se la comió en cuatro bocados.

Se sentía agradablemente mareada. Tanto que hasta se había olvidado del sobre y del hombre que lo había enviado. Mierda. Acababa de recordarlo.

—¿Qué? —dijo Brick, apareciendo de repente delante de ella.

Remi se sobresaltó y se llevó una mano al corazón para asegurarse de que seguía latiendo como era debido.

—¡Joder! ¡Al menos avisa!

—¿Por qué estás tan nerviosa? ¿Y qué te pasa en la cara?

—¡A mi cara no le pasa nada, capullo!

Remi sintió la brisa de su exhalación a través de la barra.

—Me refería a que has puesto cara de preocupación —aclaró—. ¿Quieres comer algo más?

Remi apoyó los codos en la barra y acomodó la cara entre las manos.

—No. Las minihamburguesas están buenísimas. Y el brócoli es un mal necesario. Gracias.

—Tanta simpatía me mosquea.

Remi bajó las manos.

—Brick, esta noche necesito olvidarme un poco de todo, ¿vale? No quiero preguntas, ni preocuparme por las consecuencias. Necesito desconectar.

Él le dedicó una mirada larga e intensa.

—Vale. Pero tienes que comer. Y beberte un vaso de agua entero entre copa y copa. Y me dejarás acompañarte a casa.

—¿No vas a intentar sonsacarme información?

—No.

—¿Me lo prometes? —insistió Remi.

—Solo si dejas que te acompañe —dijo Brick.

14

Remi Ford estaba como una cuba. Era una de esas borrachas encantadoras y simpáticas que cada vez estaban más contentas y tenían más ganas de hablar con la gente, hasta que acababan quedándose dormidas.

Según los cálculos de Brick, le faltaban unos diez minutos para apoyar la cabeza sobre la barra y ponerse a roncar. Ni siquiera se enteró cuando él le quitó el vaso medio vacío de la mano mientras ella les pedía a los gemelos Ashburn que le contaran cotilleos de la isla.

—Voy a acompañar a esta sinvergüenza a casa —le dijo Brick a Darius, señalando a Remi con la cabeza. Estaba tan cerca de la cara de Walter Ashburn que parecía que quería respirar su mismo aire.

—¿Seguro que no te importa? —le preguntó su socio.

Brick negó con la cabeza.

—Cuando va pedo no es tan tocapelotas.

A diferencia de la Remi sobria, la ebria dejaba que la cuidara. Además, ni de coña pensaba permitir que cualquier otra persona la acompañara a casa. No se fiaba de nadie más para meterla en la cama.

Brick entró en la oficina para coger sus cosas. Cuando volvió a salir, Remi se había acercado a una mesa en la que había dos parejas que solían quedar una vez al mes. Al parecer, estaban hablando de las mayores locuras que habían cometido en su vida y de si volverían a hacerlas. Un tema sin duda propuesto por Remi.

Esa era otra de las cosas que a Brick le gustaban de ella. Aborrecía las conversaciones triviales. Si se acercaba a un desconocido en una fiesta, lo más probable era que le preguntara por las complejidades de su relación con alguno de sus padres o qué había sido lo mejor que le había pasado esa semana. Habían tenido muchas conversaciones así durante sus dos primeros años en la isla.

—Vamos, Remi —dijo, llevándola de nuevo hacia la barra—. Es hora de irse.

Ella se inclinó exageradamente hacia atrás para mirarlo y sonrió.

—Hola, Brick —dijo con voz cantarina.

—Hola.

—Eres muy alto —comentó con solemnidad.

—Y tú muy observadora —replicó él con frialdad, poniéndole el abrigo y subiéndole la cremallera hasta la barbilla.

—Esa es una de las cosas que más me gustan de ti. ¿Quieres saber cuáles son las otras? —le preguntó.

—No.

Brick rebuscó en los bolsillos de Remi, pero solo encontró un guante. Qué sorpresa. Le enfundó las pequeñas manos en los suyos y la condujo a la parte de atrás.

—¿A dónde vamos? ¿A hacer alguna locura? —preguntó ella, con cara de emoción, saltando sobre las puntas de los pies. La Remi borracha también era la Remi con ganas de liarla y por eso Brick no pensaba permitir que nadie más la acompañara a casa.

—Claro. Pero antes vamos a pasar por tu casa.

—Está bien. Pero luego nos vamos de aventuras, ¿vale? —aclaró ella ilusionada, con los ojos verdes muy abiertos.

—Vale. —Para cuando llegaran a la casita, ya estaría a punto de desmayarse. Brick la agarró de la mano y tiró de ella por la acera. Era tarde y unos gruesos copos de nieve caían perezosamente sobre el suelo.

—¿Hemos hecho esto antes? —preguntó Remi—. Me suena mucho.

Brick había acompañado a la Remi borracha a casa un montón de veces. Sobre todo cuando era una veinteañera rebelde con vestiditos vaporosos de verano que no podía evitar atraer a los putos turroneros (los turistas que iban a pasar el día a la isla para comprar turrón) y, en general, a todos los veraneantes con polla. Los hombres caían rendidos a sus pies cuando estaba sobria. Y, cuando iba pedo, aquella mujer era completamente irresistible.

—¡Brick, se te va a congelar la mano! —exclamó Remi, levantándole la mano desnuda.

—Sobreviviré —declaró él.

—Trae, yo te la caliento —dijo ella, agarrándole la mano y metiéndola con la suya en el bolsillo del abrigo de Brick—. Si tú no fueras como eres y yo no fuera como soy, esto sería superromántico.

—¿Preferirías que no fuera como soy? —le preguntó él, incapaz de contenerse.

—Yo sí que preferiría no ser como soy —confesó Remi—. Pero me gusta cómo eres tú, en general.

—En general, ¿eh? —Brick no pudo evitar sonreír un poquito.

Ella se recostó sobre su brazo y apoyó la cara en la manga.

—Eres muy guapo. ¿Lo sabías? En serio. Tienes ese rollo de leñador grande y barbudo.

—¿Y eso es bueno?

—Es lo más. Seguro que vuelves locas a todas las mujeres.

Brick decidió que era más prudente no contestarle y se sintió aliviado cuando Remi se quedó callada a su lado.

Se había dado cuenta inmediatamente cuando ella había entrado en el bar. El ambiente había cambiado de golpe y el aire estaba más cargado, como si se gestara una tormenta. Había salido de la trastienda y se la había encontrado allí, con una camiseta térmica verde con la manga derecha recortada justo por encima de la escayola y unos vaqueros ajustados que le marcaban todas las curvas y que hicieron que a Brick le picasen las palmas de las manos y que tuviese que apretar los puños. Estaba entre los brazos de Darius. Y aunque él sabía que su socio estaba enamorado y que para Remi era como un hermano, aquello le había sentado como un tiro.

Detestaba que los demás pudieran estar tan tranquilos con

ella, comportarse con tanta naturalidad. No soportaba que Darius pudiera abrazarla sin que su mundo volara por los aires. Ni que otros hombres pudieran tocarla sin darse cuenta de lo valioso que era ese puñetero contacto.

Remi tropezó con una junta de la acera y Brick se detuvo para sujetarla.

—¿Estás bien? —le preguntó.

—Mejor que nunca —aseguró ella con un hipido, justo antes de caerse del bordillo.

—Tú te lo has buscado —dijo Brick. Y, agachándose, se la echó al hombro.

—¡Eh! ¡Todo está al revés! ¡Caray! ¿Siempre estás tan lejos del suelo?

Él puso los ojos en blanco y siguió avanzando calle arriba.

—Brick.

—¿Qué?

—Me estás tocando el culo.

—Ya lo sé —respondió él con frialdad. Como si pudiera pensar en algo más que en el tacto de aquellas curvas recubiertas de tela vaquera que tenía bajo la palma de la mano.

—¿Es a propósito o ha sido un accidente?

—La verdad es que no lo sé.

—Bueno, ya que tú me estás tocando el culo, lo justo es que yo te lo toque a ti. —La Remi borracha tenía sus propios razonamientos, que siempre siempre eran erróneos.

Mientras reflexionaba sobre aquel defecto, Brick estuvo a punto de darse un cabezazo contra la estaca de una valla cuando ella le agarró el culo con las dos manos y se lo estrujó con todas sus fuerzas.

—Remi, como no te portes bien, te dejo en el cubo de la basura de Sam Earl.

—Sí, claro —dijo ella, alternando los apretones—. Estás muy cachas por aquí atrás. Y muy rígido. Parece que has acumulado mucha tensión en esta zona. ¿Alguna vez te han dado un masaje?

Brick estaba empezando a sudar, y todavía le quedaban dos manzanas para poder encerrarla en su casa y salir corriendo sin mirar atrás.

—Vaya —susurró Remi.

—¿Qué?

—Se me ha caído el guante.

Suspirando, Brick dio media vuelta y recuperó el guante, que estaba sobre la acera nevada.

—Guárdate las manos en los bolsillos —le ordenó.

—Pero entonces no puedo tocarte el pandero —protestó ella, golpeándole las nalgas de forma arrítmica con ambas manos.

—Remi, para —dijo Brick, desesperado.

—¡Pandero culero! —canturreó Remi, sin dejar de darle palmadas.

—Remi... —gruñó él.

Pero ella siguió abusando musicalmente de su trasero. No le quedaba otra opción. Al menos, eso fue lo que Brick se dijo a sí mismo mientras le daba un fuerte azote en el culo.

Remi gritó y se levantó, poniéndose casi recta sobre el hombro de él. El escozor que sentía en la palma de la mano y el ruido que ella hizo tuvieron un efecto directo sobre la entrepierna de Brick.

—¡Me has dado un azote! —murmuró.

—No me has dejado otra opción. Y baja la voz, si no quieres que esto se convierta en la comidilla de toda la isla. —Su relación giraba en torno a momentos como ese. De vez en cuando, ella lo pillaba desprevenido y le hacía darse cuenta de algo sobre sí mismo que Brick habría preferido no saber. Como lo mucho que deseaba volver a azotarla.

—Eso sería terrible. Porque entonces podrían darse cuenta de que me ha gustado. —«Por el amor de Dios»—. Te veo muy pensativo. ¿Quieres que vayamos a algún sitio a tomar algo y a hablar? Hay un lugar que se llama Tiki Tavern...

—Nos vamos a casa —gruñó Brick.

—¿A la mía o a la tuya? —preguntó ella—. Porque en mi casa temporal no hay alcohol. De hecho, no hay casi nada. Tenía un poco de prisa cuando vine.

El policía que había en él se moría por aprovechar aquella oportunidad. ¿Por qué se había ido tan apresuradamente? ¿Por qué la intrépida Remington Ford estaba tan nerviosa? Pero le había prometido no entrometerse. Al menos por esa noche.

—La cabeza me da vueltas —anunció—. Estoy hecha un lío.

—Únete al club —refunfuñó él.

Volvió a quedarse callada mientras Brick atravesaba la calle nevada, dejando atrás acogedoras casitas con porche, elegantes casas victorianas y pulcros jardines vallados. Una prístina capa de nieve lo cubría todo. A él le seguía encantando aquel lugar. Había sido su primer hogar de verdad. Lo había elegido por encima de la libertad de ir a donde quisiera, por encima de su propio matrimonio. La isla Mackinac le había robado el corazón. Y, en las noches silenciosas como aquella, en las que el humo blanco de las chimeneas se elevaba hacia el cielo nocturno, se preguntaba en qué medida su corazón pertenecía a la isla y en qué medida pertenecía a Remi.

—Echaba de menos estar aquí —susurró esta a su espalda—. ¿Sabes? No he conseguido sentirme como en casa en ningún otro lugar.

Remi siempre había sido capaz de leerle la mente con una precisión desconcertante.

—Ya —dijo él solemnemente mientras Red Gate aparecía ante él. Las luces resplandecían tras las ventanas, alejando la oscuridad de la noche.

Brick intentó abrir la puerta del jardín, pero estaba cerrada. Si Remi por fin había empezado a tomarse en serio sus sermones sobre la seguridad, era que algo iba muy mal. La posó en la acera con cuidado. Ella se tambaleó y se agarró al seto. Luego le sonrió, lo abrazó por la cintura y lo estrechó con fuerza.

—Das unos abrazos geniales —murmuró sobre su pecho, al parecer sin darse cuenta de que Brick tenía los brazos caídos a los lados.

—Dame las llaves, Rem.

—Primero abrázame —le pidió ella.

—¿En serio?

—Pero abre el abrigo. No quiero abrazar al abrigo. Quiero abrazarte a ti. —No era buena idea permitir que Remington Ford atravesara ninguna de sus líneas defensivas. Y mucho menos la de la ropa. Era demasiado peligroso. Al ver que él no se movía, Remi se lanzó a por la cremallera y los cierres de velcro de su parka. Tardó tres veces más de lo que tardaría una persona sobria, pero finalmente consiguió abrirlos con un gesto triunfal—. Vale. Vamos allá —dijo—. ¿Estás preparado? —Brick nunca estaba preparado para el contacto físico con ella.

Remi retomó la posición inicial, rodeándolo por la cintura y pegando la cara a su pecho. Sin la protección del abrigo, Brick lo sentía todo demasiado.

Fue un suplicio abrazar su cuerpo menudo y estrecharlo contra él. No soportaba lo bien que encajaban. Apoyó la barbilla sobre la cabeza de Remi y le olió el pelo.

—¿Tú no llevabas puesto un gorro? —le preguntó. En los últimos años había cambiado de champú. Ya no tenía el olor fresco del limón, sino que olía a aceites exóticos. Y era una tentación para los sentidos. Como un hechizo.

—Se me ha caído por el camino —respondió ella, tranquilamente—. Sigue abrazándome.

Brick suspiró e hizo lo que le pedía porque discutir con la Remi borracha era aún peor que discutir con la Remi sobria. Además, las armas de la Remi borracha eran mucho más mortíferas: pucheritos, ojos tristones… Podía aguantar su mala leche y su rabia, pero no soportaba verla triste.

Ella despegó la cara de su abrigo y se echó hacia atrás para mirarlo.

—Está nevando —lo informó innecesariamente. En Mackinac siempre estaba nevando.

—Ya lo veo —dijo él, extendiendo el brazo para quitarle un copo de la mejilla. Ella apoyó la cara en su mano.

—Tu cara y mi mano están muy frías. Será mejor que abras, o acabarás congelándote y yo perderé la cara.

—Lo haría si me dieras las llaves —replicó Brick, exasperado.

—¿Y por qué no lo has dicho antes? —Remi bostezó y hundió de nuevo el rostro en su camisa.

—Remi.

—¿Qué?

—Las llaves.

—Ah, claro. Mira en los bolsillos.

Cagándose en todo, Brick se puso a rebuscar en los bolsillos del abrigo de Remi y encontró dos gomas del pelo, el móvil y el envoltorio de una chocolatina. Finalmente, descubrió las llaves de la casita en el bolsillo delantero de sus vaqueros y las pescó con dos dedos lo más rápido posible.

Se dio cuenta de que no llevaba el inhalador. Pero esa iba a ser una conversación para la Remi sobria.

—Me muero de sueño —reconoció ella, con un bostezo enorme.

—Vamos, Bella Durmiente —dijo Brick, abriendo la puerta de la valla y haciéndola entrar.

Remi empezó a arrastrar los pies como si le costara demasiado levantarlos, así que volvió a cogerla en volandas. Ella le rodeó el cuello con los brazos y hundió la nariz, que parecía un cubito de hielo, en el hueco de su garganta.

—Si escribiera películas de Hallmark, esta sería una de las escenas. El leñador sexy llevando a la damisela borracha en apuros a una casita recóndita.

Brick abrió la puerta principal y entró. El interior era cálido y luminoso. El fuego irradiaba un agradable calor por toda la vivienda. Él estaba en lo cierto: Remi había dejado encendidas todas las luces de la casa, salvo las del dormitorio.

—¿Y qué pasaría después en tu película? —le preguntó, dejándola en el suelo y bajándole la cremallera del abrigo.

—Que el leñador sexy y la damisela borracha se lo montarían, obviamente —respondió, inclinándose hacia él.

—Eso no es muy de película de Hallmark —opinó Brick.

Se quitó el abrigo y acompañó a Remi hasta una de las sillas que había en la mesa diminuta del comedor.

—¿A dónde vamos? —preguntó ella.

—Siéntate. —Brick la empujó hacia el asiento y se arrodilló para quitarle las botas. Llevaba los calcetines desparejados.

Remi se apoyó en un codo y cerró los ojos.

—Todavía no, Remi. Primero agua.

—Primero agua —repitió ella, sin abrir los ojos.

Brick fue hacia el grifo de la cocina y llenó un vaso. Buscó rápidamente por los armarios y encontró un frasco viejo de ibuprofeno. Con ambas cosas en la mano, volvió a la mesa, donde se encontró a Remi boca abajo sobre unos papeles.

—Venga, cielo. Bebe.

—No quiero beber más. ¿No ves que estoy prácticamente nadando en alcohol?

—Me refería al agua —dijo él, poniéndole el vaso en la mano—. Y tómate esto.

—¿Son caramelos de menta? ¿Me huele mal el aliento?

—Son para el dolor de cabeza que vas a tener dentro de unas horas y, si Dios existe, mañana durante todo el día.

—¿Sabes lo que es terrible? —Remi se metió las pastillas en la boca y estuvo a punto de tirar el agua.

—Muchas cosas.

—Las resacas. En cuanto cumplí los treinta, ¡pum! —Remi dio una palmada en la mesa—. Es como pillar una gripe de tres días. Ya casi ni bebo.

—Me cuesta creerlo.

—Ya, bueno, tú crees que soy una persona horrible, así que no me extraña que pienses eso.

—Yo no creo que seas una persona horrible. Creo que eres una tocapelotas horrible.

—Brick... —Remi lo miró con ojos tristones. Le temblaba el labio inferior.

«Mierda. ¡Sé fuerte, hombre!».

—¿Qué? —Dios. ¿Qué iba a pedirle? ¿Sería él capaz de decirle que sí? Y lo más importante, ¿sería lo bastante fuerte para negárselo?

—¿Podrías hacerme unos macarrones con queso, por favor?

Él relajó los hombros, aliviado.

—Claro, cielo. Te haré unos macarrones con queso.

Ella le sonrió.

—Cuánto me cuidas.

—Me alegra que pienses eso, al menos cuando estás borracha. ¿Por qué no te preparas para irte a la cama y te llevo un cuenco? —sugirió él.

—¿Es necesario?

Brick fue a la cocina y encontró las cajas de pasta que él le había dado en un armario que, por lo demás, estaba vacío. A ese paso, iba a tener que llevarla a rastras al supermercado.

—¿Las mujeres no tenéis que desmaquillaros antes de acostaros? —le recordó él, poniendo una olla pequeña en el quemador delantero.

—Bien visto. ¿Cómo lo sabes? Ah, es verdad. Olvidaba que habías estado casado. Eso también fue terrible, por cierto.

—Yo tampoco lo disfruté mucho, la verdad —murmuró Brick.

—Vale que no quisieras estar conmigo, pero tampoco hacía falta que te casaras con mi mejor amiga —le soltó Remi.

Brick se quedó pasmado, con la boca abierta mientras ella iba hacia el baño arrastrando los pies.

Se oyó un grito ahogado y un golpe.

—¡Estoy bien! —dijo ella rápidamente.

—¿Seguro?

—¿Ya están los macarrones? —Él puso los ojos en blanco y subió el fuego. Remi se había puesto a cantar mientras dejaba correr el agua. Al parecer, iba a darse una ducha—. ¡Pst! ¡Brick!

Él levantó la vista y volvió a bajarla de inmediato. Estaba envuelta únicamente en una toalla. Y esa toalla solo cubría uno de sus dos impresionantes pechos.

Era un puto caballero, joder.

—¿Qué?

—¿Puedes buscarme algo para dormir?

—¿No puedes hacerlo tú? Te estoy preparando algo de comer.

—¡Ah, claro! Lo había olvidado totalmente. —Remi se dio una palmada en la frente, riéndose.

Luego entró a trompicones en el dormitorio. Brick la oyó abriendo y cerrando cajones mientras maldecía en voz baja, antes de escuchar el sonido delatador de su cuerpecito golpeando el colchón.

Acabó de hacer la pasta, echó un poco en un cuenco y cogió una cuchara lo bastante grande como para que pudiera sujetarla un borracho. De camino a la habitación, pasó por el cuarto de baño para cerrar el agua de la ducha que ella había abierto.

—Remi. —Brick llamó a la puerta del dormitorio, que estaba entornada. Se encontró la habitación a oscuras y a Remi hecha un ovillo encima del edredón. Al menos había conseguido vestirse. La sudadera de la policía de Mackinac le quedaba enorme y se la había puesto del revés, con la capucha bajo la barbilla. Él suspiró y dejó el cuenco sobre la mesilla—. Vamos, Rem.

Métete en la cama, o acabarás congelada. —Consiguió levantar el edredón y la sábana y taparla sin entrar demasiado en contacto con su piel desnuda—. ¿Quieres comer o prefieres dormir? —le preguntó, arropándola.

—¿Puedes encender las luces? —le pidió ella, en voz baja.

—¿Cuáles?

—Todas.

Brick se quedó callado.

—¿Te da miedo la oscuridad, cielo?

—No se lo digas a nadie —susurró ella—. Es que tengo que verlo venir. —«Verlo». A él.

—¿A quién, Remi? ¿A quién tienes miedo?

A la mierda las promesas pasajeras. Si había por ahí algún hombre que la estaba asustando, no pararía hasta darle su merecido.

—Por esto he vuelto —murmuró Remi sobre la almohada.

—¿Por qué?

—Porque me haces sentir segura.

Él se la quedó mirando fijamente con los puños apretados a los costados mientras lo invadía un fuerte sentimiento de posesividad.

La hacía sentirse segura.

Había vuelto para estar cerca de él. Eso hacía suyo cualquier lío en el que ella estuviera metida. Un lío que pensaba resolver en cuanto le sonsacara algunas respuestas.

Brick encendió la lámpara de la mesilla, hizo lo mismo con la luz del techo y prendió la chimenea para ahuyentar el frío de la habitación.

Remi estaba tumbada boca abajo, como una estrella de mar, bajo las sábanas. Sin poder contenerse, él le apartó el pelo de la cara y se lo extendió sobre la almohada.

Era cautivadora. Aun borracha y roncando, su cabello rojo fuego y su suave piel de marfil hacían que fuera difícil no tocarla.

«Por eso he vuelto».

Las palabras de Remi resonaron en su cabeza. Sabía que iba a involucrarse más. En realidad, se involucró desde el instante en que la vio aparecer en el pasillo del supermercado. Estaba a punto de hacer aquello que se había prometido a sí mismo que nunca haría: acercarse a Remi Ford.

Dado que no había testigos y que era algo que necesitaba hacer desesperadamente, se agachó y le rozó el ceño fruncido con los labios. Las arrugas desaparecieron y la expresión de Remi se relajó, como si al besarla hubiera acabado con sus preocupaciones.

Estaba bien jodido.

Brick se obligó a salir de la habitación antes de cometer alguna estupidez, como tumbarse a su lado y acurrucarse contra aquel cuerpo suave y cálido.

Volvió al salón, apagó la chimenea y algunas de las luces. Guardó el resto de los macarrones con queso en un táper, lavó la olla y la volvió a dejar en su sitio. A continuación, preparó café, porque la Remi resacosa necesitaba prácticamente toda una cafetera para volver a estar operativa. Luego sacó una de las cajas de cereales y la dejó sobre la encimera con un cuenco y una cuchara.

Oyó un zumbido insistente y vio el teléfono de Remi boca arriba sobre la mesa.

«Grano en el culo».

Era tarde. Podía ser algún amigo que llamaba por una emergencia. O a lo mejor algún tío con ganas de echar un polvo sin compromiso, o como fuera que los chavales llamaran a eso ahora. Brick dudó durante dos tonos más, hasta que finalmente el deseo de conseguir más información se apoderó de él y cogió el teléfono.

—¿Sí?

Se hizo un breve silencio al otro lado de la línea.

—Yo flipo. ¿Tiene un número nuevo y ni me lo dice? Increíble. —Era la voz de un hombre. De uno muy mosqueado. Francamente, a Brick no le sorprendió en absoluto que Remi recibiera la llamada de un tío cabreado.

—¿A quién buscas? —preguntó.

—A Alessandra. Bueno, en realidad a una niñata llamada «Remi». Imagino que no la conocerás.

—Remi... no se puede poner —dijo Brick, eligiendo cuidadosamente las palabras.

—¿Así que este sigue siendo su número?

Dado que aquel tío estaba entre sus contactos y había llamado buscándola, a Brick no le importó confirmárselo.

—Pues sí. ¿Quieres dejarle algún mensaje?

Oyó el sonido de algo que parecía un bolígrafo haciendo «clic» repetidamente al otro lado de la línea.

—Dile simplemente que Raj la ha llamado y que no puede evitarme eternamente.

—A lo mejor deberías pillar la indirecta —sugirió Brick con frialdad.

—A lo mejor deberías pasarle el mensaje, chico de los recados.

—A lo mejor no es tan raro que te tenga guardado en el móvil como «Grano en el culo».

Curiosamente, Raj soltó una carcajada.

—Ay, mocosa ingrata —dijo con cierto afecto—. Dile que la he llamado. Y que me devuelva la llamada, o al menos que conteste a los puñeteros correos.

Raj, o como se llamase, colgó sin las cortesías habituales, dejando a Brick con los ojos clavados en el teléfono que sujetaba en la mano. Miró hacia el dormitorio. Había sido una estupidez contestar. La Remi sobria le iba a arrancar las pelotas.

Necesitaba una estrategia para conseguir que ella se lo contara todo, en lugar de tener que indagar a sus espaldas.

Se fijó en el caballete que había en el centro de la habitación. Se acercó a inspeccionar el lienzo en blanco y se preguntó por qué se habría molestado en montar todo aquello si se suponía que estaba usando la otra habitación de su casa como estudio.

Se le ocurrió una idea. Si conseguía que el estudio fuera más acogedor en vez de estar lleno de trastos, como ahora, podría pasar más tiempo con ella. Y pasar más tiempo con Remi implicaba tener más oportunidades de sonsacarle respuestas.

También implicaba más tiempo resistiéndose a la intensa atracción que sentía por ella. Pero llevaba catorce años cultivando su inmunidad. Podría soportar un par de semanas cerca de Remi. ¿O no?

Después de un recorrido rápido por la vivienda para comprobar que todas las puertas y ventanas estaban bien cerradas, se quedó satisfecho. Remi estaba a salvo. Podía irse a casa y dejar de mirar por fin por la puta ventana, preguntándose qué coño estaría haciendo aquella mujer a las tres de la mañana con todas las luces encendidas.

En lugar de ello, empezaría a vaciar el estudio para ella.

Estaba cruzando la calle cuando cayó en la cuenta de a quién pertenecía la sudadera que se había puesto para dormir.

15

Remi estaba metiéndose en la boca una triste cucharada de cereales de unicornios multicolores como sustituto de la cena que se había olvidado de preparar o encargar cuando, de repente, la reposición de *El placer de pintar* que estaba viendo se apagó, como las luces del resto de la casa. La cuchara se le cayó de la mano y aterrizó sobre la alfombra.

«Solo es un apagón normal y corriente», se dijo a sí misma. «Con la que está cayendo, es imposible que haya un asesino trastornado ahí fuera, cortando la luz para entrar y cometer un homicidio».

Aunque a lo mejor no era mala idea tener algún tipo de arma a mano, por si acaso. El viento que azotaba la isla desde el día anterior soltó un aullido especialmente escalofriante al otro lado de las ventanas.

Remi rodeó de puntillas el sofá para ir hacia la cocina, donde, tras rebuscar un segundo a tientas en los cajones, encontró unas tijeras. Se las guardó en el bolsillo de la sudadera y se puso a buscar velas y un mechero. Encontró una vela de las largas y una caja de cerillas que debían de haberse mojado en algún momento de los últimos cinco años y que, básicamente, estaban inservibles.

La inquietud anidó en su vientre.

Las chimeneas de gas seguían funcionando, así que estaría calentita. Y también la cisterna del inodoro. Una gran ventaja. Pero estaba oscuro. Muy muy oscuro.

—Esto es una gilipollez —murmuró para sus adentros mientras cruzaba corriendo la calle bajo el gélido aire nocturno—. No hay nada que temer. Es solo un pequeño apagón.

Estaba oscuro como la boca del lobo. No había luz en toda la manzana, salvo en la casa de enfrente. Las lámparas que flanqueaban la puerta principal del hogar de Brick Callan brillaban con intensidad, enviándole señales como si fueran faros. Porque, por supuesto, el hombre al que había estado intentando evitar desde que su *alter ego* borracho había hecho una aparición estelar borrosa, aunque indudablemente incómoda, tenía un generador.

Le castañeteaban tanto los dientes que le dolía la mandíbula. Pero no era el frío lo que la estaba haciendo temblar como un flan. Bueno, mejor dicho, no era solo el frío. La oscuridad la envolvía, asfixiándola, mientras el viento le abrasaba las piernas desnudas.

No se estaba refugiando en Brick, se dijo a sí misma mientras aceleraba el paso y subía los escalones de su casa. Simplemente iba a ver a su vecino para...

La pesada puerta principal de madera se abrió de golpe justo cuando ella estaba levantando la mano para llamar.

—¡Por el amor de Miles Davis! —exclamó, llevándose una mano al pecho y dando un paso atrás por inercia—. Joder, Brick. Me has dado un susto de muerte. ¿A dónde vas?

—A buscarte —contestó él tranquilamente, como si aquellas palabras no pretendieran consolarla, darle esperanzas y hacer que le fallaran las rodillas.

Su mirada le hizo entrar en calor al instante. Llevaba puestas unas botas por encima del pantalón del pijama. En el extremo opuesto, el pantalón de franela le caía sobre las caderas, dejando al descubierto la cintura de sus calzoncillos. Tenía un brazo metido en un grueso abrigo de invierno e iba sin parte de arriba.

El tío llevaba el torso desnudo. Había demasiadas cosas en las que fijarse. El cerebro de Remi cortocircuitó al ver aquella hectárea de puro músculo, la amplitud tranquilizadora de sus anchos hombros, la forma en la que su torso se estrechaba hasta llegar a sus caderas... y la tentación colgante del cordón desatado de la cinturilla de sus pantalones.

—¿Qué coño llevas puesto? —le preguntó Brick.

Remi apartó la mirada de su pecho viril y bajó la vista hacia su propio modelito de noche. Con el pánico, ni se había cambiado la sudadera con capucha y los pantalones cortos antes de ponerse las botas de nieve y salir corriendo.

—No sé de qué te quejas. Es muchísimo más de lo que llevaba puesto hace cinco minutos —le dijo.

Él maldijo en voz baja, la agarró por la pechera del jersey y la arrastró hacia el interior.

—Por el amor de Dios —farfulló mientras se la llevaba al fondo de la casa.

Las primeras habitaciones estaban a oscuras, pero el salón tenía un aspecto cálido y acogedor, con el fuego de la chimenea encendido y una única lámpara que iluminaba la mesa auxiliar.

La luz la atrajo y le ralentizó inmediatamente el pulso de un galope a un trote regular. Se sentó en el desgastado sofá de cuadros y empezó a quitarse las botas. Brick esperó a que terminara y las puso junto al fuego.

Sobre la mesita de centro, había un ordenador portátil abierto en un buscador. Remi le echó un vistazo mientras él estaba de espaldas.

Remington Ford artista alcaldesa Chicago

El muy hijo de puta tramposo la estaba investigando.

En circunstancias normales, aquello la habría cabreado. Pero dada la situación actual, prácticamente la hizo entrar en pánico. Remi tenía que mantener a Brick al margen. No podía permitir que hicieran daño a más gente por su culpa.

Mientras fingía interés por una manta que había en el respaldo del sofá, se fijó en que él cerraba el ordenador y se lo llevaba.

El silencio era absoluto, salvo por el suave zumbido del ventilador de la chimenea y el ronroneo del generador en el exterior.

—¿Quieres que encienda más luces? —le preguntó él, con voz grave y áspera.

Ella cerró los ojos con fuerza.

—Me cago en Darius y en sus flamencos rosas. ¿Así que te lo conté? —Remi se presionó los ojos con los talones de las manos y los dejó allí—. No recordaba si de verdad me había ido de la lengua y te había dicho que me daba miedo la oscuridad, o si solo había tenido intención de hacerlo.

—¿Por qué querías decírmelo? —Brick no se había vuelto a acercar. Estaba de espaldas a la chimenea, al otro lado de la mesita de centro. Pero seguía ocupando toda la habitación.

—Porque antes me hacías sentir segura.

Brick se encogió y retrocedió un poco, como si Remi le hubiera hecho daño. Pero solo fue un segundo.

—Cuéntame por qué no te sientes segura. Por qué duermes con las luces encendidas. Por qué tu nombre no aparece en ningún parte de accidente, pero te llevaron al hospital con un ataque grave de asma. —Remi se levantó del sofá de un salto y se le cayó una cosa al suelo, que aterrizó con un golpe suave—. Cuéntame por qué llevas unas putas tijeras en el bolsillo.

—¿Me has estado espiando? —Había sido un error ir allí. Puede que volver a casa no, pero estaba claro que refugiarse en Brick, sí—. ¿Apenas eres capaz de mirarme a los ojos, pero has buscado información sobre mí?

No había dado ni dos pasos cuando él la agarró por la cintura. Ambos se quedaron inmóviles. Remi sintió los latidos regulares del corazón de Brick. Su calor. Aquel calor sublime, embriagador y fascinante que la calaba hasta los huesos.

—Estás tiritando. —Su voz sonó como un rumor a sus espaldas.

—No estoy tiritando —replicó Remi. Le castañeteaban los dientes—. Estoy temblando de rabia. Es totalmente distinto.

Durante un momento, se quedaron de pie donde estaban, con los cuerpos pegados y respirando con fuerza. Luego Brick la soltó y señaló el sofá.

—Por mí como si estás temblando de histeria. Siéntate y explícame qué coño está pasando —le pidió.

—No es asunto tuyo. —No lo era y Remi no pensaba encasquetárselo. Ya que no podía proteger a Camille, al menos lo protegería a él. Y la única forma que tenía de conseguirlo era cabreándolo—. No sé por qué te crees con derecho a meter las narices en los asuntos de los demás y encima a exigirles que te cuenten su vida —resopló, haciéndose la indignada.

—Soy policía y camarero: me dedico a eso.

—Ya, bueno, pues yo no soy ni una delincuente ni una clienta. Así que mantente al margen.

—¿Dónde tienes el inhalador? —le preguntó Brick con rudeza.

—¿Qué?

—Te falta el aire.

Remi no necesitó seguir fingiendo. Estaba cabreada de verdad. Por primera vez en semanas, se sentía fuerte y no débil.

Brick suspiró. Infundía respeto, allí de pie, con las manos en las caderas. Además de seguridad. Pero eso daba igual. La vida de Remi no era cosa suya. Había perdido la oportunidad de que lo fuera hacía mucho tiempo.

—Siéntate —le ordenó él. Ella siguió allí plantada con obstinación, hasta que Brick resopló exasperado y se acomodó en el sofá—. ¿Contenta?

—No hasta que me digas por qué coño te ha parecido necesario investigarme —replicó ella.

Brick cerró con fuerza las manos sobre las rodillas y luego las deslizó por los muslos.

—Porque estás acojonada, Remi. Y la chica que yo conozco no le tiene miedo a nada. Así que si te presentas aquí sin avisar, soltando excusas, con un brazo roto y encima siendo incapaz de dormir con las luces apagadas, obviamente me voy a poner a investigar, tienes toda la puta razón. Sé que te llevaron al hospital por un ataque de asma, no por las lesiones sufridas en un accidente. Eso no se lo contaste a tus padres cuando te preguntaron. —Sintiéndose agotada de repente, Remi fue hacia el extremo opuesto del sofá y se sentó. Dobló las rodillas sobre el pecho y apoyó la barbilla en ellas. No podía permitirse decirle la verdad. Pero él no iba a dejarlo estar, así que tendría que buscar otra solución—. Cuéntamelo —insistió Brick.

Ella se quedó mirando fijamente las llamas que parpadeaban en la chimenea.

—¿Por qué?

—Porque, aunque no te lo creas, me importa.

—¿Por qué? —repitió ella.

Brick se frotó los muslos con las palmas de las manos.

—Prácticamente somos familia.

Remi negó con la cabeza.

—¿En serio es eso lo que sientes? ¿Me consideras alguien de tu familia? ¿Como si fueras una especie de hermano mayor para mí?

Brick vaciló y el silencio se expandió hasta el último rincón de la sala. La tensión fue en aumento.

—Sí —respondió él, con voz ronca.

Ella lo miró fijamente.

—¿Pretendes que sea sincera contigo mientras tú tienes la cara de sentarte ahí y decirme que, para ti, soy como una hermana pequeña? —le recriminó. O le estaba mintiendo, o se estaba mintiendo a sí mismo.

—No estamos hablando de mí —replicó él.

—¿Ves por qué no me apetece desahogarme contigo? Ni siquiera eres capaz de ser sincero en eso. Ambos sabemos cuál es la verdad y, aun así, no eres capaz de admitirla.

A Remi le sonó el móvil en el bolsillo de la sudadera y lo sacó inmediatamente. No conocía el número, pero el prefijo era de Chicago.

Sin dar explicaciones, salió corriendo de la habitación.

—¿Diga? —farfulló, entrando apresuradamente en la cocina.

—¿Quieres explicarme por qué mi clienta más importante no me devuelve las llamadas? —exigió el pesado de su agente, Rajesh Thakur.

Remi dejó caer los hombros, y la esperanza que había crecido en su interior se desinfló como un castillo hinchable pinchado.

—¿Por qué me llamas desde un número desconocido?

—La pregunta es: ¿Por qué Alessandra Ballard contesta a un número desconocido y no a las últimas once llamadas de su agente?

—¿No se te ha ocurrido pensar que a lo mejor no quiero hablar contigo? —susurró Remi, mirando hacia atrás para asegurarse de que seguía sola.

—¿Y a ti no se te ha ocurrido pensar que a lo mejor a mí eso me la suda, tía? —«Raj», como lo conocían en el mundillo del arte, era inmune a las pullas y a los insultos. Vestía como un capo de la mafia, hablaba como el miembro de una fraternidad recién graduado y exigía un trato VIP allá donde iba. Además, siempre y cuando pudiera seguir negociando las jugosas comisiones de sus clientes, le daba igual lo que pensaran de él.

Brick apareció en la puerta y se acercó a la nevera. Se apoyó en ella, cruzándose de brazos, y se quedó mirando a Remi mientras escuchaba descaradamente la conversación. Esta se planteó salir a la calle, pero estaba oscuro de narices.

—¿Qué quieres? —le preguntó Remi a Raj.

—Que superes el puñetero bajón y vuelvas aquí cagando leches. Deberíamos estar forrando todos los putos blogs con tu careto.

—Ya he visto lo que están escribiendo. Olvídate de forrar nada —respondió ella, fulminando a Brick con la mirada.

Este arqueó una ceja con curiosidad y Remi le respondió haciéndole una peineta.

—¡Lo importante es que hablen de ti, aunque sea mal! —le gritó Raj al oído—. Y en este caso, nos está viniendo de lujo. Pregúntame por qué.

Remi suspiró, apretando los dientes.

—Eres lo peor. ¿Por qué?

—Antes dime que soy el mejor agente del mundo y que quieres subirme la comisión al veinte por ciento.

—No. —Aunque era una artista novel y sin experiencia, había sorprendido a Raj rebajando su comisión habitual del veinte por ciento al quince, algo que le parecía mucho más aceptable. Y, en el fondo, él la admiraba por ello.

—El puto genio de tu agente acaba de vender *Érase una vez un sueño*.

Remi le dio la espalda a la mirada intensa de Brick.

—¿Qué dices? Si todavía no estaba en ninguna galería.

Se trataba de una obra enorme y compleja. La mejor que había pintado hasta el momento. Era un auténtico delirio de color.

La había hecho después de pedirle a un amigo DJ que mezclara dos de sus canciones favoritas, y la había acabado justo antes de la exposición. Justo antes de aquella noche que lo había cambiado todo.

—Si no hay galería, no hay comisión de galería —fanfarroneó Raj.

—Raj, ese cuadro estaba en mi apartamento. —Su casa era un *loft* blanco y minimalista con techos altos, grandes ventanales, conductos a la vista y suelos de madera. Aunque era exactamente el tipo de lugar en el que se esperaría que viviera Alessandra Ballard, Remi nunca había llegado a considerarlo un hogar.

Sin duda, tenía una luz estupenda para trabajar, pero por muchos sofás mullidos y mantitas suaves que pusiera, no había forma de que resultara acogedora.

—He estado regándote las plantas y saqueándote el minibar desde que saliste por patas. De nada, por cierto. Total, que con toda esa movida del accidente, tu nombre y tus cuadros están hasta en la puta sopa. Así que cuando una gurú de la tecnología de Silicon Valley que vino a la ciudad a dar una conferencia se presentó preguntando por un Ballard original, la llevé a tu casa. Tranquila, antes escondí la ropa sucia debajo del fregadero.

Había dejado el apartamento hecho un desastre. Con pinturas, pinceles y lonas por todas partes. Había hecho la maleta a toda prisa, dejando la ropa y los útiles de aseo que no necesitaba esparcidos por todas partes.

—Te has pasado.

Más que ver, Remi sintió la reacción de Brick. Cuando miró hacia atrás, se lo encontró allí de pie, con los puños apretados a los costados y el ceño fruncido. Lo miró negando con la cabeza.

—El precio te ayudará a olvidarlo —le aseguró Raj.

—Lo dudo —replicó ella con frialdad.

—El rollo de ver el arte entre bastidores, en su hábitat natural, ha añadido varios miles de pavos a la cifra inicial.

—¿Cuánto ha pagado?

—Cien mil dólares.

A Remi le fallaron las piernas. Dio un paso tembloroso hacia la mesa, pero se rindió y acabó sentándose en el suelo.

—¿Qué has dicho? —preguntó, frotándose con dos dedos un punto del entrecejo que parecía a punto de estallar.

—Tu primera venta de seis cifras, tía —presumió Raj—. Y a partir de ahora, ya solo pueden subir.

La cabeza le daba vueltas.

—Remington —gruñó Brick.

Ella lo ignoró.

—¿Es el capullo que me cogió el teléfono ayer por la noche? —preguntó Raj.

Remi se giró hacia el hombre en cuestión.

—Espero que no —dijo, dedicándole una expresión que esperaba que le hiciera echarse a temblar, o al menos que activara su instinto de protegerse la entrepierna.

Pero, en vez de eso, él le devolvió la mirada con obstinación.

—Cuelga de una puta vez —dijo Brick.

—Raj, te dejo, tengo que cargarme a una persona.

—Esperaba un poco de emoción por tu parte. Pero supongo que esto es lo que pasa cuando representas a niñatas temperamentales. Por cierto, se te ha acabado el vino bueno.

Remi colgó y volvió a ponerse en pie.

—¿Contestaste una llamada en mi teléfono, hablaste con alguien y no me lo dijiste? —Remi se felicitó por la calma absoluta con la que lo preguntó.

Brick ni siquiera tuvo el detalle de fingir estar avergonzado.

—Pues sí. Estabas en coma etílico y pensé que podía tratarse de una emergencia. ¿Quién se ha pasado? ¿Ese tal Raj?

—¿Cómo te atreves? —bramó Remi—. ¡Ni siquiera sé por qué gritarte primero! Si por el hecho de que no dejas de invadir mi intimidad…

—Estás en mi casa.

—Eso tiene remedio —replicó ella, yendo rápidamente hacia la puerta.

Él se interpuso en su camino, como una pared musculosa y preocupadísima.

—No. Al menos hasta que me digas exactamente qué coño está pasando.

Remi se encaró con él, inclinando la cabeza hacia atrás para poder mirarlo.

—¡No te debo absolutamente nada!

—No me provoques, Remi —le advirtió Brick.

—¿O qué? —se burló ella, clavando un dedo en aquel pecho grande y duro—. ¿Meterás las narices en mis asuntos? ¿Me tratarás como si fuera tu hermana pequeña? Espera, no, ya sé: volverás a desaparecer cada vez que vuelva a la isla.

Él la agarró por la parte delantera del jersey y Remi se encontró atrapada entre la pared y Brick. Se quedó inmóvil mientras él apoyaba aquellas manos enormes a ambos lados de su cabeza. Respiraba de forma agitada y tenía las fosas nasales dilatadas, como un semental justo antes de una carrera. Sus caderas la mantenían pegada a la pared y Remi sintió un pedazo de carne dura de un tamaño indecente sobre su vientre.

—Cállate de una puta vez —le dijo él, a un centímetro de su cara.

Remi se autoconvenció de que fue la sorpresa y no la orden lo que la empujó a obedecer.

Entonces Brick bajó la cabeza hacia ella y la hizo olvidarse de todo. Remi se quedó en blanco, concentrada en la boca firme y seria de aquel hombre que se le acercaba a cámara lenta.

Entreabrió los labios como si estuvieran bajo el control de otra persona. El corazón le retumbaba en el pecho. Sintió su aliento cálido en las mejillas. Su cuerpo caliente contra el de ella. Todo su ser estaba completamente alerta, pero no porque tuviera miedo, ni muchísimo menos, sino porque se sentía viva.

Remi dejó escapar un suspiro tembloroso que hizo que Brick esbozara una sonrisa ladeada, rebosante de suficiencia y satisfacción. Pero justo cuando ella pensaba que por fin iba a besarla, sintió que él se tensaba. Sus ardientes ojos azules dejaron de concentrarse en su rostro.

Entonces fue cuando Remi oyó el chirrido de la puerta principal al abrirse. La actitud de Brick cambió de inmediato. El obstinado seductor desapareció y fue sustituido por un centinela preparado para la batalla. A ella se le heló la sangre. No. No podía ser. Allí no.

Con los ojos en llamas, Brick le puso una mano firme sobre la boca, sacándola del estupor causado por el pánico. Ella asintió temblorosa y él apartó la mano. Con una delicadeza sorprendente, la alejó de la pared y se interpuso entre ella y el intruso. El cerebro de Remi, que intentaba seguir el ritmo de aquella situación tan cambiante, se tomó un segundo para admirar la barricada de músculos ante ella.

El sonido de unos pasos le hizo replantearse el orden de prioridades y cogió un cuchillo del taco de madera que había sobre la encimera. La mano le temblaba sobre el mango, pero el hecho de estar dispuesta a defender lo suyo le hizo sentirse mejor.

Brick la miró, vio el cuchillo y negó con la cabeza.

Ella apuntó con la hoja hacia el pasillo, por donde parecía que alguien se estaba acercando.

Él avanzó en silencio hacia la puerta, medio agachado, como un león dispuesto a atacar. Remi agarró el cuchillo con ambas manos y contuvo la respiración.

16

—¡Brick! ¡Hola! ¡Bricky Tikki Tavi!

Brick estaba concentrado pensando dónde había dejado el arma reglamentaria y cómo evitar perder de vista a Remi sin ponerla en peligro, cuando la oyó posar el cuchillo sobre la mesa que tenían detrás. Al menos no acabaría recibiendo una puñalada por la espalda. Antes de que le diera tiempo a reaccionar ante el intruso, ella lo agarró por la cintura para impedírselo.

—¿Spence? ¿Eres tú? —preguntó Remi con un hilillo de voz, detrás de él.

—¿Audrey?

Remi le soltó la parte de atrás de los pantalones y maldijo en voz baja.

Brick fue hacia la puerta y se chocó de bruces con su hermano pequeño, que no tenía ni idea de que acababa de librarse por los pelos de una buena paliza.

—¡Spencer! ¿Qué coño haces aquí?

Este lo miró de arriba abajo, y al verlo descalzo, sin camiseta y con cara de querer cargárselo, se quedó un poco cortado.

—Uy. Mierda. Lo siento, es el día de San Valentín. No sabía que habíais vuelto. Joder. Perdón.

—¿Qué? —Brick tardó unos segundos en reponerse de la confusión causada por la adrenalina… y por el deseo.

Spencer Callan era más bajo que Brick, y también más delgado. Tenía el pelo de un color castaño claro que se volvía rubio con el sol del verano. Su aspecto encajaba en un estilo al que

Remi denominaba «club de campo», porque se vestía como si se pasara todo el tiempo libre jugando al tenis o al golf. Y, en ese momento, con su elegante ropa de invierno de marca, parecía recién salido de las pistas de algún lujoso complejo turístico de los Alpes.

—Ya me voy. Había pensado... Da igual, era una tontería.

—Spencer Callan, ni se te ocurra moverte —le ordenó Remi por encima del hombro de Brick. Bueno, más bien al lado de su bíceps.

—¿Remi? —Spencer pasó de parecer un corderito degollado a convertirse en un hombre eufórico en un abrir y cerrar de ojos—. ¡Madre mía, cuánto me alegro de verte!

—¡Seguro que ni la mitad de lo que me alegro yo de verte a ti! —Remi apartó de un codazo a Brick, que se quedó allí plantado mirando cómo su hermano la cogía en brazos.

Los celos lo reconcomieron. Spencer y Remi tenían un vínculo natural y estrecho del que él nunca podría formar parte.

—¿Qué haces aquí? —le preguntó ella, cuando él volvió a dejarla en el suelo. Brick tuvo que reprimir el impulso de tirar de ella para que volviera a su lado.

—Ese tío que me está mirando con cara de mala leche no me contestó a los últimos dos mensajes, así que se me ocurrió coger un avión para asegurarme de que seguía vivo. Y puede que aproveche para hacer alguna carrerita por el puente de hielo, ya que estoy aquí.

De repente, Brick sintió la necesidad de coger una botella de bourbon, abrirla y beber hasta caerse de culo. Una de dos: o su hermano acababa de cargarse el momento que tanto había esperado, o había evitado que cometiera un error garrafal.

—Podías haber llamado —dijo con indiferencia, alejándose de aquel reencuentro tan entrañable para servirse un vaso de agua e intentar aliviar la quemazón que sentía en la garganta.

—¿Desde cuándo tengo que llamar antes para decirle a mi hermano mayor que me voy a quedar en su casa un par de días? —preguntó Spence, dejando el equipaje en el suelo, antes de ir a la cocina y abrir la nevera.

De repente, interrumpió la búsqueda de comida y asomó la cabeza por encima de la puerta como un suricato.

—Un momento. ¿Estabais...? —La pregunta quedó suspendida en el aire mientras Spencer los miraba a ambos, fijándose en los pantalones cortos de Remi y el pecho desnudo de Brick.

—No. —La respuesta de este fue rotunda.

—Porque, si es así, puedo buscarme otro sitio para pasar la noche. Es San Valentín.

—Sé lo que parece, pero...

—No digas tonterías, Spence. Sabes perfectamente que soy como una hermana para él. Preferiría arrancarse los ojos con un tenedor antes que verme como a una mujer —replicó Remi con dulzura. Había fuego bajo aquella superficie azucarada y Brick temía que pudiera quemarlo vivo.

—Menos mal que para mí nunca has sido una hermana —le dijo Spencer con suficiencia—. Gracias por hacerme perder la virginidad, por cierto.

—¡Yuju! —exclamó Remi, con una sonrisilla.

Su hermano pequeño y su... lo que coño fuera Remington para él, chocaron los cinco en su cocina, como si aquello fuera un chiste divertidísimo. Y puede que lo fuera, pero no para él. A Brick le entraron ganas de echarlos a los dos de casa para volver a su vida tranquila y agradable.

—Bueno, tengo que irme. Gracias por dejar que te gorronee un poco de electricidad, Brick —dijo Remi, yendo hacia la puerta.

—No —dijo él. Y, al ver que no le hacía caso, porque aquella puñetera mujer nunca escuchaba, la agarró por la capucha de la sudadera—. Tú te quedas aquí.

—Ya sabéis lo que significa eso. ¡Fiesta de pijamas! —anunció Spencer—. He traído palomitas y cecina de ternera. Podemos prenderles fuego a nuestros pedos y contar historias de miedo.

—Las fiestas de pijamas de chicos son asquerosas —dijo Remi.

Brick decidió jugar sucio y, mientras Spencer subía a cambiarse, escondió las botas de Remi en el comedor para que no pudiera escabullirse sin hablar con él.

Esperó al momento adecuado mientras se producía la inevitable puesta al día de la velada, hacían palomitas y competían jugando al Jenga. La nostalgia se apoderó de él. No era la primera vez que los tres hacían todo eso en aquella habitación, con un fuego crepitando en la chimenea y una película a la que nadie prestaba atención en la televisión. Su abuela solía poner las palomitas, y su abuelo, los comentarios.

A ellos les habría gustado.

Era como si todo encajara. Como si todos estuvieran donde tenían que estar. Pero era fácil contar con alguien en los buenos momentos. Esa no era la verdadera prueba. Y Brick sabía por experiencia que la mayoría de las personas no eran capaces de estar ahí en los momentos malos, en los duros, en los incómodos. La promesa de nuevas aventuras siempre sería un reclamo para aquellos que no dudaban en pasar página y seguir adelante.

A Spencer se le veía bien, incluso feliz. Trabajaba como comercial en un puesto de esos raros que su hermano había renunciado a entender hacía años. Los entretuvo con historias sobre Detroit y sus amigos, burlándose de Remi y rememorando anécdotas con Brick. El ambiente era distendido, como siempre que estaba Spence.

Pero, cada pocos minutos, Brick y Remi se miraban y las brasas amenazaban con empezar a arder de nuevo. Él no podía ignorarlo. Y, si quería que ella le diera respuestas, iba a tener que aceptar lo que había entre ellos.

Así que esperó a que Spencer empezara a roncar en el sillón reclinable. Remi estaba hecha un ovillo en una esquina del sofá, tapada con una manta tejida por la abuela. Brick se encontraba en el extremo opuesto, con los pies apoyados sobre la mesa de centro, algo que a sus abuelos no les habría gustado nada.

Remi se revolvió.

—¿Quieres que encienda más luces? —le preguntó él en voz baja. Ella negó con la cabeza. Aquellos ojos esmeralda escudriñaron su rostro—. ¿Tienes hambre? ¿O frío?

—No.

Brick apartó de una patada la colcha que estaba usando para taparse las piernas.

—Pues ven conmigo, quiero enseñarte una cosa.

La hizo levantarse del sofá para llevarla de nuevo al pasillo oscuro y sintió que se acercaba más a él en la oscuridad. Por muy enfadada que estuviera, estaba claro que él la hacía sentirse más segura. La llevó hasta la puerta y la abrió.

—He reorganizado esto un poco —dijo, buscando a tientas el interruptor de la luz. Cuando lo encontró, se apartó para que Remi pudiera entrar primero.

—¡Venga ya! ¿Por qué tienes que enseñarme algo así cuando estoy intentando seguir cabreada contigo? —refunfuñó ella.

Bajó la rampa y entró en la habitación. En el sitio en el que antes hibernaban los kayaks y el equipo de montaña, había mesas de trabajo limpias y estanterías vacías. Brick había puesto lonas en medio de la sala y había construido un caballete para que pudiera apoyar lienzos más grandes. También había rescatado del sótano algunos de los tarros de cristal para conservas de su abuela y los había agrupado sobre las mesas de trabajo.

—He cambiado las bombillas que había por unas de LED inteligentes —le explicó, señalando hacia el techo abovedado—. Puedes descargarte una aplicación para cambiar el color y la intensidad. —Remi levantó la vista y suspiró—. También he limpiado la caja vieja de herramientas del abuelo —dijo, señalando el arcón de metal rojo—. Puedes usarla para guardar cosas. O para lo que quieras. —Él la observó mientras ella recorría la habitación y se detenía para pasar una mano sobre los montones de tablas perfectamente ordenados—. Son por si quieres hacer tus propios bastidores. —Brick se pasó una mano por la nuca, deseando que dijera algo.

Remi volvió a mirarlo, con una expresión pensativa en su bello rostro.

—Sinceramente, no sé qué coño hacer contigo —dijo por fin—. Primero me tocas las narices y luego me dejas con la boca abierta. No entiendo nada.

—Habla conmigo, Remington. Cuéntame qué ha pasado.

—Nunca te rindes, ¿verdad?

—Cuando es algo importante, no.

—Vale. Tú lo has querido. —Se sentó en una de las mesas plegables con las piernas colgando—. Tuve un accidente. Una amiga y yo volvíamos en coche a su casa después de una de mis exposiciones en una galería del centro.

—¿Has hecho una exposición?

Remi se mordió el labio.

—Lo que te voy a decir te va a sonar a coña, pero soy bastante importante. O lo era. O podría llegar a serlo. La verdad es que no lo sé. He estado pintando, pero no como Remi Ford. Para el mundillo artístico, soy Alessandra Ballard.

—¿Por qué?

Ella balanceó las piernas.

—Porque a Remi Ford la detuvieron por bañarse en bolas. Porque es un desastre, no para de meterse en líos y siempre está a punto de cagarla.

—Eso no es verdad.

—Así es como me ve la gente aquí. Soy la chica que amañó el campeonato de hockey callejero. O la que se metió en una pelea en un bar a los diecinueve años. No quería que esa reputación me siguiera por el mundo, así que ahora soy Alessandra Ballard, una mujer que se pone ropa bonita, va a fiestas elegantes y pinta música. —A Brick no le hacía ninguna gracia que Remi creyera que debía ocultar quién era en realidad, pero decidió no convertir la conversación en una discusión. Todavía—. Total, que mi amiga Camille iba conduciendo mientras volvíamos a su casa. Era tarde. Había hielo en la carretera y acabamos empotrándonos contra un guardarraíl. Yo me rompí el brazo, pero Camille salió peor parada. Perdió la consciencia. Y allí nos quedamos, atrapadas en la oscuridad. Me sentí tan... indefensa. Tan sola. No sabía si el coche iba a caer al vacío. No sabía qué había allí: si un barranco, un río, una suave pendiente... No tenía ni idea. —Como no quería distraerla del relato, Brick se cuidó de no mover ni un músculo, pero le dolían los brazos de las ganas que tenía de aferrarse a ella para que recordara que no estaba sola—. En fin, al final nos rescataron. En ese momento no me di cuenta de que tenía el brazo roto. Estaba más preocupada por Camille. Todavía no se había despertado. No me dejaron ir al hospital con ella y, obviamente, me enfadé mucho. Hicieron que un policía me llevara a casa. —Se mordió el labio y miró hacia un lado—. Rajesh, mi agente, se presentó allí para contarme cómo había ido la exposición, pero le agüé la fiesta con un ataque de asma. Fue por el frío, la adrenalina, el disgusto... Total, que llamó a una ambulancia. Algo que sigo pensando que fue una exageración, que conste.

—¿Fue entonces cuando se dieron cuenta de lo del brazo? —le preguntó Brick. Remi asintió—. Y por eso tienes miedo a la oscuridad. —Porque creía que su amiga se iba a morir a su lado, en plena noche, sin que ella pudiera hacer nada. Su dolor y su miedo eran una agonía para él. Remi volvió a asentir, con los ojos cerrados—. Respira.

Brick se acercó más a ella y le agarró las manos, estremeciéndose al sentir el yeso. Remi abrió los ojos, lo miró y empezó a respirar lenta y profundamente. Siguió haciéndolo hasta que se le relajaron los hombros.

—A ti tampoco te vendría mal respirar un poco —comentó.

—Podías haberte matado.

—Pero sigo viva.

—Te rompiste el brazo. Para mí, eso sigue siendo demasiado.

—Antes de que te pongas en plan hermano mayor conmigo, podrías escuchar el resto.

—¿Aún hay más?

—Camille sigue en el hospital. No sé lo grave que está. Ni siquiera sé si ha recuperado el conocimiento. No ha respondido a ninguna de mis llamadas o correos. Así que es difícil no imaginar lo peor.

—¿Y su familia no puede decirte nada?

—Bueno, ese es el otro problema. Camille es bastante conocida en Chicago, y Alessandra también. Juntas, llamamos mucho la atención. Así que ha habido algunas... especulaciones.

No le iba a gustar esa parte. Lo sabía.

—¿Qué tipo de especulaciones?

—Si buscas «Alessandra Ballard» en internet, encontrarás decenas de artículos que insinúan que tal vez era yo la que conducía. Que puede que hubiera bebido demasiado en la galería y que quizá el accidente fue culpa mía. Que quizá yo hice que mi amiga acabara en el hospital. —Brick maldijo en voz baja. Le entraron ganas de subirse a un avión, volar a Chicago y partirle los dientes a cualquier bloguero o periodista que se atreviera a escribir mentiras sobre Remi—. Te juro que no es verdad. Yo no causé el accidente.

—Ya lo sé, joder. —Él intentó dar marcha atrás—. Perdona, no quería decirlo así.

Remi levantó las cejas.

—¿Y cómo querías decirlo?

—Tú asumes tus errores. Cuando la cagas o te pillan, te disculpas y aceptas el castigo. Si hubieras conducido tú, ya te habrías disculpado cien veces en público y en privado.

Remi suspiró y se aferró con más fuerza a los dedos de Brick.

—Ojalá alguien se lo dijera a su familia. Ellos sí se creen los rumores. Cuando fui a visitarla, hicieron que los de seguridad me echaran del hospital.

—¿Y el informe de la policía? Demostraría que Camille estaba al volante.

—Lo demostraría si yo no la hubiera sacado antes de que llegaran. El coche se estaba balanceando y creí que íbamos a caer por un precipicio. —Remi se encogió de hombros—. Claro que solo es mi palabra contra la de un montón de gente que especula con una versión de la historia mucho más atractiva.

—Y entonces decidiste volver a casa.

—Sí. Volví a casa. Pensé que estaría bien volver a ser Remi Ford. —Se le llenaron los ojos de lágrimas y apartó la mirada de inmediato—. Ojalá supiera cómo está Camille. Las noticias no paran de repetir lo mismo: «Pronóstico reservado». Y nadie me da respuestas. Así que aquí estoy, esperando de brazos cruzados a que me llame para decirme que se encuentra bien. —Brick no pudo soportarlo más. La estrechó contra el pecho y la abrazó con fuerza. El sollozo ahogado de Remi estuvo a punto de partirle el corazón. No le dijo que no pasaba nada, porque obviamente no era así. Pero se juró que encontraría una manera de solucionarlo. Encontraría una manera de tranquilizarla—. ¿Quieres que te cuente otra tontería? —le preguntó ella, sorbiéndose los mocos contra su pecho.

—Dime, cielo.

—No he pintado desde el accidente.

—Tienes el brazo roto —señaló Brick.

—Ya, pero eso solo debería impedirme pintar bien. Estoy bloqueada. Cada vez que cojo un pincel, lo revivo una y otra vez. El impacto. El horrible sonido de los arañazos en el metal. Y luego la caída. —Remi se estremeció contra él—. Es como si ya no hubiera sitio para la música en mi cabeza.

—Se te pasará. No seas tan exigente contigo misma. Has vivido una experiencia traumática, no puedes recuperarte física o emocionalmente así como así.

—¿Y si no me recupero nunca? ¿Y si no vuelvo a pintar? ¿O si vuelvo a pintar y lo hago fatal?

Brick le acunó la cara entre las manos. No soportaba verla llorar.

—Eres la puñetera Remington Honeysuckle Ford. Por supuesto que te vas a recuperar, joder.

Remi se rio sin ganas.

—¿Es una orden?

—Claro que sí. Y esta es otra: no vas a ir a ninguna parte. No intentes escabullirte e irte a casa esta noche. Dormiré mejor si sé que estás aquí.

—¿Como dos hermanos en una fiesta de pijamas? —Remi se sorbió la nariz y él le dio un trozo de papel del rollo que había dejado junto a los tarros de cristal.

—Remington, a veces la gente dice tonterías. No porque sean verdad, sino porque les gustaría que fueran ciertas.

—¿Eso qué quiere decir en el lenguaje de Brick? ¿Que te gustaría que fuera tu hermana o que te gustaría verme como a una hermana? —le preguntó ella, recorriéndolo de arriba abajo con sus ojos verdes. Él sintió el calor de su mirada curiosa como una caricia.

—No pienso contestarte. Pero esta noche te vas a quedar aquí para que no tenga que preocuparme por ti.

—Vale —dijo Remi, sonándose ruidosamente la nariz—. Pero solo porque sé que me has escondido las botas y estoy demasiado cansada para poner la casa patas arriba buscándolas.

—Buena chica. Venga, vamos a dibujarle un bigote a Spence —dijo Brick, bajándola de la mesa.

Remi le sonrió y luego se quedó inmóvil.

—Oye. ¿La otra noche dije algo de un pandero?

—Pues sí, lo dijiste.

—Mierda. Me lo temía.

Brick la vio echar un último vistazo a la habitación antes de subir la rampa que daba a la casa. Tenía muchos sentimientos encontrados, pero uno de ellos destacaba sobre los demás. Lo que Remi le había contado era verdad, pero estaba convencido de que la historia era mucho más compleja de lo que ella había reconocido.

17

La electricidad volvió poco después de las nueve de la mañana, despertando a Brick en el suelo de su propio salón. Estaba de lado, mirando hacia el sofá. Tenía el brazo derecho levantado y apoyado en algo cálido y suave. Amodorrado, levantó la cabeza y se dio cuenta de que estaba agarrando el muslo blanco como la leche de Remi, que sobresalía bajo la manta.

Joder. Incluso dormido era un cabrón posesivo con aquella mujer que nunca sería suya.

Su pierna estaba tremendamente cálida y suave. Sus labios carnosos estaban curvados ligeramente hacia arriba, como si estuviera soñando algo gracioso. Tenía unas pestañas largas y delicadas. Su piel era tan pálida que parecía translúcida. Y seguía teniendo aquellas pecas en el puente de la nariz y en las mejillas.

Brick quería más mañanas así. Las deseaba con un ansia que le hacía sentirse vacío. Quería despertarse en aquella casa y verla dormir. Quería que la cara de Remi fuera lo último que viera por la noche antes de cerrar los ojos y lo primero que viera al abrirlos. Quería que su risa resonara por todas partes.

Pero era imposible. No podía ser suya. Y ojalá ser consciente de ello hiciera desaparecer el deseo y la necesidad que sentía.

Un mechón de pelo rojo le cayó sobre la frente a Remi, haciéndole fruncir el ceño. Ella se lo apartó en sueños y farfulló algo que Brick no consiguió entender.

Ni dormida estaba tranquila.

Dio otra pequeña sacudida y movió el brazo roto. Encontró con los dedos la mano de Brick sobre su pierna y la apretó. La intimidad de aquel instante, de ver cómo lo buscaba aun en un momento de vulnerabilidad absoluta, hizo que él se emocionara.

Al menos hasta que un ronquido lo sacó de su ensoñación. Spencer estaba despatarrado en el sillón reclinable, dormido como un tronco. Brick se preguntó si su hermano habría conocido a alguien en su vida que le hubiera causado insomnio. Estaban muy unidos, pero no solían hablar de cosas serias.

¿De deportes? Sí. ¿De alitas picantes? Por supuesto. ¿De relaciones? Rotundamente, no.

Su hermano había estado a punto de caerse de culo cuando le había contado que se iba a casar con Audrey.

«Ni siquiera sabía que estabais saliendo», le había dicho.

Era cierto que había sido un noviazgo breve pero, aun así, ¿qué tipo de hermano era para no haberle contado a Spencer que estaba saliendo con su antigua amiga del instituto? Tenía que ser mejor hermano. Tenía que esforzarse más con el Spence adulto. El hecho de que ya fuera un hombre no significaba que Brick debiera dejar que su relación se enfriara. Solo se tenían el uno al otro en cuestión de familia. Ya solo por eso merecía la pena conservarla.

Algo se movió en el extremo opuesto del sofá. Magnus emergió del edredón como una crisálida, a los pies de Remi, y bostezó con fuerza antes de bajar sigilosamente por los cojines y restregarle el morro a Brick en el brazo.

Al parecer, el demonio peludo había decidido que era hora de desayunar.

Con cuidado e incómodo remordimiento, Brick despegó la mano de la pierna de Remi. Luego se arrastró hasta ponerse de pie e hizo una mueca de dolor al sentir unas punzadas en la espalda y en las caderas. Treinta y ocho años eran demasiados para pasar una noche en el suelo.

Tapó bien a Remi con la manta y la arropó. Luego, como estaba medio dormido, se permitió rozarle la mejilla con los nudillos.

El gato le arañó la pierna a través de los pantalones y emitió un maullido lastimero.

—No seas capullo. Así solo conseguirás que tarde más en ponerte la comida.

El Tiki Tavern se había llenado a la hora de comer gracias al cielo despejado y a una temperatura que rozaba casi los cero grados.

Con el uniforme puesto y listo para entrar a trabajar como parte de las fuerzas del orden de Mackinac, Brick se había pasado por allí para confirmar el pedido del bar y coger un bocadillo. Había dejado a Remi y a Spencer todavía durmiendo en el salón.

Le dio un mordisco a la carne de cerdo ahumada y envió el pedido. Dando por concluido su ejercicio de autocontrol, abrió un buscador y, tras echar un vistazo para asegurarse de que nadie más podía ver la pantalla del portátil, escribió «Alessandra Ballard» en la caja de búsqueda.

Cuando apareció la primera imagen, se atragantó con el pan del bocadillo.

Remi, o más bien Alessandra, lo estaba mirando fijamente con unos ojos que parecían mucho más grandes y peligrosos. Tenía puesto un vestido de fiesta superescotado exactamente del tono de su mirada. Llevaba el pelo suelto peinado en unas ondas grandes de color cobrizo y retirado de la cara. Como si el corte del vestido no fuera lo suficientemente impactante, lucía un colgante enorme en el escote. Parecía salida de un cuento de hadas con aquella sonrisa pícara dibujada en sus labios rojos.

La artista sinestésica Alessandra Ballard posa delante de una de sus obras sin título inspirada en la sonata *Claro de luna* de Beethoven

Era impresionante. *Ella* era impresionante.

Ignorando algunos titulares recientes que vaticinaban desintoxicación y cárcel para «la estrella fugaz del arte», Brick pinchó en otras fotos y observó cómo la vida secreta de Remi se desplegaba ante él. Cócteles. Entrevistas en publicaciones. Inauguraciones en galerías. Sonrisas enigmáticas y sombras de ojos.

Era una persona influyente rodeada de otras personas influyentes.

Brick se sentía como si estuviera mirando a una extraña. La Remi que él conocía irrumpía en las habitaciones con el pelo alborotado y mil palabras en la punta de la lengua. La mujer que tenía delante era... otra persona.

Siguió pasando titulares e imágenes que competían por captar su atención.

El propietario de la Galería Winthrope elogia a Ballard
Impresionante debut de la pintora sinestésica
¿Está Alessandra Ballard en una clínica de desintoxicación?
Alessandra Ballard agota las entradas de su primera exposición
La desaparición de Ballard tras el accidente demuestra su culpabilidad

Y allí estaba ella con cara de estar buscando problemas, del brazo de una imponente mujer rubia.

La artista Alessandra Ballard y la influyente Camille Vorhees cenan en el nuevo restaurante del chef Michael Matsui

«Camille». Brick reconoció el nombre y leyó por encima el breve artículo.

¿Vestidos de diseño? ¿Fotógrafos retratándola delante de los restaurantes? ¿Era esa la persona que Remi quería ser? ¿Una diosa de ojos misteriosos con montones de admiradores?

En Mackinac nunca podría serlo.

La verdad le retorció las entrañas como un cuchillo. Remi tenía grandes sueños, unos a los que él no podría seguirles el ritmo. Y ella nunca podría satisfacerlos allí, en una pequeña y tranquila isla. Aunque lo eligiera a él, acabaría maldiciendo las raíces que Brick le había obligado a echar. Y él nunca sería feliz en una ciudad, rodeado de desconocidos. Aunque eso significara poder tener a Remi.

Lo que Brick tenía ante él no era una oportunidad para conquistarla, sino simplemente para ayudarla a sanar y devolverla al mundo en el que florecían los grandes sueños, donde la esperaban nuevas aventuras.

Él nunca sería suficiente para ella, y ya iba siendo hora de que lo recordara.

—Tienes pinta de querer darle un puñetazo a la pantalla.

Ken Pacquiao era un hombre de contradicciones. Aunque tenía debilidad por los chalecos de punto, el barbero de la isla llevaba el cabello negro cortado y peinado en una cresta falsa con las puntas teñidas de añil. Era vegetariano por convicción, pero sus botas favoritas eran de piel de avestruz. Y, mientras su novio Darius era corpulento y extrovertido, Ken era más bien discreto y tranquilo, aunque sus comentarios agudos solían sorprender a la gente y hacerles reír.

Brick cerró de golpe el portátil.

—Por cierto, amigo, no te vendrían mal un corte de pelo y un afeitado —señaló Ken, mirándolo con desaprobación—. ¿Por qué a los habitantes de esta isla les da por ir de Pie Grande en invierno?

—Tiene envidia porque no puede dejarse barba —dijo Darius, inclinándose sobre la barra y pellizcándole las mejillas a Ken, suaves como las de un bebé.

—No tengo envidia. Estoy comprometido con mi oficio —replicó él.

—Pediré una cita —aceptó Brick a regañadientes.

—Mañana a las once —dijo Ken.

Brick no veía muchas razones para esforzarse, dado que la única mujer a la que deseaba iba a dejarlo plantado para retomar su glamurosa y excitante vida a cientos de kilómetros de distancia. Pero también le daba un pelín de miedo Ken, así que acudiría a la cita. Aunque ni de coña pensaba volver a comprarse aquella chorrada de acondicionador para la barba.

—Además, seguro que ya no te queda acondicionador —le dijo Ken, leyéndole el pensamiento.

Antes de que Brick fuera capaz de articular una respuesta, su móvil sonó sobre barra.

Remi.

—Hola —dijo, bajándose del taburete y tratando de fingir naturalidad mientras se alejaba de la barra.

—Antes de nada, estamos los dos perfectamente. Bueno, casi.

Brick apretó el teléfono con tanta fuerza, que creyó que iba a romperlo.

—¿Qué ha pasado? ¿Dónde estáis?

—Solo ha sido un pequeño rasguño, pero ya sabes cómo son las heridas en la cabeza. Tu moto de nieve es la que ha salido peor parada.

—Remi, ¿dónde coño estáis?

Mientras entornaba los ojos para protegerse del sol y del hielo, Brick divisó el mono naranja de esquiar de Spence, que estaba tendido en el suelo. El punto rojo que se encontraba a su lado y que le hizo cabrearse de inmediato debía de ser Remi. Pisó a fondo el acelerador de la Polaris de la policía y fue disparado hacia ellos.

El puente de hielo era una zona del lago que se congelaba casi todos los años y que conectaba la isla con el continente en invierno. Era una vía de circulación relativamente segura, siempre y cuando los motoristas no se salieran de los árboles de Navidad secos que hacían las veces de señalización vial.

Pero, al parecer, Spencer y Remi habían pasado de las reglas del puente, porque estaban varios cientos de metros fuera de los límites. Su moto de nieve, una antigua Yamaha que había comprado de tercera mano hacía una década, no se veía por ninguna parte.

Al acercarse, vio que Spencer estaba tumbado con la cabeza en el regazo de Remi. Eso le hizo apretar la mandíbula. Su hermano había perdido esa clase de privilegios hacía años. Sin embargo, a pesar de la ruptura, Spencer se las había arreglado para seguir teniendo una buena relación con ella. Seguro que se enviaban correos y mensajes, y sincronizaban sus visitas de verano y hacían planes para verse en la isla. Brick se aferró aún más al manillar con las manos enguantadas.

Cuando ya estaba cerca, soltó el acelerador y apagó el motor. Alimentado por la ira, se bajó del vehículo y echó a andar por el hielo.

—¡Hola! —El alegre saludo de Remi resonó en sus oídos mientras se fijaba en la sangre que tenía en la cara y en la chaqueta.

—Ha llegado la caballería —dijo el idiota de su hermano, que todavía seguía tumbado boca arriba.

—¿Pero qué coño…? —Brick se arrodilló y se acercó a Remi para buscar la herida, pero ella le apartó las manos—. Quieta —le ordenó él—. Estás sangrando.

—Ah, no es mía —respondió ella tranquilamente.

Spencer levantó la mano.

—Es mía.

Brick bajó la mirada y vio de dónde venía la sangre. Remi le había envuelto la cabeza a su hermano con una bufanda y le estaba apretando con fuerza la frente con la mano enguantada.

—Cómo son las heridas en la cabeza, ¿eh? —dijo Spencer, con una risita.

—Se ha dado un buen golpe en la mollera —comentó Remi.

—Si el hielo no se hubiera roto, te habría ganado —se quejó Spencer.

Brick cerró los ojos y respiró hondo.

—¿Dónde está mi moto de nieve?

—No le va a gustar —auguró su hermano.

Brick abrió los ojos y miró a Remi. Ella señaló el agujero, del tamaño de una moto de nieve, que había en el hielo, a unos cuantos metros de distancia. Él apretó los puños sobre los muslos.

—¿Está muy enfadado? —preguntó Spencer, susurrando teatralmente.

—Va muy abrigado. No puedo verle las venas del cuello —respondió Remi.

—¿Se puede saber qué hacíais conduciendo por aquí y cómo es que no os habéis matado? —les preguntó Brick cuando recuperó el habla.

—Estábamos echando unas carreras. El puente está un poco irregular en un par de puntos y a este iluminado se le ha ocurrido hacer la última sobre el hielo fresco —le explicó Remi.

—Entonces, ¿tú no ibas con él? —quiso saber Brick.

—Estaba en la línea de meta con el cronómetro —respondió ella tan contenta.

—¿Estás enfadado, Brick? —le preguntó Spencer—. Pareces enfadado.

—¿Enfadado? —Estaba mucho más que enfadado—. ¿Por qué iba a cabrearme que hayáis venido aquí a hacer el gilipollas como dos irresponsables? ¿Por qué iba a cabrearme que os hayáis cargado mi único medio de transporte?

—Aún te queda Cleetus —le recordó Spencer. Remi le dio un puñetazo en el hombro—. ¡Ay!

—¿Por qué iba a cabrearme tener que ir siempre a rescataros y solucionar vuestros marrones?

—Lo siento, Brick —dijeron ellos a la vez.

Joder. Odiaba cuando decían las cosas al unísono. Odiaba que le recordaran que, en cierto modo, él era ajeno a ellos dos. Odiaba no poder compartir sus bromas internas.

—Sois increíbles, joder —murmuró.

18

Remi no era aprensiva por naturaleza. Su madre les había enseñado a ella y a Kimber de pequeñas a curarse los rasguños y los cortes propios de criarse en una isla escarpada. Ella, por supuesto, había necesitado más primeros auxilios que Kimber. Mientras su hermana leía libros y salía con sus amigos adolescentes molones, Remi trepaba a los árboles, ponía al límite las motos de nieve y jugaba al hockey callejero con los chicos.

La sangre no le asustaba.

Al menos hasta que se había manchado las manos con la de Camille y la había visto gotear sobre la nieve.

Esa vez había sido la de Spencer. Y se pondría bien.

«Se pondrá bien», se repitió a sí misma.

Había acompañado a los Callan al centro médico de la isla Mackinac para asegurarse de que la herida en la cabeza de Spence no era grave y de que Brick no decidía asesinar a su hermano pequeño. En cuanto había oído decir al doctor Ferrin, no demasiado impresionado, que aquella «cabeza de alcornoque» solo necesitaba un puñado de puntos, Remi se había escaqueado.

Brick la había mirado como si fuera a impedirle que se marchara, pero ella no le había dado la oportunidad. Se había escabullido de la sala de espera y, después de lavarse las manos para quitarse toda la sangre que había podido, se había ido corriendo a casa.

Seguía teniendo las manos rojas. Los guantes habían quedado inservibles, gracias al géiser de O+ de Spence. Y la chaqueta también tenía pinta de haber sido cómplice o víctima de un asesinato.

Decidió quemarlo todo y encargar ropa nueva en la tienda.

Esa era una de las ventajas de tener suficiente dinero en el banco. Ya no tenía que calcular hasta el último céntimo para ver si podía permitirse un café con leche.

Los primeros años fuera de la isla habían sido duros. Vivir en la ciudad con el sueldo de asociada de una galería cuando eras una artista desconocida era... imposible. Una semana se quedó sin comida, y la siguiente, sin medicación. Pero había agudizado el ingenio para conseguir pagar las facturas y, al mismo tiempo, tener dinero suficiente para comprar material de arte.

Cuando vendió el primer cuadro de Alessandra Ballard por tres mil dólares, lo celebró pagando las facturas pendientes y comprando una jugosa tarjeta regalo de su cafetería favorita, para poder seguir dándose caprichos cuando volvieran las vacas flacas. Después, como estaba de subidón y quería compartir su fortuna, había cogido otros doscientos dólares en efectivo y los había repartido entre los indigentes que había a un radio de tres manzanas de su apartamento.

El éxito debía compartirse. Los premios gordos había que dividirlos.

Y ahora..., bueno, ahora ese éxito inicial había aumentado hasta sobrepasar sus sueños más descabellados. Así que podía permitirse comprarse una bonita chaqueta nueva sin comprobar obsesivamente el saldo de la cuenta bancaria. Qué leches, seguramente podría comprarles una chaqueta a todos los habitantes de la isla y, aun así, seguir pagando el alquiler de Chicago.

Entró en casa y se quitó la ropa de abrigo mientras pensaba que aquello, lo de estar viviendo su sueño y que le pagaran una pasta por ello, seguía siendo una novedad.

Todavía no se lo había contado a su familia. Tenía pensado regalarles unos billetes de avión para que fueran a una de sus exposiciones en Chicago y dejarlos con la boca abierta, pero luego había sucedido lo del accidente y la deslumbrante reputación por la que tanto había trabajado se había visto afectada.

Ahora, si se lo contaba, la mirarían con lástima e intercambiarían susurros de preocupación a sus espaldas.

Lo había conseguido. Por fin. Pero había esperado demasiado para compartir la buena noticia. ¿Podía una mujer que ni siquiera era capaz de sostener un pincel seguir llamándose a sí misma «artista»?

—Me cago en Spence y en su puñetera hemorragia —murmuró. Puso un poco de música, algo suave y relajante de tonos azules y morados, y fue al baño a acabar de quitarse el rojo.

Una vez limpia, se puso unas mallas y un jersey, y estaba a punto de ponerse a comprar por internet una moto de nieve nueva para Brick cuando alguien empezó a aporrear la puerta.

Solo había un hombre que podía llamar así. Brick.

Se lo encontró en el umbral con una expresión indescifrable. Pero la sensación que transmitía no dejaba lugar a dudas. Estaba furioso.

—Tranquilo, pienso comprarte otra moto —dijo Remi antes de que él pudiera empezar a gritarle—. Lo siento. Fue una irresponsabilidad y no volverá a ocurrir. No sabía que Spence iba a salirse tanto del camino.

Brick cerró los ojos de aquella forma tan fastidiosa, como siempre que intentaba tener paciencia y controlar su mala leche.

—Vale —dijo, con los ojos todavía cerrados—. Me alegro de que no te hicieras daño.

Sonaba como si lo estuvieran estrangulando.

—¿Cómo está Spence? —preguntó Remi.

—Quejándose. —Brick la apartó para poder entrar.

—Si quieres, puedes dejarlo aquí el resto del día para no tener que aguantarlo —ofreció ella.

—Creo que ya habéis pasado suficiente tiempo juntos —replicó él, quitándose el sombrero de vaquero y tirándolo encima de la mesa.

Brick insistía en ponerse el uniforme completo en todos los turnos, por mucho frío que hiciera. Aunque ni ella ni el resto de la población femenina de la isla tenían ninguna queja del culo que le hacían los pantalones del uniforme.

«Pandero culero». Joder. ¿Qué tenía ese hombre que la volvía estúpida?

Remi suspiró.

—¿Quieres tomar algo? —le preguntó con recelo.

—Un café, por favor —respondió él.

—Voy. —Se metió en la cocina y encendió la cafetera. Mientras tanto, Brick empezó a merodear por la soleada habitación, como un gato enorme y mosqueado a punto de abalanzarse sobre algo y arrancarle la cabeza—. ¿Qué tal va el turno, por ahora? Sin contar lo de nuestra cagada, claro —dijo ella, metiendo la mano en un armario para sacar dos tazas.

—Bien.

Un hombre de pocas palabras y muy mala uva.

—¿Tienes algo que decir? —le preguntó Remi—. Porque las conversaciones bidireccionales suelen ser más productivas.

—Spence y tú… —dijo Brick.

Remi cogió la jarra del café y se lo sirvió.

—¿Con leche o azúcar? —le preguntó, aunque sabía perfectamente que lo tomaba solo.

Brick negó con la cabeza y se quedó mirando la taza mientras ella la ponía sobre la encimera y la señalaba.

—Deberíais ir pensando en madurar —declaró con cara de pocos amigos.

Remi se sirvió otro café y le dedicó una sonrisa inexpresiva.

—No me digas.

—No puedo permitir que vayáis por la isla liándola y dando problemas. Sé que estás aburrida, pero…

—Entiendo lo que dices y agradezco tus comentarios —dijo Remi entre dientes.

Él se quedó mudo.

—Pero ¿qué mierda es esa respuesta?

—Soy yo intentando no arrancarte la cabeza por un consejo que no te he pedido. Si quieres decirle a tu hermano pequeño cómo debe vivir la vida, es cosa tuya. Pero lo que yo haga o deje de hacer no es de tu incumbencia.

—Lo es cuando me toca a mí comerme el marrón.

—Entiendo que estés enfadado por lo de la moto.

—No es por la puta moto de nieve.

—Entonces, ¿por qué es?

—Quizá sea hora de que te vayas —dijo bruscamente.

—No me jodas, Brick, ¡estoy hasta las narices de este bailecito de un paso adelante y treinta y seis atrás!

—¿Esa sigues siendo tú intentando no arrancarme la cabeza?

—Brick, o me das las gracias y te bebes el café o te lo tiro a la puta cara, capullo cabezota.

Él respiró hondo, obviamente para intentar controlar la ira.

—Vale. Lo siento —dijo con frialdad.

—No me pidas perdón. Acabo de ayudar a tu hermano a hundir tu moto de nieve.

—Si no quieres una disculpa, ¿qué es lo que quieres? —le preguntó Brick.

—No lo sé. ¡Que te decidas de una puñetera vez! Ayer por la noche estabas en plan «mira el estudio que te he preparado» y hoy quieres mandarme a Chicago. Me estás volviendo loca, y no en el buen sentido. Loca de remate.

—Vale, vale. Yo no lo siento. Eres tú la que lo siente. Dejémoslo así.

—¿Para qué has venido? —le preguntó Remi, cogiendo la taza.

—Para asegurarme de que estabas bien.

Aquel hombre era desquiciante. Tenía suerte de que no lo hubiera tirado a él al lago en vez de a la moto de nieve.

—Gracias por ir a salvarlo.

—No lo hice por él —reconoció Remi, en tono arisco y avinagrado.

Daba la sensación de que tenía algo más que decir y que se resistía a soltarlo. Remi estaba harta de su silencio, de tanto misterio.

—¡Venga ya! ¿Qué coño significa eso? —le preguntó. Cuando se ponían así, eran como dos petardos que se encendían el uno al otro. Siempre acababa alguien herido y ella ya estaba hasta las narices de acabar con quemaduras. Brick la miró con sus ardientes ojos azules. Tenía los puños apretados a los costados y las fosas nasales muy abiertas. Se le marcaban las venas del cuello, pero Remi no pensaba achantarse—. Si quieres decirme algo, abre la puñetera boca y dímelo de una puta vez —dijo.

Se hizo un largo silencio, durante el que ninguno de los dos se movió. Nunca habían mantenido el contacto visual tanto tiempo seguido. Remi se sentía desnuda, acorralada.

Entonces Brick empezó a avanzar hacia ella. Lentamente. En silencio.

—No sabes lo que estás diciendo, Remi.

La forma en la que su voz, áspera y susurrante, acarició su nombre hizo que a ella le temblaran las piernas. Aquello significaba algo, pero no sabía qué. No tenía ningún diccionario de Brick Callan a mano para traducirlo. Retrocedió un par de pasos, pero él siguió acercándose peligrosamente a ella. Posó la taza con un sonoro chasquido. Remi se detuvo al chocar de espaldas contra el armario. En cualquier momento, él apartaría la mirada. Se largaría y la dejaría allí plantada sin pensárselo dos veces, como siempre. Pero esa vez no fue así. Brick solo dejó de avanzar cuando le rozó los dedos de los pies con las botas.

—¿Tienes miedo, preciosa? —le preguntó con voz ronca. Había fuego en sus ojos. Ella negó con la cabeza mientras el pulso le latía a toda velocidad en la base del cuello. Brick apoyó una de sus enormes manos en los armarios que Remi tenía detrás de la cabeza y se le acercó todavía más. Definitivamente, le iba a dar un ataque, un infarto, o como coño se le llamase a cuando el corazón se rendía y dejaba de funcionar. Su barba era imponente, vista de cerca. Remi se preguntó si alguien se lo habría comentado, pero luego llegó a la conclusión de que aquel no era el momento—. Pues deberías.

«Barba. Ataque al corazón. Mano sexy apoyada. Ay, es verdad. Me ha preguntado si tengo miedo», recordó, retrocediendo mentalmente.

—¿Por qué debería tenerte miedo, Brick? —se burló. Cierto era que le temblaban las piernas, pero no de temor, sino de algo mucho peor.

—Porque… —empezó a decir él, acercándose cada vez más, a cámara lenta.

Remi dejó de respirar y se dio cuenta de que estaba aplastada contra la pared de la cocina como un personaje de dibujos animados espachurrado por un yunque. Brick era alto de narices. Tuvo que inclinar la cabeza hacia atrás para mirarlo. Y lo que vio en sus ojos le hizo desear haber mirado hacia el sur, en lugar de hacia el norte. Él se detuvo a un centímetro de ella. Estaban tan cerca que Remi podía sentir la tensión generada por la proximidad de sus cuerpos. Tanto que, si respiraba hondo, sus pechos rozarían el suyo y sus pezones lo celebrarían.

—Como no respires, te vas a desmayar, Remington.

Ella inspiró una sola vez, con un jadeo entrecortado.

—¿Por qué debería tenerte miedo? —repitió.

Brick levantó una mano como si fuera a acariciarle la mejilla, pero se detuvo justo antes de tocarla y la bajó. Entonces fue él quien inhaló entrecortadamente.

—Porque si supieras todo lo que me gustaría hacerte, te largarías de aquí esta noche y no volverías jamás. —¿Todo lo que le gustaría hacerle? ¿En plan amordazarla, meterla en un maletero y asesinarla en el bosque? Los labios de Brick se curvaron. No se trataba de una sonrisa propiamente dicha, pero sí de una señal de que se estaba divirtiendo—. A veces puedo escuchar claramente tu voz en mi cabeza. A veces, como cuando me has llamado desde el puente de hielo porque te habías quedado allí tirada, cubierta de sangre, me entran ganas de matarte. Pero la mayoría... —Brick volvió a levantar la mano. Y esa vez le pasó el dedo índice por el cuello, por la clavícula y por debajo del escote del jersey.

Remi estaba en llamas. Brick la estaba tocando. A propósito. El rastro que dejaba su dedo era como fuego, como lava, como un relámpago.

—¿La mayoría...? —repitió ella.

—Fui allí por la misma razón por la que hago todo lo demás.

—¿Y cuál es? —quiso saber Remi. Estaba empezando a marearse y esperaba no hacer alguna ridiculez, como desmayarse a sus pies.

—Por ti, Remi.

Puede que no estuviera sufriendo un ataque al corazón. Puede que se tratara de uno de esos accidentes cerebrovasculares que te impedían procesar las palabras como era debido. Puede que Brick estuviera allí, delante de ella, diciéndole que había hecho lo que había hecho porque se lo había pedido el bebé hipopótamo del zoo de Cincinnati.

Remi abrió la boca, pero no salió nada. Ni sonido, ni aire, ni nada.

Brick Callan acababa de dejarla sin palabras.

—¿Me estás vacilando? —le preguntó, finalmente.

Sus labios se curvaron de nuevo y, por un instante, Remi creyó que Brick iba a acortar la distancia, salvando ese último centímetro que los separaba, para besarla apasionadamente. Seguramente a ella le daría un infarto, pero eso sería lo de menos.

Pero entonces él cerró los ojos y el calor que había entre ellos se esfumó.

Brick retrocedió y Remi sintió su ausencia como un anhelo que nunca iba a ser satisfecho. Porque, por alguna razón, él no la deseaba lo suficiente como para dar el paso.

—Me voy —dijo él, sin un ápice de emoción.

—Como salgas por esa puerta sin explicarme lo que quieres decir, estás muerto para mí —le advirtió Remi.

Brick se detuvo a medio camino entre ella y la puerta, dándole la espalda. Se llevó a la boca la mano con la que la había tocado y luego la bajó.

—Esto no funciona así —le recordó.

—A partir de ahora, sí. O me dices por qué sigues salvándome el culo pero te niegas a arrancarme la ropa o se acabó. Adiós a las peleas que parecen preliminares. Adiós a los rescates. Adiós a las cenas familiares juntos.

Brick se giró hacia ella con las manos en las caderas y la vista clavada en el suelo.

—Sabes perfectamente por qué.

—Dímelo.

Él levantó la mirada hacia ella y Remi pudo ver un fuego glacial en sus ojos.

—Porque eres demasiado joven. Porque fuiste la novia de mi hermano. Porque me casé con tu mejor amiga. Y porque tu madre es mi jefa.

Ella negó con la cabeza, lentamente.

—Esas son excusas, no razones. Estoy harta de que me rechaces. Puede que seas demasiado tonto como para entender lo que siento por ti y lo bien que estaríamos juntos. O puede que simplemente seas un tío muy cachas pero muy gallina. En cualquier caso, merezco estar con alguien al que no tenga que suplicarle que se meta en mi cama. Alguien a quien no tenga que convencer para que me quiera. Ya me he cansado de esperarte, Brick. —Una lágrima traidora y solitaria rodó por la mejilla de Remi, abrasándole la piel a su paso. Él apretó la mandíbula con fuerza, pero guardó silencio estoicamente. La mirada de Brick era tan intensa que a ella le costaba respirar. Le ardían los ojos y las palabras no pronunciadas la estaban asfixiando. Pero estaba harta de tanto silencio. Uno de los dos tenía que dejar las cosas claras—. Si te vas ahora mismo, a eso es a lo que estás renunciando. Esta es tu última oportunidad, Brick. La vida es demasiado corta como para esperarte. Así que más te vale estar seguro de que quieres irte.

Él se pasó una mano por la barba, pero la máscara siguió allí.

Luego recogió el sombrero de la mesa.

—Nos vemos la próxima vez que me llames para pedirme algo.

Ella negó con la cabeza.

—No. No pienso volver a llamarte. Ni la próxima vez, ni nunca.

Brick la miró fijamente, con los ojos encendidos.

—Claro que lo harás. Y yo estaré ahí.

19

Doce años antes...

Con dieciocho años y el diploma en la mano, metafóricamente hablando, Remi por fin era libre. Hasta el tiempo había cooperado y había reservado para aquella cita de principios de junio un día de sol radiante lo suficientemente cálido como para permitirle estrenar su vestido nuevo, un modelito largo con la espalda al descubierto en tonos de azul y verde agua. La brisa jugueteaba con la falda. El resto de sus compañeras, las seis, habían ido a la fiesta de graduación de St. Ignace en pantalón corto y camiseta.

Una muestra más de que no encajaba. Pero por fin eso daba igual.

Había dejado atrás oficialmente el instituto y en unos cuantos meses podría reinventarse. La asmática frágil. La sinestésica rarita. La hermana pequeña problemática. Todas desaparecerían con un último viaje en ferry al continente en agosto.

Entonces su vida empezaría de verdad en la facultad de Bellas Artes, gracias a las becas y a las ayudas económicas. Obviamente, Detroit seguía siendo Michigan, pero para ella era como otro país lejos del idílico Mackinac. Estaría lo bastante cerca de casa como para volver si se agobiaba durante las primeras semanas, pero tenía tantas ganas de empezar de cero que no pensaba permitir que eso sucediera.

La tienda de arte, el lugar al que se dirigía, llamaba la atención con aquellos escaparates ordenadísimos y llenos de color que pedían a gritos ser desordenados y reorganizados. Los pinceles nuevos suspiraban por una capa de pintura. Y los kilómetros de lienzo en blanco contenían el aliento, esperando a que alguien escribiera su historia en ellos.

Esperando a que ella empezara a forjarse su futuro.

—¿Qué haces, Remi? —le preguntó Brick Callan, saliendo de la nada con unos vaqueros desgastados y la camiseta gris que se ajustaba a su enorme pecho.

Cada vez que estaba a menos de un metro de aquel tío, Remi sentía un hormigueo de excitación en la piel. Aunque no tenía muchos más años que ella y sus compañeras de clase, Brick Callan era todo un hombre.

—Soñar despierta. ¿Y tú, Brick? —le preguntó, con una sonrisa coqueta.

—Asegurarme de que no te metas en líos. ¿Por qué no vuelves a la fiesta?

Remi abrió los brazos y giró sobre sí misma.

—¿No te has enterado? Ya puedes jubilarte oficialmente.

Una pequeña sonrisa se dibujó en los labios firmes de Brick.

—¿Por?

Remi se encogió de hombros, molesta porque él no hubiera percibido su mágica transformación.

—Ya tengo dieciocho años. Soy una mujer adulta. He acabado el instituto. Me voy a la universidad en agosto.

El amago de sonrisa desapareció.

—Sí, ya lo sé —dijo Brick. Remi dejó que el silencio se prolongara, poniéndolo a prueba para ver cuánto tardaba en romperlo—. Todavía no te he comprado ningún regalo de graduación —añadió él, finalmente.

—¿Y a Spencer? —preguntó ella.

—Tampoco.

Aún no había madurado lo suficiente como para ocultar su gesto de triunfo.

—¿Sigues cabreado con él por lo del accidente?

Brick descruzó los brazos y apoyó una mano en la pared de piedra, por encima de la cabeza de Remi. Su proximidad la mareaba, como si hubiera bebido demasiadas copas de vino. Él la hacía sentirse insignificante y, a la vez, segura. Valiosa. Protegida. Algo que, por una parte, deseaba. Aunque por otra parte anhelaba liberarse, desvincularse de aquella vida y de sus expectativas.

Puede que entonces él la viera como la mujer que era y no como un compendio de anécdotas y recuerdos divertidos.

—Pues sí.

En su voz se percibía la aspereza del enfado. Remi hizo una mueca de dolor.

—Siento lo de la camioneta.

Mientras en otros institutos se morían por celebrar la fiesta de graduación en la isla, a los alumnos del último curso de Mackinac les hacía ilusión aventurarse a ir al continente. Su amor platónico, Spencer, que lo había pasado fatal cuando Audrey y su familia se habían mudado, estaba demasiado ocupado volviendo a contarle que su madre lo había invitado a ir a visitarla a Las Vegas en verano como para darse cuenta de que el semáforo se había puesto en rojo.

«¡Remi, prostitutas! ¡Hay un montón!».

Remi estaba a punto de comentar que Spencer tenía más posibilidades de acabar metiéndose en líos con un prestamista que con una prostituta cuando un Honda Fit impactó contra la puerta del copiloto.

Brick los había recibido con cara de asesino en el embarcadero del ferry.

Ahora, este le dedicó una mirada tempestuosa. Luego la observó durante un turbulento minuto, antes de sacudir la cabeza con tristeza.

—No es por la camioneta. Es porque no cuidara bien de ti.

A Remi se le hizo un nudo en la garganta. Llevaban una eternidad mareando la perdiz. Ella no tenía pareja. Era mayor de edad. Y estaba loca por él.

¿Por fin Brick iba a reconocer que le gustaba?

—Respira, Rem. —Él le puso una mano grande, cálida y callosa, sobre el hombro, cubriéndole también parte del pecho. Qué sensación tan maravillosa. Tan natural. Tan inevitable. ¿Por qué narices no la estaba besando todavía?

—Brick. Tengo dieciocho años. He acabado el puñetero instituto. Ya no salgo con Spencer. No soy virgen. ¿A qué coño estás esperando? —Las palabras salieron precipitadamente de su boca.

—No hagas eso —dijo él.

—¿Que no haga qué? Joder. ¿Es que no te gusto?

—¿Tú qué crees?

—Estoy cansada de suposiciones y adivinanzas. Dímelo de una vez. Estás ahí siempre que te necesito, a veces incluso antes de que sepa que me haces falta. Conoces todos mis secretos, hasta los más íntimos y vergonzosos. Eres la única persona que sabe cuándo miento. Y cuando me miras después de haber agotado toda la paciencia del día, a veces parece que no sabes muy bien si follar o matarme.

Cuando vio que Brick apretaba la mandíbula y que se le hinchaban las venas del cuello, se dio cuenta de que estaba a punto de estallar.

—Joder, Remi. Por favor, cállate ya. —Pero no retrocedió. No apartó la mano que la anclaba al suelo y a él. Y eso le proporcionó a Remi el coraje y la fuerza necesarios para seguir adelante.

—Tienes que decírmelo, sea lo que sea —insistió—. Necesito saber a qué atenerme contigo.

—Conmigo estás a salvo. Eso es lo único que necesitas saber. —Brick hundió los dedos en la piel de su hombro, como si no pudiera evitarlo.

—No me jodas, estoy harta de estar a salvo. ¿Tú no estás cansado de protegerme?

—¡Sí! —bramó él—. ¡Estoy hasta los cojones! ¿Contenta? ¡Estoy hasta los cojones de evitar que te metas en líos y de mantenerme alejado de ti!

Remi levantó las manos en un gesto triunfal.

—¡Por fin!

La transformación había empezado. Ya había dejado de verla como la amiga coñazo de su hermano pequeño. Iba a permitirle ser algo más.

—Remi, te vas a la universidad en un par de semanas —dijo él.

—¿Y eso qué tiene que ver?

Para ella, un rollo de verano era el paradigma de la madurez.

¿Ser lo suficientemente adulta como para disfrutar de una relación temporal que ambos podrían recordar con cariño? ¿Compartir guiños de complicidad en la mesa el día de Acción de Gracias? ¿Quizá retomarlo donde lo habían dejado cuando ella acabara la universidad? Por favor, sí. ¿Dónde podía firmar?

—Que te vas a marchar —insistió él con terquedad.

—¿Y?

Brick apretó la mandíbula de aquella forma tan molesta y encantadora.

—Que no quiero hacerte daño.

—¿Hacerme daño? Venga ya, tío, ¿es que no te has lavado los oídos? Te he dicho que no soy virgen.

—¡Joder! —Brick miró hacia atrás y se la llevó al callejón que había entre los edificios, lejos del tráfico peatonal primaveral. Cerró de una patada la puerta de forja y puso a Remi contra la fría piedra de la pared—. Si me permitiera tocarte, si me dejara llevar, ninguno de los dos sobreviviría.

—Vaya, parece que alguien ha desayunado un cuenco de cereales de modestia esta mañana. Tu caballerosidad es digna de admiración —le soltó ella.

—Qué bocazas eres.

—Venga, dame una lección —se mofó Remi.

Brick se acercó a ella hasta que sus frentes se tocaron. Ojalá pudiera embotellar su olor. Lo llamaría «Primer Amor» y ganaría mil millones de pavos.

—Si supieras una décima parte de las cosas que se me han pasado por la cabeza hacer, saldrías corriendo.

El corazón se le aceleró en el pecho mientras la adrenalina y la lujuria invadían su torrente sanguíneo.

—Yo no corro, Brick. —Nadie la había hecho sentirse como él. Y en lo más recóndito de su ser, le preocupaba que nadie volviera a hacerlo jamás.

—Pues te aconsejo que empieces de una puta vez. —Su voz fue apenas un susurro.

—Si metiera la mano por debajo de ese cinturón que llevas ahora mismo, ¿qué me encontraría? —Para demostrar que iba en serio, Remi introdujo las yemas de los dedos bajo la cintura de sus vaqueros.

Brick cerró los ojos con fuerza y soltó un gruñido.

—Por Dios.

—Rezar no te servirá de nada. A Dios le importa una mierda tu polla, Brick.

—No pienso tocarte —dijo él, pronunciando aquellas palabras como si fueran un viejo mantra oxidado.

—¿Y si te toco yo a ti? —murmuró Remi. Había perdido el hilo de la discusión. Había olvidado lo que le quería decir. Le acarició la hebilla con los dedos y escuchó su respiración entrecortada—. ¿Quieres que lo haga? Si quieres, tienes que pedírmelo. No vale esperar a que ocurra. Tienes que decirlo bien claro.

Remi vio cómo le cambiaba la cara mientras bajaba la vista hacia ella, con una mirada casi de dolor. Mierda. Se iba a largar. Iba a alejarse tranquilamente por la acera y a dejarla allí plantada, con las bragas empapadas y el corazón roto. Y ella tendría que convertir en su objetivo vital torturar a aquel hombre durante el resto de sus días.

Detrás, la piedra fría y áspera. Delante, Brick, duro y caliente. Aquel era su nuevo sitio favorito.

Él miró el punto de su pecho donde la tela se abría y apretó la mandíbula con tanta fuerza que se notó en las mejillas.

Muy despacio, puso una mano a cada lado de su cabeza. Remi podía ver la batalla que se estaba librando en su mente. El deseo y la necesidad contra el bien y el mal. Él la deseaba. El bulto extragrande que podía apreciarse bajo la suave tela vaquera lo dejaba claro, pero estaba luchando contra ese deseo como si ella fuera veneno.

—¿Quieres que te toque, Brick? —volvió a preguntarle, con un susurro aterciopelado. Él la estaba acorralando con aquel cuerpo enorme y maravilloso. Invadiendo su espacio sin tocarla. Por mucho que la cabrearan su fuerza de voluntad y su deseo de hacer lo correcto, lo cierto es que era una puñetera obra de arte. Tenía los ojos cerrados. Todo su cuerpo estaba tenso, como una trampa a punto de activarse. Y entonces asintió. Remi inhaló bruscamente, sin atreverse a pestañear—. Pues dilo —le pidió en voz baja.

La vida continuaba fuera del pequeño callejón. Los turistas

miraban escaparates. Los baristas preparaban cafés. Las aves se zambullían en el agua, a la caza de peces que emitían destellos plateados. Pero nada de eso importaba. Nada de eso existía. Lo único que a Remi le interesaba eran las vibraciones que emitía el cuerpo de Brick a escasos centímetros del suyo. Y su olor, que se le estaba metiendo en el cerebro.

—Sí.

Aquel gruñido quebrado los liberó a ambos.

Remi no le dio la oportunidad de recapacitar, de cambiar de opinión, de recuperar la compostura ni de reconstruir los muros que ella había conseguido derribar.

Pasó la mano por encima de la hebilla del cinturón y la bajó. Cuando tuvo su erección en la palma, él se estremeció contra ella como un hombre derrotado. Una vez más, apoyó la frente en la suya y cerró los puños sobre la pared, a ambos lados de su cabeza.

Remi se sentía fuerte y poderosa. Y cuando presionó con su miembro rígido y sintió que Brick temblaba, se sintió como una puñetera diosa.

—Joder —gimió él, sacudiéndose contra ella.

Uno de sus puños aterrizó a cámara lenta sobre la pared.

No era suficiente. Necesitaba sentirlo dentro de su mano, agarrarlo con fuerza.

Pero cuando iba a desabrocharle el cinturón, él se lo impidió.

—No.

—¿Qué?

—Corazón, como me saques la polla, vamos a acabar follando en este callejón asqueroso.

Menuda fantasía. No quería que Brick la viera como una criaturilla frágil y necesitada. Quería que la hiciera suya. Volverlo loco de deseo. Llevarlo al punto de no retorno.

—No veo dónde está el problema —dijo Remi, jadeando.

—Pues yo sí. Respira —le recordó Brick.

—Respira tú.

—No vamos a hacer esto aquí —dijo él con firmeza.

—Entonces, ¿dónde?

—Aquí no.

—¿En algún otro sitio? ¿Pronto?

Él se inclinó hasta poner la boca a la altura de la suya.

—Sí.

A Remi le daba vueltas la cabeza. Con aquella única palabra, la había hecho sentir como si hubiera explotado en mil pedazos.

—¿Me das un beso, al menos?

Brick entreabrió los labios y Remi inhaló el aire que él había exhalado, anhelando todo lo que pudiera tener de él.

—Mañana.

—¿Prometido?

—Prometido.

Remi se despertó más contenta que unas castañuelas. Entró en la cocina una hora antes de lo que solía levantarse.

—¡Hala! ¡Garras de oso! —exclamó, abalanzándose sobre la caja de bollería—. ¿Qué se celebra?

Solo después de darle el primer bocado a una de aquellas delicias azucaradas empezó a darse cuenta del ambiente que había en la habitación. Sus padres parecían un poco... tristones.

—¿Qué? ¿Qué pasa?

—Brick acaba de irse —dijo su padre.

—¿De dónde? —¿De casa? ¿Había estado allí? ¿Les había pedido permiso a sus padres para salir con ella? Aquella idea tan anticuada le resultó a la vez entrañable y espantosa.

—De la isla —anunció su madre—. Ha conseguido trabajo en una de las granjas de caballos del continente.

El bollo se convirtió en ceniza en la boca de Remi.

—Pero... —Mackinac era su hogar. Él mismo lo había dicho. Sus abuelos estaban allí, y su hermano... Ella estaba allí—. ¿Por qué? ¿Ha dicho por qué?

—Solo que necesitaba un cambio —respondió su padre, sacudiendo el periódico de la mañana.

—¿Y qué pasa con Spencer? ¿Y con sus abuelos? ¡No puede abandonarlos, lo necesitan! —chilló. No podía abandonarla a ella. Lo necesitaba.

—Va a contratar a unos cuidadores durante el verano y Spencer se va a ir a veranear a Las Vegas con su madre —dijo su madre, obviamente sin darse cuenta de que la Tierra acababa de salirse de su eje y estaba empezando a girar al revés.

—Ha dejado esto para ti. Es un regalo de graduación —dijo su padre, pasándole una bolsa de papel marrón de la tienda de arte.

—Voy a echar de menos a ese chico —reconoció Darlene—. Tiene un corazón que no le cabe en el pecho.

El de Remi, sin embargo, se había roto en un millón de pedazos. Al final, él no sentía nada por ella. Ni siquiera le importaba lo suficiente como para despedirse.

Y, mientras vivieran, Remi no pensaba perdonárselo.

20

Remi se sentía llena de energía mientras la música retumbaba con un resplandor plateado a su alrededor. La discusión con Brick había sido de lo más estimulante. «Como una especie de catarsis», pensó mientras disolvía un azul cerúleo precioso en el charquito de agua que había vertido para él sobre un papel. La acuarela no era su técnica favorita, pero le proporcionaba una vía secundaria de acceso a su mente creativa.

El resultado de entrar en ella con la mano izquierda y por la puerta de atrás mediante una técnica a la que no estaba acostumbrada no era ninguna maravilla, pero al menos estaba pintando. Y eso ya era un avance.

Hizo caso omiso de la sugerencia del profesor virtual de diluir el azul y lo añadió al papel en todo su vibrante esplendor.

Le gustaban los colores vivos y atrevidos. Llenos de sentimiento. Por eso las acuarelas no eran lo suyo. Resultaban demasiado sutiles para su gusto. Pero como los óleos seguían siendo territorio traumático para ella, había decidido intentar esquivar aquel absurdo bloqueo creativo.

Hablando de esquivar, también se las había arreglado para ignorar al exasperante Brick Callan durante casi una semana. No era moco de pavo, teniendo en cuenta que estaba usando el estudio de su casa. Más que una barrera física, la puerta que los separaba era un recordatorio psicológico de que Remi ya no le permitía acceder a ella.

Se sentía más fuerte y segura ahora que la posibilidad de un nuevo rechazo había dejado de existir. Ni siquiera lo había metido en el saco de los amigos. Había cogido a aquel armario empotrado de más de cien kilos que era Brick Callan y lo había puesto en la lista de «simples conocidos». Metafóricamente hablando, claro.

Lo había visto hacía un rato en Doud's, mientras hacía la compra (como una adulta responsable, por cierto). Él se había limitado a levantar la barbilla para reconocer su existencia, antes de darle la espalda y ponerse a hablar con Connie Mackleroy sobre sus siete nietos. La mirada que Brick le había echado cuando Remi había pasado a su lado había sido tan abrasadora que a ella le había sorprendido que la laca de Connie no hubiera empezado a arder.

Remi era lo suficientemente mala como para ser capaz de ignorar totalmente a aquel tío en su propia casa. Obviamente, podría haber hecho la acuarela en su propio terreno..., pero el hecho de que ella se estuviera olvidando de él no significaba que él debiera disfrutar del mismo privilegio.

Y por esa misma razón le había comprado a aquel capullo integral una moto de nieve nuevecita. Una de las supermodernas, con asiento y manillar calefactados, control de estabilidad y un montón de gilipolleces más de última generación de las que carecía su antiguo y difunto vehículo.

Brick pensaría en ella cada vez que la usara. Y eso haría que él se sintiera como una mierda, y Remi, estupendamente.

Mientras añadía una dramática pincelada de verde musgo y la mezclaba con el morado formando un remolino, Remi llegó a la conclusión de que no le importaría convertirse en «la que había dejado escapar». El hecho de imaginarse a Brick llorando por las esquinas, lamentando cada rechazo cruel, la animó tanto que subió el volumen de Macklemore, por si a él se le había olvidado que estaban bajo el mismo techo.

Le vibró el móvil sobre la mesa de al lado. El nombre que apareció en la pantalla la hizo gemir y apagar la música.

—¿Qué quieres?

—Vaya, hola a ti también. ¿Estás con el síndrome premenstrual o algo así? —le preguntó Rajesh—. A la mayoría de mis clientes les encanta hablar conmigo.

—Lo dudo mucho. ¿Qué pasa? —preguntó Remi, dejando caer unos goterones de agua en el centro de las amorfas manchas de color que había pintado en el papel. A la mierda el videotutorial.

—Un tío me ha preguntado si *Luna de otoño* está a la venta.

Remi iba a decirle que ni de coña, pero se lo pensó mejor. Cuando estaba recién salida de la facultad de Bellas Artes, alimentándose a base de hamburguesas con queso de un dólar y cereales directos de la caja, y echaba tantísimo de menos su hogar, le había sentado especialmente mal que el comisario de una galería le dijera que sus paisajes y naturalezas muertas no eran «nada especial» y que tenían la calidad «de un paseo marítimo».

Ella había vuelto con su obra a su pequeño apartamento, había abierto una botella de vino barato y se había puesto a pintar un tema de Neil Young. Se trataba de la canción lenta que había bailado con Brick en la boda de Kimber, después de lograr arrastrarlo. Cada vez que la oía, era como si volviera a aquella pista de baile sobre el frondoso césped del Grand Hotel. Como si volviera a estar entre los fuertes brazos de Brick, enfundados en aquella camisa de traje. Con aquellas manos enormes calentándole la piel de la espalda. Sintiendo el efecto vertiginoso del champán en el estómago vacío. Con las estrellas brillando sobre ellos, en el cielo nocturno.

Había sido la misma noche en la que él la había detenido. Pero esa era otra historia.

Luna de otoño era un primer boceto que había pintado en un lienzo diminuto. Su técnica había mejorado a pasos agigantados desde aquel cuadro. Apenas tenía valor para cualquier otra persona. Profesionalmente, aquella tentativa chapucera de plasmar la música con los colores era vergonzosa. Pero, para ella, aquel cuadro era Brick. Por eso lo conservaba.

—¿Cómo se ha enterado de que existe? —preguntó.

—Ni idea. Creo que lo vio de fondo en las fotos de alguna entrevista de hace mil años, o algo así. Lo tienes en la mesilla de noche llenándose de polvo.

—¡Deja de vender mi casa a trozos, capullo!

—Si movieras ese culo lisiado que tienes y empezaras a pintar otra vez cuadros de verdad mientras sigues siendo el centro de atención, no tendría que registrar tu casa en busca de Alessandras originales.

—No sabes cómo me arrepiento de haberte dado una llave.

—Oye, si no vuelves, ¿puedo quedármela? Es más grande que la mía y la luz natural resalta mi maravillosa piel morena.

—Por supuesto que voy a volver —dijo Remi. Tenía asuntos pendientes de los que ocuparse.

—Si tú lo dices... Venga, chica, ¿puedo vender el cuadro o no?

Remi reprimió un gruñido y se armó de valor. No tenía sentido aferrarse a algo que guardaba solo porque le recordaba a Brick. Ya no.

—Vale, de acuerdo.

—Guay. Por cierto, ¿dónde compras el suavizante? Me gusta un montón.

—¿Estás haciendo la colada en mi casa?

—Se me ha estropeado la lavadora. Necesitaba un sitio donde lavar mis prendas delicadas.

—Debería despedirte —dijo Remi.

—A lo mejor te despido yo como no empieces a producir de nuevo. ¿Cuánto tardan en curarse los huesos? ¿Al menos puedes enviarme algunas fotos, desde donde coño estés, fingiendo que trabajas? Tanto silencio en las redes sociales no da buena imagen.

—Paso. Y no dejes la ropa interior colgada por toda mi casa —dijo Remi, antes de colgar.

Se quedó mirando el estropicio aguado que había montado en el papel y decidió que no le apetecía seguir pintando. En lugar de un corazón entero y suave flotando sobre unas nubes esponjosas, el suyo era un corazón anguloso y lleno de manchas, partido por la mitad y derramando sangre de colores, como si su contenido se estuviera yendo por el desagüe. Tras una limpieza superficial, salió por las puertas de cristal al patio trasero bajo un frío vigorizante, antes de rodear la casa y salir por la puerta del jardín.

Entrecerrando los ojos para protegerse del sol que rebotaba contra aquel mundo níveo, se metió las manos en los bolsillos del abrigo y sacó un par de guantes térmicos nuevos de color rosa fucsia que, obviamente, ella no había puesto allí. Brick. No sabía ni cómo ni cuándo lo había hecho, pero resultaba obvio que él era el responsable de aquel gesto protector. Se negó a ponérselos por principios, no fuera a ser que él estuviera observándola desde una ventana. Así que cogió con los dedos helados el paquete que estaba apoyado en la puerta del jardín de la casita.

Entró rápidamente y fue directa a la cafetera. Mientras esta resucitaba con un borboteo, cogió un cuchillo y cortó la cinta adhesiva. Esperaba encontrar parte del material de arte que había pedido, pero entornó los ojos al levantar la tapa y ver un recorte de periódico encima de una cosa hecha jirones.

BALLARD VENDE SU OBRA MÁS RECIENTE
POR UNA SUMA DE SEIS CIFRAS

Remi miró el papel, enfadada. No había hecho absolutamente nada. No había llamado a nadie, ni había enviado ningún correo electrónico. Como tampoco había cavado ningún túnel hasta el sótano del hospital para entrar en la habitación de Camille. Había seguido sus puñeteras reglas y, aun así, el muy cabrón seguía sin estar contento. Él no tenía la sartén por el mango. No podía cargarse la reputación de Alessandra Ballard porque le diera la gana.

Fue corriendo hacia la puerta y se puso los dichosos guantes nuevos. Si el cabrón había sido tan tonto como para dejar huellas, aprovecharía la coyuntura.

Con cuidado, levantó el recorte y lo apartó para ver lo que había debajo. Eran unos retazos irregulares amarillos y naranjas como el sol, con algunas vetas turquesa.

—Hijo de puta —murmuró Remi entre dientes.

«¡Ábrelo!».

«Antes me encantaban los regalos sorpresa», le había dicho Camille, pasando sus elegantes dedos por debajo del papel de seda.

«No es para pedirte perdón», le había aclarado Remi. «Es para darte las gracias por ser mi amiga. Y para recordarte que vendrán tiempos mejores».

«Es precioso». La pequeña exclamación de sorpresa de Camille y la forma en la que había acariciado con las yemas de los dedos las texturas y los colores que Remi había plasmado en el lienzo le habían hecho sentirse como si hubiera hecho algo bien.

«Es "Shake It Out", de Florence and the Machine», le explicó esta. «Habla de pasar página».

A Remi le hervía la sangre de rabia mientras contemplaba los restos profanados de lo que en su día había representado la esperanza de un futuro mejor.

Con manos temblorosas y ganas de tirar toda la caja directamente al lago, sacó los retazos y las tiras de lienzo para poder llegar al fondo. Tenía que haber alguna amenaza. Él no se limitaría a enviarle su propio cuadro destrozado. Era demasiado dramático y engreído como para desaprovechar la oportunidad. Efectivamente, allí estaba, garabateada en negro sobre un grueso papel texturizado.

Es una lástima ver los accidentes que pueden sufrir
las cosas bonitas.

Remi estaba que echaba humo. Le temblaba todo el cuerpo por una mezcla tóxica de miedo y rabia. Los ojos se le llenaron de lágrimas, empañándolo todo.

Lo único que deseaba en aquel momento era rociar la caja con algún líquido inflamable, prenderle fuego, ir a Chicago y repetir la operación.

Pero así no se ganaban las guerras. Así no se vencía a los monstruos, ni se derrotaba a las sombras. No, necesitaba un plan. Y para eso tenía que calmarse de una puñetera vez. No pensaba dejar que él la aterrorizara, llevándola a la sumisión y el silencio. Estaba jodiendo a la mujer equivocada.

El teléfono sonó sobre la encimera, sobresaltándola. Remi ignoró los mensajes entrantes y, con la bilis subiéndole por la garganta, abrió la aplicación de la cámara para hacer fotos de la caja y del contenido. Cuando acabó, guardó con cuidado la nota, el recorte y los restos de su preciado cuadro en varias bolsitas con autocierre, y lo metió todo en el Armario de los Chantajes, una alacena que había al lado de la nevera.

Remi estaba temblando como un flan. Pero aquel tío había metido la pata hasta el fondo. Haría que se arrepintiera de intentar destruir su reputación innecesariamente y de haber insinuado que las mujeres no eran más que «cosas bonitas».

No sabía cómo, pero lo haría.

Cerró los ojos con fuerza. «Mierda». Necesitaba pensar. Necesitaba un plan. No podía quedarse allí sentada, esperando el desenlace.

Suspiró, pasándose la mano por la cara.

Necesitaba una distracción. Algo con lo que entretenerse mientras las ideas se cocían a fuego lento en su mente. Algo que le calmara y le hiciera olvidar las náuseas que se arremolinaban en su estómago. Ese era el proceso que seguía cada vez que pintaba una obra nueva. Trabajaba en torno a ella, hasta que iba tomando forma en su cabeza.

El móvil volvió a sonar sobre la encimera y Remi lo cogió. Era un mensaje de grupo que, curiosamente, Brick había enviado.

BRICK, KIMBER

Brick
He hablado con la comisaria. Quiere que la informemos de los avances de nuestra iniciativa.

Kimber
Con lo de «avances» supongo que se refiere a algo más que a hablar del tema y no hacer nada.

Brick
Yo diría que sí. Os viene bien quedar mañana por la noche? Os invito a cenar.

Brick quería invitar a las hermanas Ford a cenar para hablar. Era lo menos propio de él que había hecho en los últimos tiempos. Evidentemente, la presencia de Remi le estaba afectando.

Aunque eso a ella le importaba un comino, por supuesto.

Kimber
Por mí bien. En la parrilla a las 7?

Brick
Perfecto. Remi?

En lugar de responder, Remi hizo una llamada.

—Oye, papá. ¿Podrías colarme en el instituto? Hay un proyecto especial con el que necesito ayuda.

21

Se sentía como un idiota. No solo se había cortado el pelo y se había afeitado —sin hablar del tratamiento facial con toallas calientes que Ken se había empeñado en hacerle—, sino que además se había echado acondicionador en la barba y le había quitado las etiquetas a una camisa de franela nueva que todavía no había estrenado. Todo ello ante la remota posibilidad de que la mujer que le estaba haciendo el vacío apareciera esa noche. La mujer a la que él no pensaba perseguir. La mujer que no había podido quitarse de la cabeza en los últimos quince días, desde que había vuelto para arruinar su tranquila vida isleña.

El empeño de Remi en ignorarlo había hecho que la temperatura de la isla pareciera veinte grados más fría de lo que ya era. Tal era el poder de Remington Ford.

En el supermercado lo había saludado inclinando con indiferencia la cabeza y había pasado de él olímpicamente. Lo estaba tratando como a un desconocido. Como si no significara nada para ella. Hasta que había llegado a casa, Brick no se había dado cuenta de que se había dejado el dichoso caldo de carne para el puñetero estofado y había tenido que volver a la tienda.

Ambos habían ido a ver el partido de hockey callejero esa semana y, cuando él había llegado, Remi había cruzado la calle para ver el encuentro desde el porche de una puta turronería y evitar estar cerca de él. Brick había acabado recibiendo un golpe con la bola en el pecho porque estaba demasiado ocupado fulminándola con la mirada como para estar atento al partido.

Pero, a pesar de que ella lo evitaba por completo, él no dejaba de encontrarse rastros suyos por toda la casa. Como la cafetera limpia descansando boca abajo en el escurridor, junto al fregadero. O una docena de galletas de avena con trocitos de chocolate en la encimera de la cocina con una nota adhesiva en la que ponía simplemente: «Alquiler».

Aunque lo mataran, Brick no era capaz de entender cómo había acabado en aquella situación cuando solo intentaba hacer lo correcto.

Pero eso era lo de menos, porque tenía que hablar con Remi de una cosa. De algo que a ella le iba a gustar oír.

Brick llegó antes de tiempo a la parrilla, un restaurante que en invierno abría los fines de semana para los residentes incondicionales de Mackinac. Aunque hacía varias décadas que su decoración náutica pedía a gritos una renovación, la comida era buena y la calefacción funcionaba bien.

Eligió un reservado del fondo desde el que se veía la puerta principal. Era más acogedor. Y Remi tendría que decidir entre sentarse a su lado, donde sus cuerpos sin duda acabarían tocándose, o al lado de Kimber, donde no le quedaría más remedio que mirarlo.

Se entretuvo manoseando las cartas y el móvil, levantando la vista cada vez que sonaba la campanilla de la puerta.

Hasta que empezó a dolerle la mandíbula, no se dio cuenta de que estaba torciendo el gesto. Tenía un as guardado en la manga que haría que Remi hablara con él.

Kimber llegó al cabo de unos minutos, con las mejillas enrojecidas y cara de estar agotada.

Vio a Brick y se sentó enfrente de él en el reservado.

—Qué guapo. ¿Qué celebramos? —le preguntó, cogiendo una carta.

Brick hizo una mueca de vergüenza al darse cuenta de que se había pasado arreglándose.

—Nada. Ken me ha obligado a cortarme el pelo.

—La verdad es que da un poco de miedo, pero tiene buena mano —comentó Kimber, echando un vistazo a los platos especiales—. ¿Sabes algo de Remi?

Brick apretó los dientes sin querer y se aclaró la garganta.

—No.

—Yo tampoco. Seguro que nos deja tirados. ¡Anda, vuelven a tener la sopa de queso y cerveza!

Brick fingió mirar la carta hasta que la campanilla volvió a sonar.

Le faltó poco para ponerse de pie al ver a Remi. Llevaba el cabello pelirrojo recogido en una larga trenza sobre un hombro y un gorro de lana azul marino que hacía que aquellos ojos tan grandes parecieran aún más verdes. Entonces se quitó el abrigo y lo dejó sin aliento. La camiseta de manga larga de color amarillo mostaza y los vaqueros oscuros doblados por encima de los botines impermeables abrazaban cada curva de su cuerpo. Una vez más, le había amputado media manga a la camiseta para poder usarla con la escayola.

Estaba para comérsela. Para echarle un polvo.

Brick tardó un buen rato en darse cuenta de que no estaba sola.

El cabo Carlos Turk, todo sonrisas y alegría, le cogió el abrigo y se lo colgó en el perchero como si fuera su puñetera cita, o algo así. Brick apretó el puño sobre la página de los platos especiales, arrugándola.

—Hola, chicos —dijo Remi, mirando a su hermana e ignorando a Brick intencionadamente—. Creo que vamos a necesitar una mesa más grande. He traído refuerzos.

—¡Hola, mamá! —Ian asomó la cabeza por detrás de Carlos y sonrió.

—¿Mi hijo no estaba con los abuelos? ¿Lo has secuestrado? —le preguntó Kimber.

—Esta noche no es tu hijo —dijo Remi—. Os presento a Ian, nuestro experto en informática.

Se cambiaron a una mesa más grande y Brick maldijo su suerte cuando Remi se las arregló para acabar en el extremo opuesto, lo más lejos posible de él, sentada al lado de un Carlos sonriente con el que se estaba planteando compartir un entrante.

Llevaba el primer botón de la camiseta térmica desabrochado, como una invitación para que apreciaran cómo se estiraba la tela sobre sus pechos. Brick no debería estar pensando en sus pechos. Y menos delante de su hermana y de su sobrino, que era tan impresionable.

Cuando todos pidieron, Kimber entrelazó los dedos sobre la mesa.

—¿Alguien puede explicarme por qué mi hijo no está con los abuelos, acabando de hacer los deberes? —preguntó, un poco molesta.

—Por una buena razón —le aseguró Remi—. ¿Por qué no empezamos por cómo lleváis vosotros el tema de los voluntarios, antes de pasar a lo de Ian y Carlos?

Kimber y Brick se miraron. Este se encogió de hombros. Había sido él quien había convocado la reunión y había dado por hecho que eso ya era suficiente esfuerzo.

—Pensaba llamar a Mira Rathbun y al alcalde Early para pedirles que reunieran algunos voluntarios —dijo Kimber de mala gana—. Hasta ahí he llegado.

Remi asintió con entusiasmo.

—Genial. —Esperó un momento y, al ver que nadie más añadía nada, le guiñó un ojo a su sobrino—. Mientras Ian prepara la presentación, me gustaría contaros que he hablado con papá y que ha conseguido que diez voluntarios se comprometan oficialmente. Luego me he puesto en contacto con Carlos, que es un miembro muy amable y querido tanto del Departamento de Policía como de la comunidad. —Brick se lo tomó como una indirecta. Y se la había lanzado sin mirarlo siquiera. Remi se inclinó hacia adelante y continuó—. Carlos me ha facilitado el listado completo de las personas a las que la policía visita durante el invierno. Hasta ahora me he puesto en contacto con la mitad de ellos y los he dividido en dos listas: los que no se llevan bien con la tecnología y preferirían que fueran a verlos un día fijo a la semana y los que están dispuestos a participar en las pruebas del Sistema de Solicitud de Visitas que estáis a punto de ver.

—Ah —dijo Kimber, tan sorprendida como Brick.

—Todo listo, tía Remi. Quiero decir, coordinadora de Informática Remington —anunció Ian desde la cabecera de la mesa, girando el iPad sobre el soporte—. Señoras y señores, les presento la interfaz de usuario final del Sistema de Solicitud de Visitas de Mackinac.

Veinte minutos después, con la comida olvidada delante de él, Brick escuchaba absorto.

—Los voluntarios de la lista reciben un correo electrónico cada vez que hay una nueva solicitud de visita. Entonces deciden si quieren aceptar la solicitud y añadirla a su agenda, en la que también aparecerán las fechas de los cumpleaños y los aniversarios de las personas a las que se visita, así como las de los voluntarios —explicó Remi mientras las manitas regordetas de Ian volaban sobre el teclado inalámbrico—. También estamos estudiando otras posibilidades, como crear un foro para que los voluntarios compartan notas sobre sus visitas. Y, como ha explicado antes mi compañero Ian, la confidencialidad de los datos de los usuarios queda asegurada con la contraseña y el cortafuegos. ¿Alguna pregunta?

—¿Cómo habéis podido hacer todo eso? —preguntó Kimber, alucinada.

Remi le guiñó un ojo a Ian.

—Ayer recluté al Club de Informática del colegio. Ya estaban trabajando con el tipo de módulos que necesitaba este proyecto. El Club de Marketing se enteró y se puso manos a la obra para redactar el texto y ultimar las fotos. También están trabajando en la automatización del correo electrónico para las personas nuevas que rellenen el formulario de voluntariado, que incluye información sobre qué hacer o de qué hablar durante las visitas.

Brick suspiró.

—Es… impresionante.

Remi lo había dejado con la boca abierta. Esta sabía que él y Kimber no esperarían nada de ella, así que les había servido todo el proyecto en bandeja para darles en las narices de forma sutil pero eficaz. Lo que era capaz de conseguir cuando estaba motivada por la venganza era asombroso. Y aterrador.

Era imposible que él sobreviviera a aquello.

Remi miró a Ian en vez de a él y sonrió.

—¿Has oído eso, jefe de Informática? Eres impresionante.

—Mamá, ¿entonces puedo tomarme una explosión de brownie de postre? —preguntó Ian, esperanzado.

—No se me ocurre ninguna buena razón para decirte que no —admitió Kimber.

El niño lo celebró con un gesto de triunfo antes de seguir zampándose la cena a base de tortitas.

—Creo que si pasamos toda la semana que viene probándolo, podríamos estar preparados para lanzarlo la siguiente —opinó Remi.

—A la comisaria le va a encantar —pronosticó Carlos, sonriéndole a Brick, que tuvo que contenerse para no darle un puñetazo en la cara.

—Hablando del tema, tengo que irme —dijo Remi.

—Yo también. ¿Quieres que te lleve a casa? —se ofreció Carlos.

—Me parece estupendo, gracias —dijo, prestando a aquel imbécil una atención innecesaria y excesiva.

—Voy a calentar el trineo —dijo él, arrastrando la silla hacia atrás.

Remi chocó los cinco con su sobrino.

—Bueno, chicos, nos vemos —dijo.

Se suponía que Brick estaba incluido en el «chicos», aunque solo miró a su hermana cuando lo dijo.

La abordó en la puerta mientras se ponía el abrigo.

—¿Podemos hablar?

—Mejor en otro momento —replicó ella, con una sonrisa fría que le sentó como un puto puñetazo en el estómago.

El experto en Informática ya estaba saliendo por la puerta con su madre.

—Se trata de Camille —dijo Brick.

Eso captó su atención. Todo su cuerpo se iluminó cuando aquellos ojos verdes se posaron por fin en él.

—¿Qué le pasa? —preguntó, en un tono de voz que le preocupó.

Sonaba como si tuviera miedo.

La puerta principal se abrió y entró una familia de cuatro miembros que trajo consigo una ráfaga de viento helado.

Brick se llevó a Remi a un rincón que había al lado de los baños, para que pudieran protegerse del frío y alejarse de las miradas indiscretas. La gente estaba acostumbrada a verlos juntos pero, esa vez, él no sabía si sería capaz de mantener aquella distancia respetuosa que les aseguraba a todos que no estaba interesado en Remi Ford.

—He hecho algunas llamadas —dijo.

—¿A quién?

Remi parecía tan afectada que la sujetó por los hombros.

—A un amigo policía que conocí en una conferencia LEO hace unos años. Trabaja en una comisaría de Chicago. Me ha puesto al día sobre tu amiga.

—¿Qué te ha dicho? —preguntó ella. Brick sintió que sus músculos se endurecían como el cemento bajo sus manos y le apretó con suavidad los hombros.

—No ha podido contarme demasiado, pero sí que está bien. La operaron de un neumotórax y unas cuantas costillas rotas. Ha estado un tiempo con pronóstico reservado. Pero esperan que pueda irse a casa pronto.

—¿A casa? —repitió Remi.

Brick asintió.

—Seguro que tendrás noticias suyas cuando esté en su propia cama, recuperándose.

—¿Le has dicho mi nombre a tu amigo? —quiso saber ella, llevándose los dedos temblorosos a los labios.

—No. Y tampoco obtuvo la información directamente, así que no hay forma de que lo relacionen contigo.

Ella exhaló un suspiro y asintió.

—Vale, gracias.

Él hizo lo mismo, sintiéndose incómodo. Había albergado la esperanza de que Remi se lanzara aliviada a sus brazos, o algo por el estilo, pero prácticamente estaba temblando de los nervios.

—¿Qué pasa? —le preguntó.

Ella volvió a colocarse la máscara sobre su cara bonita.

—Nada. Gracias por la información. Hasta luego.

Dicho lo cual, se escabulló y salió por la puerta, donde Carlos Turk, que podía considerarse hombre muerto, la esperaba montado en la moto de nieve.

—Mierda.

22

Mientras seguía mirando por el rabillo del ojo, comprobando obsesivamente el teléfono para ver si Camille le enviaba algún mensaje e ignorando a cierto policía/camarero cachas, Remi puso oficialmente en marcha las Visitas de Mackinac con un variopinto grupo de más de treinta voluntarios y una lista de residentes que estaban deseando recibir la primera visita.

A esas alturas del largo y crudo invierno, casi todo el mundo estaba un poco alterado, lo que había hecho que la afluencia de voluntarios y solicitudes de visitas fuera mayor de lo que todos esperaban.

Remi se apuntó para ocuparse de los Kleckner, una pareja de ancianos encantadores que vivían en un pequeño rancho en pleno bosque, en el centro de la isla.

Lois era una maestra de colegio jubilada que había trabajado con el padre de Remi. Ben había trabajado como ingeniero en el continente durante cuarenta años, antes de que la demencia complicara las cosas. Hacía más de un año que Remi no los veía a ninguno de los dos, pero recordaba perfectamente lo goloso que era Ben.

Abrió el horno, del tamaño de uno de juguete, y olisqueó las galletas de melaza, que iban tomando la forma debida en la bandeja. Había tenido que apañárselas horneando solo una docena cada vez.

Sus habilidades para la repostería mejoraban a pasos agigantados mientras que su talento creativo se marchitaba antes de dar frutos.

Sacó la bandeja del horno y la colocó en la rejilla para que se enfriara, echando un vistazo al desorden de la cocina. Aquella era la cuarta hornada. La primera era para su casero, el innombrable de la casa de enfrente. Llevaba una semana entera sin cruzar ni una palabra con él. Todo un logro, teniendo en cuenta la cantidad de tiempo que se pasaba en su casa contemplando lienzos en blanco y quedando con viejos amigos para tomar algo en su bar.

Si Remi Ford tenía algún superpoder, era el de alimentar el rencor. Y Brick lo estaba sufriendo en sus propias carnes. Seguro que la gente normal no se lo notaba, pero ella sabía que, debajo de aquella superficie estoica, su rechazo lo estaba matando lentamente.

Y se sentía orgullosa de su actuación personal. Al menos estaba haciendo algo. Y hacer algo, por inmaduro que fuera, siempre era mejor que no hacer nada.

Remi metió en una bolsa dos docenas de galletas y se puso unos pantalones como era debido. Aunque, dada la amplitud del jersey, se permitió la rebeldía de obviar el sujetador.

Se cepilló el pelo, se aplicó un poco de rímel y se puso cacao en los labios. Entonces se dio cuenta de que parecía que tenía catorce años y dedicó un par de minutos más a maquillarse de verdad. Si quería que en la isla se percataran de que era algo más que una adolescente rebelde, tenía que parecerlo. Pero siguió sin ponerse sujetador.

Era un día húmedo y gris. Seguramente nevaría, porque era invierno y estaban en Michigan. Aun así, decidió ir andando en lugar de coger prestada la moto de nieve de sus padres. Necesitaba moverse y respirar. Hacer algo con la energía acumulada. Aunque en el exterior reinaran unos siete grados bajo cero.

Se puso la parka nueva, que no estaba manchada con sangre de la herida de la cabeza de Spencer por todas partes. Esa vez se había decantado por un amarillo chillón. Amarillo como el sol. Amarillo como las notas del disco de tambores metálicos caribeños que había estado escuchando mientras en el exterior el mundo se congelaba.

«Gorro, abrigo, guantes, llaves y galletas». Hizo inventario de todo lo que llevaba puesto y en los bolsillos, como una adulta responsable. «Ah, sí. El móvil». Después de remover cielo y tierra, lo encontró debajo de un libro que había estado fingiendo leer en el sofá. Pero estaba demasiado preocupada por Camille y por lo que implicaba su vuelta a casa.

Tras un último vistazo al Armario de los Chantajes de la cocina, Remi salió al país de las no maravillas invernal.

Subió por la avenida Mahoney y giró a la izquierda en Cadotte. El Grand Hotel y su encanto histórico se hicieron visibles en cuanto empezó a ascender por la colina. El edificio se alzaba majestuoso y distinguido sobre el estrecho de Mackinac, como una gran dama presidiendo la isla y el lago. En invierno, el lugar permanecía cerrado y vacío, salvo por unas cuantas personas que cuidaban de la propiedad.

De niña, Remi fantaseaba con colarse en el hotel en invierno y esconderse en una de las lujosas *suites*, fingiendo ser rica y famosa. Tendría un mayordomo que le llevaría chocolate caliente, una colección de coleteros de todos los colores del arco iris y un armario lleno de sus chuches favoritas que nunca se acabarían. «Ay, los sueños de una niña de ocho años».

Y allí estaba ahora, con treinta años y dinero suficiente en el banco como para hacer realidad aquellas fantasías infantiles. Aunque lo cierto era que el dinero no podía comprar algunas de las cosas que más deseaba. Entre ellas, la seguridad.

Para evitar que la cara se le congelara innecesariamente, se desvió de la carretera y atajó por un caminito que rodeaba el campo de golf Jewel, ahora nevado. Era un paseo que solo se podía usar en invierno, cuando no había miles de turistas haciendo bajo par en los hoyos o tomando el sol en el césped verde esmeralda.

La casa de los Kleckner era un rancho de una sola planta con un pozo con tejadillo en el jardín delantero y una bandada de flamencos falsos en los parterres. Hundidos hasta la tripa en la nieve recién caída, daba la sensación de que las aves metálicas de color rosa estaban nadando en un lago blanco.

El humo salía alegremente de la chimenea y prometía un recibimiento calentito en el interior.

Remi llamó a la puerta amarilla.

—¡Ya voy!

Al cabo de un instante, la señora Kleckner le abrió la puerta vestida con una sudadera de los Wolverines y unos vaqueros. Era una mujer curtida de setenta y cinco años con el pelo corto y plateado. Tenía la cara surcada por pequeñas arrugas, algo que atribuía a la crianza de tres hijos y a varias décadas de inviernos en Mackinac.

—Remi Ford. Cuánto me alegro de verte, cariño. Pasa. Estaba preparando café.

—Perfecto para acompañar unas galletas de melaza recién hechas —dijo Remi, levantando la bolsa.

Lois se llevó una mano al pecho.

—Eres de las mías. Pasa, voy a ver si Ben ya se ha levantado de la siesta.

Remi se quitó la ropa de abrigo en la puerta principal y siguió el olor del café. La cocina estaba anticuada pero impecable. Los electrodomésticos eran blancos, pero parecía que no los hubieran usado nunca. La razón era la rutina de limpieza obsesiva de Lois. Aquella mujer aspiraba la moqueta del salón y del pasillo absolutamente todos los días.

Era un milagro que Ben y ella siguieran casados después de cincuenta años, teniendo en cuenta que él era más bien dejado. Remi se fijó en las tazas de café que ya estaban primorosamente colocadas sobre la encimera, en los platitos de postre y en los trozos de bizcocho cortados a la perfección.

Lois volvió corriendo, pálida como un cadáver.

—Ben no está en la cama —dijo, llevándose unos dedos temblorosos a la boca.

Era una casa pequeña. Si Lois no lo había visto en el salón, ni en el dormitorio, Ben no estaba allí.

—Vale —dijo Remi, dejando las galletas en la encimera—. ¿Dónde suele dejar el abrigo?

Lois señaló hacia una puerta que había en la cocina.

—En el zaguán.

Fueron juntas hacia la puerta. Allí había dos abrigos de invierno, uno de color azul eléctrico y otro naranja, colgados de dos ganchos. Pero solo había un par de botas en la bandeja de secado, debajo de ellos.

—Dios mío. Si ha salido sin abrigo...

No fue necesario que acabara la frase. Era un día cálido para Mackinac, pero para un hombre sin el equipo adecuado que podía estar vagando sin rumbo... bueno, Remi no quería ni pensar en lo que podía ocurrir.

Abrió la puerta trasera y se quedó mirando las huellas frescas en la nieve que ascendían por la colina hacia el bosque, dejando un rastro serpenteante.

Lois cogió el abrigo.

—Tengo que salir a buscarlo. —Le temblaba la voz.

Aquella mujer era imperturbable. Siempre estaba preparada para cualquier adversidad que la vida le deparara, aunque Remi no podía ni imaginarse lo duro que sería para ella ver cómo su compañero de vida desaparecía lentamente tras la bruma de la enfermedad.

—¿Cuánto tiempo llevaba durmiendo la siesta, Lois?

—No lo sé. ¿Una hora?

—¿Y usted ha estado dentro todo el rato?

Ella se pasó una mano por el pelo.

—He salido a quitar la nieve del paseo hace unos treinta minutos. Hoy lo he hecho un poco más tarde por si volvía a nevar.

—¿Todavía tiene aquella moto de nieve vieja? —le preguntó Remi.

—Sí. Está al lado del cobertizo, en la parte de atrás —dijo Lois—. Tengo que salir y empezar a buscar.

—Lo que tiene que hacer es quedarse aquí y llamar a la policía —replicó Remi.

—No puedo dejarlo ahí fuera. Paseamos juntos por el bosque todas las mañanas. ¿Y si ha ido allí y se ha desviado del camino?

Remi estrechó las manos de Lois entre las suyas.

—Llame a la comisaría y cuénteles todo lo que me acaba de decir. Mientras tanto, yo iré a buscarlo. —Lois iba a protestar, pero Remi levantó una mano—. Tiene que quedarse aquí por si vuelve. Mi madre querrá que le dé todos los detalles. Tiene que estar aquí.

La mujer dejó escapar un suspiro trémulo.

—No puedo creer que haya dejado que pasara esto.

—Usted no ha dejado que pasara nada. Lo está haciendo estupendamente, dadas las pésimas circunstancias —le aseguró Remi—. Esto no es culpa suya. Lo encontraremos, lo traeremos a casa y comeremos bizcocho y galletas. ¿De acuerdo?

Lois tenía los ojos muy abiertos, pero asintió.

—Vale —dijo—. De acuerdo.

Remi salió corriendo hacia la parte delantera de la casa para ponerse la ropa de abrigo. Vio el móvil de Lois sobre la encimera y lo cogió.

—Tome, llama a la central —le dijo, al volver al vestíbulo—. Llegarán en cinco minutos y, con un poco de suerte, yo ya lo habré encontrado. Llevo el teléfono encima y tiene mi número.

Lois volvió a asentir, paralizada y aterrorizada.

Remi cogió la parka azul y una manta de forro polar que estaba cuidadosamente doblada sobre la secadora. Luego descolgó las llaves que ponían «Arctic Cat» del gancho que había junto a la puerta trasera.

A Lois le temblaban las manos mientras marcaba el número en el teléfono.

—Gracias, Remi. Ve con cuidado y llámame en cuanto lo encuentres.

Ella asintió con la cabeza y salió disparada por la puerta de atrás. Su adrenalina aumentó mientras echaba a andar por la nieve hundida hasta las rodillas, haciendo que el aire pareciera más cálido de lo que realmente era. Sacó el móvil y, tras dudar un instante, marcó.

Buzón de voz.

«Mierda».

—Hola, mamá. Soy Remi. Estoy en casa de los Kleckner. Ben ha salido hace media hora sin abrigo. Lois está llamando a la central. He cogido su moto de nieve para seguir las huellas. Parece que ha ido hacia el bosque.

Hecho. ¿A que había sido fácil? No necesitaba llamar a Brick constantemente para cualquier chorrada. De hecho, esa vez ella sería la heroína. Ben Kleckner iba a aparecer. Ella iba a encontrarlo y se lo devolvería a Lois antes de que la policía se hubiera organizado siquiera. Remi localizó la vieja moto de nieve bajo una lona, junto a un cobertizo que había en el jardín.

Metió el abrigo y la manta en el baúl de atrás y se montó. Hasta las llaves parecían oxidadas.

Arrancó al tercer intento. Las vibraciones del motor le hacían temblar los huesos, pero el depósito estaba lleno.

Consiguió poner el vehículo en marcha y, pasados los segundos necesarios para familiarizarse con el acelerador y la suspensión, le dio caña.

Siguió las huellas que se alejaban de la casa y de la preocupada Lois. El viento en aquella zona, una de las más altas de la isla, era cortante y fuerte, y estaba empezando a borrar parte del rastro de Ben. Sus propias huellas serían más fáciles de seguir para el equipo de búsqueda.

El bosque se alzaba ante ella, hermoso y despiadado. La nieve se aferraba a las ramas desnudas y a las agujas afiladas. El cielo se fundía con el horizonte de la colina. Blanco sobre blanco. Con unos nubarrones que prometían más nieve en breve.

—No podía haber elegido un día de verano cálido y agradable para salir a pasear —se dijo Remi, con el ruido del motor de fondo. Miró hacia atrás y vio una nube de humo azul. Definitivamente, iba a tener que obligar a Lois a llevar ese trasto al taller cuando volviera.

Cuando volviera con Ben.

El sendero era ancho y, afortunadamente, estaba bien cuidado. Ojalá le hubiera preguntado a Lois qué llevaba puesto su marido. Esperaba que no fuera algo blanco o marrón, como todas las puñeteras cosas que tenía delante.

Arriba, los árboles se elevaban hacia el cielo blanco. Abajo, las rocas y los arbustos emergían de la nieve.

El sendero coronó la colina y se convirtió en un pequeño claro. El aeropuerto estaba justo al norte. Pero, a partir de ahí, el bosque se hacía más denso. Las huellas eran cada vez más tenues y Remi pisó un poco más el acelerador. No podía permitirse perder el rastro.

Frunció el ceño, preocupada, al ver un agujero en la nieve. Ben se había caído. O se había sentado. Y luego se había levantado. Un poco más allá, sus huellas daban vueltas sobre sí mismas antes de continuar.

Tenía que estar cerca. Otra ráfaga de viento la golpeó de costado, robándole el aliento de los pulmones.

Remi oyó el aullido apagado de las sirenas a lo lejos. La isla era tan pequeña que sus habitantes siempre sabían cuándo había alguna emergencia.

—Menos mal —susurró. El sendero bajaba hacia la derecha, rodeando un saliente rocoso. Siguió unos seis metros más, hasta que las huellas desaparecieron—. Mierda. —Se subió a la parte de atrás de la moto de nieve y miró en todas direcciones. ¿Ben habría dado la vuelta? ¿Habría seguido sus propias huellas y luego se habría desviado del camino?

—¡Ben! —gritó bajo el viento helado—. ¡Ben Kleckner! —Aguzó el oído, pero no podía oír nada con el ruido del motor al ralentí. Lo apagó y volvió a gritar—. ¡Ben! —Silencio—. ¡Ben Kleckner! ¡Tengo galletas! —Su cuerpo se puso en guardia antes incluso de que aquel sonido débil y lejano llegara a sus oídos arrastrado por el viento. Parecía alguien pidiendo ayuda—. ¡Ben! —berreó—. ¿Dónde está? —Pero no obtuvo ninguna respuesta—. Mierda —murmuró. Remi se centró en la dirección de la que creía que procedía el sonido y volvió a arrancar. Bajó por el sendero otros quince metros antes de apagar el motor y volver a gritar. El viento arreciaba y los copos que estaban cayendo se parecían sospechosamente a una nueva nevada, no a las cosas blancas que se desprendían de las ramas. Quince metros más—. ¡Ben!

—¡Socorro!

Esa vez oyó el grito con más claridad. El corazón se le aceleró en el pecho mientras le empezaban a castañetear los dientes.

—¡Ya voy! ¿Dónde está?

—¡Ayuda! —La súplica era débil y Remi se dio cuenta de que no se había parado a pensar en qué condiciones podría encontrarlo.

—¡Ya voy, Ben! ¡Si puede moverse, vaya hacia el sonido del motor! —gritó. Tenía la garganta irritada. El frío le arrebataba el aire de los pulmones, abrasándoselos. Pero en ese momento no tenía tiempo para un ataque de asma.

«Respira. Inhala. Exhala».

El motor petardeaba, pero no conseguía arrancar. Por fin, al cuarto intento, resucitó. Remi siguió la voz de Ben y se desvió del sendero para ir hacia el bosque, colina abajo.

Deseaba abrirse paso entre los árboles y las rocas a toda velocidad para llegar hasta él, pero atropellar al hombre con su propio vehículo no se consideraría exactamente un rescate. Así que avanzó con lentitud, aun cuando el corazón le latía con fuerza en el pecho. «Vamos. Vamos. Vamos».

Al cabo de unos segundos, vio un claro entre los árboles y otro agujero en la nieve. Más huellas. Iba por el camino correcto.

—Menos mal, joder —susurró. Cuando salió del bosque, vio algo de color rojo vivo sobre la nieve, al otro lado del claro.

—¡Ben! —gritó por encima del ruido del motor.

Allí, entre un peñasco y el tronco de un pino enorme, Ben Kleckner levantó un brazo y ella pisó el acelerador para ir rápidamente hacia él. El vehículo surcó la nieve, traqueteando con fuerza y, por un instante, Remi pensó que todo iba a acabar bien. Pero el traqueteo empeoró y, justo cuando estaba levantando el pie del acelerador, la suspensión se desenganchó del esquí derecho.

—No me jo...

Ni siquiera había acabado de formular el pensamiento, cuando el esquí se soltó en la peor posición posible, haciendo volcar la moto de nieve y tirando a Remi. Esta salió despedida y fue derrapando por la nieve unos tres metros, sobre piedras afiladas invisibles y raíces de árboles nada agradables, antes de detenerse y quedarse tirada boca arriba.

Sorpresa. Conmoción. Dolor. Sentía todo a la vez. Estaba resollando y se dio cuenta de que era demasiado tarde para evitar el ataque. Ya lo estaba sufriendo.

—Mierda —jadeó. Para haberse matado. Ese invierno, las motos de nieve le iban ganando dos a cero.

Oyó un aplauso apagado y, tras asegurarse de que no estaba muerta, levantó la cabeza.

—A eso se le llama hacer una entrada triunfal —dijo Ben, con los labios amoratados.

Ahora Remi sí que necesitaba urgentemente una galleta. Y aquel café.

Se palpó los bolsillos en busca del móvil, pero no lo encontró. «Mierda». Su madre la iba a matar. Y cuando la comisaria Ford acabara de cargársela, le tocaría a Brick.

23

Cleetus salió trotando del establo y Brick lo guio hacia el centro de la isla. Un aviso de desaparición nunca era plato de buen gusto. En verano, al menos tenían el clima a su favor. Ese día, estaba empezando a nevar de nuevo y el viento soplaba con fuerza.

Cuando recibió la llamada, fue directamente al establo para ensillar a Cleetus. Peinarían la zona de búsqueda a pie, en moto de nieve y a caballo para cubrir la mayor extensión de terreno posible.

Espoleó a su montura, que empezó a subir por el camino con un pesado trote.

El todoterreno de la policía y la ambulancia estaban aparcados delante de la casa de los Kleckner cuando llegó, así como media docena de motos de nieve.

El lugar de los hechos era un hervidero de actividad. En las emergencias siempre había una energía un tanto frenética. Y más si se trataba de uno de los suyos.

Hizo que Cleetus rodeara la casa por un lateral para ir hacia el jardín trasero, donde se encontró a la comisaria Ford y al resto del equipo encorvados sobre una mesa con un mapa de la isla. Estaban empezando a llegar voluntarios a pie que se iban uniendo a la sesión de planificación.

Lois Kleckner, con las mejillas y la nariz rojas como tomates, estaba acurrucada en un rincón con una parka puesta. Cuando lo vio, se le acercó corriendo.

—Qué alegría que hayas venido, Brick —dijo, retorciéndose las manos.

—Lo traeremos de vuelta, Lois. Lo encontraremos —le prometió.

—Escúchame. Remi Ford acababa de llegar de visita cuando me di cuenta de que Ben no estaba en el dormitorio. Ha ido tras él.

Brick apretó las riendas con fuerza.

—¿Hace cuánto tiempo? —le preguntó.

—Unos diez minutos, más o menos. —La cantidad de problemas en los que podía meterse aquella mujer en diez minutos era incalculable—. Cogió la moto de nieve y se fue antes de que llegaran los demás. Intenté que se quedara aquí hasta que vinierais, pero ya conoces a Remi.

—Pues sí, la conozco —dijo él, con un nudo en la garganta—. ¿Qué llevaba puesto? —Esperaba que al menos se hubiera acordado de ponerse unos putos pantalones antes de meterse de lleno en una tormenta de nieve.

—Un abrigo amarillo chillón, unos pantalones de chándal y un gorro peludo —dijo Lois, agitando una mano alrededor de su propia cabeza—. Uno de los esquís de la Cat está un poco flojo. No he tenido tiempo de llevarla al taller. Me preocupa que pueda darle algún problema…

—Los encontraremos a los dos —le prometió él.

—¡Brick!

Cabalgó hasta donde se encontraba la comisaria Ford comprobando las radios y acotando sectores en el mapa.

—Comisaria.

—Acabo de escuchar los mensajes de voz. Había uno de Remi. —Su tono era neutro, como siempre. Darlene nunca se alteraba por nada. Pero Brick captó un destello de preocupación en aquellos ojos verdes—. Decía que iba a salir a buscar a Ben.

Él asintió con la cabeza.

—La señora Kleckner me lo acaba de decir.

—Ahora no contesta al teléfono —dijo Darlene.

Brick apretó las riendas entre los dedos. Tenía que salir ya. Empezar a buscar. Hacía mucho tiempo que Remi no pasaba un invierno en Mackinac. El suficiente como para olvidar lo rápido que podían cambiar las condiciones meteorológicas. Cómo la madre naturaleza podía hacer que las cosas fueran de mal en peor por capricho.

—Voy a salir ya. Parece que ha seguido las huellas hasta el sendero, así que veré si puedo entrar por el otro extremo, por si Ben se ha despistado después de las curvas.

Darlene asintió con energía y le entregó una radio portátil.

—Tráemela de vuelta sana y salva.

—Lo haré.

Brick no esperó a la sesión informativa ni a las órdenes, sino que puso directamente el caballo al trote mientras empezaban a caer unos gruesos copos de nieve.

Era policía. Ya se había enfrentado a más desapariciones. Y a emergencias médicas. Y a accidentes. Aquello no era ninguna novedad para él. Pero el hecho de que fuera Remi la que estaba ahí fuera, sin contestar al puto teléfono… Había algo peor que el frío apoderándose de sus entrañas. El miedo.

Remi estaba por ahí, en alguna parte. Y no contestaba al teléfono. Brick volvió a marcar y escuchó con impaciencia cómo saltaba el buzón de voz.

Hundió los talones bajo las costillas de Cleetus para que el caballo acelerara el paso. Al no ver ninguna huella reciente, subió por la colina y encontró el rastro de Remi en un desvío.

«Irresponsable. Imprudente. Temeraria».

Pensaba echarle la bronca hasta quedarse afónico y sin aliento. Y al día siguiente se la echaría otra vez.

Cleetus subía con cuidado por el sendero mientras Brick se adentraba en un paraíso invernal. Los árboles estaban cubiertos de nieve recién caída. Por allí no había ningún rastro. O Remi se había desviado del camino o el viento había borrado sus huellas. Lo único que él oía era el crujido de la silla de montar y el paso firme de los cascos de Cleetus.

Por primera vez habría preferido estar en un vehículo, surcando la nieve a toda velocidad para llegar hasta ella. Pero ya no tenía moto de nieve, gracias a Remi y al irresponsable, imprudente y temerario de su hermano. También le echaría la bronca por eso, en cuanto la encontrara.

El corazón le dio un vuelco al toparse con un rastro tenue. Un par de líneas paralelas. Pero las huellas de Ben no se veían por ninguna parte. Comunicó por radio el hallazgo a la comisaria y siguió adelante.

—¡Remi! —gritó. Su voz retumbó con aspereza en medio de aquel paraje natural—. ¡Ben!

No obtuvo respuesta. Volvió a intentarlo con idéntico resultado.

Necesitaba aferrarse a su rabia para mantener a raya el miedo.

Ella no lo había llamado. Había cumplido su promesa. Sinceramente, Brick no la había creído capaz. Siempre lo llamaba a él. Era él quien siempre le sacaba las castañas del fuego.

La constatación de que había perdido ese privilegio fue un mazazo.

Y pensar que creía que eso era precisamente lo que deseaba. No que Remi desapareciera en el puto bosque en pleno invierno, claro. Pero había dado por hecho que su vida sería mucho más fácil si Remington Ford no lo necesitara. No se había dado cuenta de cómo se sentiría al no ser necesitado.

—¡Remi! —volvió a gritar mientras el aire frío le hacía daño en la garganta.

El frío y el esfuerzo eran malos para el asma. Más le valía haber cogido el inhalador.

Espoleó a Cleetus para que acelerara el paso cuando el sendero volvió a hacerse más ancho. Allí las huellas seguían intactas. Vio un agujero en la nieve a un lado del camino. Como si alguien se hubiera caído o sentado. Las huellas se interrumpían allí y luego volvían a empezar.

—Vamos, amigo —le dijo al caballo—. Nos estamos acercando, ¿verdad?

El caballo levantó las orejas.

Brick escuchó un momento y volvió a llamarlos.

Todo seguía en silencio, así que siguió adelante. Ante él solo había nieve, árboles y rocas.

—¡Remington! —gritó.

Estuvo a punto de no oírlo. Casi estuvo a punto de pasarlo por alto. Pero escuchó algo y Cleetus se estremeció bajo él.

—¡Socorro!

Sonaba tan lejano que no sabía si era Ben o Remi.

—Joder —murmuró en voz baja—. ¿Remi? ¡Ya voy!

Esa vez, el grito se oyó un poco mejor. Puso a Cleetus al trote y siguió las huellas. Vio que se desviaban hacia el bosque e hizo que el caballo las siguiera.

—¡Ben! ¡Remi!

—¡Aquí abajo! —gritó alguien con voz aguda.

Brick rodeó un afloramiento rocoso y vio la moto destrozada, volcada de lado. Había medio esquí clavado en la nieve. Estuvo a punto de darle un infarto. Algo amarillo captó su atención sobre aquel mar blanco.

No se dio cuenta de que había puesto al galope a Cleetus hasta que entraron corriendo en el claro.

—¡Remi! ¿Estás herida? —Brick desmontó y fue rápidamente hacia ella. Los treinta centímetros de nieve apenas frenaron su avance.

—Uf —gimió ella, pegada a una roca—. Solo en el orgullo.

—Su respiración sibilante lo aterrorizó.

Remi se levantó lentamente mientras él se acercaba. Tenía un rasguño en la frente que sangraba y otro en la barbilla, pero estaba viva.

—¿Por qué… has tenido que venir tú? —refunfuñó ella.

—¿Dónde tienes el inhalador? ¿Y el puto teléfono?

—¡Esa lengua, jovencito! —gritó Ben. El hombre se encontraba envuelto en una chaqueta de invierno y en una manta, llevaba puesto el gorro de Remi y se estaba comiendo unas puñeteras galletas de una bolsa de plástico con autocierre.

Remi, en cambio, resollaba como una gaita desinflándose.

Brick rebuscó en sus bolsillos y encontró cuatro gomas del pelo, un cargador de móvil y un montón de clínex.

—¿Dónde tienes el puto inhalador? —le preguntó.

—Me lo he olvidado —dijo ella.

El esfuerzo que le costó pronunciar aquellas palabras lo aterrorizó.

—Siéntate de una maldita vez y quédate ahí —le ordenó, empujándola de nuevo al suelo. Sin perderla de vista, por si se las arreglaba para provocar una avalancha o un incendio espontáneo, se acercó para examinar a Ben y sacó la radio—. Ambas víctimas están a salvo —informó.

—Joder, menos mal —respondió la comisaria Ford—. ¿Cuál es tu ubicación?

Brick le dio las coordenadas mientras observaba cómo el pecho de Remi subía y bajaba entre respiraciones agitadas.

La estuvo mirando fijamente durante tres minutos, hasta que llegó el equipo de emergencias.

—Aquí viene el desfile —dijo Ben alegremente, cuando tres motos de nieve aparecieron entre los árboles y fueron a toda velocidad hacia ellos.

Brick salió a su encuentro rápidamente e interceptó al paramédico.

—¿Tienes un broncodilatador?

Edison McDonough era nativo de la isla y tenía veinte años de experiencia en el campo de la medicina de urgencias. Su cabello rojizo entrecano asomaba bajo un grueso gorro de lana. Miró a Remi y metió la mano en uno de los mil bolsillos de su bolsa.

Brick luchó contra el impulso de arrebatárselo de las manos y metérselo él mismo en la boca a Remi para poner fin a su tortura... y a la suya. Había un protocolo que cumplir. Las reglas existían por alguna razón.

—Échale un vistazo al señor Kleckner —le dijo Edison a Keisha, la otra técnica de emergencias—. Yo me ocupo de la hija de la comisaria.

—Entendido —dijo Keisha, cogiendo su bolsa de la parte de atrás antes de ir hacia Ben—. ¿Tiene alguna galleta para mí, señor Kleckner?

—Remi Ford, veo que sigues metiéndote en líos —bromeó Edison, arrodillándose delante de ella.

Brick se quedó de pie detrás de él, montando guardia.

Remi se rio entre jadeos.

—Ya me conoce. Siempre... muriéndome por ser... el centro... de atención.

—¿Podemos darnos prisa? —gruñó Brick, ignorando las miradas que ambos le lanzaron.

—Bueno, ya que estoy aquí... —Edison sacó el estetoscopio que llevaba bajo el abrigo.

—¿El señor Kleckner... está bien? —preguntó Remi, mirando por encima del hombro del paramédico hacia donde Keisha estaba metiendo a Ben en un trineo tirado por una de las motos de nieve.

—Tiene buen aspecto —dijo Edison—. Menos mal que lo has encontrado y lo has mantenido abrigado y despierto. Podría haber sido mucho peor.

Brick dudaba que fuera consciente de ello, pero Remi se había recostado contra sus piernas. Eso le ayudaba a aliviar la opresión que sentía en el pecho.

—¿Es peor que los ataques anteriores?

—Bah. Pan... comido —bromeó ella. Pero su respiración agitada se clavaba como cuchillas de afeitar en las entrañas de Brick.

—¿No llevas encima el inhalador de emergencia? —le preguntó el paramédico, como si no fuera una irresponsabilidad colosal por su parte no llevarlo con ella. Brick apretó los puños. Había un momento para los buenos modales y otro para imponer la ley.

Remi tensó los hombros mientras negaba con la cabeza.

—No lo he traído. Estoy... bien —insistió—. Puedo esperar... hasta que... vuelva.

Brick miró a Edison a los ojos y negó con la cabeza.

—Aun así, Remi, preferiría que me dejaras tratarte aquí —le dijo Edison—. No querrás que tu madre se me eche encima, ¿no?

—Da... mucho miedo —asintió ella, con un hilillo de voz.

—Pues vamos a ponerte un poco de albuterol, para empezar. Es una lástima que no tengas el inhalador —dijo, sacando un nebulizador de la bolsa.

—Mierda —dijo Remi, apretando las manos contra las rodillas.

—Ya conoces el procedimiento —dijo Edison.

El paramédico dejó a Brick vigilando a Remi mientras comprobaba el estado de Ben. Este se quedó donde estaba, sujetándola por detrás mientras ella respiraba lentamente, empañando la mascarilla. Era incapaz de dejar de juguetear con su pelo, que llevaba recogido en la nuca en una coleta.

En menos de cinco minutos, empezó a respirar mejor y se quitó la mascarilla.

—Remi, te juro por Dios que como no...

—¿Cómo está mi otra paciente favorita? —lo interrumpió Edison, volviendo a sacar el estetoscopio para auscultarle el pecho—. Quiero que te vea el médico. Y es una isla muy pequeña, así que como no vayas directamente a la consulta, me enteraré.

—Irá —le prometió Brick.

Ella lo miró y frunció el ceño. Él le tiró del pelo.

Una vez que Ben estuvo envuelto en mantas térmicas y bien sujeto al trineo, Brick dio la señal y los paramédicos recogieron.

—Listos para partir. ¿Quieres que te lleve, Remi? —se ofreció Edison, dando una palmada en la parte de atrás de la moto de nieve—. Puedo acercarte directamente al centro médico.

—Ya la llevo yo —intervino Brick.

El paramédico le hizo un saludo militar y puso en marcha la moto.

Remi no se opuso, lo que aumentó todavía más su preocupación. La subió al lomo de Cleetus empujándole el culo con una mano.

—Necesitas un vigilante —dijo Brick, montando detrás de ella.

—Los dos sabemos... que tú no te vas a presentar voluntario —murmuró ella. Estaba rígida e intentaba mantener las distancias, temblando bajo la manta térmica que le habían dado porque tenía el abrigo empapado.

Con movimientos rápidos y bruscos, Brick le quitó la manta de un tirón, se abrió la parka y tiró de ella hacia su pecho. Luego le puso la manta por delante y apretó los dientes mientras ella movía las suaves curvas de su culo contra su entrepierna anhelante. Cuanto más se enfadaba con ella, más dura se le ponía. La necesidad de castigarla era una enfermedad que llevaba en la sangre.

Remi intentó zafarse y, durante el forcejeo, se le subió el jersey. Brick no pudo evitar posar una mano sobre su vientre desnudo.

—Estate quieta, joder —le ordenó mientras extendía la manta térmica sobre ella.

Intentó no pararse a pensar que acababa de descubrir con el pulgar que aquella mujer exasperante no llevaba sujetador. No había nada entre su dedo y la suave parte inferior de su pecho izquierdo, solo carne firme y sedosa que suplicaba que la estrujaran y la lamieran. Además, Brick tenía el dedo meñique un poco metido bajo la cintura de su pantalón de chándal.

Espoleó al caballo y apretó los dientes. El lento balanceo de la silla añadía una fricción constante entre el maravilloso culo redondo de Remi y su granítica erección. El cielo y el infierno se entrelazaron mientras por fin descubría lo que se sentía al tenerla entre sus brazos.

Al cabo de unos minutos, abandonaron el bosque y salieron a la civilización.

—¿A dónde vamos? —le preguntó Remi, al ver que no estaba guiando a Cleetus hacia la ciudad, ni hacia el centro de salud.

—A tu casa, a por el inhalador de emergencia y el resto de las medicinas. Luego te llevaré al centro de salud y le pediré al médico que te eche una buena bronca, a ver si entras en razón.

—No necesito… tu ayuda —dijo Remi débilmente—. Puedo hacer todo eso… yo sola.

—Ya. Y también podrías dar la vuelta a la isla corriendo ahora mismo. ¿Prefieres que te deje en casa de los Kleckner, para que tu madre te lance una de sus miradas asesinas?

—No —respondió ella hoscamente.

—¿Tienes frío? —le preguntó Brick al oído.

—No, estoy bien.

Se quedaron en silencio. El corazón de Remi latía con fuerza bajo la mano de Brick y su piel empezaba a calentarse poco a poco gracias a su contacto.

La nieve estaba empezando a caer con más fuerza. Unos copos gruesos bajaban flotando desde el cielo y emborronaban el horizonte mientras Cleetus avanzaba por la carretera.

—Te juro por Dios que como vuelvas a salir de casa sin el inhalador, te meto en el calabozo.

—Si mal no recuerdo, yo no te he llamado. Esto no es problema tuyo.

Al menos ya podía hablar mejor, aunque obviamente era porque estaba discutiendo con él.

—No me has llamado, pero he venido de todas formas. Así funcionan las cosas. Tú siempre serás mi problema.

Por alguna puñetera y absurda razón femenina, su respuesta hizo que Remi se relajara contra él. Brick sabía que, aunque se pasara toda la vida estudiándola, seguiría sin entenderla en absoluto. Pero en esos momentos tenía problemas más importantes. Ahora que se había calmado, no solo le estaba rozando el pecho con el pulgar, sino que el dedo se le había quedado atrapado debajo de él.

—¿Tanto te costaba ponerte un sujetador y guardarte el inhalador en el abrigo? —murmuró Brick.

Hizo una mueca de dolor mientras Remi cambiaba de postura pegada a él. Era imposible que no notara lo cachondo que estaba por su culpa, teniendo en cuenta que tenía la polla pegada a su culo. Cada movimiento de la silla era un infierno para él.

—Nadie te ha pedido que me metas mano por debajo del jersey —le recordó ella. Parecía que ya estaba mejor, más alegre y animada.

—No te he oído pedirme que deje de hacerlo —replicó él.

—Tampoco te he pedido que apartes la erección de mi culo. Soy demasiado educada.

—Joder, Remi.

Pero cuando él se dispuso a apartar la mano, ella le obligó a dejarla en su sitio.

—No —susurró.

—¿Por qué? —preguntó él entre dientes.

—Porque me hace sentir segura, ¿vale?

Aquellas eran literalmente las únicas palabras que podrían haberle hecho dejar la mano donde estaba, y Remi lo sabía.

Ella le apretó un poco la mano a través del jersey antes de soltársela.

Con un resoplido helado, Brick decidió ponerlos a prueba a ambos. Subió un poco más la mano hasta que el pulgar y el índice tocaron la parte inferior de su pecho.

Cuando empezó a acariciar suavemente aquella piel suave y cálida, ella se recostó contra él y dejó escapar un pequeño suspiro.

—Esto no cambia nada —dijo Remi de repente.

—Pues claro que no —replicó Brick.

Lo único que significaba era que él debía disfrutar de aquellos minutos y aquellas caricias. Porque la cosa nunca iba a pasar de ahí.

24

Qué cara tenía aquel hombre al que no le había pedido que fuera a sacarla de ese lío. Remi trató de ignorarlo. A él y a su mano grande y cálida. Y también la dureza de los muslos que tenía debajo. No era una tarea nada fácil, como le recordaba el vaivén del caballo a cada paso.

Tenía frío y a la vez calor. Estaba abrumada. Confundida. Enfadada. Irracionalmente excitada. Y recuperándose de un ataque. Aquello era un caos espantoso.

Brick guio al corpulento caballo hacia Lake View Drive mientras Remi se negaba a pensar en lo romántico que sería aquello si en lugar de ellos dos fueran otras personas cualesquiera.

Ya le había dado una oportunidad. Millones de ellas. Y él las había rechazado absolutamente todas. Aunque le encantara tener aquella mano enorme y áspera bajo el jersey, no pensaba ablandarse. Brick ya había tomado una decisión y el hecho de que se preocupara por ella no iba a convencerla.

Uf. Aunque resultaba muy agradable. Muy, pero que muy agradable.

No pudo evitar frotarse un poco contra él. Y, cuando lo hizo, la erección que llevaba pegada al culo reaccionó con una sacudida.

El colegio apareció a su izquierda. Era un edificio de ladrillo pequeño y acogedor en el que Remi había estudiado. Allí había aprendido que la gente era diferente. Que no todo el mundo pensaba que la letra «ele» era naranja.

Aunque habían pasado muchos años, no se sentía muy distinta a aquella niña llena de energía que soñaba a lo grande.

Red Gate se hizo visible al doblar la esquina y Remi suspiró aliviada. No sabía cuánto tiempo más aguantaría que Brick siguiera agarrándola sin darle una bofetada o sin bajarse los pantalones y gritarle: «¡Fóllame, idiota!». Cleetus era una montura robusta, pero dudaba que le pareciera bien que echaran un polvo encima de él.

Cuando llegaron a la puerta, Brick sacó la mano de debajo de su jersey y le acarició el vientre con los dedos, dejando un rastro abrasador sobre su abdomen, como pequeñas huellas de fuego.

Sin mediar palabra, desmontó y, antes de que ella pudiera hacer lo mismo, la bajó del caballo y la dejó en el suelo.

Cansada y enfadada, Remi abrió la verja del jardín, entró y la cerró de golpe, con la esperanza de que Brick se marchara y se olvidara de aquel rollo de la cita con el médico.

Abrió la puerta principal y entró. La nieve caía sobre la costra helada del lago, más allá del ventanal. El interior era acogedor y cálido. Lo único que le apetecía era acurrucarse en el sofá y dormir durante una semana.

Los ataques siempre la dejaban exhausta. Pero no podía permitir que Brick lo supiera.

Encontró el bolso, uno de patchwork de cuero en tonos verdes, junto a la mesa del comedor. Rebuscó en su interior, pero no había ni rastro del inhalador.

—¿Dónde leches está? —murmuró entre dientes. Se le ocurrió buscar en el neceser del baño y, mientras estaba hurgando en él, oyó el sonido de la puerta principal abriéndose y cerrándose, y de unas botas sobre la madera—. Mierda —susurró.

El inhalador tampoco estaba allí.

Ignorando al policía ceñudo que la miraba con los brazos cruzados desde el salón, fue hacia el dormitorio, sacó las maletas del armario y empezó a revisar los bolsillos que tenían cremallera.

—¿Lo has encontrado? —le preguntó Brick desde la puerta, a su espalda.

Remi pasó de él y abrió el cajón de la mesilla. Mierda. ¿Dónde coño estaba?

Se llevó las manos a la cabeza y empezó a pasear por delante del minúsculo armario, intentando recordar la última vez que lo había visto. Siempre lo llevaba a clase de yoga porque su profesora le había llamado «cabeza hueca» por no llevarlo siempre encima. De hecho, se había acostumbrado a meterlo en cualquier bolso que llevara.

Se quedó inmóvil.

Los faros en los retrovisores. La fuerte embestida y el retroceso.

—Joder —susurró.

—¿Qué pasa? —le preguntó Brick con gravedad.

—Es que… creo que perdí el inhalador en el accidente.

—¿Has estado sin él desde que te rompiste el brazo?

Todo estaba borroso: la vuelta a casa, la presión en el pecho, la posterior visita al hospital…

Remi se pasó una mano por la cara, intentando alejar aquellas imágenes. Intentando centrarse en el presente.

—Creo que sí —reconoció.

Era una irresponsabilidad. Sobre todo teniendo en cuenta que había acabado en Urgencias con un ataque de asma mientras su amiga se debatía entre la vida y la muerte en la UCI. Había sido entonces cuando el médico que la había atendido se había dado cuenta de que tenía el brazo roto.

Lo único en lo que podía pensar después de aquello era en salir de la ciudad. En largarse a un sitio en el que nadie pudiera encontrarla.

—Eso es inadmisible, Remington —dijo Brick. Había entrado en la habitación y la estaba acorralando contra la cama. Podía sentir el calor que desprendía detrás de ella. Seguramente su aura sería un revoltijo de frustración e ira.

Y no era de extrañar, la verdad.

—¿Al menos tienes la medicación diaria? —le preguntó.

—Se me acabó hace dos días —respondió con un hilillo de voz. Cruzó los brazos sobre el pecho y encorvó los hombros, esperando el rapapolvo que estaba a punto de caerle.

Pero solo lo oyó suspirar. Sintió el calor de su aliento en el cuello.

—Pues venga. Quítate esa ropa mojada y vamos a solucionarlo —dijo Brick.

Ella se giró para mirarlo.

—¿Qué? ¿No hay ningún sermón?

—Creo que ya lo has pasado suficientemente mal por hoy. Ya te regañaré mañana o pasado, cuando no esté tan cabreado.

No iba a darle las gracias, porque no quería que él pensara que le había perdonado el resto de los pecados, así que se limitó a hacer un breve movimiento de cabeza mientras lo rodeaba.

—Vale.

La doctora Sara Ferrin era una mujer negra, alta y competente que no se andaba con tonterías con los pacientes, pero Remi no se dejó engañar por su actitud fría y profesional. La tía llevaba puestos unos tacones de Ferragamo en un centro de salud a finales de febrero. Debajo de aquella bata blanca había un ser humano con muy buen gusto.

Desafortunadamente, en ese preciso instante, aquel ser humano la estaba poniendo a caer de un burro. A quién se le ocurría salir corriendo a rescatar a alguien sin ningún tipo de entrenamiento. Pasar semanas sin el inhalador de emergencia. Estaba claro que la inimitable doctora Ferrin no pensaba darle ninguna piruleta.

—La culpa ha sido del frío y, seguramente, también un poco de la adrenalina —se justificó Remi, haciendo una mueca de desagrado al notar el estetoscopio helado en la espalda.

—Mmm —dijo la doctora Ferrin.

—Por no hablar de los gritos —añadió—. He gritado mucho. Así que imagino que eso tampoco habrá ayudado.

—¿Sabes lo que sí ayudaría? —le preguntó la doctora con amabilidad—. Que te callaras mientras intento escuchar tus pulmones.

—Ah. Es verdad. Lo siento —dijo Remi. Se sentía obligada a seguir disculpándose, pero llegó a la conclusión de que seguramente la doctora preferiría que cerrara la boca.

Así que se quedó quieta y respiró como le mandaban mientras la doctora Ferrin movía el estetoscopio por su espalda.

—Vale —dijo esta, sentándose en el taburete con ruedas—. Creo que te han administrado el albuterol a tiempo para evitar un ataque más grave. Pero, ya que estás aquí, quiero hacerte un par de pruebas más. Y ahora, vamos a hablar.

«A hablar». Aquel era el momento en el que Remi habría mirado al antiguo médico de la isla batiendo las pestañas, le habría dicho algo gracioso y él la habría dejado marchar ahorrándole la regañina.

Unos ojos marrones evaluadores y poco dispuestos a dejarse engatusar la miraron fijamente.

—¿Qué tal gestionas la enfermedad?

—Suelo gestionarla bien... normalmente —respondió Remi.

—Estuviste aquí hace unos días con un amigo que se había lesionado haciendo el tonto en el puente de hielo, tienes un brazo roto y este es tu segundo ataque importante de asma en... ¿cuánto tiempo? ¿Un mes?

—Sí, pero...

—A mí no me parece que estés gestionando nada —comentó la doctora Ferrin.

—Han sido circunstancias excepcionales.

—Demasiadas circunstancias excepcionales, para mi gusto. No digo que tomes malas decisiones a propósito, pero hay personas que se sienten atraídas por los problemas y está claro que tú eres una de ellas. Sin embargo, has rescatado al señor Kleckner y les tengo mucho cariño tanto a él como a su esposa, así que ese es un punto importante a tu favor.

—¿Lo ha visto? ¿Está bien? —preguntó Remi.

—El señor Kleckner se recuperará. Gracias a ti y a nuestros excelentes equipos de emergencias. Hablemos de lo que haces cuando no te encuentras en circunstancias excepcionales. De la medicación, el ejercicio y la dieta.

—¿No tiene que atender a otros pacientes? —le preguntó Remi en voz baja.

La doctora Ferrin sonrió con sarcasmo.

—Es tu día de suerte. No hay mucho trabajo para un médico en febrero en una isla de quinientos habitantes. Venga: medicación, ejercicio y dieta. Cuéntame. Y si nos sobra tiempo, quizá podamos averiguar cuándo te pueden quitar la escayola.

Cuarenta minutos después, Remi entró en la sala de espera con tres recetas nuevas y un montón de opiniones médicas sobre lo mal que estaba haciendo todo en la vida.

Y lo que era peor, Brick seguía allí. De pie, con las piernas abiertas y los brazos cruzados, mirándola como si estuviera deseando que apareciera.

—¿Qué tal? —le preguntó.

—Todo bien —respondió ella.

—Perfecto. Vamos.

—No necesito ninguna niñera, Brick.

—No voy a hacer de niñera. Voy a invitarte a comer porque te lo has ganado y luego voy a llevarte a casa.

—¿Me lo he ganado?

Él suspiró y le abrió la puerta.

—Si no hubieras ido a visitar a los Kleckner, Lois podría haber tardado mucho más tiempo en ir a ver a Ben. Y él podría haber estado ahí fuera una o dos horas, hasta que alguien se diera cuenta de que había desaparecido. Sus huellas se habrían borrado.

—Entonces, ¿no he sido tan irresponsable? —dijo Remi, intentando arrancarle un cumplido.

—Puede que en este caso no. Aunque habría estado mejor si no les hubieras destrozado la moto de nieve.

—No ha sido culpa mía.

Brick levantó una de sus manazas.

—Ya lo sé. Hace quince años que ese trasto necesita una revisión.

—¿A dónde me vas a llevar a comer? —le preguntó Remi, que de repente estaba muerta de hambre.

El café Cherry Blossom era un pequeño local frente al lago con vistas al agua y tartas deliciosas. Remi se acomodó en el reservado rojo cereza y apoyó la cabeza en el respaldo unos instantes, antes de abrir los ojos y quedarse mirando al hombre de uniforme que tenía enfrente.

Parecía tan agotado como ella.

Pidieron sin establecer contacto visual y, cuando la camarera se marchó, Brick bajó la vista hacia la mesa de acero inoxidable.

—No me has llamado —dijo, finalmente.

—Pues no. He llamado a mi madre.

—Me ha sentado fatal.

—No pienso disculparme por eso —dijo Remi.

—No te estoy pidiendo que lo hagas.

—Entonces, ¿por qué me lo echas en cara?

Brick suspiró y sus hombros enormes subieron y volvieron a bajar.

—La verdad es que no lo sé. —El zumbido del calefactor que había encima de ellos llenó el silencio. Allá fuera, la nieve era cada vez más fina, casi como polvo—. Hoy me has dado un susto de muerte —dijo Brick.

—¿Por qué? —se burló ella. Había nacido y crecido en aquella isla. Conocía perfectamente los senderos y los bosques. Sabía cuáles eran los peligros del invierno.

—No hay un solo día en el que no me asustes.

Ella negó con la cabeza.

—No empieces. No me apetece hacer esto.

—¿El qué?

—Paso de que me abras una rendija tu corazón, de que me dejes vislumbrar lo que se te pasa por la cabeza. Porque luego vas a volver a cerrarte en banda. Vas a volver a rechazarme y a decirme que no soy lo suficientemente buena para ti, o que no soy lo que tú quieres. O vas a mosquearte por cualquier cosa que haya hecho. Y no me apetece.

—Remi.

—Brick.

—No sé cómo ser lo que quieres que sea.

Ella miró al techo y respiró hondo.

—Acepto que no puedas ser lo que yo quiero. Pero esto era lo que tú querías. Distancia.

—Pues... no me gusta —reconoció él.

—El hecho de que no te guste no significa que no esté bien —declaró Remi.

Brick se acarició la barba con una mano.

—Eso es lo menos propio de Remi que te he oído decir nunca.

—A lo mejor estoy intentando ser menos yo misma. A lo mejor todo sería más fácil para todos si fuera diferente.

—El mundo necesita una Remington Honeysuckle Ford.

—El mundo sí, pero muchas personas no —señaló Remi.

—Eso es una gilipollez —opinó Brick.

Afortunadamente, la conversación se interrumpió con la llegada de la comida.

Remi le hincó el diente a la pechuga de pavo con puré de patatas, salsa y guarnición de judías. «¿Ha visto, doctora Ferrin?». Podía llevar una vida más saludable. Podía esforzarse. No era incapaz de intentarlo. Obviamente, pensaba zamparse un cuenco de cereales con nubes en cuanto llegara a casa, pero aun así lo de las judías también contaba.

A Brick le sonó el móvil sobre la mesa. Le dio la vuelta distraídamente y Remi vio que su expresión cambiaba.

—¿Qué pasa? —le preguntó.

Él la miró fijamente con aquellos ojos azules.

—Es una alerta de noticias. Camille Vorhees acaba de salir del hospital.

Remi se lanzó hacia delante para quitarle el teléfono de la mano.

—Dios —murmuró mientras miraba la foto en la pantalla.

Allí estaba Camille, con muletas y un aspecto elegante y fatigado. Llevaba un abrigo de cachemira de color marfil y unos pantalones negros. Tenía la melena rubia recogida en una trenza perfecta.

Remi amplió la imagen, aliviada. El delicado rostro de Camille estaba muy pálido y delgado. Su amiga tenía un aire frágil, glamuroso, y estaba guapísima, además de vivita y coleando.

Empezó a ver borrosa la pantalla y se secó una lágrima que se le había escapado.

—¿Por qué tienes una alerta de noticias sobre Camille? —le preguntó a Brick.

Él se quedó mirándola fijamente durante un momento.

—Porque es importante para ti.

Nerviosa, Remi cerró la puerta de la casita y apoyó la espalda en ella. Camille había salido del hospital. En cualquier otra situación, habría sido una noticia maravillosa y digna de celebración. Pero en esa significaba que ahora corría otro tipo de peligro.

Se quitó el abrigo y las botas y empezó a dar vueltas por la casa con sus calcetines desparejados y la cabeza a mil por hora.

En un impulso, cogió el teléfono y buscó entre sus contactos.

—¿Necesitas que alguien te pague la fianza? —le preguntó su cuñado, en tono cansado pero burlón.

—Hola, Kyle. No, no necesito pagar ninguna fianza, pero sí un consejo hipotético de un abogado —replicó Remi, paseando alrededor de la mesa del comedor.

—Tengo cinco minutos antes de que el tribunal vuelva a reunirse. Dime.

—Imagina que una mala persona hace algo malo, pero nadie sabe que lo ha hecho y nadie sabe que es mala.

—Vale. Mala persona con reputación intachable. Entendido —dijo él, por encima de un murmullo de voces.

—Imagina que una buena persona sabe que la mala ha cometido el delito, pero que nadie la va a creer. Con «la» me refiero a la persona.

—Testigo poco fiable —dijo Kyle.

—Sí. Eso. ¿Cómo puede la testigo poco fiable protegerse a sí misma y a la víctima del delito, si nadie la cree? O el testigo —añadió.

—¿De qué tipo de delito estamos hablando?

Remi tamborileó con los dedos sobre los dientes.

—Digamos que algo así como un intento de asesinato.

Su cuñado se quedó callado.

—Remi, ¿qué está pasando?

—Nada —le aseguró ella, con una risa forzada—. Es para ayudar a una amiga que está escribiendo una novela de misterio.

—¿Seguro?

—A mí no intentes acojonarme con esa voz de abogado procesalista, Kyle Olson. Yo te sujeté una pierna mientras bebías boca abajo de un barril de cerveza en tu fiesta de graduación de la facultad de Derecho.

El ruido de fondo era cada vez más fuerte.

—¿Me prometes que no es real? —insistió él.

—Te lo prometo —mintió Remi.

—Pues la buena persona tendría que buscar pruebas de que la mala ha cometido el delito, o encontrar pruebas de otro delito cometido por la mala persona.

Remi se detuvo.

—¿Te refieres a que los malos no suelen cometer un solo delito?

—Casi siempre se trata de un patrón —dijo Kyle—. Mierda. Oye, me tengo que ir. Llámame más tarde.

—Vale. Sí, claro. Claro —dijo Remi, antes de colgar.

25

Con un gemido de insatisfacción, Remi observó la media docena de acuarelas que había empezado y abandonado.

Después de pasarse todo el día buscando en internet, fisgoneando en las redes sociales y documentando meticulosamente cada hallazgo insignificante, había cruzado a casa de Brick en la oscuridad para despejarse y probar suerte con la pintura. Pero no acababa de conseguir lo que quería. Los colores estaban todos mal. Las capas eran desastrosas. Necesitaba la textura y el color a los que estaba acostumbrada.

Dejó el pincel y echó hacia atrás los hombros. Tirarse tanto tiempo sentada e inclinada sobre una mesa de trabajo tampoco era exactamente lo suyo. Y menos después de haberse pasado una eternidad encorvada sobre un portátil.

Se levantó y vertió la pintura en el fregadero, observando cómo los colores se fundían y formaban un púrpura oscuro y desagradable antes de colarse por el desagüe.

Una distracción. Eso era lo que necesitaba. Algo que le impidiera comprobar obsesivamente el móvil para ver si tenía algún mensaje de Camille. Algo que le impidiera pensar en que su amiga estaba atrapada en una casa con un monstruo.

Pero no iba a encontrarla allí. Por el parpadeo de la luz en la puerta, supo que la televisión del salón estaba encendida. Brick estaba de guardia esa noche, así que seguramente estaría sacando brillo a las botas del uniforme, o haciendo algo igualmente obsesivo.

Se decidió por la familia. La familia era divertida.

Cogió el móvil y miró la hora. Las diez de la noche.

Sus sobrinos estarían en la cama, pero Kimber era un ave nocturna. Seguro que a su hermana le apetecía un poco de compañía, ¿no?

Todavía no habían tenido una conversación como era debido desde que había vuelto a la isla. No había cumplido con sus deberes de hermana. Obviamente, a Kimber le pasaba algo y puede que esa fuera una buena oportunidad para que Remi la hiciera abrirse.

La mejor forma de olvidarse de sus propios problemas era involucrarse en los problemas de los demás.

Dejó los pinceles secándose en el lavabo, apagó las luces y salió al jardín trasero.

El cielo nocturno estaba totalmente despejado, iluminado por una media luna y millones de puntitos de luz. Su idea cada vez le parecía mejor. Le tiraría de la lengua a Kimber y resolverían juntas el problema. Recuperarían la confianza que parecían haber perdido.

Pasó a hurtadillas por delante de la casa de sus padres. Había cosas que nunca cambiaban. Al menos esa vez no tenía que trepar por el enrejado.

La casa de su hermana, una vivienda sencilla de color amarillo narciso, estaba justo una manzana más allá, en el lado opuesto de la calle.

Era la casa que su hermana había soñado tener desde niña. Remi se había puesto tan contenta el día que Kimber y Kyle habían firmado los papeles que les había enviado un felpudo en el que ponía «Bienvenidos a casa» para el pequeño porche delantero y les había pedido que le mandaran una foto cuando lo colocaran.

Su padre había fotografiado a Kyle con su hermana en brazos, como si fuera una novia, con un pie en el felpudo y otro en la puerta.

Remi subió al porche y vio que el felpudo seguía allí.

«Bienvenidos a casa».

Estaba desgastado. Tenía los bordes deshilachados. Y algunas letras estaban medio borradas por los restos de sal de las aceras.

Pero allí estaba.

Estaba a punto de llamar cuando oyó un ruido en la parte de atrás. Parecía la puerta trasera abriéndose y cerrándose.

Remi bajó del porche de puntillas y fue por el paseo hasta la valla.

Oyó el chasquido de un mechero. Arqueando las cejas, llamó a la puerta de madera.

—¡Pst! ¡Kimber!

—¿Remi? —oyó decir a su hermana.

—Sí. ¿Te apetece un poco de compañía?

Su vacilación le dolió. No solo se habían distanciado, sino que ahora su hermana le parecía una extraña.

Remi exhaló cuando la manilla empezó a moverse y la puerta se abrió.

—No me jodas. ¿Estás…?

Kimber estaba allí de pie, con unos pantalones de pijama a cuadros y una parka negra.

—¿Fumando? Pues sí. Deja de juzgarme.

Remi se quedó pasmada.

—Es que nunca te había visto hacer nada… —Malo. Incorrecto. Inapropiado. Insano—. Así.

—Es mi pequeña rebelión particular —dijo Kimber, inexpresivamente—. Pensaba que precisamente tú estarías encantada.

Parecía una indirecta y Remi la encajó como tal.

—¿Contra qué te estás rebelando?

Kimber exhaló una bocanada de humo en la oscuridad.

—¿Acaso importa?

—Por supuesto. Si es por una buena causa, me uniré a la rebelión.

Su hermana soltó una risa irónica.

—Lo que me faltaba.

Remi respiró hondo e intentó concentrarse en lo que había detrás de las palabras de Kimber.

—¿Kyle y tú estáis bien? —preguntó.

—Define «bien». Sí, seguimos casados. No, no ha vuelto a casa para los premios del Club de Informática de Ian que entregaban esta noche en el colegio, porque le resultaba más fácil dormir otra vez fuera que venir a ver a sus hijos y mañana por la mañana irse a trabajar desde aquí.

Remi hizo una mueca de dolor.

—¿Suele hacerlo a menudo?

Ella ignoró la pregunta.

—¿Sabes para qué sí ha tenido tiempo? Para preguntarme si tú estabas bien. Al parecer, lo has llamado para pedirle un consejo legal un poco raro y ahora le preocupa que estés metida en algún lío.

—Era una tontería —dijo Remi rápidamente.

—¿Una tontería? ¿Sabes lo que haría falta para que mi marido recordara que existo, más allá de mi papel de lavandera y criadora de niños? —chilló Kimber. Remi decidió guardar silencio. No era ajena a la actividad volcánica emocional. Pero era la primera vez que veía a su hermana mayor perder los papeles—. Bueno, pues ya que Kyle está preocupado, y que mamá y papá están preocupados, ¿por qué no hablamos de ti? ¿Qué tal te va la vida, Remi? ¿Qué tal tu asma?

—Preferiría hablar de ti.

—¡No me digas! Creía que solo estabas contenta cuando eras el centro de atención. —Una lágrima surcó la mejilla de su hermana.

—Vale —dijo Remi, dando un paso atrás—. Obviamente, lo estás pasando mal. Es mejor que me vaya.

—¿Qué se siente al ser fascinante? A mí nadie me ha encontrado interesante, y mucho menos fascinante, desde antes de tener hijos —reflexionó Kimber—. O puede que nunca.

Remi fue hacia la puerta.

—Llámame más tarde.

—Tú y tu cerebro en tecnicolor, tus pulmones defectuosos y tu forma de llamar la atención metiéndote en líos sin pagar nunca las consecuencias. ¿Cómo lo haces, Rem?

—¿Cómo hago qué? —preguntó Remi, cansada y triste.

—Desde que éramos niñas, tú siempre has acaparado toda la atención. —Remi cerró los ojos y encajó el golpe—. A ver, no es que envidie esa «chispa especial» que tienes, pero entiendo que Audrey se casara con Brick.

Kimber se rio con sarcasmo.

Remi se quedó de piedra ante aquel ataque inesperado.

—¿Qué tiene que ver una cosa con la otra?

—Que consiguió algo que tú no podías tener. Eras capaz de embaucar a cualquiera para conseguir lo que fuera, menos a Brick. No es de extrañar que Audrey te arrebatara algo que tú querías. Al menos así consiguió sentirse tan buena como tú. —Remi guardó silencio—. ¿Nunca te has dado cuenta? Estar a tu lado hace que todos los demás seamos invisibles. ¿Sabes lo que pasa cuando alguien como tú ilumina una habitación? Que el resto nos oscurecemos. Ya sé que no es culpa tuya. Y te sigo queriendo porque es imposible no hacerlo aunque, sinceramente, eso también me cabrea.

—Me voy —dijo Remi de nuevo. No estaba segura de cuántos golpes directos más podría soportar antes de reaccionar.

—De niñas, todo en nuestras vidas giraba en torno a ti. A tu asma. A tu sinestesia. A tus castigos. No me quedaba más opción que ser la buena.

—¿Has terminado?

Kimber suspiró.

—Sí. Creo que sí.

—¿Te sientes mejor?

Kimber dejó el cigarrillo y cogió la copa que estaba bebiendo.

—Me parece que sí. Debería dejar que se me fuera la puta olla más a menudo.

—Oye, yo nunca pedí que me protegieran. Me fui porque me asfixiaba aquí, rodeada de gente que nunca iba a aceptar que había madurado. Que nunca dejaría de considerarme una puñetera inútil caprichosa a la que había que rescatar. Yo no pedí tener asma.

—Pero tampoco le dabas importancia. Porque siempre había alguien cerca para darte el inhalador o llevarte al médico.

—Era una niña, Kimber. Qué coño, seguía siendo una niña a los veinticinco. Lo único sobre lo que sentía que tenía control era sobre mi puto cuerpo. Así que tomaba malas decisiones porque nadie más podía tomarlas por mí. Y nadie se dio cuenta cuando dejé de hacerlo y crecí, joder.

—¡Si aún sigues igual! ¡Si Brick ha tenido que volver a rescatarte!

—Vete a la mierda. Yo no le pedí que lo hiciera.

—Puede que esta vez no, pero ¿qué me dices de todas las demás? Ese tío es tu puñetero ángel de la guarda.

—¡NO NECESITO QUE NADIE ME CUIDE!

—¡CLARO QUE SÍ! Y ahora que eres adulta, tus decisiones pueden perjudicar a otros.

Aquel golpe directo acabó con su determinación de mantener la calma.

—Ya lo sé. Pero eso es problema mío. ¿Sabes cuál es el tuyo?

—Vaya, estoy deseando oírlo —se burló Kimber.

—Tu problema eres tú misma. ¿Que tu marido pasa de ti? ¿Quién se lo ha permitido? ¿Quién ha dejado que esa sea una opción? ¿Quién no le ha dado ningún ultimátum? «O vuelves, o te largas de una puta vez». A mí no me mires. ¿Quién tiene la culpa de que no tengas un trabajo que te haga recuperar parte de tu identidad? ¿Quién tiene la culpa de que no estés satisfecha?

—¡Que te den, Remi!

—¡No, que te den a ti, Kimber! No puedes culparme a mí y a mi estupidez de los problemas que tienes ahora. Asumo toda la responsabilidad por la mierda que tuviste que tragar cuando éramos niñas. Soy consciente de que acaparé toda la atención y no siempre fue sin querer. Sé que es difícil quererme, que soy una puta calamidad. Pero, por si no te habías dado cuenta, hace años que no vivo aquí.

—¿Qué coño está pasando? —La linterna la cegó y Remi levantó una mano para protegerse de la luz.

—Vaya, mira quién ha venido a salvarte el culo —se burló Kimber mientras Brick cerraba la puerta de una patada y caminaba hacia ellas, hundiéndose en la nieve.

—¡Yo no lo he llamado! —protestó Remi.

—Tú no, pero el vecino de tu hermana sí —dijo él—. Ha dicho que parecía que había una pelea.

—¡De puta madre! —Kimber estaba demasiado pasada de rosca como para controlarse—. Ahora toda la isla se va a enterar de mis movidas.

—¿Por qué no me echas la culpa de eso a mí también? —replicó Remi. La adrenalina le oprimía el pecho, pero hacía mucho tiempo que no se sentía tan viva.

—Remington... —la avisó Brick.

—Como toques esas bridas que llevas en el cinturón, no respondo de mis actos —le advirtió ella.

—No me hagas usarlas.

—¡Vete a la mierda! ¿Cómo voy a fingir que no existes, si no dejas de aparecer por todas partes? —gritó ella.

Entre el frío, las voces y el cabreo en general, sentía que se le estaba empezando a cerrar la garganta.

—Porque siempre lo necesitas. Siempre necesitas que alguien te saque las castañas del fuego —replicó Kimber.

El bufido de Remi sonó más bien como un resuello.

—Sabes perfectamente que no debes cabrearla así —le espetó Brick a Kimber—. ¿Dónde tienes el inhalador?

—¡Que te den, Brick! —gritaron las dos hermanas a la vez.

—Como no os calméis de una puta vez, juro por Dios que os llevo a las dos a la comisaría y llamo a vuestra madre.

Acababa de meter la pata hasta el fondo. Aunque estuvieran enfrentadas, una hermana era una hermana. Y él acababa de unirlas contra un enemigo común.

Remi cogió un puñado de nieve.

—Ni se te ocurra —gruñó Brick mientras hacía una bola.

—Estoy muy disgustada —declaró la comisaria Darlene Ford a través de los barrotes de la celda. Llevaba unos pantalones de pijama de forro polar de conejitos rosas y una parka de la policía de Mackinac.

—Hola, mamá —dijeron inocentemente Remi y Kimber.

—¿Y esas bridas, sargento? —preguntó Darlene.

—Le he dado con una bola de nieve y he intentado pegarle un rodillazo en los huevos —respondió Remi alegremente.

—Y yo le he dado una patada en la espinilla —dijo Kimber.

Darlene se quedó callada y suspiró.

—Suéltalas, Brick.

—Solo si prometes no matarlas. No me apetece hacer todo el papeleo.

Remi vio cómo Brick le entregaba las llaves a su madre.

—Estáis castigadas.

Kimber resopló.

—Ya no puedes castigarnos.

—Eso. Somos adultas —dijo Remi, dándole la razón.

—Bueno, al menos una de nosotras lo es —dijo su hermana con sorna.

—¿Quieres empezar otra vez, Kimber?

—Eso responde a la pregunta de las bridas —comentó su madre—. Quítaselas.

Minutos después, salieron a la calle con los abrigos y las botas puestas para enfrentarse a la ira de su madre y a su pijama de conejitos.

—No voy a preguntar qué ha pasado porque la verdad es que me importa una mierda —dijo Darlene—. Ambas la habéis liado lo suficiente como para que os pongan unas bridas y os traigan al centro del pueblo. Por cierto, Kimber, los niños están bien. La señora Croix les ha dejado comer helado y ver un episodio de *Schitt's Creek* antes de volver a acostarlos.

—Genial. Ahora sí que se va a enterar todo el pueblo —murmuró Kimber.

—Basta. —La voz de Darlene restalló como un látigo en el silencio—. Si tu matrimonio no va bien, desde luego no será por culpa de tu hermana. Y a ti —añadió, señalando a Remi— no sé qué demonios te pasa, pero más te vale espabilar de una puta vez y resolverlo. Somos vuestros padres y os queremos. Pero sois adultas y ya va siendo hora de que empecéis a ocuparos de vuestros propios problemas, en vez de echarles la culpa a los demás o huir de ellos.

Dicho lo cual, Darlene dio media vuelta y fue hacia la moto de nieve que tenía aparcada en la calle.

El camino de regreso a Red Gate fue largo, frío y solitario. Cabizbaja, Remi echó un vistazo a la sala de estar. No tenía a nadie con quien hablar. Tampoco es que quisiera hacerlo. Ni que necesitara la atención de nadie. Hizo una mueca de dolor y se quitó el gorro.

¿De verdad era así? ¿Necesitaba tanta atención simplemente para existir que acababa eclipsando a los demás? ¿A las personas que quería? ¿Por eso Audrey había desaparecido de repente de su vida y se había casado con el único hombre al que Remi había amado?

Necesitaba una copa.

Le sonó el teléfono en la mano y miró la pantalla.

BRICK

Tengo que hablar contigo

Ni de coña pensaba tener una conversación con él en ese momento. No haría más que reafirmar todas las acusaciones que Kimber le había echado en cara.

Le llegó otro mensaje.

O coges el teléfono o voy

Increíble. Qué huevos tenía aquel tío.

Cuando un segundo después sonó el teléfono, Remi lo ignoró. Y lo mismo hizo con la segunda llamada. Para evitar sucumbir, silenció el móvil y se fue al cuarto de baño.

—Voy a darme una buena ducha de agua caliente —decidió, abriendo el grifo de agua hirviendo. Activó una lista de reproducción y «Somebody to Love», de Queen, empezó a sonar a todo volumen por el altavoz que había encima del lavabo. Remi se desnudó, se recogió el pelo y se metió debajo del agua.

Mientras el vapor se elevaba hacia el techo, las tonalidades rojas y anaranjadas se desplazaban como nubes al ritmo de la música. Remi cerró los ojos y fingió que fuera nadie estaba aporreando la puerta principal. Brick acabaría rindiéndose y se marcharía. No era de los que se pasaban de la raya o ignoraban los límites. Al menos en lo que a ella se refería. Le importaban más las reglas que la recompensa por romperlas.

Remi metió la cara debajo del chorro de agua caliente e imaginó que se encontraba bajo la superficie, donde todo estaba en silencio y podía gritar sin que nadie la oyera.

La música dejó de sonar de repente.

—¡Joder! —Abrió la cortina y se quedó inmóvil. La nota

inicial de un chillido le subió por la garganta y acabó convertida en un gemido.

Por una fracción de segundo, había pensado que era él. La sombra que la perseguía. Aquel seductor engominado que era todo fachada. Y se había quedado helada.

—Remi.

Pero el que estaba allí era Brick Callan, ocupando toda la habitación, con las piernas separadas y los brazos cruzados sobre aquel pecho colosal. Seguía con el uniforme puesto y todavía tenía pinta de querer estrangularla.

—¿Has echado la puerta abajo? —le preguntó Remi, cerrando de un tirón la cortina, una barrera de separación demasiado frágil.

Apretó los ojos con fuerza e intentó que su pulso se ralentizara mientras él seguía tan tranquilo al otro lado de sus innumerables muros. Finalmente, Remi oyó un tintineo y levantó la vista. Brick le enseñó un llavero sobre la barra de la cortina. Cómo no. Siempre tan digno de confianza y tan fiable. Obviamente, tenía una llave.

—Lárgate, Brick. Estoy demasiado cansada para mantener una conversación unilateral con alguien que no existe.

Se quedó boquiabierta cuando la tela que los separaba se abrió de repente. Había tres venas visibles en el cuello de Brick, lo que significaba que estaba a punto de estallar como una bomba nuclear. Aun así, un Brick enfadado seguía siendo más seguro que un canalla sonriente.

—¡Perdona, pero estoy desnuda! —gruñó, poniendo los brazos en jarras y deseando haber acertado en las pelotas.

Una toalla de baño blanca y mullida le dio en la cara.

—Tápate.

—¿Que me tape? ¿Entras en mi baño mientras estoy en la ducha y me dices que me tape? Pero ¿cuál es tu problema?

—Tú —respondió él. Un temblor de rabia hizo vibrar aquella única sílaba, dándole demasiado significado.

Pues claro, cómo no iba a ser ella el problema, pensó Remi enfadada, cerrándose la toalla entre los pechos. Le había jodido la vida a Kimber. Había convertido a una amiga de la infancia en su enemiga. Y había puesto a su mejor amiga en una situación tan peligrosa que era imposible escapar de ella.

—¿Sabes qué? Que estoy harta de ser un problema para los demás. ¡Si todos odiáis tanto estar conmigo, dejadme en paz de una puta vez!

Estaba tan cansada que solo tenía ganas de sentarse en el fondo de la bañera y quedarse allí. Como si le hubiera leído la mente, Brick metió la mano, cerró el grifo y la sacó fuera.

Sus piernas mojadas dejaron un rastro húmedo sobre su entrepierna cuando la dejó en el suelo. O estaba empalmado o había encontrado un sitio nuevo para guardar la porra. Pero eso ya daba igual. Ya nada importaba.

Necesitaba dormir. Hacerse un ovillo y dormir hasta que el mundo estuviera dispuesto a acogerla.

—Estás temblando —observó Brick.

—Y tú también lo estarás como no te largues de mi cuarto de baño.

Él ignoró la amenaza y la arrastró hacia el salón. Remi se quedó allí de pie mientras Brick buscaba el mando de la chimenea para darle más gas. Cuando este empezó a pasear por delante del fuego, Remi renunció a seguir de pie y se derrumbó en el sofá.

—¿A qué te referías esta noche? —le preguntó él, deteniéndose de pronto para mirarla fijamente con una extraña intensidad crepitando en aquellos ojos azules.

—Tendrás que ser más específico —replicó ella, recostando la cabeza en el respaldo del sofá—. Hablo mucho.

—Cuando estabas discutiendo con Kimber.

—Le he dicho muchas cosas a mi hermana. Y ninguna de ellas es de tu incumbencia —le soltó Remi, tirando de una manta suave que había en el respaldo del sofá para ponérsela sobre las piernas.

Brick empezó a dar vueltas de nuevo.

—Un momento, ¿estás enfadado conmigo por algo que le he dicho a mi hermana en una conversación privada?

Brick se detuvo de nuevo, luego avanzó hacia ella y se pasó una mano por el pelo.

—Enfadado es poco. —Nunca lo había oído hablar en aquel tono tan frágil y vulnerable. Él tragó saliva como si las palabras se le hubieran atragantado. Pero Remi reprimió el deseo de ponerle remedio, de hacer que se sintiera más cómodo—. Le has dicho que sabías que era difícil quererte. Que eras una calamidad.

Aquel tío se había enfrentado a ella, la había esposado con una brida, la había metido en el calabozo y estaba enfadado porque le había dicho a su hermana una verdad como un piano.

Remi dobló las rodillas para sentarse sobre los pies.

—Estoy cansada. ¿A qué viene esto? ¿Qué quieres que te diga?

Brick empezó a moverse de nuevo. Invadió su espacio vital y apoyó las manos en el respaldo, a ambos lados de su cabeza. El fuego parpadeaba detrás de él mientras se cernía sobre ella.

—¿Eso es lo que crees? —Su voz era áspera y sus ojos casi parecían plateados en la penumbra. Se hizo un largo silencio, solo roto por sus respiraciones. Finalmente, Remi asintió. Era la verdad. Y lo sabía desde que tenía uso de razón—. Remington, cualquiera que te haga sentir que eres difícil de querer es un puñetero imbécil y no merece formar parte de tu vida.

Remi se quedó pasmada. Su proximidad le quitaba el frío de los huesos e iluminaba las sombras.

—¿Y a ti por qué te importa tanto? —susurró.

A cámara lenta, Brick apartó una mano del respaldo del sofá y le acarició suavemente la mejilla. Por instinto, ella apoyó la cara contra su mano y se vio recompensada con un gruñido.

—Porque eres la mejor persona que conozco. —Sus palabras fueron como una caricia. Como un bálsamo en una herida que nunca había cicatrizado. Brick le rozó los labios con el pulgar un par de veces y luego retrocedió para alejarse de ella—. Vete a la cama, Remi. —La orden fue brusca pero dulce.

Boquiabierta y muda de asombro, Remi se quedó allí plantada mientras el sargento Brick Callan volvía a ponerse el sombrero y se marchaba, cerrando la puerta que los separaba.

26

Había sido un día de mierda larguísimo.

Remi se había pasado toda la mañana en el sótano de sus padres, porque Darlene y Gilbert habían obligado a sus hijas a imprimar y sellar las paredes de bloques de hormigón. Al parecer, los padres sí podían castigar a los hijos adultos.

Kimber apenas le había dirigido la palabra en cuatro horas.

Después, Remi había ido directamente al centro médico de la isla, donde la doctora Sara Ferrin le había preguntado cuánta verdura había comido esa semana y luego le había quitado la escayola. Debería haber sido una celebración, el fin de la curación, la vuelta a la normalidad. Pero la normalidad seguía eludiéndola.

Luego había ido a casa de Brick y el pincel que tenía en la mano buena había hecho un Brick Callan y había pasado de ella olímpicamente.

Era deprimente. El pasado la había atrapado. El presente consistía en una rutina lúgubre sobre la cuerda floja, de la que sin duda acabaría cayendo. Y, en ese momento, el futuro era inexistente.

Se sentía como si se hubiera metido en un pozo gigante de arenas movedizas y hubiera dejado que se la tragara entera. Estaba atascada creativa, física y mentalmente. Y no lo soportaba.

Sudorosa y abatida, apagó «No Surprises», de Radiohead, y cambió a una lista de reproducción instrumental más relajante. Se obligó a poner el pincel sobre el papel y, finalmente, consiguió esparcir algunos óleos, aunque el resultado parecía más bien un ejercicio de técnica con el pincel que un verdadero ejercicio de creatividad.

—Esto es una mierda —refunfuñó delante del lienzo.

—¿Sabes qué más es una mierda?

—¡Mary J. Blige! Spence, ¿qué coño haces aquí, además de provocarme un infarto? —Spencer Callan estaba sentado en una de las mesas de trabajo, comiendo helado directamente de la tarrina.

—Es 1 de marzo.

—Me estás vacilando, ¿no?

Él negó con la cabeza y se comió otra cucharada.

—Es 1 de marzo y los dos estamos aquí.

—No. Ahora mismo no soy una buena compañía —le advirtió Remi.

—Seas buena compañía o no, te vienes conmigo.

—Estoy enfadada con tu hermano.

—Estará tan ocupado que ni se dará cuenta de que estás allí —dijo Spencer, bajándose de la mesa. Echó un vistazo al lienzo y frunció el ceño—. ¿Qué coño es eso?

—Una mierda, como el resto de mi vida —gruñó ella, quitando el cuadro del caballete como un gato erizado.

—Nunca te había visto autocompadecerte —comentó Spencer—. ¿Quieres ver algo que te va a animar? —le preguntó, cogiendo el móvil.

—A menos que sea ese pitbull en la bañera con gorro de ducha, no.

—Es Brick cuando le he entregado hoy en persona la moto de nieve nueva. —Spence rebuscó entre las fotos—. Esa es su cara de sorpresa. Solo lo aclaro porque se parece mucho a su cara de mosqueo. —Remi sonrió. Era dificilísimo seguir enfadada y autocompadeciéndose, con Spencer allí. Este deslizó de nuevo el dedo—. Aquí es cuando se ha dado cuenta de que el lazo gigante significaba que era para él. Y esta es la cara que ha puesto cuando le he dicho que tú se la habías comprado.

Remi resopló. En la foto, Brick tenía una mirada que parecía a punto de perforar el teléfono de Spencer.

—Tú también contribuiste —le recordó Remi.

—Ya, pero era más divertido decirle eso.

No le quedó más remedio que estar de acuerdo con él.

—¿Y cómo ha reaccionado?

—Ha dicho que no pensaba aceptarla. Yo he pasado de él y la he metido en el jardín, y luego lo he pillado haciendo esto, justo antes de irse a trabajar. —Le enseñó una última foto de Brick sentado a horcajadas sobre la reluciente moto de nieve roja y blanca, con las manos sobre el manillar y el ceño de su atractivo rostro fruncido con fiereza.

—Creo que podemos dar por saldada nuestra deuda —declaró Remi.

—Y por eso vas a venir conmigo —insistió Spencer.

—Pfff. Vale. Pero si tu hermano me toca las narices, no pienso morderme la lengua.

—Me decepcionaría que lo hicieras. Tal vez quieras ducharte primero.

Aunque no era un día festivo, el 1 de marzo tenía un significado especial en Mackinac. Quería decir que solo faltaba un mes más de largo y triste invierno para que los trabajadores estacionales y los turistas empezaran a volver a la isla en abril. En el Tiki Tavern tenían la tradición de celebrar el 1 de marzo con una fiesta medio vaquera, medio caribeña, en la que el alcohol corría a raudales y que duraba desde la apertura hasta el cierre.

Cuando Remi llegó del brazo de Spencer, el local estaba abarrotado de gente. Lleno de camisas hawaianas y de leñador. A pesar del caos, Brick levantó la vista de la barra en cuanto entró y su mirada se clavó en la suya como un misil rastreador de calor. Como si estuviera esperando que apareciera.

La constatación de que, decidieran lo que decidieran, o actuaran como actuaran el uno con el otro, había algo en su ADN que siempre haría que se atrajeran, la golpeó como una onda expansiva. Remi nunca dejaría de sentir aquel escalofrío de emoción cuando coincidieran en el mismo lugar.

—Vaya, pero si es la pequeña Remi Ford —dijo alguien, haciéndole señas desde el fondo del local.

—Voy a por unas copas —le susurró Spencer al oído, antes de ir hacia la barra.

Remi fingió estar concentrada en socializar, poniéndose al día con dos compañeros de clase, con su antiguo profesor de Historia y con el vecino de al lado de Kimber, que se disculpó por llamar a la policía el día de la discusión. Se preguntó cuánto tiempo sería capaz de quedarse antes de decepcionar a Spencer y volver a casa para seguir lamentándose.

Este volvió con dos cócteles de color amarillo chillón y una cerveza, y se instalaron en un rincón utilizando el alféizar de la ventana como mesa.

—Brick me ha dicho que no te deje beber demasiado —la informó Spencer. Qué puto pesado—. ¿Te ha contado lo de mamá? —le preguntó.

Remi negó con la cabeza. Brick rara vez mencionaba a sus padres.

—¿Qué le pasa?

—Dice que quiere venir de visita este verano, alojarse en el hotel y disfrutar de la isla.

—Nunca ha estado aquí, ¿no? —le preguntó Remi.

Spencer negó con la cabeza y saludó a alguien que estaba al otro extremo de la barra.

—No, nunca. Suelo verla una vez al año, más o menos. Quedamos en alguna ciudad para pasar un fin de semana largo, o algo así. Pero Brick hace años que no la ve. Creo que nunca le ha perdonado que se marchara. O puede que nunca se haya perdonado a sí mismo que le doliera tanto que lo hiciera.

Remi hizo una mueca de dolor. Lo último que le apetecía era pensar en Brick y en la posibilidad de que hubiera un ser humano bajo aquella fachada disciplinada, gruñona y cachas.

—¿Qué edad teníais cuando se fue? —preguntó mientras Spencer arrancaba la etiqueta de la botella.

—Yo diez. Brick casi dieciocho. Pensaba entrar en el ejército al acabar el instituto, pero cambió de idea cuando ella se largó. No se fiaba de papá para cuidar de mí.

Remi le puso una mano en el hombro.

—Menos mal que se quedó contigo. Si no, no habríais acabado viviendo aquí y no habríamos tenido la oportunidad de… hundir su moto de nieve.

Spencer esbozó una sonrisilla.

—Es curioso cómo son las cosas.

—¿Qué tal tu padre, por cierto? —le preguntó Remi.

—Bien. Muy bien. Ha montado su propio negocio y parece que ha dejado de meterse en líos con la justicia. Hablamos mucho. Creo que está tratando de compensar todos los años pasados.

Remi desvió la mirada hacia la barra, donde Brick y Darius estaban usando los grifos de cerveza en tándem.

—¿Brick tiene relación con él?

—Qué va. Dio por muerto a papá antes de que cerraran la puerta de la cárcel tras él. Para Brick, nuestros padres nos abandonaron. Siempre me alegré de que tuviera a tu familia. Tu madre fue la que lo convenció para que entrara en el cuerpo de policía.

Remi asintió.

—Lo recuerdo. Esta noche hay un montón de gente —comentó, cambiando de tema.

—Había pensado que a lo mejor Audrey volvía por primera vez —dijo Spencer, mirando hacia la puerta.

—Oye, ¿cómo es que nunca llegasteis a salir?

—¿Audrey y yo? —Su sorpresa era cien por cien falsa.

—Estabas pillado por ella en el instituto —comentó Remi.

—Eso eran cosas de críos —dijo él, antes de darle un trago a la copa—. ¿Ese de ahí es Travis Mailer? Enseguida vuelvo.

Remi observó cómo se escaqueaba de la pregunta. Estaba a punto de coger la copa, cuando le sonó el móvil en el bolsillo trasero.

Era un mensaje de Brick. Se planteó ignorarlo, pero llegó a la conclusión de que estaba desperdiciando demasiada energía y lo abrió.

Se trataba de un enlace a un artículo de prensa y estuvo a punto de escupir la bebida al leer el titular.

LA ESPOSA DEL SENADOR NO GUARDA «NINGÚN RENCOR» A LA ARTISTA QUE CAUSÓ EL ACCIDENTE

Con manos temblorosas, abrió la noticia y la leyó por encima.

Camille Vorhees (...) recién salida del hospital (...) «No le guardo rencor a Alessandra Ballard por haber causado el accidente. Este trágico acontecimiento me ha hecho sentir aún más afortunada por contar con mi marido y por la vida que tenemos la suerte de llevar. Ambos nos alegramos de que esté recibiendo la ayuda que necesita y esperamos que todo el mundo respete su intimidad en estos momentos».

Iba acompañado por una foto de Camille delante de la chimenea de la biblioteca de su casa de Chicago. Tenía un aspecto inquietantemente frágil, con aquel vestido entallado de color marfil. Aunque pareciera increíble, hacía que llevar muletas resultara elegante.

Remi se sentía mareada, asqueada y extrañamente aliviada. Empezó a temblarle todo el cuerpo y los dientes le castañeteaban.

La presión de la multitud era excesiva. La música estaba demasiado alta. Necesitaba respirar un poco. Sorteando las mesas y los cuerpos calientes, se metió por el pasillo que conducía al baño.

Se escabulliría al piso de arriba para poder venirse abajo en privado. La puerta del despacho se abrió justo cuando pasaba por delante. Brick apareció en el umbral y ella frenó en seco. Parecía furioso, pero Remi no tenía ganas de enfrentarse a aquello. De enfrentarse a él.

Negó con la cabeza y obligó a sus pies a ponerse de nuevo en movimiento. Pero no llegó a dar un segundo paso para dejarlo atrás. Brick la agarró con fuerza por la muñeca y la arrastró al interior de la oficina. Luego utilizó su propio cuerpo para cerrar la puerta, antes de inmovilizarla contra la madera con las caderas.

—¿Qué coño está pasando? —le preguntó.

—Ahora no es buen momento —susurró ella.

—Estás temblando como un puto flan. ¿Por qué tu amiga dice esas gilipolleces de ti? —La acorraló contra la puerta, absorbiendo con su cuerpo sus temblores—. Cuéntamelo.

Brick la creía. La creía antes que a Camille. Dijeran lo que dijeran los demás, rumorearan lo que rumorearan. La creía. Por alguna razón, aquella confianza hizo que le entraran ganas de llorar.

—No puedo.

—¿No puedes o no quieres?

—Ambas cosas. Tiene sus motivos. Necesito que me dejes en paz, Brick. Ya hemos jugado a esto antes. —Remi no soportaba que sentir el peso de su cuerpo sobre el de ella le hiciera sentirse automáticamente más tranquila, más segura.

—¿Para qué? ¿Para que puedas salir con mi hermano? —Ya no parecía enfadado. Parecía abatido. El dolor se reflejó en sus penetrantes ojos azules.

—No fastidies, Brick. Spence es como un hermano para mí. Y no de la forma en la que tú sigues fingiendo que me consideras una hermana. Pero no puedes decirme que no quieres estar conmigo y luego montar una pataleta cuando me ves con otra persona.

Él le enseñó los dientes y Remi casi esperó que le diera un mordisco. En lugar de eso, se relajó un poco.

—¿Piensas dejar que todos crean que eras tú la que conducía aquella noche?

Ella se encogió de hombros.

—Puede.

Brick negó con la cabeza lentamente.

—La Remi que yo conozco agarraría a esa mujer por los ovarios y la haría llorar como un bebé por mentir. Así que repito: ¿qué coño está pasando? ¿Por qué no estás convirtiendo su vida en un infierno en estos momentos?

La risa que intentó forzar sonó parecida a un sollozo.

—Esto no es cosa tuya. Déjalo de una puta vez.

Brick murmuró algo entre dientes sobre cargarse a alguien y Remi lo miró. Lo miró como era debido.

—En serio me crees, ¿no?

Aquello pareció molestarle.

—Sé cuándo mientes.

—Lo sabías cuando tenía dieciocho años. Pero podría haber mejorado. Podría ser una persona diferente. Alguien a quien no conoces —dijo Remi, poniéndolo a prueba.

—Sé que si la hubieras cagado hasta ese punto, removerías cielo y tierra para arreglarlo. Habrías confesado al momento, habrías exigido que te hicieran la prueba de alcoholemia y te habrías subido al asiento de atrás de un coche patrulla, si creyeras que habías mandado a tu amiga al hospital.

Remi se abalanzó sobre él, sintiendo que la rabia se mezclaba con algo más primitivo.

—Yo la mandé al hospital —murmuró—. Que no estuviera al volante no significa que no fuera la responsable.

—Tu supuesta amiga está intentando hundirte y tú sigues empeñada en protegerla. ¿Qué pasaría si hablara con ella?

Remi se dio cuenta de que se había puesto pálida. Agarró a Brick por la pechera de la camisa y lo sujetó durante unos instantes. Él se excitó al estar pegado a ella y su erección empezó a crecer bajo los vaqueros.

—Ni se te ocurra intentar involucrarte de ninguna forma. ¿Me oyes?

—¿Pretendes que me quede de brazos cruzados, ignorando que estás metida en un puto lío?

—¡Sí! ¡Eso es exactamente lo que espero que hagas! Porque no puedes tener las dos cosas. No puedes ser mi protector y mantenerme alejada. ¡No puedes protegerme de las maldades del mundo y a la vez protegerte de mí!

Nunca había sentido una necesidad así. Nunca había sido capaz de ponerle una etiqueta al deseo que siempre había sentido por Brick. Pero al verse inmovilizada contra la puerta por aquel gigante malhumorado que apenas era capaz de contenerse, por fin encontró una palabra para describirlo. Quería que la dominara, quería que él confiara en que ella sería capaz de recibir todo lo que él necesitaba darle. Quería hacerle sobrepasar aquellos límites infranqueables para que por fin cogiera lo que deseaba. Necesitaba que las vibraciones que sacudían el cuerpo de Brick destrozaran su interior, que se olvidara de aquel control tan férreo y se liberara. Su erección se hinchó, rígida y tensa tras la cremallera de los vaqueros. Lo deseaba con todas sus fuerzas. Y esperaba, de verdad, que él lo estuviera pasando tan mal como ella.

—Y ahora, a menos que pienses usar esa polla para lo que ha

sido concebida, lárgate de una puta vez —le susurró con voz trémula.

—No te convengo, corazón —dijo Brick—. No sería amable ni dulce. Sería un bruto cruel. Y tú te mereces...

—Si crees que no me merezco que me follen exactamente como quiero que me follen, está claro que no eres el hombre adecuado.

Los ojos de Brick se convirtieron en dos rendijas y Remi se preguntó si aquel sería el momento en el que acabaría cumpliendo todas sus amenazas y se la cargaría. Tenía todo el cuerpo tenso y temblaba como si estuviera a punto de atacar.

Una cosa estaba clara. En aquel instante, Brick no estaba manteniendo las distancias.

Como si le leyera la mente, él la embistió con las caderas, apretando su polla dura oculta bajo la tela vaquera contra ella, y la hizo gemir. Los tendones de su cuello asomaron por debajo de la barba mientras apretaba los dientes y gruñía.

Pero aquello no era suficiente para ninguno de los dos. Cuando Brick dobló las rodillas para presionar la entrepierna de Remi, metiéndose entre sus muslos, esta volvió a apoyar la cabeza contra la puerta. Él repitió el movimiento una y otra vez. El deseo la ahogaba mientras su interior palpitaba, desesperado por formar parte de la brutalidad de sus embestidas.

Brick se detuvo tan bruscamente como había empezado, esa vez con las caderas encajadas entre los muslos de Remi, con su erección latiendo entre ellos y la respiración agitada.

A ella se le había acelerado el pulso y estaba sofocada y mareada.

¿Cómo era posible que nunca la hubiera besado? ¿Cómo era posible que se hubieran tocado de forma tan íntima, que hubieran compartido tanta vulnerabilidad y, sin embargo, que la boca de Brick nunca se hubiera apoderado de la suya? ¿Cómo sería respirar su aire? ¿Sentir el roce de su lengua? ¿Saborear sus palabras?

Se oyeron unos pasos al otro lado de la puerta. Ellos se miraron, pero ninguno de los dos se movió. Estaban atrapados a unos cuantos pasos del mundo real. Allí, en aquella oficina angosta y oscura, no existían las reglas del exterior.

—¿Qué encontraría si te metiera la mano en las bragas ahora mismo?

A Remi se le secó la boca y el insistente latido entre sus piernas se convirtió en un tamborileo frenético.

—¿Por qué no lo averiguas?

Brick la agarró del pelo y le echó la cabeza hacia atrás. Luego se acercó a ella hasta que sus labios quedaron a un suspiro de distancia.

—Esa puta boca, Remi.

Ella dejó escapar un gemidito ridículo. Ay, Dios. Aquello no estaba sucediendo. Solo era otra de sus fantasías. Uno de aquellos sueños de los que se despertaba dándose cuenta de que Brick Callan nunca la tocaría como deseaba.

—¿Estarías mojada? —susurró con aspereza, haciendo que se le endurecieran los pezones—. Y si lo estuvieras, ¿sería por mí? ¿O por otra persona? —A Remi le pesaban demasiado los párpados como para mantenerlos abiertos. La forma en la que él la estaba agarrando le hacía sentirse como drogada, como en un sueño—. Me hago esas preguntas todos los putos días. No puedo concentrarme cuando estás cerca. Cuando sé que estás al otro lado de la calle. Al otro lado de la mesa. Justo al otro lado de la barra. —Todo su cuerpo temblaba contra el de él. Lo deseaba. Necesitaba más que lo que él estaba dispuesto a darle—. Cada día haces que me acerque un poco más. Y va a llegar un momento en el que no voy a ser lo suficientemente fuerte como para retroceder.

—Pues no lo hagas.

Brick le rozó suavemente la cremallera de los vaqueros con un dedo.

—Hay ciertas reglas, Remi.

—No soy una adolescente. No estoy saliendo con tu hermano pequeño. Y tú no estás casado.

—Tu madre es mi jefa.

—¿Quieres que mi madre te dé su beneplácito para meterme la polla? Somos adultos, Brick. No necesitamos el permiso de nadie.

Él dejó la cremallera y subió la mano por el jersey de Remi para posarla justo debajo de su pecho. El pezón de ella se endureció bajo el sujetador, anhelando su contacto. Empezó a temblar de nuevo, pero esa vez no era de miedo.

—No quiero saber qué se siente al estar dentro de ti si vas a hacer las maletas e irte. No quiero verte marchar después de haber descubierto a qué sabes. No quiero despedirme de ti después de haber visto mi semen esparcido sobre esas puñeteras tetas perfectas.

A Remi le fallaron las rodillas, pero no se cayó. Porque, una vez más, Brick Callan la sujetó.

—¿Cómo narices quieres que sepa si me voy a largar o cuándo? ¿Y por qué eso te da derecho a torturarme?

—No me estás escuchando, Remi. Si me acercara a este coño que tienes, sería para castigarte por haberme hecho esperar tanto puto tiempo. Te daría lo que te mereces por querer dejarme. Estarás más segura si nunca llego a tocarte. Y yo también.

Mientras pronunciaba aquellas palabras, su polla palpitaba entre ellos.

Remi estaba temblando. Por fin lo había soltado. Acababa de cumplir su mayor deseo, el más inconfesable. Él quería dominarla. Y el mero hecho de pensar en ello, de imaginarse a aquel hombre grande y fuerte inclinándola hacia delante y...

—Demuéstramelo.

Brick se estremeció y apretó los dientes mientras a ella se le hacía un nudo en la garganta.

—No sabes lo que dices.

—Ponme a prueba. Demuéstrame cómo me castigarías. Cómo me harías disculparme por todas esas erecciones con las que te he dejado plantado. Por todas las veces que has tenido que desahogarte tú solo porque no podías más. Demuéstramelo.

Remi deseaba, ansiaba, necesitaba saber cómo sería tenerlo dentro de ella, haciéndola llegar al clímax.

—Jamás —dijo Brick con un susurro áspero y entrecortado, haciéndola pedazos.

—Pues entonces nunca sabrás lo que encontrarías si te olvidaras de tus absurdas reglas el tiempo suficiente como para deslizar la mano entre mis piernas. —El gruñido de Brick le advirtió que estaba tensando demasiado la cuerda, pero a Remi le apetecía seguir estirándola todavía más—. Si me desearas de verdad, nada se interpondría en tu camino. Nada te impediría tomarme y darme lo que quiero. Así que no vayas de atormentado por la vida cuando lo que más te preocupa es lo que pensaría la gente si te bajaras de tu pedestal y me echaras un buen polvo.

Remi empujó su pecho grande y ancho. La suavidad de la franela cubría sus músculos duros. Pero Brick no se movió ni un centímetro. Joder, qué cachonda le puso aquello. Iba camino de humillarse a sí misma y tuvo que hacer un gran esfuerzo para cambiar de rumbo y evitar arrojarse a sus pies, rogándole que la poseyera sin compasión. Solo por esa vez.

—Apártate, Brick. Ya has dicho lo que tenías que decir y yo también. Seguiré fingiendo que no existes. Y tú puedes seguir imaginándote lo húmeda que estoy, con cuánta fuerza tendrías que embestirme para entrar dentro de mí y cómo te apretaría cuando me corriera. —Él le tiró del pelo con fuerza y farfulló algo ininteligible, pero Remi no estaba dispuesta a dejarse intimidar—. Puedes consolarte durante el resto de tu vida pensando en que nunca lo sabrás. Enhorabuena por tu moral intachable, Brick Callan.

—Joder.

Con un movimiento rápido, Brick le dio la vuelta y la inclinó sobre el escritorio. Le agarró la nuca con una mano y posó la otra en la curva de su trasero, hundiendo los dedos en su piel.

A Remi le temblaban los muslos de excitación.

Aquello era justo lo que ella quería. Lo que él se estaba resistiendo a hacer. Quería hacerle perder el control y tomar todo lo que él tenía para darle.

La mano que Brick le había puesto sobre el culo desapareció y Remi se lo imaginó retrocediendo, preparándose para atacar, pero el azote nunca llegó. Unas lágrimas calientes y asfixiantes le nublaron la vista. Si Brick no podía darle ni aquello, nunca sería suyo.

¿Qué problema tenía con ella para no poder darle lo que ambos deseaban?

Brick respiraba como un toro a su espalda. Remi deseaba sentir su pecho pegado a ella y la hebilla de su cinturón clavada en la piel por encima de la cintura de los vaqueros. Pero él no hizo ademán de tocarla. Ni de tomarla.

—Lo siento, Brick. El único hombre que puede azotarme es el que me vaya a follar.

Él tensó las manos sobre ella durante unos segundos. Los suficientes como para que Remi se hiciera ilusiones, creyendo que por fin la iba a dejar ganar. Que iba a bajarle los vaqueros y a follársela allí mismo hasta que ambos estallaran.

Estaba tan mojada, que seguro que él podía notárselo a través de los pantalones. Se le iba a congelar la entrepierna durante el largo y solitario camino de vuelta a casa.

Cuidadosamente, como si Remi fuera de cristal, Brick apartó las manos. Luego la rodeó e interpuso el escritorio entre ambos. Seguía con la polla gruesa, hinchada y tensa tras la bragueta mientras apretaba los puños a ambos lados del cuerpo.

Al menos esa vez era a él a quien le costaba respirar. Una pequeña victoria inútil.

Remi se levantó del escritorio. Evitó mirarlo mientras se bajaba el jersey.

—Esta ha sido tu última oportunidad, Brick. Espero que no te arrepientas.

Él no dijo ni una puñetera palabra mientras ella salía del despacho sin mirar atrás.

27

Estaba demasiado ensimismado como para tomar nota de los pedidos o cobrar. Le resultaba imposible mantener una conversación trivial cuando no podía dejar de pensar en lo cerca que había estado de perder la cabeza. La había tumbado boca abajo sobre el escritorio. Las hebras de su autocontrol, antes fuertemente entretejidas, estaban deshilachándose y a punto de romperse.

—Así que Remi, ¿eh?

Brick se estremeció al oír a su hermano pronunciar su nombre.

—¿Qué?

—Casi provocáis un incendio con las chispas que han saltado cuando se ha ido —comentó Spencer, jugueteando con el posavasos.

—Joder —murmuró Brick.

Ya solo le faltaba que la comisaria se enterara de que uno de sus sargentos había estado restregándose con su hija en público y se había puesto a gritarle cuando había intentado largarse. Y que luego prácticamente había trepado sobre una docena de cuerpos para alcanzarla, antes de que ella le dedicara una peineta y saliera hecha una furia por la puerta principal.

Remi Ford lo estaba volviendo loco.

—Las reglas están para algo —le dijo a su hermano.

Spencer sonrió con suficiencia.

—¿Para qué sirve ponerse reglas, si lo único que hacen es impedirte hacer lo que quieres?

—Pues precisamente para eso —replicó él con frialdad. Sentía una pulsión en la sangre. La adrenalina le estaba haciendo sudar. Era como un yonqui que necesitaba un chute.

—Y exactamente, ¿qué reglas son aplicables en esta situación? —le preguntó Spencer—. Sois dos adultos solteros que vivís en una isla a unos cuantos metros el uno del otro. ¿Cuál es el problema?

—Para empezar, fue tu novia —le recordó Brick.

—Sí, hace un millón de años. Eso no es una regla, es una puta excusa, tío.

—No fue hace un millón de años. Fue hace poco más de diez. No se puede salir con la exnovia de un hermano —insistió Brick.

—No me digas. ¿A ti te importaría que saliera con Audrey?

—¿Con Audrey?

—Tu exmujer —aclaró Spencer—. ¿Te molestaría que saliera con ella?

Brick frunció el ceño al recordar a una Remi de diecisiete años pronosticando precisamente eso.

—¿Quieres salir con ella?

Spencer puso los ojos en blanco.

—Déjalo, tío. Estamos hablando del palo que tienes metido por el culo y que te impide saltarte las normas —dijo.

Pero Brick pudo percibirlo. Había un brillo de interés en los ojos de su hermano pequeño.

¿Cómo no se había dado cuenta antes? ¿Llevaría allí mucho tiempo? ¿Sentiría Spencer algo por Audrey cuando él...? Joder.

Brick le dio la espalda a su hermano y fingió reorganizar las botellas de la estantería que tenía detrás mientras intentaba decidir si ya había cometido el delito que había estado intentando evitar al casarse con Audrey.

—No puedes esquivar la pregunta —dijo Spencer, detrás de él—. Esta noche duermo en tu casa, así que es mejor que te lo quites de encima ya.

Brick se giró hacia él con una botella de su bourbon favorito en la mano y sirvió dos dedos para cada uno.

—No. No me importaría que salieras con Audrey.

—Pues a mí no me importa que te acostaras con Remi, o lo

que sea que quieras hacer con ella —dijo Spencer, como si fuera la decisión más fácil del mundo—. ¿Cuál es la siguiente regla?

—Me casé con su mejor amiga. No puedo salir con la mejor amiga de mi exmujer. —Había decidido decantarse por «salir», aunque era una palabra insulsa teniendo en cuenta todas las cosas que deseaba hacerle a Remington Ford.

—Por lo que tengo entendido, hace años que no se hablan. Puede que desde que te casaste con ella —reflexionó Spencer.

Brick no estaba mentalmente preparado para intentar establecer ningún paralelismo con aquella observación.

La había cagado al casarse con Audrey. Aunque ya lo sabía, ahora se estaba dando cuenta de hasta qué punto había metido la pata.

—Aun así, es algo que debería hablar antes con Audrey. —Esas eran sus reglas. A las que se aferraba cuando su cordura se veía amenazada.

—Ya. ¿Y Audrey te consulta antes de salir con alguien? —le preguntó Spencer.

Brick se encogió de hombros y bajó la vista hacia el líquido ambarino del vaso.

—No, pero no sale con nadie de por aquí. Esa es la cuestión.

—¿Y qué me dices de lo de hace un par de años? Cuando tuvo aquel rollo de verano de un par de semanas, tan tórrido y apasionado, con Billy Pellingham. —Spencer se acercó el vaso a los labios, sonriendo.

—Ah, ¿sí? —Brick frunció el ceño, intentando recordarlo.

Hacía dos veranos, Remi se había tirado en la isla tres puñeteras semanas. De hecho, él había fingido irse de pesca para poder largarse un fin de semana del pueblo y poner tierra de por medio.

—¿Te pidió permiso? —insistió Spencer.

—No.

—¿Y por qué tienes que pedirle tú permiso a ella para arrancarle la ropa a Remi y...?

—Silencio. Cállate, Spence —gruñó Brick.

Su hermano levantó las manos.

—Solo estoy señalando lo obvio. Te estás exigiendo a ti mismo algo imposible que nadie más haría.

—Eso no lo sabes. Además, he dejado lo mejor para el final. Es la hija de mi jefa.

«Adelante, echa eso por tierra», pensó Brick con arrogancia.

—¿Crees que la comisaria Ford te va a despedir por tirarte de forma consensuada a su hija adulta?

—Spence, te juro por Dios que, como sigas hablando así, te echo de aquí.

Spencer sonrió.

—Te gusta —dijo.

—De eso nada. —Brick se sirvió otra copa a regañadientes y luchó contra el impulso de beberse de un trago el resto de la botella.

—No me jodas. No solo te interesa echarle un polvo. Quieres algo más, ¿no? —dijo su hermano, dando una palmada sobre la barra.

Unas cuantas cabezas se giraron hacia ellos.

—Baja la voz —le advirtió Brick.

—¿Estás enamorado de ella?

Él hizo un gesto de agobio que debió de tardar demasiado en disimular, porque su hermano abrió los ojos como platos y dejó de bromear.

—Joder, tío. ¿Por qué no has dicho nada? Qué coño, ¿por qué no has hecho nada? ¿Cuánto tiempo llevas así?

Brick se bebió la copa de un trago que le quemó desde la garganta hasta el estómago. Volvió a coger la botella y se echó más.

—Cállate, Spencer. No sabes de qué estás hablando.

Su hermano se recostó en la silla.

—Creía que no os podíais ni ver. Bueno, os llevabais muy bien cuando éramos chavales, pero... —La estúpida cara de Brick debió de traicionarlo otra vez, porque Spencer se inclinó sobre la barra—. ¿Desde entonces?

—Era menor de edad —le recordó Brick.

—Por favor. Tenía dieciséis años y medio cuando nos mudamos aquí.

—Lo que lo convierte en algo inmoral e ilegal.

—Tampoco sería para tanto. Papá conoció a mamá cuando ella tenía dieciséis. Y se casaron cuando cumplió diecisiete.

—Ya. Y mira cómo acabaron —señaló Brick.

Spencer lo miró, pero por una vez no dijo nada. Brick les cobró a unas cuantas personas y se fue a limpiar una mesa.

Cuando regresó, Spencer seguía allí sentado, con cara de malas pulgas.

—Dejaste que saliera con ella a pesar de que te gustaba.

—Eras una opción más adecuada para su edad —dijo Brick. Además, así la tenía cerca.

—Así que cuando me pegaste por lo de la camioneta el día de la fiesta de graduación...

Brick agachó la cabeza.

—Spence, por favor. ¿Podemos dejar de hablar de esto?

—Yo diría que ya va siendo hora de que empecemos a hablar de ello, ¿no crees? —replicó su hermano—. La puse en peligro. Tú me echaste la bronca, me dijiste que me fuera a casa y volviste a llevar a Remi al ferry.

—Spence. —Aquel recuerdo todavía hacía que se le pusiera un nudo en la garganta. Ver a su hermano irse con la chica que quería. Ver que no había cuidado bien de ella.

—Debías de estar muy cabreado. No solo porque tu hermano pequeño favorito la hubiera cagado, sino porque hubiera hecho que tu chica se hiciera daño. No puedo creer que nunca me haya dado cuenta.

A Brick le dolía el pecho.

—Se acabó, no vamos a hablar más del tema.

—De acuerdo —dijo Spencer, bajándose del taburete y colándose por debajo la barra—. Ve a por ella. Ya me quedo yo con tus propinas.

28

—¿Qué parte de que me dejes en paz no has entendido?

Remington abrió la puta puerta solo con un jersey y unas bragas blancas de algodón.

Brick entró bruscamente, arrollándola como un tren de mercancías. La levantó sin detenerse y cerró la puerta de una patada.

Esa vez, cuando la inmovilizó contra la puerta con las caderas, su boca se estrelló contra la de ella, silenciando cualquier protesta, cualquier comentario sarcástico y cualquier conversación obscena entre ambos.

Aquella boca llevaba años atormentándolo con observaciones agudas y pintalabios rojos. Con putos polos en verano y castos saludos en los que ella posaba los labios sobre él y se alejaba de nuevo, desafiándolo a que la agarrara y la hiciera quedarse.

Sin embargo, ella no se rindió ante él. Su reacción no fue en absoluto tierna y sumisa. No, Remington Ford contraatacó. Y cuando él le metió la lengua en la boca a la fuerza y ella soltó un gemido demoledor, Brick se dio cuenta de que por fin iba a descubrir hasta qué punto hacía que Remi se mojara.

«Esta noche. Ahora. Por fin».

No se la había ganado. No la merecía. Pero, por una vez en la vida, eso no iba a impedirle coger lo que deseaba. Lo que necesitaba.

—Dime qué quieres —susurró ella, rodeando la cintura de

Brick con los muslos, como si fuera un caballo al que estuviera espoleando para que fuera más rápido—. Dime qué puedo darte.

Él cerró los ojos, disfrutando de la sensación de tenerla pegada a él, y negó con la cabeza.

—Querrás decir qué necesito. Y si te dijera todo lo que quiero hacerte, saldrías corriendo.

—Prueba a ver.

Su miembro palpitaba encajado contra aquellas dichosas bragas blancas mientras se le pasaban un montón de imágenes por la mente.

—Necesito chuparte los pezones tan fuerte y durante tanto tiempo que se te pongan duros cada vez que me veas. —Brick pronunció aquellas palabras como si tuviera la garganta llena de fragmentos de cristal—. Necesito hacer mío tu coño con la boca y con la polla. Necesito sentir cómo te corres en mi mano, en mi lengua, alrededor de mí. Necesito correrme tan dentro de ti que no consigas olvidarlo. —Remi temblaba pegada él como si tuviera frío, pero la piel le ardía por todo el cuerpo—. Necesito inclinarte hacia adelante y bajarte esas bragas mojadas para azotarte hasta dejarte el culo rojo.

Aquel era el momento en el que ella se echaría a reír o se pondría a llorar. Aquella era la parte en la que le diría que estaba enfermo. Aun así, mientras Brick contenía la respiración esperando su rechazo, se sintió aliviadísimo por haber pronunciado por fin aquellas palabras. Por haber revelado finalmente su secreto.

Remi lo interrumpió con la boca. Lo atrajo hacia ella y lo besó como si se estuviera ahogando y solo él pudiera salvarla. Volvía a temblarle todo el cuerpo de tal forma que le entraron ganas de disculparse por la confesión, aun mientras le hacía todas las guarradas con las que había fantaseado.

Ella se echó hacia atrás y lo miró estupefacta, con los ojos brillantes.

—Vale. Venga, hagamos todo eso —dijo con voz sensual.

Brick gruñó.

—No puedes estar hablando en serio, Remi. —Era imposible que lo estuviera haciendo. Ella no entendía en qué se traducirían todos aquellos años de anhelo, si le daba libre acceso a su cuerpo. Remi se lanzó hacia delante y le mordió el labio inferior. Brick saboreó la sangre—. Esta es la parte en la que me dices que me largue, Peligro —susurró él.

Ella levantó los párpados y aquellos ojos verdes le desnudaron el alma a través de sus gruesas pestañas. En el interior del puño de Brick, su cabello era como un manojo de intensas llamas rojas.

—Si nunca me haces caso cuando te pido que me dejes en paz. Además, esta vez es diferente. Esta vez pienso decirte que sí a todo.

Brick la embistió con las caderas. Remi soltó un pequeño jadeo que fue como música para los putos oídos de Brick.

—No me estás escuchando. Te he dicho que quiero utilizarte, destrozarte.

—Pues ya puedes ir empezando. —No se estaba burlando de él. Lo estaba diciendo en serio.

—No es una broma, Remington. Como empiece, no sé si podré parar. —Si no era capaz de controlarse, no sería mejor que su padre.

—No quiero que pares. Quiero que confíes en mí y que tomes todo lo que desees.

«Joder. Joder. Joder». Aquella palabra se repetía en su cabeza mientras la sangre palpitaba dolorosamente en su miembro.

Remi entreabrió los labios como si supiera que el mero hecho de imaginárselo lo ponía más cachondo.

Como si la tentación de verla acorralada contra una pared, jadeando, no fuera suficiente, Brick agarró el amplio escote de su jersey y tiró de él hacia abajo.

Estaba perdido. Lo sabía. Pero aquel pecho grande y redondo con su pezón erecto fue la última patada en los huevos que pudo soportar. La levantó un poco más con otro empujón brusco y fuerte. Remi resollaba como un caballo después de una larga carrera mientras él se acercaba cada vez más a ella. Brick le dio un largo lametón a aquel pico rosado. Simplemente aquel pequeño anticipo hizo que una descarga eléctrica le recorriera todo el cuerpo.

Ella también lo sintió. Su grito ahogado hizo que la erección de él creciera hasta límites insospechados.

La desesperación hundió sus garras en Brick hasta hacerlo sangrar. Necesitaba más. Le bajó de un tirón el jersey para dejar a la vista ambos pechos.

Eran perfectos. Redondos, tersos y firmes. Y aquellos preciosos pezones rosados le estaban pidiendo a gritos que los lamiera. Brick les concedió el deseo y, después de bañarlos a ambos con su lengua áspera, se metió uno entero en la boca. Succionó para meter la punta más adentro y azotarlo con la lengua.

—Brick —susurró Remi, enredando los dedos en su pelo.

—No te olvides de respirar, corazón.

—Por favor, no pares —le suplicó ella, retorciéndose contra él.

Brick la apartó de la puerta y la llevó hacia la luz. Quería verla. Quería memorizar cada momento de aquella noche para poder recordarla durante el resto de su vida.

Estrechó la cara de Remi entre sus manos mientras ella lo besaba y le mordisqueaba los labios.

—¿Y la escayola? —le preguntó él, entre asalto y asalto.

—Me la han quitado hoy —susurró ella en su boca.

Él recuperó el control del beso metiéndole la lengua hasta el fondo, como pensaba hacer con aquel coño húmedo y apretado que tenía reservado para él.

Joder. Había tantas cosas que quería hacerle... que *necesitaba* hacerle.

Como si le hubiera leído el pensamiento, Remi se apartó y le estrujó las mejillas con una mano.

—Esta es la primera vez, no la única. ¿Entendido? —dijo. Él asintió, sin fiarse de su propia voz—. Concéntrate en lo que tú necesitas ahora mismo y luego ya iremos tachando el resto de las casillas.

—Prométemelo —le pidió Brick, con voz ronca.

Remi puso cara de sorpresa.

—¿Que te prometa qué?

—Que es solo la primera vez. —Necesitaba esa garantía. Necesitaba saber que podría tenerla de nuevo.

Mirándolo a los ojos, Remi apretó las piernas alrededor de su cintura.

—Te lo prometo, Brick. No vayas despacio. No pierdas el

tiempo intentando ser romántico. Quiero que me folles como si no hubiera un mañana.

Remi no tenía ni puta idea de lo que estaba pidiendo.

—¿Eres consciente de para qué me estás dando permiso? —le preguntó Brick con voz ronca, medio esperando que ella entrara en razón. Si Remi le permitía hacer aquello, ¿cómo iba a poder volver él a la vida de antes?

—Sí y yo también lo deseo —susurró ella. El dolor de huevos lo estaba matando y Brick no sabía si sobreviviría al primer asalto, mucho menos si sería físicamente capaz de participar en el segundo. Pero, qué coño, al menos iba a intentarlo—. Confía en mí. Enséñame lo que te gusta, Brick. Por favor —la forma en la que gimió al pedírselo fue superior a él.

Vio pasar toda su relación a cámara rápida en su cabeza. Pensó en todos los problemas. En todo el deseo. En todos los comentarios insolentes y los desafíos. En todas sus putas provocaciones.

Tenía muy claro qué era lo primero que quería hacer.

La mesa estaba vacía. Dejó a Remi en el suelo y, justo cuando ella se disponía a protestar, le dio la vuelta y le puso una mano entre los omóplatos. Aumentó la presión hasta que ella estuvo boca abajo sobre la mesa, con los pechos y la cara apoyados sobre la madera fría. Remi se puso de puntillas, separando los muslos para él.

El mero hecho de tenerla en aquella posición delante de él ya estaba haciendo estragos en su presión arterial.

Sin quitarle la mano de la espalda, Brick se quedó mirando fijamente aquellas bragas blancas mientras se aflojaba el cinturón.

Remi inhaló entrecortadamente al oír el tintineo de la hebilla.

—Respira, corazón —le ordenó él, sacando el cinturón de las trabillas de un tirón. La punta de cuero del cinturón le azotó la parte posterior del muslo al salir disparado y ella ahogó un grito.

Por el amor de Dios. Remi empezó a frotar aquel culo redondo contra él como si le hubiera gustado. No podía tener tanta suerte. Brick Callan no era tan afortunado.

Con cuidado, colocó una rodilla entre los muslos y se bajó la cremallera. Su polla, ahora solo cubierta por la ropa interior, se sacudió aliviada, pero no podía permitirse sacársela todavía, empuñarla y acariciar con el extremo aquellas nalgas de marfil. Todavía no.

Cediendo a la hipnótica provocación de las caderas de Remi, se frotó contra ella. Una vez, dos, tres veces. Remi empezó a gemir, suplicándole que hiciera algo para lo que no era capaz de encontrar palabras.

Con adoración, Brick le acarició la parte de atrás de la rodilla, subió por el muslo y le pasó la mano por la curva del culo.

—Remi —dijo mientras metía los dedos bajo el borde de aquellas bragas blancas y virginales.

—Sí —replicó ella—. Sí, por favor.

Le bajó la ropa interior, dejando al descubierto sus firmes nalgas.

Aquello era su sueño. Su fantasía. Se había masturbado tantas veces imaginándoselo que casi le parecía como si ya hubiera sucedido. Sin embargo, la realidad de Remi sometiéndose a él, doblada sobre una mesa y esperando a que la tocara era incomparable.

—Respira, cielo —repitió Brick. Ambos se tomaron un instante para recuperar el aliento. Él notó cómo el oxígeno caliente entraba en sus pulmones mientras acariciaba con los dedos aquella preciosa piel.

Remi estaba temblando como un flan.

—¿Estás nerviosa? ¿Quieres que pare? —susurró él, inclinándose para darle un beso en el cuello.

—Ni se te ocurra —respondió ella, con una voz tan trémula como sus piernas.

—Dime si es… demasiado.

Brick posó la palma de la mano en uno de sus suaves glúteos y esperó a que ella recuperara la respiración. Entonces la apartó antes de volver a lanzarla hacia adelante. El azote resonó en el silencio de la habitación, seguido del brusco jadeo de Remi. Brick sintió un agradable escozor en la palma de la mano y se le estremeció la polla al ver cómo la carne de Remi se sacudía por el golpe. Se le estaba enrojeciendo con un rubor maravilloso.

Joder. ¿Cómo iba a volver atrás ahora?

—Dime por qué lo has hecho —susurró Remi.

—¿Por qué?

—Dime por qué me has castigado.

Ay, Dios. Era hombre muerto. Un puto hombre muerto.

—Por sonreírle a mi hermano como deberías haberme sonreído a mí.

Remi apretó las caderas contra él, pidiéndole más.

Él le dio otro azote. Ese fue más fuerte y ruidoso. Y esa vez, ella gritó.

—¡Brick!

Él le había dado en la nalga opuesta y observó con un orgullo perverso cómo la huella de una mano se iba formando poco a poco en ella.

Estaba jodidísimo.

—Esta, por hacerme esperar años para dejarme hacer esto —gruñó, metiéndose la mano en los calzoncillos para agarrarse la polla y pasarla por el punto en el que la había golpeado.

Ella se revolvió contra él.

Otro azote.

—¡Sí! —jadeó Remi sobre la mesa.

—Esta, por los putos pantalones cortos de cuando tenías diecisiete años y no podía tocarte.

Una vez más, Brick calmó el punto pasando su erección sobre la piel enrojecida.

Otro azote. Y otro. Y otro.

—¡Brick!

Le ardía la palma de la mano. El sonido de esta entrando en contacto con la piel de Remi resonaba en sus oídos como un canto de sirena mientras la sangre le vibraba en las venas.

—¿Te arrepientes de haber dicho que sí? —le preguntó él en voz baja, pasando la palma hormigueante por el culo enrojecido de Remi. Esperando, o más bien rezando, para que le diera la respuesta correcta.

—Jamás —susurró Remi, desafiante.

—Vamos a averiguarlo.

Rápidamente, Brick volvió a ponerle las bragas en su sitio, ocultando aquellas marcas pecaminosas. No debería sentirse bien azotando a una mujer. Sin embargo, ver las huellas de sus manos sobre la piel de Remi le hacía palpitar la polla. El hecho de haberla marcado había despertado en él un instinto primario y posesivo que lo había puesto contra las cuerdas.

Remi gimió, decepcionada y frustrada, mientras él la levantaba para sentarla sobre la mesa. Tenía la cara enrojecida, los labios hinchados por sus besos, marcas de dientes en el labio inferior. Su pelo era una maraña de fuego. Y aquellas tetas... Emitían su propio canto de sirena, pidiendo a gritos el contacto de sus manos y de su boca.

—¿Eso ha sido todo? —se burló ella.

Su erección respondió al desafío.

—Ni de coña, corazón.

—Entonces, ¿por qué has parado?

Brick le separó bruscamente los muslos y se quedó mirando su entrepierna.

—Para asegurarme de que te gustaba.

—Podría habértelo dicho yo...

Remi dejó de protestar cuando él pasó el pulgar sobre la mancha de humedad de un centímetro que tenía en la parte delantera de las bragas.

Brick se sentía como un puto cavernícola.

—Vaya —gruñó—. ¿Esto es por mí?

—Siempre es por ti.

—¿Siempre? —Él no se atrevió a mirarla a los ojos.

—Todos los hombres con los que he estado se convertían en ti cuando cerraba los ojos —susurró ella.

Los celos y el orgullo lo desgarraron, acabando con cualquier rastro de caballerosidad. Quería ser el único.

—Joder, Remi. Esto no puede gustarte —maldijo Brick, metiéndole mano por debajo de las bragas—. No puedes dejar que te haga esto. —Introdujo un dedo en su interior y gruñó cuando ella gritó su nombre.

No estaba húmeda, estaba mojada. Calada. Empapada.

Y su interior no estaba simplemente tenso, estaba apretado. Contraído. Era como un torniquete resbaladizo que se cerraba alrededor de su dedo corazón.

Remi se abrió para él, apoyándose en las manos.

—Pues te dejo —susurró. Mientras pronunciaba aquellas palabras, se estremeció alrededor de su dedo, volviéndolo loco.

Brick la penetró con un segundo dedo mientras embestía con su erección la suave piel de su muslo. Sus pechos eran demasiado tentadores. No podía ignorarlos, así que bajó la cabeza para saborear aquellos dos picos rosados. Para llevárselos a la boca, chuparlos, morderlos y jugar con ellos.

—Joder —jadeó Remi.

Y justo cuando Brick empezaba a convencerse de que estaba recuperando el control, ella bajó la mano hacia la cintura de sus calzoncillos y le sacó la polla.

—Remi —masculló él entre dientes cuando ella cerró los dedos alrededor de su miembro, que empezó a palpitar en su puño. Como lo moviera, se correría de inmediato. Para evitar aquel ridículo, Brick puso una mano sobre la de ella mientras le chupaba los pezones hasta convertirlos en puntas de diamante.

Remi gimió, acariciando con el pulgar la sensible hendidura de la punta. Brick estaba goteando como un puto colador y Remi esparció la humedad por todo el extremo de su miembro.

Él solo tenía una salida. Una forma de distraerla para que no le hiciera llegar al clímax.

Manteniendo la mano sobre la de ella, introdujo los dedos en su estrecho canal y utilizó el pulgar para encontrar aquel delicado punto de terminaciones nerviosas que se encontraba entre los labios de su sexo.

—Muévete, Remi —le ordenó.

Ella obedeció. Aquello sí que era un milagro. Casi como el que se estaba produciendo en su interior.

—¡Brick! Necesito… —No terminó la frase. Estaba demasiado ocupada retorciéndose contra él y gimiendo mientras unos temblores dignos de un terremoto sacudían su hermoso cuerpo.

La imagen de Remi dejándose llevar hasta alcanzar el orgasmo fue impresionante. Inolvidable.

Y lo que ocurrió dentro de ella fue algo mágico. Sus paredes se aferraron a los dedos de Brick con tal fuerza que le hicieron ansiar sentir lo mismo en su erección. Remi lo apretaba y lo soltaba, palpitando a su alrededor conforme su clímax se desplegaba, estremeciéndose de placer mientras él la miraba para ser testigo de cada una de las olas que se estrellaban contra ella. Era un privilegio hacer que Remington Ford se corriera.

Ella se aferró a Brick con la mano libre mientras se retorcía contra él y alrededor de su miembro. Siguió y siguió y, cuando por fin aquellos ojos de color verde botella volvieron a abrirse, estaban vidriosos y perdidos.

Brick la levantó de la mesa y se llevó su cuerpo cálido y maleable al dormitorio.

Se moría por follarla de un millón de formas. Deseaba ponerle las nalgas rojas y hundirse entre sus piernas mientras ella se ponía de puntillas para recibirlo. Deseaba empotrarla contra la pared para que no pudiera escapar de sus fuertes embestidas. Deseaba que ella cabalgara sobre él en el sofá, sentada a horcajadas en su regazo mientras él le lamía los pechos.

Pero esta primera vez necesitaba verlo todo.

—Qué convencional —se burló Remi mientras él la tumbaba en la cama—. Creía que eras más de inclinar a las chicas sobre el brazo del sofá.

—Dame tiempo.

Cualquier rastro de humor desapareció cuando Brick deslizó los pulgares bajo la cintura de los calzoncillos y se los quitó. Remi observó aturdida cómo su erección se erguía alta y orgullosa, como un guerrero.

—Joder —susurró.

—Eso es precisamente lo que vamos a hacer —replicó Brick muy serio mientras se subía a la cama para situarse entre sus piernas y posaba las manos sobre sus delicados tobillos.

29

El Brick Callan desnudo que se encontraba arrodillado ante ella, con los párpados caídos y la erección más larga, gruesa y prominente que había visto jamás, dejaría alucinada a cualquier chica.

Remi sabía que iba a ser grande. En realidad, el resto de su cuerpo ya era gigantesco. Pero aquello era… impresionante. Y puede que incluso diera un pelín de miedo.

Recordó aquel primer orgasmo que había tenido, el que la había dejado sin fuerzas y sin palabras. El que la había dejado agotada. Quería otro de esos.

Quería que Brick la doblara sobre todas las superficies planas de la casa y le azotara el culo hasta que ella le suplicara que se la metiera entera. Quería sentir su boca sobre los pezones, y que los chupara, que tirase de ellos, que la devorase mientras le arañaba la piel rosada con la barba.

Quería ser al mismo tiempo el lugar en el que Brick se encontrara a sí mismo y el lugar en el que se perdiera.

—Como no me toques ahora mismo, me muero —comentó Remi, como quien no quiere la cosa. Si Brick sospechaba cuánto deseaba que la empotrara aquel miembro grueso que tenía, se las arreglaría para negárselo. Para decidir que ella no podría soportarlo.

—Estoy al límite, Remi. No aguantaré mucho dentro de ti. —Su confesión reavivó el fuego que ella sentía entre las piernas. Palpitaba desesperada alrededor del espacio vacío que había en su interior.

—Pues acaba de una vez con este suplicio —le pidió.

—Antes quiero que me enseñes lo húmeda que estás por mí. Y luego voy a comerte el coño, porque me muero por descubrir a qué sabes desde que tengo uso de razón.

Remi tragó saliva.

—¿Y después? —preguntó con un hilillo de voz.

—Después te voy a meter la polla y serás mía.

Dicho lo cual, volvió a ponerse de rodillas, esplendorosamente desnudo.

—Si te vas de esta cama sin cumplir todo eso, te juro que te corto en pedacitos ese cuerpo de gigante que tienes y se lo doy de comer a los puñeteros peces —lo avisó Remi.

Brick le agarró la mandíbula con una mano.

—Cielo, el único que puede hacer amenazas en la cama soy yo.

A Remi le pareció perfecto. Le dio un mordisco al pulgar y estuvo a punto de correrse al ver cómo su polla se sacudía entre aquellos muslos monumentales de piedra maciza.

—La única razón por la que vamos a salir de aquí, si acaso, será para rehidratarnos —le prometió Brick—. Y, como no te portes bien, te daré la vuelta y me aseguraré de que te acuerdes de mí cada vez que te sientes mañana. —Eso también le parecía bien a Remi. Muy pero que muy bien—. Ahora, enséñame cuánto puedes abrirte para mí. —Por una vez en la vida, a Remi no le importó obedecer. Dejó caer las rodillas y se deleitó con el gruñido que retumbó en el pecho de Brick mientras la miraba fijamente—. Joder, estás empapada. ¿Te gusta que te provoque?

Brick Callan le estaba diciendo guarradas, y Remi se puso eufórica al ver su fantasía convertida en realidad.

—Sí —confesó con voz temblorosa.

—Buena chica.

Eso la hizo sentirse valiosa y a la vez la martirizó, pero no tuvo tiempo para preocuparse por cuál de las dos cosas era la más importante, porque Brick volvió a bajarle las bragas por los muslos. Solo que en esa ocasión se las quitó del todo. Maldijo entre dientes, mirándola como si estuviera en trance, y metió las palmas de las manos bajo sus nalgas para levantarla.

El primer lengüetazo casi hizo gritar a Remi y jadear de dolor a Brick. Por fin estaba ocurriendo. El objeto de sus fantasías estaba... Joder..., le estaba comiendo el coño. Remi estaba ya demasiado excitada y sensible, y los fuertes embates de la lengua de Brick en su entrada, acompañados por los largos lametones con los que la recorría, le hicieron clavarle las uñas en los bíceps.

—Me encanta cómo sabes —dijo él, interrumpiendo el asalto para morderle el interior del muslo—. Necesito más tiempo. Necesito estar más tiempo contigo —le pidió.

—Sí. Vale —susurró ella mientras sus entrañas se convertían en lava.

—Mírame, Remi —le ordenó él.

Con un esfuerzo heroico, ella consiguió levantar los párpados. Parecía un demonio del placer entre sus piernas. Le estaba arañando el interior de los muslos con la barba mientras sacaba la lengua para acariciarle el clítoris.

—Joder. —Remi se dejó caer de nuevo sobre la almohada.

—Mírame —repitió él. Ella levantó la cabeza, frustrada—. Dame más tiempo.

—Vale, sí, lo que tú digas.

—Mientras estés en esta isla, serás mía. —Brick le apretó las caderas y el culo con las manos—. Dilo, Remi. Prométemelo. —Ella se mordió el labio. No quería hacer aquella promesa. Él la obligaría a cumplirla. Y si ella no se marchaba, lo pondría en peligro. Brick posó una mano sobre uno de sus pechos y empezó a acariciarle el pezón—. Prométemelo —le exigió mientras tanteaba su entrada con aquel dedo delicioso y lleno de talento.

Desesperada y anhelante, y tal vez porque en lo más profundo de su ser deseaba hacerle esa promesa, Remi sucumbió.

—Vale. De acuerdo. Mientras esté en esta isla...

—Acaba la frase —dijo él, metiéndole el inicio de un par de dedos.

—... seré tuya —jadeó Remi.

Brick introdujo los dos dedos hasta el final y empezó a meterlos y sacarlos mientras se ponía encima de ella.

—Buena chica —le susurró al oído, antes de mordisquearle la oreja. ¿Qué decía de ella que disfrutara tanto oyéndolo decir esas palabras? Ya se preocuparía de eso más tarde. Después de otro orgasmo—. ¿Tomas anticonceptivos? —le dijo él bruscamente.

Ella asintió.

—Pregunto porque tengo un condón en la cartera, aunque no sé dónde están mis pantalones, pero no hay nada que desee más que estar dentro de ti sin nada de por medio. No he estado con nadie desde… Desde hace mucho tiempo. Si tienes un poco de sentido común, deberías negarte.

Remi notaba el peso de su cuerpo sobre el de ella, pegándola al colchón. Se sentía como si tenerlo encima fuera lo más natural del mundo.

—Por suerte, no tengo ni un poquito —susurró.

Él cerró los ojos y pegó la frente a la de ella.

—Cielo —suspiró—. No me digas que sí solo porque te lo haya pedido. O porque tenga los dedos dentro de ti.

—Pues entonces sácalos —le ordenó ella.

Con un gemido, él obedeció. Remi observó fascinada cómo se los llevaba a la boca para volver a saborearla como si fuera un postre caro.

—Quiero hacerlo, Brick. Nunca lo he hecho con nadie, pero quiero hacerlo contigo. Quiero sentirte. Por favor.

—Eres un puto sueño hecho realidad—susurró él con fervor.

—Solo una cosa —dijo ella mientras él se agarraba la polla con la mano y acercaba la gruesa punta a su entrada, como si se tratara de un beso, o de una promesa. Aquello bastó para que Remi perdiera el hilo de sus pensamientos.

—¿Qué? —preguntó él, bruscamente.

El vello de su pecho le hizo cosquillas al respirar.

—Como te contengas, te daré un rodillazo en los huevos y luego me tocaré hasta correrme yo sola mientras te quedas mirando —le advirtió.

Brick esbozó una sonrisa incrédula y perversa.

—Vas a acabar conmigo.

Dios, Remi esperaba que no.

Él presionó un poco más y ella se estremeció cuando le introdujo los primeros cinco centímetros. A pelo. Al natural. Sin ninguna barrera entre ellos.

—¿Recuerdas lo del callejón de la tienda de arte? —susurró Brick sobre su mandíbula.

—Mmm —respondió ella, con un suspiro trémulo.

—Pues no llevaba ni dos años con dolor de huevos.

—¿Y?

—Que ahora llevo una década y media. Así que prepárate.

—Dios, espero que lo estés diciendo en serio.

No hubo ninguna advertencia. Él se limitó a penetrarla con un único movimiento brutal, enterrándose en ella.

—¡Brick!

—¡Joder, Remi! —Su rugido resonó en sus oídos.

Curiosamente, ella aún no estaba preparada para todo lo que él necesitaba que recibiera en su interior. Estaba estirada al máximo. Puede que incluso un poco más. Sentía dolor, una especie de molestia aguda, pero también algo muchísimo más intenso. Cierta plenitud, la sensación de tener aquel grueso miembro en su interior sin nada que los separara. Era tan íntimo. Tan carnal.

Contrajo los músculos alrededor de su polla y Brick jadeó entre dientes.

—Aún falta un poco, cielo. Necesito que te relajes.

Remi soltó una risita nerviosa.

—Oblígame.

Él se retiró y volvió a embestirla un par de veces más antes de metérsela entera, de asentar hasta el último centímetro de su miembro en su interior hambriento. De fundirse con ella.

Ninguno de los dos se movió mientras intentaban acostumbrarse a las nuevas sensaciones. Remi se sentía como si la hubieran partido por la mitad. Sin embargo, el placer, la alegría y la naturalidad del cuerpo de Brick uniéndose al suyo eran inimaginables.

Era tan perfecto que estaba aturdida. Tantos años deseando que llegara ese momento exacto y, ahora que lo había hecho, ahora que mejor incluso de lo que jamás había imaginado, se sentía abrumada.

Le costaba respirar mientras intentaba relajarse alrededor de su miembro.

—No me jodas, cielo, no tengas un ataque ahora —murmuró él sobre su cuello.

Estaba sudando por el esfuerzo que le suponía contenerse. Remi necesitaba que se sintiera libre dentro de ella. Necesitaba ser el lugar en el que se sintiera bienvenido. Y para que eso sucediera, tenía que relajarse.

Se obligó a respirar hondo un par de veces. A la tercera, Brick emitió una especie de quejido ahogado y salió de ella casi por completo.

El alivio de la presión que Remi esperaba nunca llegó. Simplemente, volvió a sentirse vacía.

—Brick, por favor.

—Estás llorando —susurró él, suavemente. Parecía atormentado.

—Porque es perfecto —respondió ella, sollozando—. Porque te necesito. Necesito sentirte sobre mí, que me hagas sentir segura, preciosa y deseada.

—Remington. —Su nombre sonó como una oración quebrada.

Alentándolo con su cuerpo, Remi subió más las rodillas.

—Por favor.

Cuando Brick volvió a hundirse en ella, a Remi le resultó de nuevo excesivo e insuficiente. Pero, esta vez, él se retiró más rápido y la embistió con más fuerza. «Así. Así. Así». Marcó un ritmo que a ella le resultaba imposible seguir mientras su cuerpo se introducía en el suyo.

Eso era lo que necesitaba, el sitio en el que debía estar. Recibiendo sus embestidas poderosas. Relajando su cuerpo para acomodarse a él. En cierto modo, darle a Brick lo que necesitaba se lo daba también a ella. Remi se aferró a él, clavando las uñas en sus hombros mientras él enterraba la cara en su pelo y la follaba.

Cada acometida, cada vez que él se la metía hasta el fondo, cada golpe de sus testículos entre los muslos y cada gruñido se convertía en una mezcla embriagadora para sus sentidos. Se sentía más cerca de él que de cualquier otro ser humano del planeta. Se preguntó si sus almas se estarían tocando. Si se estarían fundiendo en una sola.

El ritmo que Brick había impuesto era brutal. Ambos sudaban mientras la obligaba a aceptar hasta el último centímetro de él. Hasta el último de sus secretos y deseos inconfesables.

Remi estaba eufórica. El ascenso estaba siendo larguísimo, y ella nunca había llegado tan alto. El temblor empezó en sus paredes internas y se extendió por todas partes, desde las raíces de su cabello hasta la punta de sus dedos. Algo que su cuerpo nunca había experimentado estaba a punto de suceder.

—Noto cómo me aprietas cada vez más. ¿Sientes cómo se hincha mi polla dentro de ti? —le preguntó Brick mientras seguía empujándola.

Ella se inclinó hacia atrás, levantando las caderas para recibir sus embestidas.

—Cielo. Esa es mi chica —susurró—. Te vas a correr en mi polla. Y cuando lo hagas me vas a apretar con tanta fuerza que me vas a exprimir hasta la puta última gota.

Remi no era capaz de ver más allá de la imagen que él estaba pintando. Clavó los talones en su culo musculoso y desnudo, animándolo a ir más rápido, a penetrarla con más fuerza. Podía soportarlo. Soportaría cualquier cosa con tal de tener el privilegio de sentir cómo se liberaba dentro de ella.

—Sí, Brick —susurró, sabiendo que lo volvería loco.

—Eso es, cielo. Tómalo.

Su cuerpo estaba lleno de destellos de luz. De nervios excitados por la sensación de ser dominada. No sabía que se sentiría así. No sabía lo tremendamente maravilloso que sería.

Brick volvió a meter las manos debajo de ella para levantarle las caderas y abrirle las nalgas mientras la penetraba una y otra vez.

La escalada había terminado. Remi había llegado a la cima, a la cumbre, y le preocupaba seriamente no sobrevivir a la caída. Pero él no iba permitirle dar marcha atrás.

—Ahora, corazón. Ahora —gruñó mientras la embestía de nuevo. Esa vez, se quedó dentro por completo. Los músculos de Remi comprimieron cada centímetro de su enorme erección. Tenía que dolerle. No había espacio suficiente para él.

Por una fracción de segundo, Remi temió que no volvería a relajarse. Que tendría que pasarse el resto de su vida apretando la polla perfecta de Brick, aun mucho después de que él se fuera de su lado.

Pero entonces él se tensó contra ella, en su interior. Y allí, en aquel punto tan profundo de su ser al que nadie había llegado jamás, Brick sucumbió con un grito de triunfo. Remi sintió cómo su semilla, caliente y densa, le pintaba las entrañas mientras la primera cuerda de su liberación se desataba.

Su cuerpo estalló como si le hubieran dado una orden. Sus músculos se relajaron cuando él se retiró, pero volvieron a tensarse cuando la penetró de nuevo. Se retorció contra él, aferrándose con fuerza a su pilar, a su Brick, mientras el mundo no paraba de girar.

Cada vez que ella se contraía a su alrededor, él eyaculaba más profundamente. En sincronía, sus cuerpos sostuvieron juntos un orgasmo interminable, utilizándose mutuamente para alargar el más absoluto de los placeres.

Qué experiencia tan reveladora. Definitivamente, aquello marcaba un antes y un después en la vida de Remi. Un antes y un después de sentir a Brick corriéndose dentro de ella. Había sido cálido y reconfortante, caótico y perfecto. Y quería más.

—Mi chica. Mi Remi —susurró Brick con voz entrecortada, moviendo las caderas contra ella para prolongar las últimas oleadas de su orgasmo conjunto.

30

Brick se despertó en la oscuridad, con la conciencia abriéndose paso poco a poco a través de sus sentidos. Estaba a la vez cansado y relajado. La tensión que durante años había anidado en su interior había desaparecido y había dado paso a otra cosa. A una sensación... cálida. Casi radiante. Una emoción que se desplegaba en su interior, abriéndole los ojos y haciéndole sentirse vivo.

El aire y las sábanas olían a ellos. A aquel aroma único.

Era imposible sobrevivir a Remi Ford. Uno no podía levantarse sin más y alejarse de ella. Brick miró hacia el cielo y se preguntó qué cojones acababa de doblegarlo.

¿Ya sabía que sería así? ¿Por eso había luchado tanto por mantenerse alejado de ella?

Había una clara línea divisoria en su vida. El antes de hacerla suya y el después. El ahora.

Extendió un brazo en la oscuridad para estrechar su cálido cuerpecito entre sus brazos y sentir el latido de su corazón. Para recordarse a sí mismo que aquello no había sido un sueño.

Pero Remi no estaba.

Brick se incorporó e intentó ver algo en la oscuridad. Aquella sensación cálida y radiante de su interior dio paso a un miedo agudo como una garra. ¿Dónde estaba? ¿Se había marchado?

Un pánico irracional puso fin a su felicidad posorgásmica. Apartó la maraña de sábanas, buscó la lámpara de la mesilla y la encendió de un manotazo. Su lado de la cama estaba revuelto.

Remi había estado allí. No había sido un sueño. Brick se dio cuenta de que había dormido a oscuras con él y se preguntó si habría conseguido hacer que se sintiese lo suficientemente segura.

Puede que por eso se hubiera ido.

Encontró los calzoncillos medio escondidos bajo la cama y se los puso.

Salió precipitadamente por la puerta del dormitorio, pero la encontró de inmediato y reaccionó con una mezcla de alivio y deseo.

Estaba acurrucada en una de las sillas, frente a los oscuros ventanales que daban al lago. Su pelo era una cortina de fuego que él se moría por acariciar. Tenía una taza en las manos, entre sus dedos delgados. La música sonaba suavemente por un altavoz que había sobre la mesa. Era una especie de jazz instrumental. Brick se preguntó cómo la estaría viendo ella.

Remi lo observó con una expresión inescrutable.

—¿Qué pasa? —preguntó él, con la voz todavía ronca por el sueño.

Entonces, ella sonrió. Y aquella sonrisa le robó el puto corazón.

—Estás guapísimo recién levantado —susurró Remi—. Siempre me había preguntado qué pinta tendrías.

Brick se pasó una mano por el pelo, cohibido. Deseaba acercarse a ella. Deseaba estrecharla entre sus brazos y no soltarla nunca más. Ahora le pertenecía. Y le acojonaba que Remi aún no lo entendiera.

Así que entró en la cocina y se sirvió una taza de café. Para sentirse más cerca de ella, abrió la nevera y se echó un poco de la leche condensada de Remi.

—Creía que te gustaba solo —dijo ella mientras él se sentaba en la silla de al lado.

—Y yo que estarías dormida a las cuatro de la mañana.

Remi bebió un sorbito de café y giró la silla con uno de los pies descalzos para situarse frente a él.

—No puedo dormir.

Brick tenía mil preguntas que hacerle, pero no le salía ninguna. ¿Estaría arrepentida? Le destrozaría que Remi se arrepintiera de lo que habían hecho. De lo que él había hecho.

Llevaba la misma sudadera enorme de la policía de Mackinac con la que él la había visto hacía unas semanas.

—Me harté de buscar esa sudadera —susurró Brick.

Su sonrisa tímida le llegó directamente al alma.

—La cogí prestada hace unos años.

—Remi, ¿estás cómoda con lo que hemos hecho? —le preguntó él, finalmente.

La expresión de ella se relajó de nuevo y extendió una mano pálida para agarrarle el brazo con una fuerza que le sorprendió.

—No me arrepiento de nada, salvo de que no hubiéramos empezado hace años.

Sus ojos verdes eran tan sinceros que Brick podría caerse en ellos y ahogarse.

—¿Seguro? —preguntó él, con voz trémula. Detestaba el deseo implacable que sentía por Remi. Detestaba saber que no le bastaba con compartir su cuerpo con ella. Le habría servido en bandeja su puto corazón.

Remi se levantó y dejó la taza sobre la mesita que había entre las sillas. De un solo paso, se colocó frente a él y se sentó en su regazo.

Brick tenía tantas ganas de tocarla que estuvo a punto de tirar el café al suelo mientras ella se sentaba a horcajadas sobre él.

Cuando le rodeó el cuello con los brazos y se acurrucó sobre su pecho, Brick suspiró y la abrazó. Podría quedarse allí con ella, acunándola, durante el resto de sus días.

—Tengo que decirte una cosa —susurró Remi sobre su cuello.

Él la estrechó con más fuerza. Algo estaba a punto de cambiar.

Cuando ella le dijera lo que tuviera que decirle, no podrían volver al antes. Al ahora. Y Brick no estaba preparado para eso. Qué coño, si ni siquiera estaba preparado para lo que había pasado entre ellos hacía apenas unas horas. Sus vidas habían cambiado. Al menos la suya. Su curso se había visto alterado. Y no había vuelta atrás.

—Dime, cielo. —Él hundió los dedos en su pelo y mantuvo su cara pegada a él.

Remi cogió aire de forma entrecortada.

—Espera, tengo que encontrar las palabras adecuadas.

«Joder».

—Vale.

Ella se echó hacia atrás para mirarlo. Aquella sonrisa triste seguía allí y a Brick le entraron ganas de borrársela a besos.

—¿Quieres que hablemos de lo que hemos hecho esta noche? —le preguntó Remi.

Su polla volvió a cobrar vida pegada a ella mientras los recuerdos grabados a fuego en su cerebro le venían a la mente.

Remi le había permitido hacerle muchísimas cosas.

—¿Y tú? —dijo él, evadiendo la pregunta.

Esa vez Remi sonrió de oreja a oreja mientras el rubor teñía de rosa sus mejillas.

—A mí me ha gustado mucho. Espera, no es verdad. —Brick volvió a tensarse, temiendo que aquel fuera el momento en el que todo se viniera abajo—. Me ha encantado.

Ella le estrechó la cara entre las manos y le dio un beso en la boca, casto y dulce. Una recompensa. Una puta medalla de oro por haberla tratado como a un juguete.

—No puedes ser real —susurró él.

—Me estaba preguntando si seré así de nacimiento o si habrá sido por ti. A lo mejor intuía que era lo que deseabas y he querido ser lo que tú querías.

—Remi. —Brick cerró los ojos mientras su miembro empezaba a sacudirse. No era el momento para un segundo asalto. Ella tenía cosas que contarle. Él necesitaba reafirmarse. Ninguno de los dos satisfaría sus necesidades si él introducía su polla en su interior.

Ella se frotó contra él, mordiéndose el labio inferior.

«Joder».

Brick la agarró por las caderas para que se estuviera quieta.

—Nada de distracciones.

—Tienes que reconocer que echar otro de esos sería más divertido que hablar —dijo ella, retorciéndose de nuevo contra él.

Brick gruñó y metió las manos bajo la sudadera para agarrarle el culo. Llevaba puesta una especie de lencería sedosa que hacía que sus dedos parecieran aún más ásperos en comparación. Sin poder resistirse, dio un empujón rápido y fuerte hacia arriba. Y luego otro.

—Brick. —Remi se acercó a él, pegó los labios a los suyos y le robó el oxígeno de los pulmones.

—Cielo —dijo él, jadeando mientras clavaba los dedos en las curvas suaves de su culo—. Para.

—Prefiero hacer esto que hablar —declaró ella, impulsándose sobre las rodillas para frotarse con su ávida erección.

Brick le levantó la sudadera por la espalda con una mano y con la otra le dio un fuerte azote en el culo. Remi inhaló bruscamente. Ver aquellos ojos abiertos de par en par y vidriosos por la excitación no fue de mucha ayuda. Deseaba más. Deseaba hacerle más cosas. Saborearla más. Deseaba memorizar el sonido que hacía su mano al entrar en contacto con su piel.

—Habla —le ordenó él bruscamente.

Remi hizo un mohín precioso y su polla reaccionó en consecuencia.

—¿Cómo pretendes que hablemos si estás intentando taladrarme?

Con un gruñido, Brick se levantó y la sentó en la silla en la que estaba en un principio.

—Quédate ahí. Y habla de una vez —le dijo, sentándose de nuevo.

—Caray. Podrías sacarle un ojo a cualquiera con esa cosa —comentó ella, admirando cómo su puñetero miembro se agrandaba al máximo.

Brick se acomodó y cogió el café que había dejado para darle un sorbo.

—Bueno, esa palmadita en el culo me ha tranquilizado bastante —dijo Remi.

Brick se atragantó al intentar tragar y respirar al mismo tiempo.

—¿A qué te refieres? —preguntó, limpiándose el café de la barba. Con la leche condensada sabía más dulce y le recordaba a ella.

—Creía que te marcarías un Brick y retrocederías treinta pasos después de lo de esta noche —dijo Remi.

—¿«Un Brick»?

—Ya sabes, como cuando te acercas demasiado a lo que deseas y luego... te pasas fuera de la isla todo un verano para impedirte a ti mismo conseguirlo, por ejemplo.

Brick cerró los ojos y apoyó la cabeza en el respaldo de la silla.

—Remi —suspiró—. Lo siento mucho.

Pensar en sus manos ávidas acariciándolo a través de los vaqueros mientras la inmovilizaba contra la pared de un callejón no le ayudaba a concentrarse en lo que ella tenía que decirle.

¿Cómo podía desearla tanto, cuando lo que acababan de hacer lo había destripado, vaciado y luego vuelto a llenar? ¿Cómo podía querer hacerle tantas otras cosas?

—Dime por qué te fuiste de esa manera —le pidió Remi—. Si me lo dices, te cuento lo mío.

Brick suspiró y se pasó una mano por la cara.

—Vale. Cuando estábamos en aquel callejón... Cuando...

—¿Te agarré la polla? —le soltó Remi, con suficiencia.

—Cuando me tocaste —la corrigió él, lanzándole una mirada de advertencia—. Sabía que no había nada que me impidiera hacer lo mismo contigo. Pero también sabía que sería incapaz de quitarte las manos de encima. Sabía que me pasaría el resto del verano adorándote.

—No me extraña que te largaras —comentó Remi, con sarcasmo.

—De todos modos, tú ibas a irte al final del verano. Pasara lo que pasara, ibas a hacer las maletas y marcharte, y yo me quedaría aquí, sin ti. No sobreviviría a eso sabiendo lo que se sentía al hacerte mía. Sabiendo lo que era tenerte de rodillas delante de mí como una buena chica, o inclinada hacia adelante como una mala. No habría sido capaz de seguir adelante sin ti.

—Así que te fuiste —dijo Remi en voz baja.

Brick la miró fijamente.

—Era mejor no tenerte, porque así podía fingir.

—¿Fingir qué?

—Que lo que sentía por ti no era real —dijo él, y Remi suspiró. Brick se dio cuenta de que volvía a tener un aspecto triste y desamparado. Pero, si se acercaba a ella en ese momento, acabaría follándosela contra la ventana mientras salía el sol. La conocía perfectamente, así que rebuscó en su arsenal para lidiar con Remington Ford—. ¿De verdad creías que me arrepentiría de estar contigo después de lo de esta noche? —le preguntó.

Ella lo miró como si estuviera diciendo una obviedad.

—Puede que se me haya pasado por la cabeza. —Lo miró por encima del borde de la taza y Brick trató de no fijarse en el triangulito de satén morado que había entre sus piernas mientras Remi doblaba las rodillas y las ponía bajo la barbilla—. Por fin has dejado de contenerte. Por fin me has dejado saber qué es lo que quieres.

Vaya si lo había hecho.

—Si hay algo que te haya molestado o si te he hecho daño, Remi...

—Veo que sigues empeñado en encontrarle el lado malo —se burló ella—. ¿No puedes limitarte a aceptar que lo que hemos hecho ha sido increíble, salvaje y maravilloso?

—No sé si seré capaz. —El satén púrpura tenía una raya de humedad en el puto centro. Brick quería dormirse con la cara pegada a él.

—Necesito que entiendas unas cuantas cosas. En primer lugar, que todo lo que hacemos juntos está bien. Puedo oír tu angustioso monólogo interior sobre pegarle a una mujer y dejarle marcas...

—¿Te he dejado marcas? —Brick estaba horrorizado. Bueno, más o menos. Porque también había una parte recóndita y despreciable de su ser que quería verlas. Que deseaba sentirse orgulloso de ellas.

—Concéntrate —dijo Remi, chasqueando los dedos para captar su atención—. Estoy diciendo que lo que hemos hecho ha sido consentido y una puta pasada.

—Entonces, ¿no te ha importado...? —¿Qué se suponía que iba a decirle? «Oye, Remi, ¿no te ha importado que te haya tumbado sobre una mesa y te haya enseñado una lección? ¿Y qué me dices de lo de tirarte en la cama y empotrarte hasta que he visto las puñeteras estrellas?».

Ella bajó las rodillas y se inclinó hacia adelante. La dichosa sudadera le impedía ver su preciosa ropa interior morada.

—Me ha encantado. Y quiero más. Pero tienes que conocer todos los hechos antes de decidir si te interesa o no.

La polla de Brick estaba dispuesta a aceptar cualquier cosa. Le importaban una mierda los hechos.

—Joder, no estarás casada, ¿no? —El mero hecho de pensarlo hizo que una rabia posesiva se apoderara de él. Iría a por el hombre que intentara reclamarla y se lo cargaría.

Remi puso los ojos en blanco.

—¡No! —exclamó ella, y él se relajó—. Es algo peor.

—Joder, Remi. Dímelo de una puta vez. Acaba con este sufrimiento para que pueda meter la cara entre tus piernas antes de hacer que te subas sobre mí hasta que salga el sol.

Ella abrió la boca y volvió a cerrarla.

—Mmm.

Esa vez fue Brick el que chasqueó los dedos.

—Céntrate. Suéltalo ya.

Remi miró hacia el techo y respiró hondo.

—Vale. Pero ¿podrías cubrirte el pecho para que pueda concentrarme?

Con un suspiro de desesperación, Brick cogió la manta de punto que había en el respaldo de la silla y se tapó.

—¿Mejor?

—Tendrá que valer. Hay más cosas sobre el accidente que no te he contado —reveló.

31

30 de enero
Unas semanas antes...

Remi había elegido el vestido largo de color verde esmeralda y los pendientes dorados de filigrana porque le hacían sentirse lo más alejada posible de la adolescente alborotadora que conocían en su ciudad natal.

Pero, mientras deambulaba por los suelos de hormigón de la galería observando sus propios cuadros, se dio cuenta de que, por dentro, seguía sintiéndose como aquella niña. Como aquella chica entusiasta y rebelde que siempre andaba en busca de nuevas aventuras. Y, ahora, la nueva aventura era el presente.

Mientras Rajesh, su engreído pero encantador agente, se dedicaba a charlar por teléfono con posibles compradores —o a pedir prostitutas—, Remi aprovechó para estar unos minutos a solas con sus cuadros, tranquilamente.

Lo del artista muerto de hambre no era un estereotipo: en su caso había sino una realidad larga y necesaria. Pero, oficialmente, eso ya formaba parte del pasado. Como la chica que suspiraba por un hombre que nunca podría amarla. Había una realidad nueva y maravillosa a la que adaptarse.

La semana anterior había vendido una obra por más de lo que le había costado ir a la facultad de Bellas Artes. Se le hacía raro ver más de tres dígitos en su cuenta bancaria.

Giró sobre sí misma, viendo pasar sus obras una y otra vez,

como un tiovivo de color y de música. De luz y de vida. Definitivamente, lo estaba petando en el mundo del arte. Bueno, o más bien lo estaba petando Alessandra Ballard.

Hacía un par de meses, le había vendido una obra a un británico encantador que vivía en Florida solo para que pudiera restregársela por las narices a un gilipollas. A Remi le había caído tan bien que, cuando Míster Simpatía había vuelto para negociar la compra de otra obra de la que se había enamorado su prometida, le había hecho un descuento que había hecho llorar a Rajesh.

—¿Contenta? —le preguntó este, guardándose el móvil en la chaqueta y colocándose los puños—. Porque, si no lo estás, eres lo bastante importante como para montar un drama y hacer que lo reorganicen todo.

Remi resopló. La galería se había esforzado mucho para exponer la colección de una forma bonita y respetuosa. Cada cuadro tenía una placa con el nombre de la obra y la canción en la que se había inspirado. Durante la velada sonarían todos los temas y la iluminación cambiaría para adaptarse a los colores que la sinestesia producía en su cabeza. Era una experiencia sensorial que daría a los visitantes y a los clientes una idea de lo que era estar en su mundo. Y ella le había dado el visto bueno.

—Aunque sigo diciendo que sería aún mejor si pudieran verte en acción. Si algún comprador podrido de dinero eligiera una canción y todos pudieran verte pintándola. Seguro que pagaría una cantidad de seis cifras sin pestañear por una obra creada en el acto delante de él.

Remi puso los ojos en blanco.

—No. —Nadie podía verla pintar. Era una de sus reglas.

—Ya estás otra vez haciéndote la difícil.

—Soy artista y, por lo tanto, temperamental. Si no te gusta, dedícate a vender seguros de coches —le soltó Remi, cogiendo una copa de champán de una bandeja.

—Solo estoy proponiendo una forma de aumentar tu fama y tus beneficios.

—Sí, claro, vendiendo mi proceso al mejor postor —protestó Remi—. Pues ya te puedes ir olvidando. Lo que ocurre entre la pintura, la música y yo es algo personal. Y no pienso permitir que tu corazoncito de mercenario lo comercialice. —Remi le dio un toquecito en la nariz con un dedo, solo para molestarlo.

—Estás perdiendo una gran oportunidad.

—No quiero que nadie me vea pintar.

—¿Por qué?

—Porque pinto desnuda —replicó—. Ahora, si me disculpas, voy a zamparme media bandeja de aperitivos antes de que abran las puertas.

Estaba en plena conversación con el comisario de la galería y una pareja de la junta directiva del Consejo de las Artes de Chicago cuando todas las cabezas se giraron hacia la puerta.

Camille Vorhees había sido criada para llamar la atención. Tenía una belleza clásica, con el cabello color miel siempre peinado con elegancia. Sus grandes ojos grises poseían una inocencia seductora. Y había sido agraciada con unos labios carnosos y unos pómulos prominentes fruto de varias generaciones de linaje aristocrático.

Era sofisticada, encantadora y, al parecer, se había vuelto loca de remate.

—Alessandra —dijo Camille, extendiendo las manos para estrechar las de Remi.

—Camille. —Se acercaron para darse un abrazo—. ¿Qué estás haciendo aquí? —le susurró Remi al oído.

—No podía quedarme en casa ni un minuto más, sabiendo que me estaba perdiendo esto —dijo su amiga, echándose hacia atrás para dedicarle una sonrisa insegura.

—No deberías estar aquí.

—Chicas, ¿puedo haceros una foto? —les preguntó un bloguero, con la cámara ya levantada.

Ellas se quedaron quietas y sonrieron mientras Remi repasaba todas las preguntas que se arremolinaban en su mente. Le dio las gracias al fotógrafo y se giró hacia su amiga.

—Él acabará enterándose —dijo Remi mientras un hormigueo de pánico le subía por la garganta.

Ella había crecido sin miedo. Nunca había tenido nada que temer. Tenía a sus padres, a su hermana mayor, a su comunidad, a Brick. Todos dispuestos a defenderla cuando fuera necesario.

Salvo allí. En ese momento. Allí Remi no contaba con su protección y Camille tampoco.

—Ya hablaremos de eso luego —dijo su amiga—. Ahora estamos en tu exposición y vamos a disfrutarla. Venga, hazme una visita guiada para que pueda decirte lo genial que eres.

Remi entrelazó un brazo con el de Camille y esbozó una sonrisa radiante. Si alguien sabía actuar, era la puñetera Remington Ford, aunque la protagonista fuera Alessandra Ballard.

Admiraron su obra. Bebieron champán. Hablaron con amantes y críticos del arte. Camille no se despegó de su lado mientras ella respondía una y otra vez a las mismas preguntas sobre la sinestesia.

Sí, de verdad veía los colores.

No, no era como un viaje de LSD.

No, no tenía ninguna lesión cerebral.

Remi no perdió de vista a Camille en toda la noche. Cada vez que se abría la puerta y entraba un hombre trajeado, un escalofrío la recorría de pies a cabeza.

Warren no iba a pasar aquello por alto sin recordarles quién tenía la sartén por el mango.

Remi nunca antes había sentido odio. Obviamente, sí había despreciado a gente temporalmente. Incluso había probado algunas maldiciones de vudú a los veintipocos años. Pero jamás había odiado a nadie hasta conocer a Warren Vorhees.

Al final de la noche, en lugar de estar eufórica por la gran cantidad de discretas pegatinas de «vendido» que había junto a sus obras, Remi sentía una especie de miedo aciago.

—¿Me acompañas a casa? —le preguntó Camille, buscando las llaves en el bolso.

—Vale —respondió Remi.

—Podemos celebrar tu gran éxito haciendo las maletas.

Remi se atragantó con el último sorbo de champán de la copa, salpicándose la barbilla y el escote.

—¿Perdona? —preguntó, con los ojos llorosos.

Camille le entregó una servilleta de cóctel con una sonrisa.

—Estoy preparada.

—¿En serio? —chilló Remi. Agarró a su amiga por los hombros y la miró a los ojos.

Su amiga asintió, con los ojos brillantes por las lágrimas que estaba conteniendo.

—Ya va siendo hora.

—¡Eh, Alessandra! —le gritó Rajesh mientras iba hacia la puerta.

—Ahora no, Raj.

—¿No quieres saber cómo te ha ido?

—Seguro que me pones al corriente de todo cuando te toque embolsarte tu porcentaje —replicó Remi, mirando hacia atrás.

El coche de Camille era deslumbrante pero discreto, como ella. El Mercedes ronroneó cuando pulsó el botón de arranque.

—Menuda noche. Creo que vas a ser la comidilla del mundo del arte —dijo, esperando a que Remi se abrochara el cinturón para salir del aparcamiento.

—Volvamos al tema de las maletas —propuso Remi. Su éxito comercial no era nada comparado con que su amiga estuviera a punto de largarse.

—Warren va a estar en Washington cuatro días, por algo importantísimo de la campaña del año que viene —dijo Camille, yendo hacia la autopista y dejando atrás el frío pero animado centro de Chicago.

—¿A dónde piensas ir? —quiso saber Remi.

—Primero a casa de mis padres —respondió Camille—. Ya he llamado a mi madre. Cree que es una visita normal y corriente, así que se llevará una gran decepción cuando le cuente el verdadero motivo.

—Pero te apoyarán, ¿no? —preguntó Remi.

—No les queda otra —dijo Camille—. Tengo una amiga abogada que vive allí y he quedado con ella el martes. Ya tiene una copia del acuerdo prenupcial.

—No se lo habrás enviado desde el móvil, ¿no? —le preguntó Remi. Camille parecía tremendamente tranquila para ser una mujer que acababa de decidir dejar a su marido. Un hombre que más de una vez le había dicho que, si lo dejaba, la mataría.

Y Remi lo creía. Cuando lo conoció, había notado algo raro en él. Pero era tan dulce y encantador, y parecía un marido tan cariñoso… Y ella nunca había conocido a un verdadero monstruo.

Pero ahora sabía la verdad.

—¿Estás bien? ¿Tenemos que hacer muchas maletas? ¿Cuándo te vas? —la interrogó Remi, incapaz de reprimir la avalancha de preguntas. Camille condujo el Mercedes hacia la rampa de salida y se dirigió a los barrios ricos de las afueras, donde estaba la mansión ultramoderna del senador. En comparación, el *loft* semirreformado de Remi parecía el garaje de un asesino en serie. Bueno, a decir verdad, la pintura roja se parecía muchísimo a la sangre.

—Estoy bien —le aseguró Camille, con una sonrisa sincera—. Bueno, y muerta de miedo, por supuesto. Pero es ahora o nunca.

—¿Te ha hecho daño? —le preguntó Remi, tratando de que no se le notara en la voz ninguna de las setenta y cinco emociones que sentía.

—Siempre me lo hace.

Camille encendió la radio. «No Surprises», de Radiohead, llenó el interior del coche. Sus colores y texturas tranquilizaron a Remi. Aquello era algo bueno. Ella había luchado mucho para conseguirlo, hasta el punto de poner en riesgo su amistad.

—Te acompaño —dijo de repente.

—¿A dónde? ¿A casa de mis padres?

—Sí. No podrán malinterpretarte o restarle importancia si yo estoy ahí, diciéndoles a la cara la verdad. No podrán intentar que vuelvas con él si voy y les pongo las pilas para que te apoyen.

—Eres una buena amiga, Remi —dijo Camille mientras empezaban a subir con el coche hacia las colinas. Era una noche sin luna y el cielo estaba cubierto de nubes. La nieve era más densa allí y las ramas de los árboles se doblaban bajo su peso, iluminadas por los faros del coche.

—Después de hablar con tus padres y con la abogada, podrías acompañarme a mi casa —propuso Remi de pronto.

—¿A Mackinac? La verdad es que, tal y como lo describes, parece un sitio idílico —dijo Camille.

—Uf, no en pleno invierno. Pero allí estarás a salvo. Es una bola de nieve preciosa y tranquila. Eso sí sería escaparse de verdad. Nadie en su sano juicio te seguiría hasta allí —declaró Remi.

—Mmm. ¿Me presentarás a Brick?

—¿A Brick? —preguntó Remi, inocentemente.

—Nunca me lo has dicho, pero he atado cabos. Brick es el tío que te rompió el corazón, ¿no?

—¿Puede alguien romperte el corazón cuando eres joven y tonta? —preguntó Remi, restándole importancia.

—Que fueras joven y tonta no quiere decir que no tuvieras corazón.

—Qué va. Puede que Brick y yo hayamos tenido nuestras diferencias. Pero tampoco es que me rompiera el corazón.

—Ah, pues sería otra persona —dijo Camille con ironía.

Remi miró disimuladamente el perfil de su amiga al volante. Estaba sonriendo.

—No. Él fue quien hirió temporalmente mi ego.

—Ah, así que hirió tu ego… Eso suena mucho menos peligroso que lo del corazón roto.

—Hablemos de lo que vas a meter en las maletas —dijo Remi, cambiando de tema.

Un par de faros aparecieron en el retrovisor. Unas luces largas que tenían pinta de estar acercándose demasiado rápido.

—Remi, es él —dijo Camille, aferrándose al volante.

—Puede que solo sea un borracho.

Pero el coche no redujo la velocidad en la curva. Pudieron oír el chirrido de los neumáticos y el motor revolucionado por encima de la música.

—Voy a llamar a la policía —dijo Remi, una fracción de segundo antes de que se oyera el crujido del metal sobre el metal.

El Mercedes dio un bandazo y cruzó la doble línea amarilla. Camille emitió un chillido agudo mientras Remi se colocaba el bolso en el regazo y cogía el móvil.

Camille lloraba en silencio. La esperanza y los planes de hacía unos instantes se esfumaron en la oscuridad.

—Emergencias, dígame.

Antes de que Remi pudiera decir nada, Camille emitió un sollozo desgarrador al ver que los faros se acercaban, cegándolas por los retrovisores.

—Está intentando matarnos —susurró Camille.

—No se lo permitiré —dijo Remi.

—Dígame —repitió el operador.

Pero ya era demasiado tarde. El coche volvió a embestirlas por detrás. El impacto la propulsó contra el cinturón de seguridad mientras el Mercedes chocaba con el guardarraíl que las separaba de un oscuro desnivel. El metal se arañó y se dobló. Las chispas iluminaron pequeños fragmentos de noche.

Unos gritos estridentes resonaron por encima de la música. Remi no reconocía su propia voz.

Las luces largas desaparecieron en la siguiente curva de la carretera.

—¿Hola? ¿Me oye? —gritó Remi, buscando a tientas el teléfono.

Camille estaba inmóvil en el asiento del conductor, agarrada al volante. Respiraba con dificultad. A Remi le ardían los pulmones.

El Mercedes seguía encendido, pero el olor acre a humo y a caucho inundaba sus fosas nasales.

—Se ha ido —susurró Remi—. Se ha ido.

Camille negó con la cabeza.

—Él nunca se va. —Las lágrimas brillaron en sus mejillas bajo la luz del salpicadero.

—Tenemos que salir de aquí —dijo Remi bruscamente—. Tenemos que salir del coche.

—Nos encontrará. No se detendrá.

Remi estaba estirando el brazo para desabrocharse el cinturón de seguridad cuando otras luces atravesaron el parabrisas. Unas luces largas que circulaban demasiado rápido. Por un instante, el hermoso perfil de Camille se quedó congelado en el tiempo, inmortalizado por la luz del vehículo que se acercaba.

Y entonces todo desapareció.

Remi no sabía si se había quedado inconsciente o si había parpadeado y todo el universo había desaparecido. No podía ver nada con el airbag, que se había activado. Tenía cierta sensación inestable y tambaleante. Casi como si el coche ya no estuviera en tierra firme.

La cabeza de Camille colgaba sin fuerza, mirando hacia abajo.

Esa vez, Remi percibió otro olor, aparte del del humo: el hedor salobre de la sangre.

—Ay, Dios. Ay, Dios.

La música seguía encendida a todo volumen. Pero el mundo se inclinó. O puede que fuera el coche. A través del parabrisas rajado y hecho añicos, Remi vio unos árboles y un amasijo de metal retorcido.

Él las había empujado más allá del guardarraíl y estaban haciendo equilibrios sobre la ladera. ¿Cómo de grande sería la caída? Su cerebro trató de calcular a qué distancia estarían de la casa de Camille, pero sus pensamientos iban muy lentos.

Detrás de ellas, o puede que por encima, a Remi le pareció oír el ronroneo sordo de otro motor. De otro vehículo. Pero el dolor le impedía girar la cabeza.

El mundo se inclinó. O puede que fuera el coche. Pero esa vez fue una pizca más allá.

El morro del automóvil se inclinó hacia abajo y Remi abrió la boca para gritar, pero no logró emitir ningún sonido. Solo podía oír la música atronadora y tenía una sensación en el estómago como de ingravidez, como en la primera bajada de una montaña rusa. Mientras tanto, la gravedad tiraba del coche cada vez más y más hacia abajo.

Entonces se oyó un crujido y el vehículo se detuvo de golpe. El cinturón se le clavó dolorosamente en el pecho.

La música dejó de sonar y fue sustituida por un chasquido espantoso. Árboles. Un par de ellos que crecían en el escarpado barranco, alzándose hacia el cielo oscuro, habían frenado su caída. Pero ¿durante cuánto tiempo podrían sostener los restos destrozados del coche, en contra de la gravedad?

—Camille —susurró Remi. Extendió la mano y tocó el brazo inerte de su amiga—. Camille. Tenemos que salir de aquí.

Ella no respondió. Remi estaba mareada, aturdida y cagada de miedo.

Pero en medio de aquel silencio inquietante, oyó algo más. La puerta de un coche al cerrarse.

Pensó que, si podía oír aquello, no debían de estar tan lejos de la carretera. A lo mejor podían volver a subir y...

Entonces supo de quién era la puerta de aquel coche. De

quién eran los pasos que oía a través de la ventanilla rota. Aunque su respiración era apenas un gemido entrecortado, Remi se tapó la boca con la mano libre, intentando ahogar el sonido.

Él las estaba mirando desde arriba, valorando si había hecho bien su trabajo. Si podía irse a casa y empezar a practicar la cara de preocupación, y luego la de desconsuelo. Qué hijo de puta. Una fría calma que nunca antes había experimentado se apoderó de Remi, alimentada por el odio. Una rabia gélida que arraigó en su alma. No iba a permitir que ganara. No iba a permitir que acabara con la vida de Camille simplemente porque su humanidad no le convenía. Y mucho menos que acabara con la suya. Todavía le quedaban muchos cuadros que pintar. Muchos hombres que besar. Muchos mundos que explorar.

No pensaba dejar que le arrebatara todo eso. No se merecía tener ese poder.

Remi se repitió aquello mentalmente en bucle, hasta que su respiración se volvió más pausada. Hasta que pudo dejar de luchar contra los gritos de pánico que querían escapar de su garganta.

Se quedó allí sentada en silencio, aguzando el oído, mientras él se acercaba. Si bajaba hasta allí para rematar el trabajo, no podría hacer nada. Eran demasiado vulnerables. Le bastaría con empujar el coche y caerían en picado hasta desaparecer.

Remi permaneció en el asiento, esperando y agarrando la mano flácida de Camille. Le vino a la mente el rostro adusto de Brick Callan. Él sabría cómo solucionarlo. Acudiría en su rescate y la salvaría, como siempre.

Remi se aferró a aquella imagen de su héroe mientras esperaba a que el villano apareciera en la oscuridad.

El árbol que tenía delante emitió un chirrido siniestro y se oyó un chasquido. Se le llenaron los ojos de lágrimas mientras imploraba en silencio que aquel hombre se marchara.

Entonces oyó a lo lejos una carcajada despectiva.

El muy cerdo hijo de puta se estaba riendo de ellas.

La risa que llegó hasta sus oídos era inhumana y malvada, como su dueño. Aquel sonido le llegó al alma. Cuando escuchó que la puerta del coche volvía a cerrarse de golpe, que el motor se ponía en marcha y se alejaba hasta desaparecer, un gemido agudo brotó de sus pulmones doloridos.

Las estaba dejando morir allí.

Remi parpadeó con los ojos llenos de lágrimas y miró hacia la oscuridad que se extendía más allá de los árboles. Uno de los troncos crujió y el coche volvió a balancearse.

—Joder —gimió, desabrochándose el cinturón de seguridad—. Por favor, no dejes que caiga al vacío. —Una rama gordísima apareció de la nada y aterrizó sobre los restos del capó del coche—. Vale. Joder. Cálmate de una puta vez —se dijo Remi. El sonido de su voz atravesó aquel silencio insoportable—. Tú trepa y saca a Camille. Es lo único que tienes que hacer. —Casi nada. Intentó abrir la puerta con la manilla, pero estaba atascada. Probó a hacerlo a golpes, pero el movimiento hizo que el coche se sacudiera y Remi se quedó inmóvil, presa del pánico—. Vale. Nos olvidamos de la puerta. No pasa nada. Tengo otras tres opciones, Camille. Saldremos de esta. —Con cuidado, porque la vida de su amiga dependía de ello, Remi saltó al asiento de atrás. Le ardían los pulmones y cada respiración se convertía en una tarea imposible—. Al menos no me he dado un golpe en la cabeza, ni me he destrozado la cara —jadeó, quitándole hierro al asunto—. Todo va bien. No hay problema. —La puerta trasera del lado del conductor estaba atascada, pero Remi consiguió abrir la del otro lado—. Madre mía. Gracias, Sonny y Cher. —Notó que tenía las mejillas húmedas y se dio cuenta de que estaba llorando—. Gracias, gracias, gracias —repitió una y otra vez mientras se ponía de pie en la nieve y se hundía hasta los tobillos, perdiendo en el acto los zapatos de tacón de aguja.

Hacía un frío que pelaba. Pero, qué narices, ella había nacido en la isla Mackinac. Podía sobrevivir a un paseo descalza por la nieve. Le castañeteaban tanto los dientes que parecía que se le iban a salir del sitio, pero el miedo y la determinación la mantuvieron caliente mientras rodeaba el capó del coche. Un único faro solitario iluminaba la oscuridad. El humo y la nieve brillaban de forma siniestra bajo el haz de luz. Más allá no había más que un oscuro vacío.

Para llegar hasta Camille, iba a tener que pasar por delante del coche. Un coche que solo estaba sujeto por dos árboles jóvenes, delgaduchos y astillados.

Respirando con dificultad, Remi cruzó rápidamente por delante del capó. Se agarró al primer árbol y, al lanzarse hacia adelante, se torció el pie en una piedra. El dolor rivalizó con el entumecimiento. El aire se había convertido en un bien extremadamente valioso.

Otro paso adelante. Otro árbol. Ese se inclinaba muchísimo hacia el valle, o hacia el barranco de abajo. Remi casi agradecía la oscuridad. Casi prefería no poder ver lo que le esperaba más allá.

El árbol volvió a crujir y la carrocería del coche se inclinó un centímetro más hacia adelante.

—Mierda, mierda, mierda —susurró Remi mientras rodeaba poco a poco el tronco del árbol, con el corazón latiéndole tan fuerte como un tambor.

Estaba muerta de miedo. Nunca había vivido algo así. Nunca se había enfrentado cara a cara con la muerte. Y no era divertido. No se lo recomendaba a nadie. Pero todo lo que le importaba en esos momentos pasó ante sus ojos con una claridad extraordinaria. Mackinac. Sus padres y su hermana. Brick. Lo que sentía cuando deslizaba el pincel por el lienzo, borrando el espacio en blanco, materializando todo su potencial.

Pensó en las cosas que adoraba. En la gente a la que quería. En refrescos fríos en días calurosos y en pintalabios rojos. Quería más, mucho más, de todo eso.

Quería que la amaran.

Quería vivir.

Soltó un grito desgarrado cuando por fin consiguió rodear el coche y subir la empinada cuesta que iba hasta la puerta de Camille.

—Por el amor de Ella Fitzgerald —murmuró, agarrando la manilla con los dedos helados.

Mientras las lágrimas se le congelaban en las mejillas, la puerta se abrió con un chirrido. Entonces, Remi se dio cuenta de que el chirrido no era de la puerta, sino del árbol. Se oyó un ruido tremendo de madera al romperse seguido de un crujido.

Iba a ceder. Y, sin ese pilar, el coche podía precipitarse al vacío.

«Ahora o nunca». Remi introdujo la mano en el vehículo para intentar apartar el airbag y buscar a tientas el cinturón de seguridad de Camille. Su amiga seguía siniestramente inmóvil.

Entonces oyó en su cabeza la voz de su madre, clara como el agua: «Nunca muevas a la víctima de un accidente».

Pero si no sacaba de allí ya a Camille, el coche caería en picado con ella al fondo de un puñetero barranco.

El vehículo se inclinó unos centímetros más hacia adelante, arrastrando con él los pies de Remi. Esta tardó un poco en darse cuenta de que los sollozos entrecortados que estaba oyendo eran suyos.

—Venga, Camille. No vamos a dejarle ganar. ¡Esto no es el final! —Por fin encontró a ciegas el enganche del cinturón y consiguió soltarlo. Pensó en cuál sería la mejor forma de sacar a su amiga del coche, pero la planificación dio paso rápidamente a la acción cuando el primer árbol se rindió y cruzó por delante del haz de luz del faro a cámara lenta—. ¡Mierda! —Remi agarró a Camille por los hombros y tiró de ella.

Se cayó de espaldas, arrastrando torpemente el cuerpo inconsciente de su amiga. Apenas había tenido tiempo de ponerlas a salvo a ambas, cuando los restos del coche empezaron a tambalearse de nuevo y a inclinarse. Pero esa vez la cosa no quedó ahí. Era demasiado peso para el árbol roto.

Con un chasquido sobrecogedor, el árbol y el vehículo desaparecieron en la oscuridad.

Ellas también empezaron a resbalar. A deslizarse hacia el vacío mientras el coche bajaba dando tumbos y se deshacía por la pendiente empinada. Remi sujetó a Camille por el pecho con un brazo e intentó encontrar algo a lo que agarrarse con el otro, hasta que este tropezó con fuerza contra algo. Remi intentó convencerse de que el chasquido que había oído había sido producto de su imaginación mientras el dolor inflamaba sus nervios entumecidos.

A pesar de las molestias, se las arregló para doblar el brazo torpemente alrededor de aquella cosa y frenar su caída. Clavó los talones en la nieve e intentó respirar. Intentó pensar en el siguiente paso.

El guardarraíl y la carretera estaban por encima de ellas, en alguna parte. Remi no sabía si allí las esperaba el peligro o la seguridad.

—Joder —gimió, con los dientes castañeteando.

Cerró los ojos e imaginó la cocina de sus padres. El lugar en el que era más feliz. Se había perdido las navidades con ellos. ¿Por qué no había ido a casa? Porque se había enterado de lo de Warren, se recordó a sí misma. Había descubierto que su amiga estaba casada con un monstruo y no quería dejarla sola con él.

¿Y si aquella hubiera sido la última oportunidad de estar con su familia la mañana de Navidad y ese monstruo hubiera ganado de todos modos?

—¡NO! —exclamó, sollozando.

No les robaría nada más, ni a ella ni a Camille.

—Camille, vamos a subir, a buscar ayuda y a meter entre rejas a ese hijo de puta —susurró Remi. Su amiga permaneció inmóvil bajo su brazo—. Ya sé que te doy mucho la turra por estar tan delgada, pero esta noche te ha venido de perlas —comentó mientras apoyaba con cuidado los talones en la nieve y ascendía unos centímetros por la pendiente. Cuando se sintió segura, se soltó de la roca. Le dolió el brazo al pasarlo por debajo del de Camille. Pero era o sentir dolor y moverse, o sentir dolor y morir congelada al lado de un barranco.

O desmayarse por un ataque de asma y dejar que ambas cayeran al vacío.

Apretando los dientes, se inclinó hacia atrás y tiró de Camille. Una y otra vez. Centímetro a centímetro. No había tiempo. Solo distancia. Oscuridad. Frío. El sonido entrecortado de su respiración fatigosa.

Y entonces vio parpadear una luz azul. Y luego una roja. Una vez y otra. Las luces se posaron sobre la maleza que las rodeaba, iluminando la niebla, pintando la nieve y su aliento de color azul y rojo.

Luego llegaron las voces. Y más luces.

Remi estuvo a punto de morirse de alegría. Quería gritar, pero sus pulmones no le permitían inhalar suficiente aire. Así que se aferró al cuerpo inerte de su amiga y elevó una plegaria silenciosa.

Cuando abrió los ojos, un haz de luz brillante la cegó.

¿Se estaba muriendo? ¿Había llegado el final?

—Tengo a dos víctimas en la ladera —informó una voz.

—Traedme una cuerda y el trineo —gritó otro.

Remi miró hacia la luz con los ojos entrecerrados, todavía aferrada a Camille. Estaban a salvo.

Le contaría todo a la policía y ellos irían a casa de Warren, echarían la puerta abajo y lo detendrían. Y ella los acompañaría para darle una patada en los putos huevos.

Entonces reparó en la sombra alargada que se cernía sobre el guardarraíl.

—Senador, tiene que apartarse.

32

—Remi. —El nombre salió de sus labios en dos sílabas.

Aunque no recordaba siquiera haberse levantado, estaba caminando de aquí para allá por delante de ella mientras le contaba toda la historia.

Le entraron ganas de cogerla en brazos y prometerle que nadie más volvería a estar tan cerca de hacerle daño. De volar a Chicago y romperle todos los puñeteros huesos del cuerpo al puto Warren Vorhees.

De llevarse a Remi al otro lado de la calle, encerrarla en su casa y montar guardia en la puerta.

Como policía que era, sabía lo peligrosas que podían ser las riñas domésticas. Lo rápido que podían torcerse. La posibilidad de que Remi se interpusiera entre una amiga y un puto monstruo le quitaba diez años de vida.

—¿Estás bien? —le preguntó ella, escrutando su rostro con aquellos ojos verde jade. Brick dejó de pasear y se pellizcó el puente de la nariz. Nunca volvería a estar bien—. ¿Quieres un poco de agua o algo?

—Solo necesito un minuto —logró balbucear finalmente mientras se la imaginaba atrapada por el cinturón de seguridad, dándole la mano a su amiga, intentando no gritar. Mientras esperaba a que aquel enfermo acabara con ella. Remi asintió, cogió el café y esperó a que se calmara lo suficiente como para fingir que no había hecho volar por los aires todo su puñetero mundo por segunda vez en una sola noche.

Solucionaría aquella mierda. Se aseguraría de que nunca más volviera a estar sola en la oscuridad. De que no volviera a enfrentarse en solitario a un enemigo. De que nunca le faltara protección.

—¿Así que Vorhees estaba con los primeros en llegar al lugar de los hechos? —le preguntó Brick, intentando cambiar al «modo poli».

Pero cuando no pudo evitar apretar los puños a los costados, se dio cuenta de que era imposible. No había forma de ser objetivo con aquel hombre que había intentado asesinar a dos mujeres inocentes. Y menos cuando una de ellas era su chica. No había justicia lo suficientemente rápida para aquello. ¿Se conformaría con meter entre rejas a ese animal durante el resto de su vida? ¿Le proporcionaría la ley la venganza que necesitaba para proteger a Remi? Aquella zona gris que había entre el bien y el mal de repente empezó a cobrar sentido para él.

—Sí —dijo Remi, respondiendo a su pregunta—. Lo tengo todo un poco borroso, pero estaba allí con la policía. Creo que se inventó alguna historia sobre que había cogido antes el avión para darle una sorpresa y, al ver que no estaba en casa, había empezado a preocuparse y había rastreado el móvil.

—¿Así que, según él, volvió a casa, rastreó el teléfono y llamó a la policía? —resumió Brick.

Remi asintió.

—¿Y qué pasó cuando te subieron?

Ella arrugó la nariz.

—No creo que te sorprendas si te digo que hice una estupidez —confesó.

Brick deseó poder sentarse con ella y abrazarla. Pero le daba miedo tocarla con toda aquella rabia acumulada dentro.

—Cuéntame lo que pasó, corazón.

Para que pudiera acabar de darle un aneurisma, entregar la placa y matar a palos a aquel tío.

—Primero subieron a Camille, que seguía inconsciente, en un trineo y luego me ayudaron a subir a mí. Cuando llegué arriba, obviamente estaba alteradísima. —Brick guardó silencio, esperando a que ella ordenara sus ideas—. Fui a por Warren y le llamé «sociópata pichacorta sin cojones», o algo así.

—Joder, Remi.

—Ni siquiera se inmutó. Estaba demasiado metido en su papel de marido destrozado. Pero vi aquella mirada muerta en sus ojos. No tiene nada dentro. Al menos nada humano.

—Y luego, ¿qué pasó?

—Hicieron falta un técnico de emergencias sanitarias y un policía para separarme de él. Les dijo a los agentes que estaba claro que había bebido. Luego me preguntó a qué velocidad iba, como si fuera yo la que conducía. —Brick maldijo en voz baja—. Les aclaré que yo no iba conduciendo. Pero creo que no se enteraron, porque al mismo tiempo estaba intentando contarles lo que él había hecho. Que la maltrataba. Que nos había empujado fuera de la carretera. Que había parado para asegurarse de que no saliéramos vivas.

—¿Y no te tomaron en serio? —preguntó Brick.

—Estaba medio congelada y al borde de la histeria. Además, seguía sin poder respirar bien. Así que es probable que pareciera un poco chalada. Pero él estaba de colegueo con los polis: «Es obvio que la amiga de mi mujer está trastornada. Ha bebido demasiado. Tiene un problema de abuso de sustancias, bla, bla, bla».

—Joder —murmuró Brick, frotándose la nuca.

—Un policía me llevó a casa.

—Querrás decir al hospital —dijo Brick.

Remi negó con la cabeza.

—No. Me llevó a casa porque no parecía que estuviera herida.

—Te rompiste el puto brazo. —En su fachada de serenidad empezaban a abrirse grietas del tamaño del Gran Cañón.

—Bueno, en ese momento no lo sabía. Estaba más preocupada por Camille y me daba pavor que él se la cargara en la ambulancia o en el hospital. Intenté volver a contarle toda la historia al agente Martínez, pero me parecía un disparate hasta a mí. Lo que sí conseguí fue que me hiciera la prueba de alcoholemia y la pasé.

—Vale, el policía te dejó en casa, ¿y luego qué?

—Raj, mi representante, apareció con una botella de champán y ganas de fiesta —Brick apretó los puños al oír la frase «ganas de fiesta»—. Tranquilo, grandullón. No en ese plan —dijo

Remi—. Al menos no creo. Aunque la verdad es que me llama un montón —añadió, frunciendo el ceño.

Brick negó con la cabeza, decidiendo dejar el tema del representante para más tarde.

—Se presentó en tu casa. ¿Y luego qué pasó? —preguntó.

—Yo estaba intentando cambiarme de ropa para ir al hospital. No quería dejar a Warren solo con ella. Estaba hiperventilando un poco. —Brick la fulminó con la mirada. Remi puso los ojos en blanco—. Bueno, mucho. Así que Raj, el muy exagerado, llamó a una ambulancia y me llevaron a urgencias.

—Donde descubrieron que tenías el brazo roto.

—Sí. Y donde los guardias de seguridad me acompañaron a la salida después de que montara una escena en la sala de traumatología en la que estaban estabilizando a Camille. Estuve a punto de darle un rodillazo en las pelotas a Warren, pero Raj me lo impidió. Todavía no se lo he perdonado. —Se estaba poniendo nerviosa. Brick lo sabía porque empezaba a tartamudear—. Alguien llamó a seguridad y Warren fingió que ayudaba a Raj a sujetarme. Se pegó a mí y me dijo que, si le causaba algún problema, lo pagaría con Camille. Que su vida dependía de mí. —Ese puto desgraciado iba a desear no haber nacido. Brick se aseguraría de ello. Pensaba destruir a aquel hombre. Aún tenía más preguntas, pero decidió que podían esperar. Ya había encajado las piezas suficientes como para tener más claro qué hacer a continuación. Y sabía perfectamente que a Remington no le iba a gustar—. Estábamos hablando de ti cuando pasó —dijo ella, con una sonrisa un poco soñadora mientras apoyaba la barbilla en las rodillas—. Camille y yo. Y ahora, aquí estamos. Qué ironía, ¿verdad?

A Brick no le parecía ni una ironía ni una casualidad. Él y Remi se habían sentido atraídos el uno por el otro desde el día que se habían conocido. Ella estaba destinada a estar con él.

Por eso había corrido a abrazarlo el primer día, nada más volver. Por eso había elegido la casa de enfrente. Por eso había compartido su cama y sus secretos con él.

«Joder». Brick se dio cuenta de que, si no hubiera sido así, ella no se lo habría dicho.

—¿Me lo habrías contado si no nos hubiéramos acostado? —le preguntó, deteniéndose frente a Remi y apoyando las manos en los brazos de su silla.

A ella le hizo gracia la pregunta y levantó la vista hacia él.

—No.

El mero hecho de plantearse aquella posibilidad hizo que se le disparara la tensión.

—¿Te encuentras bien? —volvió a preguntarle Remi—. Estás respirando un poco fuerte.

Él cerró los ojos.

—Estoy bien —mintió.

—Pues la verdad es que no lo parece. ¿Y si te traigo ese vaso de agua? ¿O unas galletas?

Brick la levantó de la silla y se la llevó al sofá, donde se sentó con ella en el regazo, haciendo un esfuerzo para no estrujarla contra su pecho.

—¿Me crees? —le preguntó Remi, enredando los dedos en el pelo de su nuca.

—Claro que te creo.

Ella se relajó pegada a él, aparentemente ajena al hecho de que Brick era una bomba de relojería a punto de estallar.

—¿Cuál era tu plan? —le preguntó, tratando de mantener un tono de voz neutro. Conocía a Remi y sabía que nunca permitiría que aquel tío campara a sus anchas por el mundo sin pagar las consecuencias de sus actos.

—Mi plan es volver a Chicago y enfrentarme a...

—No. —Brick pronunció aquella palabra con tal frialdad que la habitación se congeló.

—¿No? —repitió Remi.

—Ni lo sueñes —replicó él con firmeza, dejando conscientemente de agarrarla con tanta fuerza—. No vas a acercarte a ese hombre nunca más.

—Pero...

—No.

—Brick —protestó Remi, con un suspiro.

Él la abrazó.

—Remington. Has compartido tu secreto conmigo. Ahora buscaremos una solución que no te ponga en peligro.

—¿«Buscaremos»? ¿Los dos? —preguntó ella, mirándolo esperanzada.

—Los dos —dijo Brick, con un suspiro.

—No irás a decírselo a mi madre, ¿no?

Aquella frase era tan típica de la Remi de dieciséis años que Brick bajó la frente y la apoyó sobre la de ella.

—No pienso prometerte eso. —Ella se retorció en su regazo con intención de retarlo. De discutir con él. Pero lo único que consiguió fue que a Brick se le pusiera dura como una piedra. Remi intentó levantarse, pero él se lo impidió y tiró de ella para que se pusiera a horcajadas sobre sus muslos. La sentó sobre su erección y la agarró por las caderas —. Basta —le ordenó.

Vio un brillo de rebeldía y lujuria en sus ojos mientras entrecerraba los párpados y separaba los labios.

Había muchísimas cosas que necesitaba hacer. Muchísimas cosas que necesitaba decir. Pero en ese momento tenía una prioridad: recordarle a Remington a quién pertenecía. A quién se había entregado, con problemas y secretos incluidos.

—Brick —protestó ella, esta vez jadeando.

Usando sus caderas como asas, la arrastró sobre su erección arriba y abajo.

Remi dio un respingo.

—¿Te duele? —murmuró Brick.

Ella negó con la cabeza, pero susurró:

—Sí.

—Deberíamos dormir —dijo Brick, repitiendo el movimiento pero añadiendo un golpe de cadera.

—Ah, ¿sí?

El movimiento estaba bajando lo suficiente la cintura de sus calzoncillos como para dejar a la vista la punta de su pene. El gemido de Remi hizo que su entrepierna se sacudiera y Brick no pudo soportar no estar dentro de ella ni un minuto más. Le quitó la sudadera por la cabeza y apartó aquellas bragas de seda moradas hacia un lado.

Cuando los dedos ávidos de Remi sujetaron su grueso miembro para metérselo entre las piernas, Brick dejó caer la cabeza hacia atrás sobre el cojín. El beso que su interior, caliente y húmedo, le dio a la punta de su polla, le hizo arder en llamas. Lo estaban invitando a volver al paraíso.

—Despacio —susurró Brick con aspereza, mientras ella se tensaba a su alrededor, descendiendo sobre su polla ansiosa.

Joder, qué apretada estaba. Remi rodeó su erección como un puño de terciopelo y la estrechó. Todas sus terminaciones nerviosas enloquecieron. Había demasiadas cosas que sentir. Placer por estar finalmente donde había soñado durante tanto tiempo, sufrimiento por no estar lo suficientemente dentro de ella...

Todavía.

—Corazón, aún no estás preparada para que la meta entera —le advirtió, agarrándole con más fuerza las caderas.

—¿Tú crees? —replicó Remi entre dientes mientras seguía bajando para introducirlo más en su interior.

Iba a acabar con él. Debería ir despacio, hacer que aquello fuera especial para ella.

Brick se quedó inmóvil, conteniéndose y disfrutando de la posesión. Los músculos de Remi vibraban a su alrededor, poniendo todos sus sentidos a cien. Haciéndolo enloquecer de deseo y olvidarse de todo, salvo de la forma en la que su cuerpo lo estaba acogiendo.

Estar tan dentro de ella hizo que su erección creciera, estirando el interior de Remi todavía más.

Por fin había encontrado el camino a casa.

Ella repetía su nombre una y otra vez.

—¿Estás bien? ¿Te estoy haciendo daño? —Al ver que no respondía de inmediato, le pellizcó el hombro con fuerza—. Contéstame.

—No me lo imaginaba —respondió ella, en un susurro entrecortado.

—¿Qué?

Ella abrió aquellos ojos verde jade y los clavó en su rostro.

—Que me sentiría tan bien —reconoció.

Su polla se tensó dentro de ella ante la confesión. Era cierto. Aquello era lo que él siempre había deseado y mucho más de lo que creía posible.

Y había estado a punto de perderla antes de tenerla. Darse cuenta de ello le puso los pelos de punta.

—Cariño, necesito moverme.

—Pues muévete. Rápido y fuerte —le ordenó Remi—. Hazme tuya.

—Ya eres mía. —A partir de entonces, nada volvería a separarlos.

Brick la embistió una vez a modo de prueba y Remi se retorció contra él, casi haciéndole perder la cordura y la caballerosidad.

—Spoiler: estoy a punto de correrme, Brick.

—Y será solo la primera vez.

—Menos mal que sé que lo dices en serio —dijo ella, con los labios temblando.

Brick le clavó los dedos en las caderas.

—Tú lo has querido. Si te parece demasiado, dime que pare.

—Quiero que sea demasiado. Necesito que me des demasiado. Que no me dejes pensar en nada más.

Brick no pensaba contenerse. Y menos ahora que el permiso de Remi había roto la correa de su autocontrol. Ahora que ella se deslizaba pecaminosamente sobre su miembro cuando él se retiraba, antes de concederle la resbaladiza victoria de volver a penetrarla. Empezó a embestirla a un ritmo salvaje, totalmente desprovisto de delicadeza.

Sus pelotas la golpeaban mientras arremetía contra ella sin piedad.

Nada le parecía lo suficientemente profundo, ni lo suficientemente fuerte. Necesitaba eliminar la distancia que los separaba. Remi se corrió de inmediato, estrangulando su polla con tal violencia que Brick estuvo a punto de eyacular dentro de ella en el acto. Pero aguantó —a duras penas— y resistió las contracciones de su coño.

—Joder, sí que se te da bien esto —jadeó Remi, intentando recuperar el aliento—. ¿Sería mucho por mi parte pedirte otro?

Brick la agarró por la mandíbula y el cuello con una de sus manazas.

—Pídeme todo lo que quieras y te lo daré. ¿Entendido? —Remi se mordió el labio inferior mientras él seguía penetrándola sin prisa—. ¿Entendido? —repitió, agarrándola un poco más fuerte.

Pudo ver un brillo de excitación en sus ojos cuando asintió.

—Sí, Brick.

—Buena chica. Ahora dime qué quieres.

Remi lo miró triunfal y él se preguntó si habría caído en una de sus pequeñas trampas.

—Quiero que me inclines sobre el brazo del sofá y me folles hasta que te corras tan fuerte que no seas capaz de mantenerte en pie.

Brick debió de volverse medio loco, porque no recordaba haberse levantado ni haberla doblado sobre el brazo del sofá. Sin embargo, volvió en sí para saborear con todo lujo de detalles el momento en el que le quitó las bragas desde atrás y se las bajó por las piernas, mientras se deleitaba con los sutiles recuerdos que sus manos habían dejado sobre su piel suave.

Le acarició la espalda, el culo y los muslos con las yemas de los dedos, hasta que consiguió ponerle la piel de gallina. Estaba yendo despacio porque, una vez dentro de ella, se acabarían la lentitud, la suavidad y el regodeo. Empujó las caderas de Remi un poco más hacia arriba sobre el brazo del sofá, poniéndola de puntillas para poder alinearse con su entrada.

Observó hipnotizado cómo los primeros cinco centímetros de su polla se deslizaban dentro de ella.

—Qué apretada estás. ¿Vas a hacer que me lo curre?

Ella gimió impaciente sobre el cojín y se retorció contra él. Brick le dio un pequeño azote, la agarró por las caderas y la embistió con fuerza.

—¡Brick!

El grito de Remi retumbó en sus oídos. Él respondió con un gruñido triunfal que le dejó la garganta en carne viva. Aquel ángulo le permitía alcanzar una profundidad increíble.

Ella empezó a jadear, aferrándose cada vez más a él.

—Cálmate y respira, corazón. Necesito moverme y no puedo hacerlo hasta que te relajes.

—Estás muy dentro —dijo Remi.

—Sí —respondió él, acariciándole la espalda—. Ya no hay nada entre nosotros. Ni secretos, ni contención. Solo esto.

Brick no podía más. El deseo se había apoderado de él. Se retiró, mirando con fascinación y excitación lo resbaladiza que Remi había dejado su erección. Volvió a introducirse en aquella calidez tan seductora y, cuando la oyó gemir, algo se desató en su interior.

Se inclinó sobre ella y agarró unos mechones de su cabello como si fueran riendas. Embriagado por su olor, se hundió hasta el fondo una y otra vez, embistiéndola con las caderas y golpeando rítmicamente con los testículos la parte posterior de sus muslos.

Remi estaba completamente a su merced, doblada sobre sí misma y desnuda delante él. Sin embargo, no dejaba de decir que sí.

Él le había ofrecido la luna y lo único que ella le había pedido era que la empotrara de tal forma que no fuera capaz de mantenerse en pie después de correrse. No quería ni pestañear. Se negaba a perderse un segundo de la imagen mientras penetraba aquel coño tan estrecho y acogedor.

Sus testículos se sacudían desesperados por soltar su carga y así se lo hizo saber a Remi, con los dientes apretados. Se lo contó todo, todas las guarrerías y obscenidades que quería hacerle. Le susurró promesas lascivas sobre su sedoso hombro mientras la follaba hasta hacerle perder el sentido.

Cuando ella empezó a convulsionar cada vez más alrededor de su miembro y sus músculos se tensaron, Brick dio gracias a los dioses por aquella mujer, por aquel puto milagro.

Necesitaba borrar todos sus recuerdos siniestros. Necesitaba sustituirlos por uno nuevo de lo que ocurría cuando le confiaba su cuerpo, su corazón y su alma. Él acabaría con su dolor y su miedo beso a beso, polvo a polvo.

—¡Brick! —gimió Remi—. Me voy a…

Todo su cuerpo se tensó a su alrededor. Su polla se quedó atrapada en su interior mientras miles de pequeños músculos se aferraban a él y lo atenazaban. Brick se mordió el labio hasta que notó el sabor de la sangre y aguantó mientras el coño de Remi se estremecía en torno a su miembro. Ella tembló mientras se corría. Brick no podía ver ni oír nada. Solo era capaz de sentir el cuerpo de Remi aceptando lo que él le había dado.

Y cuando esta se quedó temblorosa y sin fuerzas después de haber acabado, cuando su propia eyaculación empezó a ascender ardiendo por su miembro, se retiró. Se agarró la polla, le dio dos brutales sacudidas con el puño y se corrió violentamente sobre la espalda, el culo y los muslos de Remi. Soltó un grito que le dejó la garganta en carne viva mientras la marcaba por fuera con su semen. Siguió meneándosela una y otra vez para darle hasta la última gota. Hasta que tuvo las pelotas vacías y el corazón lleno.

Hasta acabar de darle a su chica lo que necesitaba y de que ella lo hubiera recompensado por hacerlo.

Brick los limpió a los dos y luego se la llevó de nuevo al salón. Como no estaba dispuesto a separarse de ella, la acomodó en su regazo y se sentó con la espalda apoyada en el sofá y las piernas estiradas hacia la chimenea.

—¿Cómo es posible que sigas empalmado? —susurró Remi, frotándose contra su implacable erección.

—Es el efecto de catorce años sin estar dentro de ti —respondió él, cogiendo una manta del respaldo del sofá para envolver a Remi en ella.

—No me siento lo suficientemente cerca —murmuró ella, introduciendo la mano entre sus cuerpos para meterse la polla de Brick entre las piernas.

—Corazón, tienes que estar dolorida —protestó él, acariciándole el pelo alborotado.

—No tenemos por qué movernos —dijo Remi, mientras descendía lentamente sobre él—. Es que me siento vacía sin ti.

Brick no fue capaz de llevarle la contraria. Y menos si así podía abrazarla y quedarse donde más deseaba estar, hundido en sus profundidades.

Remi suspiró, hundiendo la cara en su cuello, mientras él le acariciaba la espalda.

—¿Tienes frío? —susurró Brick, dándole un beso en la sien al ver que se le ponía la piel de gallina.

—No —dijo ella, negando con la cabeza.

Sonrió sobre su cabello e inhaló el olor de su champú. Notaba algo raro en el pecho y no era un ataque al corazón. Era algo muchísimo peor.

Estaba enamorado de Remi Ford. Siempre lo había estado. Y alguien quería arrebatársela.

Brick se quedó mirando fijamente el fuego y trató de concentrarse en el punto de unión de sus cuerpos, en vez de en el pánico que estaba sintiendo y que iba en aumento.

Remi suspiró sobre su hombro y sacó la lengua para lamerle la piel. Su miembro semiduro se tensó dentro de ella.

—Mmm —murmuró mientras a él se le ponía cada vez más dura—. Esto es una puta pasada. —Remi se movió un pelín hacia adelante y el pequeño jadeo que salió de su boca lo puso todavía más cachondo.

Ella volvió a echarse hacia atrás y suspiró. Suavemente, con ternura, le dio la bienvenida a su cuerpo con un ritmo lento. Comedido. Martirizante. Cada ondulación hacía que su polla se volviera más gruesa y dura.

Remi se sentó sobre él y apoyó las manos sobre sus hombros. Había un brillo vidrioso en aquellos hermosos ojos verdes que lo miraban por debajo de sus densas pestañas. Tenía los carnosos labios entreabiertos, como si tuviera más secretos que revelar y Brick solo necesitara hacerla sentirse lo suficientemente a gusto, lo suficientemente segura, para compartirlos.

Dejó que se meciera sobre él, estrechándolo entre los muslos mientras iba cambiando de ángulo.

Tenía los pechos a la altura perfecta para recibir las atenciones que estaban reclamando a gritos. Mientras Remi deslizaba perezosamente su coño resbaladizo sobre su polla, él se metió uno de sus pezones erectos en la boca y lo chupó.

El gemido que salió de su garganta fue francamente pecaminoso. Brick deseaba oírlo una y otra vez. Quería ser el único capaz de causarle ese placer. Le succionó el pecho con unos lametones largos y pausados, y sintió que su interior respondía estremeciéndose.

Bajó las manos desde su cintura hasta las caderas, las acarició y le separó las nalgas. Ella dejó escapar un suspiro largo y lujurioso mientras él presionaba con firmeza los músculos que había bajo aquella piel suave y pecosa.

Remi movió las caderas, arqueando la espalda, y Brick interpretó la invitación. Mientras cambiaba la boca al otro pecho, le pasó el dedo corazón por entre las nalgas. Volvió a chuparle el pezón y rozó con la yema del dedo el apretado anillo de músculos que encontró entre ellas. No fue precisamente desagrado lo que escapó de los labios de Remi, sino un suspiro de placer.

Qué mujer. Era increíble. Brick succionó con más fuerza, poniéndose tenso automáticamente al pensar en aquella fantasía todavía inexplorada. Quería conocer cada rincón de su cuerpo. Lo necesitaba.

Y si Remi deseaba o necesitaba algo, él se lo daría.

Ella volvió a echar hacia atrás las caderas, metiéndose su miembro hasta el fondo al tiempo que se mecía sobre su dedo.

Brick tocó el punto en el que estaban unidos y extendió hacia arriba la humedad que encontró allí. Una y otra vez, recorrió el camino desde donde Remi estaba llena de él hasta donde estaba vacía. Cada vez presionaba un poco más fuerte y profundizaba un poco más. Finalmente, deslizó el dedo más adentro.

—Brick —jadeó ella, pronunciando su nombre con tanta reverencia como si estuviera rezando o dando las gracias. Luego empezó a moverse de nuevo, cabalgando sobre su polla y sobre su dedo.

Él le lamió el pezón con la lengua.

Ya estaba completamente empalmado y aquellas caricias lentas y suaves de las paredes internas de Remi sobre su miembro lo estaban matando. Necesitaba embestirla. Arremeter contra su sexo tembloroso y suave hasta que ambos se olvidaran de todo excepto del olor del otro.

Pero aquello... Aquello era una puta maravilla. Remi cabalgaba sobre él sin prisa mientras él le acariciaba los pechos, llevándola hacia otro orgasmo.

—Me encanta —susurró ella. Él le rozó el pezón con los dientes, antes de reanudar las succiones largas y profundas. Penetró su culo apretado con el dedo al compás de su ritmo lánguido—. Por favor, no pares —murmuró Remi. Tenía los ojos cerrados y los labios entreabiertos en una expresión como de asombro. Brick tenía la sensación de que el pecho le iba a estallar de amor, de orgullo, de necesidad de decirle al mundo que ella le pertenecía—. Dame más —le suplicó, empezando a mecerse con mayor intensidad y rapidez.

Brick sentía el roce de aquel punto hinchado y resbaladizo cada vez que ella llegaba hasta la base de su polla. La leve pero codiciosa inclinación de sus caderas le facilitaba el acceso a su culo y a ella le permitía frotar el clítoris contra él.

Volvió al pezón y empezó a chuparlo rítmicamente, con fuerza e intensidad. Ella le clavó los dedos en los hombros y su respiración se volvió errática.

Sintió la tentación de parar, de decirle que respirara de una puta vez, pero Remi quería que confiara en ella. Que confiara en que podía con todo lo que él necesitaba darle. Que confiara en que era capaz de aceptarlo.

—Dios —susurró—. Dios.

Su polla se sacudió dentro de ella, haciendo que sus paredes se estremecieran a su alrededor, moviéndose como dedos sobre las teclas de un piano y creando una melodía maravillosa. Entonces Brick empujó con fuerza el dedo y se lo metió hasta el fondo. Allí también pudo sentir el temblor. Remi iba a entrar en erupción alrededor de él y, cuando lo hiciera, le arrancaría otro orgasmo alucinante.

—Brick, me voy a correr.

La frase más maravillosa del puto universo era la de Remi advirtiéndole que iba a hacerla llegar al clímax.

Y él también estaba a punto de hacerlo. Aquellos delicados músculos lo apretaban como una prensa, haciendo que su polla se estremeciera. Cuando lo soltaron, la penetró lo más profundamente que pudo y el primer chorro desgarrador de su placer ascendió por su miembro.

Gruñó contra su pecho suave, succionándolo con mayor intensidad y metiéndole el dedo con más fuerza al ritmo de su propio orgasmo. Ella temblaba de placer alrededor de su polla y de su dedo, mientras su ávida carne exigía que le entregara hasta la última puta gota.

Remi gritó mientras él la colmaba con todo lo que tenía para ofrecerle, y lo recompensó con sus convulsiones, aferrándose a él y susurrando su nombre, amándolo con todo su cuerpo.

Nadie iba a hacerle daño.

Nadie podría acercarse lo suficiente a ella para intentarlo.

33

Apenas un par de horas después, Brick se despertó con la luz de la mañana en un mundo nuevo. Un mundo en el que Remi Ford dormía a su lado.

La noche anterior le parecía un delirio febril. La luz que adquirían aquellos ojos verdes cuando ella se corría. La forma en la que se aferraba a él como si fuera su pilar. Las caricias ligeras como plumas de sus dedos en la espalda. Su cuerpo respondiendo al de él de una forma tan natural que Brick ni siquiera recordaba ya las razones que había tenido para resistirse.

La confesión de Remi.

Tenía que ponerse manos a la obra. Empezar con los preparativos. Trazar un plan de ataque. Porque no pensaba permitir que nada la asustara, ni que volviera a hacerle daño. Costara lo que costara.

Remi estaba profundamente dormida boca abajo con una mano metida en su axila, como si le diera miedo que desapareciera.

Por su parte, Brick había puesto la palma de la mano sobre una de sus firmes nalgas, para mantenerla cerca.

Ella tenía el cabello desparramado sobre la espalda desnuda y sobre las almohadas de color marfil, como si fuera un río de fuego.

El arrebato de posesividad que Brick sintió en su interior estuvo a punto de apoderarse de él. Pero las cosas habían cambiado. Tenía mucho trabajo que hacer. Una tarea que le exigía algo imposible: separarse de aquella Remi desnuda y dormida.

Eso le costó un esfuerzo sobrehumano. Tratando de auto-convencerse de que la seguridad de ella era más importante que su necesidad de abrazarla durante el resto de su puñetera vida, Brick salió a hurtadillas de la cama y empezó a buscar la ropa. Los calzoncillos habían desaparecido, pero encontró los vaqueros y la camisa.

Tras un trago de café rancio y frío y otro de enjuague bucal, volvió sigilosamente a la habitación.

—Remi, corazón —susurró, acariciándole el pelo y la espalda. Seda sobre seda.

—Mmm —murmuró ella contra la almohada.

Brick sonrió. Al menos había algunas cosas que nunca cambiaban. A la nueva Remi tampoco le gustaba madrugar. Cuántos recuerdos tenía de ella bajando las escaleras de la casa de sus padres, despeinada, dando los buenos días con un gruñido.

Sin poder evitarlo, le dio un beso en el omóplato y, como seguía sin despertarse, añadió un mordisquito.

—Mmm. Brick.

Haría lo que hiciera falta para que su nombre fuera el único que murmurara en sueños el resto de su vida.

—Tengo que hacer un recado —le dijo al oído. Remi soltó una especie de quejido lastimero—. No te vayas hasta que vuelva —le ordenó.

—Mmm. —Esa fue su única respuesta.

Brick se dio el gusto de apartarle aquella larga cortina de pelo de la espalda para poder besarle el cuello.

—Sigue durmiendo, cariño.

Brick se entretuvo un instante colocando las sábanas y la manta, antes de salir de la casita y cerrar la puerta principal con llave.

Cerró también la portezuela del jardín y encorvó los hombros para protegerse del viento que venía del lago. Las nubes bajas, de un color gris apagado, se fundían con las aguas congeladas. Pero en sus entrañas ardía un fuego abrasador, fruto del odio hacia un hombre que no conocía y de la rabia por que hubiera menospreciado algo tan valioso. La idea de vivir en un mundo sin ella le resultaba inconcebible.

Diez minutos después, un Brick deshidratado y exhausto irrumpió en el despacho de su jefa.

—Caray, buenos días a ti también —dijo la comisaria Ford, levantando la vista de un montón de informes y fijándose en su aspecto desaliñado.

—¿Podemos hablar un momento? —le preguntó él.

—¿No es tu día libre?

—Sí. Pero hay un problema.

—Siéntate —dijo ella, señalando la silla que estaba delante de su escritorio.

Brick cerró la puerta, se quitó el sombrero y se sentó.

—Debe de ser grave —comentó la comisaria.

Brick apoyó un tobillo sobre la rodilla e intentó no parecer un hombre que acababa de follarse a la hija de la jefa.

—Me he enterado de que hay una persona de la isla que tiene problemas. Problemas muy serios. —La comisaria juntó las yemas de los dedos y esperó—. Esa persona ha recibido amenazas del exterior. Las evidencias son fiables y creo que es muy posible que esos problemas la sigan hasta aquí.

Darlene se recostó en la silla y se frotó las sienes.

—¿En qué lío se ha metido Remi esta vez?

—Yo no he dicho que fuera ella.

Genial. Remi se lo iba a cargar. Y entonces, ¿quién iba a protegerla?

—Brick, cielo. Te presentas aquí con la ropa de camarero de ayer toda arrugada y desabrochada, más feliz que una perdiz y con dos chupetones en el cuello. —Él se tocó el cuello con las manos, como si fuera posible palparlos—. Remi y tú por fin os habéis acostado y te ha contado por qué demonios se ha presentado aquí en pleno invierno fingiendo que no pasaba nada —resumió Darlene.

—Yo… Nosotros… —No podía concentrarse en la conversación y abrocharse la camisa al mismo tiempo.

—Te ha llevado una eternidad. ¿Te das cuenta de la suerte que tienes de que te haya esperado tanto tiempo? Mi hija tiene la capacidad de concentración de un mosquito. Si no sintiera algo intenso por ti, a estas alturas ya iría por el segundo divorcio con algún idiota que hubiera conocido en el Burning Man, o en alguna degustación de queso orgánico.

Brick tenía la lengua atada a las amígdalas con doble nudo.

—Mmm... —Más que una palabra, lo que le salió fue un balbuceo.

—En fin, ¿en qué se ha metido mi hija?

—No puedo contártelo —respondió Brick, aliviado por haber recuperado el habla.

—Le has prometido guardar el secreto, ¿eh? —Brick se quedó callado mientras miraba a los ojos a su jefa, la mujer que le había dado un trabajo y le había ayudado a hacerse un sitio en aquella isla—. ¿Y has venido aquí directamente de todas formas?

Remi lo mataría cuando se enterara.

—Es lo bastante grave como para arriesgarse a que esa persona se enfade —dijo Brick. Darlene maldijo en voz baja. Cogió un lápiz y empezó a dar golpecitos con él sobre el escritorio—. No ha sido culpa suya —añadió él.

La comisaria levantó las cejas.

—Eso sí que es una novedad. ¿Cómo de grave es?

—Por lo que he oído, mucho. Pero me gustaría investigar un poco antes de redactar un informe oficial y de que me maten por ello.

Darlene suspiró, haciendo repiquetear el lápiz al doble de velocidad.

—Vale. Confío en ti para llegar al fondo de este asunto. Averigua a qué nos enfrentamos. Hasta qué punto es creíble la amenaza. Cuál es la probabilidad de que la siga hasta aquí o, Dios no lo quiera, de que ella vaya a su encuentro. Luego hablaremos de los detalles, le guste a mi hija o no. —Él asintió y se puso en pie, sintiendo de repente la necesidad de volver con Remi. De montar guardia mientras dormía. De sonsacarle información hasta que supiera exactamente a qué se enfrentaba—. Por cierto, Brick.

Él se quedó inmóvil, con el sombrero a medio camino de la cabeza.

—¿Sí?

—No me gusta dar consejos sentimentales ni a mis subordinados ni a mis hijas. Pero portaos bien el uno con el otro. Según mis cálculos, lleváis mareando la perdiz demasiado tiempo. Sería una lástima que alguno de los dos la cagara.

Brick tragó saliva.

—¿Me estás dando tu consentimiento para salir con Remi?

Darlene resopló.

—Yo no soy tan tonta como otro que está en esta habitación. Has tenido mi consentimiento desde que cumplió la mayoría de edad. Pero no esperarías que sacara yo el tema. No hay nadie mejor que tú. —Dejó el lápiz y cogió un dónut a medio comer—. Sois tal para cual. Pero ya conoces a mi hija: decirle que tienes mi consentimiento equivaldría a echarla de tu cama. Así que, si quieres un consejo que te pienso dar de todas formas, no le cuentes que nadie ha consentido nada y deja de perder el tiempo. Lleváis demasiados años enredados sin hacer nada al respecto. Ahora vete de aquí y evita que nadie más vea esos chupetones, o serás la comidilla del pueblo.

Cuando Darlene lo despidió, Brick se puso el sombrero y salió con paso decidido.

Remi no estaba en la cama cuando Brick regresó a su casa. El pánico se apoderó de él mientras revisaba el dormitorio y el cuarto de baño. No había ni rastro de ella. Hasta que volvió al salón, no vio la nota que había dejado sobre la mesa, al lado de sus calzoncillos perfectamente doblados.

Estoy en tu casa. Mueve el culo hasta aquí

Lo había escrito dentro de un corazón.

Estimulado por el mal genio y por el deseo de volver a verla, cruzó la calle.

—Veo que has seguido mi consejo —dijo Spencer, saliendo de la cocina con cara de satisfacción y un cuenco de cereales en la mano.

Brick bajó la vista y reprimió el impulso de apartar a su hermano de un empujón, que era lo que estaba deseando.

—¿Qué consejo? —le preguntó con falsa inocencia.

Spencer le dio un puñetazo en el brazo.

—Remi está atrás. Qué coincidencia más rara que los dos aparezcáis con chupetones.

Brick se llevó las manos al cuello para ocultar la evidencia.

—Tranquilo. Me alegro por ti, tío —dijo su hermano, sonriendo con sinceridad—. En serio.

Brick extendió el brazo y le dio un apretoncito en el hombro a Spence.

—No cantes victoria todavía —replicó con tristeza—. Tengo que leerle la cartilla.

Su hermano resopló.

—Pues que tengas suerte. ¿De qué quieres el forro del ataúd?

—De franela —respondió él, mirando hacia atrás y esbozando una pequeña sonrisa mientras echaba a andar por el pasillo.

Remi llevaba puesta una de las camisetas viejas de Brick y estaba cantando a pleno pulmón detrás del caballete. Nada más verla, un arrebato de posesividad se apoderó de él. «Es mía».

Tenía las mejillas llenas de lágrimas y Brick sintió la necesidad de acercarse e interponerse entre ella y lo que fuera que la perturbaba. Pero había algo triunfante en su postura, en su forma de sostener el pincel y la paleta, que lo retuvo.

Hombros atrás, cabeza alta. Clavó el pincel en el lienzo. Su capacidad no solo para sentir las emociones, sino para abrazarlas, siempre le sorprendía. Mientras otros intentaban insensibilizarse, Remi las acogía todas.

Brick entró en la habitación y se detuvo. Ella nunca permitía que nadie la mirara. Siempre había sido muy protectora con su arte, con su proceso. Magnus saltó de una de las mesas de trabajo y se enroscó en los pies de Brick. Este se agachó y acarició con una mano la larga cola del gato.

La canción volvió a empezar y Remi se secó las lágrimas con la manga de la camisa. Él se preguntó qué tendría aquella canción en particular para cautivarla así. O atormentarla.

Brick perdió la noción del tiempo que estuvo allí mirando, pero cuando los ojos de Remi se encontraron con los suyos y su boca se curvó en una sonrisa victoriosa, se detuvo.

Ella le hizo señas con una mano, llamándolo, y Brick bajó la rampa para acercarse. Llevaba el pelo recogido en una coleta alta. Tenía una mancha de pintura morada en la mandíbula y salpicaduras azules y rojas en los dedos.

Aún estaba a medio metro de ella cuando Remi se lanzó a sus brazos, rodeándole la cintura con las piernas.

El sermón que le iba a soltar y las preguntas que necesitaba que le respondiera se le olvidaron por completo cuando ella le estrechó la cara entre las manos y le plantó un beso.

Sintió su boca exultante sobre la de él. Por instinto, la agarró de la nuca y entreabrió los labios para poder saborearla. El beso se convirtió en un acto salvaje y libre, como ella. Cuando Remi se apartó, él intentó seguirla. Pero ella se lo impidió.

—He estado pintando —susurró sobre su boca, antes de morderle el labio inferior.

Brick gruñó satisfecho y le correspondió con otro mordisquito.

—Ya veo.

—Mira —dijo Remi, girándole la cabeza hacia el caballete.

A Brick le costó centrarse en algo más que no fuera su hermosa cara. Sus ojeras habían desaparecido. Egoístamente, esperaba haber tenido algo que ver.

—Solo es una especie de esbozo. A veces tengo que intentarlo un par de veces hasta que me sale bien. Aunque esto ha sido más bien un exorcismo —comentó, sin darse cuenta de que Brick seguía mirándola a ella, en lugar de al cuadro.

Finalmente, consiguió apartar la vista de Remi y centrarse en el lienzo que tenía delante.

El morado oscuro se mezclaba con un negro riguroso, rodeando dos manchas irregulares de color hueso. Unas pinceladas nítidas y violentas en naranja y amarillo separaban la inquietante noche de la parte baja del lienzo. Remi había utilizado la espátula prácticamente para rasgar la pintura, más que para mezclarla. La parte inferior era blanca como la nieve, con algunas manchas en rojo escarlata.

A Brick se le aceleró el pulso al darse cuenta de lo que era. Reconocía lo que había pintado.

Dolor, trauma, terror. Luces atravesando la oscuridad. Y la macabra salpicadura roja sobre el blanco inmaculado. Brick sintió rabia y, a la vez, un miedo atroz.

Con unos cuantos colores sobre un lienzo, ella le había hecho sentirse como si le estuvieran arrancando el corazón del pecho.

Remi se giró hacia él con lágrimas en la cara y expresión triunfal, dejándolo sin palabras.

—He ganado —susurró.

Había vencido a sus demonios. Los había pintado. Había resurgido de sus cenizas entre óleos y colores.

Remington Ford ya no tenía miedo. Pero él necesitaba que lo tuviera.

34

—Agnes te va a matar. ¿De verdad te parece necesario? —le dijo ella, bostezando, mientras Brick miraba con el ceño fruncido la selección de cámaras de seguridad que había en la tienda.

—Solo si consideras prioritaria tu seguridad personal —replicó él, muy serio.

—Te pones de muy mal humor cuando follas mucho —comentó ella.

Brick cogió cuatro cámaras de la estantería y las metió en la cesta que Remi tenía en la mano.

—No estoy de mal humor porque nos hayamos acostado. Estoy así de cabreado porque hay un gilipollas por ahí que se cree con derecho a hacerte sufrir. —Remi cerró la boca—. Me pone enfermo pensar que ese hombre, ese puto psicópata, se crea con derecho a decidir si vives o mueres. No soporto que ese hijo de puta ande por ahí tan campante, mientras tú estás aquí con un brazo roto y miedo a la oscuridad por su culpa.

—Brick…

—No tenía derecho a asustarte. No tenía derecho a quitarte esa temeridad que, en circunstancias normales, me vuelve loco. No tenía derecho a hacer que te salieran ojeras. Y, por supuesto, tampoco tenía derecho a ponerle la puta mano encima a su mujer.

Remi nunca lo había oído decir tantas palabras seguidas. Aquel sentimiento de posesividad y aquella rabia profunda que Brick sentía hacia la persona que se había atrevido a hacerle daño la conmovieron.

Posó una mano sobre su brazo y se dio cuenta de lo tensos que tenía los músculos.

—Todo va a ir bien —le prometió.

Brick se giró hacia ella.

—Y tanto que va a ir bien.

—Se lo haremos pagar, ¿a que sí?

Él asintió solemnemente.

—Nos las va a pagar.

—Y Camille, ¿estará a salvo?

—No tendrás que volver a preocuparte por ella —le prometió Brick, con fiereza.

Remi sabía que era una tontería. Sabía que era imposible que él le hiciera esa promesa y que la cumpliera. Pero el mero hecho de saber que estaba dispuesto a compartir su carga le proporcionaba el espacio suficiente para pensar con más claridad. Aunque su seguridad y su instinto protector exagerado le hacían creer en él.

Se moría por besarlo. Por meter las manos debajo de su abrigo y perderse en un beso que la hiciera olvidarse de todo menos de lo mucho que él la deseaba.

—Vaya, qué íntimo. —Mira Rathbun apareció al fondo del pasillo con cara de haber descubierto el cotilleo del siglo.

Remi retrocedió para alejarse de Brick. Ya solo les faltaba que toda la isla se pusiera a chismorrear sobre ellos.

—Brick me estaba ayudando a…

¿A qué? ¿A aumentar su nivel de orgasmos?

Él le rodeó los hombros posesivamente con un brazo y la atrajo hacia sí. Remi se rio con torpeza, intentando zafarse. Pero aquel armario empotrado era mucho más fuerte y cabezota que ella.

—Me alegro de verte, Mira —dijo Brick.

—¿Qué estás haciendo? —le susurró Remi.

Mira parecía encantada.

—¿Estáis juntos?

—No —respondió Remi.

—Sí —dijo Brick.

Ella lo miró, preguntándose si el exceso de placer lo habría vuelto loco de remate.

—No le hagas caso —murmuró Remi entre dientes—. Debe de haberse dado un golpe en la cabeza, o algo así. Lleva todo el día diciendo tonterías.

—Y toda la noche —dijo él, sonriéndole con lujuria—. ¿Verdad, Remi Honey?

Remi lo fulminó con la mirada, poniéndose roja como un tomate.

—Tienes un moretoncito aquí, Remi —dijo Mira con una sonrisa burlona, señalando su propio cuello.

Remi se lo tapó con la mano.

—Me he dado un golpe contra una puerta.

—Y al parecer tenía dientes —dijo Brick con lascivia.

Mira se abanicó con la lista de la compra.

—Caray. ¡Me alegro muchísimo por vosotros!

—Que no estamos juntos —protestó Remi, presa del pánico. Volvió a forcejear con Brick, pero él se limitó a sujetarla con más fuerza.

—Qué boba es —dijo Brick con cariño—. Estamos encantados.

Y luego, como si no hubiera hecho ya bastante daño, la agarró por la pechera del abrigo y la puso de puntillas para darle un morreo de infarto. Remi se resistió un par de segundos antes de sucumbir a su calor, al asalto de su lengua y a su voluntad.

Cuando paró, se aferró a él, sin fuerzas.

—Bueno, os dejo hacer la compra, tortolitos —dijo Mira, sacando ya el móvil, mientras prácticamente salía corriendo de la tienda.

—Pero ¿tú de qué vas? —exclamó Remi, enfatizando cada una de las palabras con una palmada en el pecho de hormigón de Brick—. Ahora le va a contar a todo el mundo que estamos juntos.

—Estamos juntos y, como me digas que no, pienso matarte a polvos hasta que cambies de opinión.

Remi se quedó boquiabierta mientras en su cabeza se proyectaba una película con imágenes de lo más atractivas, antes de obligarse a volver al presente.

—No puedes decidir unilateralmente que tenemos una relación y encima contárselo a la mayor cotilla de la isla —dijo, levantando las manos—. Ay, Dios, ¿qué le voy a decir ahora a mi madre?

—Ya lo sabe —replicó Brick, poniéndole una mano en la nuca para guiarla hacia la caja.

—¿Qué? —Su chillido hizo que el cajero arqueara las cejas—. ¿Qué has hecho?

Era una lástima que tuviera que cargarse a Brick tan pronto, después de descubrir su talento en la cama.

Este le entregó las cámaras al dependiente, mientras seguía rodeándola posesivamente con un brazo.

—¿Qué tal, Randall?

Randall se había graduado dos años antes que Remi. Sabía reconocer los signos de una explosión inminente. Pero ella consiguió mantener a raya la mala leche hasta que volvieron a salir fuera. Era un día gris y hacía muchísimo frío, lo que significaba que había menos testigos en la calle.

—William Eugene Callan —dijo ella, intentando zafarse mientras él la arrastraba hacia la moto de nieve.

Brick se detuvo y se giró hacia Remi.

—Si crees que voy a dejarte fingir que lo de anoche no ocurrió o que no significó lo que ambos sabemos que significó, estás muy equivocada, Remington. Y estaré encantado de darte una lección cuando lleguemos a casa.

Remi resopló, indignada.

—¿De darme una lección?

Brick se acercó a ella hasta rozarle la oreja con los labios y rasparle el cuello con la barba.

—En cuanto entremos por la puerta, pienso bajarte los pantalones hasta las rodillas y follarte contra las escaleras para recordártelo. —Las piernas de Remi se convirtieron en un par de espaguetis blandengues y estuvo a punto de caerse de culo en la acera—. ¿Te mojas solo con imaginarlo? Pienso acotarte tan fuerte ese culo que todos los hombres de esta isla te oirán gritar mi nombre y sabrán que eres mía.

Estar mojada era decir poco, teniendo en cuenta lo que estaba pasando entre sus piernas. Su coño iba a necesitar un salvavidas. Los pezones se le habían puesto como piedras y no sabía qué cara estaría poniendo, pero era obvio que a Brick le gustaba. Dejó la bolsa en el asiento de la moto de nieve y la arrastró hacia el lateral del edificio. Antes de que Remi tuviera tiempo de dejarle las cosas claras y recordarle que ella tomaba sus propias decisiones, Brick la empujó contra la pared y le cerró la boca con la suya, en un gesto violento y ávido. Estaba haciendo algo más que seducirla. La estaba poseyendo. Puede que Remi fuera mucho mejor que él riñendo y discutiendo. Pero ¿besando? Imposible. Su cuerpo reaccionó por sí solo, volviéndose dócil y maleable pegado al de él. Sometiéndose encantado a aquella invasión, a su calor y a su fricción. Cuando Brick apretó sus caderas contra ella, Remi notó su erección larga e hinchada. Con un suave gruñido, él le metió una mano por debajo del jersey y le agarró un pecho.

—¿Ves cuánto te deseo? —murmuró, presionando la erección contra su vientre. Remi asintió, incapaz de reprimir un gemido de excitación—. Necesito que estés a salvo, más incluso de lo que necesito verte desnuda. Así de importante eres para mí.

A Remi le daba vueltas la cabeza. Después de catorce años de rechazos, le costaba acostumbrarse a estar así con él. Si se permitía tener una relación con Brick, si de verdad se daba esa oportunidad, cabía la posibilidad de que él cambiara de opinión tan de repente como lo había hecho otras veces. Y entonces ¿qué sería de ella, ahora que estaba empezando a rehacer su vida? Puede que fuera capaz de sobrevivir a un monstruo, pero ¿a Brick? Aquello sería letal.

—Dime en qué estás pensando —le exigió él, mirándola con aquellos ojos azules duros y férreos.

Remi negó con la cabeza. Brick dobló las rodillas, introduciéndole la erección entre las piernas e inmovilizándola con ella. Luego buscó su boca y la hizo someterse a él. Cuando ella ya había dado por hecho que nunca más volvería a respirar, Brick se apartó.

—Dímelo, Remi.

—Mmm —gimió ella—. Me encanta que me acorrales así, sin dejarme escapatoria.

—Eres mi puta alma gemela, Remington. Que nunca se te ocurra dudarlo.

—Pues llevo casi quince años haciéndolo, Brick. No tengo

muy claro que este arrebato tuyo vaya a durar. Podrías cambiar de opinión de la noche a la mañana. Podrías casarte con otra, o decidir largarte de Mackinac y dejarme tirada otra vez. —Brick se puso muy serio, pero no le contestó. No le prometió que esa vez sería diferente. No dijo ninguna de las palabras que ella necesitaba oír—. Además, estarás más seguro si no tienes nada que ver conmigo. Si al retorcido de Warren se le ocurre hacerme daño, empezará por ti. Empezará matando a alguien que me importe. Necesito que mantengas las distancias.

—Lo de la distancia entre nosotros se ha acabado, ¿entendido? —replicó él con frialdad—. Sobre todo después de lo de anoche. —Remi se tapó la cara con las manos, pero Brick se las apartó—. Mírame —le ordenó, esperando hasta que le hizo caso—. Me has dejado meterme en tu cama y este es el resultado, Remington. Los dos sabíamos que sería así. Ahora nos toca enfrentarnos a las consecuencias.

Remi tragó saliva, a pesar del nudo que tenía en la garganta.

—¿Y si huyo?

—Te perseguiré y te traeré de vuelta todas las veces que haga falta.

Ignorando las mariposas que sentía en el estómago, Remi le puso las manos en el pecho y lo apartó. Pero él no se movió.

—No es seguro, Brick. ¿Es que no lo entiendes?

Él la agarró con fuerza por la parte superior de los brazos.

—Quiero que él sepa que, para llegar a ti, tiene que pasar por mí. Y quiero que tú también lo entiendas.

Remi sacudió la cabeza con los ojos llenos de lágrimas.

—No sabes lo que estás diciendo. No sabes de lo que es capaz. No tardó ni veinticuatro horas en descubrir que estaba aquí.

—¿Qué quieres decir? ¿Sabe que estás aquí?

35

Por primera vez, la ley no estaba de su lado. La grieta entre el blanco y el negro, entre el bien y el mal, se había ampliado de la noche a la mañana, convirtiéndose en un pantano gris, brumoso y turbio.

Ningún juez dictaría una orden de detención basándose en unos artículos de prensa y un cuadro destrozado. Y menos si el imputado era un senador de los Estados Unidos.

Pero eso no hacía que el peligro fuera menos real. El senador Warren Vorhees era un puto monstruo. Y, tarde o temprano, pasaría de las amenazas a los hechos. Algo para lo que Brick pensaba estar preparado. Con la sangre hirviendo, archivó las pruebas y abrió un expediente. Uno extraoficial.

Incluyó todo lo que Remi había investigado. Se le revolvían las tripas al imaginársela sola, asustada, buscando en internet durante horas con la esperanza de encontrar la clave para meter entre rejas al hombre que le había hecho daño.

Pues ya no estaba sola. Y, si era necesario, Brick estaba dispuesto a construir una puñetera cárcel alrededor de Vorhees para mantenerlo alejado de Remi.

Le llegó un mensaje al móvil.

REMI

En serio crees que no puedo escaparme de *Prison Brick* dejando de encargado a Spencer?

Le había pedido a su hermano que la vigilara mientras él iba a la comisaría.

Le ponía nervioso separarse de Remi. Sobre todo, después de haber descubierto lo afectada que estaba, por medio del cuadro profano que ella misma había creado. Por más que intentara disimularlo, él seguía percibiendo su dolor. Ya solo por eso, estaba deseando partirle la mandíbula a aquel capullo.

> Sé perfectamente de lo que eres capaz
> Pero espero que decidas portarte bien hasta
> que vuelva a casa

> Yo?
> Es Spence el que acaba de desafiar a Phil
> Coolidge a un reto de dominadas

Brick esbozó una sonrisilla. Phil Coolidge era un triatleta jubilado de ochenta y dos años que vivía en Mackinac desde finales de los años noventa. Su marido estaba en un hospital de rehabilitación en el continente, recuperándose de una operación de baipás, y Phil se sentía solo sin él.

> Vigila que no rompan nada

Ella respondió con un vídeo corto de Spencer y Phil echando unas carreras en la calle.

A Brick le sonó el teléfono y contestó.

—Remi.

—Que sepas que no puedes tenerme controlada eternamente —le soltó ella.

Él cerró los ojos.

—Ya lo sé. Es una solución temporal, hasta que encuentre la forma de vigilar a Vorhees.

Remi suspiró.

—No tienes por qué meterte en esto, Brick.

—Creía que te lo había dejado claro esta mañana.

—Tenías la testosterona en la estratosfera, después de follarme hasta dejarme sin sentido. No estabas pensando con claridad.

Brick miró a su alrededor para asegurarse de que ninguno de los otros agentes pudiera oírlo.

—Tienes que aceptar que las cosas son así. Sé que tienes miedo, pero ya no estás sola. Si crees que voy a dejar que te enfrentes a esto por tu cuenta..., entonces de verdad debo de haberte follado hasta dejarte sin sentido.

—Qué guarro eres —murmuró Remi.

La polla de Brick se agitó dentro de los pantalones y él apretó la palma de la mano contra ella.

—Compórtate.

—¿Tienes planes para esta noche? —le preguntó Remi, haciéndose la inocente.

—Pues sí.

—Vaya —dijo, decepcionada.

—También te incluyen a ti. Desnuda. En mi cama.

—¿Y Spence? —preguntó Remi, excitada.

—Él no está invitado.

Remi se rio y suspiró.

—Por cierto, el numerito que le has montado a Mira esta mañana ha sido como si mearas en círculo a mi alrededor. Phil me ha felicitado por nuestro «nuevo romance» en cuanto he llegado.

—Perfecto.

—¡Brick! —protestó ella.

—Remi.

—Puedes decir mi nombre con toda la sensualidad que quieras, pero no te vas a librar de que hablemos del tema. Nadie te ha pedido que además de mi amigo con derecho a roce seas mi guardaespaldas.

Si de verdad creía que ambas cosas eran excluyentes, iba a tener que darle una buena lección aquella noche. Pero debía andarse con ojo. Si la presionaba demasiado o ponía demasiadas reglas, saldría corriendo.

—Me parece genial —dijo Brick, mientras Carlos Turk se acercaba y se apoyaba en su mesa.

—Oooh. Voz de poli —susurró Remi—. ¿Estás intentando no decir nada personal? ¿Como cuánto te costó meterme hasta el último centímetro de esa enorme...?

La polla hinchada de Brick empezó a palpitar.

—Luego nos vemos. —Era una amenaza y ella lo sabía.

—Me muero de ganas, grandullón. Tengo que dejarte. Spence acaba de darse un cabezazo contra un contenedor. ¡Adiós!

Remi colgó.

—¿Qué necesitas, Turk?

—Me he enterado de lo tuyo con Remi Ford.

Brick levantó la vista, dispuesto a enfrentarse a él.

—Ah, ¿sí?

Carlos sonrió.

—Me alegro muchísimo, tío. Es perfecta para ti. Enhorabuena —dijo, dando unos golpecitos con los nudillos sobre su mesa.

—¿Gracias?

Brick frunció el ceño, mientras el cabo se alejaba.

¿«Enhorabuena»? ¿«Es perfecta para ti»? ¿Por qué se alegraban todos tanto por él? ¿O, mejor dicho, por ellos?

Brick se había mentalizado para encararse a toda la isla por Remi. Para enfrentarse a las burlas de la gente, no a sus cumplidos. A que murmuraran que no era lo suficientemente bueno para ella. A que insinuaran que tal vez aquella atracción había empezado antes de lo debido. Qué coño, como mínimo esperaba que lo vacilaran por tirarse a la hija de su jefa.

Aquellas felicitaciones lo desconcertaban. Pero tenía problemas más graves entre manos.

Como la seguridad inmediata de Remi.

Cogió los informes y guardó todo lo que había impreso en una carpeta. Había hecho una búsqueda básica de Vorhees y su mujer. Ninguno tenía antecedentes. Pero, mientras Camille Vorhees tenía las típicas multas de tráfico de cuando era más joven, el expediente de Warren estaba inmaculado.

Aunque eso no tenía por qué significar nada. Lo único que implicaba era que se le daba mejor ocultar los trapos sucios.

Uno no pasaba de ser un santo a un capullo maltratador y un asesino en potencia de la noche a la mañana. Tenía que haber algún antecedente. Otras agresiones. Otras víctimas. Y él se había propuesto encontrarlos para poder sacar adelante el caso. Haría lo que fuera necesario para eliminarlo de un plumazo de la vida de Remi.

Pero el dinero y el poder traían consigo privilegios especiales. De aquellos que su padre creía que podía robar, en lugar de ganárselos o nacer con ellos.

Pero necesitaba tener controlado a Vorhees en el presente, mientras indagaba en su pasado. No sería muy difícil vigilarlo en Washington, dado lo público que era su trabajo. Pero Chicago no estaba tan lejos de Mackinac.

No podía permitir que se acercara a Remi.

Estuvo dudando durante una hora, antes de coger el teléfono.

Un policía isleño a tiempo parcial no tenía muchas opciones a la hora de investigar extraoficialmente a un canalla que estaba a cientos de kilómetros de distancia, precisamente.

Pero al menos él tenía una.

—Papá —dijo Brick.

—¡Will! ¿De verdad eres tú? —William Eugene Callan segundo parecía encantado.

—Sí —respondió Brick con frialdad, molesto porque lo llamara así—. ¿Sigues dedicándote a la investigación?

—Pues claro. Hasta me he sacado la licencia —anunció William con orgullo.

Hacía unos cuantos años, su padre había decidido aprovechar todos los contactos que tenía en los bajos fondos y se había hecho investigador privado. A él le importaba un bledo la nueva vocación de su padre, pero Spencer se empeñaba en mantenerlo informado. Y aunque Brick creía que acabaría convirtiéndose en otro de sus fraudes, al parecer se lo había tomado en serio.

—Pues necesito un favor.

—Lo que quieras, hijo. Dime.

El entusiasmo de su padre le fastidió.

—Necesito vigilar a un sospechoso.

—Ah, un trabajo. Vale. —William se aclaró la garganta—. Claro.

—¿Algún problema? —le preguntó Brick.

—No, no. Es que creía que a lo mejor querías..., da igual. Dime a quién tengo que investigar.

—Antes de nada, esto debe quedar entre tú y yo. No puedo permitir que ninguno de los tuyos se entere de esto.

—Solo faltaba —se burló su padre—. ¿Me tomas por un aficionado?

—Hablo en serio —dijo Brick—. Hay vidas en juego y como ese tío se entere de que lo están siguiendo, podría tomar represalias.

—Estoy dispuesto a hacer lo que sea para ayudar. Tengo muchas cosas que compensarte. —William soltó una risita incómoda—. Sé que no he sido un buen padre, pero...

—Esto es lo que necesito que hagas —lo interrumpió Brick. Puso a William al corriente de la situación, sin mencionar el nombre de Remi.

Pedirle ayuda a aquel hombre, que no había hecho más que defraudarlo, le dejó un regusto amargo, pero no le quedaba otra opción. Si volaba él mismo a Chicago para hacer el trabajo de campo, tendría que llevarse a Remi para asegurarse de que no se metiera en líos. Y no pensaba ponerla en el mismo Estado, por no decir en la misma ciudad, que un monstruo como Vorhees.

No. No confiaba en nadie más para vigilar a Remi y menos en su propio padre. Pero sí podía confiar en él para vigilar al monstruo.

36

Mientras fisgoneaba, Remi se fijó en que Brick tenía la cocina como los chorros del oro. Spencer estaba ocupado haciendo unas llamadas de trabajo en el comedor y la había dejado un rato a su aire. El hecho de que le siguiera la corriente a Brick en su intento de mantenerla prisionera no significaba que fuera a portarse bien.

No había platos sucios en el fregadero, restos pudriéndose sobre la encimera, ni envases caducados de comida para llevar en el frigorífico.

El corcho que tenía su abuela colgado por la parte de dentro de la puerta que daba al porche continuaba en el mismo sitio. Pero ahora, en lugar de programas de la iglesia y cupones, albergaba una lista de la compra, el horario de trabajo de Brick y unos cuantos objetos personales perfectamente alineados sujetos con chinchetas.

Brick siempre había sido muy organizado, algo fascinante para una persona tan caótica como ella. Y la noche que había pasado en la cama dejándose dominar por aquel hombre le había demostrado que su necesidad de control iba mucho más allá del ámbito doméstico.

Sin cortarse un pelo, Remi le dio la vuelta a una postal de Nueva Orleans.

Feliz cumpleaños con retraso, Will. Nueva Orleans es increíble.
Llámame si alguna vez te pasas por aquí.
Te quiero,
Mamá

Remi no conocía a la madre de Brick. La mujer que, cuando era adolescente, le había regalado el preciado sombrero de vaquero que todavía seguía usando. En todos los años que sus hijos habían estado en la isla, no los había visitado ni una sola vez. Spencer le había dicho a Remi que estaba ocupada con su carrera como cantante. Brick no hablaba mucho de ella, pero lo que contaba estaba pintado con un pincel más benévolo e indulgente que el que usaba para su padre.

Remi frunció el ceño al ver la fecha del matasellos. Su cumpleaños había pasado hacía varias semanas, ¿y su madre se limitaba a enviarle una postal? A ella, sus padres la llamaban todos los años a la hora exacta en la que había nacido: las cinco y cincuenta y ocho de la mañana.

Echó un vistazo a la tarjeta de Navidad que estaba al lado.

Para mi exmarido favorito. Intenta no ser demasiado cascarrabias. Con cariño,
Audrey

Sin tener muy claro cómo la hacía sentirse aquello, Remi dejó que la tarjeta se cerrara. Haber pasado una noche con Brick no le daba ningún derecho sobre él. Brick había ido detrás de Audrey, le había propuesto matrimonio y se había casado con ella. Mientras que su historial con ella... bueno, si la historia se repitiera, Brick entraría por la puerta en cualquier momento y la dejaría plantada, o intentaría explicarle torpemente que había cambiado de opinión.

Sintió una presión en el pecho que trató de ignorar. Audrey ya no estaba allí y ella sí. Algo significaría eso.

Suspirando, se quedó mirando de nuevo las postales. Brick Callan había sido abandonado por su madre, la única mujer que nunca debería haberlo dejado. Sin embargo, se había ganado la lealtad de su exesposa, que tenía todo el derecho del mundo a pasar página y olvidarse de él. Y ahora, la mujer a la que había estado rechazando durante una década y media estaba en su cocina, husmeando sobre las otras mujeres que había en su vida.

Aquello era demasiado raro hasta para ella.

Remi le dio la espalda al corcho con determinación. Podía entrar en un bucle de confusión e impotencia o podía hacer algo productivo.

Estaba acabando de preparar tres bocadillos de pavo enormes, cuando sintió una especie de sensación de alerta, de emoción y de temor que hizo que se le erizara la piel.

«Brick».

En cuanto lo viera sabría si era el hombre que la había llevado a la cama o el que la había rechazado.

—Remington.

Cerró los ojos ante la áspera caricia de su nombre.

Él entró en la cocina y Remi siguió su aproximación sin girarse. El corazón se le aceleró a medida que se iba acercando.

—¿Tienes hambre? —le preguntó ella, como si tal cosa.

Brick se detuvo justo a su espalda. Sin tocarla, pero lo suficientemente cerca como para que un deseo intenso se apoderara de todo su ser.

Una noche con aquel hombre y su cuerpo ya estaba en alerta máxima.

Brick le puso las manos sobre los hombros y la obligó a girarse, antes de levantarle la barbilla.

—Muchísima. —Tenía un aspecto desaliñado, cansado y tremendamente sexy. Parecía hambriento de verdad.

Remi todavía no estaba acostumbrada a verlo tan de cerca, ni a tener sus manos sobre su cuerpo. Se quedó sin habla.

—He hecho bocadillos. Un bocadillo. Te he hecho un bocadillo —dijo vocalizando con cuidado, deseando que su cerebro volviera a funcionar.

Los labios que la noche anterior le habían susurrado promesas obscenas y le habían proporcionado un placer desenfrenado se curvaron. Pero aquel amago de sonrisa desapareció tan rápido como había llegado.

—Estoy investigando a Warren Vorhees.

Remi suspiró, deseando poder vivir una vida en la que no existiera ese nombre.

—Sabía que lo harías.

—Camille hizo aquellas declaraciones diciendo que el accidente había sido culpa tuya para tranquilizarlo, ¿no?

Remi parpadeó sorprendida y luego asintió. Siempre había sido muy intuitivo.

—Supongo. Tiene que demostrarle su lealtad para seguir con vida.

—Y para hacerlo, tiene que hundirte.

—Tiene que intentarlo. —La diferencia era importante.

—Ese tío te está subestimando —dijo Brick, mientras le acariciaba el pelo casi con adoración.

—Peor para él —susurró ella, sucumbiendo a su tacto.

—Acabará dándose cuenta. Dejará de subestimarte e intentará eliminar la amenaza. —Las caricias tranquilizadoras la ayudaron a aislarse de sus palabras.

—Ya.

—Pues que sepas que antes se encontrará conmigo.

—Eso no es lo que quiero, Brick. No pienso pedirle a nadie que se ponga en peligro por mí.

—No me lo has pedido. Simplemente debes aceptarlo. Tú quieres proteger a Camille y yo quiero protegerte a ti. El capullo de Vorhees no lo sabe, pero estos son sus últimos días de libertad.

Remi se quedó mirando aquellos ojos tan azules y profundos como el mar.

—¿De verdad crees que podemos meterlo en la cárcel?

Él le rodeó la cara con tal suavidad, que Remi se sintió como si fuera de cristal.

—Sí. Pero necesito que confíes en mí.

Podía confiarle su vida a Brick Callan, pero ¿podría confiarle su corazón?

Remi no se fiaba de su voz, así que se limitó a asentir.

—Me gusta que estés aquí —dijo Brick, finalmente.

—Más vale que no sea un chiste sobre que el lugar de una mujer está en la cocina —replicó Remi, entornando los ojos.

Él la distrajo acariciándole el cuello con los dedos y bajando hasta la clavícula.

—Esta habitación siempre me ha recordado a ti.

—¿A mí? ¿Por qué? —preguntó ella, sintiéndose un poco turbada.

—Porque aquí fue donde conseguiste que mi abuelo comiera macarrones con queso y jugara al tres en raya —respondió Brick en voz baja.

Aquel recuerdo la hizo sonreír.

—¿Te acuerdas de eso? Si parece que fue hace siglos.

—Pues me acuerdo —declaró Brick, superserio—. Fue el mismo día que te cargaste las bermudas favoritas de Spence. A propósito.

Remi levantó una ceja.

—¿Cómo sabes que fue a propósito?

—Puede que llevara más tiempo en la puerta de lo que parecía —confesó él, señalando con la cabeza hacia el porche.

—¿Estabas escuchando a escondidas? ¿De qué podíamos estar hablando tu abuelo y yo para que al joven Brick Callan le resultara tan interesante? —se burló.

—Le estabas diciendo que me diera una oportunidad. Que yo no era mi padre.

Remi bajó la vista.

—Ah. Era esa conversación.

—Usaste el típico encanto Remington para que me viera con otros ojos. Nunca lo he olvidado.

Remi intentó cruzarse de brazos, pero no había espacio suficiente entre sus cuerpos, así que se conformó con meter las manos en el bolsillo de la sudadera.

—El abuelo era muy testarudo. Te estaba echando la culpa de algo que no tenía nada que ver contigo, cuando en realidad era su hija la que lo había decepcionado.

Remi volvió a pensar en aquella postal. A pesar del sarcasmo y de la felicitación tardía, él la había puesto en un lugar de honor. Aquello le partió el corazón. Brick se merecía mucho más que eso. Se merecía a alguien que no solo recordara sus momentos especiales, sino que los celebrara como era debido.

¿Habría sido Audrey ese alguien?

—A partir de aquel día, empezó a intentarlo —dijo Brick—. Tú lo convenciste para que me diera una oportunidad.

—Habría acabado haciéndolo de todos modos. Es imposible pasar mucho tiempo contigo sin darse cuenta de que tienes un corazón enorme, por no hablar de tu complejo de buen samaritano —replicó Remi, hundiendo un dedo en aquel pecho colosal para desafiarlo—. ¿Echas de menos a tus abuelos? —le preguntó.

Brick asintió, mientras jugueteaba con un mechón de su cabello y lo acariciaba entre los dedos.

—Sí. No pude pasar mucho tiempo con ellos, pero siempre les agradeceré que nos hicieran un hueco a Spence y a mí. Nos dieron un hogar cuando más lo necesitábamos. Y le pagaron la universidad a Spencer porque yo no podía hacerlo.

Remi detectó cierto tono de vergüenza y se centró en él.

—Tenías veinticuatro años, Brick. ¿Qué chico de veinticuatro años puede permitirse pagarle la universidad a su hermano pequeño? Es más, ¿qué chico de veinticuatro años es capaz de criar a un adolescente?

—Spence era responsabilidad mía.

Remi negó con la cabeza.

—Era responsabilidad de tus padres. Y como ellos no pudieron o no quisieron hacerse cargo, lo hiciste tú. Estabais destinados a venir aquí. Forjar una relación con los abuelos era vuestro destino. —Brick se quedó mirándola, pero no dijo nada—. Tu abuelo te dio el dinero para montar el Tiki Tavern porque le encantaba que te hubieras enamorado de este lugar. Te dejaron en herencia su casa porque sabían que era tu hogar. Estaban muy orgullosos de ti. ¿Recuerdas el verano que le pusiste a un bocadillo el nombre del abuelo y a un cóctel el de la abuela? Iban una vez a la semana para pedirlos y apoyarte. Mackinac es tu hogar. Fuera lo que fuera lo que os trajo aquí, no hizo más que señalaros el camino a casa.

—Ven conmigo —dijo Brick, con voz ronca.

—¿A dónde?

Él le acarició la cara con una mano y la acorraló contra la encimera.

—Necesito darme una ducha.

—Yo ya me he duchado —susurró Remi, hipnotizada por la forma en la que él la estaba mirando—. Aunque ya sé que no me estabas invitando a unirme a ti. ¿O sí?

Brick bajó la cabeza y le rozó la mejilla con la nariz.

—Solo quiero tenerte cerca.

No sabía qué le daba más miedo, si la posibilidad de que hubiera cambiado de opinión o el hecho de que no lo hubiera hecho. Todavía.

—Vale —susurró ella—. ¿Y los bocadillos?

—Después. —Una sola palabra y ya la tenía temblando de pies a cabeza.

Brick dejó que le llevara uno de los bocadillos a Spencer, que seguía hablando por teléfono en el comedor, antes de arrastrarla tras él escaleras arriba. Spence la miró levantando un pulgar y Remi se puso roja como un tomate.

El dormitorio de Brick era el más grande de los seis. Estaba en la parte de atrás de la casa, en el segundo piso, y las ventanas daban al jardín trasero y a la casa de al lado.

En la habitación había una cama enorme con dosel que tenía un cabecero con unas incrustaciones de cuero chulísimas y, en opinión de Remi, demasiados pocos cojines. Las ventanas estaban flanqueadas por unas cortinas gruesas de color azul marino oscuro, probablemente elegidas más por su funcionalidad que por una cuestión estética, ya que impedían el paso de la luz del sol a primera hora de la mañana, tras un largo turno en el bar, pero aun así quedaban bien.

Remi se detuvo en la puerta y se imaginó a Brick en la cama, desnudo, tumbado boca arriba con una mano debajo de la cabeza. Con la polla gruesa e hinchada y los huevos cargados mientras pensaba en ella.

—¿Qué? —le preguntó él, bruscamente.

Remi se sonrojó.

—Estaba pensando que necesitas más cojines.

Él la miró dejándole claro que no se lo tragaba y luego la distrajo empezando a desabrocharse la camisa. Remi se humedeció los labios mientras observaba cómo iba aflorando cada vez más piel y más músculos. Parecía como si lo hubieran esculpido en granito. Tan grande, tan poderoso, tan viril.

Más que observarla, Brick se la estaba comiendo con la mirada. Como si estuviera recordando lo que habían compartido la noche anterior y adelantándose a lo que todavía estaba por llegar.

—A ver, solo para aclararme. Entonces, ¿no has cambiado de opinión?

Ahí estaba otra vez ese amago de sonrisa. Brick abrió la puerta del armario y dejó la camisa en el cesto de la ropa sucia que había en el suelo.

—¿Tú qué crees? —le preguntó él.

Le habría respondido de no haber perdido la capacidad de hablar y de pensar cuando él se llevó las manos a la hebilla del cinturón. El susurro de este deslizándose por las trabillas le produjo un escalofrío delicioso. Brick lo enrolló con dedos hábiles y lo guardó en el cajón superior de la cajonera alta que había al lado de la puerta del baño.

Tragando saliva, Remi observó cómo se desabrochaba los vaqueros y se los bajaba por los musculosos muslos. Estaba empalmado. Su grueso pene se balanceó entre aquellas nalgas tan apetecibles, actuando como el reloj de un hipnotizador. Los vaqueros también fueron a parar al cesto de la ropa sucia. Brick cerró la puerta del armario, ofreciéndole una vista perfecta de la octava maravilla del mundo: el culo de Brick Callan.

«Pandero culero». La frase le vino a la cabeza, recién salida de las profundidades de su mente.

—Madre mía —gimió Remi, llevándose las manos a las mejillas.

Brick arqueó una ceja, divertido.

—¿Algún problema?

—Acabo de acordarme de lo del «pandero culero».

Él la miró tranquilamente, calentando hasta el último centímetro de su piel. Aquel hombre iba a derretirle la ropa sin ni siquiera tocarla.

—Ponte cómoda —le dijo, señalando la cama.

«Ay, Dios».

Brick desapareció en el cuarto de baño y Remi lo oyó abrir la ducha.

—Contrólate, Ford —murmuró.

Ya se había tirado a otros hombres antes. A muchos. No era la primera vez que estaba en la habitación de un tío bueno. Él saldría de la ducha y utilizaría aquel cuerpo enorme y sólido para hacerla gritar. A pesar de que la noche anterior no solo había logrado sobrevivir, sino que había disfrutado, de pronto se sentía tan torpe y nerviosa como si fuera virgen.

Brick conseguía convertirlo todo en una primera vez inolvidable.

Remi se sentó en la cama y probó el colchón. Las sábanas blancas eran sencillas pero suaves. Y no se oía ningún chirrido que pudiera resultar embarazoso y pusiera sus actividades en conocimiento de Spencer, que estaba en el piso de abajo.

Desde allí no podía verlo en la ducha, pero le pareció demasiado depravado ir hasta la puerta del baño y quedarse mirando cómo se lavaba su esplendorosa erección. Demasiado excitada como para relajarse, abrió el cajón de la mesilla de noche para fisgonear un poco. Encontró una caja de preservativos sin abrir, un bloc de notas con un bolígrafo, una linterna y una prenda de algodón cuidadosamente doblada. Blanca con piñas doradas.

La sacó del cajón y entró en el cuarto de baño justo cuando él salía de la ducha.

—¡Brick Callan! ¿Qué es esto? —le preguntó, agitando el tanga hacia él.

Él se tomó su tiempo para enroscarse una toalla blanca a la cintura. Las gotas de agua de su pecho reflejaron la luz, deslumbrándola por un instante.

—Yo diría que unas bragas —respondió él, lentamente.

Remi no se dejó engatusar.

—¡Son mías! ¡Creía que las había perdido!

Brick extendió el brazo casi lo bastante rápido como para arrebatárselas, pero ella fue más ágil y estrechó el premio contra el pecho. Dio media vuelta para volver corriendo al dormitorio, pero él la agarró y le quitó el tanga de las manos.

—Las cogí la noche que te escondiste de mí en la ducha —le dijo, haciéndole avanzar hacia la cama rodeándola con ambos brazos. Luego utilizó su peso para inclinarla hacia el colchón.

Remi se excitó al notar su piel húmeda sobre la suya.

—¿Te acabo de pillar y no piensas devolvérmelas?

—Ahora son mías. —Brick le quitó el jersey y le mordisqueó el hombro suavemente. Ella suspiró—. Creía que era la única cosa tuya que tendría jamás.

Aquellas palabras le hicieron temblar las piernas, mientras él le bajaba los pantalones.

—Pues anoche conseguiste algo más que unas bragas.

Brick le acarició el cuello con la nariz.

—Quiero absolutamente todo lo que pueda conseguir de ti.

El idiota de su corazón estaba a punto de estallar, pero Remi no podía permitírselo. Ya había sido suficientemente peligroso abrirse de piernas para aquel hombre. Entregarle las llaves de un corazón que ya había roto antes era una idea nefasta.

Solo había una cosa que podía hacer. Un arma que podía utilizar para protegerse.

—Levántate.

Él se quedó inmóvil, pegado a ella.

—¿Estás bien?

Remi lo empujó hacia atrás y se giró hacia él. Parecía turbado, pero su espectacular miembro ya estaba empezando a reaccionar a los cambios químicos que se estaban produciendo dentro de ella. Las fosas nasales de Brick se dilataron, mientras su parte más primitiva percibía a la vez el peligro y el placer.

Remi se arrodilló en el suelo frente a él, con los pies de la cama detrás y un hombre empalmado y hambriento delante.

—Cielo. —Cuántas cosas encerraba aquella única palabra. Esperanza, necesidad frágil, deseo embriagador.

—Quítate la toalla —susurró ella. A él le brillaron los ojos, pero obedeció y bajó una de sus enormes manos para destapar su erección.

Remi se moría de deseo. De anhelo. De ganas de regalarle otro pedazo de ella, otro recuerdo. Observó fascinada cómo él se sujetaba la polla para darle una caricia larga y tosca a escasos centímetros de su boca, antes de inclinarse para bajarle de un tirón la camiseta de tirantes y dejarle los pechos al descubierto. Ella le agarró los huevos con la mano y los apretó. Él cogió aire entre dientes.

—Ahora quítame las bragas —le ordenó Remi.

Brick vaciló, pero ella lo apretó con más fuerza.

—Voy a quedármelas —le advirtió él, en un tono que no daba opción a réplicas.

—Son para ti —le prometió ella—. Y esto también. —Remi se inclinó hacia adelante y se llevó la punta de su polla, lisa e hinchada, a la boca.

Brick maldijo con violencia mientras un escalofrío le recorría todo el cuerpo. Se encorvó sobre Remi y golpeó con una mano el colchón que se encontraba detrás de su cabeza. Con la otra, en la que aún tenía el tanga, rodeó la base de su polla y la apretó.

Ella se metió su miembro un poco más en la boca, pasando la lengua desde la base hasta la sensible punta.

No podía introducírselo tanto como le gustaría, pero entre sus lametones y las caricias de Brick, era más que suficiente.

Él estaba intentando contenerse, pero eso no era lo que Remi quería. Quería volverlo tan loco como él a ella. Le clavó las uñas en las nalgas y, cuando él probó a dar un empujón dentro de su boca, Remi gimió para darle su aprobación. Brick repitió el movimiento una y otra vez, con unas embestidas rápidas y superficiales que hacían que su polla se hinchara entre los dientes de ella.

—Necesito hacer que te corras —farfulló él entre dientes, como si estuviera sufriendo.

—Esto es solo para ti, Brick —murmuró ella antes de engullirlo entero.

Él la agarró del pelo para echarle la cabeza hacia atrás y se la sacó de la boca.

—Ah —gimió, acariciándose varias veces la polla con lujuria antes de volver a acercar la punta a los labios de Remi. La humedad se había acumulado en el vértice y ella la lamió—. Joder, te deseo tanto que me da miedo hacerte daño.

—Fóllame la boca, Brick. Por favor.

No podía decir que no ni a ella ni a su petición, y ambos lo sabían.

Cuando dejó de agarrarla por el pelo, Remi volvió a tragárselo, deleitándose con su textura y su sabor. Las gruesas venas del pene de Brick palpitaban sobre su lengua, aturdiéndola al ver el deseo que sentía por ella.

Cuando él intentó retirarse de nuevo, ella le clavó las uñas en las nalgas y se mantuvo firme.

—Qué mala eres —gimió Brick, volviendo a introducirse entre sus labios.

Remi succionó con fuerza. Lo provocó con los dientes y la lengua, antes de calmar su sensible hendidura con largos lametones. Lo estaba volviendo loco poco a poco, entre los lengüetazos y la presión.

—Joder, Remi. —Ella levantó la vista hacia él y le gustó lo que vio. Brick tenía los párpados caídos y los carnosos labios entreabiertos. Era como un dios en busca de placer. Y ella era quien se lo estaba proporcionando.

Brick se acarició con una mano siguiendo el ritmo de su boca, mientras con la otra la agarraba del pelo.

—Necesito más.

—Pues cógelo —dijo Remi, antes de volver a deslizar los labios hacia abajo.

Con un gemido, Brick le soltó el pelo y volvió a doblarse sobre ella, esa vez echándole la cabeza hacia atrás contra el colchón. Empezó a frotarse la base de la polla violentamente con la mano en la que todavía llevaba sus bragas, marcando el ritmo con las caderas. Remi le oyó clavar los dedos en el colchón junto a su cabeza mientras entraba y salía de su boca, y disfrutó de la sensación de euforia y pánico por no tener escapatoria.

Él le golpeaba el fondo de la garganta con la punta gruesa y redondeada una y otra vez. Remi lo saboreó mientras su placer se acumulaba, preparándose para liberarse, mientras le acariciaba los huevos, que colgaban pesados entre sus piernas, apretándolos y masajeándolos al ritmo de sus movimientos irregulares. Los colosales muslos de Brick se contraían y se movían con cada embestida y sus abdominales se tensaban mientras hacía suya su boca.

—Remi. Remi. —Repetía su nombre como una oración. Como una maldición.

Ella volvió a gemir, sintió un hormigueo en el fondo de la garganta y abrió los ojos para verlo dejarse ir. Brick ya la estaba mirando fijamente, con todo el cuerpo tenso. El contacto visual y el morbo que le daba lo que Remi le estaba dejando hacer consiguieron que acabara desplomándose sobre el colchón, apoyado sobre un antebrazo.

—Venga, preciosa, chúpamela más fuerte. Acaba con este sufrimiento.

Remi sentía la tensión de los músculos de Brick, de sus huesos y de todas sus células contrayéndose y replegándose sobre su cuerpo. Hasta que, finalmente, se corrió. Ella escuchó su rugido mientras eyaculaba en el fondo de su garganta, disparando unos chorros calientes y espesos de semen. Su polla palpitaba en la boca de Remi mientras se liberaba de su carga. Brick seguía sacudiendo violentamente el puño mientras ella se tragaba todo lo que podía. Sus muslos musculosos temblaban contra ella. Remi se estaba asfixiando, ahogando, muriendo, llenando de vida.

Él todavía seguía corriéndose cuando la levantó y la tumbó sobre la cama. Seguía eyaculando cuando la obligó a abrirse de piernas y la penetró. La humedad de Remi mezclada con su orgasmo lo envolvió por completo mientras la embestía un par de veces con fuerza. Aquello era el paraíso. O el infierno. Era como si la hubiera arrastrado a otro mundo, pensó Remi, mientras las paredes de su interior se agitaban alrededor del grueso miembro de Brick.

—Joder —gimió él entrecortadamente, mientras seguía penetrándola.

Cuando algo áspero y húmedo le rozó el clítoris, Remi se dio cuenta de que él había envuelto su gruesa erección en el tanga.

Aquel trocito de ella que había robado. Guardado. Atesorado.

Aquello la asustó, la emocionó, la excitó. Era increíble hasta qué punto la deseaba.

No hubo ninguna señal de alerta. De repente, Remi se encontró a las puertas de su propio clímax, brusco y aterrador.

—Córrete —le gruñó Brick al oído, mientras buscaba uno de sus pechos para agarrarlo—. Vamos, Remington. —No tenía elección. Su cuerpo ya estaba cayendo en picado hacia el abismo—. Joder, sí —gimió él, mientras ella lo estrujaba como una prensa—. Nunca me voy a cansar de este coño insaciable que tienes.

Todavía seguía empalmado, moviendo las caderas y dándole placer. El hecho de saber que una vez no era suficiente para él hizo que la excitación de Remi volviera a aumentar.

—Quieres correrte otra vez —dijo Brick—. Quieres que te la siga metiendo hasta que te corras. Dilo.

—Sí —susurró ella—. Sí. Quiero que hagas que me corra otra vez.

Él salió de su interior, pero antes de que Remi tuviera tiempo para quejarse, la puso a cuatro patas delante de él. Ella contuvo la respiración mientras Brick se arrodillaba entre sus piernas y le acariciaba la espalda, antes de cerrar los fuertes dedos sobre sus caderas y apretarlas.

—Joder. No soy capaz de verte así sin morirme de ganas por tocarte.

El sexo de Remi se contrajo alrededor del vacío, haciendo que se apoderara de ella un deseo que solo él podía satisfacer.

—Por favor, sigue.

—Solo lo haré una vez —dijo él. Remi no sabía si se trataba de una promesa para ella o de una advertencia para sí mismo.

—Pues que sea memorable —susurró ella.

Brick resopló detrás de Remi, como un toro pateando el suelo.

Ella se estremeció cuando introdujo la punta de su polla entre sus piernas, separó los labios de su sexo y se acomodó contra aquel tejido suave y húmedo que estaba deseando darle la bienvenida.

Durante un par de segundos, la tensión que había entre ellos aumentó mientras él se tensaba contra ella, conteniendo la respiración. Hasta que una de sus enormes manos chocó contra su trasero, propinándole un azote brusco y violento.

Remi no tuvo tiempo de gritar, ni de pedirle que lo hiciera otra vez, porque él la agarró por las caderas y la pegó a él, empalándola en su implacable erección.

El gruñido animal de Brick ahogó el gemido grave que se escapó de la garganta de Remi, mientras el cuerpo de esta sucumbía a su invasión. Menudo ángulo. Santa Mariah Carey, en aquella posición lo sentía tan adentro que apenas podía respirar.

—Remi. Mi Remi, tan preciosa y tan dulce —susurró él a sus espaldas, venerándola con unas caricias largas y tranquilizadoras, mientras empezaba a montarla, idolatrándola y mancillándola al mismo tiempo. Remi se estaba precipitando hacia la oscuridad, pero no tenía miedo, porque esa vez no estaba sola. Esa vez, él estaba allí con ella—. Nunca me canso de ti —murmuró Brick entre dientes, como si fuera una confesión pecaminosa, mientras la follaba cada vez con más fuerza y llegaba cada vez más adentro, separándole las nalgas con las manos y controlando con ellas la velocidad.

Los brazos temblorosos de Remi acabaron cediendo a su peso y, cuando se desplomó sobre los antebrazos, Brick rozó con la punta del miembro algo que se encontraba en lo más profundo de su ser. Siguió haciéndolo una y otra vez, hasta causarle otro orgasmo de infarto. Los espasmos empezaron en su interior y se irradiaron al exterior.

—Eso es —susurró Brick—. Exprímeme la polla a apretones, cielo.

Remi gimió mientras su cuerpo obedecía. El orgasmo estalló, enviando ondas sísmicas a todo su cuerpo, a todo su ser. El mundo se acabó mientras ella temblaba, liberándose.

—Joder. Mira en qué me has convertido —murmuró él, cuya piel empapada en sudor se pegaba a la suya con cada embestida de sus caderas—. Ya nunca volveré a ser el mismo.

Remi tampoco. Él la había echado a perder. Y ella a él. Pero lo único que importaba era aquel momento de rendición y dominación tan hermoso y brutal.

Su interior se cerró alrededor de Brick, incapaz de responder de otra forma, y sintió que había triunfado al sentir que él se tensaba a sus espaldas, dentro de ella.

—Remi. —No dejaba de repetir su nombre.

La primera ráfaga estalló dentro de ella, caliente y espesa. Luego Brick se retiró gruñendo mientras se corría, masturbándose con fuerza. Unos chorros violentos y abrasadores le cubrieron el culo, la espalda y los muslos, mientras él la marcaba por dentro y por fuera, haciéndola sentirse sometida. Venerada. Protegida.

37

Se pasaron la mayor parte de la semana follando, duchándose después de follar y volviendo a follar en la ducha.

Remi estaba en dos estados simultáneos perpetuos de dolor corporal y felicidad.

Ella y Brick pasaban juntos todas las noches y también la mayor parte del día. Y, mientras él trabajaba, ella se dedicaba a pintar.

Cuando Spencer se marchó, exploraron el sexo en la encimera de la cocina y en la mesa del comedor, además de practicar grandes cantidades de sexo oral delante de la chimenea. Brick tenía tanto talento con la lengua como con el resto de aquel cuerpazo.

Y, como se habían tirado casi una semana desnudos, no habían hecho ninguna aparición pública juntos. Remi no había visto a sus padres, lo que significaba que tampoco le había contado a su madre lo de Brick, ni lo de Warren. Algo que consideraba un punto a su favor.

Pero Kimber tampoco la había llamado, ni le había enviado ningún mensaje. Y como todo el mundo en la puñetera isla sabía que Brick y ella por fin se habían liado, Remi solo podía sacar dos conclusiones: o su hermana seguía cabreadísima con ella o estaba muerta de vergüenza.

Y, aunque Remi agradecía aquel respiro tan agradable y orgásmico, sabía que no podía seguir evitando a su familia. Y menos en una isla tan pequeña. Además, si ella y Kimber pretendían reconstruir el maltrecho puente de su hermandad, ella tendría que tomar la iniciativa.

Así que, aprovechando que a Brick le tocaba hacer el turno de mediodía en el Tiki Tavern, Remi decidió que ya iba siendo hora de volver a ver a su hermana. Preferiblemente en terreno neutral.

Por suerte, gracias al calendario virtual de las Visitas de Mackinac, sabía exactamente dónde encontrar a Kimber.

Remi se armó de valor, esbozó una sonrisa radiante e intentó fingir que no le habían estado dando caña prácticamente toda la noche.

La puerta se abrió y un ojo marrón asomó por la rendija.

—¿Qué vendes? —le preguntó un hombre, resollando.

—Maquillaje, táperes y juguetes eróticos —dijo Remi, levantando el plato de bocaditos de tarta de queso con trocitos de chocolate recién hechos.

El hombre refunfuñó y abrió la puerta del todo. Lars Hyne medía solo cinco centímetros más que Remi. Había perdido un ojo en un accidente en un barco hacía veinte años y le encantaba el aspecto de pirata que le daba el parche en el ojo.

—Lars, ¿cuándo vas a dejar de torturar a las visitas? —Detrás de él, una ágil mujer alaskeña con un moderno corte de pelo *pixie* y unas mechas moradas cruzó los brazos sobre el pecho.

—Hola, Kirima —dijo Remi.

—Entra. —Lars le hizo una seña para que pasara y le quitó el plato de dulces.

La casa de los Hyne era una ecléctica cronología de su vida en común. Aunque dedicaban la primavera y el verano a viajar por el mundo, se empeñaban en pasar en Mackinac todo el invierno. Las grandes baldosas de jade del salón estaban cubiertas aquí y allá por gruesas alfombras de lana que, curiosamente, combinaban y desentonaban al mismo tiempo. Las paredes estaban pintadas de un tono verde azulado oscuro. Los tesoros de sus viajes se amontonaban en las estanterías entre los libros, las fotos y las plantas.

La cocina era igual de colorida y caótica. Los armarios eran blancos, pero habían elegido unos llamativos azulejos naranjas y amarillos pintados a mano en México para el salpicadero.

Encontró a Kimber en la mesa de comedor color turquesa de cristal, delante de una taza de té humeante y un puzle a medio hacer.

—Estás oficialmente invitada a unirte a nosotros, siempre y cuando compartas esos bocaditos de tarta de queso —dijo Kirima.

—Se me ha ido la mano y he hecho de más —mintió Remi, mientras Lars arrancaba el envoltorio de plástico que los tapaba. Kimber estaba evitando mirarla. No pasaba nada, Remi acabaría haciéndola sucumbir. Siempre lo hacía—. He visto que mi hermana estaba de visita y se me ha ocurrido pasar a saludar. Hace un par de inviernos que no los veo —comentó Remi, aceptando la taza de té que Kiri le ofrecía.

—¿Qué va bien con los bocaditos de tarta de queso? —murmuró Lars, echando un vistazo al botellero.

—Cualquier cosa con corcho —dijo Remi, adivinando sus intenciones.

—Kimber, ¿te importa que adelantemos la hora feliz? —le preguntó Kiri, sacando las copas de vino.

—Por mí, perfecto —respondió ella, colocando una pieza del puzle en su sitio, mientras seguía evitando la mirada de Remi.

Dado que gozaban de buena salud, los Hyne no figuraban en la lista inicial del programa de bienestar, pero les apetecía tener un poco más de compañía durante el largo invierno y se habían apuntado tanto para hacer visitas, como para recibirlas.

Lars abrió una botella de vino tinto, lo sirvió y el alegre tintineo de las copas llenó la habitación.

—Kimber nos estaba hablando de la idea de Ian de crear una aplicación para las visitas —dijo Kiri, poniendo al día a Remi.

—Y acabo de dejarle a Hadley la colección de *Las gemelas de Sweet Valley* —comentó Kimber—. Se leyó los diez primeros en un fin de semana.

—Es increíble lo rápido que crecen —dijo Remi—. Parece que fue ayer cuando gateaban por el salón y Kyle utilizaba los libros de Derecho para cortarles el paso.

Kimber por fin la miró a los ojos.

—Es que fue a la vez ayer y hace una eternidad.

—Recuerdo cuando erais unos cuantos siglos más jóvenes —dijo Kiri—. ¿Os acordáis la que se lio cuando pillaste a Remi cortándose el pelo el día antes de las fotos de la guardería y tú te lo cortaste igual?

Remi hizo una mueca de vergüenza.

—Lo había olvidado —confesó.

—A mamá no le hizo ninguna gracia —recordó Kimber, con una pequeña sonrisa.

—Hablando del tema, tengo entendido que no habéis dejado de meteros en líos —se burló Lars.

—Ya va siendo hora de que el mundo lo asuma: a las hermanas Ford nunca se les va a dar bien mear dentro del tiesto —declaró Remi, levantando la copa.

—Brindo por ello —dijo Lars, riéndose.

—¿Y qué tal tu marido? —le preguntó Kiri a Kimber—. Este invierno parece que pasa más tiempo fuera de la isla que en ella.

Kimber jugueteó con el tallo de la copa.

—Bien. Muy liado con el trabajo. Ha aceptado unos cuantos casos que le están quitando mucho tiempo, pero los está disfrutando.

Su tono inexpresivo y resignado hizo que el radar fraternal de Remi se activara.

Kiri apoyó los codos en la mesa y cogió una pieza del puzle.

—¿Y tú qué, Remi? ¿Qué te trae por aquí?

—¿Crees que Brick te pondrá el anillo? —le preguntó Lars, acercando una silla.

Ella se atragantó con un sorbo de aquel merlot con tanto cuerpo. Tosiendo y farfullando, cogió un bocadito de tarta de queso para bajarlo.

—Echaba de menos a la familia, así que se me ocurrió cogerme unas semanas de vacaciones para pasar aquí una temporadita —dijo, antes de darle un mordisco al bizcocho.

—Y de paso hacer sonreír un poco a Brick —añadió Kiri, encajando la pieza en su sitio.

Remi se ruborizó.

—Solo estamos aprovechando para pasar algo de tiempo

juntos. Nadie le va a poner el anillo a nadie. —En cualquier momento, Brick recuperaría el sentido común y volvería a dejarla tirada después de haberla echado a perder para siempre con su pene invencible—. Veo algunas adquisiciones nuevas por aquí —señaló Remi, cambiando de tema—. ¿De dónde han sacado esa cesta?

Comieron, bebieron y charlaron durante media hora más. Y cuando Kimber dijo que tenía que irse a casa porque los niños estaban a punto de volver del colegio, Remi se ofreció a acompañarla.

—Pareces muy relajada —comentó Kimber, mientras caminaban entre placas de hielo y montones de nieve todavía impoluta.

—¿Yo? —preguntó Remi con inocencia—. Será que he dormido bien.

—No tienes cara de haber dormido bien —replicó Kimber con frialdad—. Tienes cara de haber tenido media docena de orgasmos, uno detrás de otro.

—Mejor dejamos el tema de la cara y los orgasmos —replicó Remi.

Su hermana suspiró, observando cómo la nube de su aliento aparecía y desaparecía bajo el frío.

—Siento haber descargado mi síndrome premenstrual contigo. Estaba desquiciada y tú no tenías nada que ver, en realidad.

—Y yo siento haber estallado.

—Aguantaste estoicamente. Y eso me cabreó más todavía —reconoció Kimber.

—Estabas desbordada. A ver, ¿qué ser humano normal no pierde la cabeza de vez en cuando?

Esa vez Kimber invitó a Remi a entrar, un gran avance desde la última visita. La mascota de la familia, una beagle con problemas de sobrepeso, empezó a mover el rabo encima de su manta del sofá. Princesa Megatrón se había unido a la familia Olson después de que Kyle sucumbiera a la presión de las súplicas constantes de los niños. Había sorprendido con el cachorro a Kimber y a ella no le había hecho ninguna gracia. A los niños se les había permitido elegir el nombre a cambio de que prometieran cuidar al perro. Lo cual les había durado unos treinta minutos.

Mega, como la llamaban en la actualidad, había descubierto rápidamente quién tenía el poder sobre la comida en aquella casa y se había encariñado con Kimber.

—Habéis pintado —le dijo Remi, quitándose la bufanda, mientras se fijaba en el suave tono ámbar de las paredes. Las visitas nunca imaginarían que en aquella casa tan ordenada vivían dos niños hiperactivos con un montón de juguetes, aficiones y libros.

—Y hemos cambiado el suelo —dijo Kimber sin entusiasmo—. Y por fin hemos lijado la pintura de las molduras alrededor de los dinteles. Y hemos pintado ese ladrillo beis tan feo de la chimenea.

—Parece una de esas casas de los canales de reformas.

Remi lo decía en serio. Era una vivienda sobria pero acogedora. Colorida pero serena. Su hermana tenía buen ojo.

—¡Qué dices! —exclamó Kimber, quitándose la ropa de abrigo para colgarla en el perchero que había sobre el banco de madera de deriva.

—De verdad —insistió Remi.

—Gracias. Nadie se ha fijado en los cambios. Ni siquiera sé por qué sigo haciéndolos.

—Ya sé que estás a tope con eso de ser madre y tal, pero ¿no has pensado nunca en trabajar a media jornada como decoradora? Piensa en todas las casas que se alquilan en verano que necesitan un repaso urgente. Los sillones de mimbre y los sofás de escay han perdido todo su encanto.

Kimber ahogó una carcajada.

—¿Que si no he pensado en…? —Se interrumpió, negando con la cabeza.

—¿Qué? —le preguntó Remi.

—No hago más que pensar en hacer algo. Lo que sea.

Con pies de plomo, Remi siguió a su hermana hasta el cuartito de la colada que había en la parte de atrás de la casa. En la pared, entre unas estanterías superordenadas y la lavadora y la secadora, había una pizarra blanca con un calendario gigante. Estaba lleno de pósits de colores, cintas adhesivas estampadas y notitas escritas a mano que constituían los cimientos de toda la vida familiar.

Juicio de Kyle en Detroit (Michigan)
Recital de Hadley y fiesta de pijamas
Club de lectura de Ian
Hamburguesas de pavo y ensalada
Videochat con el adiestrador canino
Colada
Compra

La estructura era tan precisa que resultaba hipnótica.

—¿Qué narices es esto? —preguntó Remi, asombrada.

—Mi vida —respondió Kimber, cruzándose de brazos—. Bueno, la vida de mi familia. Al parecer, yo no tengo una propia.

—Qué fuerte.

—Impresionante, ¿verdad?

—Yo iba a decir «espeluznante». ¿Y lo tuyo?

—¿Lo mío? —Kimber se rio con ironía—. No tengo nada mío. Lo mío es garantizar que los demás puedan hacer lo suyo. Kyle nunca está en casa. Y sabes que adoro a mis hijos, pero tener niños es durísimo, Rem. Hadley está entrando poco a poco en la pubertad, y no sé si alguna de las dos logrará salir con vida. Me siento como si fuera madre soltera. Algunos días me entran ganas de borrarlo todo y ver qué pasa.

—Tienes una letra muy bonita —comentó Remi.

—Justo por lo que me encantaría pasar a la posteridad. «Treinta y cuatro años, madre de dos hijos. Tenía una letra preciosa».

—Vale, esa es la peor escuela del mundo. Vamos a beber un poco de alcohol y a hablar.

—No creo que te apetezca aguantar a tu hermana de mediana edad quejándose de tener la vida que siempre había creído que quería —dijo Kimber, mirando fijamente el arco iris de rotuladores para la pizarra blanca que había dentro de un tarro.

—Quiero hablar con mi hermana sobre su vida. No estoy aquí para juzgarte.

—Que es lo que yo he estado haciendo contigo.

—Pues sí, ya me he dado cuenta —dijo Remi. Volvió a la cocina y rebuscó en los armarios hasta que encontró una botella de vodka escondida detrás de dos cajas de pasta integral ecológica.

—¿Qué? ¿A morro? —preguntó, agitando la botella.

—Coge unos vasos —respondió Kimber, señalando un armario. Remi ignoró los bonitos vasos anchos de cristal tallado y cogió dos más grandes, con ilustraciones de dibujos animados y unas pajitas largas y flexibles.

Kimber resopló al verlos.

—En estos entra más —dijo Remi.

Kimber preparó las copas y le dio a Mega el premio de la tarde, mientras Remi se sentaba en la encimera a escuchar.

—Recuerdo que, cuando estábamos en la universidad, me encantaba que Kyle fuera tan ambicioso —comentó su hermana.

—¿Y ahora?

Kimber se encogió de hombros.

—Creo que no me di cuenta de que su ambición solo afectaba al trabajo. No a su familia, a su casa o a su mujer. Pensaba que me gustaría quedarme en casa criando a nuestros hijos. Y, durante un tiempo, así fue. Pero llegó un momento en el que dejó de parecerme suficiente. Kyle ascendió en el trabajo y, aunque así teníamos más dinero, también tenía que viajar más. Dejó de estar presente. Pasa días sin hablar con los niños. Hay días en los que solo intercambiamos un par de mensajes de texto. —Exhaló un suspiro y agitó los cubitos de hielo en el vaso—. Es como si cuanto más importante se volviera Kyle laboralmente, menos importante fuera yo en la vida.

—No digas tonterías —exclamó Remi.

—Perdona, esta es mi crisis existencial, no la tuya.

—Solo digo que, ¿qué es más importante? ¿Que los demás sepan que eres algo más que una etiqueta o un papel o que lo sepas tú? —preguntó Remi, antes de quedarse inmóvil y maldecir en voz baja.

—¿Qué? —le preguntó Kimber.

—¿Alguna vez le has dado un gran consejo a otra persona que deberías seguir tú misma?

—Llevo seis semanas sin comer una ensalada, pero la semana pasada les hice probar a Hadley e Ian cuatro recetas diferentes de coles de Bruselas. ¿Qué te parece?

—Que sabes perfectamente de lo que estoy hablando.

Kimber levantó el vaso en el aire simulando un brindis y Remi la imitó.

—Ni siquiera sé si es feliz —dijo su hermana.

—¿Y tú lo eres?

—Estoy hecha una puta mierda. ¿No viste el pollo que te monté el otro día? —dijo Kimber desapasionadamente—. Es decir, básicamente intenté echarte la culpa de todos estos años de insatisfacción con mi vida porque estabas a mano y Kyle había sacado tiempo para preocuparse por ti.

—¿Qué te haría feliz, aparte de vender a tus hijos al circo y arrojar el cadáver de Kyle al lago? —le preguntó Remi.

—No le he dado muchas vueltas, más allá de imaginarme a Ian en un trapecio y a Hadley alucinando con la mujer barbuda.

Por un instante, Remi volvió a ver a su hermana de siempre, a aquella hermana mayor inteligente y sarcástica que tanto adoraba.

—No me extraña. ¿Has intentado hacer algo?

—¿Algo? —preguntó Kimber, haciendo una pausa para sorber ruidosamente los restos del fondo del vaso.

—Con respecto a Kyle y los niños. Aspiras a algo más que a redecorar la casa y gestionar esa pizarra terrorífica. Así que, ¿qué les has dicho?

—Bueno, en realidad, nada. Es decir, le grito a Kyle cada vez que se pierde un evento familiar. Y a mis hijos cuando me exigen cosas como que lave más rápido la ropa para que Ian pueda ponerse los calzoncillos de la suerte para el examen de Matemáticas. O a Hadley por olvidarse de decirme que se ha apuntado a la venta de pasteles del instituto y que necesita cuatro docenas de magdalenas para el día siguiente.

—Mmm. Así que les gritas —dijo Remi, bajando de un salto de la encimera para ir hacia el cuarto de la colada y coger el borrador rosa fucsia del soporte de la pizarra.

—¿Cuánto tardas en actualizar esto cada semana? —le preguntó a Kimber.

—Más o menos hora y media. Eso después de haber hecho el plan de las comidas, la lista de la compra y de haber revisado los horarios de Kyle y los niños —dijo Kimber.

—Mmm. Qué interesante. —Como quien no quiere la cosa, Remi levantó el borrador y lo pasó por la columna que ponía «lunes», borrando aquel día de la existencia.

Kimber abrió los ojos de par en par.

—Me has borrado el lunes.

—«Gritos» —dijo Remi, escribiendo la palabra en rojo en la pizarra—. ¿Funcionan?

Kimber negó con la cabeza, todavía concentrada en los daños causados a su agenda semanal. Luego volvió a la cocina y Remi oyó el sonido delator del vodka vertiéndose en un vaso infantil.

—¿Qué más? —gritó Remi.

—Chantaje emocional —dijo Kimber, volviendo a aparecer—. Apoyar el dorso de la mano en la frente, en plan mártir, mientras subo la enésima cesta de ropa sucia por las escaleras, como una campesina de las colonias.

—«Chantaje emocional» —escribió Remi—. Vale. ¿Algún resultado?

—Sí. Cada vez se les da mejor ignorar mis lamentaciones —le dijo Kimber.

—Si estas son las dos únicas técnicas que has probado, creo que todavía te quedan muchas otras opciones innovadoras. Por ejemplo, ¿has considerado darle una patada en los huevos a Kyle en vez de lavarle la ropa?

A Kimber le dio la risa, se atragantó con el vodka con tónica y soltó un hipido.

—Lo estoy guardando como último recurso.

—A ver, yo no tengo hijos, ni una casa que dirigir, así que puedes ignorarme, si quieres. Pero estoy viendo muchas tareas para otras personas en tu lista y muy poco «baño con vibrador sumergible y novela romántica».

—No venderás de verdad juguetes eróticos, ¿no? —le preguntó Kimber.

—Muy graciosa. Ahora estamos hablando de ti. Me da la sensación de que solo tienes tiempo para cumplir con las responsabilidades y hacer cosas para otras personas. ¿En el peor de los casos, qué pasaría si, en vez de hacer hamburguesas de pavo el miércoles, les dijeras a los niños que se prepararan ellos lo que quisieran?

—Que cenarían helado, la liarían parda en la cocina y luego yo tendría que pasarme dos horas quitándole el sirope de chocolate del pelo al perro —respondió Kimber.

—Así que ¿te resulta más fácil hacerlo todo tú? —insistió Remi.

—Bueno, sí. Nadie más va a hacerlo como yo quiero. Así que es más sencillo que lo haga yo.

—Esa teoría sería muy válida si tu objetivo fuera criar a niños incapaces de prepararse un sándwich de crema de cacahuete con mermelada, o de lavarse su propia ropa —dijo Remi, cogiendo el rotulador.

Kimber frunció los labios.

—Mierda —dijo, antes de volver a sorber por la pajita—. Me estás planteando un punto de vista para el que no sé si estoy mentalmente preparada. Puede que necesite hacerme la mártir durante un tiempo más.

—Me parece comprensible y válido —replicó Remi, pasándole a su hermana el borrador.

Kimber se sentó encima de la lavadora y volvió a beber un buen trago por la pajita.

—Siento mucho haberme portado como una capulla integral la otra noche. No soporto a la gente que proyecta en los demás sus mierdas existenciales y eso fue precisamente lo que yo hice contigo.

—Disculpas aceptadas —dijo Remi, tumbándose en el banco impecable que había sobre la ordenada hilera de botas de nieve.

—No deberías aceptar las disculpas tan fácilmente. Con eso solo consigues que a las gilipollas como yo les cueste menos volver a hacer gilipolleces.

—Tú no eres gilipollas. Al menos de forma permanente.

Con un suspiro, Kimber echó la cabeza hacia atrás y miró hacia el techo.

—Es que nunca he tenido las cosas tan claras como tú, no sé si me explico.

—¿Qué cosas?

Su hermana hizo un gesto con el vaso infantil de Dora la Exploradora.

—Pues lo de la pintura. Has nacido para eso. Lo único que yo tenía claro era que quería tener hijos.

—Querer tener hijos no es malo, tía rara —señaló Remi.

—Ya lo sé. Pero ¿qué dice de mí que haya conseguido lo que quería y que no pare de quejarme por ello? Tardamos un año y medio en quedarnos embarazados de Hadley. Toda mi vida se reducía a gráficos de ovulación, recuentos de esperma e investigaciones sobre si calentar las sobras en el microondas podía destruir mis óvulos.

—El hecho de que quisieras algo y te esforzaras en conseguirlo no significa que no puedas reconocer que a veces es una jodienda —dijo Remi.

Kimber arqueó las cejas.

—Caray, Rem. ¿De dónde has sacado toda esa sabiduría?

—De experiencias recientes —respondió Remi, haciendo tintinear el hielo en el vaso—. No pasa nada por aspirar a algo más. Ni tampoco por exigir que te ayuden para poder hacer las cosas que quieres hacer. ¿Qué es más importante? ¿Que todos los pantalones de nieve de Ian estén secos el viernes o que sepa asumir su parte del trabajo en un hogar y en una relación? —Su hermana se quedó callada—. ¿Y qué es mejor ejemplo para Hadley? ¿Ver a su madre sacrificarlo todo, incluida su ya cuestionable estabilidad mental...?

—¡Oye! —Kimber le lanzó una caja de toallitas suavizantes para la secadora.

—¿... por sus hijos? —añadió Remi, acabando la frase—. ¿O ver a una mujer que sabe priorizarse a sí misma para sentirse realizada y completa, que tiene metas e intereses y al menos un puñetero hueco para ella en su propia agenda?

—¿Sabes? Yo soy la hermana mayor —dijo Kimber—. Debería ser yo la que te diera consejos.

—¿De cuántos días dispones para que te ponga al día de la que tengo montada en mi vida?

—Bueno, al parecer ahora tengo los lunes libres —bromeó su hermana.

—Pues entonces volveré el lunes para contarte que llevo un año triunfando como artista, pintando bajo un seudónimo. Que en mi cuenta bancaria hay puntos de los de verdad. Que todo iba genial hasta que descubrí que el marido de mi mejor amiga la maltrataba y que, cuando intenté ayudarla a dejar la relación, casi nos mata a las dos en un accidente de coche. Que vine corriendo aquí a lamerme las heridas y que acabé lamiendo el cuerpazo de Brick. Y que ahora estoy agotada y puede que también un pelín feliz, además de acojonada y escocida por haber echado demasiados polvos. Tengo los músculos de los orgasmos doloridos, Kimber. Y creo que hay grandes probabilidades de que Brick haya echado a perder definitivamente mis partes femeninas para el resto de los hombres. Me estoy planteando muy seriamente salir solo con mujeres cuando vuelva a dejarme tirada, solo para no tener que comparar a mis futuras parejas sexuales con el auténtico dios del sexo.

Su hermana se la quedó mirando con la boca abierta durante un buen rato, antes de bajar la mirada hacia el vaso.

—Creo que voy a necesitar otra copa.

Iban por la tercera ronda de copas y explicaciones cuando la puerta principal se abrió de golpe.

—¡Mamá, ya hemos llegado! —gritó Hadley.

—¡Mamá! —bramó Ian—. ¿Te has acordado del aniversario de los abuelos? El abuelo ha dicho hoy en el colegio que es de los importantes y que cree que tú y la tía Remi os habéis olvidado.

Remi y Kimber se miraron.

—Mierda.

38

—Como vuelvas a abrir el horno, te ensarto en una brocheta y te marino. —Jenise Heffernan, la máxima autoridad culinaria del Tiki Tavern, apartó las manos de Brick con una cuchara de madera. Medía metro noventa, era rubia, tenía entre cuarenta y cinco y sesenta años y no toleraba que nadie, ni siquiera el jefe, invadiera su espacio.

—Solo quería comprobar que...

—Te comportas como si tuvieras pánico escénico. Esta no es la primera fiesta privada del Tiki Tavern y desde luego tampoco es mi primer catering. Así que lárgate de una vez de mi cocina y ve a rayarte por otra cosa. La comida estará perfecta —le prometió.

Brick siguió su consejo y, después de que lo echara dándole un golpe en el culo con la cuchara de madera, fue hacia las escaleras. Apenas una semana después de que Remi y Kimber acudieran a él con ojos tristones y haciendo pucheritos, habían tenido suerte y les había tocado un sábado de marzo inusitadamente cálido.

Entre la investigación extraoficial, desnudar a Remi tantas veces como le era físicamente posible y su trabajo de verdad, todavía se las había arreglado para organizar lo que esperaba que fuera una celebración lo suficientemente digna de los treinta y cinco años que los Ford llevaban juntos.

Subió corriendo las escaleras y, al cruzar la puerta, se encontró en una especie de país de las maravillas caribeño. La temática era más fruto de la necesidad que de una decisión propiamente dicha. Las opciones decorativas eran el lejano Oeste o el rollo isleño y las chicas se habían decantado por el ambiente tropical. Brick había negociado con el Grand Hotel para que les dejaran una de sus carpas, que había instalado junto con una docena de estufas en el bar de la azotea del Tiki Tavern.

Darius y Ken lo habían dado todo con la decoración. Habían sacado y desempolvado las grandes palmeras falsas que solían estar guardadas hasta primavera. De las vigas de la carpa colgaban guirnaldas con luces blancas de Navidad. Las mesas estaban adornadas con manteles de colores y centros de flores. Y habían subido todos los objetos del piso de abajo que encajaban con la temática festiva para incluirlos en la celebración.

La mesa del bufé, que ocupaba toda una pared, estaba preparada para acoger los platos de inspiración tropical de Jenise.

Y habían llenado la máquina de hacer margaritas con la última creación de Darius, un cóctel rosado y espumoso llamado «De aquí a la eternidad».

Kimber le hizo señas desde la cabina del DJ, donde estaba haciendo unos cambios de última hora en el pase de diapositivas que había preparado con los momentos más memorables de esos treinta y cinco años. Darlene y Gil llevaban casados casi tanto tiempo como él con vida.

—¿Necesitas algo? —le preguntó, limpiándose las manos en la parte de atrás de los vaqueros.

Ella negó con la cabeza.

—Nada, además de asegurarme de que mis hijos no se acerquen al cóctel especial —respondió, sonriendo preocupada.

—Ya me he ocupado de eso. He hecho daiquiris de fresa sin alcohol —le comunicó Brick.

Kimber negó con la cabeza.

—Eres genial, Brick. La mujer que te eche el lazo va a ser muy afortunada.

«Que te eche el lazo». Empezaron a sudarle las palmas de las manos.

Después de lo de Audrey, había renunciado a que le «echaran el lazo». Lo había intentado y había fracasado. Y había aprendido que no había forma de garantizar que la persona a la que eligiera no cambiara. Que siguiera queriendo lo mismo toda la vida. Él tenía claro lo que quería. Seguir allí, en aquella isla, con sus vecinos. Pero últimamente había entrado un comodín en juego: Remi.

Las dos últimas semanas habían sido las mejores de su vida. Entrar en casa y encontrarse a Remington Ford en la cocina, con unas cuantas motas de pintura encima y poca cosa más. Despertarse cada mañana y verla boca abajo en la cama, aferrándose posesivamente con una mano a cualquier parte de su cuerpo que estuviera a su alcance. Ver cómo su cuerpo sucumbía al de él una y otra vez. Lo que estaba viviendo era un sueño del que no quería despertar nunca.

Quería más de todas esas cosas. Toda una vida.

¿Pero qué clase de vida quería Remi? Ella no era de las que echaban raíces. Y él tampoco era de los que iban alegremente dando tumbos de aquí para allá. No soportaba las ciudades, las multitudes anónimas de desconocidos con prisas. Adoraba los caballos, las grandes extensiones de agua y la gente a la que prestaba sus servicios.

Pero no podía ignorar la fuerza gravitatoria de Remi. El mero hecho de estar en su órbita hacía que su mundo fuera mucho más grande, más brillante, más colorido. Y estaba acojonado.

Se acercó a la mesa del bufé para inspeccionar los platos y los cubiertos y comprobar las llamas de los quemadores.

—¡Santa Lady Gaga! —Aquella voz tan conocida, rebosante de asombro y emoción, se le clavó como una de las famosas brochetas de pollo a la jamaicana de Jenise.

Remi no parecía Remi, sino Alessandra Ballard, con aquel sensual vestido de lentejuelas que le quedaba unos centímetros por encima de la rodilla y que brillaba tanto como ella, atrayendo la luz y las miradas con sus destellos dorados y sus elegantes mangas largas. Ken la había peinado como a una diosa, retirándole el cabello de la cara en una coleta alta que caía en gruesos rizos rojos. Llevaba los ojos más ahumados y los labios más atrevidos y rojos de lo habitual. El corazón le dio un vuelco en el pecho y, por un momento, a Brick le costó creer que fuera suya. Entonces recordó que, en realidad, no lo era. No del todo. Pero eso no le impidió desear meter la mano entre sus muslos y descubrir qué llevaba bajo aquel vestido. O agarrarla de la ardiente coleta. O besarla con tanta fuerza y violencia que se le corriera el rojo de los labios.

—Brick, no puedo creer que hayas conseguido hacer esto —murmuró Remi.

Puede que no se pareciera a su Remi, pero hablaba como ella. Y eso hizo que la deseara más todavía.

Fue hacia ella, atraído como un planeta orbitando alrededor de su sol. Como un masoquista preparado para el próximo castigo.

—¿Te gusta? —preguntó Brick bruscamente. Apretó los puños a los costados, muriéndose por tocarla, pero si empezaba temía no ser capaz de parar. Ella asintió y, cuando volvió a mirarlo, Brick vio que tenía lágrimas en los ojos. Respiró de forma entrecortada. El deseo de tocarla, de saborearla, era abrumador. Quería darle eso. Quería dárselo todo. Demostrarle que valía la pena quedarse por él. Remi se llevó una mano al pecho—. ¿Dónde tienes el inhalador? —le preguntó él.

Ella lo miró molesta, poniendo los ojos en blanco.

—En el bolso, con el abrigo, colgado al lado de la puerta —respondió—. Solo estoy impresionada por todo esto.

Brick se encogió de hombros, fingiendo que no le había dedicado casi todas las horas que había tenido libres durante la última semana. Fingiendo que no lo había hecho para dibujar precisamente aquella expresión en su bello rostro.

—No es nada.

—Y una mierda. —Remi cogió una servilleta de color amarillo chillón de una de las mesas y se secó las comisuras de los ojos—. Aquí hay mucho trabajo. Está clarísimo. Gracias.

—De nada —respondió Brick, con voz tensa.

El deseo se había apoderado de él. No soportaba no poder tocarla.

Cuando Remi lo miró, pudo verlo en sus ojos.

—¿Podemos hablar un momento de una cosa? —le pidió ella, señalando la puerta y mirándolo con sus grandes ojos verdes. Cuando hundió los dientes en su carnoso labio inferior rojo, Brick tuvo que contenerse para no cogerla en brazos y llevársela en volandas.

—Claro —respondió él. Fingía fatal.

Se le aceleró el corazón mientras le abría la puerta. Remi se dispuso a bajar las escaleras, pero él la agarró del brazo y la metió en el almacén.

Brick ni siquiera había tenido tiempo de cerrar la puerta o de encontrar el interruptor de la luz cuando ella le rodeó el cuello con los brazos y tiró de él hacia abajo para besarlo.

La habitación estaba completamente a oscuras, pero Remi invadía todos sus sentidos. Su olor embriagador. El gemido que soltó cuando él la obligó a abrir la boca para poder meterle la lengua. El calor de su cuerpo suave y receptivo bajo sus manos ásperas.

Aquel deseo que crecía cada vez más en su interior, amenazando con apoderarse de él. Era una locura. Una obsesión. La urgencia de hacerla suya lo asfixiaba.

—¿Cuánto tiempo tenemos? —susurró Remi.

—Treinta minutos —respondió él, deslizando los dientes por su nuca.

—Más que suficiente para volver a pintarme los labios —replicó ella tranquilamente.

Su grito ahogado fue como música para los oídos de Brick cuando este posó las manos sobre sus pechos.

—Estás impresionante, Remi.

Ella soltó una risita.

—Si aquí no se ve nada —bromeó.

—Podía ver que estabas guapísima con luz y puedo notar que estás preciosa en la oscuridad.

Ella dio un respingo y empezó a tirar de la cinturilla de sus pantalones.

—Remington —gruñó Brick.

—Había olvidado lo guapo que estás con corbata. Dios, entre la barba, la corbata, la camisa remangada y la forma en la que me miras... solo soy capaz de pensar en ti. —«Joder». La polla se le hinchó bajo la cremallera. No soportaba que, de repente, las palabras no fueran suficientes. No le bastaba que Remi quisiera que la tocara. Deseaba que lo necesitara, que lo amara—. Déjame darte las gracias, Brick. Deja que te demuestre lo mucho que esto significa para mí —le pidió ella, abriéndole el cinturón.

A él se le tensaron los músculos del abdomen cuando Remi le desabrochó el botón y le bajó la cremallera.

—¿Qué haces? —jadeó mientras ella deslizaba las manos por sus muslos y se ponía de rodillas.

—Agradecértelo —dijo Remi. Él sintió su aliento caliente sobre su entrepierna ansiosa.

Cuando su boca aterciopelada se cerró sobre la punta de su miembro, se le olvidó lo que iba a decir. A tientas, apoyó las palmas de las manos en la puerta para mantenerse en pie, mientras Remington Ford hacía milagros de rodillas. Menuda boca. Aquella puñetera boca prodigiosa y perversa le estaba haciendo cosas en la oscuridad que lo estaban volviendo loco. Sintió la aspereza de su lengua y sus dientes arrastrándose sobre él. Y cuando lo agarró por la base de la erección y lo apretó con fuerza, supo que ya nunca volvería a ser el mismo.

—Quiero tocarte —murmuró Brick, con voz ronca y lujuriosa.

—Y lo harás, pero más tarde. Ahora es tu turno —dijo ella, antes de acariciarle el capullo con los labios, sacar la lengua y juguetear con la hendidura en la que ya se acumulaba la humedad.

Remi se la estaba chupando en un armario oscuro. Probablemente esa fuera una de sus fantasías. Probablemente algo así le había quitado el sueño alguna noche, después de una reunión familiar. De una cena más sentado enfrente de ella.

Ya no había vuelta atrás. No podía retroceder hasta antes de saber cómo era tenerla retorciéndose debajo de él, suplicándole que se lo diera todo. No podía retroceder hasta la época en la que no sabía lo que se sentía cuando ella se la chupaba. Si se marchaba, no volverían a pasar el día de Acción de Gracias ni las navidades juntos. No sería capaz de mirarla sin acordarse de aquello. Remi iba a acabar con él.

Y no podía evitar permitírselo.

Ella deslizó los labios sobre su polla y se la metió hasta el fondo de la garganta, provocándolo con caricias húmedas. Brick la visualizó de rodillas delante de él. Imaginó aquellos ojos verdes mirándolo con asombro mientras su miembro se hinchaba en su boca. Mientras sus pelotas se contraían contra él, ardiendo por dentro.

Remi se entregaba plenamente con su cuerpo, pero él deseaba más. Deseaba estar con ella para siempre.

Sin embargo, en ese instante, en ese preciso momento, lo estaba llevando al paraíso.

Brick clavó los dedos en la puerta de metal. Ya no podía aguantar más la necesidad de moverse. Agarró su maravilloso pelo con una mano para marcarle el ritmo. Unos gruñidos suaves le arañaron la garganta mientras aquel placer tan intenso lo abrasaba por dentro y por fuera. Un placer que se iba acumulando en su interior, en sus testículos. Las sacudidas eran tan violentas que casi resultaban insoportables.

Remi gimió y aquel sonido fue como acercar una cerilla a una botella de aguarrás. Él se encendió.

—Remington —susurró.

Ella agarró con más fuerza su miembro con ambas manos y se lo metió hasta el fondo. Una y otra vez, se lo introdujo en la boca hasta volverlo loco, hasta que lo único que existía para Brick era aquel placer delirante.

—Corazón, me voy a correr —murmuró—. Ni se te ocurra... Joder.

Ella no pensaba dejar que se apartara. Lo único que consiguió fue que lo succionara con más fuerza. Y cuando alejó una mano de la base de su erección para agarrarle los huevos, Brick perdió la cabeza.

El orgasmo se apoderó de él, recorriéndolo por entero. El primer chorro de semen que descargó en la boca de Remi lo abrasó por dentro y por fuera. Presa del pánico, buscó el interruptor de la luz y la encendió para poder mirar.

Ella lo estaba venerando de rodillas, como una diosa.

Brick se quedó sin respiración y hasta la última fibra muscular de su cuerpo se tensó mientras el placer, tan agudo como el dolor, lo apuñalaba. Una y otra vez, se sacudió en su boca, embistiéndola con movimientos arrítmicos de las caderas mientras Remi aceptaba todo lo que él podía darle, exprimiendo hasta la última gota, sin permitirle quedarse con nada.

Así era ella. Nunca se conformaba hasta tenerlo todo. Y, por una vez, él quería exigir lo mismo.

Incluso después de haberse corrido, incluso después de que ella lo hubiera dejado seco, siguió embistiéndola superficialmente, con avaricia.

Le daba vueltas la cabeza. Le temblaban los muslos por el esfuerzo de mantenerse en pie. Remi había sido creada para muchas cosas, y una de ellas era darle placer. Estaba convencido de ello.

Jadeando, Brick apoyó la frente en la puerta, haciendo un esfuerzo para no desplomarse sobre Remi. Para no decirle que la quería. Que siempre la había querido. Que ya nunca sería el mismo sin ella.

Remi le estaba acariciando los muslos. Calmando a la bestia después de haberla enfurecido.

—¿Estás bien? —le preguntó él bruscamente, al cabo de un buen rato—. ¿Te he hecho daño?

—¿Bien? —replicó, riéndose—. Estoy en el séptimo cielo después de haberle hecho temblar de esa forma las piernas al gran Brick Callan.

En realidad, llevaba años haciéndole temblar las piernas.

—Corazón, vas a acabar conmigo —susurró él.

Remi rozó con los labios la sensible punta de su miembro, aún medio duro, para darle un beso. Joder. ¿Cómo coño se suponía que iba a sobrevivir a aquello? Brick se dio cuenta de que todavía la estaba agarrando por el pelo y la soltó.

Incapaz de hacer otra cosa con su cuerpo, le acarició el cabello con la mano mientras ella volvía a guardarle la polla en los pantalones.

Por fin, él consiguió agacharse para ayudarla a levantarse.

—Esto ha sido... Eres... Estoy...

Ella le estrechó la cara entre las manos.

—Gracias por hacer esto por mis padres. Y por Kimber. Y por mí. Gracias por estar siempre ahí. Gracias por cuidarme tanto. Significa muchísimo para mí.

—Mmm. —Eso fue todo lo que Brick fue capaz de responder.

Remi le dio un beso en cada mejilla y otro en la boca.

—Nos vemos fuera, grandullón.

—Mmm.

Ella extendió la mano para abrir la puerta, pero Brick la agarró y la atrajo hacia sí.

—Espera.

Remi movió las caderas contra él, tentando a su polla medio empalmada con ese culo maravilloso.

—No creo que tengamos tiempo para otro asalto —bromeó.

—¿Puedo tocarte? Fuera, quiero decir. ¿Puedo cogerte de la mano? ¿Bailar contigo?

Remi se giró entre sus brazos para mirarlo, extrañada.

—Pues claro.

—Nunca hemos estado juntos en público. Ni delante de tus padres. —Necesitaba poder tocarla para que ambos recordaran que, mientras ella estuviera en aquella isla, le pertenecía.

—Todo el mundo sabe que estamos…, ya sabes. No es para tanto —dijo Remi, dándole unas palmaditas en el brazo como si intentara tranquilizarlo. «No es para tanto». Aquellas palabras se repitieron una y otra vez en su cabeza. «Que estamos…, ya sabes». Pues claro que era para tanto, y no, él no sabía nada, joder. Remi se estaba empeñando en mantener las distancias después de haberse puesto de rodillas para él. Después de que él se hubiera pasado una semana prácticamente sin dormir para organizar todo aquello para ella—. Pero no intentes averiguar por debajo de la mesa qué tipo de ropa interior llevo, si no quieres que nos deje en evidencia a ambos —dijo tan tranquila.

Parecía que Remi solo entendía un idioma. Brick la agarró por el pelo y la arrastró a la mesa plegable que hasta hacía una hora estaba enterrada bajo todas las cosas del catering.

—¡Brick! No tenemos tiempo —se quejó, excitada.

—No hagas ningún ruido —le advirtió Brick mientras la obligaba a inclinarse.

El vestido se le subió de forma indecente, causándole a Brick un arrebato de posesividad. Remi apretó los muslos, intentando aliviar parte de la presión. Él se la aliviaría. Y, de paso, le recordaría que lo que significaban el uno para el otro sí era para tanto.

Con impaciencia, Brick le separó los pies y le levantó el vestido. Le encantó oír el roce de las lentejuelas contra su piel, pero lo que más le gustó fue lo que vio. Remi llevaba puesto un tanga negro diminuto con unas tiras que se entrecruzaban por encima y alrededor de sus nalgas torneadas.

—Agárrate a la mesa —le ordenó.

Ella obedeció con todo el cuerpo temblando, anticipándose con impaciencia a lo que él estaba a punto de hacerle. Deseaba castigarla por restar importancia a lo que había entre ellos, pasearla por la pista de baile con la huella de su mano oculta bajo aquel vestido, pero lo que más deseaba era someterla por completo. Hacerla sentirse indefensa y excitada.

Con esa intención, se arrodilló detrás de ella. Enganchó con los dedos las delicadas tiras y le bajó las bragas por los muslos. Remi empezó a temblar mientras él comprobaba lo húmeda que estaba. Pero no había tiempo para adorarla. Solo para dominarla.

Brick se inclinó hacia adelante y acercó la lengua a la piel resbaladiza de su entrepierna. Ella gimió y él la recompensó agarrándole las nalgas y separándolas. Siguió devorándola, chupándole los labios y lamiéndola desde el clítoris hasta el ano una y otra vez, adelante y atrás, hasta que sintió que se contraía alrededor de la punta de su lengua.

—¡Brick! ¡Brick! —exclamó Remi, medio susurrando, medio gimiendo, causando un efecto directo sobre su polla.

Entonces él echó el brazo hacia atrás y lanzó rápidamente la mano hacia adelante, con fuerza. El sonoro azote y el suave jadeo de ella resonaron en la pequeña habitación, haciendo que le dolieran las pelotas. Volvió a centrar su atención en su sexo. Acarició con la lengua aquel apretado cúmulo de terminaciones nerviosas antes de introducirse en su interior. Quería devorarla. Quería bañarse en ella. Quería destrozarla. Siguió y siguió, hasta lograr que Remi se pusiera tan tensa que parecía a punto de romperse.

Se estremeció sobre su boca, pidiéndole más sin palabras. Y cuando él se dio cuenta de que estaba al límite, cuando supo que era el momento, hundió dos dedos en su estrecho canal. Remi se mordió el labio para intentar no hacer ruido mientras él la penetraba.

—Muy bien. Así me gusta —murmuró Brick, mientras presionaba con el pulgar el apretado anillo muscular de su hendidura.

Ella se levantó de la mesa con un grito ahogado cuando él se deslizó en su interior.

—¿Voy a tener que taparte la boca con la mano o puedo usarla para hacer que te corras? —le preguntó Brick al oído mientras metía y sacaba los dedos. Remi asintió en silencio—. Entonces pon las palmas sobre la mesa, Remington, y ábrete de piernas para mí. —Se sintió como un puto héroe cuando ella obedeció. Cuando se sometió, inclinándose hacia adelante y apretando su culo duro contra él.

Brick podría correrse otra vez perfectamente. Podría follarse aquel coño apretado y llegar al orgasmo mientras este se aferraba a él con voracidad, pero necesitaba guardarse algo. Necesitaba mantener una parte de sí mismo a salvo de la devastación.

Remi empezó a cabalgar sobre sus dedos, sacudiéndose contra él mientras la penetraba. Brick le pasó la mano que tenía libre por la parte delantera.

—Joder, corazón, estás empapada. ¿Es por habérmela chupado? ¿Hacer que me corra en tu boca te ha puesto cachonda? —Ella asintió, con un gemido—. No olvides quién es el que te pone así. —Brick le metió la mano entre las piernas para acariciar posesivamente su sexo—. No olvides a quién perteneces. Quién es el que hace que te corras. —Con las yemas de los dedos, acarició en círculos su clítoris hinchado. A Remi se le escapó un gemido estremecedor que lo llevó hasta los límites de la cordura. Incapaz de contenerse, frotó su erección contra el culo de ella mientras la follaba con los dedos—. Dilo, Remi. ¿A quién perteneces? ¿Quién hace que te corras?

Ella se retorció contra él, con los labios emborronados y los ojos cerrados, esperando que le diera placer. Aquella estampa tan cautivadora como obscena se completó cuando Remi se tensó alrededor de sus dedos.

—T-tú —susurró.

—Eso es, corazón. Apriétame. Córrete en mi mano.

Remi entreabrió los labios y su cuerpo se puso rígido pegado al de Brick. Este siguió embistiéndola con los dedos, mientras mantenía la polla pegada a la suave curva de su culo. Siguió frotándole el clítoris en círculos pequeños y lujuriosos mientras ella se corría, apretándolo, aferrándose a él, soltándolo, relajándose. Finalmente, se desplomó sobre los codos y se tapó la boca con la mano, jadeando y capeando aquel orgasmo devastador. Confiaba en él para que le diera placer y para tomarlo con tanta violencia. Confiaba en él para que la protegiera, pero no era suficiente. Brick lo quería todo. Esperó a que ella acabara, quedándose débil y temblorosa, antes de apartarse. Antes de volver a colocarle cuidadosamente el tanga en su sitio. Dibujó con los dedos el contorno de la huella que le había dejado su azote, haciendo que a Remi se le pusiera la piel de gallina. Ella no hizo ademán de levantarse después de que él le colocara bien el vestido, deleitándose con su perverso triunfo. Ambos habían alcanzado el clímax y ambos habían perdido algo.

—La próxima vez que te plantees decirme que lo nuestro no es para tanto, o negarte a reconocer que estamos juntos, acuérdate de esto —le advirtió Brick, muy serio, antes de salir por la puerta.

39

Remi se llevó las manos a las mejillas enrojecidas y observó encantada cómo sus padres pasaban a su lado bailando una canción de la Zac Brown Band. En algún momento de los treinta y cinco años que llevaban juntos debían de haber ido a clases de baile, porque prácticamente se deslizaban por la pista con una sincronía perfecta.

Darlene y Gilbert Ford se entendían fenomenal. Aunque eran muy diferentes, se las arreglaban para estar en sintonía.

Kimber y Kyle estaban en una mesa, evitando el contacto visual.

Y Brick, con aquella corbata tan sexy, estaba a la vez en todas partes. Pendiente de la comida, reponiendo platos y, básicamente, tratando de controlar el caos. Y lanzándole miradas que le hacían temblar las piernas. Obviamente, estaba enfadado. Lo que ya no era tan obvio era el porqué. Sobre todo teniendo en cuenta que a Remi le había parecido que estaba fenomenal hacía un momento, entre un orgasmo y el otro.

Pero aunque estuviera cabreado con ella, seguía al pie del cañón para garantizar que sus padres tuvieran la mejor fiesta sorpresa de aniversario improvisada posible.

Qué bueno era. Siempre tan fiable y leal.

Al igual que su padre, Brick Callan siempre estaría ahí.

Pero no se estaba entregando por completo. Y ella tampoco. Y lo que era peor, dudaba que alguno de los dos estuviera dispuesto a jugárselo todo.

A ella le gustaba dejarse llevar. Estar abierta a todo tipo de posibilidades. No era de las que se ataban a nada. Y tener una relación con Brick supondría eso exactamente. Al menos una de verdad. No es que él fuera a cogerla y a atarla a la pata de la cama, pero ¿no se sentiría obligada a ser más como él quería y menos como quería ella?

¿Y qué había de todas las veces que la había rechazado? Que en las últimas semanas hubieran llegado más lejos que nunca no significaba que no quedara todavía mucho camino por andar. No significaba que él quisiera quedarse con ella. Era demasiado alborotadora, demasiado intensa, demasiado caótica. Eso era lo que le había mantenido alejado durante catorce años.

El sexo no podía facilitar las cosas por arte de magia.

Sus padres eran como unicornios, pensó Remi, mientras Darlene daba vueltas con un vestido negro corto que le permitía lucir sus largas piernas. Llevaba puestos los únicos zapatos de vestir que tenía y con ellos medía lo mismo que su marido.

Parecían encantados. Básicamente, irradiaban felicidad.

Y luego estaban Kimber y Kyle, que llevaban apenas doce años casados y habían pasado de tener un noviazgo fogoso y apasionado en el instituto a convertirse en compañeros de piso incapaces de transmitirse sus necesidades más básicas.

Esa era la realidad en la mayor parte de las relaciones que veía Remi. La gente no era feliz. De hecho, la mayoría se separaba.

¿Qué pasaría cuando ya no estuviera con Brick? ¿Seguiría considerando que Mackinac era su hogar? ¿O evitaría la isla todavía más de lo que lo había hecho después de que él se casara?

Con su mejor amiga, por cierto. Todavía no habían hablado de eso. No era un tema de conversación para amigos con derecho a roce o amantes ocasionales. Además, Remi no tenía muy claro que le fueran a gustar sus respuestas.

La Audrey que Remi recordaba del instituto era guapa, inteligente y tranquila. Nunca había visto saltar chispas entre su mejor amiga y el chico que le gustaba. Las chispas estaban reservadas para Remi y Brick. Sin embargo, él había elegido a Audrey y se había casado con ella. Con la responsable. Con la dócil. Con la fácil de amar.

Recordó el dolor que había sentido, aquella devastación absoluta. La habían invitado a la boda y, de hecho, había vuelto a Mackinac con intención de ir. De demostrarle a Brick que su corazón ya no le pertenecía. Pero, llegado el momento, no había sido capaz de hacerlo. No había podido soportar verlo comprometerse con otra mujer.

Así que había fingido que estaba enferma y se había autoconvencido de que aquello solo eran los restos de un absurdo amor adolescente. Había aparentado estar más dolida porque Audrey no le hubiera contado siquiera que estaban saliendo. Su amistad se había desvanecido entre el final del instituto y el principio de la universidad. Había llegado un punto en el que Audrey y Brick eran dos extraños para ella, con unas vidas que no tenían nada que ver con la suya.

Miró a Brick, que estaba remangado cambiando una bandeja de carne de cerdo deshilachada vacía por otra llena, el plato favorito de su padre.

Era cuidador y protector por naturaleza. No era de los que se dejaban llevar por la vida, cambiaban de tercio y seguían adelante. Era un monolito de piedra inalterable. Y, tarde o temprano, acabaría rompiéndole de nuevo el corazón. Solo que esa vez sería peor.

¿Cómo iba a sobrevivir? ¿Cómo iba a poder verlo al otro lado de la mesa en el comedor de sus padres, sin recordar las promesas obscenas que le susurraba al oído mientras su cuerpo elevaba al suyo a otro nivel?

Aquello no podía funcionar. Estaba destinado a acabar como el rosario de la aurora. Puede que por eso Brick hubiera luchado con tanta valentía contra la atracción que sentía por ella. Puede que él siempre hubiera sido consciente del daño que podían hacerse, mientras ella todavía estaba empezando a darse cuenta de la realidad.

Kyle estaba concentrado en el móvil, moviendo con rapidez los pulgares sobre la pantalla, mientras su mujer bailaba con Ken. Hadley e Ian se estaban zampando los trozos de tarta abandonados por sus padres.

Cualquiera se marchitaría y moriría con aquel tipo de vida, pensó Remi. Aunque él quisiera que se quedara, aunque ella lo diera todo, no había garantía de que no acabaran en una situación similar. Y cuando lo suyo terminara, todo habría cambiado.

—Creo que te vendrá bien esto —dijo Darius, apareciendo a su lado con un cóctel espumoso de color naranja.

—¿A mí?

—Pues sí. Estás más pálida que un muñeco de nieve. ¿Qué te pasa? ¿Es por el asma?

—No, no es por el asma. —Era porque su puñetero corazón estaba a punto de hacerse añicos por culpa del mismo hombre por tercera vez—. ¿Cuándo va a dejar la gente de tratarme como a una enferma?

—¿Tal vez cuando dejes de tener esos ojos de princesa Disney y ese aspecto frágil?

—Por favor. No digas chorradas.

Él le dio un codazo en el hombro.

—¿Para qué perder el tiempo discutiendo, cuando hay una pista de baile suplicando que la arrasemos?

Remi se bebió la copa de un trago e hizo lo que mejor se le daba: olvidarse de todo salvo del presente.

—Vamos a demostrarles de lo que somos capaces.

Tras unas cuantas vueltas impetuosas por la pista, Darius la dejó en brazos de su cuñado y volvió a la barra.

—Hola —dijo Remi.

—Hola también a ti. —El apodo de Kyle Olson cuando Kimber lo había conocido era «el Guapito de Cara». Y seguía yéndole como anillo al dedo. Llevaba el cabello rubio escrupulosamente peinado, se ponía trajes oscuros con corbatas estrechas y tenía una sonrisa cautivadora con la que deslumbraba al jurado y que, una vez, incluso había funcionado con su hermana.

Brick pasó junto a ellos y la fulminó con una mirada abrasadora que la hizo sentir como si su vestido estuviera en llamas.

—¿Qué tal la novela de tu amiga? —le preguntó Kyle.

Remi perdió el ritmo y le dio un pisotón.

—¿Qué? ¡Ah, bien! Muy bien.

—Me preocupaba que te hubieras metido en algún lío. —Kyle era abogado procesalista. Tenía un radar para las trolas más sensible de lo habitual.

—Hablando de preocupaciones —dijo Remi, ignorando aquella pregunta indirecta—. ¿Qué os pasa a mi hermana y a ti?

Él apretó la mandíbula.

—Ojalá lo supiera.

—Pues ya lo estás solucionando —replicó ella con firmeza. Con lo enamorados que habían estado. La idea de que todo pudiera desaparecer sin más era descorazonadora.

—Lo haría si supiera cuál es el problema. Cada vez que le pregunto, se cierra en banda.

—¿Se lo preguntas como un marido superencantador que se preocupa por ella y quiere que sea feliz o como si fuera una testigo hostil sometida a un contrainterrogatorio?

Él esbozó una sonrisa forzada.

—¿Hay alguna diferencia?

—Muy gracioso. Pero va en serio.

—Señoras y señores, ha llegado el momento de ponernos un poco nostálgicos —dijo Kimber por el micrófono de la cabina del DJ.

Darlene se acomodó en el regazo de Gil, cada uno con una copa de champán, y llamó a Remi con la mano para que se sentara junto a ellos.

—Ven aquí, Brick. Únete a la familia —dijo Darlene, haciéndole señas.

Remi sintió un hormigueo por todo el cuerpo mientras él tomaba asiento detrás de ella.

Cuando apagaron las luces, Brick tiró de su silla hacia atrás para encajarla entre sus largas piernas. Empezó a acariciarle posesivamente la nuca con una mano cálida y áspera que le hizo relajarse. Su tacto era como una droga que tenía la capacidad tanto de calmarla como de excitarla.

«Kiss», de Prince, empezó a sonar por los altavoces, dando lugar a una delicada neblina de tonos amarillos y anaranjados que solo Remi podía ver. Los colores de la felicidad.

El público «admiró» las fotos de los inicios de la relación de Darlene y Gil. Peinados ochenteros. Vaqueros rotos. Laca para el pelo. Se les veía tan jóvenes y llenos de ilusión…

La joven Darlene miraba al flaco y desgarbado Gilbert como si fuera la octava maravilla del mundo.

Las imágenes fueron ilustrando una línea temporal llena de amor y risas. Toda una vida de felicidad, a los ojos de Remi. Claro que era un compendio de los mejores momentos. También había habido peleas y frustraciones. Noches sin dormir con niñas vomitando y largas conversaciones sobre disciplina. Facturas que pagar y padres a los que llorar. Momentos difíciles e incertidumbre. Pero se habían comprometido a evolucionar y a cambiar juntos.

Se le llenaron los ojos de lágrimas al ver a la parejita feliz contemplando a Kimber de recién nacida, que dormía plácidamente mientras sus padres la miraban con devoción. Habían creado una familia.

Y allí estaba Darlene, embarazada, trabajando en su mesa de la comisaría. Y Gilbert con un bigote enorme y unos pantalones de pana a cuadros. Brick agarró a Remi un pelín más fuerte al ver la siguiente foto. En ella se veía a un bebé diminuto, pelirrojo y con la cara colorada, inmortalizado en pleno berrinche.

Le habían hecho un sitio. La habían querido tanto como ella a ellos, a pesar de que fuera diferente. A pesar de sus excesos y de sus defectos.

¿Era posible tener una vida como esa? ¿Sería ella capaz de construir una?

Echó la mano hacia atrás y la apoyó en el muslo duro como una roca de Brick para asegurarse de que seguía allí.

Entonces empezó a sonar «Cherish», de Kool and the Gang, y los colores que veía cambiaron en consecuencia a unos tonos morados y azules.

Delicadamente, Brick entrelazó sus dedos con los de ella y le apretó la mano, uniéndolos pese a aquel enfado inexplicable, pese a la confusión de Remi y sus temores, en un gesto auténtico e ineludible.

Lo que él no había compartido con ella había creado un abismo que los separaba. Pero los momentos compartidos de intimidad y vulnerabilidad eran el puente que los unía.

Remi se sentía eufórica, sentada con él en la oscuridad. Era como si todo su ser estuviera conectado al de él. Como si aquellos hombros anchos y aquel pecho enorme fueran el hogar que había estado buscando. Como si Brick fuera una luz en la oscuridad, una especie de faro.

El deseo de que la tocara incluso entonces, cuando estaban rodeados de familiares y amigos, era abrumador. Hasta ese momento, que la cogieran de la mano nunca le había resultado erótico. Nunca le había parecido nada más que un flirteo. Pero en aquel momento adquirió la importancia del secreto que compartían, de los secretos que él guardaba. Remi sintió la fuerza inquebrantable de su mano y se dio cuenta de que su cuerpo le pertenecía, aunque su corazón y su mente no quisieran reconocerlo.

Necesitaban hablar. Necesitaban aclarar las cosas. Necesitaban recordar de dónde venían y hacia dónde se dirigían.

Brick le acarició el pulgar con el suyo, mientras en la pantalla se veía a las dos hermanas de adolescentes con sus padres. Y entonces apareció él. Debía de ser uno de sus primeros días en la isla. Estaba de pie en la cocina de los Ford, con el sombrero de vaquero puesto, observando en silencio. Era jovencísimo. Y tenía los hombros encorvados por la tristeza. La Remi de dieciséis años estaba frente a él, con la cabeza inclinada hacia atrás. Le sonreía con suficiencia, como diciendo: «Ya eres mío. He ganado». Siempre lo había amado.

Aquella realidad la atravesó como una flecha. Había querido a Brick Callan desde el primer momento y él le había roto el corazón dos veces. ¿Cómo podía ser tan masoquista como para volver de nuevo a por más?

Le entraron ganas de largarse. De salir de aquella carpa y alejarse de todo el mundo. De poner música, coger un pincel y perderse en sus sentimientos. Necesitaba exorcizar sobre un lienzo lo que sentía, para darle sentido. ¿Cómo podía querer a un hombre en el que no confiaba?

¿Cómo podía estar segura de que no volvería a hacerle daño? Sabía que la protegería, de eso no le cabía duda. Brick daría su vida por ella. Pero ¿sería capaz de compartirla?

Remi intentó soltarse, aturdida, pero Brick la retuvo agarrándola con tal fuerza que le hizo sentir la necesidad de huir y de quedarse al mismo tiempo.

Siguió rozándole el pulgar con el suyo de forma rítmica e insistente.

Las imágenes se sucedían en la pantalla. Navidades, cumpleaños, los 4 de Julio. Todos se hacían mayores. La casa cambió. El pueblo cambió.

Remi trató de concentrarse en el pase de diapositivas y en los colores generados por la música, que subían flotando hasta los picos de la carpa y se abrían paso entre la gente que estaba allí reunida para participar en la celebración.

—¿Qué colores ves? —le susurró Brick al oído, con voz grave. Cuando sus labios le rozaron el lóbulo de la oreja, Remi se estremeció sin querer.

—Veo una especie de nubes de humo verdes y azules —musitó ella. Se moría de ganas de estar entre sus brazos, a pesar de la revelación que acababa de tener.

Remi lo miró, pero él tenía los ojos clavados en la pantalla. Observó su mandíbula fuerte, aquella barba perfectamente recortada, sus patas de gallo y la expresión firme de su boca.

De repente, él le apretó la mano y Remi sintió que se ponía tenso a su lado. Echó un vistazo a la sala en busca de la amenaza, hasta que vio la foto de la pantalla.

Allí estaba Brick, con aspecto elegante y seguro, el día de su boda. Y Audrey, despampanante con un vestido de encaje blanco, sonriéndole. Darlene y Gil estaban posando con ellos en el altar, como si fueran parte de la familia.

Entonces Remi recordó por qué aquello no iba a funcionar. Él ya había elegido a alguien y no había sido a ella.

40

Remi se planteó seriamente ignorarlo cuando llamó a la puerta, pero recordó el incidente de la ducha y cambió de opinión.

—Te has escapado —le espetó Brick, entrando sin esperar ninguna invitación. Remi se había cambiado y se había puesto una sudadera enorme con capucha y unos calcetines hasta la rodilla, pero él seguía vestido de gala, con los pantalones oscuros de traje y la corbata.

—De eso nada. He vuelto andando a casa tranquilamente —mintió. En cuanto la fiesta había terminado, había ayudado a recoger un par de cosas y se había escabullido echando a correr como una loca, hasta que había resbalado sobre una placa de hielo y había estado a punto de romperse la crisma contra una valla.

—Te has escapado. Y eso después de haber estado pasando de mí.

—¿Hacerte una mamada es pasar de…?

—No —le soltó Brick. El fuego glacial de su furia se reflejaba en su mirada y en su postura. Estaba agazapado y a punto de saltar.

—No, ¿qué? —replicó ella.

—No intentes reducir a eso lo que hay entre nosotros.

—Perdona —dijo Remi, en un tono rebosante de sarcasmo—. No me había dado cuenta de que chuparte la polla…

De repente se encontró acorralada contra la pared, con un hombre enorme y furioso delante de ella. Aunque la estaba agarrando con delicadeza, todo su cuerpo vibraba de rabia. Curiosamente, a Remi le puso cachonda que se estuviera conteniendo.

—No. Vamos a hablar de esto sin rodeos ni distracciones. Vamos a sacarlo fuera.

Cuando él la miraba así, la hacía sentirse el centro de su universo. Como si solo importara lo que había entre ellos. Pero eso no era verdad.

—¿Quieres hablar? —Brick asintió lentamente, enseñando los dientes—. Eso sí que es una novedad. —A Remi le tembló la voz mientras él se acercaba y respiraba profunda y lujuriosamente sobre su cuello.

—Si me paso todo el puto día hablando —replicó Brick.

—Muy bien. Pues empieza —dijo ella, tratando de huir por debajo su brazo. Pero él se lo impidió agarrándola por la mandíbula y sujetándola suavemente por el cuello.

—¿Sabes cómo me siento al estar tan cerca de ti y no poder tocarte como quisiera? —susurró con voz trémula. Remi se quedó muda y negó con la cabeza—. Es una puta tortura. Conocer el tacto de tu piel y tu sabor, pero tener que esperar a que estemos solos para poder tocarte es el infierno elevado a la enésima potencia. —Brick le acarició el hombro y el escote con la mano con la que le estaba sujetando el cuello y la posó sobre uno de sus pechos. Remi inhaló bruscamente y su cuerpo se entregó a él, sucumbiendo y rindiéndose. Pero entonces la mano desapareció y Brick golpeó con un gruñido la pared, por encima de su cabeza—. No puedo seguir haciendo esto, Remi.

El pánico inundó su pecho. Brick iba a hacer justamente lo que se temía. Debería haber sido ella la que pusiera fin a aquello. Debería haberse ahorrado la agonía de… eso. Debería haber sido ella la que se retirara. Pero él se le había adelantado una vez más.

—Pues no lo hagas —le espetó Remi. La ira y el miedo se arremolinaron en su interior, haciéndole ver el mundo con nitidez. Las fosas nasales hinchadas de Brick. Sus labios entreabiertos. El fuego de sus ojos, que amenazaba con reducirla a cenizas.

—No puedo evitarlo —reconoció él—. Sé cómo va a acabar esto y aun así no puedo evitar querer más.

—¿Cómo que más?

Remi sentía su respiración agitada y caliente en la cara.

—Esta noche he visto lo que tienen tus padres. Lo que han tenido durante décadas. Una vida juntos. Una alianza.

¿Qué estaba diciendo? Remi empezaba a tener dificultades para tomar aire. Su respiración era como un silbido superficial.

Él la soltó, maldiciendo. Ella se desplomó contra la pared. Brick localizó su bolso sobre la mesa, lo abrió y sacó el inhalador.

—No lo necesito —le aseguró Remi, mientras se lo daba.

—Pues demuéstramelo y respira de una puta vez.

—Dios, me sacas de quicio.

—Lo mismo digo, encanto. Me sacas de quicio, me pones a cien y me dejas con ganas de algo que nunca debería haber tenido.

—¿Por qué te casaste con Audrey? —Su pregunta restalló en el aire como un látigo, antes de que se hiciera un silencio sepulcral. Brick apretó los labios, manteniendo las respuestas a buen recaudo en su cámara acorazada—. ¿Qué? ¿No querías hablar? Pues vamos a hacerlo. ¿Por qué te casaste con Audrey? ¿Por qué la elegiste a ella en vez de a mí?

Brick continuó guardando silencio con obstinación.

Remi le dio un empujón en el pecho, pero no logró moverlo ni un milímetro.

En algún lugar de su mente, registró lo mucho que aquello pareció gustarles a ambos.

—Porque no podía tenerte —murmuró él.

—¿Por qué coño no ibas a poder tenerme, Brick? Sabías perfectamente que yo te quería.

Una vez más, Remi se topó con un muro de silencio. Pero esa vez no parecía tan pertinaz. Brick tenía dentro una energía que necesitaba exteriorizar. Unas palabras que deseaban proclamar su verdad.

—¿Me querías? —preguntó.

—Pues claro. Yo te quería y elegiste a mi mejor amiga en vez de a mí. ¿Por qué?

—¡Porque no podía tenerte, joder!

—¿Qué quieres decir con eso? ¿Por qué no? Audrey tenía

mi edad, así que no era porque fuera demasiado joven. Mis padres te adoran desde que te conocieron. Yo me moría por estar contigo y tú no hacías más que rechazarme. —La voz de Remi se quebró junto con el dique que había estado conteniendo sus emociones durante demasiado tiempo. Brick empezó a temblar pegado a ella y se dio cuenta de que algo estaba a punto de ocurrir—. Me rechazaste una y otra vez —susurró—. Te inventaste razones que ambos sabemos que no eran más que excusas. Y elegiste a otra persona. Y cuando por fin permites que empecemos a explorar lo que hay entre nosotros, me echas un par de polvos y me dices que ya no lo soportas más. ¿Qué quieres de mí, Brick? ¿Estoy aquí simplemente porque no está Audrey?

—Me casé con Audrey para no poder tener ninguna oportunidad contigo.

Remi se sentía asqueada, mareada, devastada. Y en algún rincón oscuro y perverso de su mente, una vocecita le soltó: «Te lo dije».

—¿Por qué? —preguntó, haciendo un esfuerzo monumental para pronunciar aquellas palabras.

—¡Me cago en la puta, no soporto que me mires así! —exclamó Brick.

—¿Cómo? —preguntó Remi. Una lágrima se le escapó por el rabillo del ojo y rodó por su mejilla.

—Como si te acabara de joder la vida.

Ella se rio con ironía.

—No eres el primer hombre que lo intenta —bromeó, limpiándose la mejilla con la manga de la sudadera.

—No bromees con eso —le advirtió Brick, poniéndola de cara a la pared. Remi se apoyó en el panel de yeso y odió a su cuerpo por pedir lo que quería. Inclinó las nalgas hacia atrás, ofreciéndose a él.

Brick bajó la mano para agarrarle el trasero.

—¿Ves lo que está pasando? No puedo controlarme contigo. Nunca he podido. —Como para enfatizar sus palabras, recorrió con los dedos la hendidura que había entre sus nalgas hasta encontrar el fino hilo del tanga.

—¡Si llevas toda la vida controlándote!

—Llevo años al borde del abismo, Remi. Ya no puedo más.

Cada vez que me haces perseguirte, pierdo un poco más de fuerza de voluntad. Ahora mismo, mientras estoy aquí de pie diciendo las cosas que debería haberte dicho hace años, lo único que quiero hacer es levantarte el jersey. Quiero acariciarte. Quiero oír el sonido de mi mano contra tu piel. Quiero dejarte el culo marcado. Quiero oírte decir que sientes haberme hecho perseguirte con esa vocecita insinuante que pones cuando sabes que estoy a punto de follarte.

A Remi le temblaba todo el cuerpo, atrapada entre la pared y aquel hombre. Y cuando él se agachó a su espalda, introdujo las cálidas yemas de los dedos bajo su sudadera y se la levantó, dejó escapar un gemido quebrado. Brick sujetó la parte de abajo del jersey sobre su espalda con una mano y acarició con la otra la piel que dejaba a la vista el tanga.

—No puedo dejar de pensar en ti, Remington. Lo mejor de este mundo es que tú formas parte de él. Pero no puedo tener lo que quiero. —Ella percibió la agonía de su voz.

—¡Eso no tiene ningún sentido! ¿Tan terrible te parece la idea de estar conmigo?

—¡Pues sí, porque no sobreviviría! Porque si tuviera la suerte de atraparte, acabarías dándote cuenta...

—¿De qué?

—De que no te merezco. De que no soy lo suficientemente bueno para ti. De que lo único que puedo ofrecerte es protección y sexo. —Remi jadeó cuando él posó una mano sobre su cuerpo y apretó—. Esas son las únicas razones por las que acudes a mí —susurró—. La única razón por la que estás aquí aguantando esto es porque lo deseas casi tanto como yo deseo dártelo.

—¿Y eso qué tiene de malo?

—Nada, siempre que haya algo más —murmuró él, acariciando sus curvas con las yemas de los dedos.

—¿Qué más quieres de mí? —Remi volvió a arquear la espalda, sacando el trasero a modo de invitación.

—Eres todos mis sueños convertidos en una pesadilla. Lo único que estás dispuesta a darme es tu cuerpo, y eso no me basta.

—¿Me estás diciendo que te estoy utilizando?

—Te estoy diciendo que me siento utilizado. Y que me odio por seguir deseándote. Por querer que eso sea suficiente. —Brick acercó la espalda de Remi hacia sus muslos y, doblando las rodillas, introdujo su erección entre sus piernas para embestirla lujuriosamente, como si la ropa no se interpusiera entre ellos—. Me odio por querer follarte así ahora mismo, aun sabiendo que no significa lo mismo para ti.

—¡Eso no lo sabes! —gritó Remi—. A mí no me hagas cargar con la mochila de tus padres. Es cierto que fueron unos cabrones, pero tú no tuviste la culpa. Y las decisiones que tomas ahora son exclusivamente tuyas. A mí no me metas en el mismo saco que ellos. ¡Podías haberme tenido! ¡Podía haberte querido! ¡Podía haber sido lo mejor que te hubiera pasado en la vida!

—Sí, hasta que te hartaras. Hasta que estuvieras lista para una nueva aventura, irte a una nueva ciudad. —Brick se enrolló la coleta de Remi en la mano y tiró de ella—. Estás impresionante. Cuando llegaste esta noche, casi me da un puto infarto. Todavía no me he recuperado. No pareces tú. No pareces la chica que hundió mi puñetera moto de nieve, ni la que llora cada vez que ve *El padre de la novia*. Pareces Alessandra Ballard.

—Soy Alessandra Ballard. Y también Remi Ford. Son la misma persona, joder. Yo soy las dos.

—Quieres cosas que yo no puedo darte. Nunca sería feliz viviendo en una ciudad, rodeado de extraños. No quiero arreglarme todas las noches y salir para llamar la atención. —Brick estaba excitadísimo, tanto que el hecho de sentirlo pegado a ella hacía que su sexo palpitara de deseo—. Por eso intenté ser feliz por mi cuenta. Elegí a una buena chica que no me intimidara. Que no me exigiera demasiado. Que me asegurara que nunca más tendría una oportunidad contigo.

Las verdades dolían de narices.

—¿Por qué? —preguntó Remi, mientras Brick enredaba los dedos en su pelo y frotaba las caderas contra ella.

—Porque te quiero. Siempre te he querido —reconoció, con voz temblorosa—. Porque no sé cómo voy a sobrevivir cuando te vayas. —Ella se quedó inmóvil—. Porque tu intención siempre ha sido largarte. Aún sigue siéndolo —le susurró Brick al oído—. Incluso después de lo que hemos descubierto al estar juntos. Te subirás a un avión, a un ferry o a una puñetera moto de nieve y me dejarás tirado. Tú quieres vivir a lo grande. Quieres aventuras, novedades. Quieres ser importante. ¿Cómo vas a conseguir todo eso desde aquí? —Igual que su madre. Aquello le atravesó el corazón como la punta afilada de un rayo—. No te juzgo por ello —le aseguró Brick, acariciándole el cuello con los labios mientras su barba le rozaba la piel—. Quiero que la gente vea tus creaciones y se sienta fascinada por ellas, igual que tú me fascinas a mí. Pero este es mi hogar. Es el único lugar en el que me siento en casa. Tú me lo regalaste y eres la única que tiene el poder de quitármelo. Porque, si me lo permitieras, te seguiría. Iría contigo, aunque ni siquiera me lo vas a pedir. Te quedarás aquí hasta que meta a Vorhees en la cárcel y luego te irás. —Las lágrimas rodaron silenciosamente por las mejillas de Remi mientras lo asimilaba todo. Brick Callan la amaba. Y, al mismo tiempo, la temía—. ¿Quieres saber por qué me casé con Audrey? Más bien deberías preguntar por qué nos divorciamos. Fue por ti. Tu nombre es la última palabra que susurro cada noche. Tu cara es la última que veo cuando cierro los ojos. Y no fui capaz de ocultárselo.

Remi dejó escapar un sollozo entrecortado antes de respirar hondo.

—Me importa una mierda. Que te den, Brick. Dejaste que pensara durante años que no era lo suficientemente buena para ti. Me hiciste daño a propósito solo para mantenerte a salvo.

—¿Y de qué me ha servido? Voy a irme a la cama todas las noches del resto de mi vida pensando en ti, ¿y dónde estarás tú, Remington? ¿Te acordarás siquiera de mí? Cada puta vez que te hago correrte, siento que te alejas más de mí. E incluso así, no puedo parar.

—¡Porque no quiero que vuelvas a hacerme daño! No podría soportar que volvieras a rechazarme. Y menos después de…

—¿Después de qué? ¿De habernos acostado? ¿Después de haber follado unas cuantas veces? Esa es la única razón por la que estoy aquí, ¿no? Porque te hago sentir bien. Por eso estás restregando el culo contra mi polla, ¿verdad?

Remi giró sobre sí misma y lanzó el puño al aire. Las hijas de Darlene Ford no pegaban bofetadas: te dejaban inconsciente. Brick esquivó el gancho con facilidad y la sujetó contra él con fuerza para que no pudiera darle un rodillazo en los huevos. Empezaron a forcejear y acabaron tirándose al suelo mutuamente. Cuando aterrizaron, Brick le sujetó las manos por encima de la cabeza, mientras ella se retorcía debajo de él.

Remi era consciente de que se estaban peleando, de que estaba furiosa con Brick, pero el hecho de estar allí clavada, inmovilizada por su cuerpo pesado, enturbió las cosas. Necesitaba más y él también. Movió las caderas, tanto invitándolo como desafiándolo.

Él apretó los dientes antes de besarle el cuello.

—Me odio a mí mismo por querer estar una última vez contigo. Por tener una última oportunidad para hacer que me necesites. Porque solo sirvo para eso, es todo lo que puedo ofrecerte: un lugar en el que sentirte segura. Una forma de sentirte bien. Pero no es suficiente —dijo mientras se desabrochaba el cinturón. Remi cogió aire y su pecho se hinchó—. Abre las piernas —le ordenó Brick.

Ella se rebeló y le mordió el labio inferior.

—Oblígame.

Pudo ver el brillo de excitación en sus ojos. La emoción de la línea que le estaba pidiendo que cruzara.

—Me estás dando la razón y sigo sin poder contenerme —le dijo Brick, haciendo palanca hacia arriba para sacarse la erección hinchada de los pantalones—. Sigo sin poder decirte que no.

A Remi le dolían las muñecas de soportar el peso de Brick, pero verlo propinar aquellas caricias tan brutales a su grueso miembro le hizo olvidarse del dolor, salvo por el trémulo vacío de las paredes de su interior.

—Abre las putas piernas, Remington. —Ella negó con la cabeza sobre el suelo, mordiéndose el labio. Él emitió un gruñido grave, como si estuviera sufriendo—. Si me paso de la raya, avísame y paro. —Remi se limitó a asentir. Una vez obtenido su consentimiento, él introdujo una rodilla entre sus muslos. Ella se resistió, apretando las piernas para impedírselo y disfrutando del indecente placer de estar inmovilizada. Pero no era rival para la fuerza bruta de Brick—. Esta será la última vez —murmuró la promesa entre dientes mientras sujetaba las caderas de Remi con las suyas.

Ella quería oponerse. Quería hacer que parara y ser ella la que se marchara. Quería demostrarle que estaba equivocado. Pero todo aquello quedó en un distante segundo plano frente al deseo que sentía. Necesitaba que él la dominara. Que la hiciera suya. Que la marcara. Esa era su prioridad.

Se revolvió contra él, tratando de zafarse sin demasiado entusiasmo, pero Brick se limitó a separarle los muslos y apartarle el tanga hacia un lado.

Clavando los talones en el suelo, ella intentó liberarse una vez más y comprobó encantada que él no pensaba ceder. La mano de Brick se estrelló contra la parte posterior de su muslo, propinándole un doloroso azote.

Sus miradas se cruzaron una fracción de segundo antes de que él se abalanzara sobre ella para hacerla suya.

—¡Brick!

Él no respondió a su grito de éxtasis. Simplemente empezó a entrar y salir de su apretado sexo, obligándola a recibir cada vez una mayor dosis de él, hasta introducir finalmente hasta el último centímetro de su polla en su interior. Sus cuerpos se empujaban sobre el suelo, raspándose.

Pero aun así, Brick no se detuvo.

Remi temblaba a su alrededor, a punto de correrse, y cada embestida magistral, cada empellón agresivo, la acercaba más al clímax.

Aquello no solucionaba nada. Solo servía para complicar más las cosas. Pero aun siendo consciente de ello, aun sabiendo que estaba reforzando el miedo de Brick, Remi no pudo evitar gritar su nombre mientras luchaban como dos huracanes tratando de imponerse el uno al otro.

Él la penetró con un ritmo salvaje que no encajaba en absoluto con el hombre comedido que era fuera del dormitorio. Estaba perdido dentro de ella y Remi solo tenía dos opciones: resistirse o sucumbir y perderse ella también.

—Mi chica —dijo Brick, enfatizando cada palabra con un empujón—. Mi Remi. Te quiero.

Un sollozo abandonó su pecho. Había algo verdaderamente hermoso y rotundo en la forma en la que la tocaba. Se le llenaron los ojos de lágrimas mientras Brick la penetraba hasta el fondo una y otra vez, como si fuera su misión castigarlos a ambos por su deseo. Aun estando enfadado con ella, aun queriendo dejarla, era incapaz de contenerse. Y aquello la excitaba. La hacía sentirse poderosa, deseada, codiciada. Con impaciencia, él enganchó las piernas de Remi a sus caderas para cambiar el ángulo de ataque. Seguía completamente vestido. Se revolcaron juntos por el suelo, compitiendo por obtener la recompensa prometida. Él le levantó el jersey, descubriéndole los pechos, y gimió mientras bajaba la cabeza para chuparle un pezón. Remi vio estrellas, fuegos artificiales y explosiones en su mirada, mientras la llevaba hacia la línea de meta.

—Córrete —le ordenó Brick, apretando los dientes. Unas gotas de sudor le perlaban la frente—. Dámelo, Remi. Dame lo que necesito una última vez.

Remi estaba suspendida entre el placer y el dolor cuando de pronto se precipitó hacia la oscuridad y estalló alrededor de Brick con un orgasmo de una devastación abrumadora. Él era su centro, el ancla que la ataba a aquel placer que amenazaba con hacerla naufragar.

Él gruñó de placer, hundiendo la cara en su cuello.

—Buena chica. Te quiero con toda mi puñetera alma.

Remi no era capaz de contestarle, ni de reaccionar. Así que hizo lo único que estaba en su mano: aferrarse a su pene. Él se tensó contra ella, con el aliento congelándose en sus pulmones y la energía estancándose en sus músculos. Ella sintió su liberación en lo más profundo de su ser, la descarga caliente que Brick arrojó a su interior, eyaculando en un éxtasis agónico. Aquello era un milagro. Una obra de arte. Una conexión que nunca podría deshacerse, por muy lejos que Remi huyera. Por más que él negara que esta existía. Estaban unidos para siempre por ese acto.

—¡Remington! —exclamó Brick. Todos los músculos de su cuerpo participaron en el estallido mientras él seguía expoliándola, maldiciéndola, adorándola y torturándola. Siguió follándosela mientras se vaciaba dentro de ella, en una liberación que parecía no tener fin—. Te quiero. Te quiero —susurraba una y otra vez.

Remi se aferró a él con fuerza, abrazándolo y resistiendo. Brick lo había vuelto a hacer. Acababa de volver a romperle el puto corazón. Pero esa vez era diferente. Esa vez ella sabía cuál era la verdad. Solo que no sabía qué hacer con ella.

Brick pensaba que lo estaba utilizando. Pensaba que desaparecería de su vida, como había hecho su madre. Eso la destrozaba y la indignaba. Varios minutos después, mientras Remi seguía en el suelo sumida en un caos de confusión y satisfacción física, él se puso en pie. Todavía estaba medio empalmado, una proeza que desafiaba a la biología.

—Cierra con llave cuando me vaya —dijo, mientras volvía a guardarse la polla en los pantalones.

—¿En serio? ¿Te vas?

—Ya te lo he dicho. Ha sido la última vez. Cierra la puta puerta, Remington.

Ella consiguió incorporarse y sentarse justo a tiempo para verlo salir por la puerta sin mirar atrás.

41

Dos noches más tarde, después de un largo examen de conciencia y de haber estado a punto de sufrir una crisis nerviosa, Remi subió los escalones del porche de la casa de Brick haciendo malabarismos con unas cuantas bolsas, además de con su orgullo. El foco del porche proyectaba una luz cálida que seguramente no tendría nada que ver con la actitud de su dueño.

Con el corazón en un puño y el estómago encogido por los nervios, Remi pulsó el timbre y esperó.

Oyó las fuertes pisadas de Brick acercándose a la entrada y suspiró. ¿Habrían roto? ¿Alguna vez habían estado juntos?

La puerta se abrió de golpe y Remi se topó con un armario empotrado de lo más mustio.

Parecía hecho polvo y agotado, como si no hubiera pegado ojo desde la pelea del sábado.

Al parecer, ese era el efecto que ella causaba en la gente.

Brick tenía el pelo revuelto, como si se lo hubiera estado despeinando con los dedos. Llevaba unos pantalones de chándal grises y una sudadera negra con capucha. Curiosamente, eso hizo que los pezones se le endurecieran. Pero Remi no estaba allí por sus pezones. Estaba allí por su corazón.

—¿Has venido a que te eche un polvo, Remi? —le soltó Brick.

La forma en la que se lo dijo y la tórrida mirada que acompañó a sus palabras le dejaron claro que no haría falta que lo convenciera para que reconsiderara su postura.

Su voz era cortante y le olía el aliento a bourbon. Aunque estaba completamente sobrio, porque él nunca se pasaba con la bebida. Brick nunca perdía el control, salvo cuando estaba con ella en la cama. Y ahora estaba pagando las consecuencias.

—No. He venido a prepararte la cena —anunció Remi, apartándolo e ignorando la forma en la que la sangre le empezó a hervir en las venas cuando Brick le rozó un brazo con el suyo. Él no se alejó para dejarle más espacio, quedándose allí plantado mientras Remi dejaba las bolsas en el suelo y se quitaba las botas y el abrigo.

—¿Qué...? —Brick se aclaró la garganta y volvió a intentarlo—. ¿Qué llevas puesto?

—Un pijama —respondió Remi, recogiendo del suelo su alijo para ir hacia la cocina—. He marinado un par de las pechugas de pollo que me diste. Espero que te guste la receta.

Él la siguió y la observó mientras empezaba a vaciar las bolsas.

—¿Qué pretendes, Remi? —le preguntó.

Ella se giró y lo miró a los ojos.

—Tener una cita contigo.

—¿Tener una cita conmigo?

Ella asintió.

—Voy a hacerte la cena y luego veremos una película.

Brick se quedó mirando cómo metía la cazuela en el horno y lo encendía. Magnus apareció y se enredó en los pies de Remi.

Ella levantó al gato y le dio un ruidoso beso en la cabeza.

—Hola, amiguito. También he traído algo para ti —dijo, sacando un juguete de una de las bolsas.

Con los ojos amarillos fuera de las órbitas, Magnus se abalanzó sobre el ratón de trapo.

Remi no podía mirar directamente a Brick, o se rompería en mil pedazos, se vendría abajo y saldría corriendo hacia la puerta, gritando.

—Solo serán un par de minutos —dijo, sonriendo—. ¿Por qué no vas poniendo Netflix? Podemos comer en el sofá, siempre que tu abuela no se entere.

Él se pasó una mano por la barba, pensativo.

Ella fingió no darse cuenta mientras ponía en marcha la lista de reproducción que había preparado para esa noche. Estaba decidida a darlo todo por esa relación, pasara lo que pasara. Si fracasaba, no sería por no haberlo intentado.

Él se le acercó por detrás y, aunque no llegó a tocarla, Remi sintió igualmente su presencia.

—Remi —susurró Brick.

Mierda. Aquel «Remi» sonaba a «tienes que irte», o puede que a «no quiero volver a estar cerca de ti nunca más».

Ella se dio la vuelta sonriendo alegremente, con la esperanza de confundirlo.

—¿Sí?

—¿A qué viene lo de la cita?

—Dijiste que solo te quería para follar.

Brick hizo una mueca y se pasó una mano por la barba, avergonzado.

—En realidad, no lo decía…

Remi levantó una mano.

—Era lo que sentías. No hablas mucho, pero, cuando lo haces, dices lo que de verdad está pasando ahí dentro, detrás de ese muro enorme de ladrillo. Te he escuchado. Y ahora te estoy demostrando que puedo hacerlo mejor. Que quiero algo más de ti que tu habilidad sobrenatural para hacerme llegar al orgasmo.

—¿Por qué quieres tener una cita conmigo? —le preguntó Brick, estupefacto. Qué mono era.

Un trozo del corazón romántico de Remi se desprendió y los pedacitos se hicieron polvo.

—Porque me importas, Brick. No solo me interesa tu polla o la cantidad de formas en las que eres capaz de hacer que me corra. Hace mucho tiempo que eres una parte importante de mi vida. Y siento haberte hecho olvidar lo mucho que significas para mí —le soltó de carrerilla.

—Entonces, ¿estamos saliendo? —le preguntó él, muy serio.

Remi asintió. Brick no podía decidir romper con ella antes de que ella decidiera que estaban saliendo. Si estaba dispuesto a darle la patada, tendría que hacerlo después de que le demostrara lo buena novia que podía llegar a ser. Se iba a cagar.

—Sí, estamos saliendo —afirmó Remi—. Eres importante

para mí y siento haberte hecho dudarlo siquiera por un segundo. Y tú sientes haber pensado que te estaba utilizando.

Brick asintió lentamente, esbozando una sonrisa.

—Lo siento —dijo, acercándose más a ella.

Remi levantó las manos para frenarlo antes de que la tocara.

—Una cosita más.

Él respiró hondo, preparándose.

—¿Qué?

—No vamos a volver a acostarnos hasta que te haya demostrado que me tomo en serio lo nuestro.

Brick arqueó las cejas.

—¿Ahora tenemos una relación platónica?

—Más bien de amigos sin derecho a roce. El sexo estaba liando las cosas. —En realidad se había convertido en el centro de todo—. Vamos a empezar de nuevo y a darle a esto una oportunidad de verdad. Así que nada de orgasmos hasta que tengas claro que tengo interés en algo más que en ciertas partes de tu cuerpo.

—¿Por qué tengo la sensación de que me estás castigando?

—Pues no es así —le aseguró ella, poniéndole una mano sobre el pecho y disfrutando al sentir el latido de su corazón. Brick estaba muy tranquilo por fuera, pero por dentro era otra historia—. Has dicho cosas…

—¿Cosas como que te quiero? —Brick le colocó un mechón suelto de pelo detrás de la oreja y ella se estremeció cuando la tocó.

—Cosas que me han hecho pararme a pensar —reconoció—. Cosas que me asustaron. Y en el fondo sigo esperándome que cambies de opinión y me dejes plantada. Pero, aun así, pienso darlo todo hasta el amargo final.

—Entonces aprovecharemos este paréntesis para que tú me convenzas de que quieres algo más que sexo y para que yo te convenza a ti de que esta vez no pienso irme a ninguna parte.

El corazón le dio un vuelco al oírle pronunciar aquellas palabras.

—Nada de sexo —le recordó Remi.

—Nada de sexo —aceptó él, levantando una ceja.

Ella le dio un empujoncito.

—¿Por qué no vas a por una botella de vino mientras yo preparo la cena?

Remi esperó a que saliera de la cocina antes de derrumbarse sobre la encimera.

Sabía cómo seducir y divertir a la gente. Sabía cómo fascinarla y deslumbrarla. Era perfectamente capaz de conquistar a Brick. ¿O no? Mientras no le quitara los pantalones, podría concentrarse en el objetivo: hacer que Brick Callan se diera cuenta de que era más que suficiente para ella.

No podía ser tan difícil evitar acostarse con un hombre con el que no se había acostado en catorce años.

El muy hijo de puta volvió tan sexy como siempre, con una botella de vino y una sonrisa burlona. Le enseñó la etiqueta y ella vio que era uno de sus favoritos. Por supuesto, el hombre que la abastecía de macarrones con queso Kraft también tenía su vino preferido.

La necesidad de treparle como si fuera un árbol cobró vida entre sus muslos.

Pero lo que vio en aquellos ojos azules la retuvo. Esperanza. Estaba esperanzado.

Remi se dio la vuelta y tragó saliva. Brick le ponía las emociones tan a flor de piel que le temblaban las manos.

Él la observó en silencio mientras buscaba un sacacorchos y abría la botella. Mientras ella se ocupaba de la ensalada, sirvió dos copas y le ofreció una.

Los dedos de ambos se enredaron sobre el tallo y a Remi se le aceleró el pulso. Le atraía todo de aquel hombre. Pero esa vez no se iba a lanzar. Iba a tomárselo con calma. Magnus entró corriendo en la cocina y el ratón que tenía en la boca le proporcionó la distracción necesaria para apartar los dedos y la copa.

—¿Qué vamos a ver? —le preguntó Brick, mirándola. Una sonrisa fugaz se dibujó en sus labios despiadados. Él sabía que estaba nerviosa y ella sabía que eso le gustaba.

—*El hombre tranquilo* —anunció Remi.

Brick frunció el ceño.

—No la conozco.

Ella hizo un gesto exagerado de asombro mientras esquivaba a Magnus, que se estaba metiendo en una de las bolsas de la compra.

—*El hombre tranquilo* —repitió.

—Da igual las veces que lo digas.

—John Wayne es un pacífico exboxeador que se muda a Irlanda y se enamora de Maureen O'Hara, una fiera pelirroja y deslenguada.

Brick le dedicó una sonrisita sexy que la hizo ruborizarse y le puso los pezones de punta. Bebió un trago de vino.

—Eso me suena. Al menos lo de la fiera pelirroja y deslenguada.

Tenían que dejar de hablar de lenguas. No hacía más que empeorar su intenso estado de excitación.

—Es un clásico. Además, no te queda otra. Cuando sales con alguien, hay que hacer sacrificios —declaró Remi, tranquilamente.

—Puedo ayudarte con la cena —propuso Brick. Los dos se quedaron mirando mientras él enganchaba el dedo índice en el escote de la camiseta del pijama de Remi.

El corazón se le aceleró cuando le rozó el esternón con el dedo.

«¡Sí! Un momento. No».

Aquel era un juego peligroso. Le agarró la mano.

—Nada de sexo, ¿recuerdas? ¿Qué es lo que te hace tanta gracia? —le preguntó, mientras Brick Callan le dedicaba una de sus escasas sonrisas de alto voltaje.

Aquello le hizo sentirse un poco mareada. Y también como si le hubiera tocado la lotería.

—Que rozarte con la punta del dedo te haga pensar que estamos a punto de enrollarnos.

—¿Y te extraña, después de lo de las últimas semanas?

—Mmm. —Aquel murmullo fue como una caricia sobre su piel.

La cosa iba a ser más dura de lo que esperaba. «¿Dura? ¡Mierda!».

Remi sacudió la cabeza hasta que el cerebro se agitó en su interior.

—Céntrate. Nada de sexo hasta que te sientas valorado.

—Me siento valorado cuando gritas mi nombre y te corres alrededor de mi polla.

«Que Johnny Cash me ampare». Todo su cuerpo votó de forma unánime por subirse a la encimera y abrirse de piernas al máximo para aquel hombre que tenía pinta de querer devorarla.

Pero su corazón logró vetarlo.

—Te has sentido utilizado y ha sido culpa mía, así que me toca a mí demostrarte que quiero tu paquete completo. El paquete completo. —Brick arqueó una ceja y Remi hizo una mueca—. Mejor nos olvidamos del paquete. Lo que quiero decir es que sé que entre nosotros hay algo más que sexo y voy a demostrártelo.

—Dejando de acostarte conmigo.

Ella asintió.

—Nada de orgasmos. Ni para mí ni para ti. No creo que pudiera controlarme si te hiciera correrte —reconoció.

Brick cerró los ojos como si no pudiera soportarlo más.

—Joder, Remi.

—Tú sígueme el rollo, ¿vale? Quiero hacerlo bien.

42

Mientras John Wayne le pegaba un puñetazo en la cara a otro tío, Brick se preguntaba cómo coño podía tener tanta suerte, teniendo en cuenta que se había pasado las últimas cuarenta y ocho horas odiándose a sí mismo por lo que había dicho y hecho.

«¿Qué clase de gilipollas le dice a su chica que la quiere, le echa un polvo guarro de despedida y se larga dejándola tirada en el suelo?».

El gilipollas de Brick Callan.

Le habían puesto a la mujer de sus sueños desnuda en bandeja, ¿y qué había hecho él? Empezar a buscar inmediatamente razones por las que lo suyo no podía funcionar, en lugar de formas de que funcionara.

Remi se rio a su lado en el sofá. La luz era tenue. El fuego alejaba el frío de la noche. La nieve caía silenciosamente en el exterior. Los platos vacíos yacían amontonados sobre la mesita de centro. Magnus estaba acurrucado bajo la manta, a los pies de Remi, agotado por el subidón de hierba gatera.

Era como una fantasía. No en todas sus fantasías Remi estaba desnuda. A veces también se imaginaba escenas como aquella. Noches tranquilas y nevadas con la mujer que amaba acurrucada contra él, absorbiendo su calor.

Brick le pasó la mano por el pelo y ella soltó un suspiro que sonó casi como un ronroneo. Era un momento perfecto.

La pelea de la pantalla pasó del bar a la calle. Al parecer, las broncas callejeras eran una especie de deporte nacional en Irlanda. Y Brick lo entendía perfectamente. Él también estaba dispuesto a luchar por Remington. Lucharía contra cualquier enemigo para mantenerla a salvo y defender su honor. Para demostrarle lo que había en su corazón.

Le pasó con suavidad los dedos por el brazo, arriba y abajo. Lenta y rítmicamente. Asegurándose de que de verdad estuviera allí.

Remi quería pasar tiempo con él. Salir con él sin la distracción del sexo. Por supuesto, a él se le había puesto dura como una piedra en cuanto había entrado por la puerta con aquel absurdo pijama de cuadros, el pelo alborotado y la cara lavada. Así le gustaba más todavía, porque parecía la verdadera Remi.

Brick agachó la cabeza y se permitió el lujo de besar su cabello ardiente. Ella lo miró. Aquellos enormes ojos verdes lo atravesaron.

La amaba. Siempre la había amado. Nunca había tenido otra alternativa.

Lentamente, acercó su boca a la de ella. La conexión que compartían era innegable. Su sangre se calentó cuando los labios de Remi se movieron suavemente bajo los suyos. Mientras ella suspiraba en su boca y él inhalaba su aliento.

—Remington.

Brick la besó con mayor intensidad, esforzándose por mantener la calma y la dulzura. Pero cuando probó su lengua, cuando ella soltó aquel gemidito que tuvo un efecto directo sobre su polla, se volvió loco. La provocó con la lengua y con los dientes, acariciándole la boca mientras la atraía hacia su regazo.

Solo Remi lo ponía así de cachondo. Solo ella.

Remi se apartó, jadeando. Tenía las mejillas coloradas y los labios hinchados y entreabiertos.

Parecía una invitación para seguir adelante. Pero cuando Brick iba a apoderarse de su boca de nuevo, ella se lo impidió.

—Me marcho —susurró.

—¿Qué? —Él la rodeó con los brazos y todo su cuerpo se puso tenso ante la idea de que se largara. Ya había pasado dos noches sin ella en la cama. No quería pasar una tercera—. ¿Las parejas no duermen juntas?

Ella lo miró, aturdida, con los ojos muy abiertos.

—Brick, cariño. No sería capaz de dormir contigo sin intentar hacer todas esas cosas que se supone que no vamos a hacer.

—Soy perfectamente capaz de defenderme de ti —se burló él, pasándole el pulgar por el labio inferior, que tembló ante su caricia.

Remi se sentó a horcajadas sobre él. Pero se quedó de rodillas, evitando el contacto que él tanto deseaba.

—No, no lo eres —dijo, antes de darle un beso.

Brick la agarró por las caderas, tiró de ella para pegarla a su rígida erección y vio que se le ponían los ojos vidriosos. Su grito ahogado despertó en él todo tipo de deseos lujuriosos que una sola noche no lograría saciar. Necesitaba estar más tiempo con ella. Que le diera más.

No tenía muy claro a quién estaba poniendo a prueba, si a ella o a sí mismo. ¿De verdad Remi entendía que entre ellos había algo más que sexo? ¿Y él creía merecer que le diera algo más?

Ella le puso las manos sobre los hombros, se inclinó hacia delante y le dio un beso suave y casto en la boca.

—Gracias por esta noche tan agradable —susurró, antes de volver a besarlo en la mejilla. Brick no daba crédito.

—No puedes estar hablando en serio —dijo, mientras ella se bajaba de su regazo y empezaba a recoger los platos. Él se levantó, se los quitó de las manos y volvió a dejarlos donde estaban.

—Por supuesto que sí. Te hice daño y quiero compensarlo.

La erección palpitante que tenía dentro del puto pantalón de chándal lo estaba matando. Necesitaba estar dentro de Remi. Necesitaba recordarle lo mucho que ella lo deseaba.

—Ya lo has dejado claro —dijo—. No debería haber dicho nada. Problema resuelto. Vamos arriba, Remington.

—No. —replicó ella sencilla y tajantemente, antes de salir de la habitación. Él la siguió, desconcertado y nervioso. Como si una palabra de Remi pudiera impedirle echársela al hombro y llevarla escaleras arriba para hacerle gritar su nombre mientras él se hundía en su cuerpo.

—Ya sabes cómo me pone que me digas que no —dijo Brick,

imaginando lo gratificante que sería bajarle el pantalón del pijama y dejarle una huella rosada en el culo. Sus propios pantalones dejaron de esforzarse por contener su erección.

—Esto no es una declaración de principios, ni un juego, ni una escenita de seducción, Brick —dijo Remi, mientras se ponía las botas.

«Joder». La parte de arriba del pijama se despegó de su cuerpo y Brick vio que no llevaba sujetador.

De verdad se iba a largar.

—No quiero que te vayas —confesó en un susurro.

Ella se levantó y lo abrazó por la cintura.

—Te prometo que no me marcho para castigarte, ni para hacerte daño. Estoy decidida a hacer las cosas bien, Brick. Significas mucho para mí. Más de... más de lo que creía, incluso. Quiero demostrarte lo importante que eres.

—Entonces quédate. Quédate conmigo.

Su sonrisa era tan triste y dulce que le atravesó el corazón como un cuchillo clavándose en un trozo de mantequilla blanda.

—Si me quedo, ambos sabemos lo que pasará, y eso no es lo que ninguno de los dos necesitamos. —Él sí lo necesitaba. Lo necesitaba desesperadamente.

«Mierda». Brick cogió el abrigo.

—Te acompaño a casa.

—No —dijo ella con firmeza—. Puedes quedarte aquí en el porche y verme cruzar la calle.

—Te necesito —dijo aturdido, al darse cuenta de que le temblaba la voz.

—Yo también te necesito. Pero quiero darte algo más que un par de orgasmos. ¿Vale?

Él no le contestó. No podía contestarle. El nudo que tenía en la garganta era demasiado grande. El miedo lo invadió. La había presionado demasiado. Había sido demasiado sincero. Y ahora lo estaba pagando. Ella lo estaba abandonando. Y encima con el pretexto de darle lo que él le había dicho que quería. Menudo gilipollas.

Sintió la tentación de cogerla en brazos, llevársela arriba y hacerle comprender una vez más lo desesperadamente que la deseaba.

Pero eso no solucionaría nada.

Magnus se acercó a él y maulló, bostezando.

Brick exhaló un suspiro. Tenía que dejarla marchar. Tenía que confiar en que volvería.

—Vale —dijo finalmente.

A Remi se le iluminó la cara y el hecho de concederle lo que quería hizo que Brick se sintiera aún más poderoso que conquistando su cuerpo.

—Voy a ser la mejor novia que hayas tenido nunca —le prometió ella, feliz.

—¿«Novia»? —Había dicho la palabra mágica. Les había dado una etiqueta.

—Está decidido, grandullón, así que ya puedes ir acostumbrándote. Gracias por la cita. —Remi se puso de puntillas y le dio otro beso en la mejilla—. Buenas noches, Brick.

—Buenas noches, Remington. —Él se quedó en el porche, viendo cómo se alejaba. La vio cruzar la calle y entrar por la puerta del jardín de la casita. Ella se giró para decirle adiós con la mano bajo la luz de las farolas y él hizo lo mismo.

—No sé si he metido la pata hasta el fondo o si me está dando lo que quiero —le dijo Brick al gato, cuando Remi desapareció.

Magnus parpadeó y volvió a entrar en casa. Las luces de la casita se encendieron y Brick hizo una mueca de dolor. Remi las necesitaba cuando no estaba con ella.

Porque él la hacía sentirse segura.

Se quedó allí plantado durante un buen rato, esperando y deseando que volviera a salir y se lanzara a sus brazos.

Pero eso no sucedió.

Brick oyó el sonido del móvil dentro de casa y, con un suspiro, cerró la puerta para ir a buscarlo.

«Remi Ford».

—¿Qué pasa? —preguntó, yendo ya hacia la entrada.

—Nada, bobo. No me ha dado tiempo a meterme en ningún lío. Solo quería hablar contigo mientras me preparo para irme a la cama.

—¿En serio?

—Eras tú el que quería una relación —se burló ella—. Eso

significa que debemos tener conversaciones largas e importantes por teléfono. Empecemos por qué querías ser de mayor.

—Un hombre cabreado y cachondo deseando que una pelirroja entrara en razón y se metiera en su cama.

—Te felicito por haber hecho realidad ese sueño tan curiosamente específico.

—Remi.

—Brick. Venga, sígueme el rollo. A lo mejor te lo pasas bien.

—No tanto como si estuvieras desnuda en mi cama.

—William Eugene Callan tercero. No me estás ayudando nada —dijo Remi.

No solía llamarlo por su verdadero nombre a menudo pero, cuando lo hacía, significaba que iba en serio. Él se aclaró la garganta.

—Vale. Quería ser vaquero, guardaespaldas y participar en un concurso de la televisión.

—¿En qué concurso?

—Quería ganar los dos escaparates de *El precio justo*. Lo veía con mi madre. ¿Qué querías ser tú? —preguntó, llevando los platos a la cocina. Ninguna habitación era igual sin Remi. Siempre se llevaba la luz y el color con ella.

—Creo que no había ningún trabajo o puesto que me hiciera pensar: «Eso es lo que quiero ser» —respondió.

—Recuerdo los quebraderos de cabeza que le dabas a tu orientador.

—Tenía más claro cómo quería sentirme, que lo que quería hacer —reconoció ella, en un bostezo delicioso.

—¿Y cómo querías sentirte? —le preguntó Brick.

—Feliz. Respetada. Amada. Quería que alguien más me quisiera, aparte de mis padres y mi hermana. Quería ser alguien, pero no en plan: «Esta es la rarita de mi hermana pequeña que puede ver la música».

—Nadie te ve así —le aseguró Brick, subiendo las escaleras para meterse en la cama vacía.

Remi suspiró.

—Nadie se ve como lo ven los demás. ¿No fuiste tú el que hace poco confesó que no se sentía lo suficientemente bueno para cierta persona?

—¿Hablabas de esto con tus otros novios?

—Estoy hablando contigo. Y lo estoy haciendo desde una distancia segura para que a nadie se le caiga la ropa y no podamos desviarnos del tema en cuestión.

Brick se tumbó en la cama con una mano detrás de la nuca, deseando que ella estuviera a su lado. Ojalá pudiera girar la cabeza y ver aquella cascada de pelo rojo desparramada sobre las almohadas.

—Prefiero hablar cara a cara —refunfuñó él.

—Prefieres que estemos cara a cara para poder distraerte y dejar de hablar —le soltó ella—. A ver, cuéntame por qué narices no ibas a considerarte lo suficientemente bueno para mí, por el amor de Miles Davis. —Su Remi nunca lo había mirado desde un punto de vista real. Puede que esa fuera una de las razones por las que no era capaz de dejarla en paz. Era adicto a la forma en la que ella lo veía—. Venga, Brick —insistió, intentando engatusarlo—. Quiero saber de dónde has sacado la idea más absurda de todos los tiempos.

Él suspiró.

—Ya sabes cómo eran mis padres —dijo finalmente.

—¿Y?

—¿Cómo que «y»? Que cuando nos conocimos, mi padre estaba en la cárcel por estafa.

—Ya lo sé. Y ahora está fuera y ha montado un negocio, según tu hermano.

—Remi, mi madre nos abandonó como si no valiéramos nada.

—Cariño, eso no quiere decir que fuera así. Si dice algo de alguien, es de ella. Igual que lo de tu padre.

—Para ti es fácil decirlo, habiéndote criado con Darlene y Gilbert Ford en la versión isleña de *La casa de la pradera*.

—Yo no me parezco más a mis padres que tú los tuyos.

—Tus padres te adoraban y se querían lo suficiente como para seguir juntos, trabajar y luchar el uno por el otro. —El suyo se había rendido, había elegido el camino más fácil y se había largado. En el fondo, Brick creía que si él hubiera sido mejor, sus padres también lo habrían sido.

Ella suspiró y él deseó que estuviera allí, en su cama.

—Me duele que no te des cuenta de lo bueno y honesto que eres.

A él se le hizo un nudo en la garganta.

—Te quiero, Remi. —Sabía que ella no se lo diría. Sabía que no estaba preparada. Él también tenía que demostrarle algunas cosas. Pero necesitaba que lo supiera—. Con toda mi puñetera alma.

—No sé qué decir —reconoció ella.

Brick notó cierto pánico en su voz y deseó poder abrazarla.

—No tienes por qué responder. Solo tienes que escucharme. ¿Lo has hecho?

—Sí —susurró sin aliento. Su polla se hinchó sobre su vientre al oír su voz trémula. El deseo permanente que sentía por ella era como un murmullo constante que reverberaba en su sangre—. Me siento un poco mareada, como si estuviera intentando mantener el equilibrio dentro de un tiovivo.

—Lo mismo me pasa a mí.

—¿Lo dices en serio, Brick?

—Corazón, te quiero tantísimo que no puedo respirar si no estás en la misma habitación que yo. Tanto que ojalá pudiera estar diciéndotelo a esa cara tan bonita que tienes en vez de al puñetero oído. —Sonó el timbre de la puerta y Brick maldijo.

—¿Qué pasa?

—Llaman a la puerta.

—¿Ya me has cambiado por otra? ¿Te has buscado una novia nueva antes de que yo hubiera decidido ser tuya?

—Siempre has sido mía —gruñó Brick, mientras bajaba las escaleras—. Siempre. ¿Quieres saber por qué empecé a salir con Audrey? Porque tu padre me habló del chico con el que salías en la universidad. Parecía perfecto para ti. Un escultor francés hípster de pelo largo. Mientras yo no era más que un vaquero malhablado esperando a que volvieras a casa.

—¿Jean-Claude? ¿Renunciaste a mí por Jean-Claude? Aquel tío olía a naftalina y a sopa, y la segunda vez que quedamos apareció con su prometida solo para poder presumir de la pronunciación de *ménage à trois*. Nunca hubo una tercera cita.

Brick abrió la puerta de golpe y se encontró a Remi allí de pie. Ella tiró el teléfono hacia atrás por encima del hombro y se lanzó a sus brazos.

—Te quiero. Estoy enamorada de ti. Nunca he dejado de quererte —le dijo, comiéndolo a besos.

Brick se enroscó sus piernas alrededor de la cintura y la abrazó con fuerza. Luego le dio una patada al móvil para meterlo en casa, cerró de un portazo y echó el cerrojo.

—Repítelo —le ordenó. El corazón se le iba a salir del pecho.

Ella le estrechó la cara entre las manos heladas.

—No quería decírtelo por teléfono. Quería decírtelo en persona. Te quiero, Brick William Eugene Callan tercero. Quiero que esto funcione. Quiero que estemos juntos aquí. Quiero vivir cerca de mi familia, pintar en tu casa y despertarme a tu lado.

Brick la rodeó posesivamente con los brazos y buscó su boca.

—Me estás alegrando la puta vida, Remi —murmuró.

—Llévame arriba —le pidió ella.

Tenían muchas más cosas de las que hablar. Había muchos más factores en juego. Pero, por el momento, lo único que importaba se encontraba entre sus brazos.

Brick subió las escaleras de dos en dos mientras ella se reía sobre sus labios. Abrió la puerta del dormitorio de una patada y se tiró en la cama, sujetando su peso con una mano para no aplastarla.

—Repítelo —le pidió con rudeza.

Los ojos verdes de Remi se iluminaron con el brillo de algo muy parecido al amor.

—Te quiero tanto que... ¡No jodas! ¿Eso es mío? —Remi lo empujó, intentando zafarse, pero él se negó a soltarla, así que le pellizcó el culo con fuerza—. ¡Has comprado mi cuadro!

Remi apartó la vista de Brick para observar el cuadrito que estaba colgado sobre la mesilla de noche.

—Sí. Y, definitivamente, odio a ese tal Raj. Es un puto grano en el culo.

—Has comprado mi primera obra —dijo Remi, sin dejar de mirarla.

Él agachó la cabeza para darle un beso en el cuello.

—La vi en una foto tuya en tu *loft*, cuando estaba ciberacosando a Alessandra Ballard. Me recordó a nosotros.

A ella se le llenaron los ojos de lágrimas y parpadeó para contenerlas.

—¿Por qué será? —dijo en voz baja.

Le levantó la barbilla a Brick para que la mirara.

—¿Qué? —preguntó él.

Ella se humedeció los labios.

—Deja de conformarte con las migajas, Brick. Soy toda tuya.

43

—Ya he recogido todo —protestó Remi, mientras Brick revisaba metódicamente todos los armarios de la cocina. Metió la mano en la alacena que había sobre la nevera y, con una sonrisa triunfal, sacó una brocha plana de cinco centímetros y una caja sin abrir de cereales con nubes—. Mierda.

Él sonrió con ironía y a Remi le dio un vuelco el corazón. ¿Había algo más sexy en el mundo que un Brick Callan sonriente y de uniforme? Todavía no podía creerse que aquel policía/camarero tan macizo y barbudo fuera todo suyo.

Desde que se habían dicho oficialmente que se querían, algo había cambiado en su interior. Seguía temiendo por la vida de Camille y todavía le preocupaba lo que Warren les tendría preparado a ambas, pero se sentía... más ligera. Más optimista.

Brick y Remi se cuidaban mucho de no hablar del «futuro», de lo que pasaría después de que «las cosas» se resolvieran. Nada de planes a largo plazo, más allá de lo que llevarían a la cena en casa de Darius y Ken.

Había demasiados obstáculos que evitaban que el camino estuviera despejado, como para plantearse posibilidades que todavía no eran reales. Remi aún no sabía si quería quedarse en Chicago o en Mackinac. Ni si tendría una carrera laboral que retomar.

Y tampoco quería hablar de opciones con un hombre al que ya habían abandonado antes. Un hombre que, finalmente, había encontrado un hogar allí.

Disfrutó de la vista mientras Brick se agachaba para mirar debajo del fregadero. Los pantalones del uniforme le hacían un culo impresionante.

Él se levantó y le guiñó un ojo al pillarla mirando.

—Los de la limpieza están a punto de llegar. Será mejor que les dejemos vía libre.

Remi echó un vistazo a la ordenada sala de estar y a los altos ventanales desde los que se veían kilómetros de agua. Era abril y los primeros inquilinos de Agnes llegarían la semana siguiente, lo que ponía fin a la estancia de Remi en la casita.

—Voy a echar de menos este lugar —admitió.

Brick le metió el mango de la brocha en el bolsillo de atrás de los vaqueros.

—No vas a estar muy lejos —le recordó él.

Remi tenía varias opciones de alojamiento temporal para elegir. Entre los primeros puestos de la lista se encontraban una habitación en el Grand Hotel o volver a casa de sus padres. También había considerado la habitación de invitados de Kimber, pero la había descartado después de pasarse todo un desayuno a base de tortitas viendo cómo Kyle y Kimber se turnaban para arrastrarse el uno al otro al cuarto de la colada para continuar una discusión que parecía más antigua que cualquiera de sus hijos.

—Gracias por dejar que me quede en tu casa unos días hasta que me decida —dijo Remi, jugueteando con un botón de la camisa de Brick.

—Hablando del tema —dijo este, cruzándose de brazos. Su actitud había ganado una especie de confianza arrogante que, últimamente, ella advertía con más frecuencia.

—¿Has cambiado de opinión? —le preguntó Remi. Ya se pasaba todo el día en el estudio, intentando volver a coger confianza con los lienzos.

Cuando ella no estaba pintando, o Brick trabajando, se entretenían cocinando, holgazaneando, follando o durmiendo. Casi siempre en casa de él. A pesar de eso, lo de vivir juntos, aunque fuera temporalmente, seguía siendo un gran paso.

—Pues sí —respondió él bruscamente.

«Uy».

—Ah. Vale. Lo entiendo perfectamente. Puedo quedarme en casa de mis padres —dijo. No se había dado cuenta de la ilusión que le hacía quedarse en su casa, hasta que aquella posibilidad había dejado de estar sobre la mesa.

Brick la agarró de la sudadera y la levantó hasta que estuvo de puntillas.

—No quiero que te quedes en mi casa unos días. Quiero que vivas conmigo.

Remi se quedó con la boca abierta. De repente no recordaba cómo mover los músculos de la mandíbula para cerrarla.

—Mmm...

Él la miró desconcertado.

—¿Estás bien?

—Mmm...

Su sonrisa hizo que se le cayeran las bragas.

—Corazón, quiero que estés conmigo día y noche. Quiero llegar a casa y encontrarte cubierta de pintura en el estudio, desnuda en la bañera o llorando con películas de John Wayne.

—Vivir contigo... ¿sin alquilar una habitación de hotel? —La aclaración le pareció esencial en aquel momento.

Brick puso los ojos en blanco.

—Claro.

—¿Es por lo de los artículos?

A principios de esa semana, se habían publicado varios artículos y *posts* anónimos que insinuaban que Alessandra Ballard había agredido al pobre senador en el hospital después del accidente. De momento, ni Camille ni Warren habían hecho ninguna declaración sobre aquellas especulaciones.

—Vorhees es una de las razones —admitió Brick—. Pero no la única. Ni la más importante.

—¿Cuál es la más importante? —Dependían muchas cosas de su respuesta.

—No quiero estar más lejos de ti de lo que lo he estado hasta ahora. Así que, a menos que quieras alquilarle una habitación a algún vecino, me gustaría que estuvieras en casa conmigo. Todas las noches. —A Remi le costó procesar aquello con la rapidez necesaria. Brick había cambiado de marcha de repente. Había pasado de un ritmo lento y constante a pegar un acelerón sin previo aviso—. Tu estudio está allí y yo también. Magnus te adora y yo también. ¿A qué coño estamos esperando?

Remi se frotó el pecho con una mano.

—Me parece un pelín repentino.

Brick apoyó la frente sobre la suya y se rio.

—Corazón, llevamos así casi quince años.

—¿Estás seguro? —insistió Remi. Aquel hombre solía elegir con demasiada frecuencia lo «correcto», en lugar de lo que quería.

—Di que sí, Remi —gruñó Brick.

No era mala idea. Echaría raíces, al menos durante unas cuantas semanas. Y podrían ver qué tal les iba juntos.

—Venga, vale.

—Así me gusta. —Brick parecía satisfecho con su victoria y a ella le hizo feliz saber que lo había hecho feliz—. Hala, vamos a trasladar el resto de tus cosas.

Remi chilló de alegría cuando él se la echó al hombro, la sacó fuera y se la llevó al otro lado de la calle.

Quince minutos después, sonó el móvil de Brick, haciéndole gruñir de frustración. Despegó la boca de la de Remi y la dejó jadeando, encaramada sobre la encimera de la cocina. Su gesto se endureció al mirar la pantalla.

—Es mi padre. Tengo que contestar.

—¿Tu padre? —preguntó ella, sorprendida. Siempre había creído que no se hablaban.

—Vigila a Vorhees por mí cuando está en Chicago.

Brick había hecho las paces con su padre, con el que había perdido el contacto, para ayudarla a mantener a salvo a su amiga. Abrumada y enamorada como una boba, Remi lo agarró por la camisa y lo besó con fuerza.

—Te quiero.

Él gimió, retrocediendo.

—¿Acabamos cuando vuelva del trabajo?

Nunca terminarían de explorarse, de saborearse, de devorarse.

Remi asintió y le lanzó otro beso.

—Pórtate bien —susurró Brick, guiñándole un ojo, antes de marcharse y dejarla allí, suspirando por él.

Todavía estaba en una nube, cuando el teléfono le sonó al cabo de un rato.

—¡Raj! ¿Qué puedo hacer por mi agente favorito? —dijo, respondiendo a la videollamada.

—¿Estás borracha? —le preguntó él. Llevaba una americana de terciopelo arrugado de color amatista tan elegante como excesiva.

—No. Solo feliz —respondió ella, bajándose de un salto de la encimera.

—¿Sabes lo que me haría feliz a mí? —Rajesh se quitó las gafas y les sacó brillo.

—Me echo a temblar solo con imaginarlo. —Remi fue hacia el estudio. Sabía perfectamente por qué la había llamado.

—Me haría feliz que mi clienta pintara algo que yo pudiera vender.

—Perdona. Espero que seas más comprensivo con las crisis personales del resto de los clientes que todavía no te hayan despedido.

—Y ya vuelve a ser mala —dijo Rajesh, satisfecho—. Dime que al menos has cogido un puñetero pincel.

Remi había hecho más que eso. De forma lenta pero segura, había encontrado la manera de retomar la pintura. En Chicago pintaba casi todos los días. Allí, con aquella distracción masculina colosal siempre a la vuelta de la esquina, había empezado a acostumbrarse a una nueva rutina que encajara en su apretada agenda sexual.

—Quiero enseñarte un par de obras —le dijo a su agente.

—Joder, ya era hora, tía.

—Vete a la mierda. —Aquel tipo era un coñazo, pero la «entendía». Y también entendía su arte. Tenía buen ojo para distinguir lo genial de lo que era una mera imitación de lo genial. Remi giró la cámara para que pudiera ver el cuadro.

—Quémalo —dijo Raj.

Ella puso los ojos en blanco.

—¡Gilipollas!

Tenía razón, obviamente. Era un poco chapucero. Los colores habían quedado apagados y lo había trabajado demasiado, ignorando el instinto que le decía cuándo una obra estaba terminada.

—Oye, si quieres que te acaricien el lomo, búscate a otro agente. Pero si lo que quieres es pasta gansa, yo soy tu hombre. Sé cuándo una obra dice: «Esta tía es la hostia». Siguiente.

Una vez, al poco tiempo de conocerlo, Remi le había roto un lienzo en la cabeza. Él se había dejado el marco de madera alrededor del cuello, como si fuera una corona de laurel, mientras le decía que la siguiente obra era una puta pasada.

—Vale. Aquí está el otro cuadro —dijo Remi, moviendo la cámara. Aquel era más grande. Los tonos amarillos y rosa pastel se mezclaban con el azul marino, sobre un fondo blanquecino. Lo había pintado en un fin de semana al ritmo de «Freedom», del violinista Tim Fain, mientras Brick enlazaba turnos en el bar y en la comisaría.

—Ese sí que está que te cagas, tía. Seguro que puedo sacarle un pastón.

—¿Tú crees? —preguntó Remi, incapaz de disimular su orgullo.

—No me jodas. Sabes perfectamente que es bueno. Me lo quedo. Mándamelo cagando leches.

—Sabes que aquí los paquetes se entregan a caballo, ¿no?

—Por mí como si me lo mandas por palomas mensajeras huérfanas, tía. Pero rapidito, antes de que la peña se olvide de tu careto. —Rajesh se recostó y apoyó el brazo en el respaldo del sofá. De su sofá.

—¿Ya estás otra vez en mi casa?

—Tu keli es mi keli —dijo él, cordialmente.

—No. Mi keli es mi keli.

—Oye, se me ha jodido la conexión a internet en casa y estoy usando la tuya de paso que voy a una movida del Consejo de las Artes rollo hora feliz, o algo así. ¿Cuándo decías que ibas a volver?

No lo había hecho y él lo sabía.

—Todavía tengo que solucionar algunas cosillas.

—Por cierto, te voy a enviar doscientas reproducciones impresas.

—¿Por qué?

—Porque hemos vendido todas las que teníamos firmadas. Vete preparando la muñeca, tía.

—¿No decías que la gente se estaba olvidando de mí? ¿Es que no se han enterado de que soy un mal bicho? —Había disimulado todo lo que había podido delante Brick, pero la última tanda de mala prensa le había escocido tanto como si le hubieran picado mil avispas cabreadas.

—Britney Spears siguió vendiendo discos después de afeitarse la cabeza. Pero también siguió trabajando.

—Y yo.

—Vale. Enséñame lo que tienes en el caballete —le pidió.

—Ni de coña. —Su mirada se desvió hacia el cuadro en cuestión. Estaba trabajando de nuevo en «No Surprises». Volviendo a pintar el accidente al óleo, mientras hacía otros proyectos. Seguía llorando cuando escuchaba la canción, pero era una purga más limpia. Casi como una purificación.

El timbre sonó en la parte delantera de la casa.

—Tengo que dejarte, Raj. Están llamando a la puerta.

—Mándame el cuadro por el Pony Express. Te enviaré las copias impresas.

—Vale, adiós.

Remi se guardó el móvil en el bolsillo y salió corriendo hacia la puerta principal, donde se encontró a Kimber dando vueltas por el porche.

—Le he dicho a Kyle que quiero el divorcio —anunció. Tenía los hombros superrígidos y la mandíbula apretada. Una lágrima solitaria resbaló por su mejilla.

Sin mediar palabra, Remi abrió los brazos y su hermana mayor se metió entre ellos.

—¿Recuerdas cuando me pediste que me fuera a vivir contigo? —le preguntó Remi por teléfono a Brick, cerrando la puerta del dormitorio y dejando al otro lado el feliz parloteo de Hadley e Ian, cuyos corazones estaban a punto de ser destrozados.

—Me suena vagamente —respondió Brick con brusquedad.

—¿Qué te parecería tener algunos invitados más?

Rápidamente, Remi lo puso al corriente de la situación.

—Remington, ya sabes que pueden quedarse todo el tiempo que quieran —dijo él.

—Qué considerado. Ni siquiera has intentado sacarme ningún favor sexual a cambio. —Al ver que él no se reía ni gruñía, como era de esperar, se dio cuenta de que algo iba mal—. ¿Qué te pasa, Brick? ¿Es por tu padre?

Él se aclaró la garganta, poniéndola aún más nerviosa.

—Ha visto a Camille salir de casa hoy y la ha seguido. Ha notado que cojeaba.

—Puto monstruo —masculló Remi. Si Warren había vuelto a las andadas, no había forma de saber hasta dónde sería capaz de llegar esa vez.

—Le ha hecho algunas fotos. No se ven muy bien, pero parecía que tenía algunos moretones en el cuello.

—Brick, tenemos que sacarla de ahí —dijo ella, con voz quebrada.

—Lo sé, corazón. Lo sé. Lo solucionaremos. Mi padre no ha podido acercarse a ella. Iba con un guardaespaldas, así que los ha seguido desde lejos. Ha ido a algún evento de una organización de arte.

Remi apretó el móvil hasta que le dolieron los nudillos.

—¿Del Consejo de las Artes?

—Sí. ¿Lo conoces?

—Forma parte de la directiva. —Su mente ya estaba a un millón de kilómetros de distancia.

—Oye, vamos a sacar el SMM para desempolvarlo —dijo Brick. El barco de Salvamento Marítimo de Mackinac era una embarcación de rescate de diez metros de eslora gestionada por la isla y tripulada por un equipo de voluntarios—. ¿Qué te parece si nos pasamos por ahí, para que los niños puedan saludarnos desde la orilla del lago?

—Eres un amor. Les va a encantar. Luego hablamos.

—Remi.

—Estoy bien, en serio. Ya hablaremos cuando vuelvas a casa… y te la encuentres llena hasta los topes. —Él suspiró y Remi se dio cuenta de que no soportaba colgar sabiendo que estaba disgustada—. Brick, no pasa nada. Solo estoy un poco preocupada.

—Ya.

—Gracias por dejar que mi hermana se quede. Te quiero.

—Yo también te quiero —susurró él—. Estaremos en el agua en media hora, más o menos. ¿Vale?

—Te estaremos esperando.

Remi colgó y fue directamente al registro de llamadas.

—¿Raj? Necesito un favor.

—Alessandra, ¿qué tal el cuadro nuevo? —exclamó él.

—Deja de intentar llamar la atención y escúchame bien. Tengo una emergencia y tú eres el único que puede ayudarme.

—Dime —respondió su agente, con la boca llena. Probablemente de canapés de la fiesta.

—Camille Vorhees está ahí. Necesito que esquives a su guardaespaldas y le des tu teléfono.

—De eso nada, monada. Acabo de comprármelo hace una semana.

—No para que se lo quede. Para que pueda hablar conmigo.

—Eso es una estupidez. No sé lo que ha pasado entre vosotras, porque te niegas a soltar prenda, pero desde luego esto no le va a venir bien a tu reputación.

—Me importa una mierda mi reputación y cuántos canapés de gambas seas capaz de meterte en la boca a la vez.

—Es sushi, para que lo sepas.

—Necesito que me hagas este favor.

—De acuerdo. Pero como ese gorila trajeado me pegue una paliza, me subalquilas tu apartamento.

—Sí, vale, lo que tú digas. Tú hazlo y punto. Y no te pases. Por una vez en la vida, intenta no llevarte un puñetazo.

—Lo que tú digas. —Remi se mordisqueó la uña del pulgar y esperó mientras escuchaba el ruido de fondo del típico acto de recaudación de fondos. Había ido a decenas de ellos con Camille—. ¡Camille! —oyó decir a Raj. El corazón le empezó a latir con fuerza. Era lo más cerca que había estado de ella desde lo del hospital. Se oía fatal y no entendía nada de lo que estaban diciendo.

Pasó casi un minuto. Tiempo más que suficiente para que a Remi le entraran ganas de vomitar.

—¿Hola?

La sensación de alivio la golpeó como un tsunami.

—¿Camille?

—¿Remi? ¿Qué estás haciendo? Esto no es seguro.

—Ya lo sé. Es que… ¿te encuentras bien? ¿Necesitas ayuda para salir de ahí?

—Me siento halagada —dijo Camille, alegremente—. Será un placer presentarle al diseñador.

—¿Está ahí tu guardaespaldas? —le preguntó Remi.

—Claro, por supuesto —respondió Camille.

—No sé cómo ponerme en contacto contigo. Estoy en Mackinac. Warren dijo que si no me largaba…

—Mi marido aprecia mucho su apoyo.

—¿Cómo te saco de ahí? —susurró Remi.

—Dame un momento —le dijo Camille a alguien y Remi pudo imaginar a su amiga haciendo el numerito de Reina de las Nieves con su guardaespaldas—. Remi, no puedes hacer esto. No debes ponerte en contacto conmigo. No es seguro.

—Tienes que salir de ahí. Ven a Mackinac. Podemos protegerte. Podemos encontrar una manera de trincarlo por lo del accidente. Sé que te está haciendo daño otra vez.

—No lo van a meter en la cárcel de por vida porque me haya hecho daño —musitó Camille.

—Entonces, ¿por qué podrían hacerlo? Tiene que haber algo. Dame alguna pista para investigar y sal de ahí inmediatamente.

—Warren y yo agradecemos su generosidad —dijo, un poco más alto—. Está deseando ser reelegido. Le vuelvo a pasar con Rajesh.

Dicho lo cual, su amiga se esfumó.

Veinte minutos más tarde, Remi estaba de pie detrás de sus sobrinos en la pasarela del lago, mientras Brick y su tripulación acercaban el barco a la orilla. Los niños, todavía un poco nerviosos por el anuncio de Kimber de que iban a quedarse un tiempo con el tío Brick y la tía Remi mientras sus padres solucionaban algunas cosillas, los saludaron con la mano.

Mega, que parecía un poco desanimada, plantó el trasero en el paseo y se apoyó en las piernas de Remi.

La sensación de que acababa de cometer un error muy peligroso la envolvió como una especie de bruma.

Cuando Brick entró por la puerta a medianoche, ella lo estaba esperando.

—¿Qué pasa? —le preguntó, sin molestarse en quitarse el abrigo—. ¿Qué ha sucedido? ¿Los niños están bien?

Remi tragó saliva.

—Creo que la he liado.

Él la agarró por los hombros. Había hielo en su mirada.

—Suéltalo.

Afortunadamente, Brick logró contenerse —a duras penas— y no se la cargó mientras se lo contaba.

Estaba de espaldas a ella, con las manos en las caderas. Remi se fijó en cómo sus hombros subían y bajaban mientras respiraba hondo para intentar calmarse. Y, curiosamente, aquello la hizo sentirse más segura.

—Remington, lo que has hecho ha sido... —dijo él, en un tono engañosamente tranquilo.

—Una estupidez y una irresponsabilidad. Créeme, lo sé. Pero he hablado con ella, Brick.

Él se giró cuando se le quebró la voz y apretó los dientes al verle la cara.

Le acarició la mejilla con el dedo pulgar y Remi se estremeció. Brick suspiró.

—Me pone de los nervios que consigas hacer que quiera estrangularte y abrazarte al mismo tiempo.

—Lo siento. Tengo miedo, Brick. Parecía... no sé. ¿Resignada? Como si no tuviera fuerzas para seguir luchando. —Remi se alejó de él, pero Brick la agarró de las muñecas y la atrajo de nuevo hacia su calor, hacia la solidez de su cuerpo.

—Cuéntame otra vez lo que te ha dicho. Con pelos y señales —le pidió.

44

El primer ferry de turistas, a finales de abril, solía traer consigo cierta sensación de alegría. Sin embargo, ese año, Brick observó preocupado a los pasajeros a medida que iban desembarcando. Ahora que las líneas de transbordadores reiniciaban los viajes regulares volviendo a traer personas, provisiones y trabajadores estacionales a la pequeña isla, tenía que estar alerta.

El rostro de Warren Vorhees, a quien nunca había visto en persona, estaba grabado a fuego en su cabeza. Se avecinaban problemas. Lo presentía. Y sabía que la comisaria Ford también. Estaba de pie junto a él con expresión impasible, como siempre, mientras observaba cómo una familia de cuatro miembros desembarcaba para pasar un frío día de diversión.

A Brick le daban envidia. Ojalá él pudiera acompañar a Remi a sus restaurantes favoritos, que acababan de reabrir.

Pero, dadas las circunstancias, con el peligro acechando furtivamente en el horizonte, lo único que podía hacer era no perderla de vista y esperar.

Menos de una semana después de la desafortunada llamada de Remi a Camille, se filtraron a la prensa varias imágenes de cámaras de seguridad en las que salía agrediendo a Warren en el hospital.

La historia se había reavivado y esa vez las declaraciones de los Vorhees alimentaban las llamas.

Remi fingía que le daba igual, pero Brick sabía que no era

así. Cada vez que volvía del estudio con sus ojos verdes enrojecidos, juraba que acabaría con aquel hombre. Que lo descuartizaría poco a poco por cada momento de dolor que le había causado.

Así que había empezado por lo más lógico. Advertirle a Vorhees de que existía un obstáculo. Él.

«¿Pero qué coño has hecho? ¿Pretendes convertirte en su objetivo, o qué?», le había gritado Remi, alteradísima.

Esa era exactamente la razón por la que le había enviado las fotos a Rajesh. Una que Kimber les había hecho abrazándose en el estudio de Remi, mientras tonteaban discutiendo sobre la cena, y un selfi que Remi había hecho de ambos en la cama. Ella sonreía mirando a la cámara, mientras Brick la observaba con una lujuria incuestionable, con una mano sobre su hombro y su cuello. Solo reflejaba una décima parte de la posesividad que Remi le inspiraba, pero cumplía el objetivo. Transmitía el mensaje.

Su agente había tardado menos de dos horas en publicar las fotos en decenas de blogs y portales de noticias.

Luego, Brick había ido a ver a la comisaria. Cuando madre e hija dejaron de discutir a gritos, empezaron a prepararse. Decidieron no ampliar demasiado el círculo, incluyendo solo a unos cuantos miembros clave del departamento y limitándose a los residentes y a las personas que trabajaban todo el año en la isla que sabían que eran dignos de confianza. La comisaria Ford también había puesto al corriente de la situación a algunos de los vecinos más fiables y observadores. Era un pueblo pequeño. Alguien lo vería. Alguien lo denunciaría.

—A lo mejor envía a otra persona a hacer el trabajo sucio. A alguien que no nos esperemos, tal vez —planteó Darlene a su lado, con un café humeante en la mano.

Brick negó con la cabeza.

—Querrá solucionarlo él mismo. Es así de práctico. —Aquellas palabras le dejaron un regusto amargo.

Puede que al padre de Brick le dieran un poco igual cosas como la ley y la zona gris que había entre el bien y el mal, pero nunca le había levantado la mano a una mujer. Aquella era una línea que los hombres de verdad nunca cruzaban.

—Pues será mejor que seamos los primeros en pillarlo —dijo Darlene, fijando su fría mirada verde en algún punto lejano del lago—. Algunos de los nuestros están deseando enzarzarse en una buena pelea, después del invierno que hemos tenido.

—Es mío —dijo fríamente Brick.

—Entiendo que quieras ser tú quien le ponga las esposas.

Se preguntó qué pensaría la comisaria si supiera exactamente lo que le apetecía hacerle al hombre que había estado a punto de matar a Remi. Debería intentar aplacar su ira. Era un hombre de ley. Su moral era sólida y creía en las normas y en las razones para cumplirlas. Pero Vorhees no era un ser humano y, por lo tanto, no merecía que se le aplicara ese mismo código moral.

Brick deseaba acabar con él. Deseaba acabar con aquella amenaza, para que la mujer que amaba estuviera a salvo. Para que nunca más corriera peligro.

El último de los pasajeros salió del barco. Era una mujer con una mochila y una maleta.

Les sonrió mientras iba hacia la carretera.

La gente iba a Mackinac en busca de aventuras y para disfrutar de la vida isleña.

Pero, tarde o temprano, llegaría un monstruo con ansias de destrucción.

—No permitas que te nuble la razón —le dijo Darlene, dándole la espalda al ferry.

Él la siguió por el muelle de cemento para ir hacia la taquilla y Lake Shore Drive, donde los turistas se apiñaban nerviosos alrededor de los mapas.

—No lo haré —respondió Brick.

Esa vez, sus ojos verdes se clavaron en él.

—No dejes que ese monstruo te convierta en uno a ti también. Te conozco desde hace mucho tiempo, Will. El suficiente como para saber que tienes un corazón enorme latiendo bajo todos esos músculos. Sé que harías cualquier cosa para mantener a salvo a tus seres queridos. Que harías todo lo posible para protegerlos. Y también sé que Remi puede inspirar sentimientos intensos. No permitas que esos sentimientos te empujen a cruzar una línea que en realidad no quieres cruzar.

No existía ninguna línea que no fuera capaz de cruzar por Remington Ford.

—Haré lo que sea necesario para mantenerla a salvo, comisaria.

—No me cabe la menor duda. Pero ten cuidado de no hacerte daño por el camino.

Brick asintió con la cabeza.

—¿Alguna novedad sobre la dependienta de Carolina del Norte? —Durante su propia investigación, Remi se había topado con el nombre de una exnovia del senador. Aquella mujer se había mudado a la otra punta del país, había desaparecido de las redes sociales y había empezado de cero en un pueblo pequeño. Darlene se había ofrecido a hablar con ella en privado.

—No quiere hablar. Está muerta de miedo, la pobre. Conseguí sacarle que había firmado un acuerdo de confidencialidad. Aparte de eso, no quiere involucrarse.

Brick exhaló con fuerza por la nariz.

—Yo tengo una declaración jurada chapucera de la antigua empleada doméstica de los Vorhees. Dice que sí veía moretones y marcas de forcejeos, pero que nunca presenció nada.

—En otras palabras, que seguimos sin tener nada —dijo la comisaria.

—Cuando Remi habló con Camille, le mencionó lo de la reelección —dijo Brick, escrutando todos los rostros que veía en la calle y comparándolos con el que buscaba.

Darlene frunció los labios.

—Puede que haya algo ahí. Ese tío ha intentado asesinar a su mujer, ¿por qué no iba a financiar ilegalmente su campaña? Está por encima de la ley. Las normas no van con él. Haré algunas llamadas para ver si puedo averiguar si hay alguna investigación abierta.

Brick asintió. En un mundo ideal, podría mantener a Vorhees ocupado con la legislación de Chicago o Washington D. C., alejándolo de Remi.

Le sonó el teléfono en el cinturón.

—¿Papá? —dijo, contestando bruscamente. Darlene se despidió con un saludo militar y se marchó.

—¿Qué tal el tiempo por el norte?

—¿Tienes algo para mí? —le preguntó Brick, que no estaba de humor para charlas triviales.

William se aclaró la garganta.

—Es posible. Puede que un informador. A lo mejor logro convencerlo para que salga a la palestra.

Brick agarró con fuerza el teléfono.

—Se suponía que solo ibas a vigilar a Vorhees —le recordó. Se fiaba de su padre para que siguiera a alguien, pero no para que se metiera en un lío como ese. Y menos con Remi de por medio.

—Y es exactamente lo que he estado haciendo —le aseguró William—. Pero puede que por el camino me haya topado con una especie de aliado.

—¿Qué has hecho, papá? —le preguntó Brick, empezando a entrar en pánico.

—Nada, ayudar a uno de los empleados de Vorhees a salir de un apuro en una pelea de bar. Lo saqué de allí justo antes de que la policía apareciera. Estaba muy agradecido.

—¿A qué se dedica?

—Es uno de sus guardaespaldas. Aproveché la coyuntura y comenté que no me importaría conseguir información sobre las actividades dudosas de su jefe.

A Brick le entraron ganas de colarse por el teléfono y retorcerle el pescuezo a su padre.

—¿Te ha contado algo o solo te ha servido para ponerle una diana en la espalda a Remi?

—Hijo, que no nací ayer. Le dije a mi nuevo amigo que no me importaría sacarle unos dólares a su jefe y que estaría dispuesto a compartir las ganancias si me ayudaba. Eso después de ver al senador escupirle en la cara cuando trató de ayudar a la señora Vorhees a subir al coche. Al parecer, no le hizo gracia.

«Qué cabrón».

—¿Le has dicho al guardaespaldas de un senador de los Estados Unidos que tenías intención de chantajear a su jefe?

—Bueno, básicamente, ese es el resumen.

Brick cerró los ojos.

—Pues no ha sido una buena idea. Como Vorhees se entere...

—No lo hará —le aseguró William—. Él es el informador que estabas buscando. Tiene datos de primera mano. Y el jefazo lo trata fatal, así que lo de la lealtad no le preocupa demasiado. Lo mejor de todo es que está al corriente de un montón de trapos sucios.

—¿Qué tipo de trapos sucios? —le preguntó Brick.

—Al parecer, su jefe lo llamó para que lo recogiera en el aeropuerto hace unos meses. No debería haber vuelto a Chicago hasta tres días más tarde. Cuando llegó allí, Vorhees se quedó con su coche y le dijo que se buscara la vida para regresar a casa. No volvió a saber nada del vehículo. Era un Chevy Tahoe.

Brick repasó mentalmente la línea temporal.

—Joder —maldijo.

—El senador Vorhees estaba tan agradecido que le regaló un Escalade nuevecito.

—Aun así, eso sigue sin demostrar nada —señaló Brick, cada vez más frustrado.

—Estaría de acuerdo contigo si no tuviera fotos en el móvil de los restos del coche. Le seguí la pista hasta un desguace de las afueras. Parecía como si hubiera chocado con algo de frente. También tengo el recibo del Uber que recogió a nuestro amigo del aeropuerto esa noche.

Aquello ya era algo. Algo con lo que podía trabajar.

—¿Está dispuesto a hablar? —le preguntó Brick.

—Estoy en ello. Si hay dinero de por medio, no tiene ningún problema en cantar como un puñetero canario. Pero voy a tardar un poco en conseguir que se sienta cómodo con lo de la policía.

—Hazlo.

—Es algo que requiere delicadeza, hijo. Lo haré lo mejor que pueda. —Genial. La mejor baza de Brick para acabar con aquel asunto antes de que Vorhees se presentara allí con ganas de ir de caza era confiar en que el liante de su padre consiguiera algún resultado sin conducir a aquel demente directamente a Mackinac—. También mencionó que había visto al senador ponerse un poco violento con su mujer —añadió William—. No llegó a decir que le pegaba, pero tanto él como algunos otros empleados se han dado cuenta.

Sin la constatación de Camille, lo único que seguían teniendo era un montón de rumores sin fundamento. No era suficiente, pero algo era.

—Vale —murmuró—. De acuerdo. Veamos a dónde nos lleva esa pista. Te enviaré algo de dinero, si eso es lo que va a hacer falta para hacerle hablar.

—Esa chica debe de significar mucho para ti —comentó William. Brick notó en la voz de su padre que estaba sonriendo y eso le molestó.

—Lo que siento por Remi no tiene nada que ver con llevar a un hombre ante la justicia.

—Por supuesto que no —respondió William, con afectación—. Pero que sepas que pagar a un testigo por su testimonio haría que tu caso tuviera más agujeros que una cuña de queso suizo.

—Vale. Pues entonces le obligaré a hablar.

—Deja que yo me encargue, a ver qué puedo hacer.

Brick suspiró.

—Mantenme informado —dijo.

—De acuerdo.

Brick colgó antes de que su padre se pusiera a hablar de nuevo de trivialidades.

Miró a su alrededor los escaparates, los cristales relucientes, los productos perfectamente colocados y los restaurantes con los platos especiales anunciados en las pizarras, sintiéndose cada vez más impotente.

Necesitaba verla. Necesitaba acariciarla y recordarse a sí mismo que Remi estaba a salvo, de momento. Que estaba bien y que seguía allí. También de momento.

Desató a Cleetus del poste de la calle y le hizo ir hacia casa.

Estaba subiendo los escalones del porche, cuando la puerta se abrió y Kyle Olson salió con cara de abatimiento.

—Olson —dijo Brick.

—Callan. —Kyle llevaba puestos unos vaqueros y una sudadera con capucha. Un atuendo extraño para un abogado procesalista un miércoles. Parecía tener ganas de hablar. Brick esperaba que no lo hiciera porque seguía estando lo suficientemente cabreado como para pegarle un puñetazo a alguien.

—No entiendo nada, tío —dijo Kyle, pasándose una mano por la mata de pelo rubio y dejándolo de punta. Brick ahogó un gruñido—. Cuando nos prometimos, quería ser madre, ama de casa y formar una familia. Quería vivir aquí, en esta puñetera isla cara de cojones, y fue lo que hicimos. Y ahora no le basta. Me hice abogado procesalista porque necesitaba el dinero para pagar los préstamos estudiantiles y hacer realidad el resto de la lista de deseos de Kimber. Y ahora no es suficiente. —Brick solo quería entrar y agarrar a su chica.

—La gente cambia —comentó Brick.

—Ya lo sé. Pero podía haberme avisado. Podía haberme dado la oportunidad de ponerme al día.

Brick se golpeó la cabeza contra una de las columnas del porche.

—Prefiero no involucrarme.

—Mi mujer, mis hijos y mi perro viven en tu casa. Ya estás involucrado.

—No quiero involucrarme pero, visto desde fuera, lleva años avisándote —dijo Brick con frialdad—. Tú eres el que la ha ignorado. Tú eres el que decidió ser abogado primero y todo lo demás después. Ninguna mujer quiere ser el segundo plato de su marido. Ninguna madre quiere que sus hijos sean el segundo plato de su padre.

—¿Y qué coño hago?

—Arreglarlo —dijo Brick, antes de dejarlo allí plantado y entrar en casa.

—¡Remi! —bramó desde el vestíbulo. Mega corrió hacia él, ladrando. Cuando el perro llegó a su lado, se detuvo, le lamió la mano y entró trotando en el comedor para tumbarse en un rinconcito donde daba el sol.

—¡Está en el estudio! —gritó Kimber, desde las entrañas de la casa.

Brick asomó la cabeza por la puerta del salón. Kimber se había adueñado de la mesa redonda que había al lado de las librerías. Estaba delante del portátil con el ceño fruncido y la mesa llena de carpetas y hojas impresas.

—¿Qué es todo eso? —preguntó.

—Un pequeño proyecto en el que estoy trabajando —respondió ella, levantando la vista de la pantalla—. ¿Qué pasa? —preguntó, entornando los ojos.

—Nada.

—Pues no lo parece.

—Acabo de encontrarme con tu marido en el porche.

Kimber se encogió de hombros.

—¿Quién me iba a decir que lo único que tenía que hacer para que se cogiera un día libre era pedirle el divorcio? —dijo con amargura.

—¿Seguro que Remi está en el estudio?

Justo en ese momento, la música cambió y oyeron a Remi cantar unos versos de Missy Elliott.

—Segurísimo —le respondió Kimber—. ¿Qué ha hecho ahora?

—Nada. Está todo bien. ¿Por qué lo preguntas?

—Mi hermana suele ser la única capaz de hacerte poner esa cara de entre cabreo y pánico.

—Está todo bien —repitió Brick.

Kimber arqueó una ceja.

—Oye, puedes contarnos tus preocupaciones. No tienes por qué cargar tú solo con todo. Es mi hermana.

Brick seguía teniendo ganas de verla, de asomar la cabeza por la puerta del estudio y asegurarse de que estaba allí. Segura. Y de que seguía siendo suya.

—Ya —dijo finalmente—. Está todo controlado.

Kimber lo miró fijamente con ojos de madre.

—¿Has olvidado de quién somos hijas? Ni mi hermana ni yo necesitamos que nos protejan de la verdad.

Hacía tiempo que Brick había descubierto que darle a Remi la menor cantidad de información posible ayudaba a mantenerla a raya. Cuando era consciente de los peligros que la acechaban, tomaba decisiones nefastas.

Pero Kimber era distinta.

—El plan es detenerlo antes de que se acerque a Mackinac y, por supuesto, a esta casa —dijo.

—A juzgar por tu cara, la cosa no pinta bien —comentó ella.

La canción del estudio fue sustituida por algo con un ritmo trepidante que lo incitaba y tiraba de él hacia Remi.

—Es un proceso más lento de lo que me gustaría. —Era lo único que estaba dispuesto a contarle.

—Mantenme informada —dijo Kimber—. Entiendo que estés acostumbrado a tratar con Remi pero, a diferencia de ella, yo solo uso la información para hacer el bien. Quiero saber cuándo tengo que empezar a preocuparme. —Brick asintió. Se sentía mal por tener que informar a la gente que le importaba acerca de una amenaza que aún no había logrado neutralizar. Era como si les estuviera fallando. Cuando había tantas cosas en juego, no podía permitirse no hacer las cosas bien—. Es lo único que te pido —añadió esta. Luego volvió a coger las gafas de lectura y, guiñándole un ojo, se concentró de nuevo en el portátil.

Cuando Kimber dio por zanjada la conversación, Brick siguió la música para llegar hasta Remi.

Necesitaba verla en su casa, cubierta de motas de pintura, sonriendo o frunciendo el ceño ante cualquier mundo al que estuviera dando vida.

El timbre de la puerta le hizo detenerse.

—¿Esperas a alguien? —le preguntó Kimber, saliendo de la sala de estar.

De repente se habían visto arrastrados a un mundo en el que los timbres significaban sorpresas y las sorpresas podían ser mortales.

—No —respondió él, yendo rápidamente hacia la parte delantera de la casa—. A lo mejor deberías esperar en el estudio.

—No, voy contigo —decidió Kimber.

Se parecía más a Remi de lo que creía.

Tranquilamente, Brick bajó la mano y desabrochó la funda de la pistola.

Pero entonces reconoció una silueta familiar a través del cristal esmerilado. Una que le daba casi tanto miedo como cualquier monstruo asesino.

Por un instante se planteó no contestar, pero esa sería la reacción de un cobarde.

—Audrey —dijo, abriendo la puerta.

Su exmujer tenía buen aspecto. De hecho, estaba guapísima.

Se había vuelto a cortar el pelo, rapándoselo por los lados y dejándoselo más largo y muy rizado por arriba. Llevaba un pendiente en la nariz, lo cual era una novedad. Tenía los labios pintados de morado oscuro. Era alta, estilosa y serena. E iba vestida de manera informal y cómoda, con unos vaqueros negros y un jersey extragrande.

—Brick —dijo, sonriendo de oreja a oreja. Cruzó el umbral tirando de una maleta y le dio un pico en los labios.

—Audrey —dijo Kimber, tan sorprendida como Brick.

Este captó cierto tono acusador en su voz. Se estaba tirando a Remington y, sin embargo, su exmujer se presentaba allí con una puñetera maleta y un beso.

—¿Kimber? —Audrey se quedó inmóvil, mirando una y otra vez a Brick y a su invitada—. Vale, tengo que admitir que esto no me lo esperaba —dijo, señalándolos a ambos con el dedo.

—¿Eh? —A Brick no se le ocurrió nada más que decir.

—¿Yo con Brick? —Kimber se rio—. Qué va. Me ha dejado quedarme aquí con los niños mientras Kyle y yo decidimos si divorciarnos o convertirnos en personas completamente distintas para que las cosas funcionen.

—¡Qué me dices! Cuéntamelo todo —dijo Audrey.

Brick se sentía como si el suelo se estuviera moviendo bajo sus pies, agrietándose y desmoronándose.

Audrey y Remi bajo el mismo techo. Iban a rodar cabezas. Más de una. Y, definitivamente, la suya iba a ser una de ellas.

—No es muy buen momento... —empezó a decir, pero se interrumpió cuando Audrey arqueó una ceja.

—Me alegro mucho de volver a verte —dijo Kimber.

Estaba muy jodido. Jodidísimo.

—Y yo estoy encantada de haber vuelto a la isla. Tengo entendido que la cosa se está poniendo bastante seria entre mi hermano y Ken, así que se me ha ocurrido venir una semanita.

—¿Y te vas a quedar aquí? —le preguntó Kimber—. Qué generoso es Brick con su casa, ¿verdad?

—Hasta límites insospechados —dijo Audrey, dándole a su ex una palmadita en el brazo.

—¿Me habías avisado de que ibas a venir? —le preguntó Brick, recuperando por fin la voz.

—Sí. Bueno, más o menos. El plan era venir en mayo. Pero tenía un hueco entre proyecto y proyecto en el trabajo y se me ha ocurrido adelantar el viaje. ¿Qué novedades hay?

Kimber y Brick se miraron.

—Bueno...

—¿Has venido a buscarme para llevarme a comer, grandullón?

La alegre pregunta de Remi hizo que Brick se girara en redondo en el vestíbulo. Su cuerpo era la única barrera entre la mujer a la que amaba y aquella con la que se había casado. Remi estaba hecha un desastre. Llevaba el pelo sujeto y enmarañado en lo alto de la cabeza. Tenía una pincelada turquesa bajo un ojo, unas cuantas salpicaduras rojas en la mano y la camiseta verde estaba embadurnada con todos los colores del arco iris.

Magnus se coló entre sus pies antes de rodear a Brick para saludar a Audrey. Mega, presintiendo que se avecinaban problemas, entró a hurtadillas en el vestíbulo y ladeó la cabeza.

Brick se quedó bloqueado. Lo habían entrenado para hacer frente a todo tipo de peligros, pero eso era algo nuevo.

Remi abrió los ojos de par en par, sorprendida.

La expresión de Audrey era indescifrable.

«Mierda».

—Hola, Remi. Esperaba verte por aquí. Me gustaría hablar contigo.

«Socorro. Auxilio. SOS. Un agente necesita ayuda».

—¿Por qué no nos relajamos todos un poco y...? —empezó a decir Brick.

—Claro. ¿Te apetece un café? —le preguntó Remi a Audrey.

—Genial —dijo esta, antes de girarse y darle la maleta a Brick—. ¿Te importaría subirla?

Él se quedó allí plantado, sujetando el equipaje, mientras las dos mujeres desaparecían en la cocina.

—No soy capaz de decidir hasta qué punto estás jodido —susurró Kimber.

—Yo... Ellas... Esto...

—Mejor me voy a comer, antes de que me convierta en testigo de algún crimen. Si necesitas refuerzos, mándame un mensaje —dijo ella, poniéndose el abrigo y ahuecándose el pelo.

—Mmm...

—Buena suerte. Y no hagas movimientos bruscos —le aconsejó.

45

—Así que estás con Brick —dijo Audrey, con la taza de «Michigan: el que parece una manopla, imbécil» entre las manos.

Remi la miró mientras se servía otro café para ella.

—Sí. Estoy con Brick. Después de qué tú estuvieras con él. —Sacó la leche condensada que él le había comprado y se echó un buen chorro.

Se hizo un largo silencio.

—Esto es raro —confesó Audrey—. Y seguro que Brick está al acecho en el pasillo, por si necesita pedir refuerzos.

—Pobrecito. ¿Quieres que vayamos al estudio? Podemos poner la música a tope y acojonarlo aún más.

—Buen plan.

Remi fue la primera en salir y saludó con la mano a Brick que, efectivamente, estaba en el pasillo con expresión descompuesta y muerto de miedo.

—Brick debería habértelo dicho —dijo Remi, cerrando la puerta—. Yo debería habértelo dicho.

Audrey negó con la cabeza, haciendo tintinear sus pendientes diminutos.

—Ninguno de los dos me debéis nada —declaró, sentándose en un taburete alto—. De hecho, si alguien tiene que disculparse, soy yo.

—¿Tú? ¿Por qué? —preguntó Remi.

Audrey se subió las gafas, un gesto que devolvió a Remi automáticamente al instituto.

—Quería parecerme a ti. Y, cuando Brick empezó a hacerme caso, pensé que era mi oportunidad de ser por fin la especial.

—No sé qué decir —replicó Remi, sentándose de un salto en una mesa de trabajo salpicada de pintura, con los pies colgando.

—Tú siempre fuiste la que más llamaba la atención. En la que se fijaba todo el mundo.

—Si era un desastre con patas. La gente todavía sigue esperando hoy en día que me dé por robar chocolatinas, o por saltar desde el tejado de la tienda de chucherías.

—Tú eras la interesante —insistió Audrey.

Remi estaba harta de que otras mujeres le dijeran lo «interesante» que era.

—Simplemente hacía lo que me daba la gana, sin pensar en las consecuencias. No es algo digno de admiración, precisamente —señaló. Al final había resultado que las consecuencias eran una parte fundamental de la ecuación a la hora de tomar decisiones.

—Puede que a ti no te lo parezca, pero para las que somos un poco menos valientes, es así. Tú no te amoldabas para cumplir las expectativas de nadie. Eras como eras y punto. Puede que todas las demás quisiéramos ser como tú. Sabía lo que sentías por Brick y, cuando tuve la oportunidad, la aproveché.

—Eso es algo entre vosotros dos —dijo Remi, incómoda, cambiando de postura—. Vuestra relación no tiene nada que ver conmigo.

Audrey suspiró con fuerza.

—Tenía todo que ver contigo. De principio a fin. Yo pensaba lo mismo que tú, que no significabas nada para él. Que no sentía nada por ti. Así que, cuando empezó a fijarse en mí… —Audrey se encogió de hombros—. Casi me muero de la emoción. Acababa de terminar la universidad, aún no tenía ni idea de lo que quería hacer y él era tan…

—Brick —dijo Remi, entendiéndola perfectamente.

Audrey asintió.

—Exacto. Me sentía especial. Era como si me hubiera tocado la lotería. Como si fuera la reina del baile.

—Fuiste la reina del baile —le recordó Remi.

—Sí, porque tú te negaste a aceptar el puesto. No fue una victoria real. —Remi bebió un sorbo de café caliente y siguió escuchando lo que Audrey tenía que decirle—. Cuando tú no estabas en la isla, era diferente. Brick solo tenía ojos para mí y yo para él —continuó Audrey.

—No tienes por qué darme explicaciones —le recordó Remi—. No me debes nada. ¿Y quién no se enamoraría del hombre que acaba de pasar dos veces por delante de la puerta para intentar averiguar de qué estamos hablando?

—Durante la adolescencia deseaba tanto ser como tú que, cuando surgió la oportunidad, cuando Brick me invitó a salir la primera vez, no me lo pensé. No lo dudé. Me lancé. Y lo hice sin preguntarme si mis sentimientos por él eran reales, o si solo lo quería porque tú lo querías.

—Lo querías. Y todavía lo quieres —dijo Remi.

—Es difícil no quererlo. Pero nunca acabamos de encajar. Lo nuestro no estuvo bien. Como tampoco lo estuvo apartarte de mi vida. Volviste a casa al salir de la facultad de Bellas Artes llena de grandes sueños y con una oferta de trabajo en una galería en una ciudad que no conocías. Y yo no tenía ningún plan. Había estudiado Contabilidad porque mis padres se habían empeñado y no tenía más claro lo que quería que a los dieciséis años.

—Nunca fue mi intención hacerte sentir inferior o descontenta con lo que tenías —dijo Remi.

—Ya lo sé. Tú me querías por ser como era. Por ser aquella mujer que yo no podía ver porque estaba demasiado ocupada comparándome contigo y con todos los demás.

—Me invitaste a la boda y no fui.

—Ni siquiera te conté que estábamos saliendo hasta que nos prometimos —replicó Audrey—. Fue entonces cuando todo empezó a encajar. Me di cuenta de que no lo estaba haciendo por las razones correctas. No me estaba poniendo aquel vestido blanco porque quería estar con Brick. Lo hacía para demostrar que yo era la especial. Que había conseguido algo que tú no habías conseguido. —Remi se quedó callada—. Y luego me di cuenta de algo aún peor.

Remi arrugó la nariz.

—¿De qué?

Audrey sonrió con tristeza.

—De que él te quería. Siempre te había querido. Ya te había entregado su corazón. Yo nunca tuve ninguna oportunidad. Y, para ser sincera, él conmigo tampoco.

—A lo mejor es con él con quien deberías tener esta conversación —insinuó Remi.

—Ya la hemos tenido. Al menos en parte. Omití los detalles desagradables que me hacían quedar mal. Pero tú mereces saberlo todo. Fue un marido maravilloso. Era atento, me hacía la colada y nunca se quejó de mi mal gusto para las películas.

—Tienes un gusto pésimo —corroboró Remi.

Audrey sonrió.

—Me invitaba a cenar y me regalaba flores. Pero era tu nombre el que susurraba en sueños.

Remi bajó la vista hacia las salpicaduras de pintura, observando el caos que había montado.

—Lo siento mucho.

—Yo misma me metí en ese berenjenal. Y la verdad es que me obcequé. Durante un tiempo, intenté ser mejor que tú, para hacer que se olvidara de ti. Pero era imposible. Y menos fingiendo ser alguien que no era.

—¿Y consideraste que lo mejor era irte de Mackinac?

Audrey negó con la cabeza.

—Nos liberé a ambos. Empecé a hacer entrevistas de trabajo en el continente y, cuando conseguí uno en una empresa de diseño, lo acepté sin consultarlo siquiera con él. Obviamente, hablamos de si yo iría y vendría a diario o de si se mudaría conmigo. Pero los dos sabíamos que era el final.

Remi suspiró.

—Y ahora, ¿cómo estás?

Audrey se encogió de hombros y sonrió.

—Contenta. Me encanta mi trabajo. En la oficina hay gente interesante. Y salgo con hombres que no te conocen.

Remi hizo una mueca.

—Qué mala.

Audrey le guiñó un ojo.

—Solo quería que supieras que he sido una amiga de mierda, Rem, celosa y perversa. Nunca hiciste nada para merecerlo y aun así me empeñé en maltratarte en lugar de quererte. Los celos me convirtieron en una mala persona y siento haber tardado tanto en disculparme.

—Siento haberte complicado la vida —dijo Remi.

—Yo misma me la compliqué —la corrigió Audrey—. Tú nunca intentaste eclipsarme. El sol brillaba con la misma intensidad sobre mí. Solo que yo no me daba cuenta. Tuvo que pasar todo eso para que encontrara el camino correcto, mi propio camino, para darme cuenta de que ya estaba bajo el sol.

Remi suspiró.

—La verdad es que yo no me sentía especial. Me sentía diferente.

—En eso consiste ser especial.

—Pues yo huía de ello. Huía de la persona que era e intentaba ser otra.

—Pues parece que has encontrado el camino de vuelta —comentó Audrey.

—Supongo que sí.

—Y ahora, como la exmujer encantadora que soy, quiero decirte una cosa. No juegues con él, Rem. Lleva mucho tiempo esperándote. Si no vas en serio, si piensas dar media vuelta y seguir con tu vida en cuanto te dé el arrebato, hazle un favor y lárgate ya.

—Ahora mismo la cosa está... un poquito complicada —le dijo Remi—. Todavía no hemos hablado del futuro.

—Pues al menos tú deberías estar pensando en él. Intenta no hacerle daño. Es una persona excepcional y lo último que quiero es tener una razón real para enfadarme contigo.

—Mensaje recibido —dijo Remi, sintiéndose un pelín abrumada. Volvió a ver la cara de Brick en la ventana y se enamoró un poco más de él—. ¿Qué haces por aquí?

—Mi hermano me contó que tú y Brick por fin os habíais liado y me pareció que ya era hora de disculparme.

—¿Y de darle un susto de muerte a Brick? Nunca lo había visto tan pálido.

Audrey sonrió con picardía.

—Menuda cara ha puesto al abrir la puerta, parecía que acababa de pisar un cepo. Seguramente estará ahí fuera, haciendo surcos con los pies sobre el suelo de madera mientras hablamos.

46

Remi se sentó en medio de la barra del Tiki Tavern mientras Brick, Darius y su emocionadísimo padre, que se estrenaba como camarero, atendían los pedidos de bebidas. Estaba decidida a disfrutar de la noche, olvidarse de todo lo que la agobiaba y centrarse únicamente en divertirse un poco.

La música sonaba a todo volumen, bañando el bar abarrotado con tonos dorados y destellos rosas. El público seguía estando compuesto mayoritariamente por residentes, pero había suficientes trabajadores estacionales y turistas tempranos como para equilibrar la balanza. Mientras se tomaba una copa, esa noche de bourbon a palo seco, e intentaba seguir las conversaciones de las personas que la rodeaban, Remi pensó en lo que estaría haciendo si aquella fuera una noche normal de su vida normal.

De la vida de Alessandra.

Estaría pintando sola hasta altas horas de la madrugada. O puede que se hubiera arreglado y maquillado para algún evento en el que vender su talento a compradores con la cartera bien abultada.

Pero, en lugar de eso, estaba embutida entre Audrey y Kimber, mientras babeaba por su novio el camarero. Kimber hacía todo lo posible por ignorar a Kyle, que no solo se había presentado allí, sino que las había invitado a las dos últimas rondas e intentaba convencer a su hermana para bailar. Spencer, que había llegado en el ferry de la tarde el día anterior, estaba atrapado entre Audrey y Ken, el novio de Darius.

Brick ni se había inmutado ante la aparición de otro nuevo invitado. Ya estaba acogiendo a dos niños, a una hermana en proceso de separación, a una exmujer y a un perro, ¿qué importaba uno más?

Remi, por su parte, sí se había percatado cuando, de camino a la cama, había pillado a Spencer colándose en la habitación de Audrey, pasada la medianoche. Esta había sacado el brazo por la puerta y lo había arrastrado al interior.

Brick no había vuelto de la guardia hasta las dos de la mañana y ella ya estaba profundamente dormida, acurrucada con Magnus en la enorme cama. Una llamada de la central había interrumpido su revolcón matutino antes prácticamente de empezar.

Entre que tenían la casa llena y el inicio de la temporada turística, no tenían mucho tiempo para estar solos y Remi lo deseaba desesperadamente.

El sentimiento parecía ser mutuo. Cada vez que Brick se giraba hacia ella, miraba fijamente los cordones delanteros de su vestido de punto. Era un vestido corto de manga larga verde oscuro que se ceñía a sus curvas. Lo había combinado con unas botas grises de ante que le llegaban hasta la mitad del muslo.

Todo con la intención expresa de volver loco a Brick Callan. Conocía las señales de su excitación. La mandíbula apretada y las fosas nasales dilatadas, como si pudiera percibir su olor. Los ojos azules entornados y ardiendo con una intensidad que la dejaba sin aliento. La forma en la que dejaba posados los dedos sobre la copa que le servía.

Estaba cachondísimo. Y ella más.

Cuando sonó «Shoot to Thrill», de AC/DC, conjurando una tormenta de tonos rojos y anaranjados, Remi arrastró con ella a Audrey y a Kimber a la pista de baile abarrotada. Bailaron como en el instituto, contoneándose y meneándose por puro placer.

Cuando un pelirrojo muy majo que llevaba puesta una camisa le puso las manos en las caderas, Remi sintió el peso de la mirada de Brick sobre ella, calentándole la piel y haciendo que sus pezones desearan sentir su boca y el tacto áspero de su barba. Cuando la canción llegó al clímax, se echó el pelo por encima del hombro y levantó los brazos, dejando que los colores y el ritmo de la música fluyeran sobre ella.

La multitud gritó al terminar la canción y Remi se abanicó. Tras despedirse con un gesto de la mano de su pareja de baile, se dirigió al baño. Una mano la agarró con fuerza del brazo y la arrastró hacia la salida de emergencia.

El pulso se le aceleró mientras Brick, con cara de pocos amigos, la ponía mirando hacia la fachada del edificio. Le dio una patada a una caja para colocarla de lado y luego levantó a Remi y la subió encima.

—Las manos en la pared —le ordenó, haciéndole cosquillas con los labios en la oreja, mientras recorría la parte delantera de su cuerpo con aquellas manos grandes y anchas.

La luz y las risas se filtraban por la ventana de al lado, mientras sus amigos y vecinos seguían con sus quehaceres de viernes por la noche, ajenos al acto de libertinaje que estaba teniendo lugar al otro lado de la pared.

—¿Aquí? —susurró Remi, apoyando encantada las palmas de las manos sobre el revestimiento de tablones de madera. Él le separó los pies con los suyos para abrirle más las piernas, lo que hizo que Remi se excitara al instante. Llevaba años fantaseando con aquello. Con ponerlo al límite para que él tuviera que agarrarla, llevársela y recordarle a quién pertenecía.

El sonido del cinturón desabrochándose la hizo quedarse sin aliento.

—Sigue respirando para mí, corazón. Rítmica y profundamente.

Ella asintió con energía. Dios, esperaba que su respiración no fuera la única cosa que fuera rítmica y profunda.

El sonido de la cremallera bajándose fue como música para sus oídos. Y cuando Brick metió las manos bajo su vestido y se lo subió por encima de las caderas, Remi gimió.

Clavó los dedos en la superficie rugosa de la pared mientras inclinaba las caderas en señal de invitación, ofreciéndose a él.

Brick gruñó complacido y le pasó un dedo entre las nalgas, por encima de las bragas. Por instinto, ella pegó las caderas a su mano, excitada.

—Esta noche vas a ser mi chica mala —gruñó él posesivamente.

—Sí —susurró ella, al sentir que Brick agarraba su erección por la base para guiarla por el mismo camino que acababa de recorrer con el dedo.

—Estás deseando que te toque por todas partes. —Para enfatizar la afirmación, la embistió con la punta de la polla. La fina barrera de algodón impidió que la penetrara.

Remi no se veía capaz de responder, de decirle cuánto deseaba que la tomara y la convirtiera en su juguete. Así que asintió, temblando de excitación.

Él le bajó las bragas hasta la mitad del muslo. La adrenalina inundó su torrente sanguíneo, mezclándose con el deseo feroz que sentía por él. Aun estando allí, en aquel estrecho pasillo entre edificios donde podían descubrirlos con facilidad, Remi confiaba plenamente en que él la cuidaría, en que la mantendría a salvo y en que la tomaría como necesitaba que la tomaran.

Notó su cálido aliento sobre el cuello y su cuerpo duro y preparado a su espalda.

Sintió la corriente de aire una fracción de segundo antes de que la palma de la mano de Brick entrara en contacto con su trasero, dándole un doloroso azote. El sonido resonó en la pared del edificio.

—Esto por provocarme en público —le susurró él al oído, mientras le sujetaba la parte de abajo del vestido por detrás. El pecho de Brick vibró con su gruñido triunfal y Remi se lo imaginó acariciándose la polla con una de sus manazas mientras observaba cómo se le ponía el culo rojo.

Intentó apretar los muslos para aliviar parte de la tensión, que había alcanzado cotas astronómicas, pero él no se lo permitió.

—De eso nada, corazón. Todavía no te toca sentirte mejor —dijo. Remi oyó las caricias rítmicas de su mano alrededor de su erección.

—Lo siento —susurró ella.

Brick volvió a gemir.

El siguiente azote la pilló por sorpresa y le hizo gritar. Fue todavía más fuerte y el escozor que le causó la volvió loca. Ni en sus mejores sueños se había creído capaz de hacer llegar a Brick hasta ese extremo. Hasta el punto de hacer que la sacara a rastras a la calle para castigarla y a masturbarse mientras la azotaba. Estaba excitadísimo.

Sintió la punta de su pene acariciando su piel maltratada, dejando un rastro resbaladizo a su paso.

El placer de él hizo que el de ella fuera aún más intenso.

—Y esto porque te haya gustado el castigo.

—Lo siento —le dijo ella, prácticamente enloquecida de deseo.

—¿Sabes lo que debería hacer? —Brick se pegó a ella y Remi jadeó cuando le metió la gruesa punta de su erección entre las piernas, separando sus pliegues.

—¿Q-qué? —susurró ella.

—Debería usarte solo para correrme yo. Las chicas malas no merecen tener orgasmos.

Remi podía sentir los nudillos de Brick mientras este sujetaba su miembro contra ella, moviéndolo a través de sus pliegues. Inclinó las caderas y se echó hacia adelante para que su polla le rozara el clítoris. Le temblaban las piernas y su interior se contraía con avidez, pero él todavía no había acabado de torturarla. Arrastró la punta de su erección hacia atrás, impregnándose de su humedad y pasándosela entre las nalgas una y otra vez, moviendo la mano con brusquedad. Podría conseguir que se corriera así perfectamente. Cuando estaba tan excitada, Brick lograba hacerla llegar al orgasmo con cualquier cosa.

—Aunque eso también sería un castigo para mí, porque entonces no podría sentirte estrangulándome la polla. —Cuando Brick Callan se ponía a decir guarradas era irresistible.

Extendió una mano y se la metió por debajo del vestido para agarrarle un pecho. Automáticamente, el pezón se endureció contra la palma. Brick tiró de la sensible protuberancia hasta hacerla gemir.

Remi arqueó la espalda al máximo y separó los pies todo lo que le permitía la caja, preguntándose si acabaría corriéndose o rompiéndose en mil pedazos por la presión que se acumulaba en su interior.

—Tengo el bar lleno de gente esperando a que le ponga una

copa y tú me obligas a arrastrarte hasta aquí para recordarte a quién coño perteneces —dijo Brick, jadeando, mientras se la sacudía con fuerza pegado a ella. Cada vez que le rozaba el clítoris, Remi veía las estrellas y su cuerpo se estremecía.

Él la deseaba tanto que iba a correrse masturbándose contra su cuerpo.

Ella se sentía vulnerable y poderosa al mismo tiempo.

Con un suave gruñido, Brick empezó a eyacular sobre ella, estrechando con violencia su tierno pezón entre los dedos. Embistió de nuevo con la punta resbaladiza de su erección aquel ávido cúmulo de terminaciones nerviosas mientras expulsaba su cálido semen y Remi se corrió. Sus paredes internas se estremecieron con el orgasmo, explotando como fuegos artificiales.

Ella gimió cuando Brick le lanzó un chorro contra el apretado orificio que tenía entre las nalgas y, todavía corriéndose, introdujo la polla en su interior, que seguía contrayéndose.

—Es toda tuya. Soy todo tuyo, Remington —dijo Brick, con un gemido animal, abalanzándose sobre ella y obligándola a recibir cada vez más y más.

Le tapó la boca a Remi con la mano con la que se había estado masturbando, justo antes de que esta soltara un grito.

Entonces la embistió de golpe, poniéndola de puntillas. La mano de Brick amortiguó su chillido.

—Joder —le murmuró él al oído—. Joder.

La sensación de aquella penetración tan profunda combinada con la lubricación del orgasmo interminable de Brick era una puta pasada. Algo alucinante.

Deshaciéndose dentro de ella, él le rodeó las caderas con un brazo, la levantó hasta que sus pies dejaron de estar en contacto con la caja y empezó a follársela con embestidas cortas y bruscas mientras Remi colgaba como una muñeca de trapo sobre su brazo, corriéndose alrededor de su polla.

Aquella posesión desesperada le hizo enlazar un orgasmo con otro.

—Sigo corriéndome —gimió ella. Brick le acarició el clítoris hinchado con los dedos dibujando pequeños círculos, mientras su semen salía lentamente de ella y le resbalaba por los muslos.

Ambos seguían temblando por las réplicas cuando él volvió

a ponerla en pie. A Remi estaban a punto de fallarle las rodillas y acabaron haciéndolo cuando Brick le propinó un fuerte azote en el culo.

—Este por obligarme a hacerte esto. Por hacerme arrastrarte hasta aquí, en vez de esperar a que te hiciera el amor y a que pudiera mimar esas tetas tan maravillosas con la boca. A que pudiera follarte delante de la chimenea, agarrándote del pelo. Por hacerme desear estar siempre dentro de ti. Por volverme adicto al sonido que hace mi mano sobre tu culo. ¿Cómo voy a ser capaz de renunciar a esto? ¿Cómo, Remi?

Joder. Brick había dejado de correrse, pero no había dejado de follarla. No había dejado de marcarla por dentro. Siguió penetrándola como si intentara llegar a un nivel de profundidad que los hiciera sentir como una sola persona, en lugar de dos.

—Pues no lo hagas —jadeó Remi, mientras él la embestía.

Brick se detuvo, con la polla hundida en ella hasta el fondo.

—¿Que no haga qué? —le preguntó con frialdad.

—Que no renuncies a esto. Que no renuncies a mí.

Brick la agarró de las caderas tan fuerte como para hacerle moratones.

—¿Qué quieres decir?

—Quiero decir que me pidas que me quede. Que me pidas que sea tuya.

—Ya eres mía. —Brick apretó todavía más, hasta hacerle daño.

—Es muy difícil tener una conversación así —gimió Remi.

—Joder —murmuró él. De repente, él salió de su interior. Remi se quejó al sentir su ausencia—. Espera un momento, corazón —dijo Brick, muy serio, dejándola de nuevo en el suelo y subiéndole las bragas, que inmediatamente quedaron empapadas con su semen.

—¡Brick!

Él le bajó el vestido. Remi se giró con piernas temblorosas y se lo encontró subiéndose los pantalones, todavía completamente empalmado.

—¿He dicho algo que…?

Pero él la agarró por la muñeca.

—Nos vamos.

—¿Qué? ¿A dónde?

Pero Brick ya estaba abriendo la puerta con fuerza y arrastrándola adentro.

—¿En serio me vas a hacer volver ahí dentro con un litro de semen en las bragas? —susurró Remi.

Brick la empujó al interior del despacho y cerró la puerta.

—Vale. Repite lo que me acabas de decir —dijo, acercándose a ella.

El brillo de sus ojos puso nerviosísima a Remi.

—Lo he olvidado. Ya hablaremos de eso en otro momento —resolvió ella.

Pero cuando intentó escabullirse, él la cogió en brazos y la subió al escritorio. Luego acercó la silla y se sentó.

Remi se quedó con las piernas colgando por fuera de las suyas, que la obligaron a separar las rodillas. Brick subió las manos por sus muslos, acariciando los músculos tensos que encontraba a su paso.

Cuando rozó con los pulgares el borde de sus bragas, Remi empezó a temblar. Brick siguió acariciándole los muslos arriba y abajo, hasta que estuvo casi relajada. Hasta que él se metió la mano en los vaqueros y volvió a sacarse la polla. Allí estaba, gruesa y dura, curvada sobre su vientre.

—Repítelo —le ordenó Brick.

Tenía un aspecto verdaderamente poderoso, allí sentado, separándole las rodillas con sus largas piernas. Con aquella erección gruesa y venosa esperando a que le hicieran caso. Mirándola fijamente. Él era el que mandaba. El alfa.

La fuerza y el deseo de Brick no tenían fin.

—He dicho que podías pedirme que me quedara —dijo Remi, con un hilillo de voz.

—¿Quieres quedarte aquí, conmigo? —La intensidad de su mirada le hizo arder la piel.

Ella cogió aire entrecortadamente.

—Primero tengo que solucionar lo de Camille. Pero después… si todo va bien… —Si sobrevivía…—. Sé que aún no hemos hablado del futuro, pero me gustaría quedarme aquí. Contigo. —La expresión de Brick era inescrutable, como si se hubiera convertido en piedra—. A menos que tú no quieras —titubeó Remi.

Brick negó con la cabeza lentamente, antes de bajar la cara hacia su regazo.

—Eres un puto sueño hecho realidad.

—¿Un sueño o una pesadilla? —preguntó ella.

—Las dos cosas. —Él enganchó con un dedo la entrepierna de sus bragas empapadas y tiró de ella.

—¿No tienes nada que decir?

—Sí. Agárrate fuerte a mí.

Apenas había apoyado las manos sobre los hombros de Brick, cuando este la arrastró hasta el borde de la mesa y la sentó sobre su polla.

La llenó de tal forma y la estiró tanto, abriéndole las piernas sobre los finos brazos metálicos de la silla, que Remi estuvo a punto de desmayarse allí mismo. Aquel ángulo le permitía a Brick profundizar hasta tal punto que le impedía tomar aliento.

La cabeza empezó a darle vueltas mientras él la retenía allí, empalada e inmóvil, con las piernas colgando. Podía sentir la sangre palpitando en su miembro.

—Respira, corazón. Respira lenta y profundamente. Déjame entrar.

—Me cuesta aguantar así —susurró. Algo estaba sucediendo en su interior. Era como si se estuviera gestando una tormenta. La sensación de plenitud iba acompañada de pequeños relámpagos de dolor. Pero también estaba aflorando algo más. Algo indestructible. Algo maravilloso.

Observó fascinada cómo el último centímetro de él se introducía en su cuerpo.

Brick gimió y le bajó la parte superior del vestido, inclinándose hacia adelante para acariciarle el pecho.

—Buena chica, corazón. Joder, qué apretada estás —dijo él. Remi exhaló un par de veces. Cada vez que inhalaba, se sentía como si se estuviera rompiendo. Era como si cada centímetro hinchado, cada vena y cada latido de su polla le pertenecieran—. Cuando estés preparada, empieza a moverte para mí y volveremos a corrernos —dijo Brick, trasladando su atención al otro pecho, después de dejarle el otro pezón frío y húmedo.

—Vale —susurró ella. Probó a tensar su musculatura interna y él gimió contra su pecho, como un hombre ávido de liberación.

—Dios, Remi.

—Empieza a gustarme —reconoció ella. Era la leche.

—Lo sé. Siento cómo tiemblas de excitación, deseando que me mueva. ¿Tú quieres moverte, cariño?

—Sí —susurró Remi.

Brick acercó el pulgar a aquel demandante cúmulo de terminaciones nerviosas y lo rozó un par de veces mientras le chupaba con fuerza uno de los pechos.

—Pues muévete —le ordenó.

Ella obedeció y se retorció sobre él, moviendo las caderas. Él gruñó y la reverberación le hizo cosquillas en el pezón. Remi volvió a balancear las caderas sobre su miembro, con un movimiento casi imperceptible pero suficiente gracias a la profundidad de la penetración y al grosor de su erección. Además, aquel pulgar estaba obrando maravillas.

—Brick —susurró, con voz trémula.

—Estoy aquí, corazón. Déjame hacerte sentir bien.

Remi clavó los muslos en el metal de la silla, cambiando de ángulo hasta que la punta de su pene palpitante rozó exactamente el punto exacto. Le entraron ganas de cerrar los ojos y centrarse en la sensación, pero estaba disfrutando demasiado de verlo así, ensartándola, como para apartar la vista.

—Buena chica.

Se dio cuenta de que Brick estaba jadeando, y ella también. Se meció sobre él, dejándolo llegar más adentro que nunca. Sentía fuego en las venas, recorriendo todo su cuerpo. Allá donde la tocaba, él le abrasaba la piel. Iba a quemarla viva. Y ella se lo iba a permitir.

La tensión aumentó en su interior, convirtiendo aquello en una tortura exquisita, pero él la tenía tan gruesa, tan dura y estaba tan profundo, que eso era lo de menos. Brick le rodeó la espalda con un brazo para mantenerla ensartada en él y la embistió.

—Eres mía —gruñó, reclamando uno de sus pechos con la boca. Los músculos hambrientos que temblaban alrededor de su polla se hicieron eco de las succiones largas y violentas de su boca.

—Soy tuya —susurró ella, cabalgando sobre él. Entonces

Brick presionó más fuerte con el pulgar y fue como si hubiera apretado un gatillo.

Con un grito entrecortado, Remi se corrió encima de él. Este se tensó debajo de ella, gruñendo sobre su pecho mientras volvía a alcanzar el clímax, convertido en la imagen perfecta del éxtasis agónico.

47

Brick estaba profundamente dormido, envolviendo el cuerpo de Remi con el suyo en una maraña de extremidades y sábanas, cuando su teléfono sonó tres veces seguidas en la mesilla de noche.

Remi refunfuñó sobre la almohada.

Se tratara de lo que se tratara, podía esperar hasta que hubiera dormido al menos un par de horas más. Enterró la cara en el cuello de Remi. Olía a él. Eso lo puso un poco cachondo. Pero era demasiado temprano y ella estaría dolorida después de los jueguecitos de esa noche en el callejón y en la oficina, que repitieron en la cama como era debido cuando llegaron a casa.

«Casa». Remi se iba a quedar. Lo había elegido a él y al sitio que amaba. Iba a comprometerse a construir una vida allí, con él. Y Brick pensaba hacer todo lo necesario para acabar de hacerla suya. Empezando por meter en la cárcel a Vorhees. El siguiente punto del orden del día era el puto anillo. Se lo pondría a la fuerza en el dedo mientras tenía la polla dentro de ella, si era necesario.

En esos momentos era en los que se entregaba a él, confiando plenamente en que cuidaría de su cuerpo. Después de tantos años suspirando por ella, el subidón de poseerla físicamente era indescriptible. Pero eso ya no le bastaba. Quería el compromiso. Los papeles. El jolgorio y la celebración. Que el mundo supiera que ella era suya.

El móvil volvió a incordiarlo sonando sobre la mesilla de noche.

Remi gruñó. Sonriendo sobre su cabello, Brick le estrujó un poco el culo antes de girarse y buscar el teléfono a tientas.

—¿Sí?

—Brick, soy Juanita Houston, la de la cafetería. Perdona que te llame tan temprano, sé que ayer saliste muy tarde del bar.

Juanita era la dueña de la cafetería que había frente al embarcadero del ferry y lo sabía todo de todo el mundo.

—¿En qué puedo ayudarte, Juanita? —le preguntó él, tratando de disimular un bostezo.

Remi se dio la vuelta para acurrucarse contra su espalda y él la miró con una sensación cálida en el pecho. No parecía un ángel bajo la luz de la mañana. Parecía más bien una ninfa recargando energías para seguir causando problemas.

La ola de amor y posesividad que lo arrolló estuvo a punto de arrastrarlo.

—¿Recuerdas que nos pediste a unos cuantos que estuviéramos atentos por si aparecía ese tal Vorhees?

Sus músculos se tensaron y se sentó de golpe.

—Sí —respondió con brusquedad.

—Bueno, pues ya sabes lo que me gusta indagar…

Desnudo, Brick se levantó de un salto y fue hacia el armario para sacar la pistola de la cajonera.

—¿Lo has visto? ¿Aquí?

Remi se revolvió en la cama detrás de él.

—Qué va, no, no es eso —respondió Juanita, riendo entre dientes. Brick suspiró y cerró los ojos—. Pero me ha parecido ver a su mujer bajarse del primer ferry.

Miró el reloj. El ferry habría llegado hacía menos de diez minutos.

Maldijo en voz baja y cogió el pantalón del chándal.

—¿Estaba con alguien? ¿Has visto hacia dónde ha ido?

—Estaba un poco agobiada con todo el ajetreo de la mañana, pero he pensado que debía avisarte.

—Gracias, Juanita —dijo Brick, poniéndose los pantalones y la sudadera.

—De nada. Estaré atenta. Si vuelvo a verla o veo a ese tal Vorhees, te aviso.

—Te lo agradezco —dijo él. Colgó y se puso las zapatillas, dejándolas desatadas.

—¿Qué pasa? —preguntó Remi, adormilada.

—Nada, corazón. Vuelve a dormirte —respondió Brick, entreteniéndose lo justo para darle un beso en la frente.

—Para eso no hace falta una pistola —le soltó ella. Pero él ya estaba en las escaleras.

El timbre de la entrada sonó justo cuando acababa de llegar al piso de abajo. Con la pistola a punto, puso la mano en el cerrojo y abrió la puerta de golpe.

—¿Papá? —Brick se quedó pasmado en el umbral.

—¿Camille? —Remi, vestida únicamente con una de sus camisetas, lo empujó para abrazar con cuidado a la mujer que estaba al lado de su padre.

Era como las preciadas figuritas de cisnes de su abuela. Delicada y preciosa. Spencer se había cargado una sin querer en plena pubertad, cuando era un chico desgarbado con el mismo control sobre su cuerpo que una marioneta. El cisne se había hecho añicos. Se le había roto el cuello, largo y grácil.

Pero la piel de porcelana de Camille no presentaba indicios de accidentes fortuitos, sino de una violencia espeluznante e intencionada.

—Ay, madre —dijo Kimber, apareciendo en el porche detrás de su padre, ruborizada y despeinada.

—¿De dónde vienes? —le preguntó Brick.

—De correr.

Era una mentira como una catedral, pero Brick tenía cosas más importantes en las que pensar.

—¿Qué pasa? —preguntó Ian.

—Nada, cariño, vete arriba —dijo Kimber, apartando a Brick para llevar a su hijo de nuevo hacia la escalera—. Si vuelves a la cama media hora más, te hago tortitas con trocitos de chocolate para desayunar.

—¿Con gluten y sirope? —preguntó Hadley, asomándose por la barandilla del segundo piso.

—Entra —le pidió bruscamente Brick a William. Le hervía la sangre de tal forma que temía no ser capaz de controlarse.

Su propio padre había puesto el cebo en la trampa. Warren Vorhees seguiría a su esposa hasta la casa de Brick, lo que lo llevaría directamente a Remington.

—Vamos —dijo Remi en voz baja, animando a Camille a cruzar el umbral.

Brick la observó impotente mientras caminaba rígida, con cuidado, como una mujer varias décadas mayor. Cuando esta lo miró, pudo ver el dolor y el cansancio en sus ojos.

—Siento mucho aparecer así, sin avisar —se excusó ella. Aun con el labio partido y la mandíbula llena de moretones, saltaba a la vista que era de buena familia.

—Kimber, ¿puedes llevar a mi amiga Camille a la cocina y ponerle un té, mientras le preparo la habitación? —le pidió Remi.

—Un té con bourbon. Además, mi hermana y mis hijos hicieron galletas ayer —le dijo Kimber a Camille, llevándosela de allí.

Brick tenía un nudo enorme en la garganta. La rabia lo estaba asfixiando. Ni siquiera era capaz de mirar a su padre a los ojos.

Antes de que fuera capaz de escupir alguna de las palabras que tenía atragantadas, Remi fue hacia él y lo abrazó.

—Gracias, señor Callan —susurró—. Gracias por traerme a mi amiga. Le ha salvado la vida.

Fueron las lágrimas que brillaban en los ojos de Remi las que hicieron que Brick controlara su ira.

Su padre le devolvió el abrazo torpemente, con miles de emociones reflejadas en la cara. Asombro. Vergüenza. Gratitud.

Su Remi no veía a un delincuente, a un estafador. Veía a un hombre que había llevado a su amiga a casa.

—Sé que no es lo ideal —dijo William—. Pero él fue a por ella y no pude evitarlo. No podía dejarla allí.

—Ha hecho muy bien y le estaré agradecida durante el resto de mi vida. Usted sabía que estaría a salvo aquí. Sabía que Brick la mantendría a salvo. —El padre de este asintió con la cabeza antes de mirarlo para comprobar su reacción. Remi le dio un beso en la cara bigotuda y luego hizo lo mismo con Brick—. Sé bueno —le susurró, antes de subir corriendo las escaleras.

William Callan segundo parecía mucho más viejo que la última vez que Brick lo había visto. Tenía el pelo canoso, desgreñado y ralo por la parte de arriba. Estaba más gordo y había echado un poco de barriga. Parecía un abuelete entrañable, no un delincuente.

—¿Qué coño ha pasado? —le preguntó Brick con dureza.

—Estuve vigilando a Vorhees, como me pediste. Anda de aquí para allá y vuela mucho a Washington. Aun así, fue la primera vez que vi a Camille salir de casa sola. Sin marido y sin guardaespaldas. Solo pretendía ir de compras. Cuando volvió al aparcamiento, él la estaba esperando detrás del coche. La agarró. No había nadie más por allí y se volvió loco. La golpeó en la cara y ella se cayó.

—¿Y tú qué hiciste, papá?

—Pues lo que tenía que hacer. Llamar a la policía y darle a ese hijo de puta un golpe en la cabeza con el bate que llevo en el coche. Luego levanté a Camille, la ayudé a subir a mi coche y nos largamos.

—¿Y habéis venido directamente aquí? —le preguntó Brick, haciendo cálculos.

—Directamente. Seis horas. El escáner de la policía encontró a la víctima de un atraco en el aparcamiento unos cuarenta minutos después de que nos largáramos.

—Mierda.

—Es un puto monstruo, hijo. Lo he visto con mis propios ojos. Estoy dispuesto a contarlo ante cualquier tribunal.

—Espero que tengas la oportunidad. ¿Sabes con quién te estás metiendo? ¿Sabes a quién acabas de atraer a esta isla? ¿A mi casa? —Hacia su mujer y su futuro.

—Lo sé —replicó William, muy serio—. Pero ¿qué otra cosa podía hacer, Will?

—Brick —lo corrigió él automáticamente.

Su padre se quedó perplejo.

—¿«Brick»? ¿«Ladrillo»? ¿Como los de los muros?

—Más o menos —contestó él, pasándose una mano por la frente. En ese momento tenía demasiadas cosas que hacer, demasiados preparativos, como para seguir con aquella conversación—. En fin, ponte cómodo, o lo que sea. Tengo que hacer unas llamadas.

—Tranquilo —dijo William—. Si no te importa, voy a ver cómo está Cami. Hemos conectado bastante durante el viaje.

—Vale, tú mismo —dijo Brick, concentrado ya en los preparativos.

Su padre fue rápidamente hacia la cocina.

—Tío Brick. —Hadley apareció en el último escalón, agarrada al pilar del pasamanos.

—¿Sí, Had? —preguntó él, agotado. Tenía una casa llena de mujeres que necesitaban protección. Una casa llena de mujeres que lo negarían hasta la muerte. Y encima su padre había azuzado a un loco.

—¿Estás enfadado con ese hombre por traer aquí a la amiga de la tía?

«Sí».

—No. Estoy... preocupado.

—¿Tiene problemas?

Siempre que podía, Brick intentaba proteger a los niños de las realidades desagradables. Pero, en ese caso, la inocencia debía quedar relegada a un segundo plano.

—Sí. Y esos problemas podrían seguirla hasta aquí, Hadley, así que necesito que estés atenta. Tú eres muy observadora. Si ves que alguien se fija demasiado en esta casa, o en la tía Remi, quiero que me lo digas, ¿vale?

La pequeña asintió solemnemente.

—Seguiré vigilando.

Por instinto, Brick rodeó a la niña con un brazo y le dio un beso en la coronilla.

—Todo va a salir bien —le prometió.

Ella esbozó una pequeña sonrisa.

—Ya lo sé. Tú estás aquí.

—Ve a echarle un ojo a tu hermano, ¿quieres? Que no le limpie los dientes a Mega con mi cepillo.

Ella sonrió y desapareció escaleras arriba.

Se quedó pensando unos segundos y luego sacó el teléfono del bolsillo del pantalón.

Emergencia en mi casa
Puedes venir cuanto antes?
Hay sangre o tengo tiempo para un café?
No hay sangre, pero pídelo para llevar
Llego en cinco minutos

Brick echó el cerrojo de la puerta principal y subió las escaleras de dos en dos. Encontró a Remi en el dormitorio de invitados que estaba al lado del de ellos. Había dejado algo de ropa suya sobre la cama y estaba ahuecando las almohadas con más violencia que estilo.

La observó mientras se movía por la habitación. Tenía la mandíbula y los hombros tensos. Cada pocos segundos, se detenía y respiraba hondo. Una y otra vez, la tensión iba en aumento, hasta que finalmente exhalaba para aliviarla.

—Joder —murmuró. Lanzó un cojín que no necesitaba contra la pared y se tapó la cara con las manos.

Brick se acercó a ella, la rodeó con los brazos y la estrechó con fuerza.

—Nada de esto estaría pasando si la hubiera sacado de allí antes. Si la hubiera convencido. Si la hubiera secuestrado para meterla en el maletero y llevarla a Rhode Island —susurró sobre su pecho.

—Nada de esto es culpa tuya.

—Y tampoco de tu padre —replicó Remi.

Brick apretó los dientes.

—Va a conducir a Vorhees directamente hasta ti.

Ella se echó hacia atrás y lo miró.

—Los dos sabemos que acabaría viniendo a por mí. No debí atraerlo hasta aquí. —Su voz se quebró, llevándose un trozo de su corazón.

Brick la abrazó con fuerza deseando poder mantenerla allí, pegada a su pecho, confinada entre sus brazos, donde estaba a salvo.

—Escúchame, Remington: esto no es culpa tuya. Las cosas han salido así. No tiene sentido lamentarse por cómo empezó, lo importante es cómo hacer que acabe.

—Espero que lo haga con mi pie en sus pelotas —susurró ella con fiereza.

Brick se había prometido a sí mismo que no permitiría que aquel hombre volviera a acercarse a ella. Pero, como lo hiciera, un par de esposas y una celda no le parecerían suficientes.

—Necesito que te concentres en Camille. Va a tener que hablar.

Remi se aferró a su sudadera como si necesitara estar pegada a él. Brick conocía esa sensación.

—Va a venir a por ti, Brick.

Más le valía que fuera así. Estaba deseando enfrentarse al hombre que perturbaba los sueños de Remi.

—No pienses en eso —le dijo, acariciándole el pelo con la mano. Le tranquilizaba deslizar los dedos por aquella cascada de oro rojo.

—Va a venir a por Camille. Y a por mí. Y a por ti, para hacerme daño.

—Pues no pienso permitirlo. —Antes atravesaría las llamas del infierno.

—Ya lo sé.

Había algo más en aquellos preciosos ojos verdes. Otra preocupación que había aflorado.

—Cuéntame qué más te preocupa —dijo Brick, con voz grave.

Remi inspiró entrecortadamente.

—¿Es normal que me guste que me traten… como me gusta que lo hagan, sabiendo que a Camille la maltratan en casa?

El corazón le dio un vuelco. Brick cerró los ojos y respiró hondo.

—Remington. —Una lágrima rodó por su mejilla, rompiéndole el puñetero corazón—. Sabes que eso es distinto.

Remi sollozó.

—Sé que tú eres distinto. Pero ¿es normal que me guste, cuando a mi mejor amiga…?

—Corazón, ven aquí. —Brick no soportaba verla sufrir por eso sola. Se sentó en la cama y la atrajo hacia su regazo—. Lo que nosotros hacemos es algo acordado.

—¿Y lo de Camille y Warren no es un acuerdo, básicamente? O se queda con él o la mata.

Brick apoyó la barbilla en su cabeza.

—Es diferente. Fuiste tú la que me dijo que nada de lo que hacíamos estaba mal.

Ella asintió.

—Y es lo que pienso, en serio. Solo que ahora mismo me siento un poco confusa. Como si estuviera mal que me gustara. O como si no debiera hacerme sentir tan... ¿segura? No sé... ¿valorada?

Brick le dio un beso en la coronilla.

—Corazón, lo nuestro es diferente. Yo no uso la fuerza física para controlarte. Eso lo tienes claro, ¿no?

Remi volvió a asentir.

—Es una cuestión de control, pero tú no quieres controlarme. Te gusta que me entregue a ti.

Aquella era la puta razón de su existencia. Que una criatura indómita como Remi le cediera el control y confiara en que cuidaría de ella, le ponía cachondísimo. Llenaba un vacío en él que ni siquiera sabía que existía.

—Pues sí —reconoció—. Y a ti te gusta someterte a mí y dejarme asumir el control. Los dos salimos beneficiados. Es un acuerdo mutuo. Nos satisfacemos mutuamente. Sabes que yo nunca te haría daño, ¿no?

—No digas chorradas, ya basta con las que digo yo —replicó Remi.

—Quiero que sepas que si alguien intentara hacerte daño, como Vorhees se lo hace a Camille, acabaría con él —dijo él. Ella se puso tensa entre sus brazos y no se relajó hasta que él empezó a masajearle el cuello con los dedos, describiendo pequeños círculos—. No tengo intención de humillarte ni de controlarte, Remi. Solo quiero darte lo que necesitas. Y que, a cambio, tú me des lo que necesito.

—¿Y qué necesitas? —preguntó ella en voz baja, apoyándose en él.

—Me pone que la incontrolable Remington Ford haga lo que yo digo. Pero, corazón, como te volvieras una sumisa cuando estamos en público y con la ropa puesta, me daría algo. Me encanta tu lado salvaje. Me encanta que seas tan temeraria. Me encanta tu independencia, aunque sea un puto quebradero de cabeza. Pero, cuando dejas que te tome, cuando te rindes... No hay nada más maravilloso en el mundo que saber que me consideras lo suficientemente bueno como para entregarte a mí.

Remi era como uno de aquellos potros salvajes que reunían en invierno en el rancho en el que había trabajado. Lo hacían para «domarlos» y algunos hombres lo hacían con intención de doblegar la naturaleza del caballo. Pero, básicamente, se trataba de ganarse el respeto de un animal salvaje. Imponerle ese respeto no hacía que el caballo fuera menos salvaje. No hacía que resultara más fácil de montar. A Brick, el hecho de ganarse ese respeto le hacía sentirse más hombre que si fuera algo impuesto, forzado. El miedo no era lo mismo que el respeto.

Y eso era algo que Vorhees no entendía.

Ella exhaló el aliento que había estado conteniendo.

—Visto así, me siento como una gilipollas por haberme confundido. A ver, tampoco es que vaya a contarle a Camille que me pone a cien que me acorrales y me mates a polvos después de azotarme —dijo, y él gimió mientras su polla cobraba vida pegada a Remi. Ella se acurrucó más contra él—. Pero ahora ya no me siento tan culpable por ello.

—¿Así de fácil? —preguntó él.

Remi le rodeó el cuello con los brazos.

—Así de fácil. Tú haces lo que haces para complacerme, no para hacerme daño. Y cuando yo te complazco, mi placer se multiplica por mil. Somos como las dos piezas que faltaban de un puzle y que por fin encajan.

Brick necesitaba ponerle un anillo en el dedo. Necesitaba hacerse con aquel papel que la vincularía a él.

La abrazó en silencio, esperando a que confesara la siguiente de sus preocupaciones. Notaba cómo se estaba cocinando a fuego lento en su interior.

—Ya que estamos... —dijo ella. Brick sonrió y le dio un beso en la cabeza—. ¿Alguna vez... has hecho esto... con alguien más? —le preguntó, jugueteando con el pelo de su nuca.

Él le levantó la barbilla para obligarla a mirarlo.

—No. Tú eres la mujer de mi vida. —Siempre lo había sido. Se había dado cuenta hacía ya muchos años y había esperado.

Y, tras década y media de tropiezos, habían acabado reencontrándose.

—¿Ni siquiera con Audrey? —musitó ella.

—No —respondió él, acariciándole el pelo y admirando cómo brillaba bajo la luz. Entonces le vino un pensamiento a la cabeza que le hizo ponerse tenso.

—¿Y tú?

—¿Con Audrey? Tampoco —declaró ella, muy seria.

—Remi —le advirtió Brick.

Ella negó con la cabeza.

—Ni siquiera habría sabido cómo pedirlo —reconoció.

Él se relajó poco a poco.

—No soporto imaginarte con otro —confesó él.

—Pues imagina cómo me sentí yo —dijo ella.

—¿Cuándo?

—Cuando te casaste con Audrey. En la noche de bodas. En vuestro primer aniversario. Imagínate que hubiéramos sido Spence y yo.

Brick sintió automáticamente una punzada de dolor, como si le hubiera clavado un cuchillo entre las costillas. ¿Cómo habría podido superarlo? ¿Qué cara pondría él en la mesa, a la hora del desayuno, cuando fueran a visitarlo? ¿Habrían seguido siendo amigos los cuatro, mientras él suspiraba por la chica que estaba con su hermano?

—Joder, Remi —dijo, con el corazón encogido.

—Recuerdo el día de vuestra boda —continuó ella, ignorando que él estaba a un tris de ponerse de rodillas e implorar su perdón—. Estaba aquí, en casa de mis padres. En mi habitación. Les dije que tenía gripe para no acompañarlos. No podía acercarme a aquella iglesia. No podía seguir aquí y veros felices juntos, deseando haber sido yo. Cogí todos mis ahorros y me compré un billete a Chicago mientras pronunciabais vuestros votos.

Unos votos que le habían hecho sudar. Había querido a Audrey, a su manera. Y ella había estado enamorada de él, o más bien de la imagen que tenía de él. Pero nunca habían encajado.

—Corazón.

—Sé que es egoísta, pero me alegro de que guardaras esto para mí —dijo Remi.

—Solo para ti —le aseguró él con ferocidad.

Ella exhaló lentamente.

—Hablando de Audrey y Spencer... ¿Te molestaría que se liaran?

Brick se encogió de hombros.

—¿Por qué iba a importarme?

Ella le rodeó el cuello con los brazos y lo estrujó.

—Me alegro, porque creo que ya lo han hecho.

—Por cierto, acabo de pillar a tu hermana en las escaleras del porche, llegando a casa a hurtadillas.

Remi se revolvió contra él.

—¿En serio?

—Me ha dicho que había salido a correr.

—Mi hermana no ha corrido en la vida —declaró Remi, riéndose.

—Llevaba puesta la sudadera de la facultad de Derecho de Kyle.

—Qué día más raro —dijo ella, sonriendo.

—Te quiero, Remington. —Se sentía como si una corriente más fuerte que él lo estuviera arrastrando, lo cual resultaba a la vez aterrador y emocionante.

—Te quiero, Brick. Venga, vamos abajo a resolver los problemas de todo el mundo, antes de volver a la cama para que pueda demostrarte con la boca cuánto te quiero.

48

Brick estaba sentado a la mesa del comedor, intentando ignorar la rabia que ardía en su interior. Camille Vorhees se encontraba frente a él, bebiendo con cuidado un poco de agua a través de los labios partidos, mientras Remi le apretaba con fuerza la mano libre.

—Agradezco lo que estáis haciendo —dijo Camille, asumiendo automáticamente el papel de anfitriona, como si fuera algo innato en ella.

—Siento que esto sea necesario, señora Vorhees, pero agradezco que confíe en nosotros —dijo la comisaria Ford, desde la cabecera de la mesa—. ¿Por dónde le gustaría empezar?

—He hablado con mi abogado. Mañana solicitará el divorcio y una orden de alejamiento —dijo Camille—. Le ha parecido sensato que hable del problema con la policía.

Darlene asintió.

—Tomaremos nota de la información y se la pasaremos a las autoridades de Illinois, ya que es allí donde se han producido las presuntas agresiones.

—¿Presuntas? ¡Nos tiró por un puto acantilado! ¡De presuntas nada! —exclamó Remi.

—Remington —la regañó su madre, señalando la grabadora. Remi la señaló también, pero con el dedo corazón.

Brick sintió la necesidad de acercarse a ella, de acariciarla, de tranquilizarla con su cuerpo.

—¿Por qué no os vais a tomar un té, un café o un helado? —sugirió Darlene, mirando a Brick y a su hija.

Camille le sonrió a Remi para tranquilizarla.

—Ve. Estoy bien.

Remi y su madre intercambiaron una mirada de complicidad mientras esta se levantaba.

Brick salió con ella de la habitación.

—No sé si nos ha despachado para que Camille se sienta más cómoda o si sabe que para mí ha sido una puta tortura escuchar algunas de las cosas que él le ha hecho —se lamentó Remi. Incapaz de seguir conteniéndose, Brick se abalanzó sobre ella, la cogió en brazos y se la llevó más allá de la cocina, donde el resto de los invitados estaban bebiendo café y comiendo tortitas. Entró en el salón, sin ser capaz de bajarla todavía—. Tengo ganas de cargármelo, Brick. Ya sé que es cruel, que genera mal karma y todo eso, pero es un puto monstruo y no quiero que siga vivo. Si no, nunca dejará de hacerlo —susurró. Él la abrazó con más fuerza, incapaz de decir nada—. Una orden de alejamiento no la va a salvar. En cualquier caso, no hará más que empeorar las cosas. Ahora lo entiendo. Para ella era más seguro quedarse, aunque estaba claro que al final él iba a intentar matarla. En realidad, estaba más segura viviendo en casa de ese desalmado.

Brick no podía ni respirar.

—Remi —consiguió decir por fin.

Ella se echó hacia atrás para mirarlo. Su expresión se volvió más dulce.

—Eh, tranquilo, grandullón. No pienso ir a ninguna parte. Y mucho menos a la cárcel por asesinato. Haré que parezca un accidente.

—Remi —repitió Brick—. Va a venir aquí. Seguirá el rastro y os encontrará aquí a ti y a Camille.

Ella le estrechó la cara entre las manos y le acarició la barba.

—Y tú lo detendrás. Impedirás que toque a Camille y me dejarás acercarme lo suficiente para que le ponga los huevos de corbata.

—No puedo... —Brick se quedó callado, antes de aclararse la garganta—. No puedo perderte.

Remi intentó zafarse, pero él la sujetó con más fuerza, hasta que ella se quedó inmóvil entre sus brazos.

—Mírame —le ordenó, con voz firme—. Mírame. No voy a hacer nada que pueda ponernos a Camille, a mí o a cualquier otra persona en peligro, ¿entendido?

—No quiero ni pensar que pueda acercarse a ti. —Le temblaba la voz. Remi era su bien más preciado. Si le pasaba algo, se moriría. Como alguien intentara arrebatársela, no se hacía responsable de sus actos.

Ella lo abrazó con fuerza, apretando la cara contra su pecho. Él le puso una mano en la nuca para que no se moviera de allí.

—Ven a verme pintar.

Brick la soltó, frunciendo el ceño.

—¿Vas a dejarme mirar?

—Van a estar ahí un buen rato. Camille tiene muchos incidentes que denunciar. Y me apetece dejar que eches un vistazo a los entresijos del proceso creativo.

Brick se dejó arrastrar al estudio y disimuló una sonrisa cuando Remi cerró la puerta con pestillo y bajó la persiana. Incluso cuando había estado enfadada con él dejaba la puerta abierta y la persiana levantada.

—Vamos —lo incitó ella, tirando de él por la rampa para arrastrarlo a su caos. Brick vaciló, preocupado por todo lo que tenía que preparar. Pero aquello era algo que siempre había deseado. Siempre había querido ver cómo surgía la magia—. Hasta te dejo elegir canción —dijo Remi, conduciéndolo hasta un taburete salpicado de pintura que estaba a un lado del caballete. Le pasó el móvil y señaló la aplicación de música. Él la observó mientras retiraba el lienzo en el que había estado trabajando y lo cambiaba por otro nuevo.

La lona del suelo se arrugó bajo sus pies descalzos, mientras se recogía el pelo en un moño alto—. ¿Tienes ya alguna? —le preguntó.

Él negó con la cabeza.

—Elígela tú.

—Hoy le toca al caballero —dijo ella—. ¿Qué canción te recuerda a los veranos de la isla? —De repente, a Brick le vino la inspiración. Tecleó el nombre moviendo los labios y le dio al play—. Buena elección —dijo Remi, con una sonrisa burlona, mientras Neil Young empezaba a cantar algo sobre la luna llena.

—Bailamos esto en la boda de tu hermana —dijo Brick.

—Lo sé. Dale caña.

Él obedeció y vio cómo ella empezaba a moverse al ritmo de la música.

—Es un temazo —dijo Remi. Daba la impresión de que su cuerpo se relajaba con cada nota.

No cogió el pincel de inmediato, sino que empezó a seleccionar los colores bajo la atenta mirada de Brick. Rosas, rojos, naranjas... Miró hacia el techo y añadió un azul y un morado.

Él la observaba fascinado, deseando poder ver lo que ella veía. Ojalá estuviera dentro de su cabeza. A lo mejor así por fin se sentiría lo suficientemente cerca de ella.

Remi bailaba, tarareaba y se movía al ritmo de la canción, mientras organizaba el material: los pinceles, las espátulas y las botellas de aguarrás. La paleta, una lámina fina de plástico manchada por otras canciones y por otros cuadros, era una explosión de creatividad con todos los colores del arco iris.

Brick observó cómo Remi ponía los colores uno a uno sobre la paleta y luego arrastraba un pincel largo y fino por el naranja y el blanco, mezclándolos y haciendo que el color fuera cada vez más claro.

Brick contuvo la respiración al verla estirar el brazo hacia el lienzo blanco como la nieve. Hacia aquella extensión impoluta y prístina. Con un hábil movimiento de la muñeca ya curada, Remi esparció una pincelada de diez centímetros de color mandarina sobre la tela blanca. Tal y como había hecho con la vida de Brick, con su lienzo en blanco, empezó a añadir color, a superponerlo y a texturizarlo, transformando el vacío en algo mucho más bello de lo que él jamás habría imaginado.

Fue como presenciar un milagro.

Brick apretó los puños sobre las rodillas. Deseaba formar parte de él. Necesitaba tocarla. Se levantó sin proponérselo siquiera y se acercó a ella.

En cuanto vio el cuadro de frente, cayó en la cuenta.

Remi dejó la paleta y ladeó la cabeza, analizando lo que había creado hasta el momento.

—Es como el de arriba —susurró.

Ella se quedó allí de pie, vestida con su camiseta y mirándolo con cara de suficiencia.

—Pues claro. Es el mismo tema. Solo que ahora tengo mucho más talento.

No era la primera vez que Remi pintaba aquella canción. Recordaba haberla bailado con él. Había querido inmortalizar ese momento. Lo amaba entonces y lo amaba ahora.

Brick se arrodilló y la atrajo hacia sí.

—¿Qué haces? —susurró ella, mientras él le levantaba la camiseta. Brick gimió al darse cuenta de que ni siquiera se había molestado en ponerse ropa interior.

—Déjame quererte.

Rápidamente, se echó la pierna de Remi sobre el hombro y acercó la boca a sus pliegues aterciopelados.

El jadeo de ella tuvo un efecto directo sobre su polla, que de repente se puso dura como el acero. Estaba empapada.

—Ya estás preparada para mí —dijo, asombrado, sacando la lengua para saborearla—. ¿Te pone pintar?

Por encima de él, ella inhaló y negó con la cabeza.

—Me pone que me mires. Me hace sentir… dominada. —Él gruñó sobre su sexo y a Remi le empezaron a temblar las piernas.

Nada en el mundo le hacía sentirse más como en casa que el coño apretado y húmedo de Remington Ford. Brick introdujo dos dedos en su abertura mojada y se sintió en el séptimo cielo mientras empezaba a lamer sus pliegues resbaladizos.

Su sabor era embriagador. Y era solo para él. Ella lo había convertido en un puto rey.

Remi ahogó un gemido que hizo que se le hinchara la polla. Él se bajó los pantalones de chándal con una mano mientras con la otra acariciaba su coño caliente. El líquido preseminal brotaba de su punta y goteaba sobre la lona, mientras la penetraba con los dedos y la lamía.

—Dios.

El gemido entrecortado de Remi hizo que Brick se agarrara el miembro y lo apretara con fuerza.

Ella empezó a moverse sobre su cara e inclinó hacia fuera

aquella pierna sedosa que tenía sobre su hombro, abriéndose más para él. Brick la recompensó metiéndole un tercer dedo y estirándola con fuerza.

Luego le pasó la lengua por el clítoris con la presión perfecta.

—Brick, vas a hacer que me corra —susurró ella.

No podía evitarlo. La deseaba con todas sus fuerzas. Sacudió vigorosamente su miembro desde la raíz hasta la punta, haciendo brotar otra gota gruesa de humedad que se acumuló en su puño. Brick gimió y la vibración aumentó exponencialmente el placer de Remi, haciéndole temblar las piernas.

Él tensó la lengua y le lamió el clítoris, al tiempo que la penetraba con los dedos de forma rápida y enérgica y se masturbaba al mismo ritmo, apretando su erección con la fuerza de una prensa.

Entonces sintió como los músculos ávidos de Remi empezaban a vibrar alrededor de sus dedos y estuvo a punto de correrse.

Tenía demasiadas cosas pendientes, demasiados preparativos que hacer, demasiados detalles de los que ocuparse, pero en ese momento lo único que le importaba era el orgasmo de ella.

Remi se estremeció y su coño le apretó los dedos con fuerza mientras se corría. El primer chorro de la eyaculación de Brick ascendió por su miembro y estalló como un géiser, acompañándola.

Él siguió lamiéndola y penetrándola durante todo su orgasmo, vaciándose por completo durante el proceso. Recordándoles exactamente a ambos lo que estaba en juego.

—¿Puede venir un momento, sargento? —le preguntó la comisaria Ford.

Brick levantó la vista del plato de tortitas que estaba compartiendo con una Remi saciada y sin fuerzas.

—Claro.

La comisaria señaló con la cabeza el porche lateral y él la acompañó afuera.

—Tenemos un caso sólido —dijo—. Camille ha acumulado

seis meses de pruebas fotográficas que documentan las lesiones, además de un registro de cada agresión.

—Muy inteligente.

—Voy a presionar todo lo que pueda a los chicos de Illinois para que actúen rápido y lo detengan.

—¿Pero? —preguntó Brick, leyendo entre líneas.

—Creo que los dos sabemos lo que va a pasar.

Él asintió con la cabeza. Un hombre como Vorhees tenía poder y dinero, lo que significaba que también tenía contactos. El sistema judicial no era precisamente rápido, incluso sin aquellas complicaciones añadidas. Y la camaradería profesional solo llegaba hasta cierto punto, cuando se trataba de un comisario de una islita de otro estado. Y, aunque lo detuvieran, lo dejarían en libertad bajo fianza en menos de una hora.

—Hay algo más —dijo Darlene, dándose la vuelta para mirarlo—. La víctima no se ha limitado a quedarse en casa recuperándose desde el accidente. Ha estado investigando por su cuenta. Al parecer, fue mi hija la que le dio la idea.

Brick cerró los ojos.

—¿De qué estamos hablando?

—Tiene información que podría interesar a la Comisión Federal Electoral.

—¿Infracciones en la financiación de las campañas? —preguntó Brick.

Ella asintió.

—Y algún fraude electoral.

—¿Hay pruebas?

—Las suficientes para una investigación. Incluso puede que ya haya alguna en curso. La CFE no suele ir por ahí aireando los casos, precisamente.

Brick cruzó los brazos sobre el pecho mientras una pequeña llama de esperanza se encendía en su interior.

—¿No es terrible que se castiguen más los delitos económicos que el maltrato? —preguntó Darlene—. Si Camille consigue la orden de alejamiento y él la infringe, se llevará un tirón de orejas. No estará ni un año en la cárcel. Pero como amañes unas elecciones, cae sobre ti todo el peso de la ley.

—¿Qué hacemos ahora? —le preguntó Brick.

—Voy a volver para redactar el informe. Haré algunas llamadas antes de enviarlo y luego alertaré al alcalde. Si va a pasar algo en Mackinac, tenemos que estar preparados.

—No podemos llegar hasta ese punto. Tenemos que atraparlo en su casa.

—Ya. Mejor redacta tú el informe, mientras yo intento conseguir que alguien de Chicago y de la CFE me coja el teléfono. —Él apretó los puños a los costados. Corrían un grave peligro—. Pero recuerda que nosotros somos los buenos, Brick —dijo Darlene, mirándolo fijamente.

No podía prometer mantenerse a ese lado de la ley, al menos mientras la vida de Remi estuviera en juego. Las reglas habían dejado de tener sentido y, por primera vez en la vida, Brick empezaba a sentir el canto de sirena de la zona gris que había entre el bien y el mal.

49

Remi aprovechó que los residentes de la casa estaban enzarzados en una acalorada discusión sobre la mejor forma de preparar y comer huevos, para escabullirse por la puerta principal. Era abril y aunque el día anterior los había impresionado con unos diez grados de lo más agradables, esa mañana caía una llovizna helada.

Brick no había vuelto a casa la noche anterior. Remi había dormido sola en aquella cama enorme después de estar hablando hasta tarde con Camille. Se habían olvidado de lo que sucedería al día siguiente y habían fingido ignorar los próximos pasos que había que dar y que era necesario debatir.

En lugar de eso, se habían pintado las uñas de los pies y habían hablado de películas, de hombres y de arte.

Pero, a la luz del día, Remi era incapaz de ignorar la tensión cada vez mayor que sentía en el pecho. Sabía mejor que nadie que, cuando el abogado de Camille presentara la demanda de divorcio y pidiera una orden de alejamiento, Warren se sentiría como si le hubieran lanzado un guante. Brick ya lo había hostigado con las fotos en las que salían los dos juntos. Aquello no haría más que alimentar la necesidad de Warren de guardar las apariencias a toda costa. Y eso significaba peligro para todas las personas que a Remi le importaban.

La única ventaja era que cuando los informes salieran a la luz y se iniciara la investigación policial, todo el mundo tendría los ojos puestos en él. Y, cuando fuera a por Camille, estarían preparados.

Pero eso no era suficiente, pensó Remi, subiéndose la capucha para salir corriendo hacia el centro del pueblo.

Había unos cuantos «turroneros» en la calle desafiando al mal tiempo, comprando recuerdos y tomando chocolate caliente mientras paseaban.

Pero, en general, el ambiente era tranquilo. Cada vez que se cruzaba con un desconocido, Remi se sobresaltaba. Todos se parecían cada vez más a Warren, bajo aquella llovizna gélida que no le dejaba ver bien. Necesitaba hablar con Brick. Necesitaba saber cuál era el siguiente paso y cómo podía ayudar.

Pero, sobre todo, necesitaba verlo y tocarlo para convencerse de que era real, de que era de carne y hueso, y de que podía contar con él.

—William Eugene Callan tercero.

Remi disimuló una sonrisa cuando las botas del número cuarenta y siete de Brick aterrizaron en el suelo una décima de segundo después que los restos de un café frío.

Lo había pillado recostado en la silla, con los pies sobre el escritorio. Habría sido la viva imagen de la relajación de no ser porque tenía los talones de las manos clavados en los ojos. En aquellos ojos azules que, esa mañana, estaban más rojos de lo habitual.

Brick tenía la camisa del uniforme arrugada y el pelo de punta le daba un aspecto muy gracioso. Era como si sus manos se hubieran tirado toda la noche peleándose con él.

—Remi —gruñó.

El profundo amor que sintió en ese momento la dejó sin respiración.

—Anoche olvidaste algo.

—Ah, ¿sí? —Parecía aturdido y exhausto. Le entraron ganas de rodearlo con los brazos y aferrarse a él.

—Sí, te olvidaste de venir a casa.

Brick tiró de ella y Remi se metió entre aquellos brazos fuertes y enterró la cara en su pecho. Él apoyó la mejilla sobre su cabeza y, por un momento, el mundo entero volvió a cobrar sentido.

—Remington, cuando esto acabe tengo que hacerte una pregunta muy importante —murmuró Brick.

A Remi casi le da un infarto.

Se echó hacia atrás para contemplar su atractivo rostro.

—¿Qué tipo de pregunta?

Él le acarició la palma de la mano con el pulgar.

—De las trascendentales.

A Remi le dio un vuelco el corazón. Se le pasaron por la cabeza un montón de imágenes de anillos y de Brick arrodillándose. Pero, curiosamente, no se asustó.

—O puedes hacérmela ahora —sugirió con inocencia—. Así nos distraemos de todo este lío que tenemos montado.

—Haces que sea muy difícil decirte que no —replicó Brick, agachándose para darle un beso en la coronilla.

—Eso es algo que me gusta de mí —susurró Remi.

—Y a mí, corazón. Pero aun así, no puede ser. Cuando todo esto termine. Cuando tú y Camille estéis a salvo.

Ella levantó la vista hacia él. Hacia aquellos ojos azulísimos y aquella mandíbula apretada.

—Gracias —dijo.

—¿Por qué?

—Por cuidar no solo de mí, sino también de mi amiga. Por abrirles tu casa a mi hermana y a sus hijos. Por no arrancarle la cabeza a tu padre cuando me trajo a mi amiga. Por alegrarte por lo de tu hermano y tu exmujer. Brick Callan, tú sí que sabes cómo hacer que una chica se sienta segura y especial.

Era un protector nato. Un hombre grande, corpulento y taciturno cuyo único objetivo era hacer que sus seres queridos estuvieran a salvo y fueran felices.

Y Remi pensaba pasarse el resto de su vida amándolo a muerte.

—Soy la comisaria Ford —la voz de policía de Darlene se coló por la puerta abierta del despacho. Esta les hizo un gesto con la mano para que se acercaran. Brick arrastró a Remi y se detuvo en la puerta, con ella a su espalda. Remi echó un vistazo por detrás de aquel armario empotrado, preguntándose qué tipo de peligro acechaba allí dentro para que a Brick se le hubieran puesto los pelos como escarpias—. Ya —dijo Darlene con aspereza. Remi conocía aquel tono. Era la voz de «estoy muy decepcionada y muy pero que muy enfadada». Alguien en algún lugar estaba metido en un buen lío—. ¿Y cómo demonios ha podido pasar? —preguntó su madre, tamborileando sobre la mesa con un bolígrafo. Brick maldijo entre dientes. Darlene colgó el auricular con fuerza y, en un arrebato de rabia inusitado, lanzó la grapadora contra la estantería de archivadores que tenía enfrente—. ¡Hijo de puta!

—¿Qué ha pasado? —preguntó Remi, por detrás de Brick.

—¿Cómo ha ido? —dijo Brick.

—La policía se enteró de que iba a ir a su despacho por la mañana. Los agentes se presentaron allí, pero no estaba. Se había llevado el ordenador y había triturado la mitad de los archivos, antes de largarse.

—Alguien lo avisó. —El tono de Brick era más frío que el aguanieve que cubría las ventanas de la comisaría.

—Eso parece. Se lo advertí. Les dije que fueran discretos, joder. Y aun así parecen unos niñatos jugando a *CSI* —dijo Darlene, levantándose y empezando a dar vueltas por el despacho.

—¿Y ahora qué? —preguntó Remi, asomando la cabeza entre el bíceps gigantesco de Brick y el marco de la puerta.

—Ahora esos payasos están intentando guardar las apariencias buscándolo en los alrededores de Chicago. En estos momentos están comprobando donde está su avión y hablando con algunos de sus socios.

—No lo van a encontrar —pronosticó Remi, sintiendo como un pavor helado se apoderaba de su pecho.

El teléfono de la mesa de su madre volvió a sonar.

—¿Qué? —gritó ella, a modo de saludo—. ¿En México? ¿No podéis hacerle dar la vuelta?

Remi se escabulló del despacho de su madre y volvió a la mesa de Brick.

Al cabo de un instante, sintió su presencia tranquilizadora detrás de ella.

—Esto no es algo que deba preocuparte, Remi.

—Ya lo sé —respondió ella.

—Yo te protegeré. No pienso permitir que ese hijo de puta se acerque ni a ti ni a Camille. Ni a nadie más de esta isla.

—Ya lo sé —repitió Remi.

Brick se quedó callado durante un buen rato, mirándola fijamente.

—Pero… —Ahí estaba. Remi cerró los ojos—. Esto significa que no puedes ir a ninguna parte sola. Y Camille tampoco. Tenéis que quedaros en casa hasta que lo encontremos.

—Si ha dicho que estaba en México —replicó, señalando con la cabeza a su madre.

—Hablaba del avión de su familia. Del plan de vuelo que han presentado esta mañana. La policía de Chicago no se molestaría demasiado en seguir a alguien acusado de violencia de género hasta Cancún.

—¿No crees que esté en ese avión? —adivinó Remi.

Él negó con la cabeza.

—Remi, ya ha salido todo en las noticias. Lo del divorcio, lo de las acusaciones de maltrato y ahora lo del intento de detención frustrado. Ya no tiene nada que perder.

Ella volvió a cerrar los ojos y exhaló un suspiro trémulo. Le habían quitado a Camille la única cosa que la protegía de aquel monstruo, su única capa protectora. Warren Vorhees ya no tenía que guardar las apariencias. Estaba acabado. Ya solo le quedaba una razón para vivir.

La venganza.

—Viene hacia aquí —dijo.

—No se acercará a ti mientras hagas lo que te digo. —Remi se sentía completamente impotente y eso no le gustaba. Brick y su madre podían coger la pistola y enfrentarse al peligro. Pero ella tenía que encerrarse en casa y esperar a que otro pusiera fin a la guerra. Y eso no era justo, porque aquella guerra era tan suya como de los demás. Warren estaba sediento de sangre, pero ella también. Quería ser ella quien girara la llave en la cerradura. Quería ver las brasas de su poder apagarse y morir. Quería que todo el mundo viera lo que era en realidad: un monstruo inhumano que no merecía vivir—. Remington —dijo Brick, con un gruñido de advertencia.

—¿Qué? —dijo ella, obstinadamente.

—Conozco esa mirada. No estamos hablando de una fiesta ilegal en Round Island que te vayas a perder. Esto es una cuestión de vida o muerte. Es una batalla para la que estoy entrenado y en la que no pienso dejarme vencer. Pero tú también tienes que poner de tu parte.

—Claro. Mi parte es hacer de damisela en apuros encerrada en una puñetera jaula de oro porque, una vez más, soy incapaz de cuidar de mí misma —le soltó Remi, cruzando los brazos sobre el pecho.

—No voy a dar la cara por ti. Estamos juntos en esto. Y tenemos que sacar partido a nuestras fortalezas. Lo que significa que yo iré a partirle la cara al malo, mientras tú cuidas de Camille. Ahora mismo te necesita. Está a punto de venirse abajo, por eso ha acudido a ti. Porque tú eres la fuerte. Así que déjame luchar contra el enemigo mientras proteges a tu amiga.

Ella lo miró y puso los ojos en blanco.

—Joder. Sí que eres bueno en esto.

Brick la estrechó contra su pecho, ignorando el trajín de la bulliciosa comisaría.

—¿Tú crees? Pues ya verás cuando te haga esa pregunta tan importante.

—Brick, te juro por Dios que como sea algo así como: «Remington Honeysuckle Ford, ¿quieres comer tacos conmigo esta noche?», pediré una bolsa para cadáveres extragrande y cavaré un agujero enorme en el jardín de rosas del Grand Hotel.

Él le pasó lentamente una mano por la cara en una caricia dulce, suave y tranquilizadora.

—¿Me estás diciendo que te negarías a comerte unos tacos conmigo?

Remi sonrió.

—Claro que no. No soy tonta. Me comería los tacos y luego enterraría tu cadáver.

—Eres una mujer increíble, Remi.

—Pues sí. Y tú eres un grandullón forzudo, así que más te vale hacer que Warren Vorhees se arrepienta de haberle puesto la mano encima a una mujer.

—Sé que estás siendo sarcástica, pero aun así me gusta como suena.

Su coqueta réplica se vio interrumpida por la puerta de la comisaría, que se abrió de golpe. Dos personas uniformadas entraron arrugando el entrecejo. La primera era una mujer alta y delgada, con un traje recto de poliéster del color de la mierda de caballo. El segundo era un hombre con cara de niño que tenía pinta de haber estado practicando el ceño fruncido en el espejo y que no podría dejarse crecer la barba aunque se empeñara.

—¿Quiénes son esos? —preguntó Remi.

—Los federales —masculló Brick.

Según todas las series de televisión policiacas que había visto, estaba a punto de producirse una pelea territorial. Algo seguramente nunca visto en toda la historia de la isla Mackinac.

—Ay, Dios —dijo Remi.

Brick la agarró del brazo y la arrastró hacia la puerta lateral.

—Tú te vas a casa.

—Pero quiero ver a mi madre gritándoles a esos tíos —protestó ella, con un mohín.

—Luego te lo escenifico —le prometió él.

Remi suspiró.

—Vale. Pero con gestos, acentos y todo —exigió Remi.

—Dios, cuánto te quiero. —Ignorando al público que había alrededor, Brick la agarró por la barbilla y le dio un morreo de infarto.

Unos cuantos agentes que no estaban mirando a los tíos trajeados silbaron para expresar su aprobación.

—Y esta vez no te olvides de volver a casa. No puedo pasar otra noche sin ti —dijo ella, cuando Brick se apartó y la cabeza dejó de darle vueltas.

Se dirigió hacia la puerta, pero él la retuvo.

—Turk, ¿te importaría acompañar a Remi a casa?

—Puedo ir sola perfectamente —se burló ella.

Carlos se levantó de un salto de la mesa.

—Por supuesto —dijo.

—¿De qué acabamos de hablar no hace ni cinco minutos? —la regañó Brick.

—No me acuerdo. Estaba demasiado ocupada imaginándote desnudo.

—Eres perversa.

—Disfruta de esa erección, grandullón —dijo Remi, dándole un golpecito en los huevos antes de salir por la puerta con Carlos Turk pisándole los talones.

50

La agente especial Jana Brice era una tocapelotas ambiciosa. Su compañero, el agente novato Harold White, simplemente era un incordio. Iba por ahí con aires de grandeza, enseñando todo el rato la placa del Ministerio de Justicia. A Brick le cayeron mal los dos nada más verlos.

Afortunadamente, no tenía por qué ser amable con ellos. No como la comisaria que, a los cinco minutos, ya parecía a punto de asfixiarse con su propia lengua de tanto mordérsela.

—Supongo que ya tenían una investigación en marcha, dado que se han presentado aquí dieciocho horas después de que mi humilde informe aterrizara sobre su mesa —comentó Darlene.

White estaba en la silla con los hombros encorvados, como un padre aburrido en un concierto de la banda del colegio. Por su parte, Brice seguía tiesa como un palo, clavando sus ojos marrones en los de Darlene.

Brick estaba acostumbrado a las peleas de gallos, pero el componente femenino hacía que la contienda fuera más sutil y aterradora.

—Necesitamos hablar con la señora Vorhees lo antes posible —anunció la agente especial Brice.

La comisaria Ford miró fugazmente a Brick.

—Eso se puede arreglar. Mientras mi sargento hace los preparativos, puede ir contándome qué tipo de protección puede ofrecer a mis testigos.

El especial énfasis territorial que Darlene puso en el «mis» hizo sonreír a Brick. Este salió de la oficina y marcó el número de teléfono de su padre.

—¡Brick! —Una vez más, William se mostró encantado de que su hijo lo llamara. Oyó la conversación animada de las chicas de fondo y aquel ambiente de normalidad le aflojó el nudo que tenía en la garganta. Brick volvió a maravillarse al pensar que, en menos de dos meses, había pasado de ser un soltero que vivía solo a compartir su casa con tantas personas que hasta se había fundido un fusible por usar demasiados secadores de pelo a la vez.

—Papá, me voy a pasar por casa con un par de agentes federales. Querrán hablar con Camille y Remi y, probablemente, contigo.

—Vale —se limitó a decir su padre.

—Quería avisarte por si hay alguna razón por la que no quieras que te interroguen. —Se hizo el silencio.

—¿Estás preocupado por tu viejo? —le preguntó William.

—No. Solo quiero darte la oportunidad de no estar presente, si va a haber algún tipo de… conflicto.

—Hijo, llevo años por el buen camino. Pero gracias por tu preocupación. Estoy más que dispuesto a colaborar para llevar a ese hijo de puta ante la justicia.

—De acuerdo, entonces —replicó Brick, sin saber qué más decir—. Me pasaré en una hora, o así.

—Estaremos preparados —le prometió William.

Cuarenta y cinco minutos después, Brick estaba de pie en el comedor mientras la agente especial Palo en el Culo y el agente novato Complejo de Picha Corta se encontraban sentados frente a Camille, su padre y Remi. La comisaria Ford ocupaba la cabecera de la mesa.

Magnus y su nueva amiga, Mega, habían sido relegados al jardín trasero tras bufar y ladrar a los federales.

Remi, que era especialista en calar a las personas, ya estaba cabreada por algo que había dicho uno de los agentes.

—Disculpe. Creo que me he perdido la parte en la que le comunicaba a mi amiga su consternación por los abusos que ha sufrido durante años a manos de un monstruo. Me ha dado la sensación de que han pasado directamente al tema de la pasta —dijo Remi con dulzura.

Brick disimuló una sonrisa mientras Darlene tosía con sutileza, tapándose la boca con la mano.

—Por supuesto que lamentamos enormemente la situación de la señora Vorhees. —Brice recorrió con una mirada fría el rostro magullado de Camille—. Pero a nuestra agencia no le interesan los temas domésticos.

—Claro, porque el dinero es más importante que una vida humana —murmuró Remi.

«De tal palo, tal astilla».

—Señora Vorhees, la comisaria Ford nos ha enviado información muy interesante sobre su marido y sobre el uso que ha dado a los fondos de la campaña. Vamos a necesitar que nos hable un poco más sobre lo que le ha contado —dijo White.

Camille asintió, siempre en su papel de anfitriona perfecta, a pesar de su rostro maltrecho.

—Por supuesto, agente White —respondió—. ¿Podemos ofrecerles algo de beber mientras están aquí? ¿Un café? ¿Un té?

—Una patada en el culo —farfulló Remi entre dientes.

—La señorita Ford, ¿verdad? —le preguntó Brice, arqueando una ceja—. Supongo que ustedes dos son parientes.

—Así es —respondió la comisaria —. Remington es mi hija pequeña.

—¿Y en qué le afecta esta situación? —preguntó White, casi con displicencia. Brick se puso tenso y ya estaba a punto de protestar por aquella falta de respeto, cuando la mirada glacial que la agente especial Brice le lanzó a su compinche le hizo mantener la boca cerrada.

—¿Se refiere a más allá de la preocupación por la violencia que un hombre ha ejercido sobre mi amiga?

White iba a recibir una patada en los dientes, como no midiera bien sus palabras. Y a Brick no le importaría dejar que fuera Remi la que se la diera.

—¿Tiene alguna otra razón para estar en esta mesa, además de para darle apoyo moral? —le preguntó Brice.

—Solo si tenemos en cuenta que yo también iba en el coche

que ese tío empujó fuera de la carretera, empotró contra un guardarraíl y tiró por un barranco, en una tentativa de doble homicidio. O que ha estado amenazándome desde que he vuelto a la isla —le espetó Remi, levantándose un poco de la silla.

Camille le puso una mano en el brazo.

White tomó algunas notas.

—Entiendo —dijo la agente especial Brice.

—Usted no entiende una mierda —replicó Remi.

—Remington —dijo Darlene, con hastío.

—¿Se refiere al accidente del 30 de enero? —preguntó Brice, rebuscando entre los papeles de la carpeta.

—Así es —dijo Camille—. Mi marido me hackeó el móvil y descubrió que pensaba dejarlo. Y que Remi iba a ayudarme.

—El accidente que usted dijo que había tenido lugar porque una tal «señora Ballard» estaba en estado de embriaguez.

—Mi amiga Remi, la hija de la comisaria Ford, pinta bajo el nombre de «Alessandra Ballard». Utiliza un seudónimo, como muchos escritores. Esa noche, Remi ni estaba borracha, ni iba conduciendo.

—Pero según la declaración pública que usted hizo…

Remi se levantó tan rápido de la silla que la tiró al suelo.

—Escúcheme bien. Me importa una mierda que sea agente especial. Por mí como si es la representante de Dios en la Tierra. Ese hombre intentó matarnos a las dos. Ya no tiene nada que perder. Ha perdido el orgullo, el poder y muy pronto se quedará sin el puto escaño del Senado. Y esta mañana se ha escapado para que no lo detuvieran. Así que ponga las puñeteras cartas sobre la mesa para que podamos buscar la forma de que ese cabrón hijo de puta no vuelva a ver el exterior de una celda.

Brick se moría por tocar a su chica. Por decirle lo orgulloso que estaba de ella. Aunque también tenía bastantes ganas de arrearle una bofetada al fanfarrón del agente novato, sin dejar de abrazar a Remi con la otra mano.

Brick se fijó en la sonrisa que estaba esbozando su padre. En los hombros rectos de Camille. En el orgullo de la mirada fría de Darlene. Ese era el efecto que Remi causaba en la gente.

La agente especial Brice suspiró y se recostó en la silla, juntando las yemas de los dedos.

—Hace casi dieciocho meses que estamos investigando al senador Vorhees.

—¡No me joda! —exclamó Remi, dando un manotazo en la mesa—. Si fueran más rápidos, Camille no habría pasado tres semanas en el hospital y yo podría haber seguido pintando sin un brazo roto.

Brick se colocó rápidamente detrás de ella, le puso las manos sobre los hombros y se los apretó, enviándole un mensaje silencioso.

—Qué comunidad tan entrañable tienen aquí, comisaria —dijo White con malicia, mirando a Brick y a Remi.

—Y tú qué cara de gilipollas tienes, novato —le espetó esta última.

—¡Basta! —La voz de Brick fue como el chasquido de un látigo—. Esta es mi casa. Y estas mujeres merecen que se las respete.

La agente especial Brice ni se inmutó, pero White parecía a punto de ahogarse con la corbata.

—Todo empezó por una queja presentada por un comité de observadores ante el Departamento de Ética del Congreso. Hasta que recibimos esto, lo que teníamos solo le garantizaba unas cuantas sanciones —dijo Brice, dándole unos golpecitos con el dedo a una copia del informe de la comisaria Ford—. Pero si la señora Vorhees tiene las pruebas que dice tener, lo llevaremos ante el Ministerio de Justicia.

Darlene se giró en la silla para mirar a los ojos a Camille.

—Una condena a nivel federal conlleva penas mucho más severas que la violencia de género. Claro que se le puede acusar de ambas cosas, algo que desde luego recomiendo. Pero así desaparecerá de tu vida durante años, no solo unos cuantos meses.

Camille cogió aire de forma casi imperceptible.

—Empecemos —dijo.

Al cabo de dos horas, a Brick le dolía la espalda de estar de pie. Remi tenía una rodilla apoyada en el pecho y balanceaba el otro pie como un péndulo bajo la mesa. Aunque él nunca la había visto tanto tiempo sentada, seguía sin moverse del lado de Camille.

—Así que el senador Vorhees usaba los fondos de la campaña para pagar el coste del avión privado de la familia, el barco de la casa del lago y los gastos de viajes personales.

Camille asintió.

—Sí. Hay una memoria USB dentro del aplicador de un tampón en el baño de invitados de nuestra casa. En él están los datos financieros que he encontrado, además de copias de correos electrónicos y registros de viajes.

Brice miró a White, que se levantó de la silla como si le ardiera el culo. Este empezó a marcar un número de teléfono antes siquiera de salir por la puerta principal.

La agente especial Brice ordenó los papeles y los volvió a guardar en las carpetas. Cerró el cuaderno y apagó la grabadora.

—Señora Vorhees, agradezco su colaboración. El departamento aprecia sus esfuerzos. —Entonces le sonó el móvil y se levantó de la mesa.

—¿En serio? ¿En un tampón? —le preguntó Remi a Camille, una vez que la agente se marchó—. Chócala, tía.

Camille le dedicó una sonrisa pícara.

—He aprendido de la mejor.

—Era donde Remi escondía las botellas en miniatura de alcohol cuando estaba en el último curso de instituto —le explicó la comisaria Ford a Brick.

Su hija se quedó pasmada.

—¿Lo sabías?

—Pues claro que lo sabía. ¿Nunca te preguntaste por qué siempre estaban tan aguadas, ni por qué aquel whisky barato sabía a guindilla?

—Qué bruja —dijo Remi, sacudiendo la cabeza con admiración.

—Algún día tú también te cargarás las reservas de alcohol de tu hijo —auguró la comisaria.

Remi miró a Brick durante unos instantes. Entonces se ruborizó y fue la primera en romper el contacto visual.

Él se preguntó qué significaría aquella mirada. ¿Remi se habría planteado formar una familia con él? No hacía tanto tiempo, Brick daba por hecho que seguiría soltero durante el resto de su vida. Pero eso había sido antes de que Remi le calentara la cama. Podía imaginarse una familia en aquella casa. A unas pelirrojillas malvadas corriendo escaleras arriba. Y a un niño reservado a la zaga, intentando enderezar a sus hermanas.

Las imágenes cobraron vida tan claramente que casi pudo oír el alboroto. Tenía muchas cosas de las que hablar con Remi.

La agente especial Brice volvió a la sala con aire sombrío y los labios apretados.

—El avión del senador Vorhees ha sido recibido por las fuerzas de seguridad locales en el aeropuerto de Cancún. Él no iba a bordo.

Brick vio que Remi agarraba de la mano a Camille por debajo de la mesa.

—Entonces, ¿dónde está? —preguntó.

—Estamos barajando varias posibilidades —respondió evasivamente Brice.

—Así que no lo saben —dijo Brick, sacando sus propias conclusiones.

La puerta principal se abrió y White asomó la cabeza.

—¿Puede venir un momento?

Ambos agentes se retiraron al porche delantero.

William se ausentó para ir a buscar agua para todos.

Inmediatamente, Remi fue corriendo hacia la ventana para intentar oír algo.

—Remington, aléjate de ahí —la regañó la comisaria Ford, bostezando.

Brick robó un sitio en la mesa y sentó a Remi en su regazo. Inhaló el aroma de su cabello y dejó que la calidez de su cuerpo suave le descongelara el hielo que se había alojado en sus entrañas.

—No me gusta que nos dejen fuera de sus puñeteros planes cuando es Camille la que está en peligro.

—Tú también estás metida en esto, señorita —le recordó su madre.

—Llegados a este punto, todos lo estamos —dijo Camille—. William me ha salvado. Remi lo ha desafiado. Brick lo ha provocado. Y yo lo he abandonado. Vendrá a por nosotros y a por cualquiera que se interponga en su camino. —Le temblaba el labio inferior y a Brick le impresionó lo desamparada que parecía—. Lamento haberte traído esto aquí —le dijo Camille a Darlene, que se estaba bebiendo el café de un trago—. Lo último que quiero es que nadie más sufra.

Remi se retorció entre los brazos de Brick, pero este la sujetó con firmeza. Ella se giró para mirarlo y lo que vio en sus ojos bastó para hacer que le rodeara el cuello con los brazos y se aferrara a él.

—Lo que yo lamento es que nadie hiciera nada hace ya mucho tiempo. No te merecías nada de esto —respondió Darlene—. Nadie está en peligro por tu culpa, sino por la suya. Así que ni se te ocurra hacerte responsable de sus pecados. Son suyos, no tuyos.

Sus palabras conmovieron a Brick, como la primera vez que las había oído de su boca. Y se las había dicho a él, cuando todavía era novato en el cuerpo y se rompía los cuernos como si tuviera algo que demostrar.

Para él era importante que la comisaria Ford supiera que no era como su padre: un sacacuartos vividor en busca de dinero fácil. Necesitaba demostrarle que no iba a seguir su mismo camino.

Pero ella ya lo sabía. Y le había dejado claro que, si él creía lo contrario, es que era tonto. Además de recordarle que en Mackinac se juzgaba a las personas por ellas mismas, no por la gente que las rodeaba.

Remi enredó los dedos en el pelo de la nuca de Brick. Aquella caricia suave y el peso de su cuerpo sobre el de él lo tranquilizaron. Ella era suya. Le pertenecía. Y nadie se la iba a arrebatar.

La conversación se interrumpió cuando los dos agentes regresaron.

—Con las pruebas nuevas, la fiscal federal confía en poder llevar el caso ante el tribunal y ganar —declaró la agente especial Brice.

—Solo tenemos que detener al malo —añadió White.

—Suele ayudar —replicó la comisaria Ford.

Brice miró con frialdad a toda la sala.

—Lo mejor en estos momentos es animarlo a salir de su escondite. —A Brick no le gustó nada que se quedara mirando a Remi.

Ella se revolvió en su regazo.

—Necesitan un cebo.

—Básicamente.

—No —dijo Brick, haciendo callar a todos los demás.

—¿Puedo hablar con usted fuera, sargento? —le pidió Remi.

—No puede estar de acuerdo con esto —le dijo Brick a la comisaria, mientras Remi se dirigía a la puerta principal.

La comisaria Ford se enfrentó a su mirada encendida. En sus ojos había una advertencia, acompañada de algo más. Algo parecido al miedo.

Brick acompañó a Remi fuera, bajo un aire primaveral desagradable y húmedo.

—Ni de puta coña —le dijo antes de que ella pudiera siquiera abrir su bonita boca.

—Escúchame.

—De ninguna manera vas a ponerte de su lado.

—No me estoy poniendo del lado de nadie, ni te estoy traicionando —dijo ella, envolviéndose más en el abrigo que había cogido dentro, en el perchero. Y que, por cierto, era de Brick.

—No vas a ponerte en peligro, Remington. No podría soportarlo.

Necesitaba sentirla cerca de él, así que la acorraló contra la barandilla.

—¿Y si no hubiera ningún peligro? —dijo Remi. Brick se sentía incómodo. Notaba una especie de hormigueo entre los omóplatos, como si lo estuvieran observando—. Tiene sentido, desde un punto de vista más amplio —añadió.

—Dejarte a merced de un monstruo homicida no tiene sentido desde ningún punto de vista —argumentó Brick, con las manos en la barandilla, al lado de ella. No se atrevía a tocarla por si no era capaz de parar.

—Lo que digo es que necesitamos que asome la pezuña asquerosa cuanto antes para que puedan trincarlo. Sabe que Camille y yo lo estamos desafiando. Nos encontrará aquí, tarde o temprano.

—¿A dónde quieres llegar?

—Sabe lo del divorcio y lo de la orden de alejamiento. Sabía que iban a intentar detenerlo. No tardará mucho en seguir a Camille hasta este lugar, una isla diminuta con cuatro policías. Lo que no sabe es que el Ministerio de Justicia lo está investigando. Lo que significa que un montón de polis podrían llegar a nuestras costas a tiempo para pillarlo en cuanto se plante aquí.

—Te refieres a tenderle una trampa aquí, en Mackinac.

—¿Se te ocurre una forma más rápida de encontrarlo?

«Ojalá».

—No lo hagas, Remi. No me parece bien.

—A mí tampoco me hace gracia. Pero esto tiene que acabar ya, por Camille. ¿Cuánto tiempo podrá seguir en la cuerda floja, mientras él siga desaparecido? ¿Cuánto tiempo podrá aguantar, sabiendo que podría estar en cualquier parte? ¿Al otro lado del país o a la vuelta de la esquina?

Brick miró hacia atrás, todavía con aquella sensación. Pero allí no había nadie.

—Remi, esto es buscarse problemas. Deja que los agentes se encarguen. Es su trabajo.

—Ya has oído a esos iluminados de ahí dentro. Llevan con esto un año y medio. ¿Sabes cuántas veces le ha pegado en dieciocho meses? ¿Cuántas veces le ha hecho daño y la ha humillado? Es imposible que no estuvieran al tanto. La dejaron allí, en esa situación, porque querían rastrear el dinero.

—Pues usarte a ti como cebo es como lo que le han hecho a Camille. Pretenden ponerte en peligro intencionadamente.

—No, no es lo mismo, porque te tenemos a ti —replicó Remi, abrazándolo por la cintura—. Tú no permitirás que se acerque a ella, Brick. Y tampoco a mí. Me protegerás, como siempre lo has hecho.

—No sabes lo que me pides —dijo él, destrozado por dentro. Era imposible que Remi supiera lo que le estaba pidiendo. Quería que pusiera delante de las narices de un chalado a la persona más importante de su vida y que lo desafiara a arrebatárselo.

Ya no podía resistirse más. Tenía que abrazarla. La estrechó contra su pecho y apoyó la cabeza en la melena pelirroja con la que había soñado durante toda su vida adulta.

—Sí lo sé. Y también sé que no es justo. Pero te juro que te lo compensaré.

—¿Cómo?

—Me pasaré el resto de mi vida queriéndote tanto que no podrás dudarlo ni por un segundo.

—Remington.

—Brick, te quiero y confío en ti. Y tengo toda una vida planeada para nosotros. No pienso hacer ninguna tontería y ponerla en riesgo. Te lo prometo. Solo te pido que hagas lo que siempre has hecho: protegerme.

51

Con todo el peso del mundo sobre los hombros, Brick entró por la puerta poco después de las siete y se encontró la casa llena de gente escuchando salsa. Mega se acercó trotando, con el gato siguiéndola a hurtadillas.

Se quitó el abrigo y se agachó para acariciar al comité de bienvenida.

—¿De qué va todo esto? —Ni el perro ni el gato sabían la respuesta.

Habían puesto la mesa con la vajilla de la abuela y alguien había subido la mesita plegable del sótano para solucionar el problema de aforo.

El ruido de la gente, de la familia, venía del piso de arriba y del pasillo. Los olores del hogar llegaron flotando hasta él para recibirlo y, entre todo aquel barullo, Brick identificó la risa de Remington.

Esta apareció de repente, con su melena pelirroja y aquella sonrisa capaz de descongelar el más frío de los corazones. En lugar de ir tranquilamente hacia él, echó a correr y se lanzó a sus brazos abiertos como si hubieran pasado días y no horas desde la última vez que lo había visto. Aquella era otra de sus fantasías. Que ella estuviera esperándolo al volver a casa. Abrir los brazos para recibirla. Amarla.

Remi le dio un beso en la boca y cuando acabó —demasiado pronto, en opinión de Brick— él la agarró por el cabello ardiente y le hizo volver a besarlo hasta que se puso cachondo y ella se quedó sin aliento. Era suya. El feroz sentimiento de posesividad estuvo a punto de ahogarlo.

—Te he echado de menos —declaró ella, apretándole las caderas con los muslos—. ¿Un día largo?

Él le acarició la espalda hasta llegar al culo y se lo estrujó. Desde la entrevista de Camille, se había pasado todo el tiempo con los federales, organizando equipos y coordinando la llegada de una docena más de los suyos. Llegarían a la isla a la mañana siguiente. Entretanto, los agentes de Mackinac patrullarían su casa, la de los padres de Remi y la de Kimber cada media hora.

—Un poco. —Muy a su pesar, la dejó deslizarse por su cuerpo hasta el suelo—. ¿Qué tal tú? —le preguntó, colocándole un mechón de pelo detrás de la oreja.

—Bastante bien, dadas las circunstancias. He organizado una cena familiar para darle la bienvenida a Camille. Mi madre debe de estar a punto de llegar. Y Kyle también va a venir —dijo Remi, subiendo y bajando una ceja.

—¿Huele a reconciliación?

—Pues hoy he puesto la oreja mientras Kimber tenía una conversación superprivada con él y, al parecer, Kyle va a cambiar de trabajo para poder dormir en casa todos los días y Kimber va a montar su propio negocio. Agnes Sopp la ha contratado para restaurar la casa que tiene al lado del puerto deportivo.

—Me alegro por ellos —dijo Brick—. Aunque voy a echar de menos tener a los niños por aquí.

Remi sonrió tímidamente y le pasó las manos por el pecho hasta llegar al cinturón.

—Qué bien oírte decir eso, porque me he ofrecido voluntaria para quedárnoslos todo el fin de semana que viene, mientras Kyle y Kimber se van de escapada romántica.

—¿Cuándo hacemos nosotros una? —Brick subió la palma de la mano por su costado para acariciarle un pecho por debajo del jersey corto de tonos brillantes que llevaba puesto. Una semanita fuera sin más obligación que la de hacer que Remington Ford se corriera. Movería montañas para conseguirlo.

—Estaba pensando que hace tiempo que no tengo vacaciones. Y ha sido un invierno muy largo.

—Larguísimo —dijo él, pellizcándole el pezón.

—¿Qué tal unos días en el Caribe, en una villa tranquila con piscina privada, para poder tomar el sol en *topless*?

Brick exhaló un suspiro de dolor mientras su erección palpitaba bajo la cremallera.

—Me lo tomaré como un sí —le dijo Remi, agarrándole la polla.

Se oyó una carcajada procedente del salón y el temporizador del horno sonó. Había demasiada gente en casa como para llevarla arriba y hacerle gritar su nombre.

—Es un sí rotundo —murmuró Brick. A regañadientes, le apartó la mano de su entrepierna y le dio un beso en la palma.

—Vale. Si te das una ducha ya, la cena estará lista cuando bajes —dijo Remi. Lo de la ducha sonaba bien.

—Supongo que no puedes acompañarme —le preguntó él con lujuria.

Remi se mordió el labio y miró fijamente su erección. La polla de Brick se estremeció al sentirse el centro de atención.

—¡Remi, ven a echarle un vistazo a la carne! —gritó Gilbert Ford desde la cocina.

Brick hizo una mueca de fastidio.

—Qué aguafiestas —susurró ella—. Ve a ducharte. Ah, y Spence quiere hablar contigo. No tengo ni idea de qué —añadió, guiñándole un ojo.

Brick se rezagó un instante para sacar una cajita del bolsillo del abrigo antes de subir las escaleras, sin poder creer la suerte que tenía.

Cuando salió del baño envuelto en una toalla, se encontró a su hermano tumbado en la cama, mirando el móvil.

—¿Qué pasa? —preguntó Brick, cogiendo unos calzoncillos y un chándal de la cómoda.

—Tengo que hablar contigo —dijo Spencer, nervioso, levantándose de la cama de un salto.

—Vale. Habla.

—Bueno. Quería hablar contigo antes de que pasara algo. Pero entonces pasó algo y… —Se le cayó el móvil y, al inclinarse para recogerlo, se dio un golpe en la cabeza contra la mesita de noche.

—Ay.

Brick se apiadó de su hermano pequeño.

—Estás con Audrey —dijo.

Spence levantó la vista, frotándose la frente.

—Sí. ¿Cómo lo sabes?

—Remi te vio colarte en su habitación hace dos noches.

Su hermano hizo una mueca, abochornado.

—Te juro que quería contártelo antes de hacer nada a escondidas. Preferiblemente para no tener que hacer nada a escondidas. Siento algo por ella desde hace mucho tiempo, pero no sabía si seguías agobiado por lo del divorcio y no quería hacer nada que pudiera herir...

Brick levantó la mano.

—Spence, déjalo. Tienes mi aprobación, aunque ninguno de los dos la necesitáis.

—¿En serio?

—Creo que los cuatro hemos perdido ya bastante tiempo, ¿no crees?

Spencer sonrió y lo abrazó, dándole unas palmaditas en la espalda.

—Te quiero, tío.

—Sí, vale. Yo a ti también. Y ya puedes dejar de fingir que duermes en el sofá.

Su hermano se detuvo en la puerta, todavía sonriendo.

—Desde fuera, tu rollo con Remi parece bastante serio.

Brick le echó un ojo al pasillo, abrió el cajón de los calcetines y le lanzó a Spencer la cajita de terciopelo.

—¡No me jodas! —exclamó su hermano, abriéndola—. Joder, le va a encantar.

—¿Sí? —Brick se quedó mirando el anillo de oro mate con diamantes y piedras preciosas engarzados. Le había parecido perfecto para ella en cuanto lo había visto en la joyería, esa misma tarde.

—Por supuesto. Es original, un poco caótico y supermolón. Igualito que tu chica. Enhorabuena, tío.

—Gracias. —Brick volvió a guardar la cajita en la cómoda.

—¿Ya sabes cuándo se lo vas a pedir?

En cuanto tuviera el consentimiento de su padre y pudiera estar con ella a solas.

—Pronto —respondió él—. Es una fisgona. No tardará mucho en encontrarlo.

Spencer sonrió y volvió a detenerse en la puerta.

—Oye, gracias por dejar que papá esté aquí. Significa mucho para él. Y para mí. —Brick se aclaró la garganta y asintió—. Y como nunca te lo he dicho y Audrey ha abierto un par de botellas de vino antes de la cena y estoy un poco contentillo, que sepas que siempre te he admirado. Jamás he dejado de hacerlo. Eres la leche, Brick. De mayor quiero ser como tú.

Con un nudo en la garganta, Brick agarró a su hermano afectuosamente por la cabeza y le revolvió el pelo.

—Eres el mejor tío que conozco, Spence. Venga, lárgate de una puta vez.

Brick tardó diez minutos en captar la atención de Gilbert y llevárselo al porche, lejos del caos previo a la cena que había dentro.

—Si es por cómo lo hice en el bar la otra noche... —empezó a decir Gil.

Brick disimuló una sonrisa.

—No es por eso. Lo hiciste genial y Darius y yo estamos encantados de contar contigo.

Gilbert se animó.

—Menos mal. Creía que ibas a despedirme.

—No. Pero tengo que preguntarte una cosa. Algo que no tiene nada que ver con el bar. —Brick sintió que las palabras se le atascaban en la garganta. Aquel hombre había sido más padre para él que el suyo propio. ¿Cómo iba a pedirle que le confiara el futuro de su hija?

—Soy todo oídos —dijo él, colocándose el chaleco y cogiendo una copa de vino llena casi hasta el borde.

—¿Qué está pasando aquí? —preguntó Darlene Ford, todavía de uniforme, mientras subía las escaleras del porche—. ¡Ay, vino! —Le quitó la copa a su marido y le dio un buen trago. Gilbert rodeó a su mujer por la cintura con un brazo.

—Estamos de cena familiar. Kimber y Kyle se están reconciliando. Al parecer, Spencer y Audrey por fin están juntos.

Y Brick está intentando armarse de valor para pedirme la mano de Remi.

La comisaria Ford se detuvo a medio tragar para observar a Brick por encima del borde de la copa.

Este sentía a la vez calor y frío por todo el cuerpo. Era como si le estuvieran apuntando con un foco y hubiera olvidado todas sus frases.

Darlene le devolvió el vino a su marido. Luego miró a Brick de arriba abajo y asintió con energía.

—Ya era hora, joder —dijo. Luego le agarró la cara y le plantó un sonoro beso en la boca.—. Bienvenido a la familia —añadió, antes de abrir la puerta principal y entrar preguntando a gritos qué había para cenar.

Brick se quedó mirándola boquiabierto.

—Eh... Esto...

Gilbert le dio una palmadita en el hombro.

—No tengo mucho más que añadir, salvo que no puedo imaginarme a un hombre mejor para nuestra hija. La has querido en los momentos buenos y en los malos. Nunca le has fallado. Ni una sola vez has dejado de protegerla, incluso de sí misma. Es más de lo que un padre puede pedir. Y ya sé que he bebido mucho vino, pero sería un honor poder llamarte «hijo».

Brick tenía un nudo enorme en la garganta. Los ojos se le llenaron de lágrimas, haciéndole ver borroso todo lo que tenía delante. Tragó saliva y consiguió murmurar un «gracias», a duras penas.

Gilbert le dio un apretoncito en el hombro. Brick lo veía todo desenfocado, pero aun así le pareció que los ojos de Gilbert también brillaban un poco.

—Gracias por querer a la rebelde de mi hija tal y como es. —Brick ni siquiera parpadeó cuando Gilbert le dio un beso en la mejilla, seguido de una palmadita un poco fuerte de más—. Enhorabuena. Venga, vamos a comer antes de que acabemos todos como cubas.

52

El hecho de cenar todos apiñados en el comedor de Brick dio a la velada un ambiente festivo. Como si el vino, la buena comida y la música tuvieran el poder de alejar, en cierto modo, el mal que acechaba más allá de la pequeña isla. Camille estaba enfrascada en una conversación con Kimber y su padre, poniéndolos al corriente de las exposiciones de Remi en la galería.

Incluso Brick parecía más relajado que cuando había llegado a casa. Estaba comiendo con la mano izquierda para poder agarrarle la mano por debajo de la mesa y acariciarle posesivamente el dedo anular con el pulgar, una y otra vez.

Brick Callan iba a pedirle que se casara con él. Y ella iba a decir que sí.

Se sentía como si estuviera a punto de estallar. Como si fuera Nochebuena y hubiera un montón de regalos esperándola debajo del árbol. Solo que Brick era mucho más grande y mejor que cualquier regalo, y una vida con él duraría más que cualquier mañana de Navidad.

El futuro les deparaba muchas cosas buenas a todos, pensó, observando cómo Kyle miraba a Kimber como si la estuviera viendo por primera vez. Spencer y Audrey parecían estar compartiendo algún chiste privado al fondo de la mesa. Y William respondía a las preguntas de Hadley sobre el trabajo de los investigadores privados.

El sonido estridente del teléfono de su madre interrumpió las conversaciones.

—Al habla la jefa.

Brick también recibió un mensaje y Remi sintió que se ponía rígido a su lado.

El ambiente distendido de la sala se transformó en tensión.

—Recógeme de camino —dijo Darlene, levantándose de la silla y estrechándole el hombro a su marido.

—¿Qué ocurre? ¿Qué pasa? —preguntó Remi, extendiendo el brazo para coger de la mano a Camille.

—Hay un incendio en el Grand Hotel —contestó Brick, poniéndose en pie y apretándole una última vez la mano, antes de salir de la habitación detrás de Darlene.

—No puedo dejarla desprotegida —oyó que le decía a su madre.

—Ya lo sé. Llama a Brice. Si nosotros no dormimos esta noche, ella y White tampoco.

Remi oyó que Brick subía las escaleras de dos en dos, cagándose en todo.

Mientras Darlene se ponía a hablar de nuevo por teléfono, los demás salieron al porche. El Grand Hotel estaba más allá de la curva, en lo alto de la colina, pero se apreciaba un resplandor inquietante en el cielo nocturno.

—Esto no tiene nada que ver con Warren —le dijo Remi a Camille para tranquilizarla. Pero su amiga no parecía estar tan segura.

—Papá. —Brick, otra vez de uniforme, asomó la cabeza por la puerta.

William entró y dejó la puerta entreabierta. Remi esperó un momento y lo siguió. Estaban en el comedor, con las cabezas pegadas.

—Es un encargo importante. Remi es lo más valioso del mundo para mí y no me fío de los federales. Necesito que cuides de ella, que las cuides a ambas, hasta que vuelva.

William asintió solemnemente.

—Haré lo que haga falta. Remi y tú tenéis algo auténtico y perfecto. No pienso permitir que le pase nada. Te lo prometo.

A Remi se le llenaron los ojos de lágrimas cuando Brick estrechó el hombro de su padre.

—Gracias, papá.

—Turk está aquí con el coche —dijo Darlene, abriendo la puerta principal.

Brick vio a Remi en el pasillo.

—No puedo irme hasta que hayan llegado —dijo.

Su madre le hizo un gesto con la cabeza.

—Te veremos allí, entonces.

William la acompañó hasta la puerta, dejando a Remi a solas con Brick.

Los dos camiones de bomberos de la isla pasaron ululando por delante de la casa, seguidos de la ambulancia.

Remi tenía el corazón desbocado.

—Tienes que irte —le dijo a Brick.

—No puedo dejarte.

—No estoy sola, la casa está llena de gente. Te necesitan allí.

Los bomberos de la isla estaban bien equipados, pero no tanto como para enfrentarse a lo que podría convertirse fácilmente en un incendio de nivel cuatro. Hacían falta todas las manos disponibles para salvar aquel edificio histórico en el que habían empezado muchos finales felices.

Remi lo agarró del brazo y miró fijamente aquellos ojos preocupados.

—Vete.

—Prométeme que no vas a correr ningún riesgo. Que te vas a quedar en casa. Que no pondrás ni un pie más allá de la puerta una vez que me haya ido.

—Te lo prometo, Brick.

Él le agarró la cara con la mano, con los ojos azules en llamas.

—Prométeme que estarás aquí cuando vuelva para que pueda hacerte la pregunta.

Ella le sonrió, con lágrimas en los ojos.

—Claro que quiero comer tacos contigo.

Brick acercó la frente a la suya y cerró los ojos.

Remi le estrechó la cara entre las manos, disfrutando de la aspereza de su barba y de la suavidad de su piel.

Aquel rostro le resultaba tan familiar... Brick le pertenecía. Hacía tiempo que lo suyo era cosa del destino, aunque todavía estuviera empezando.

—Te quiero. Ten cuidado. Y mándame un mensaje en cuanto puedas.

Brick asintió con la cabeza y acercó la boca a la de ella para besarla con fuerza.

—Vale. Te quiero, Remington.

—Por cierto, no la cagues —le dijo ella mientras se marchaba.

Él se detuvo y la miró fijamente.

Remi se encogió de hombros.

—¿Qué? No pienso decir ninguna sensiblería. Prefiero soltarte algo chungo para que tengas que esperar a volver a casa. Entonces te diré cosas bonitas.

—Voy a amarte con todas mis putas fuerzas —dijo él con firmeza.

—Aquí te espero, grandullón.

—Ten el inhalador a mano. Puede que haya mucho humo.

Remi le lanzó un beso mientras bajaba trotando las escaleras del porche.

Brick salió corriendo hacia el incendio y su enorme silueta se perdió en la noche.

Remi lo vio marcharse con el corazón encogido.

Entonces sintió un cosquilleo en la nuca. Una sensación desagradable que le hizo dejar de mirar hacia el fuego y girarse hacia la calle oscura. Los vecinos estaban saliendo de sus casas para ver qué pasaba. Seguro que pronto habría una multitud de mirones en el hotel.

Pero había algo allí fuera, en la oscuridad, que le hacía sentirse como si ella fuera el espectáculo. Como si la estuvieran observando a ella.

William los hizo entrar a todos y cerró la puerta con llave. Mientras se debatía entre un té o un café caliente o más vino, Remi decidió portarse bien y cogió el inhalador y el móvil. Tenía un montón de llamadas perdidas y mensajes de texto. La mayoría de Rajesh.

El teléfono le sonó en la mano.

—¿Qué?

—Tía, tus fotos con Camille lo están petando. ¿Por qué no me lo has contado? Me he quedado con cara de idiota cuando han empezado a llamarme.

El corazón le dio un vuelco en el pecho.

—¿Qué fotos? —preguntó ella, agarrando con fuerza el móvil.

—Las que Camille ha subido a Instagram. Todo el mundo está flipando.

—Se suponía que no iban a subirlas hasta mañana a primera hora. —Al día siguiente por la mañana, cuando una docena de agentes federales y todo el Departamento de Policía de la Isla Mackinac estuvieran preparados para tender la trampa.

Diez minutos después, aparecieron los agentes Brice y White. En cuanto William cerró la puerta detrás de ellos, Remi los abordó.

—¿Cuál de los dos gilipollas ha decidido publicar las fotos antes de tiempo? —susurró.

La agente especial Brice frunció el ceño y miró a su compañero con frialdad.

Dos coloretes aparecieron en las mejillas de White.

—¿Cuál es el problema? Él ya sabía que estaba aquí. Seguramente imaginaría que su mujer acudiría corriendo a usted.

—El problema, tonto del culo, es que todo el departamento de policía está en un incendio y ustedes dos son los únicos agentes federales de la puta isla. ¿Por qué no le han puesto una alfombra roja?

—Señorita Ford —dijo Brice.

—No me venga con esa mierda de «señorita Ford». Si este incendio tiene algo que ver con Warren Vorhees, si alguno de los míos sale herido, la culpa será suya.

Brice se pasó la lengua por los dientes.

—Quédese aquí vigilando —le dijo a White—. Voy a localizar a la comisaria Ford en el incendio y averiguar si hay alguna razón para preocuparse.

—Puede vigilar desde fuera —dijo Remi, abriéndoles la puerta principal.

Todos se reunieron en el salón para ver una película con palomitas y té. Su padre y Kyle se habían ofrecido a quedarse a dormir y les habían dicho a los niños que era la primera gran fiesta de pijamas familiar. Remi llevaba el teléfono encima y esperaba noticias de Brick.

La presión en el pecho no la abandonó en toda la película. Ni cuando Kimber y Kyle se fueron a acostar a los niños. Ni cuando, uno a uno, todos empezaron a irse a la cama.

Se dio cuenta de que tal vez no era la única que estaba tensa.

Su padre estaba despatarrado en el sofá con un bate de béisbol al lado, en el suelo, «por si acaso». El padre de Brick se apostó en el comedor con un libro y una de las pistolas de su hijo, vigilando la puerta principal y las escaleras.

—¿Está bien aquí? —le preguntó Remi, llevándole un vaso de agua.

Él asintió con la cabeza.

—Estoy justo donde tengo que estar.

—Sé que Brick se siente mejor con usted en casa —dijo, acariciando con los dedos el respaldo de la silla.

—Me ha pedido que te cuide y no pienso volver a decepcionarlo —dijo William.

—A mí me parece que hace mucho tiempo que ha dejado de decepcionar a la gente.

—Gracias por darte cuenta —respondió él, con una leve sonrisa.

—Me voy a casar con su hijo —le soltó Remi de repente.

—Esperaba que lo hicieras. Eres justo lo que necesita, un recordatorio de que en la vida no todo es blanco o negro. Y que los colores pueden ser muy divertidos.

—Me alegro de que esté aquí. Voy a volver al estudio, a ver si puedo quemar un poco de energía con la pintura durante una hora o así.

Él asintió con la cabeza.

—Aquí estaré.

Remi echó a andar por el pasillo, pasando por delante de unas habitaciones que ahora estaban llenas de vida. Los deberes de los niños. La oficina improvisada de Kimber en la sala de estar. Magnus y su padre roncando en el salón. Los cuencos de palomitas. A Brick le venía bien que añadieran un poco de caos a su vida.

Entró en el estudio y encendió las luces. Ignorando la inquietud por lo que acechaba más allá de las oscuras ventanas, volvió a colocar la obra en la que estaba trabajando en medio de la lona del suelo.

Ya acabaría el cuadro de Brick en otro momento. Ahora le apetecía exorcizar algunos demonios. Puso en bucle «No Surprises», se quitó los zapatos y empezó a trabajar.

Aquella energía nerviosa y la pizca de miedo que le hacía sentir un sabor metálico en la boca eran justo lo que necesitaba para infundir temor y confusión con los pinceles y los óleos. Para dar vida sobre el lienzo a un instinto de supervivencia desesperado. A medida que iba tomando forma, mientras pintaba, raspaba y superponía las capas, Remi se preguntó si alguien más vería alguna vez aquel cuadro. O si lo pintaría y luego lo quemaría. O si tal vez lo vendería. Había coleccionistas a los que les encantaría tener inmortalizado un instante de terror para colgarlo en la pared.

Acabara como acabara, ella sería libre. Y también Camille y Brick. Todos serían libres para continuar con sus vidas, para pasar página.

Pero antes tenía que terminarlo.

Al cabo de un tiempo indeterminado, alguien pronunció su nombre y la sacó de aquel trance de colores y recuerdos. La canción seguía repitiéndose, pero le parecía muy lejana. Como si su conexión con ella se hubiera roto.

—Remington.

Apartó los ojos del cuadro y vio a Camille de pie en la rampa. Iba vestida de manera informal, con unos leggings prestados que le quedaban varios centímetros cortos y una sudadera.

Remi acabó de salir de su ensimismamiento y buscó a tientas el teléfono para apagar la música.

—Hola —dijo—. ¿No puedes dormir?

Camille negó con la cabeza.

—Tengo demasiadas cosas en la mente. ¿Te interrumpo?

Remi volvió a mirar el lienzo.

—No. Creo que ya he terminado —respondió, dejando la paleta llena de pintura sobre la mesa de trabajo más próxima, antes de estirar un poco los hombros.

—Era la canción que estábamos escuchando en el coche —le

dijo Camille, bajando por la rampa. Remi asintió—. ¿La estás pintando? —le preguntó su amiga.

—Creo que he pintado la canción y el accidente —repuso ella, volviendo a mirar el lienzo.

Necesitaba retroceder para ver el cuadro entero. Después de tantas horas de trabajo minucioso, no entendería la obra hasta que diera ese paso atrás y pudiera verla en conjunto.

Camille se reunió con ella y ambas se quedaron mirando el lienzo.

—Caray —dijo esta. A Remi todo le parecía muy lejano. Los faros y las pisadas. Los colores de la música. Los gritos de Camille. El olor de la sangre. Sintió que la invadía una extraña sensación de paz—. No soy capaz de librarme de la sensación de que está viniendo hacia aquí —confesó Camille—. Me convertí en una experta en predecir sus cambios de humor. Sabía cuándo iba a estallar y así es como me siento ahora. Como si estuviera esperando a que entrara por la puerta.

Remi miró a su amiga.

—Yo también tengo una sensación rara. Pero recuerda que esta vez no estás sola. Estamos aquí juntas y tenemos la casa llena de gente deseando darle una patada en los huevos.

Todo lo que a Brick le importaba en el mundo estaba en aquella casa. A Remi se le aceleró el pulso. Mientras ardía un monumento histórico, todos sus seres queridos estaban reunidos bajo el mismo techo. No era una coincidencia. No podía serlo.

—Tenemos que irnos —dijo en voz baja.

Camille asintió.

—Estoy de acuerdo. Estamos poniendo a los demás en peligro al quedarnos aquí.

Brick la iba a matar. Pero, Freddie Mercury mediante, por la mañana seguiría teniendo una Remington a la que cargarse.

—Vamos a coger lo que necesitamos. Saldré a hablar con el capullo de White —decidió Remi.

Iban corriendo hacia la rampa, impulsadas por la adrenalina, cuando algo golpeó la puerta del jardín trasero.

—Ay, Dios. —Camille se tapó la boca, mientras Remi se ponía delante de ella de un salto. Alguien golpeó el cristal con la mano. Era imposible ver nada en la oscuridad con las luces del estudio encendidas.

—Déjenme entrar, rápido —murmuró alguien con un hililllo de voz.

—Mierda. Creo que es White —susurró Remi.

—¿Qué ha pasado? No podemos dejarlo ahí fuera.

—¡Como nos maten por culpa de ese tío, me voy a cabrear mucho! Ve a buscar a William y quédate con él —le ordenó a Camille. Esperó a que su amiga estuviera en la zona principal de la casa para abrir de un tirón la puerta lateral. White estaba tirado en el suelo—. ¿Qué coño ha hecho? —gruñó, agarrándolo por debajo de los brazos—. ¿Y por qué está tan sudado?

Ay, Señor. Al bajar la vista hacia su camisa blanca, Remi se dio cuenta de que no todo era sudor. Una mancha carmesí se extendía en un círculo desigual.

—¿Le han disparado? Se suponía que era la releche, agente White. —Él farfulló algo ininteligible—. Brick se va a partir el culo —susurró, mientras conseguía arrastrarlo hasta la mitad del umbral.

—¡Remi! —William irrumpió por la puerta que daba a la casa, con Camille pisándole los talones.

—O le han disparado, o se ha espetado en un puto enano de jardín —dijo Remi—. Ayudadme a meterlo dentro.

William se guardó la pistola en la parte de atrás del pantalón y se agachó para tirar del hombre hacia el interior.

—Pesa más de lo que parece —dijo Remi, empujando la puerta para cerrarla. Pero no fue lo suficientemente rápida y vio aparecer una sombra por el rabillo del ojo.

—¡Joder! —Intentó dar un portazo, pero no llegó a tiempo. Alguien vestido de negro metió el brazo dentro, como si fuera un espectro.

Camille dejó escapar un gemido que a Remi le partió el corazón.

William abandonó al agente en el suelo y echó mano de la pistola, pero habían subestimado al enemigo. Warren Vorhees empujó la puerta con una fuerza excepcional, haciendo retroceder a Remi, que tropezó con las piernas del agente White.

Con el arma extendida, Vorhees disparó rápidamente un tiro que sonó como el chasquido de un petardo.

William se desplomó en el suelo junto a White.

—¡No! —gritó Remington.

El hombre giró el arma y le apuntó amenazadoramente a la cara.

—Yo que tú no gritaría —gruñó.

Su atractivo rostro estaba deformado en una grotesca expresión de rabia. Se había teñido el pelo de oscuro y se lo había rapado. Su aristocrática mandíbula estaba cubierta por una barba incipiente. Llevaba un pantalón de chándal barato y una chaqueta negra. Había disimulado sus ojos, de un inconfundible azul oscuro, con unas lentillas de otro color. Parecía otra persona, alguien trastornado y perverso. Se había despojado del lustre de la riqueza y la educación para revelar al enfermo que había debajo.

A Remi se le encogió el corazón de miedo. Su teléfono estaba en la otra punta de la habitación, al lado del cuadro.

—Warren, llévame solo a mí. Déjalos en paz —dijo Camille con calma.

Su risa sonó más bien como un gruñido.

—¿Crees que puedes pedirme favores? ¿Que puedes apelar a mi generosidad, después de haber intentado hundirme? —La galantería encantadora con la que había seducido a Camille y a tantísimos votantes había desaparecido por completo. La mano con la que sostenía el arma ni siquiera temblaba. La rabia le proporcionaba una calma escalofriante—. ¿Crees que puedes destruirme? ¿Te crees digna de ser mi adversaria? No eres nadie —le soltó. Camille se acercó a William, que permanecía inmóvil en el suelo—. Eso le pasa por intentar detenerme. Por intentar apartarte de mí. Al final he ganado, ¿no? —Su risa era como una pesadilla perturbadora.

Le pegó otro tiro en la pierna a William y el silenciador ahogó el ruido.

—¡No! —gritó Remi.

—No te preocupes —dijo Vorhees, volviéndose hacia ella con una mirada sin vida en los ojos—. A ti te estoy reservando un castigo especial. Pero antes tengo que hacer un poco de limpieza.

Levantó el arma para disparar de nuevo. Pero, mientras lo hacía, Camille se tiró sobre William. Remi bajó el hombro y cargó contra aquel monstruo. El disparo se desvió. Él se rio y agarró a Remi por el pelo. Un millón de terminaciones nerviosas aullaron de dolor mientras él retorcía y tiraba. Sin dejar de reírse, la lanzó al suelo y le propinó una diestra patada en la cadera.

—¡Para! —le rogó Camille. Pero parecía que sus súplicas solo servían para azuzarlo.

—No olvides cuál es tu sitio, mujer. Solo eres otra de mis pertenencias. Una cosa bonita y llamativa que saco cuando quiero y vuelvo a guardar cuando termino. Pero esta noche será la última vez que te guarde.

—Como le pongas un dedo encima, todo el mundo sabrá que las acusaciones eran ciertas —dijo Remi, resoplando a causa del dolor. Ya solo le faltaba tener un ataque de asma mientras intentaban asesinarla.

—No podéis acabar conmigo. Para vosotras soy intocable. No tenéis lo que yo tengo. Poder. Contactos. Dinero. Os destruiré a las dos, en cuerpo y alma. Y cuando haya acabado, me aseguraré de que nadie vuelva a pronunciar jamás vuestros nombres.

—¿Tienes delirios de grandeza? —preguntó Remi, jadeando, mientras se arrastraba para apoyarse sobre las manos y las rodillas. Él le dio otra patada, esta vez en el abdomen. Camille se precipitó hacia adelante. Warren le dio un golpe del revés en la cara con la pistola y ella se cayó como una hoja. Remi gruñó, intentando respirar a pesar del dolor—. Brick te va a dar una paliza —dijo entre dientes.

—Espero que lo intente. No creerías que me iba a marchar sin darle las gracias por su hospitalidad con mi mujer y su amiguita, ¿verdad?

—¿Cómo puedes ser tan capullo? —masculló Remi, tratando de ganar tiempo. Necesitaba conseguir ayuda. Necesitaba sacarlo de aquella casa. Entonces percibió un movimiento en lo alto de la rampa y atrajo deliberadamente la atención de Warren hacia ella. Hadley estaba agazapada en la puerta, en pijama—. ¿Qué piensas hacernos, Warren? —le preguntó.

—Voy a llevaros lejos de aquí, a un sitio donde podamos estar solos. Así podré vengarme a gusto.

—¿A dónde? —quiso saber Remi. Brick pondría patas arriba la isla al amanecer, en cuanto supiera lo que había pasado.

Vio que William cerraba una mano a su lado y estuvo a punto de soltar un suspiro de alivio.

—Al continente. Cogeré prestado un barco para la ocasión. Pero no te preocupes por los detalles. Lo único que tienes que saber es que esta va a ser tu última noche y que, si no vienes conmigo por las buenas, subiré y me cargaré a todos mientras duermen.

Hadley se escabulló por la puerta.

Remi pensaba incrustarle las pelotas a ese hombre en el cráneo en cuanto tuviera ocasión.

—Iré por las buenas —prometió.

—Me lo imaginaba —repuso él, con una sonrisa retorcida y triunfal.

—Puedo conseguir un barco. Mi amiga Eleanora Reedbottom tiene uno. No se dará cuenta de que ha desaparecido.

—Así me gusta. ¿Ves como no es tan difícil cooperar? Las cosas son mucho más fáciles cuando asumes cuál es tu lugar.

Mientras él se agachaba para recoger el cuerpo inerte de Camille, Remi buscó algún arma en la mesa de trabajo. Se guardó una espátula en el bolsillo y rezó para tener oportunidad de usarla.

—Brick irá a por ti en cuanto se entere de que nos has secuestrado, Warren.

Remi desvió la mirada hacia la puerta. Aunque no veía a Hadley, sabía que su valiente sobrina estaba al acecho.

—El idiota de tu novio está ocupado con un desafortunado incendio que ha empezado en la cocina del hotel —dijo, echándose a Camille al hombro como si fuera un saco de pienso—. Vamos —dijo, haciéndole un gesto con la pistola—. Pasa delante y mantén las manos donde pueda verlas.

Con todas las de perder y escoltada por un pirado, Remi se adentró en la noche.

53

Brick se secó la frente con el antebrazo mientras contemplaba el Grand Hotel. Continuaba en pie. Y tan majestuoso como siempre. Aunque tal vez un poco ahumado y con las cocinas en bastante peor estado. Pero seguía irguiéndose sobre el lago Huron como un símbolo de bienvenida.

Habían necesitado horas y todas las manos disponibles para controlar las llamas.

Se trataba de un incendio provocado, eso estaba claro. Habían usado un acelerante para encender y propagar las llamas. Pero el pirómano había olvidado una cosa: que la isla Mackinac defendía lo suyo.

Había habido algunos heridos y algún que otro perjudicado por inhalación de humo pero, al igual que el hotel, todos habían sobrevivido a la noche.

Nadie se metía con la dama de la colina. Se habían visto desbordados por los voluntarios. Los huéspedes del hotel habían sido reubicados en otros alojamientos. Algunos en hostales y otros en casas particulares. Los restaurantes y cafeterías habían enviado comida y bebida a la colina para que los equipos estuvieran bien abastecidos.

Las dos líneas de ferry habían despertado a la tripulación y habían usado los transbordadores para traer bomberos y equipamiento desde el continente.

Y, cuando la promesa del amanecer empezó a besar el horizonte, Brick por fin respiró tranquilo. Mientras se sentaba en una de las numerosas tumbonas que algún voluntario considerado había trasladado del porche del hotel al césped para los miembros de los equipos, decidió que era un buen momento para volver a casa.

Estaba a punto de leer los mensajes, cuando le sonó el teléfono. Era el número de su casa.

—¡Tío Brick!

—¿Hadley?

—Tío Brick, la tía Remi se ha ido. Y su amiga Camille también. Ha venido un hombre.

Brick se levantó de la tumbona.

—¿Qué ha pasado? —le preguntó.

—Un hombre. Un hombre vestido de negro. Creo que el señor White está muerto. Estaba sangrando mucho. Y luego el hombre le disparó a William. Estoy con él ahora. Respira, pero está muy mal. ¿Puedes llamar a una ambulancia?

«Mierda».

Brick echó a correr a toda velocidad.

Había sido una artimaña para alejarlo de Remi y de la casa. Y él los había dejado allí colgados, como un cebo. Los había abandonado cuando más lo necesitaban.

—¡Brick! —gritó la comisaria Ford, que estaba hablando con el jefe de bomberos.

—Remi —dijo él, con voz quebrada.

Pero siguió corriendo por la colina cubierta de hierba que descendía hacia el pueblo.

—Hadley, ¿tú estás bien?

—Sí, pero tengo miedo. Tío Brick, tiene a la tía Remi y a Camille. Creo que dejó inconsciente a Camille. Se la llevó y tía Remi parecía que iba a matarlo.

—Voy para allá. ¿Hay alguien más ahí? ¿Hay alguien más contigo?

—Están todos durmiendo. Yo no podía dormir. Quería ver qué estaba pintando la tía. A veces bajo a hurtadillas para husmear.

Brick aceleró el ritmo mientras pasaba por delante del colegio y la dejaba a su izquierda. Las casas continuaban a oscuras.

Siguió en contacto con Hadley hasta que irrumpió por la

puerta principal de su casa. Kimber y Kyle aparecieron en las escaleras justo cuando Hadley corría hacia él y se lanzaba a sus brazos.

—¿Cuánto hace que se han ido? —le preguntó Brick a la niña.

—¿Qué ha ocurrido? ¿Qué pasa? —preguntó Kimber, corriendo escaleras abajo para reunirse con ellos.

—Unos diez minutos —respondió Hadley, ignorando a su madre—. Te he estado llamando, tío Brick, pero no contestabas. Así que he seguido intentándolo mientras acompañaba a William —le explicó Hadley.

—Diez minutos —repitió Brick. Dejó a Hadley con su madre y echó a correr por el pasillo.

El panorama que le esperaba era peor de lo que se temía. El olor metálico de la sangre flotaba en el aire. White estaba muerto. Tenía la camisa manchada de marrón oscuro y miraba fijamente hacia el techo, con los ojos vidriosos congelados en un gesto de sorpresa. Un charco de sangre se extendía debajo de él.

—¡Papá! —gritó Brick, corriendo por la rampa. Su padre estaba sentado con la espalda contra la pared. Allí también había sangre. En la pared de yeso, en su camisa y en sus pantalones.

Tenía un aspecto avejentado, pálido y frágil.

—Estoy bien —jadeó William—. Ve a por tu chica.

Brick rasgó en dos la camisa de su padre y le revisó el torso. Tenía un pequeño agujero en el pecho, encima del corazón.

—¿Puedes respirar bien? —le preguntó.

—No te preocupes por mí —insistió William, con voz débil—. Siento haberte decepcionado. Pilló en el patio a White, que vino a la puerta pidiendo que le dejaran pasar. Las chicas le abrieron, Vorhees me disparó al entrar y me abatió. Me desmayé. Creo que también me ha dado en la pierna. Lo siento. Lo siento muchísimo.

En la zona principal de la casa se oyó un revuelo.

—Papá —volvió a decir Brick, pero el resto de las palabras no querían salir.

—Te he vuelto a fallar. Has confiado en mí y...

—Ha sido culpa mía, papá. No debería haberme ido. Debería haberme dado cuenta de que era una puta trampa.

—¡Brick! —exclamó la comisaria Ford, con una voz cortante como una hoja de afeitar—. El único culpable aquí es ese puto monstruo, así que dejad de lamentaros de una puñetera vez y pensad en cómo recuperar a mi hija.

Dicho lo cual, Darlene sacó el teléfono.

—¿Sí? Voy a necesitar que me mandéis esa ambulancia lo antes posible.

Brick cogió la toalla ensangrentada que vio junto a su padre y se la apretó contra el pecho. Pero ya tenía la cabeza y el corazón en otra parte. No podía quedarse allí. Necesitaba poner patas arriba aquella isla. Necesitaba encontrar a Remi.

—¿Tío Brick?

—Hadley, no entres ahí —le ordenó Darlene.

—Dios mío —susurró Kimber al ver aquella carnicería, apareciendo detrás de su hija— ¿Ese es...? ¿Es...?

Kyle la agarró antes de que pudiera entrar en la habitación.

—Hadley me ha estado sujetando la toalla —dijo William, con orgullo—. Esa niña tiene la cabeza bien amueblada. Le he dicho que pienso contratarla como investigadora. Cuando acabe la universidad, claro.

—Tío Brick —dijo Hadley, pateando el suelo—. La tía sabía que estaba aquí. Sabía que estaba mirando. Creo que me estaba enviando un mensaje.

—¿Qué dijo, Hadley? —le preguntó Darlene con tranquilidad, aunque le temblaban las manos.

—Primero dijo que el tío Brick iba a darle una paliza a ese hombre.

—Y tenía razón —declaró Brick.

—Luego el hombre le dijo que si no iba con él por las buenas pasaría por todas las habitaciones de arriba y nos mataría uno por uno.

—Vamos a tener que ir todos a terapia —murmuró Kimber sobre el pecho de su marido.

—Invito yo —dijo Darlene.

—Entonces ella le preguntó a dónde pensaba llevárselas —continuó Hadley.

—¿A dónde se las ha llevado, Had? Registraremos la isla de arriba abajo hasta encontrarlas —juró Darlene.

—No están en la isla. Dijo que se las iba a llevar al continente.

—Dios santo. —Darlene se puso pálida y volvió a sacar el móvil de la funda—. Llamaré a St. Ignace y a Mackinaw City.

—La tía Remi le dijo que tenía una amiga que podía prestarle un barco —dijo Hadley.

Eso llamó la atención de Brick.

—¿Qué amiga, Hadley? —le preguntó.

—Eleanora Reedbottom —respondió ella.

—Sé a dónde van —dijo Brick, levantándose al oír el aullido de la sirena—. Necesito a Salvamento Marítimo.

—Llévatelos —dijo rápidamente Darlene—. Voy a llamarlos para que estén preparados cuando llegues.

Brick se detuvo un instante y señaló a su padre.

—No te me mueras, viejo. Quiero verte en la boda.

La cara pálida de William se iluminó.

—No me la perdería por nada del mundo.

Y, sin decir una palabra más, Brick salió disparado hacia la puerta.

54

El agua helada la salpicaba, empapándole la sudadera. La oscuridad estaba perdiendo la batalla contra el amanecer y, cuando hubiera suficiente luz, él se daría cuenta de que lo había engañado.

Sintió el frío cañón de la pistola sobre el cuello.

—Más rápido —gruñó Warren.

—¿Es que quieres morir, imbécil? Estamos en el estrecho de Mackinac. Si no voy con cuidado, acabaremos matándonos contra las rocas.

—Me importa una mierda. Si no quieres que le pegue un tiro a la inútil de tu amiguita, ya puedes empezar a ir más rápido.

Agobiada, Remi aceleró y disfrutó al verlo retroceder a trompicones mientras la lancha cogía velocidad. El cañón de la pistola dejó de presionarle la base del cráneo.

Había cogido el barco de Duncan Firth. El único que sabía con certeza que tenía un dispositivo de rastreo. Toda la isla sabía que guardaba la llave bajo un salvavidas.

Camille había vuelto en sí justo antes de que Warren la arrojara sin contemplaciones al fondo de la lancha. Ahora estaba sentada, acurrucada sobre el suelo del barco. Apenas se la veía bajo el chaleco salvavidas naranja que Remi le había puesto en cuanto Warren había soltado amarras.

Estaba amaneciendo. Tenía que calcular bien el tiempo. No

podía poner a Camille a salvo sin estar segura de que Brick llegaría hasta ella rápido.

Notó una mano en el pelo que le tiraba bruscamente de la cabeza hacia atrás. Soltó el acelerador y el barco frenó, haciendo que su cuerpo chocara con el de ella.

—No me jodas, hembra patética.

—¿Cómo que «hembra»? ¿Es que no sabes decir la palabra «mujer»? ¿Es demasiado difícil para ti, cabrón pichacorta?

Él le dio un golpe en la mandíbula que le hizo echar hacia atrás la cabeza y la dejó aturdida durante unos instantes. Pero entonces Remi vio lo que estaba deseando ver y en su cara se dibujó una sonrisa perversa.

—¿Dónde coño estamos? ¡Esto no es el continente! —bramó Warren. La baliza delante de la que había colocado el barco se balanceaba entre el agua y las rocas, en medio de la niebla.

Remi miró a Camille a los ojos.

—Salta —le susurró. Camille negó con la cabeza—. Salta —le insistió Remi.

Su amiga le lanzó una mirada de «ya hablaremos de esto más tarde», pero se sentó discretamente en el banco.

—¿Dónde está el puente? Este no es el sitio.

Remi tenía las vías respiratorias tan contraídas que le dolía respirar.

El faro clausurado de Round Island se erguía ante ellos, en medio de la bruma.

Un foco iluminó al hombre con su haz de luz. Unas luces rojas y azules parpadearon entre la niebla y se oyó el ruido ensordecedor del motor de una embarcación grande. Era Brick. Brick estaba allí.

—Policía de Mackinac. Manos arriba, Vorhees.

Mientras él levantaba la mano en la que tenía el arma y la giraba hacia la luz, Remi gritó:

—¡Ahora!

En cuanto vio a Camille desaparecer por la borda, aceleró al máximo y la barquita salió disparada hacia adelante.

El cambio de centro de gravedad pilló por sorpresa a Warren, que se cayó al fondo de la lancha. El disparo se desvió.

Con los pulmones ardiendo, Remi hizo una última jugada.

Dio un acelerón y esquivó las rocas para ir hacia la playa. Si lograba impedir que recuperara el equilibrio, no podría disparar a nadie. Y si conseguía llegar hasta la orilla, había muchas posibilidades de que ella pudiera alejarse lo suficiente como para que Brick pudiera pegarle un tiro a ese hijo de puta.

El sudor y el agua del lago le humedecieron la piel mientras hacía un giro cerrado con la proa de la embarcación. Warren se estrelló contra un costado, detrás de ella.

Solo unos cuantos cientos de metros más. Solo un poco más. Brick tenía que parar para recoger a Camille. Solo necesitaba un minuto, dos como mucho.

Pero el frío cañón volvió a abrirse paso hasta la base de su cuello.

—¡No pienso perder! —bramó Vorhees, tirándole del pelo dolorosamente. Remi soltó el acelerador, pero no tiró de él. Ya no le quedaban trucos. Era hora de jugar sucio.

Gritó mientras él se enroscaba su pelo en el puño, la lanzaba contra el banco y le daba un guantazo en toda la cara.

Remi cayó boca abajo y buscó en el bolsillo el inhalador de emergencia.

—¿Eso es todo lo que sabes hacer? ¿Dar bofetadas? —resolló, antes de darle una calada al inhalador.

Oyó el motor del barco de Salvamento Marítimo acercándose a ellos. Camille y Brick estaban a salvo. Su familia estaba a salvo. Lo único que tenía que hacer era vivir para contarlo.

Vorhees le apuntó a la cara con la pistola. Detrás de él, la niebla se disipó.

Frente a ellos se alzaba el peñasco rocoso de Round Island. La playa se extendía a su derecha. La corriente movía la proa del barco hacia la pequeña franja de playa. Estaba a punto de suceder. Remi se preparó.

—Me las vas a pagar —juró él—. Voy a hacer que lamentes haber intentado separar a mi mujer de mí. Haré que te arrepientas de haberte tirado a ese policía neandertal. Vas a suplicarme que acabe contigo. Y cuando por fin lo haga, cuando no seas más que la sombra vacilante y temblorosa de una mujer, le haré lo mismo a toda tu familia.

—Que te jodan —dijo Remi, tirándose al suelo y agarrándose a la base del banco una décima de segundo antes de que la proa de la embarcación encallara en el fondo rocoso.

Vorhees perdió el equilibrio y cayó de espaldas, golpeándose la cabeza contra el timón del barco.

La patada de Remi le dio justo donde pretendía: en todos los huevos.

—Esta por Camille, hijo de la gran puta —dijo. Luego le agarró la cabeza con las manos y le dio un rodillazo en la cara—. Y esta por mí. El resto se lo dejo a Brick. Vas a desear no haber nacido.

Remi saltó de la barca y se hundió hasta la cintura en el agua helada. La adrenalina, el miedo y la rabia la impulsaron para avanzar hacia tierra mientras el cielo empezaba a clarear a su alrededor. Oyó un chapoteo a sus espaldas. Sabía que Vorhees la iba a seguir porque ya no tenía nada que perder. Ella, en cambio, podía perderlo todo.

Tenía las piernas entumecidas, pero siguió luchando por llegar a la costa. No podía permitirse ir más despacio.

Finalmente, se arrastró hasta la orilla e intentó salir corriendo, pero tenía los pies medio dormidos.

—Joder. Joder. Joder. —Aquello no era una pesadilla en la que no podía correr ni gritar. Aquello era la vida real. La luz estaba transformando la oscuridad del cielo en un azul pálido. Iba a ser un amanecer precioso y Remi quería verlo. Quería contemplar miles de amaneceres con Brick. Y atardeceres. Y todo lo que había entremedias.

Corrió tan rápido como pudo, aunque lo sentía cada vez más cerca. Aunque sus gruñidos se aproximaban cada vez más. Siguió corriendo incluso mientras él le agarraba el pelo con la mano y tiraba de ella hacia atrás.

—¡No! —chilló Remi, pero su grito no fue lo suficientemente fuerte. Le ardían los pulmones. Le dolía el corazón. No podía ver el barco. ¿Estaría Brick lo bastante cerca como para verlos? No podía permitir que fuera testigo de aquello.

Sacando fuerzas de flaqueza, Remi cogió la espátula que tenía en el bolsillo trasero y se la clavó en la pierna.

—¡Serás zorra! —gritó Vorhees—. ¡Qué hija de puta!

Volvió a tirarle de la cabeza hacia atrás y, esa vez, cuando le puso el cañón de la pistola en la mejilla, Remi supo que sería la última vez. Se armó de valor.

—Brick —susurró. Si se trataba de la última palabra que iba a pronunciar en la vida, quería que fuera aquella.

Sintió la tensión del gatillo y se preparó.

Entonces se oyeron dos disparos seguidos y el peso que sentía sobre el hombro desapareció.

Remi se quedó allí plantada durante un par de segundos. Estaba viva.

—¡Remington!

Era Brick. Su Brick. Se dio la vuelta, todavía arrodillada sobre la arena y las piedras, y vio a su héroe corriendo hacia ella con la pistola desenfundada. Estaba empapado de cintura para abajo. Nunca había visto aquella expresión en sus ojos. Aquella furia glacial y a la vez abrasadora.

Warren Vorhees estaba tirado boca arriba sobre la arena, con dos agujeros en el medio del pecho.

Brick se le echó encima en un instante, lo agarró por la camisa y tiró de él hacia arriba para pegarle tres puñetazos en la cara. La cabeza sin vida de Warren retrocedió una y otra vez.

—Ya es suficiente —dijo Remi, agarrándolo del brazo.

—Nunca será suficiente —gruñó Brick.

Remi se abalanzó sobre la pistola de Warren y se la quitó de las manos.

—He visto demasiadas películas en las que el malo resucita.

Brick le arrebató el arma y enfundó la suya.

A su espalda, tres policías más y la agente especial Brice se acercaban por el agua.

Brick la levantó y la estrechó contra él. Remi se vino abajo, pero él la abrazó todavía con más fuerza.

—Tranquila. Estoy aquí.

—Hadley…

—Fue ella la que me lo contó —confirmó Brick, acariciándole el cabello maltrecho con una de sus grandes manos.

—¿Y Camille…?

—Camille está envuelta en mantas térmicas, aparte de cabreadísima contigo. Ya le he dicho que se ponga a la cola.

—¿Lo he hecho bien? —preguntó Remi, sollozando.

—Corazón, lo has hecho de puta madre.

—Pues tú te has cargado al malo —señaló ella.

—Ya, pero tú has podido darle una patada en los huevos.

—¿Lo has visto? —preguntó Remi, sonriendo sobre su pecho.

—Después de recuperarme del infarto que me ha dado cuando has tirado a Camille por la borda y has hecho encallar el barco. He visto cómo te pegaba, Remington.

Al oír su voz, Remi se dio cuenta de que aquel recuerdo lo atormentaría para siempre.

—Sabía que me encontrarías. Sabía que lo atraparías.

—Pues claro que sí —susurró sobre su cabello.

—¡Tu padre, Brick! —Remi se puso tensa al recordarlo—. Me estaba ayudando a meter a White dentro y Warren le disparó.

—Ya lo sé. Se va a poner bien. Lo están trasladando al continente para operarlo, pero está consciente y lúcido.

—No fue culpa suya —insistió Remi—. Yo abrí la puerta.

—Vorhees se aprovechó de tu buen corazón. Intentó usar tu humanidad en tu contra, y mira cómo ha acabado.

—¿Está muerto? —preguntó ella.

—Sí —le aseguró Brick.

Remi suspiró.

—Vale. Creo que ya puedo irme a desayunar.

La risa de Brick retumbó en su pecho.

—Cariño, antes vas a tener que dejar que te abrace durante unos cuantos años. No creo que sea capaz de soltarte durante el tiempo suficiente como para que desayunes.

—Me parece bien.

—Eres una chica extraordinaria, Remington Honeysuckle.

—Soy tu chica —le recordó ella, mientras Brick echaba a andar lentamente por la playa—. ¿A dónde vamos?

—De vuelta al barco, para que pueda examinar hasta el último centímetro de tu cuerpo y asegurarme de que de verdad estás bien.

—No pienso montármelo contigo en el barco delante de un montón de polis, pervertido.

55

El muelle era un caos cuando el barco de Salvamento Marítimo de Mackinac y la flotilla de embarcaciones de apoyo regresaron. La tripulación y sus ocupantes fueron recibidos como auténticos héroes.

El padre de Remi bajó corriendo al muelle, levantó en el aire a Darlene y empezó a girar sobre sí mismo con ella en brazos. El beso que le dio hizo que Remi se diera cuenta de que el tanga que había encontrado en el cuarto de la colada tenía muchas horas de vuelo.

Nada ni nadie iba a convencer a Brick para que dejara a Remi en el suelo, así que esta permitió que la sacara del barco en brazos sin resistirse demasiado, mientras Carlos Turk hacía lo mismo con Camille, que lo miraba como si fuera un héroe de fantasía hecho realidad.

Sus padres se acercaron. Su madre la envolvió bien en la manta térmica que llevaba sobre los hombros.

—Remi, cielo, esto ha sido lo más valiente que he visto hacer nunca a nadie. Hoy has salvado muchas vidas y estoy más orgullosa de ti que nunca.

—Gracias, mamá —dijo ella, intentando no volver a echarse a llorar.

Darlene se volvió hacia el héroe personal de Remi.

—Brick, has salvado a una de las personas que más quiero en el mundo. Para mí eres de mi puñetera familia. Siempre lo has sido.

Entre que llegaron a casa y acabaron de contarles los momentos estelares a todos los presentes, les dieron casi las once de la mañana. Brick subió a Remi en brazos y cerró la puerta del dormitorio de una patada. Le quitó toda la ropa y besó cada centímetro de su cuerpo. Cuando terminó su minuciosa inspección, le hizo el amor hasta que ambos se quedaron sin fuerzas, agotados sobre las sábanas.

Ella se despertó horas después boca abajo, muerta de hambre y sed, con Brick agarrándole posesivamente el culo. Magnus roncaba sobre su pie derecho.

Remi consiguió escabullirse de la cama sin molestarlos a ninguno de los dos, se puso una de las sudaderas de Brick y bajó las escaleras cojeando, dolorida y feliz.

En la casa reinaba un silencio inquietante y Remi se encontró una nota con la letra de Kimber en la cocina.

Picnic improvisado en casa de papá y mamá a las seis.
¡Venid con hambre! ¡Te quiero!

Remi se guardó la notita en el bolsillo de la sudadera y cogió un poco de agua antes de ir al estudio. Pasó por debajo de la cinta de la policía y bajó por la rampa arrastrando los pies hasta entrar en la habitación. Había varias lonas en el suelo, justo al otro lado de la puerta, camuflando la violencia que había tenido lugar allí hacía apenas unas horas.

Habría que frotar las manchas de sangre y las heridas necesitarían tiempo para curarse. Pero, de momento, se centraría en lo bueno. Esquivó las lonas para ir hacia el caballete y lo observó desde cierta distancia.

La oscuridad de la noche, con apenas un par de estrellas, era una sangría negra y azul que cubría toda la parte superior. Esta se iba difuminando para volverse más turbia en el centro debido a los tonos morados y azules marino de la música. Dos círculos de color amarillo pálido atravesaban la oscuridad. Los faros torcidos iluminaban el árbol desnudo que les había salvado la vida. La parte inferior del lienzo era de un blanco níveo con varios tonos de escarlata raspados y superpuestos. Como unas huellas ensangrentadas alejándose de la escena del crimen.

En el centro, justo en uno de los faros, había un agujerito perfecto. Vorhees había dejado su propia marca en el cuadro al disparar una bala a través de él. Remi se giró por curiosidad y vio un trozo de cinta adhesiva en la pared, señalando otro agujero.

Cuando se volvió, Brick estaba de pie en lo alto de la rampa. Llevaba el pantalón de chándal caído indecentemente sobre las caderas, el torso desnudo y el pelo revuelto.

El corazón se le hinchó en el pecho.

Él la llamó con un dedo y ella negó con la cabeza, haciéndole un gesto para que se acercara.

Brick entornó los ojos ante aquel reto, mientras avanzaba hacia ella.

Ignorando las lonas, arremetió contra Remi como un tren de mercancías, se dobló por la cintura y se la echó al hombro.

—¡Espera! —dijo ella, riéndose—. Mira mi cuadro. —Él se giró, haciendo que a Remi le diera vueltas la cabeza y que sintiera vértigo en el estómago. Luego se acercó para examinarlo y gruñó—. Le ha hecho un agujero —explicó ella, por si no había visto el círculo delator.

—Ya lo veo —replicó Brick con frialdad.

—Creo que ya sé lo que voy a hacer con él. —Brick volvió a gruñir y fue hacia la rampa—. Con el cuadro, quiero decir —aclaró Remi, intentando ponerse de pie. Pero Brick se limitó a darle una palmada en el culo. Ella se retorció sobre su hombro, mordiéndose el labio mientras empezaba a ponerse cachonda—. ¿A dónde vamos? —preguntó, excitada.

—A la cama.

—Hay un pícnic en casa de mis padres. Se supone que tenemos que estar allí a las seis.

Ignorando por completo sus palabras, Brick subió las escaleras de dos en dos, la metió en la habitación y la arrojó sin contemplaciones sobre la cama. Remi rebotó una vez, riéndose.

Pero cuando Brick se bajó los pantalones, dejó de hacerle gracia. Este le agarró los pies y se los separó lo máximo posible.

Se sentía viva, excitada, rebosante de adrenalina. Amada.

Él se subió a la cama y se situó entre sus muslos, con una erección gruesa y dura. Con un rápido movimiento de caderas, la penetró de golpe, manteniéndose en su interior mientras ella se retorcía y se relajaba a su alrededor. Cuando le introdujo los últimos centímetros, se quedó inmóvil sobre ella, enterrado hasta la base.

Remi enganchó las piernas en sus caderas mientras Brick la dejaba sin aliento. Al ver que no se movía, abrió poco a poco los ojos.

—Remington —dijo él, muy serio.

—¿Qué?

Haciendo una mueca, Brick se apoyó en un codo y rebuscó en el cajón de la mesilla.

—Ya es un poco tarde para el preservativo, grandullón —jadeó ella.

Pero el objeto que sostenía entre sus dedos no era un paquetito de papel de aluminio. Era un anillo impresionante de oro mate en el que brillaban un montón de piedras preciosas multicolores.

—Cásate conmigo —le soltó él.

Remi se quedó boquiabierta.

—Ay, Dios —exclamó, y Brick cambió de posición y empezó a moverse dentro de ella—. Dios —repitió, esa vez por razones distintas.

Sus músculos internos empezaron a contraerse alrededor de su miembro, pidiéndole más. Deseando volver a encontrar la plenitud con él.

—Dime que sí —le exigió él—. Dime que vas a ser mi mujer. Que vamos a formar una familia. Que vas a estar conmigo toda la vida. Que vas a dejar que cuide de ti.

Remi sentía su polla palpitando dentro de ella y la tensión de sus músculos temblorosos, mientras él se contenía para no penetrarla como ella sabía que le dictaba su instinto.

Entonces le dio la única respuesta posible.

—Sí —susurró, cerrándose alrededor de su grueso miembro mientras lo decía—. Sí, Brick.

Él gruñó y se retiró antes de volver a hundirse en ella.

—Eres mía —murmuró, mientras volvía a embestirla—. Mi mujer.

—¡Sí, Brick! —Le clavó las uñas en los hombros, intentando acercarlo más a ella—. Soy tuya.

—No puedo contenerme —susurró él.

—No lo hagas. No te contengas.

Su cuerpo se convirtió en una máquina que la embestía una y otra vez, llevándola a un estado de excitación tan intenso que Remi creyó que no sobreviviría al final.

—No puedo parar —murmuró él sobre su cuello—. Te necesito.

Remi lo abrazó con fuerza y, mientras él se introducía en su cuerpo, se preparó para la detonación. Estaban tan unidos, tan en sintonía... Y habían estado a punto de perdérselo. Pero habían conseguido encontrarse el uno al otro.

Los gruñidos de Brick sincronizados con sus embestidas le indicaron a Remi que ya estaba cerca. Igual que ella.

—¡Brick, ya, por favor!

Él se hundió en ella y permaneció en su interior, levantándole un poco más las caderas. Remi alcanzó el clímax alrededor de él, sintiendo su tensión. El cuerpo de Brick se quedó petrificado como el granito mientras se corría dentro de ella. El calor de su semen la sobrecogió. Sus orgasmos se mezclaron como los colores de una paleta, creando algo nuevo y maravilloso.

Remi notó los pies de él clavados en el colchón mientras se sacudía y la embestía de forma errática, tratando de capear ambos orgasmos.

—Mi Remi. —Brick repetía aquellas palabras una y otra vez, mientras seguía penetrándola con suavidad, aunque las réplicas de sus orgasmos habían remitido hacía ya tiempo. Ninguno de los dos quería que aquello terminara.

Hasta varios minutos después, Remi no logró apartar la mirada del anillo que llevaba en el dedo. Lo de las piedras preciosas había sido una grata sorpresa. Unos cuantos zafiros pequeñitos y rubíes candentes brillaban alrededor del diamante central.

—Brick.

—¿Mmm? —Él levantó la cara de la almohada y la miró con ojos soñolientos.

—¿Qué vamos a contarles a nuestros hijos cuando pregunten cómo te declaraste? —le preguntó Remi, con una sonrisa pícara.

—Volveré a pedírtelo cuando estemos completamente vestidos. Esto ha sido solo para nosotros.

Ella suspiró.

—Te quiero.

—Más te vale. Porque recuerdo claramente haberte dicho que no salieras de esta casa. —Brick le agarró una nalga justo por encima de un moretón feísimo.

—¿En serio? Es imposible que ya estés preparado para otro asalto —dijo Remi, riéndose—. ¿De dónde sacas toda esa testosterona? ¿De una vía intravenosa invisible?

Él le dio un suave pellizco.

—Vamos a ir a casa de tus padres, vamos a comer y vamos a contarles una versión apta para todos los públicos de la buena noticia. Y, cuando volvamos, haré que te disculpes.

—Eres un guarro —dijo Remi, poniéndose encima de él y llenándole la cara de besos.

—Soy todo tuyo, Remington. En lo bueno y en lo malo.

—Creo que lo malo acabamos de vivirlo. Así que vamos a disfrutar de lo bueno.

Epílogo

Dos meses después...

Brick frunció el ceño mirando los tablones del porche lateral y preguntándose si debería lijarlos.

¿Y si aquello no era lo que a Remi le habría gustado? Se tiró del cuello de la camisa. En el momento, lo de la pequeña ceremonia en el jardín trasero le había parecido una buena idea. Era fácil de organizar, a ninguno de los dos le apetecía esperar y el banquete iba a ser en el Grand Hotel, así que la cosa seguiría teniendo cierta pompa.

Pero ¿y si había cambiado de opinión? ¿Y si entre el polvo de la noche anterior y el momento de ponerse el vestido por la mañana se había dado cuenta de que no quería casarse con él? ¿Y si...?

—¡Pst!

Alguien lo llamó desde el primer piso. Brick bajó del porche y, al levantar la vista, se encontró a Remi asomada a una de las ventanas. Se le iluminó la cara al verlo.

—Se supone que no puedo verte —dijo Brick, girando la cabeza hacia el jardín trasero, donde los amigos más íntimos y la familia estaban ya medio piripis por culpa del «dicha conyugal», el cóctel especial de Darius.

—Pues cierra los ojos.

—¿Qué estás haciendo? —le preguntó, mientras ella saltaba al tejado del porche.

—Escaparme —respondió Remi en un susurro. Se levantó el vestido hasta la cintura y bajó ágilmente del tejado, sacando las piernas por el lateral para apoyarse en la barandilla del porche, antes de que Brick la cogiera en brazos.

Llevaba el pelo suelto, rizado y alborotado. Tenía las mejillas maravillosamente sonrosadas y sus ojos verdes brillaban. Parecía un hada traviesa. El vestido era… impresionante. Se había decidido por un palabra de honor con un corsé ajustado. Encaje y piel, dos cosas que a Brick le encantaban. La falda era larga y abultada, de un tono rosado como de acuarela.

—Estás impresionante —dijo Brick, esta vez en voz alta. Era imposible que tuviera la suerte de que esa mujer le perteneciera.

Ella hizo una reverencia.

—Gracias. Tú tampoco estás nada mal.

—Como se te ocurra escabullirte, te traigo de vuelta a rastras —le advirtió.

Ella le dio una palmadita en el pecho.

—Me estoy escabullendo para estar contigo —aclaró Remi—. Es la última oportunidad.

—¿Para qué?

—Para echar un polvo antes de casarnos.

Brick se relajó. Solo Remington Ford, la futura señora Callan, sería capaz de escabullirse de su propia boda para tirarse al novio antes de que se convirtiera en su marido.

—Me estás tomando el pelo. Creía que la de anoche había sido la última oportunidad para echar un polvo antes de casarnos.

—Calculo que tendremos unos quince minutos antes de que empiece la ceremonia. Esta es la última oportunidad de todas. Además, estoy supersexy con este vestido y no quiero que una de tus espectaculares erecciones me robe el protagonismo en las fotos de la boda. La niña de las flores tiene la altura justa para perder un ojo.

—Joder, Remi. ¿Qué quieres que haga? ¿Subirte las enaguas y follarte aquí mismo, entre las azaleas? —protestó Brick.

—Sí.

Se le puso dura al instante. Lo tenía hechizado.

—¿Ves? Eso es exactamente a lo que me refiero —dijo Remi, señalando su entrepierna—. Estamos evitando que una niña lleve un parche en el ojo durante el resto de su vida.

¿Quién era él para llevarle la contraria? Si su novia quería echar un polvo rápido contra la pared unos minutos antes de convertirse en su esposa, él encantado.

Brick se llevó la mano al cinturón y vio como a Remi se le ponían los ojos vidriosos.

—Date la vuelta —le dijo. Remi obedeció y él la sujetó con una mano contra el revestimiento de madera de cedro, mientras con la otra se sacaba la polla—. Súbete la falda —le ordenó. Ella empezó a jadear mientras levantaba la tela y la sujetaba sobre la cintura—. Solo para mí… —murmuró él, pasando los dedos por las sensuales bragas rojas de seda que le cubrían la parte superior de las nalgas.

—Sabía que te gustarían —susurró ella, mientras un escalofrío le recorría la espalda.

Brick dobló las rodillas, le dio un beso en el hombro y le bajó las bragas para alinear la punta de su polla hambrienta con su vagina.

—Joder —jadeó ella, mientras él se acomodaba entre sus piernas.

Él no pudo evitarlo. Le dio una palmada brusca y seca en el culo y sintió que la polla se le engrosaba al oír su respiración entrecortada. La abertura de Remi se estremeció alrededor de su punta. Repitió la operación y gruñó cuando ella se estrechó alrededor de él.

Sin previo aviso, se agachó un poco más y la embistió, introduciéndose hasta la mitad de su estrecho canal.

Ella ahogó un grito y Brick le dio un apretón en el hombro para que se callara.

Remi inclinó el culo hacia él, encantada de recibirlo. Aquello era de lo más excitante, lo de follarse a la novia con varias decenas de personas alrededor que podían pillarlos en cualquier momento.

—Pronuncia tus votos —le pidió ella.

—¿Qué? —Brick apretó los dientes mientras su polla palpitaba dentro de ella, ya a punto de liberarse.

—Pronuncia tus votos mientras me haces el amor. Tenemos una pedida secreta. Quiero una boda secreta.

—Remington, eres única y me siento el hombre más afortunado del mundo —murmuró Brick.

—Si eso no está en los votos, debería estarlo —dijo Remi en un susurro entrecortado.

Mientras la banda afinaba y los invitados se llevaban los cócteles a sus asientos, Brick le regaló a su futura esposa lo que ella le pedía: oscuras promesas que quedarían entre los dos.

—Ahora tú —susurró él, tirando de sus caderas hacia atrás. Ella soltó un gritito—. Prométeme que siempre me desearás así. Prométeme que tu mano siempre estará sobre mi regazo bajo la mesa. Prométeme que siempre estarás encantada de dejarme hacer que te corras. Prométeme que nunca permitirás que te haga infeliz.

—Te lo prometo, Brick —murmuró Remi. Él sintió cómo el cuerpo de ella se preparaba para el clímax. Y también cómo se resistía.

—No te resistas, corazón, dámelo ya.

—Quiero dártelo todo —gimió ella, con voz trémula.

Ya lo había hecho. Le había dado todo lo que deseaba y más. Había dado luz a su triste existencia. Había dado sentido a su vida. Le había dado una razón para abrazar el caos y el color. Ella era la pieza del puzle que mantenía unido todo su mundo.

Brick se lo dijo con palabras. Y con embestidas rápidas y bruscas que el cuerpo de Remi aceptó con gratitud. Y cuando por fin sintió que esta se dejaba llevar, se derramó en su interior, susurrando sus votos mientras ella se estremecía alrededor de él.

Amaba y era amado. Él y Remi estaban unidos, fusionados, vinculados, pegados. Y eso que aún faltaban las palabras del sacerdote y el papel del juzgado. Al final del día, Remington Ford le pertenecería de todas las maneras posibles. Y su corazón sería suyo durante el resto de sus días.

—Te quiero, Brick. Siempre te querré con locura —le prometió Remi, mientras sus cuerpos vibraban el uno contra el otro.

Nunca se cansaría de oírlo.

—Te quiero, Remington.

Cuando Remi caminó hacia el altar para reunirse con él, lo hizo con la huella rosada de su mano en el trasero.

A Brick se le llenaron los ojos de lágrimas cuando ella le hizo sus promesas delante de su familia y amigos, y rompió el protocolo besándola en cuanto hubo pronunciado sus votos. Su padre y Gilbert Ford se sonaron la nariz ruidosamente desde la primera fila.

—Pareces muy feliz, maridito —le dijo Remi aquella noche, mientras bailaban bajo las estrellas al ritmo de «Harvest Moon».

Había otras parejas compartiendo la pista de baile con ellos: Kyle y Kimber, los padres de Remi, Carlos y Camille, Audrey y Spencer. Pero él solo veía a Remi.

—Me sorprende que te hayan dejado volver a entrar aquí —se burló Brick—. La última vez que asististe a una boda, ¿no acabaste detenida?

—Pues precisamente he estado dándole vueltas a eso —dijo ella, en tono jocoso—. Creo que, para cerrar completamente el círculo, esta noche deberías sacar las esposas.

Su sonrisa fue tan pícara que Brick la cogió en brazos y empezó a darle vueltas, girando sobre sí mismo. Qué mujer. Y se había casado con él.

—Me da miedo parpadear —confesó.

—¿Por qué? —le preguntó Remi, riéndose.

—Me da miedo parpadear y que este día desaparezca, como cuando soñaba contigo.

—Tenemos mucho tiempo que recuperar —dijo ella, con voz sensual.

—Pues será mejor que vayamos empezando —sugirió él, acercando la boca a la suya.

Quince años antes...

—No tienes cara de William —declaró la pelirroja menudita, observándolo. Tenía dieciséis años y era tan hermosa como la pequeña isla que ahora él consideraba oficialmente su hogar.

—¿De qué tiene cara? ¿Yo tengo cara de Spencer? —preguntó su hermano, saltando de un pie a otro sobre el paseo de madera.

Ella lo miró fijamente con sus ojos verdes y sonrió.

—No hay ninguna duda de que eres un Spencer —dijo ella.

Will percibió una sensación cálida y agradable cuando ella volvió a mirarlo. Le resultó extraño. La mayoría de la gente veía en él a un calco de su padre. Lo más probable era que William Eugene Callan tercero acabara igual que William Eugene Callan segundo. Ella lo estudió tranquilamente ladeando la cabeza, mientras el polo le teñía de rojo los labios.

—Brick.

—¿«Brick»? ¿Como los de los albañiles? —preguntó William. La chica esbozó una sonrisa amplia y radiante.

—Como algo que es duro. Fuerte. Estoico.

—Nuestro padre está en la cárcel —replicó Spencer.

—Spence. —Will suspiró. ¿Cómo coño iba a empezar de

cero, si su hermano iba por ahí hablándole a todo el mundo de su pasado?

—Lo siento. Espero que sea una cárcel que esté bien. —Él se quedó perplejo. Aquella chica era increíble.

—Will..., es decir, Brick dice que es mejor no hablar de eso porque la gente puede pensar que tenemos una tara o algo así —dijo Spencer, cambiando el peso de un pie al otro.

—Menuda chorrada —dijo ella—. Si todos fuéramos por ahí fingiendo ser perfectos, sería un aburrimiento. Esas cosas, como que tu padre esté en la cárcel o yo pueda ver la música, son las que nos hacen interesantes. Y lo interesante es mucho más divertido que lo perfecto.

Spencer parecía confuso, como si intuyera que estaba en presencia de una sabia filósofa y no tuviera ni idea de lo que estaba diciendo.

—¿Cómo que puedes ver la música? —le preguntó Will, más sorprendido por la pregunta que ella misma.

—Se llama «sinestesia» y es algo neurológico. Significa que mi cerebro establece conexiones adicionales con ciertas cosas. Por ejemplo, para mí la letra ese es amarilla y, cuando oigo música, al mismo tiempo veo colores moviéndose, como un espectáculo de luces.

—¿Es como si tuvieras el cerebro averiado? —le preguntó Spencer, frunciendo el ceño.

—Spence. —Will le dio una colleja a su hermano, molesto. Genial. Cinco segundos con una chica guapa y el idiota de su hermano ya la estaba llamando descerebrada.

—No pasa nada, Brick —dijo Remi, restándole importancia a la ofensa—. Más que averiado, es como si añadiera nata montada a un helado con chocolate caliente. El helado solo ya está buenísimo, pero si encima le añades nata montada, lo flipas.

Su hermano se las arregló para conseguir que Remi le invitara a un polo en su casa.

—¿Vienes, Brick? —le preguntó ella, saludando con la mano a su abuela, que estaba en el porche delantero.

—Otro día —dijo. Los observó mientras se alejaban, fijándose en cómo el sol se reflejaba en aquel pelo rojo, haciéndolo parecer fuego.

—Veo que has conocido a alguien de aquí —dijo su abuela, pasándole la regadera para que echara agua a los helechos de las macetas colgantes.

—A Remington Honeysuckle Ford. Tiene pinta de conflictiva.

—Verás cuando la conozcas mejor. La vas a adorar, Brick —auguró su abuela.

Puede que aquel lugar no estuviera tan mal, después de todo.

Epílogo extra

La detención

Estaba harta de la indiferencia de Brick Callan. Aquello era una boda, por el amor de Dios. En el Grand Hotel. No podía haber un lugar más romántico. El tío había bailado con la novia y con la madre de la novia. Incluso había sacado a bailar a su mejor amiga, Audrey. Pero a ella ni la había mirado.

Y eso que estaba guapísima. Parecía de más de veinte.

El vestido de dama de honor era un modelito sexy sin tirantes azul marino. Kimber tenía muy buen gusto. Además de una barra libre en la que no se molestaban en pedirles el carné a ella y a Audrey, así que ambas se estaban pillando un buen pedo.

A Audrey el alcohol le daba sueño. Estaba sentada en una de las mesas, medio dormida encima de Spencer, el hermano de Brick. Pero a Remi le daba ganas de meterse en líos. Y sabía perfectamente cómo hacerlo. Con aquel hombre de metro ochenta que usaba la talla cuarenta y cuatro y que tenía pinta de preferir estar en cualquier otro sitio menos allí.

—Vamos a bailar —le dijo Remi, agarrando a Brick por la corbata y remolcándolo hacia la pista de baile que había en la carpa.

Él la siguió a regañadientes. Ella continuó agarrándolo por la corbata, por si se le ocurría salir corriendo. Como si Remi lo hubiera preparado, el grupo cambió a un tema más lento: «Harvest Moon». Los colores empezaron a moverse y a brillar a su alrededor, haciéndola sonreír. Era la canción perfecta para su primer baile.

Se metió entre sus brazos y le rodeó la nuca con las manos. Tras unos instantes de vacilación, él posó las suyas, cálidas y fuertes, sobre las caderas de Remi. Las estaba usando para evitar que sus cuerpos se rozaran, pero ella prefirió considerarlo un reto.

—Vaya cara de sufrimiento —comentó.

—Estoy bien —replicó él rápidamente.

—Solo digo que estabas mucho más suelto bailando con mi hermana y con Audrey. Ahora parece que vas a vomitar. No se te ocurrirá vomitar encima de este vestido tan bonito, ¿verdad, Brick?

Él apretó la mandíbula, algo que a Remi le complació especialmente. Se había propuesto como objetivo vital torturarlo por haberla dejado a dos velas cuando era una pobre ingenua de dieciocho años. Había acabado aceptando que había algo en ella que le repugnaba y había pensado que torturarlo cada vez que volviera a Mackinac era una venganza bastante adecuada.

—No pienso vomitar sobre nada, ni sobre nadie.

Ella puso los ojos en blanco.

—Qué romántico —dijo. Luego se quedó callada de repente, para ponerlo nervioso. El truco funcionó casi de inmediato y pronto los dedos de Brick se tensaron sobre sus caderas, mientras Remi se balanceaba al ritmo de la música.

—Estás... muy elegante —dijo por fin.

—¿Elegante? ¿Eso es lo mejor que se te ocurre? —Uno de los amigos de la facultad de Derecho de su nuevo cuñado levantó una copa vacía en su dirección y la agitó. Ella asintió y le guiñó un ojo.

—Aún no tienes veintiún años —la regañó Brick.

—¿Qué eres, policía? —se burló ella. Su placa era tan nueva que, si la mirabas, te quedabas ciego.

—Esta noche estoy de guardia. No te creas por encima de la ley por ser hija de quien eres o porque haya habido algo entre nosotros.

—¿Qué quieres decir con «algo», Brick?

—Joder —dijo él, con un suspiro—. ¿Qué quieres que te diga, Remington? ¿Que lo de St. Ignace nunca debería haber sucedido?

—Créeme, no hace falta que lo digas. Desde ese día no has hecho otra cosa que dejarme bien clarito el asco que te doy.

Él la agarró con más fuerza.

—¿Asco? ¿Eso es lo que crees?

—No te estoy pidiendo que me quieras o que me desees. Te pido que me trates igual que al resto de las mujeres de mi familia. ¿Tan difícil es?

Él apretó los dientes.

—Te trato igual que…

—Y una mierda —le soltó ella—. ¿Has sacado a bailar a Kimber? ¿Y a Audrey? ¿Y a mi madre? —Brick guardó silencio obstinadamente, pero ella vio que le temblaba un músculo en la mandíbula—. Pues yo he tenido que agarrarte por la corbata y arrastrarte hasta aquí.

Él respiró hondo, exasperado.

—Lo que pasó entre nosotros…

—No pasó nada. Ni entonces, ni ahora, ni nunca. Ya lo pillo. Solo te estoy pidiendo un poco de educación. Pórtate como un hombre y deja de tratarme como si te preocupara que fuera a agarrarte la polla delante de tu abuelita. —Remi saludó con la mano a Dolores, que estaba sentada en una silla cerca de la pista de baile.

—Por favor, Remington.

Brick le clavó los dedos en las caderas pero, en lugar de apartarla, la acercó. Sus cuerpos chocaron y ambos se quedaron inmóviles. Qué fuerte, duro y cálido era. Aquel contacto forzado la tranquilizó y excitó al mismo tiempo. Aunque, al parecer, a él solo lo excitaba. Podía sentir toda la potencia de su erección pegada a ella, aunque Brick la estaba mirando como si quisiera estrangularla… o algo así.

—Me vuelves loco —le susurro al oído con brusquedad.

Ella levantó la cabeza para mirarlo.

—¿Solo te pasa conmigo?

Sus ojos se clavaron en los de ella con una ferocidad que hizo que le fallaran las rodillas.

—Sí.

—¿Y no piensas hacer nada al respecto? —preguntó.

Él negó lentamente con la cabeza.

—No. No pienso hacer nada.

—Muy bien —replicó ella, echando hacia atrás los hombros y reprimiendo el impulso de darle un rodillazo en los huevos—. Deberías llevar a tu abuela a casa. Parece cansada.

—Remi —gruñó Brick, pero ella ya se estaba apartando.

Él la agarró de la mano con fuerza, pero Remi sabía que no iba a montar ninguna escena.

Lo acompañó hasta donde estaba Dolores, radiante y preciosa con su vestido amarillo narciso y su rebeca.

—Parece usted cansada, señorita —dijo Remi—. Brick me estaba diciendo que creía que ya era hora de llevarla a casa.

Brick le estaba estrujando la mano.

—Qué nieto más bueno tengo —dijo Dolores, apoyándose con fuerza en el bastón para levantarse.

—De lo mejorcito —le aseguró Remi—. Buenas noches a los dos.

—¿Y qué vas a hacer ahora, sin este compañero de baile tan guapo? —le preguntó Dolores, cogiendo a Brick de la mano libre.

—Pues resulta que hay un futuro abogado muy mono esperándome con una copa de champán —respondió Remi. Como Brick apretara más la mandíbula, iba a necesitar una férula para protegerse los dientes.

—Ay, ya me gustaría a mí volver a ser joven —dijo Dolores, guiñándole un ojo—. Diviértete mucho.

—Lo haré —le prometió Remi—. Gracias por el baile, Brick.

Él no se lo puso fácil, pero finalmente Remi consiguió zafarse de su mano y, sin mirar atrás, se alejó para reunirse con el amigo de Kyle.

—Sal de la piscina, Remington.

—¡Santa Missy Elliott! —chilló ella, cayéndose de la balsa. El agua tibia le cubrió la cabeza, despejándola lo suficiente como para darse cuenta de que la habían pillado.

Después de tres copas más de champán y un poco de bourbon barato, Remi estaba deseando meterse en algún lío. Había bailado con tres desconocidos y ninguno de ellos le había hecho sentir ni por asomo la descarga eléctrica que había sentido cuando Brick le había rozado el puñetero dedo meñique con el suyo. Audrey se había quedado frita sobre el regazo de Spencer en un columpio del porche y la fiesta de la boda se había convertido en un karaoke para borrachos, así que Remi había decidido escabullirse para buscar un poco de paz y tranquilidad.

La piscina climatizada del Grand Hotel parecía el lugar perfecto. Así que se quitó el vestido y se metió en ella.

Cuando salió a la superficie, una toalla le dio en la cara.

—Fuera de la piscina.

Brick estaba en el borde con el uniforme y la sudadera de la policía de Mackinac.

—¿Por qué no vienes aquí y me obligas? —le sugirió ella dulcemente, dando una brazada de espaldas hacia el centro.

—Como me hagas entrar a buscarte, te detengo.

—¿Por qué? —se burló ella.

—Por consumir alcohol siendo menor de edad y por despelotarte en público.

—Solo son dos pechos, Brick.

Con un gruñido, él se sentó en una de las tumbonas y se quitó los zapatos y los calcetines.

Remi soltó una risita, convencida de que tenía las de ganar. Brick no se metería en la piscina ni de coña. Tendría que sacarla de allí semidesnuda y ambos sabían que no tenía huevos para eso. Esperaría a que se largara.

Él dejó el cinturón multifunción sobre la tumbona y se quitó la sudadera por la cabeza.

Remi empezaba a estar un poco nerviosa y cada vez más sobria.

Se desabrochó la camisa del uniforme.

—Ni se te ocurra, Brick Callan.

—Sal de la puta piscina, Remington.

—¿Qué haces aquí, por cierto?

—Asegurarme de que no hagas ninguna tontería, que es precisamente lo que estás haciendo.

—Me sacas de quicio.

—¿Dónde está el tío del champán?

—Esperándome en su habitación —mintió Remi.

—Lástima que vayas a estar demasiado ocupada para ir.

—¿Demasiado ocupada haciendo qué?

—Siendo detenida. Última oportunidad. Si sales de la piscina ahora mismo, te acompaño a casa.

—Pfff, menudo premio. —Estaba tan distraída burlándose, que no lo vio acercarse a la orilla. Brick se zambulló en el agua como un atleta olímpico y fue disparado hacia ella.

—Mierda. —Remi se sumergió e intentó alejarse nadando, pero él era demasiado rápido y fuerte. La agarró por el tobillo y tiró de ella hacia atrás. Remi se resistió, pero Brick la rodeó con los brazos. Sus manos estaban por todas partes. Salieron a la superficie, todavía forcejeando.

—Te lo advertí. No digas que no te lo advertí —gruñó él, mientras la arrastraba hacia la orilla.

Remi hizo un último intento de escapar, pero la piscina era demasiado profunda y él demasiado fuerte.

—Basta —le dijo Brick bruscamente al oído—. Deja de resistirte, Rem. —De pronto, ella fue consciente de todo. De la mano posada sobre su pecho. Del brazo que le rodeaba la cintura, pegándola a su torso. De aquellos muslos que acunaban los de ella por debajo del agua. La estaba envolviendo, sosteniéndola. Jadeando, Remi se rindió—. Así me gusta —susurró Brick, apretándole un poco más fuerte el pecho.

—¿Llevas una porra en los pantalones?

—No. —Ella se quedó callada, pegada a él—. Apoya las manos en el bordillo —le ordenó Brick. Remi hizo lo que le decía y se agarró al borde de la piscina—. Y ahora respira.

Ella inclinó la cabeza hacia atrás para apoyarla en su hombro y obedeció. No se dio cuenta de que le dolían los pulmones hasta que respiró hondo. Remi perdió la cuenta del tiempo que estuvo con Brick así en el agua, respirando lenta y profundamente, con su erección clavada entre los muslos, bajo el cielo estrellado. Era como si estuvieran suspendidos en el tiempo. Pero, aun así, él no hizo ningún amago de ir más allá.

—Tienes suerte de haber estado bebiendo —le dijo finalmente, rozándole el cuello con los labios húmedos.

—¿Por qué? —Le estaban empezando a castañetear los dientes.

—Porque si estuvieras sobria, ahora mismo estaría dentro de ti, haciéndote olvidar a cualquier tío que esté esperándote.

A Remi se le resbalaron las manos del borde de la piscina y ambos se hundieron. Ella se abrió paso hasta la superficie, jadeando y tosiendo. El hechizo se había roto y, en cuanto recuperara algo de energía, pensaba partirle la cara.

Brick la sacó de la piscina, le puso su sudadera y le dio la vuelta para ponerla mirando hacia la caseta de las toallas. Cuando se dio cuenta de lo que estaba haciendo, Remi intentó resistirse, pero él era más grande y fuerte.

Él la inmovilizó con el peso de su cuerpo y le puso un brazalete metálico alrededor de la muñeca.

—Brick Callan, te juro por David Bowie que, como hagas esto, voy a convertir tu vida en un infierno.

No estaba muy segura debido a la intensidad del momento, pero a Remi le dio la sensación de que él le rozaba la nuca con los labios.

—Ya lo has hecho, corazón.

Nota de la autora

Estimado lector:

Brick y Remi tuvieron dos comienzos distintos. En 2019, el señor Lucy y yo viajamos a Michigan para visitar a mi primo y a su familia. Mientras estábamos allí, nos llevaron de excursión a la isla Mackinac, un destino turístico precioso con caballos, casas victorianas y tantas turronerías que ni la persona más golosa del mundo sería capaz de probarlas todas en un solo día.

«¡Quiero cargarme a alguien aquí!», le dije al señor Lucy en plena calle. Ahora que lo pienso, seguramente habría sido mejor esperar hasta más tarde o, al menos, aclararles a los desconocidos que había por allí que era escritora.

Un año después, Brick y Remi asaltaron la página cuando estaba ocupada escribiendo otro libro. Aparecieron de repente, anónimos y discutiendo, mientras las chispas que saltaban entre ellos amenazaban con entrar en combustión. Entonces recordé el instinto asesino que me había entrado en la isla Mackinac. Estaba tan entusiasmada con los personajes y la idea, que se la envié a mis asistentes, Joyce y Tammy. Nos pasamos dos horas partiéndonos de risa y bromeando con los nombres («algo varonil tipo "Brick", pero que no suene tanto a actor porno». ¡Ja! Pues al final se quedó con "Brick"), mientras se nos ocurrían ideas de escenas y conflictos.

Ciento cincuenta mil palabras después, Brick y Remi son todos tuyos. Espero que te hayan enganchado tanto como a mí. Y si tienes la oportunidad de visitar la isla Mackinac, te lo recomiendo encarecidamente.

Y, como siempre, si te ha gustado *Por nunca jamás*, te estaré eternamente agradecida si dejas una reseña y se lo cuentas a cincuenta y siete de tus mejores amigos. ¡Gracias por leer y por tener tan buen gusto!

Con cariño,

LUCY

Agradecimientos

Sin las siguientes personas y objetos, no podría escribir libros tan maravillosos como *Por nunca jamás*. Por favor, tómate un momento para dedicar un fuerte aplauso a:

- Joyce y Tammy, como siempre, por ayudarme a llegar a buen puerto y despegarme de Facebook cuando era necesario.
- La artista Melissa McCracken (Melissasmccracken. com), que tiene sinestesia y pinta lo que ve cuando escucha música. En ella se inspira la obra y la trayectoria de Remi.
- Los calcetines de felpa que evitaron que se me congelaran los pies durante las maratonianas sesiones invernales de escritura.
- Dan, por estar siempre ahí y hacerse cargo de un montón de tareas que yo estaba dejando a medias, permitiéndome así centrarme en esta historia.
- Kari March Designs, por otra cubierta perfecta.
- BRAs, mi grupo ARC y mi Equipo Callejero. Si mi imaginación no os entusiasmara tanto, tendría que buscarme un trabajo de verdad.
- Quien quiera que haya inventado las bolsitas plegables para tacos con Doritos.

- Los blogueros literarios que le dieron una oportunidad al libro de una friki de Pensilvania.
- Los trabajadores esenciales, el personal sanitario y los profesores. Vosotros habéis sido los verdaderos héroes de la pandemia (momento en el que se escribió este libro). Nunca volveré a dar por sentado vuestro trabajo. Vuestra dedicación es admirable.
- Jessica, Heather y Dawn, por su buen ojo como correctoras.
- Kathryn Nolan, por animarme constantemente.
- Las plantas crasas, por ser tan monas y difíciles de matar.
- Capitán sir Thomas Moore, por ser el héroe que todos necesitábamos en 2020.
- Mi querido señor Lucy. ¡TE ADORO! ¡Gracias por ayudarme a cumplir mis sueños!